Tom Clancy
Commandocentrum

In de Jack Ryan-reeks

De jacht op de Red October
Ongelijke strijd
Kardinaal van het Kremlin
De Colombia Connectie
Golf van ontzetting
De meedogenlozen
Ereschuld
Uitstel van executie
Uur van de waarheid
De beer en de draak
Het rode gevaar
De tanden van de tijger
Op leven en dood
In het vizier
Dubbele dreiging
Op commando
Tom Clancy Verdenking van verraad
Tom Clancy In de aanval
Tom Clancy Onder vuur
Tom Clancy Opperbevel
Tom Clancy Plicht en eer
Tom Clancy Vriend of vijand
Tom Clancy Confrontatie
Tom Clancy In zijn macht
Tom Clancy Vuurlinie
Tom Clancy Eer en geweten
Tom Clancy Vijandelijk contact
Tom Clancy Erecode
Tom Clancy Kettingreactie
Tom Clancy Schaduw van de draak
Tom Clancy Doelwit

Marc Cameron

Tom Clancy
Commandocentrum

A.W. Bruna Uitgevers

Oorspronkelijke titel
Tom Clancy Chain of Command

Vertaling
Saskia Peterzon-Kotte
Omslagontwerp
Studio Jan de Boer

ISBN 978 94 005 1583 3
NUR 332

‘Special Forces is een minnares… Ze houdt wel van je, maar slechts een beetje. Ze verleidt je tot meer willen, meer geven, voor haar sterven… En uiteindelijk verlaat ze je voor een jongere man.’

– James R. Ward, Office of Strategic Services (oss)

Belangrijkste personages

De regering van de Verenigde Staten
Jack Ryan: president van de Verenigde Staten
Anthony Hargrave: vicepresident van de Verenigde Staten
Dr. Caroline 'Cathy' Ryan: first lady van de Verenigde Staten
Arnold 'Arnie' van Damm: stafchef van het Witte Huis
Mary Pat Foley: directeur Nationale Inlichtingendiensten (DNI)
Mark Dehart: minister van Binnenlandse Veiligheid
Dan Murray: minister van Justitie
Jay Canfield: directeur Central Intelligence Agency (CIA)
Brian Wilson: directeur Federal Bureau of Investigation (FBI)
Tom Vogel: hoofd Joint Chiefs of Staff (gezamenlijke legerleiders)
Scott Adler: minister van Buitenlandse Zaken
Robert Burgess: minister van Defensie
Jason Bailey: admiraal Amerikaanse marine, hoofd medische dienst Witte Huis
Robbie Forestall: commandeur Amerikaanse marine, adviseur van president Ryan
Carter Boone: commandeur Amerikaanse marine, arts van de vicepresident, medische dienst Witte Huis
Marci Troxell: commandeur Amerikaanse marine, arts van de first lady, medische dienst Witte Huis

De Secret Service van de Verenigde Staten
Lawrence Howe: directeur
Gary Montgomery: special agent, verantwoordelijk voor de presidentiële bescherming
Maureen 'Mo' Richardson: special agent, verantwoordelijk voor de presidentiële bescherming
Karen Sato: assistent-special agent, bescherming FLOTUS

Keenan Mulvaney: special agent, verantwoordelijk voor de bescherming van de vicepresident

De Campus
John Clark: hoofd Operaties
Domingo 'Ding' Chavez: assistent-directeur Operaties
Dominic 'Dom' Caruso: officier Operaties
Jack Ryan junior: officier Operaties, senior analist
Adara Sherman: officier Operaties
Bartosz 'Midas' Jankowski: officier Operaties

Special Forces Operational Detachment Alpha (ODA) 0312, Afghanistan
Brock: 18A, kapitein
Guzman: 180A, onderofficier
Ward: 18B, operationeel sergeant
Thelan: 18F, inlichtingensergeant
Megnas: 18E, communicatiesergeant

1

Centrum Luchtverkeersleiding Washington
Leesburg, Virginia
Tijd om te beslissen: zestien minuten

Tim Goode greep de rand van het bureau vast, duwde zijn gewatteerde stoel weg van het radarbedieningspaneel, reed ermee naar voren en naar achteren en straalde een nerveuze energie uit terwijl hij heel even de tijd nam om de elektronische bliep te bestuderen die naar het noordoosten bewoog. Minstens één keer per dag vloog er wel een onnozele piloot met zijn kleine Cessna, Piper of Beechcraft over de denkbeeldige lijn die de hoofdstad van de Verenigde Staten afbakende.

'Bezeten, brutaal of bezopen?' mompelde Goode zachtjes, en hij liet zijn stoel weer helemaal naar voren rollen. Er rommelde een laag gegrom in zijn borstkas.

Serieus, gast? Je hoeft alleen maar op de kaart te kijken...

Er bewogen tientallen bliepjes met corresponderende transpondersignalen over zijn radarscherm. Er waren veel meer luchtvaartuigen waarover hij zich op dat moment zorgen moest maken, niet alleen dat van deze eikel.

Goode verstelde de microfoon van zijn headset – alsof dat iets uitmaakte – en probeerde de radio voor de derde keer.

'Luchtvaartuig op zestig graden ten zuiden van Nokesville, identificeer uzelf op deze frequentie.'

Nada. Noppes. NORDO.

Luchtvaartuigen waren niet toegestaan binnen de SFRA, oftewel de Special Flight Rules Area, een gebied met een reikwijdte van dertig zeemijlen van de VOR van Washington Reagan Airport – tenzij ze aan drie specifieke criteria voldeden. Ze moesten een vluchtplan hebben. Ze moesten blijven communiceren met de luchtverkeersleiding. En hun transponder moest op de toegewezen frequentie piepen.

Deze binnenkomende oetlul scoorde er nul van de drie, en hij koerste met een snelheid van honderdtwintig knopen regelrecht op de hoofdstad af, waardoor hij elke minuut twee zeemijl aflegde.

Goode zwaaide met zijn linkerhand over zijn schouder naar een supervisor. Zijn rechterhand bewoog hij naar de muis op zijn bureau, waarmee hij de rood en groen knipperende laserstralen rondom de SFRA activeerde. Met behulp van het radartrackingsysteem werden de doordringende stralen rechtstreeks op het luchtvaartuig in overtreding gericht, waardoor de piloot werd gewaarschuwd dat hij onmiddellijk een bocht van honderdtachtig graden moest maken.

Gezien? Wegwezen.

Maar deze kerel bleef doorvliegen zonder te reageren. Die liet zich niet van de wijs brengen door de waarschuwingslichten.

Op dat moment rapporteerde Goode deze TOI (*Track of Interest*) aan de dienstdoende officier van de Air National Guard in de Eastern Air Defense Sector, de EADS, ruim zeshonderd kilometer naar het noorden in Rome, New York. Haar naam was luitenant Mary Wong. Ze hadden er allebei al heel wat vlieguren op zitten op het gebied van SFRA-overtredingen en hadden elkaar al vaak gesproken.

'Ik heb weer een TOI voor je,' zei Goode, die de bijzonderheden doorgaf. 'Recht in de roos, twee-vier-nul graden op eenendertig zeemijl. Luchtsnelheid honderdtwintig knopen.'

Recht in de roos was de VOR van Reagan National Airport, het middelpunt van het verboden luchtruim.

Luitenant Wong hield Goode aan de lijn en lichtte haar commandant in, die een rechtstreekse verbinding had met de crews van de Blackjack-helikopters van de United States Coast Guard op Reagan en de F-16's van het 121ste Fighter Squadron op Andrews. Beide eenheden werden meteen in verhoogde staat van paraatheid gebracht.

Het kostte de Amerikaanse belastingbetaler ruim vijftigduizend dollar om één F-16 te laten opstijgen wegens een alarmmelding, dus niemand vatte deze actie licht op, maar ze zouden niet aarzelen zodra er bepaalde struikeldraden werden overschreden.

'Wie is die gast?' vroeg luitenant Wong. 'Hij gaat recht naar twee-vier-nul op...' Ze wachtte even en sprak toen weer. 'Nog steeds NORDO?'

Goode probeerde het luchtvaartuig in overtreding nogmaals via de radio te bereiken voordat hij Wong antwoord gaf. 'Correct,' zei hij. 'Of hij heeft problemen met de radio, of hij negeert me doodleuk.'

Wong was hevig in gesprek verwikkeld met haar supervisor en vinkte de lijst met reacties op het binnendringen van een verboden luchtruim af. Goode keek naar de groene stip en verwachtte elk moment een lancering van een Coastie MH-65 op zijn scherm te zien.

Tijd om te beslissen: twaalf minuten

De binnenkomende Track of Interest voldeed aan de criteria voor een onverwijlde conferencecall, een Operation Noble Eagle (ONE). Eerst nam luitenant Wong contact op met het 601ste Centrum voor Luchtoperaties op luchtmachtbasis Tyndall, het hoofdkwartier van de Continental U.S. NORAD Region (CONR) in de buurt van Panama City, Florida, waar luitenant-generaal Rhett Farrer diende als de CFACC; de Combined Forces Air Component Commander, oftewel de Commandant Luchtstrijdkrachten.

De commandant van NORAD/NORTHCOM, viersterrengeneraal Mike Hopkin, onderging op dat moment een wortelkanaalbehandeling bij een specialist buiten de basis in Colorado Springs, dus nam zijn J-5, generaal-majoor Steven Armstrong (de gezamenlijke directeur Beleid en Planning), telefonisch voor hem waar in het commandocentrum van N2C2-NORAD/NORTHCOM. In deze hoedanigheid was generaal Armstrong gewapend met burgerluchtvaartautoriteit: een vriendelijke manier om te zeggen dat de minister van Defensie hem via generaal Hopkin de verantwoordelijkheid gaf om een F-16 Falcon bevel te geven voor het uit de lucht schieten van dit kleine vierzitsburgervliegtuigje.

Goode en luitenant Wong zeiden het geen van beiden hardop, maar ze wisten allebei dat deze piloot, als hij op dezelfde koers verder vloog, kon kiezen tussen het Pentagon, het Capitool of het Witte Huis als doelwit.

Zo'n vijftienhonderd kilometer ten noorden van Tyndall en zo'n vijfentwintighonderd kilometer ten oosten van Colorado Springs loeiden de alarmsirenes op luchtmachtbasis Andrews om aan te geven dat er moest worden opgestegen. Kapitein Scott Hill en luitenant Rich Waggoner sprintten over het platform naar hun klaarstaande F-16's.

Tijd om te beslissen: elf minuten

Twintig minuten eerder:

George Cantu gaf zijn vlieglessen het liefst in de vroege ochtend. Zijn vrouw bracht hun dochtertje van drie dan naar de kinderopvang en ging daarna naar de Culpeper Middle School, waar ze lesgaf aan kinderen van een jaar of twaalf; een veel gevaarlijker onderneming dan vlieginstructeur, als je het George vroeg. De lucht was tintelend en dicht genoeg om ervoor te zorgen dat de kleine Cessna van de startbaan kon springen als het zover was. Bij koelere ochtenden hadden nieuwe leerlingen niet al te veel last van turbulentie, in de fase van hun training waarin ze nog steeds het idee los moesten laten dat de vleugels er tijdens de vlucht spontaan af zouden kunnen vallen.

Met een roestvrijstalen koffiebeker in zijn ene hand en zijn pilotentas in de andere liep Cantu van zijn oude Toyota Tundra rechtstreeks naar het platform achter de hangar waar zijn rood met witte Cessna 172 op de baan stond en iedereen verblindde die het geluk had er in de felle ochtendzon naar te mogen kijken. Hij wilde een snelle inspectie uitvoeren voordat mevrouw Szymanski kwam.

De telefoon in zijn broekzak begon te zoemen, waardoor de eerbiedige stilte op het platform werd doorbroken. Het was niet zijn vrouw of mevrouw Szymanski, en ook geen ander nummer dat hij herkende, dus negeerde hij het en stopte de telefoon weer in zijn zak om zijn inspectie te hervatten.

Goed nieuws kon wachten, en slecht nieuws wist je op de een of andere manier altijd wel te bereiken.

Mevrouw Szymanski zou natuurlijk nog een complete controle van het vliegtuig uitvoeren als onderdeel van haar training, maar uiteindelijk was hij de piloot die de leiding had. Het luchtvaartuig was zijn verantwoordelijkheid, ongeacht wie er op de linkerstoel zat. Trouwens, op deze manier had hij een paar minuten alleen met dit 180pk-schatje uit 2006 met haar hoge vleugels, waarvan hij slechts een heel klein beetje minder hield dan van zijn vrouw en dochter.

Een fluisterende windvlaag uit het noorden voerde de aardse, limonadeachtige geur van sassafras uit de nabijgelegen bossen mee. Het was een strakblauwe dag; er was geen wolkje aan de lucht. Piloten noemden dat CAVU: *ceiling and visibility unlimited.* Onbeperkt zicht. In het westen waren de Blue Ridge Mountains helder en strak te zien, zonder een spoor van hun gebruikelijke wazigheid. Eenmaal in de lucht zou Cantu onbelemmerd zicht hebben op Chesapeake Bay, ongeveer honderdvijftig kilometer naar het oosten. Dit was echt zo'n ideale vliegdag waardoor hij popelde om zo snel mogelijk de lucht in te gaan.

Voor hem was de inspectie vooraf van zijn vliegtuigje een liefdesklusje, een manier om verbinding te maken, om zijn kist tegen hem te laten praten, hem te laten vertellen of er klachten of aandachtspunten waren.

Hij gaf een rukje aan beide vleugelpunten om zich ervan te vergewissen dat ze nog steeds goed vastzaten. Het feit dat elke vleugel op zijn plek werd gehouden door slechts twee bouten was altijd een interessant gespreksonderwerp tussen een instructeur en iedere nieuwe leerling.

Terwijl Cantu rond het vliegtuig liep, checkte hij de roeren, de kleppen en de banden, en hij liet zijn hand over de propeller glijden om te voelen of er geen kerfjes of scheuren in zaten die met het blote oog niet zichtbaar waren.

Zijn telefoon ging toen hij onder de vleugel stond en een klein beetje brandstof in een flesje liet lopen om te controleren of er geen water in zat. Geërgerd viste hij de telefoon met zijn vrije hand uit zijn zak. Hetzelfde nummer als daarnet. Belangrijk genoeg om hem lastig te blijven vallen, dus nam hij op.

Het glazen flesje met brandstof glipte uit zijn hand en viel kapot op het asfalt voordat de beller twee zinnen had gezegd.

Cantu stond te tollen op zijn benen. Het zweet droop over zijn rug en parelde op zijn voorhoofd, ondanks de koele lucht. Hier klopte helemaal niks van. Hij had het vast verkeerd verstaan.

'Wat zei u?'

De elektronisch vervormde stem herhaalde de afgrijselijke, wrede instructies. *'Georgie, als je wilt dat je vrouw en kind blijven leven, stap dan in je vliegtuig en taxi naar het zuidelijke uiteinde van de startbaan. Doe het nu.'*

Cantu leunde tegen de Cessna om zich staande te houden. Zijn stem klonk hijgend, machteloos. 'Wacht even... Wat?'

De telefoon zweeg, maar rinkelde een halve seconde later weer. Deze keer was het een videogesprek. Zijn vrouw knielde op hun oprit neer om een lege band van haar Subaru te inspecteren. Zijn dochtertje stond naast haar moeder en hield de pluizige blauwe badhanddoek vast die ze overal mee naartoe sleepte.

'Theresa!' schreeuwde hij. 'Wat is er aan de hand?'

'Ze kan je niet horen, Georgie,' zei de vervormde stem. *'We zijn zo vrij geweest om een klein kogeltje in haar band te schieten, snap je, om haar te vertragen. Maar hé, we kunnen net zo makkelijk een kogel in haar of die snotaap knallen.'* De stem werd duisterder. *'En stap nou als de sodemieter in dat vliegtuig. Ik zeg het niet nog een keer.'*

Cantu handelde op de automatische piloot, snel maar houterig, en terwijl hij in de Cessna stapte speurde hij de omringende gebouwen en bomen af om te zien of iemand naar hem keek.

'Ja, Georgie,' zei de stem, *'we houden je in de gaten, net zoals we je mooie gezinnetje in de gaten houden.'*

'Alstublieft...'

'Heb je een oortelefoon?'

'Ik... Een oortelefoon? Ja. Oortjes.'

'Doe ze in en hou me aan de lijn. De wind komt uit het noorden, dus ik neem aan dat je vanaf 32 opstijgt?'

'Eh... Ja. Startbaan 32. Dat klopt,' zei Cantu. 'Ik zal doen wat u wilt. Alleen... Doe ze alstublieft geen pijn.'

'Dat is niet aan mij, Georgie,' zei de stem. *'Hun redding ligt in jouw handen. Volg mijn instructies letterlijk op, anders kun je net zo goed zelf de trekker overhalen. Dat wil ik niet. Maar ik zal er niet wakker van liggen.'*

'Nee, nee, nee!' riep Cantu. 'Ik doe alles wat u zegt.'

'Doe je oortjes in. Je praat alleen met mij via de telefoon. En wat er ook gebeurt, gebruik de radio niet. Begrepen?'

'Ja. Ik begrijp het.'

'Nou, schiet op dan,' zei de stem. *'Zodra je in de lucht bent, volg dan een koers van noordoost ten oosten tot ik iets anders zeg.'*

'Roger, noordoost ten oosten,' zei Cantu mechanisch, kwaad op zichzelf omdat hij zo kalm sprak tegen de man die had gedreigd zijn vrouw en kind te vermoorden.

Hij liet de voorbereidingen voor wat ze waren, gaf gas en liet de remmen los, waarna hij het vliegtuig met bibberige benen naar het zuidelijke uiteinde van de startbaan stuurde. De stem had hem geïnstrueerd niet via de radio te praten, dus hij volstond met een visuele controle uit het raam. Hij zag geen ander verkeer, dus hij zou snel op kunnen stijgen. Vlieginstructeurs waren niet zo snel bang, maar nu wist Cantu zeker dat hij moest overgeven. Hij zat in een mum van tijd in de lucht. De cockpit van zijn vliegtuigje, de plek waarin hij zich altijd thuis voelde, was nu een onzekere hel.

Hij won snel aan hoogte, wierp een blik omlaag en zag zijn leerling, mevrouw Szymanski, die haar handen boven haar ogen hield tegen de zon en zich ongetwijfeld afvroeg waarom haar gekke instructeur zonder haar was opgestegen.

De monsterlijke stem sprak weer en Cantu schrok op uit zijn trance. *'Je komt in de verleiding om de microfoonknop op je* yoke *in te drukken. Dat zou een fatale fout zijn. We zouden het weten. En dan... Nou ja, Georgie, ik hoef jou niet te vertellen wat er dan met je kind gebeurt.'*

Cantu zwenkte snel opzij, liet het glooiende groen van de Shenandoah achter zich en koerste volgens de instructies iets ten oosten van het noordoosten, rechtstreeks in de richting van Washington D.C. Zijn hart ging wild tekeer, bonkend in de gevangenis van zijn ribbenkast.

De feloranje MH-65 Dolphin-helikopter van de United States Coast Guard verscheen uit het niets. De onverwachtse verschijning was ongetwijfeld bedoeld om angst in te boezemen en de medewerking af te dwingen van de piloot van het vliegtuig in overtreding. De helikopter volgde een baan vlak voor de Cessna, maakte een scherpe zwenking en keerde om alsof hij aanstalten maakte om te schieten.

Het zweet prikte in Cantu's ogen en plakte zijn rug aan zijn stoel vast. Hij wist dat het een kwestie van tijd zou zijn voordat ze luchtvaartuigen stuurden om hem te onderscheppen.

Zwaarbewapende luchtvaartuigen.

De luchtverkeersleiding had de afgelopen tien minuten onophoudelijk de oren van zijn hoofd geschreeuwd via de radio. Hij had hen genegeerd, te bang om te antwoorden en tegelijkertijd misselijk van angst wat er zou gebeuren nu hij bleef zwijgen. Hij zette de gedachte aan exploderende vuurballen van zich af en staarde strak voor zich uit, terwijl hij voor zijn neus het lint van de rivier de Potomac steeds groter zag worden. De waarschuwingslasers kwamen op hem af toen hij de SFRA naderde: rode en groene flitsen waarvan hij wist dat ze speciaal voor hem bedoeld waren.

Als instructeur van toekomstige piloten in het luchtruim rondom Washington D.C. besteedde hij flink wat tijd aan het bespreken van de Special Flight Rules Area die de hoofdstad met een onzichtbare ring afbakende. Hij waarschuwde zijn leerlingen voor de nachtmerrie van reagerende luchtvaartuigen en de zeer reële kans om uit de lucht te worden geschoten.

Nu bevond hij zich zelf in het scenario waarvoor hij zoveel anderen had gewaarschuwd.

Cantu wist precies wat de beller wilde zodra hij een azimut had gekregen. Maar hij vloog zonder nadenken verder en probeerde zijn handen te dwingen niet zo te trillen bij het vasthouden van de yoke. Zou hij anderen doden om zijn gezin te redden? Was er iets wat hij níét zou doen? Hij had overwogen om opzettelijk in het bos ten zuiden van Manassas neer te storten, maar dan zouden die monsters uit rancune waarschijnlijk zijn vrouw en dochter vermoorden.

De Dolphin van de Coast Guard riep hem rechtstreeks over de radio op met vermelding van zijn staartnummer, maar veel vriendelijker dan de stem door zijn telefoon.

'... *Helikopter van de United States Coast Guard bij uw linkerdeur. U hebt verboden luchtruim betreden. Draai onmiddellijk naar het zuiden en volg mij. Bevestig via de radio of beweeg uw vleugels op en neer als u me hoort.*'

Op een elektronisch scherm dat op een lichtkrant leek in het zijraam van de helikopter werden met scrollende rode ledlampjes dezelfde instructies getoond.

Cantu klemde zijn kiezen op elkaar en weerstond de overweldigende drang om antwoord te geven. Hij waagde een blik op de piloot van de Dolphin, die hem als een insect aanstaarde achter het donkere vizier van zijn helm. De helikopter leek zo dichtbij dat hij zijn hand kon uitsteken en hem aan kon raken; gestroomlijnd, officieel en snel. Cantu zag geen wapens, maar verwachtte elk moment dat de deur van de helikopter open zou schuiven en er iemand met een machinegeweer te zien zou zijn.

De piloot van de Dolphin herhaalde zijn bevel, maar werd overstemd door de wrede stem in Cantu's oor.

'Wij horen die Coastie ook,' zei de stem. *'Negeer hem en vlieg verder. Je bent een Amerikaans staatsburger. Ze zullen je niet neerschieten. Ze bluffen.'*

'Die jongens... bluffen niet,' fluisterde Cantu, vooral tegen zichzelf. Zijn mond was een woestijn, nauwelijks in staat om woorden te vormen.

De heli van de Coast Guard zweefde dichterbij en herhaalde voor de derde keer de instructies om hem te volgen, waarna hij wegvloog om ruimte te maken voor iets met grotere tanden.

Tijd om te beslissen: zeven minuten

'Begrepen,' zei generaal Armstrong. Hij stond voor een van de vele computerschermen in het NORAD/NORTHCOM-commandocentrum en hield zijn ogen strak op het radarsignaal van het vliegtuig in overtreding gericht. Hij was volledig bereid om het bevel tot neerschieten te geven als het erop aan zou komen, hoewel hij graag een stapje opzij had gedaan om het aan zijn baas over te laten als die het N2C2 zou binnenkomen. Maar dat gebeurde niet.

Op een burgervliegtuig schieten was geen beslissing waar je je elke keer als je ermee te maken kreeg mee verzoende. Zulke gebeurtenissen ontwikkelden zich bliksemsnel. Je moest vanaf het allereerste begin weten waar je mee bezig was, voordat je erbij kwam en de taak op je nam. Je volgde de procedures, luisterde naar de mensen ter plaatse die de situatie vanaf de grond en vanuit de lucht bekeken en dan, als alles binnen een duidelijk omlijnd kader viel, gaf je een knikje ten teken dat een of andere zielige sukkel uit de lucht geschoten moest worden. Procedures waren er om je te redden, om te zorgen dat je 's nachts kon slapen.

Misschien.

Tot nu toe had niemand de trekker overgehaald.

Op 11 september 2001 waren luitenant Heather 'Lucky' Penney en haar commandant, kolonel Marc 'Sass' Sasseville, allebei straaljagerpiloten van de District of Columbia Air National Guard, razendsnel opgestegen om de United-vlucht 93 te onderscheppen en te stoppen, nadat het World Trade Center en het Pentagon waren getroffen. De piloten hadden raketten noch enige vorm van munitie aan boord en waren bereid in een zelfmoordmissie het vliegtuig te rammen, om zo talloze andere mensen op de grond te redden.

Op dat moment wisten ze nog niet dat passagiers van United-vlucht 93 de kapers al hadden overmeesterd en het vliegtuig in een weiland in Pennsylvania hadden laten neerstorten.

Dankzij dat soort dappere mannen en vrouwen zou niemand D.C. binnendringen, niet onder Armstrongs leiding.

De piloot van de MH-65 van de Coast Guard rapporteerde dat er één persoon aan boord van de TOI was, die er verloren en ontredderd uitzag en zat te huilen.

Te huilen.

Hè, verdomme, dacht Armstrong. Tranen waren een slecht teken, vooral in combinatie met een wezenloze blik.

Armstrong leunde naar voren, zijn beide handen plat op het werkblad. Deze situatie ging vlak voor zijn neus naar de kloten. Gevaarlijk voor mensen op de grond en, zo dacht generaal Armstrong, dodelijk voor de kleine Cessna als die niet van koers veranderde. Hij keek op de rode klok boven het radarscherm.

Tijd om te beslissen: zes minuten

2

Anna Kapoor, het hoofd van de Food and Drug Administration (FDA), zat op het puntje van de bank tegenover president Jack Ryan en klemde de leren map op haar schoot zo stevig vast dat haar knokkels wit werden. Hij kon het haar niet kwalijk nemen. Het was op elk tijdstip van de dag al zenuwslopend genoeg om ontboden te worden in het Oval Office, maar tijdens deze vergadering op de zeer vroege ochtend, zelfs nog voor zijn dagelijkse inlichtingenbriefing, over het stokpaardje van de president, het wetsvoorstel voor farmaceutische onafhankelijkheid, moest ze het ook nog eens opnemen tegen de twee adviseurs die het dichtst bij Ryan stonden: zijn stafchef, Arnie van Damm, en de directeur van de Nationale Inlichtingendiensten, Mary Pat Foley. Het waren allebei scherpzinnige professionals en geen gemakkelijke types, hoewel Arnie er zoals altijd uitzag alsof hij met zijn kleren aan had geslapen.

Ryan had Kapoor zes maanden eerder aangesteld als hoofd FDA en ze bracht het er in alle opzichten geweldig van af. Sommige mensen in de regering vonden de Food and Drugs Administration, die onder het ministerie van Volksgezondheid en Sociale Zaken viel, niet meer dan een van de alledaagse tandwieltjes in het enorme raderwerk van de bureaucratie, totdat er een E. colibacterie in hun lievelingssalade zat.

Legers hadden drie dingen nodig om te vechten: kogels, blikvoer en verband. Ongeacht aan welke kant van het hek Amerikanen volgens het Tweede Amendement stonden, in het dagelijks leven dachten de meesten verreweg het vaakst aan de laatste twee componenten. Blikvoer en verband vielen onder de verantwoordelijkheid van de FDA.

Kapoor, die klein en mollig was, zag er veel jonger uit dan haar zesenvijftig jaar en grapte in persoonlijke kringen dat de paar extra kilo's haar rimpels opvulden. Ze droeg een kobaltblauw pak en een grote bril met een opvallend rood montuur dat sommige mensen een onprofessionele uitstraling zou geven, maar bij haar de indruk van een vriendelijke hoogleraar wekte. Ondanks haar plankenkoorts was Kapoor tijdens haar eerste presentatie en in haar antwoorden op vragen recht voor z'n raap. Als het op FDA-zaken aankwam was ze deskundig op haar vakgebied, want ze kwam rechtstreeks van Harvard, een welkome verlichting na de vele beroepsbureaucraten die de radertjes van Washington draaiende hielden.

'Er zijn wat reële kwesties die we moeten aanpakken als we verdergaan, meneer de president,' zei Kapoor. 'De farmaciewetgeving die u voorstelt, zal een zeer grote invloed hebben op de Indiase en de Chinese markt. Het lijdt geen twijfel dat we problemen krijgen met de levering. De lijst van generieke geneesmiddelen die bedorven of vrijwel inert zijn is heel lang, variërend van de problemen die we met heparine hebben gehad tot slechte antibiotica, en eerlijk gezegd wordt die lijst elke week langer. Alleen al het aantal ruwe farmaceutische ingrediënten dat de VS vanuit China importeert is onthutsend, en groeit sinds 1992 elk jaar exponentieel. Fabrieken in India produceren de overgrote meerderheid van de generieke geneesmiddelen die we in de VS consumeren.'

Mary Pat Foleys blik kruiste die van Ryan en ze gaf hem een goedkeurend knikje. 'Ik denk dat je de juiste persoon hebt uitgekozen om dit wetsvoorstel erdoor te krijgen.'

Kapoor knikte zachtjes als dank en vervolgde: 'Eerlijk gezegd zijn Indiase productiebedrijven afhankelijk van de hogere prijzen die de Verenigde Staten betalen om de lagere prijzen te subsidiëren waartegen ze hun producten aan de rest van de wereld verkopen.'

Ryan wreef over zijn kin. 'Ik probeer hier niet de protectionist uit te hangen, tenminste, niet ten nadele van andere landen, maar het blijft een feit dat het voor jouw mensen vrijwel onmogelijk is om fabrieken in China of het subcontinent fatsoenlijk te inspecteren. Er is zonder enige twijfel overal ter wereld sprake van corruptie en namaakproductie, ook in bedrijven in de VS. Maar het is eenvoudiger om ons eigen huis op te ruimen dan dat van iemand anders twaalfduizend kilometer verderop.'

Van Damm beet op zijn onderlip. 'Niet zo heel veel jaar geleden heeft een klokkenluider nog iets van negentigduizend dollar gekregen voor het ontmaskeren van een farmaceutisch bedrijf in Puerto Rico, uitgerekend de plek waar we proberen de productie van de grond te krijgen.'

'Zesennegentigduizend,' zei Kapoor. 'Maar u hebt helemaal gelijk, meneer Van Damm. Ik kan u verzekeren dat de FDA sindsdien is veranderd. We gaan er bewuster mee om.'

'Als bedrijven naar het buitenland willen verkassen,' zei Ryan, 'laten we het dan aantrekkelijker voor ze maken om zich buiten ons land te vestigen. Er was een tijd dat Puerto Rico het medicijnkastje van de Verenigde Staten was. We zouden het absoluut makkelijker krijgen als we daar fabrieken moesten inspecteren.'

'Veel makkelijker,' zei Kapoor. 'Het simpele feit dat de diplomatie vereist dat mijn team ruimschoots van tevoren Indiase productiebedrijven moet laten weten dat er een inspectie zal worden verricht, zorgt er niet alleen voor dat die inspecties heel moeizaam verlopen, maar ook dat ze grotendeels zo goed als waardeloos zijn als middel om naleving van de wet af te dwingen. De Indiase cultuur draait voor vrijwel alles op creatieve oplossingen of *jugaad*; net zoiets als wat wij hacks noemen, maar dan veel algemener. Handelingen die wij in de Amerikaanse cultuur beslist zouden beschouwen als bedriegerij zijn daar gewoon slimme zakenpraktijken. Maar ik moet erbij zeggen dat dit fenomeen niet alleen beperkt blijft tot India. In het grootste deel van de wereld zijn bedrog en alternatieve routes een normale gang van zaken. In India is er alleen een woord voor om dat te omschrijven.' Kapoor schudde haar hoofd. 'Maar ik wil absoluut niet beweren dat iedereen in India oneerlijk is. Integendeel, veel familieleden van me wonen daar nog steeds en die zijn behoorlijk succesvol en gelukkig. Maar zal ik u eens iets vertellen? Als ze ziek zijn, betalen ze extra geld om medicijnen van bepaalde merken uit de Verenigde Staten te kopen.'

Van Damm sloeg met zijn vuist op zijn knie en keek het hoofd van de FDA aan. 'Bent u bereid dat allemaal te getuigen ten overstaan van het Congres, in de wetenschap dat uw familieleden misschien van streek raken door gedeelten van die getuigenis?'

Kapoor zweeg lange tijd en haalde daarna diep adem. 'Meneer Van Damm, ik ben opgevoed door Indiase ouders die me hebben geleerd te doen wat juist is. Ik geef niet de schuld aan een arbeider of zelfs een manager die zijn gezin probeert te onderhouden en daardoor zijn bedrijf op de meest lucratieve manier zaken heeft laten doen. Maar ik geef wel de schuld aan de bedrijfseigenaren, de ongelofelijk rijke mannen en vrouwen die niets geven om de doeltreffendheid van hun producten en zich alleen richten op de winstcijfers. Ik ben bereid de harde waarheid over de veiligheid van voedsel en medicijnen te vertellen, ook als die waarheid een schaduw op India of Indiana zou werpen.'

Foley glimlachte toen ze dat hoorde. 'Ze is goed, meneer de...'

Ryan had net zijn favoriete koffiemok van het Korps Mariniers naar zijn lippen gebracht toen er vier Secret Service-agenten het Oval Office kwamen binnenstormen. Hun dienst was net begonnen en ze droegen keurig geperste kostuums, hadden perfect geknipt haar en geen spoor van een glimlach op hun gezicht.

Ryan stond meteen op, evenals de andere drie aanwezigen in de kamer.

Een codewoord of uitgebreide verklaring was niet nodig. Als er Secret Service-agenten midden in een vergadering binnenvielen, was er iets ernstigs aan de hand.

Gary Montgomery, de special agent die verantwoordelijk was voor de presidentiële bescherming – de Presidential Protection Detail of PPD – kwam een halve seconde later door de deur en gaf Ryan een kort knikje. Het was een stevige kerel, een *college*-bokser van de universiteit van Michigan, imposant maar lichtvoetig. Precies het soort man dat Ryan aan het hoofd van zijn bescherming wilde hebben. Hij werd van achteren verlicht door de lampen in de gang en zijn plotselinge aanwezigheid maakte de ernst van de situatie nog duidelijker.

'Meneer de president,' zei Montgomery. 'U moet met me mee naar het PEOC.' Het PEOC ('pie-jok') was het Presidential Emergency Operations Center, dat vaak ook 'de bunker' werd genoemd.

Foley hield haar schrijfblok tegen haar borst en wenkte het geschrokken FDA-hoofd dichterbij.

Kapoor keek de kamer rond. 'Wat moet ik doen?'

'Kom maar met ons mee,' zei Ryan. 'We kunnen daarbeneden wel praten.'

Van Damm schudde langzaam zijn hoofd en maakte zijn das nog losser dan die al zat. 'Met wat voor bullshit worden we vandaag weer opgezadeld?' fluisterde hij tegen niemand in het bijzonder.

Er waren bepaalde gebeurtenissen waarvan de Secret Service dacht dat de stemming van de dag rondom D.C. erdoor bepaald werd. En als die stemming ook maar een beetje gewelddadig leek te worden, zelfs als de dreiging of de daad niet rechtstreeks tegen het Witte Huis gericht was, ondernamen ze pijlsnel een tripje ondergronds. Als een demonstratie tegenover het Pentagon uit de hand liep, loodste de Secret Service POTUS snel naar het PEOC. Als de politie van het Hooggerechtshof het op de trappen van de hoogste rechtbank aan de stok kreeg met relschoppers, betekende dat een tocht naar het PEOC.

Montgomery nam een positie vlak achter Ryans linkerschouder in, binnen handbereik. Twee andere agenten gingen voorop, en weer twee anderen liepen achter hen. Van Damm, Foley en Kapoor volgden met twee agenten die de rij sloten.

'En de first lady?' vroeg Ryan nog voordat ze de deur van het Oval Office uit waren.

'Het gaat goed met haar, meneer,' zei Montgomery. 'Ik heb zojuist special agent Richardson gesproken. Ze zijn bijna bij het Instituut.'

Ryan knikte tijdens het lopen. Gelukkig moest dr. Cathy Ryan, een van de meest toonaangevende oogchirurgen ter wereld, die ochtend twee procedures uitvoeren en was ze al weg uit het Witte Huis. Ze was namelijk niet dol op deze tripjes naar het PEOC. De vrouw met wie Ryan al ruim veertig jaar getrouwd was en die altijd bezig was – opereren, hardlopen, koken – veranderde in een soort gekooide tijger als ze heel lang in de bunker moest zitten. Ze was dol op lezen, maar wilde de kans krijgen om op te staan en naar buiten te gaan als het haar even te veel werd.

Tripjes naar het PEOC waren voor Cathy een bron van ergernis, maar voor Arnie van Damm waren ze vernietigend.

Het PEOC, dat zich onder de oostvleugel bevond, was gebouwd tijdens de regering-Truman. Sindsdien werd het voortdurend verbeterd, maar door de lange gangen en de ondergrondse geur hing er nog steeds een bedompte Koude Oorlogsfeer. Van Damm maakte vrijwel elke keer als ze de tocht ondernamen duidelijk dat het voelde alsof de KGB hen meenam naar een doodlopende gang om een Makarov-kogel door hun achterhoofd te jagen.

Van Damm wees er bij talloze gelegenheden op dat het daarop zou uitdraaien als er ooit een coup gepleegd zou worden.

'*Et tu,* Arnie,' zei Ryan dan elke keer.

Het PEOC, dat bestond uit een rij vergaderruimtes en spartaanse woongedeelten, werd vierentwintig uur per dag bemand door de militaire afdeling van het Witte Huis. Het was in wezen een kleinere versie van de Situation Room, met flatscreentelevisies en geavanceerde communicatieapparatuur, zodat de president in het PEOC een veilig onderkomen had om het land te besturen tijdens een bedreiging van het Witte Huis.

'Er is een burgervliegtuig zonder toestemming de SFRA binnengevlogen... Gewoon een voorzorgsmaatregel,' zei Montgomery terwijl hij het groepje door de gang begeleidde.

'En het vliegt recht op ons af?' vroeg Van Damm.

'Ja, meneer,' zei Montgomery over zijn schouder.

'Straaljagers?' vroeg Ryan.

'F-16's nu in positie,' zei Montgomery. 'Hij weigert nog steeds uit te wijken.'

'Komt er een vliegtuig op ons af?' fluisterde Kapoor tegen Foley.

Ryan gaf in haar plaats antwoord. 'Daar lijkt het wel op.'

'Hij weigert uit te wijken terwijl hij bij zijn kloten wordt gepakt door tactische gevechtsvliegtuigen?' vroeg Van Damm en hij schudde ongelovig zijn hoofd. Iedereen in de gang liep lang genoeg mee om te weten dat er geen eenvoudige verklaring was voor de domheid van mensen – of voor geweld.

3

De twee F-16-straaljagers schoten met oorverdovend gebrul langs de linkerkant van het vliegtuig, in noordelijke richting, waardoor de kleine Cessna schudde en George Cantu het gevoel had dat zijn borstkas uit elkaar zou knallen. Hij was een insect op de voorruit van de straaljager, nietig en onbeduidend. De Falcons, die snelheden van bijna vijfentwintighonderd kilometer konden halen, moesten aanzienlijk vaart minderen om heel kort naast Cantu's éénmotorige Cessna te kunnen blijven vliegen. Ze zwenkten ietsje opzij en toonden de AIM-9 Sidewinder-raketten op hun vleugelpunten.

Lucht-luchtraketten voor korte afstanden.

'Cessna-piloot, Cessna-piloot, dit is de gewapende F-16 van de United States Air Force. U bevindt zich in verboden luchtruim. Bevestig via de radio of beweeg uw vleugels op en neer als u me begrijpt.'

Cantu staarde naar de microfoonknop op zijn yoke, maar liet hem met rust.

De stem van de Falcon-piloot klonk weer krakerig over de radio. *'Cessna-piloot, ik herhaal: dit is de gewapende F-16 van de United States Air Force. U bent onderschept. Beweeg uw vleugels op en neer ter erkenning.'*

Er tikten vijftien seconden weg. Cantu likte het zweet van zijn bovenlip. Daarna kwam het bevel, direct, maar ijzig kalm.

'Cessna-piloot, volg me of u wordt neergeschoten.'

De straaljagers vlogen naar voren en gingen uiteen, waarop de rechter een fonkelende regen van oranje lichtkogels pal voor de Cessna liet vallen. Cantu hapte naar adem. Een fractie van een seconde was hij bang dat er een raket werd afgevuurd.

'Alsjeblieft...' zei Cantu tegen de eenzame cabine van zijn vliegtuigje. Zijn schouders schokten zo dramatisch dat hij bang was dat de yoke uit zijn handen zou glippen. 'Theresa...'

De stem in zijn oortjes spoorde hem aan en hielp hem herinneren aan de dodelijke gevolgen voor zijn gezin als hij de instructies niet opvolgde.

De straaljagers kwamen weer terug en voerden eensgezind een plotselinge scherpe draai uit. Ze zwenkten naar links en meerderden vaart met een grote bocht; de een volgde de ander om vervolgens achter hem te verdwijnen.

Cantu's kleine rood met witte vliegtuigje zwoegde voort, alleen in de helderblauwe lucht, recht op de spierwitte legoblokken van de regeringsgebouwen aan de andere kant van de Potomac af.

Hij dacht aan zijn vrouw. Aan zijn dochtertje. En hij hoopte vurig dat het snel voorbij zou zijn.

De vastberadenheid in de stem van de straaljagerpiloot was onmiskenbaar geweest. Hij kwam terug om te schieten.

Cantu zag het vliegtuig een milliseconde voordat hij het hoorde. Van onderaf vloog het recht omhoog, als een raket, een schamele honderdvijftig meter voor de neus van de Cessna langs. De naverbrander schroeide een pad en de straaljager schoot omhoog, waarbij de GE-turbofanmotoren met meer dan dertienduizend kilo stuwkracht zoveel zogturbulentie veroorzaakten dat het kleinere vliegtuigje schudde alsof het net was opgepakt door een reuzenhand. Cantu had genoeg ervaring als piloot om te weten dat de sterke straaljagers hadden kunnen samenwerken om een nog veel heviger turbulentie te creëren. Dit was dus een waarschuwing. Een kopstoot om George te laten merken dat ze het meenden. Het laatste wat ze zouden doen voordat ze hem en zijn vliegtuigje in kleine stukjes zouden schieten.

Tijd om te beslissen: twee minuten

'Wat bezielt die gast toch…' mompelde Armstrong.

Het leed geen enkele twijfel dat de Falcon zijn doelwit uiteen zou laten spatten als het bevel gegeven zou worden, maar het winnen van zo'n eenzijdig gevecht bracht ook een enorm verlies met zich mee. De AIM-9 Sidewinder van de straaljager zou de nietige Cessna te grazen nemen en moeiteloos uit de lucht knallen, maar dat zou neveneffecten met zich meebrengen: brandende metalen onderdelen ter grootte van een magnetron konden heel wat schade aanrichten bij mensen en gebouwen op de grond.

Generaal Armstrong moest zijn tong afbijten om ervoor te zorgen dat grove vloeken het daglicht niet zouden aanschouwen. Elk woord dat via de radio en in de kamer gesproken werd, werd opgenomen om nog maanden en jaren te worden geanalyseerd door de betweters die aan de zijlijn stonden. De transcriptie van het bevel tot neerschieten zou deel uitmaken van de Handelingen van het Congres, de leerboeken van de luchtmachtacademie en de memes van dombo's.

Zonder commentaar vaardigde generaal Armstrong een eenvoudig bevel uit aan de hoofdpiloot van de F-16's en gaf met een codewoord zijn toestemming.

'Roger,' zei kapitein Hill met zijn zachte, onverstoorbare stem en zijn lijzige Kentucky-accent. *'Ik draai nu naar hem toe. Wapens gereed. Hij spat straks uiteen boven Rock Creek Park. Raketten over twintig seconden...'* Hij zweeg even. *'Stand-by,* NORAD*...* TOI *volgt mijn bevel op. Hij zwenkt naar het zuiden, weg van de hoofdstad.'*

Of hij nu op het punt stond een burgervliegtuig uit de lucht te schieten of opzijvloog om het te escorteren, het maakte niks uit. Kapitein Hill zei het allemaal op dezelfde toon.

Er verscheen een opgeluchte glimlach op het gezicht van generaal Armstrong en voor het eerst sinds het begin van deze shitzooi ontspande hij zich.

De Cessna-piloot verbrak eindelijk de radiostilte en zijn woorden stroomden naar buiten alsof er een dam was doorgebroken. Hij stamelde zijn naam met een hoop gesnotter en gesnik en barstte hopeloos in huilen uit. Hij wist stotterend een adres in Culpeper, Virginia uit te brengen en zei smekend dat iemand zijn gezin moest helpen, schreeuwend dat ze gevaar liepen door een of andere gek.

Kapitein Hill antwoordde op zijn eeuwig standvastige toon. *'Dat zal ik doorgeven,'* zei hij en daarna gaf hij de piloot aanwijzingen om in zuidwestelijke richting te vliegen en de Dolphin van de U.S. Coast Guard te volgen naar Davison Army Airfield.

De piloot bevestigde het en smeekte nogmaals dat zijn gezin moest worden gered.

Opnieuw klonk Hills stem krakend over de radio. *'We gaan bij ze kijken, George, maar je moet begrijpen dat je je huidige koers moet aanhouden en zonder vertraging op Davison moet landen.* ATC *is ingelicht. Elk vliegtuig in de omgeving staat nu in de wacht vanwege jou. Begrijp je dat?'*

'Oké... Roger... Davison... Airfield...'

'Je ziet ons straks wegvliegen,' vervolgde Hill. *'Maar we zijn er nog steeds. Je moet weer rechtstreeks met de verkeerstoren communiceren en niet van deze koers afwijken tenzij je specifieke instructies van hen krijgt...'*

In de N2C2 gaf generaal Steven Armstrong een stoïcijns knikje en deed inwendig een dankgebedje. Hij had de geschiedenisboeken weten te omzeilen. Deze keer.

4

De vicepresident was strompelend het vliegtuig binnengegaan.

Karleen Lynch, een achtenvijftigjarige gepensioneerde investeringsbankier en de Amerikaanse ambassadeur in Japan, had vier kinderen grootgebracht. Ze zag het meteen als iemand ziek was.

De ambassadeur liep met energieke tred en peinsde over Anthony Hartgraves gezondheid terwijl ze over de brede stoep langs de Sakurada Dori liep, begeleid door haar kleine eenheid van Diplomatieke Beveiligingsagenten: een voor haar, een naast haar en een in een zwarte Toyota-sedan die langzaam achter haar aan reed. De agenten noemden haar onderling vaak de 'ambo', alsof 'Lynch' een te lang woord was.

Ze waren allemaal wandelaars en Lynch en haar team liepen sneller dan de groepjes scholieren in uniform, Japanse kantoormedewerkers in donkere pakken en inwoners van Tokyo die op weg waren naar het terrein rondom het keizerlijk paleis om daar te gaan wandelen. Ambassadeur Lynch, die lange benen had en fit was, bleef het liefst in beweging als ze over een probleem nadacht.

De president had haar via de minister van Buitenlandse Zaken opdracht gegeven voor een heel speciale missie tijdens deze reis. Daarvoor moest de vicepresident op zijn best zijn zodra hij in Japan arriveerde. Normaal gesproken was dat geen probleem. Tony Hargrave was het toonbeeld van vitaliteit, met zijn sterke kaaklijn, perfecte kapsel en zijn eerlijke, stralende glimlach. Op elke andere dag had hij op de cover van een tijdschrift voor avontuurlijk buitenleven kunnen staan, maar op de nieuwsbeelden waarop hij de trap van Air Force Two op liep had hij er bleek en lusteloos uitgezien, alsof hij een behoorlijke portie zelfgemaakte kip met dumplings nodig had; Lynch' remedie voor vrijwel elke kwaal.

Dat was uren geleden. Ze hoopte dat hij wat had kunnen uitrusten in het vliegtuig op weg hiernaartoe, want ze hadden veel te doen en vrijwel alles zou gebeuren onder de nauwlettende blik van mensen die niet bepaald het beste met de Verenigde Staten voorhadden.

De receptie van die avond zou verschrikkelijk worden. Pranjal Varma, de Indiase minister van Buitenlandse Zaken, was al in Tokyo. Hij aasde al twee dagen op haar, maar ze had hem behendig weten te ontwijken.

Zijn stafchef had haar kantoor maar liefst zes keer gebeld en had aangedrongen op een ontmoeting om de grieven van India ten aanzien van het wetsvoorstel voor farmaceutische onafhankelijkheid van de regering-Ryan te bespreken.

Lynch liep om een korte rij van jonge, lagergeplaatste regeringsmedewerkers heen, allemaal gekleed in donkere pakken of donkere rokken en witte overhemden. Ze stonden voor een foodtruck te wachten om stapels bento's te halen, lunchboxen met rijst en vis, pruimen of kleine stukjes vlees, die ze mee terugnamen naar hun senior stafleden in een van de vele witte kantoorgebouwen. Ze ving de geur van kerrie op en wilde dat ze tijd had om te stoppen.

Vandaag niet.

Ze had instructies van Buitenlandse Zaken om onder de radar te blijven tot de vicepresident en de minister van Buitenlandse Zaken gearriveerd waren. Die avond zouden ze met zijn allen aan tafel zitten voor een vriendschappelijk diner met de Japanse premier, die ermee had ingestemd een bijeenkomst te organiseren. De Indiase minister Varma van Buitenlandse Zaken kon daar zijn gal spuwen. Hartelijk. Met een bemiddelaar. Onder het genot van sushi. En heel veel kopjes warme sake.

Het was nou ook weer niet zo dat Varma door de muren van de ambassade heen zou breken, maar het gaf Lynch geen goed gevoel om zich te verstoppen achter een stel potige jonge mariniers en een ijzeren hek. Diplomatie was een kunst, en soms was het nodig om voor die kunst een lange wandeling te maken.

De Sōri Kōtei, zoals de ambtswoning van de Japanse premier genoemd werd, stond op slechts iets meer dan vijfhonderd meter afstand van de Amerikaanse ambassade in Tokyo. Dat was zo dichtbij dat CIA-agenten die hun superieure afluisterapparatuur die kant op wilden richten gewoon lekker achter hun bureau konden blijven zitten en probleemloos gesprekken tussen de geüniformeerde bewakers, die aan het surveilleren waren in de weelderige tuinen vol vredespalmen en himalayaceders, konden opvangen. En gezien de gasten die vanavond werden verwacht, was dat dan ook precies wat de Agency het grootste deel van de week samen met de Diplomatieke Beveiliging en de verkenningsagenten van de Amerikaanse Secret Service had gedaan.

De receptie zou volgens de planning om zes uur 's avonds beginnen. Het was nu halfeen 's middags. Ambassadeur Lynch had vijf uur kunnen wachten, haar wandelschoenen kunnen aantrekken om de korte afstand over Sotobori Avenue te overbruggen, en vroeg genoeg bij de ambtswoning van de premier kunnen aankomen om modieuzere hoge hakken aan te trekken. Maar in plaats daarvan trok ze die wandelschoenen aan en liep in noordoostelijke richting langs de grote stenen muren en de met mos begroeide grachten van het Keizerlijk Paleis, stak de drukke Daimyo-Koji Avenue over en kwam aan bij de rode gevel van het station van Tokyo, aan de kant van de wijk Marunouchi.

In het kakofonische doolhof van steeds lagere niveaus, waar het krioelde van de mensen, stapten ambassadeur Lynch en haar Diplomatieke Beveiligingsagenten in de verrassend rustige Ōme-sneltrein en gingen rechtstreeks naar Fussa, de voordeur van de Amerikaanse vliegbasis Yokota. Een Diplomatieke Beveiligingsagent in de zwarte Toyota-sedan reed parallel aan haar route over de openbare weg, voor het geval de ambo hem nodig had.

De agent die in de Toyota reed, wachtte bij de zuidelijke toegangspoort van Yokota met een kledingset die gepaster was voor een ontmoeting met de vicepresident van de Verenigde Staten. Ze mocht zich omkleden in het kantoor van de beveiligingscommandant van de basis.

Ze kwam op het platform aan op het moment dat Air Force Two landde. Minister van Buitenlandse Zaken Varma wist dat ze er zou zijn en liep met uitgestrekte hand naar haar toe.

Hij was jong voor zo'n cruciale regeringsfunctie, begin veertig, en hij droeg een rode zijden das en een duur, nachtblauw pak dat niet had misstaan op de bovenste verdieping van een beleggingsonderneming op Wall Street. Lynch had vaak gedacht dat stropdassen bedacht waren door machtige dikke mannen die de aandacht van hun enorme buik wilden afleiden. Maar dat gold niet voor minister Varma. Alles aan hem zag er perfect gebeeldhouwd uit: brede schouders, gekapt haar, indringende hazelnootbruine ogen. Ze stonden lijnrecht tegenover elkaar met betrekking tot de farmaceutische kwestie, maar toch mocht Lynch hem graag, en dat was waarschijnlijk ook de reden dat hij deze functie bekleedde.

Ze begroetten elkaar terwijl hun respectieve beveiligers elkaar kil aankeken, als strijdende partijen die onder een witte vlag opereerden: met het zwaard in de schede, maar wel binnen handbereik.

'Uw president maakt ons allemaal het leven moeilijk,' zei Varma nadat ze beleefdheden hadden uitgewisseld. 'Ik hoef u niet te vertellen dat...'

Gelukkig draaide er net een Boeing 757 – wit met een poederblauwe buik – van de landingsbaan af, en de dubbele Pratt & Whitney-motoren overstemden elk gesprek. Aangezien vicepresident Hargrave aan boord was, werd het toestel Air Force Two genoemd.

Varma sloeg zijn handen ineen en schonk Lynch een geamuseerde glimlach, waarmee hij erin berustte dat ze hem opnieuw even had ontweken. Ze vermoedde dat hij toch alleen maar zijn tegenwerpingen wilde oefenen voordat hij verderging naar de hogere klassen: de vicepresident en de minister van Buitenlandse Zaken.

Anders dan Lynch had minister van Buitenlandse Zaken Scott Adler zijn carrière opgebouwd bij de Buitenlandse Dienst. Als zodanig had hij de reputatie dat hij neerkeek op politieke benoemingen. In zijn ogen waren dat middelmatige werkers die een positie cadeau kregen waarvoor hij zijn hele leven had gewerkt. Op de een of andere manier had Lynch hem voor zich gewonnen, waarschijnlijk omdat ze een bovengemiddelde pokerspeler was, een spelletje waarin Scott Adler excelleerde.

Diplomatie, inderdaad.

Een agent van de Diplomatieke Beveiliging, die deel uitmaakte van het verkenningsteam van de minister van Buitenlandse Zaken, sprak in het kleine huidkleurige microfoontje dat op zijn revers geklemd zat en bracht zijn collega's in de omgeving op de hoogte: 'EAGLE is geland.' Vlak bij hem volgde een Secret Service-agent van de beveiligingseenheid van VPOTUS zijn voorbeeld.

PAINTER, zei hij, was van plan meteen een praatje met mensen te maken zodra hij uit het vliegtuig stapte.

Toevallige toeschouwers zouden misschien denken dat alles wat er rond het platform gebeurde een circus was, maar in werkelijkheid was het een zorgvuldig gechoreografeerde dans.

De beveiligingsagenten van ambassadeur Lynch mengden zich onder de tientallen andere mannen en vrouwen in pakken: de Diplomatieke Beveiligingseenheid van de Amerikaanse minister van Buitenlandse Zaken (EAGLE), de Secret Service-eenheid die verantwoordelijk was voor de bescherming van de vicepresident (PAINTER) en een flink aantal wetshandhavers van de luchtmacht.

Voorlopig stond de Japanse beveiligingspolitie, de *Sekyuritī Porisu*, oftewel SP, aan de buitenkant van de groep. Lynch telde vijf agenten, maar hun aanwezigheid zou exponentieel toenemen zodra Hargrave en Adler van vliegbasis Yokota vertrokken.

De SP's van de Mobiele Beveiligingseenheid 3 waren belast met de bescherming van buitenlandse hoogwaardigheidsbekleders en waren daar om hun Amerikaanse tegenhangers te ontmoeten. De mannen, met hun staalharde blikken, onverzettelijke gezichten en pakken die tot hun stropdassen aan toe op elkaar waren afgestemd, waren agenten van de Tokyo Metropolitan Police met minimaal vijf jaar ervaring op straat en een derde dan in minstens één goedgekeurde vechtsport.

En ze zagen alles.

De Japanse overheid gaf toestemming voor de invoer van slechts een heel beperkt aantal vuurwapens. Hun eigen beveiligingsagenten droegen vaak een piepkleine .32-kaliber SIG P230, wat in de ogen van Lynch' beveiligingseenheid gelijkstond aan helemaal niet bewapend zijn. Het was, zeiden haar agenten, hooguit een redelijk pistool om je een weg naar een groter wapen te vechten. De Japanse overheid volgde nu maar het beleid van 'wat niet weet, wat niet deert' en zag het door de vingers dat Amerikaanse agenten wapens mee het land in namen: de regels werden duidelijk medegedeeld, maar ze wisten heel goed dat vrijwel iedere agent een SIG of een Glock onder zijn jasje had. Lynch vermoedde dat de hogergeplaatste SP's niet alleen aanwezig waren om contact te leggen met de beveiligingsagenten die in aantocht waren, maar ook om ervoor te zorgen dat niemand een gênante situatie zou veroorzaken door zijn pistool duidelijk te laten zien aan het publiek of aan een van hun bazen. Al snel bleek dat de Amerikanen en de Japanners allemaal agenten in hart en nieren waren en ondanks de taalbarrière veel raakvlakken hadden.

De vicepresident verscheen als eerste in de deuropening van Air Force Two, gekleed in een antracietgrijs jasje dat zijn perfect gestylede staalgrijze haar accentueerde. Hargrave toonde de glimlach waarom hij bekendstond en werd begroet door de Air Force Band, de commandant van vliegbasis Yokota, lokale stadsbestuurders en de gouverneur van Tokyo, die zijn eigen beveiligingseenheid had: de SP Mobiele Beveiligingseenheid 4.

Ondanks zijn glimlach liet Hargrave zijn schouders zakken, alsof hij een onzichtbare last met zich meedroeg. Dat was zorgwekkend, maar Lynch voelde zich enigszins gerustgesteld toen hij snel de trap af liep.

Achter hem liep minister van Buitenlandse Zaken Adler; kalend, ouder dan Hargrave en aanzienlijk slonziger. Beide mannen droegen maatpakken, maar dat van Hargrave was aanmerkelijk nieuwer, terwijl dat van Adler vaak gedragen was, wat ook logisch was voor een minister die de hele wereld over reisde. De mannen liepen samen langs de ontvangstrij, handenschuddend en buigend. Zoals de Secret Service-agent al had aangekondigd nam Harvard een paar minuten de tijd om een praatje te maken en handen te schudden met wat toeschouwers, grotendeels Air Force-gezinnen die in Yokota gestationeerd waren.

Secret Service-personeel in een gepantserde limousine loodste Hargrave uiteindelijk naar een UH-1N Iroquois, die honderd meter verderop op het platform klaarstond. Die heli bestond uit onderdelen van verschillende helikopters die dienst hadden gedaan in de Vietnamoorlog. De gestroomlijnde nieuwe MH-139-A Grey Wolfs die de verouderde 'Twin Hueys' zouden vervangen, zouden pas over een paar maanden worden geleverd. De gouverneur van Tokyo was zich heel goed bewust van de geschiedenis van de heli en koos ervoor om met zijn autocolonne de langere route terug naar de stad te nemen.

De Hueys mochten dan oud en lek zijn, maar als ze stevig genoeg waren om te worden toegewezen aan het personeel van het 459ste Airlift Squadron, dan vond vicepresident Hargrave, zelf een voormalig Apache-piloot bij het Amerikaanse leger, dat ze ook goed genoeg voor hem waren. Hij nodigde minister Varma en een van zijn beveiligingsagenten uit om met hem mee te vliegen. Minister Adler had ambassadeur Lynch gevraagd hem te vergezellen, en aangezien hij met de vicepresident meevloog, deed zij dat ook.

De helikopter was extreem luidruchtig. Helaas kon Varma, omdat het teamhoofd iedere passagier van een headset met microfoon voorzag, hun de oren van hun hoofd kletsen tijdens de volle vijftien minuten durende tocht naar het heliplatform op het dak van de Sōri Kōtei, het kantoor van de Japanse premier.

Lynch deed haar ogen dicht toen de Indiase minister van Buitenlandse Zaken luidkeels de talloze grieven van zijn land over het 'rampzalige, protectionistische en slecht uitgewerkte plan' van president Ryan kenbaar maakte.

De vicepresident luisterde geduldig, zonder een excuus of een afwijzing van de agenda van zijn baas. Misschien wist hij dat zijn mond houden de beste vorm van diplomatie was.

Of misschien, dacht Lynch, was hij gewoon te ziek om in discussie te gaan.

Scott Adlers overleden moeder (zaliger gedachtenis) zou hebben gezegd dat die arme Tony Hargrave eruitzag alsof hij elk moment kon *plotzen*, neervallen, en zou hem, zoals een goede Joodse moeder betaamde, een gezond maaltje van gehakte lever aanraden.

Adler en de VP waren oude vrienden uit de tijd dat Hargrave bij Buitenlandse Zaken kwam werken nadat hij het leger had verlaten. Hij had altijd al snel last van zijn maag gehad; bijzonder voor iemand die aanvalshelikopters bestuurde.

Adler was een man van de details en een uitmuntend pokeraar, zeer tot ongenoegen van zijn jaargenoten aan de Fletcher School of Law and Diplomacy, waar hij als beste van zijn jaar afstudeerde. Hij had zich opgewerkt in de gelederen van bestuursambtenaren bij Buitenlandse Zaken. Omdat hij goed op de hoogte was van de Russische taal, cultuur en politiek trok hij als vanzelf naar de Sovjetkant van het ministerie toe: een drukke plek tijdens de kalme tijden van de Koude Oorlog. Hij sprak goed genoeg Japans om een gesprek te kunnen voeren en had een paar jaar eerder, toen de twee landen op de rand van oorlog balanceerden, wat onderhandelingen gevoerd. Op dit moment deed hij voor de achtste (!) keer in zijn volwassen leven een miserabele poging om te stoppen met roken, waardoor hij direct nerveus en hyperbewust van zijn omgeving was geworden. Door de ondertoon van het gesprek van de vicepresident, of eigenlijk het gebrek daaraan, wist Adler dat er iets mis was.

Ook Hargrave sprak Russisch, en in het begin had hij voor Adler gewerkt. Zelfs toen al zag je meteen dat die voormalige legerhelikopterpiloot met zijn vlotte babbel echt zo'n jongen was die was voorbestemd om het verder te schoppen dan zijn leeftijdgenoten. De schijnwerpers bleven op hem gericht en niemand leek dat erg te vinden, want hij was echt een aardige vent. Hargrave was verdergegaan in de politiek, veroverde een congreszetel in South Dakota, de staat waarin hij woonde, en sprong uiteindelijk in het oog bij Arnold van Damm en de andere partijbestuurders, waarna hij de ziekelijke Richard Pollan verving als vicepresident.

Hargrave bietste een maagtabletje van Keenan Mulvaney zodra de Huey landde. Voor een maagzuurremmer kon hij altijd rekenen op de special agent die verantwoordelijk was voor zijn beveiligingseenheid. Mulvaney gaf hem het tabletje met een bedachtzame zijdelingse blik, maar zei niks.

Minister Varma stond met een vertrokken gezicht een eindje verderop en zag eruit alsof hij ook wel iets voor zijn maag kon gebruiken.

'Gaat het?' vroeg Adler aan Hargrave toen ze naast elkaar stonden op het rode pluchen tapijt in de grote hal van de ambtswoning van premier Mori. De vicepresident was hier de baas, maar Adler was ouder en hij zag Hargrave in vele opzichten als zijn lievelingsneefje. 'Misschien moet je even naar Carter om je te laten nakijken.'

Hargrave wist er een knipoogje uit te persen. 'Ik red het wel, vriend.'

Dokter Carter Boone, commandeur van de Amerikaanse marine, was een van de artsen van het Witte Huis die altijd met de vicepresident meereisden. Net als de artsen die met POTUS meereisden bleef commandeur Boone binnen afzienbare afstand voor noodgevallen, maar net ver genoeg uit de buurt om niet gewond te raken in het geval van een aanval of een catastrofaal ongeluk. Als alles goed ging, zou dokter Boone de hele avond gekleed in een smoking papierwerk afhandelen in een nabijgelegen kantoor.

Hargrave straalde toen premier Mori en zijn vrouw de trap afkwamen om de bezoekers te begroeten.

'Echt,' zei hij vanuit zijn mondhoek, met zijn ogen op de premier gericht terwijl hij Adler een speelse elleboogstoot gaf. 'Maak je geen zorgen om mij. Ik ben gewoon net zo moe als jij eruitziet, dat is alles.'

Maar het bleek meer dan dat te zijn.

Veel meer.

Premier Mori was een hoffelijke gastheer en onderhield zijn gasten met de bloederige geschiedenis van de officiële ambtswoning van twee verdiepingen, die gebouwd was in 1929. Zijn vrouw, een stille, vogelachtige vrouw die weinig zei met haar lippen maar des te meer met haar ogen, kromp ineen van onbehagen toen Mori in kleurrijke bewoordingen vertelde over de twee bloederige coups die binnen deze muren hadden plaatsgevonden, met moorden die schijnbaar hadden geleid tot de geboorte van de geesten die 's nachts over het tapijt liepen, wat er door de jaren heen vele premiers van had weerhouden om de ambtswoning te betrekken.

Het grootste deel van de tijd at minister Varma zwijgend. Hij maakte slechts af en toe een spottende opmerking om zijn stemming te benadrukken. Een daarvan, die Adler niet kon verstaan, was blijkbaar tegen de ambassadeur gericht.

Hargrave schraapte zijn keel en zijn glimlach verdween. 'Ik begrijp dat uw regering ontdaan is vanwege het voorstel van president Ryan, maar...'

Varma wierp Lynch een speelse blik toe. Hij depte zijn lippen met een linnen servet en kwam ter zake nu hij de volle aandacht van de vicepresident had. 'Neem me niet kwalijk, maar de Verenigde Staten spreken net zo over dit soort zaken als, naar verluidt, de oude samoeraikrijgers in dit prachtige land deden. Als een krijger een andere doodde in de strijd, zei hij: *"Kiri-sute gomen."* Ik snijd je de keel af en laat je vallen, het spijt me.' Varma wierp een blik op premier Mori terwijl hij zijn zaak bepleitte. 'Mijn excuses voor de manier waarop ik dat uitspreek. De vicepresident maakt zich er wel heel lichtzinnig van af door te zeggen dat India slechts "ontdaan" is. Een groot deel van de wereld buiten de Verenigde Staten is sterk afhankelijk van betaalbare generieke geneesmiddelen die worden gefabriceerd door bedrijven in mijn land. Het plan van president Ryan om fabrieken in Puerto Rico te subsidiëren is niets minder dan protectionistisch. Die ondernemingen zullen Indiase bedrijven ondermijnen, een vitale markt om zeep helpen en de toegang tot medicatie afsnijden voor arme mensen over de hele wereld.'

Scott Adler had ontzettende moeite zijn mond te houden.

'Meneer de minister,' zei Hargrave. 'Ik kan u verzekeren dat de Verenigde Staten niet van plan zijn om arme mensen de toegang tot vitale medicatie te ontzeggen. We verdedigen echter wel onze behoefte aan farmaceutische onafhankelijkheid en geven er de voorkeur aan om onze medicijnen uit fabrieken te halen die beschikbaar zijn voor toezicht en inspectie.'

Daar dacht Varma lange tijd over na, waarna hij op een grimmiger toon vervolgde: 'Als u impliceert dat onze fabrieken niet hun volledige medewerking verlenen, zijn we daarover zeer ontstemd.'

'Ik impliceer niets, meneer de minister,' kaatste Hargrave terug. 'Ik spreek vrijuit. Het is vrijwel onmogelijk om inspecteurs bij uw faciliteiten naar binnen te krijgen zonder dat zo lang van tevoren aan te kondigen dat die inspecties vrijwel nutteloos zijn...'

Premier Mori stak een vlakke hand omhoog en glimlachte zacht, als een wijze opa. 'Heren,' zei hij in volmaakt Engels, 'mijn vrouw heeft een heerlijke custard bereid als dessert. Deze kwesties zijn nogal gewichtig. Ik ben bang dat de zaak een zure nasmaak zal krijgen als we er nu over praten. Ik verzoek jullie dringend om deze discussie uit te stellen tot na het eten, in het belang van...' Hij zweeg midden in zijn zin en de schittering verdween uit zijn ogen. 'Hargrave *Dono*,' zei hij, en hij sprak net zozeer tegen zijn eigen medewerkers als tegen de vicepresident. *'Otsukaresama desu. Daijobu desu ka?* Voelt u zich niet goed?'

Adler draaide zich naar zijn vriend en zag dat die krijtwit was geworden. Het zweet parelde op het voorhoofd van de vicepresident en stond op zijn bovenlip. Zijn ogen trilden. Hij helde over op zijn stoel en hing opzij. Hij zou zijn omgevallen als Adler hem niet had opgevangen.

De special agent die verantwoordelijk was voor Hargraves bescherming en die tegen de muur had gezeten, sprong overeind en sprak in het microfoontje op zijn revers. 'Dokter, dokter, dokter,' zei hij. 'Hier Mulvaney. Dokter Boone naar de eetkamer voor PAINTER. Onmiddellijk.'

Special agent Mulvaney hielp de vicepresident naar de vloer en legde hem op zijn rug, waarna hij zijn voeten omhooghield met een kussen dat mevrouw Mori hem gaf.

Ambassadeur Lynch schoof haar stoel naar achteren en kwam dichterbij om te helpen. 'Stikt hij?'

Minister Varma kwam er ook bij en vroeg of hij iets kon doen, terwijl hij zijn eigen beveiligers van zich afschudde tot ze hem zo'n beetje wegsleurden.

'Het gaat prima,' zei Hargrave buiten adem, terwijl hij zijn kaak heen en weer bewoog alsof hij elk moment kon gaan overgeven. Het ging allesbehalve prima.

Er leken Secret Service-agenten uit de gordijnen tevoorschijn te komen, en ze vormden een menselijk schild rondom de vicepresident, die nu opkeek naar Adler en special agent Mulvaney. Als minister van Buitenlandse Zaken was Adler een van de weinige mensen op aarde die tijdens zo'n gebeurtenis niet zonder pardon door agenten werd weggesleurd. Hargrave pakte zijn hand. Zijn greep was zwak en ontstellend koud, maar hij hield vol. Hij draaide zijn hoofd een klein stukje en keek naar Mulvaney. 'Laat hem... blijven... Hij is... mijn vriend.'

De manier waarop hij het zei had iets ongelofelijk ontroerends. De tranen sprongen Adler in de ogen. Tony Hargrave, een van de sterkste, meest sprankelende mannen die hij ooit had ontmoet, een piepklein stukje verwijderd van het presidentschap van de Verenigde Staten, was veranderd in een bang klein jongetje.

Mulvaney schonk Adler een behoedzaam knikje terwijl hij de autocolonne buiten mededeelde dat ze zich klaar moesten maken om te gaan rijden. Er waren al agenten onderweg naar het Toranomon-ziekenhuis aan de andere kant van het parkeerterrein van de Amerikaanse ambassade, nog geen kilometer verderop. Verkenningsagenten hadden een paar weken daarvoor met het chirurgische personeel gesproken, zoals ze dat in ziekenhuizen op elke locatie waar POTUS of VPOTUS kwam deden, ter voorbereiding op een eventueel medisch noodgeval. Het traumapersoneel zou klaarstaan, wat dit ook zou blijken te zijn.

De persoonlijke beveiligers van premier Mori escorteerden hem voor alle zekerheid uit de eetkamer. De Japanse beveiligingspolitie die was toegewezen aan de VPOTUS-eenheid bleef in de buurt, waakzaam maar zonder in de weg te staan. Het hoofd van de SP deed via de radio stap voor stap verslag aan zijn commandopost van wat er gebeurd was, en waarschuwde gemarkeerde politieauto's om zich voor te bereiden op een escorte naar Toranomon.

Adlers eigen Diplomatieke Beveiligingsagenten kwamen binnenrennen en probeerden hem door de deur te loodsen, maar hij schudde ze af en bleef Hargraves hand vasthouden.

Dokter Boone wrong zich tussen het groepje agenten door en liet zich naast de getroffen vicepresident op zijn knieën vallen.

'Stand-by om PAINTER naar de ambulance te brengen,' zei special agent Mulvaney in zijn reversmicrofoontje. En daarna tegen dokter Boone: 'Ambulancepersoneel komt er nu aan.'

'Begrepen.' De dokter gaf een kort knikje en concentreerde zich op zijn patiënt. Zijn stem bleef kalm en zacht.

'Wat is er aan de hand, meneer de vicepresident?' Hij glimlachte geruststellend terwijl hij zijn patiënt onderzocht op sporen van verwondingen. 'Vertel eens wat er gebeurd is.'

Hargrave wees naar zijn buik en kromp ineen door een nieuwe steek van pijn. Hij slikte moeilijk. 'Ik voel me beroerd, Doc.'

Boone drukte zijn vingers tegen de zijkant van Hargraves nek. 'Uw hartslag is versneld, meneer de vicepresident. We moeten u naar het ziekenhuis brengen om te kijken wat er aan de hand is. Het kan blindedarmontsteking zijn. Wanneer is het begonnen?'

'Tijdens de vlucht...' fluisterde Hargrave, die weer ineenkromp. 'Ik weet het niet... Misschien al eerder.' Er gleed een traan over zijn slaap. 'Mijn darmen voelen helemaal... ik weet het niet, trillerig, alsof ze een eigen leven lei...' Zijn gezicht vertrok tot een masker van pijn en zijn mond ging open en dicht, als een vis die naar adem hapte. Zijn oogleden trilden en sloten zich.

Dokter Boone legde zijn hand op Hargraves buik, eerst hoog, onder de ribbenkast. Hij wachtte even en legde hem lager. Alle voorgewende kalmte verdween. Hij vloekte zacht en wendde zich snel tot Mulvaney.

'Informeer het Toranomon-ziekenhuis dat de vicepresident een AAA-ruptuur heeft,' zei hij kortaf. 'Een aneurysma van de buikaorta. We moeten nú gaan!'

Adler liet zijn greep verslappen, waardoor Hargraves hand uit de zijne gleed en met een dreun op het tapijt viel.

De spieren in Boones kaak spanden zich als kabels.

Het was standaardprocedure van de Secret Service om buiten een ambulance stand-by te laten staan. Een paar tellen later kwamen er drie Japanse ambulancemedewerkers met een brancard naar binnen rennen. Boone bracht ze snel op de hoogte terwijl ze samen Hargrave optilden.

'AAA?' fluisterde Adler, half in zichzelf.

'In zijn buik is een belangrijke slagader gescheurd,' zei Boone. 'De belangrijkste slagader. Hij heeft een enorme inwendige bloeding.'

'Maar u kunt hem toch wel beter maken?' Adler werd koud vanbinnen. 'Ja toch?'

'We moeten hem naar het ziekenhuis brengen, volgens protocol,' zei Boone, die eruitzag alsof hij een trap in zijn onderbuik had gekregen. Hij boog zich zo ver opzij dat alleen Adler hem kon horen. 'Iemand moet de president op de hoogte stellen. Het spijt me, meneer de minister, maar ik moet gaan.'

5

Zevenendertig minuten nadat Jack Ryan en de anderen haastig naar beneden waren geloodst, gaf de Secret Service het teken dat alles veilig was en dat ze uit het PEOC mochten komen. De tocht op en neer door de ondergrondse gangen en schemerige trappenhuizen was een goede oefening in haastig lopen en bleef een onaangename manier om je ontbijt te verteren, vooral voor Ryans stafchef.

Ryan had Anna Kapoor nog wat vragen gesteld terwijl ze in het PEOC zaten en gezegd dat ze kon vertrekken zodra de Secret Service iedereen weer naar boven liet gaan. Arnie herinnerde Ryan er niet al te subtiel aan dat er, al wilde hij zich nog zo graag op het wetsvoorstel voor farmaonafhankelijkheid focussen, momenteel verdomd veel gaande was.

Ryan was gewend aan dreigingen over de gehele linie, maar dit was belachelijk. Het gebruikelijke wapengekletter door Rusland, China, Noord-Korea en Iran had de afgelopen honderd uur een aanzienlijke stijging vertoond. Al die landen hadden ernstige interne problemen – hongersnood, maatschappelijke onrust, natuurrampen – maar iedereen die een van hun nationale inlichtingendiensten onderschatte, deed dat op eigen risico.

Ryan twijfelde er niet aan dat geheim agenten en analisten hun opperheren zelfs op dit moment nog in verrukking brachten met nieuws over opschudding bij hun 'Grootste Vijand'; de Verenigde Staten.

Een stroom van deepfakes waarin Jack Ryan in een of andere compromitterende positie te zien was overspoelde nu meerdere internetplatforms. Een poging om de filmpjes te laten verwijderen zorgde alleen maar voor meer publiciteit, waardoor ze trending werden. Tegelijkertijd hadden ransomwarecyberaanvallen op de stad Baltimore, op de Red Hook Terminal en het metrostelsel van D.C. ervoor gezorgd dat er tienduizenden mensen in het donker zaten en moesten lopen. Er waren twee metrotreinen van de Green Line op elkaar gebotst, waarbij drie doden waren gevallen en tientallen mensen gewond waren geraakt.

Tot nu toe hadden de Amerikaanse inlichtingendiensten de herkomst van deze aanvallen niet kunnen achterhalen. Aanvankelijk had er enig vermoeden bestaan dat de daders tot Eenheid 61398 van het Volksbevrijdingsleger behoorden, een van de militaire hackingseenheden van China, die gevestigd was in Shanghai; andere analisten hadden het gevoel dat de digitale sporen vals waren en dat de hackers afkomstig waren van GRU's 26165, een Russische militaire inlichtingeneenheid die bijzonder actief was met ontwrichtende cyberaanvallen. Weer anderen in de gemeenschap schreven de aanvallen toe aan Iran. Er waren eigenlijk zoveel meningen dat er helemaal geen duidelijke mening was. In sommige opzichten deed de identiteit van de dader er helemaal niet toe. Een aanval tegen de Verenigde Staten door een van de landen was ook in het belang van de andere.

Als de president van de Verenigde Staten het druk had met het oplossen van zijn eigen problemen, was de kans een stuk kleiner dat hij zijn hoofd zou breken over een paar door de marine van het Volksbevrijdingsleger uit de oceaanbodem opgebaggerde nieuwe eilanden in omstreden wateren, of dat hij moeilijk zou gaan doen over Russische troepen die hun oorlogsspelletjes gevaarlijk dicht bij de grens met Oekraïne speelden.

En nu had er blijkbaar iemand geprobeerd een vliegtuig in het Witte Huis te laten vliegen.

'De piloot heet George Cantu,' zei Brian Wilson, de directeur van de FBI, vanaf zijn plek op het uiteinde van de bank. Wilson was een van de weinige mannen die Ryan kende bij wie een vlinderdasje echt goed stond. 'Hij is vijfendertig, heeft geen strafblad en ook geen psychische problemen, voor zover we weten. We hebben hem in bewaring genomen. Hij weet heel weinig, als we zijn verhaal moeten geloven.'

Ryan keek de kamer rond vanuit zijn stoel bij de open haard. 'Iemand had het over een bedreiging van het gezin van die man. Hebben we gecontroleerd of ze in veiligheid zijn?'

Gary Montgomery zat op dezelfde bank als Wilson, maar dichter bij de deur. Hij leek altijd net iets dichterbij te blijven na een verhoogde dreiging aan het adres van Ryan.

'We hebben op dit moment agenten bij mevrouw Cantu en haar dochter, meneer de president.'

'Fijn om te horen,' zei Ryan.

Foley en de minister van Binnenlandse Veiligheid, Mark Dehart, zaten op de bank tegenover die van de anderen.

Van Damm ijsbeerde door de ruimte en hield zijn handen tegen elkaar aan voor zijn gezicht, waarbij hij met zijn duimnagel tegen zijn voortanden tikte. Hij was nooit voorstander van het PEOC geweest. De tombe noemde hij het, en hij zwoer dat hij liever om het leven kwam in een hevige vlammenzee dan door verstikking een paar verdiepingen onder de oostvleugel van het Witte Huis. Het zou een paar minuten duren voor hij weer de stoere praatjes had van de gewiekste politicus die hij was.

Ryan nam een slok koffie en knikte peinzend.

'Weten we nog steeds zeker dat die piloot het op ons had gemunt?'

Minister Dehart tikte op het scherm van zijn tablet en draaide het naar Ryan toe. 'Dit is het vliegveld van Culpeper. Volgens meneer Cantu dreigde de mysterieuze beller dat zijn gezin vermoord zou worden als hij de instructies niet exact zou opvolgen. De stem gaf Cantu opdracht om onmiddellijk na het opstijgen een koers van noordoost ten oosten aan te houden. Daarna moest hij verder vliegen tot hij gedetailleerdere coördinaten zou krijgen.' Dehart tikte nogmaals op het scherm om een animatie van een vliegtuig te starten op een kaart van het verboden luchtruim rondom Washington D.C. Er liep een stippellijn vanaf de neus van het vliegtuig.

Mary Pat boog voorover om het beter te kunnen zien. Ze schudde haar hoofd. 'Op die koers zou hij recht boven het Witte Huis hebben gevlogen.'

'Of er recht in,' merkte Van Damm op.

'En zijn vrouw?' vroeg Ryan. 'Was haar auto inderdaad beschadigd, zoals Cantu beweerde?'

'Ja, meneer,' zei Montgomery. 'Aan de bestuurderskant, in de zijkant van de voor- en achterband, zitten gaten die door kogels lijken te zijn veroorzaakt. De kogel waarmee de achterband lek is geschoten, zit misschien vast in de uitlaat.'

'Ik heb er technisch rechercheurs naartoe gestuurd,' zei directeur Wilson. 'Die nemen de uitlaat in beslag en stellen de kogel veilig als die erin zit.'

'Heeft niemand schoten gehoord?' vroeg Mary Pat.

'Blijkbaar niet,' zei Montgomery. 'Ik weet zeker dat de FBI een grondiger buurtonderzoek zal doen. Maar volgens mijn agenten meldden de buren dat ze een donkerblauwe sedan hebben gezien, mogelijk een Ford Taurus. Een buurvrouw was niet zeker van het merk, maar wist wel te vertellen dat er twee mannen in zaten die geen vinger uitstaken om mevrouw Cantu te helpen de band te verwisselen.' Hij haalde zijn schouders op. 'Ze zou toch niet ver komen met twee lekke banden.'

Directeur Wilson liet beide handen op zijn dijen rusten. 'Zoals Gary al opmerkte, doen we een diepgaand buurtonderzoek en stellen we eventuele kogels of delen van de uitlaat veilig, en natuurlijk trekken we meneer Cantu's achtergrond volledig na. Technisch rechercheurs zijn nu zijn telefoon aan het doorspitten, maar tot nu toe hebben we nog niet veel nuttigs kunnen vinden om de beller te kunnen identificeren.'

'Vertel het nog eens,' zei Ryan. 'Wat zei de beller nou toen hij Cantu de eerste aanwijzingen gaf?'

'Dat ze zijn gezin in de gaten hielden…'

'Nee,' verduidelijkte Ryan. 'Wat werd er gezegd over de koers die hij moest aanhouden? Zijn exacte bewoordingen.'

'Aha.' Wilson knikte. 'De beller gaf Cantu opdracht om "noordoost ten oosten" te vliegen.'

Ryan nam een slok koffie terwijl hij daar even over nadacht. 'Iemand bekend met die term?' vroeg hij na een tijdje. 'Ik bedoel, hoe die specifiek wordt gebruikt.'

'Ik neem aan dat je het letterlijk moet nemen,' zei Foley. 'Ongeveer naar het noordoosten.'

'Dat zou kunnen,' zei Ryan. 'Maar alle piloten die ik ken gebruiken getallen om hun koers aan te geven. Noordoost ten oosten is een richting op een scheepskompas.' Hij knikte naar Montgomery, van wie hij wist dat hij een kleine zeilsloep op de Potomac had.

'Dat klopt, meneer de president,' zei de agent. 'Noordoost ten oosten is…' Hij maakte het rekensommetje in zijn hoofd. 'Zesenvijftig en een kwart graden. Tussen noordoost en oostnoordoost in.'

Van Damm hield op met ijsberen en trok bedenkelijk zijn wenkbrauwen op.

Ryan las zijn gedachten. 'Ik weet dat het vergezocht is, Arnie,' zei hij. 'Maar we moeten op zijn minst rekening houden met het feit dat onze beller mogelijk bij de marine heeft gezeten. Waar dan ook ter wereld.'

Van Damm schudde zijn hoofd. 'We zijn door het oog van de naald gekropen, meneer de president. De pers zou een topdag hebben gehad als u de vader van de kleine Lucy Cantu had neergehaald.'

'Ik betwijfel of de vader van de kleine Lucy Cantu daar zelf wel blij mee was geweest.' Ryan stond op, waardoor alle anderen in de kamer prompt ook overeind kwamen. Hij dacht niet dat hij daar ooit aan zou wennen, al was het voordeel wel dat de boel erdoor in beweging bleef.

'Wie hier ook achter zitten, ze wisten dat onze straaljagers een klein vliegtuigje zouden neerhalen,' zei hij. 'Hun doel was niet mij vermoorden, maar ons ongerust maken. Onze gedachten afleiden van de zware taak om dit land te besturen, en ik kies ervoor om dat niet te laten gebeuren. Dus laat ik het aan jullie, de deskundigen, over om dit tot op de bodem uit te zoeken.' Hij wierp een blik op Arnie. 'Laten we verder gaan. Ik ben er wel aan toe om over iets anders te praten dan een of andere arme drommel die gedwongen werd om zijn vliegtuigje mijn woonkamer in te sturen.'

Ryan wist uit ervaring dat het vrijwel onmogelijk was om een vergadering weer terug te brengen tot ruwe inlichtingen als iemand eenmaal het onderwerp van een onmiddellijke dreiging ter sprake had gebracht, zoals iemand die een vliegtuigje boven het Witte Huis laat neerstorten. Iedereen in het Oval Office was actiegericht. Er werd op dit moment ontzettend veel geanalyseerd, met inlichtingen die zo ruw waren dat ze nog als een dampend hoopje op de grond lagen. Als Ryan zijn dag in de soep zou laten lopen door elke aanval of dreiging van een aanval, zou hij nooit iets voor elkaar krijgen.

In een land met ruim driehonderd miljoen inwoners zouden er altijd wel mensen zijn die het niet met hem eens waren, en voor sommigen was dat genoeg om te proberen hem te vermoorden.

Sommigen zagen hem als de vijand, het gezicht van alles wat er mis was in het land, en Ryan was niet iemand die ging pleiten of zijn gedrag aanpaste om anderen van gedachten te laten veranderen. Hij schoof de verantwoordelijkheid echt niet af. Hij viel publiekelijk veel vaker in zijn eigen zwaard dan dat hij prat ging op zijn overwinningen. Zijn waarderingspercentage was over het algemeen hoog, maar er waren er altijd wel een paar die min of meer in het landelijke equivalent van een verkeersruzie zaten en die tot moorddadige woede werden opgezweept door een van de vele onvolmaaktheden in een democratische republiek. Die 'bijzondere types' zagen alleen maar een rood waas met Ryans gezicht er middenin. Zoals Gary Montgomery hem regelmatig hielp herinneren als ze in de fitnessruimte van het Witte Huis op de loopband liepen: de kogel die je doodt heeft geen politiek, religieus of ander dogma. Hij is niet fanatiek of krankzinnig; het is gewoon lood.

Arnie keek door de ramen van kogelwerend glas naar de Rose Garden en de South Lawn terwijl de anderen achter elkaar aan de kamer verlieten.

'Kapoor en haar team praten senator Chadwick vanmiddag bij over je wetsvoorstel voor farmaceutische onafhankelijkheid...'

Ryan fronste zijn voorhoofd. 'Míjn wetsvoorstel? Verdomme, Arnie, daar hebben we het over gehad.'

Van Damm stak zijn handen in de lucht. 'Ik weet het, ik weet het. Buiten dit kantoor zeggen we hét wetsvoorstel.' Hij slaakte een vermoeide zucht. 'Er zijn aardig wat mensen die aan onze kant staan die deze zet beschouwen als verraad aan Amerikaanse farmaceutische bedrijven. We hebben het hier over miljarden, of zelfs biljoenen.'

'Klopt.' Ryan knikte. 'En miljarden levens. Je hebt Kapoors cijfers gehoord. Ik probeer geen bedrijven te laten omvallen, en al helemaal niet als ze Amerikaans zijn. Door belastingvoordeel te bieden aan bedrijven die in Puerto Rico bouwen, dwingen we niemand daar te gaan wonen, maar ze zullen er wel door worden gestimuleerd.'

'Ik stel alleen maar voor dat we voorzichtig moeten zijn,' zei Van Damm. 'Je bent het gezicht van dit... óns... wetsvoorstel en dat levert je heel wat machtige vijanden op.'

Ryan ging zitten en liet zijn handen plat op het bureau rusten, waarna hij langzaam knikte. 'Je wilt dat ik voorzichtig doe omdat iemand heeft besloten me te haten...' Hij lachte spottend. 'Ja, Arnie. Dat klinkt echt als iets wat ik zou doen. Laten we...'

Er werd op de deur geklopt en Mary Pat Foley kwam met open mond terug. Een halve seconde later kwam ook Gary Montgomery vanuit de hoofdgang naar binnen en hij zag er al net zo ontdaan uit als Foley.

Ryan stond op en zijn gedachten schoten ogenblikkelijk naar Cathy... of een van de kinderen. Eén blik op Mary Pats gezicht zei hem dat hij zich op het ergste moest voorbereiden.

Hij fluisterde: 'Wat is er?'

Montgomery knikte naar Foley, die slikte en moeite moest doen om haar kalmte te hervinden.

'Meneer de president,' zei ze. Het was niks voor Mary Pat om geen woorden te kunnen vinden, maar haar mond viel weer open en er kwam een hele tijd niks uit. Daarna: 'Meneer, ik heb Scott Adler aan de telefoon. De vicepresident is...' Ze slikte weer. 'Jack, Tony Hargrave is dood.'

6

Verbijsterd zei Ryan dat Foley, Van Damm en Montgomery rondom zijn bureau moesten plaatsnemen, waarna hij de minister van Buitenlandse Zaken op de speaker zette. Hij bood Foley een tissue aan, maar zag dat ze haar verdriet voorlopig geparkeerd had.

'Dokter Boone was erbij toen hij overleed,' zei Adler, die hol klonk, alsof hij in shock verkeerde. 'De premier ziet af van een onderzoek van Japanse kant. Het zal nog steeds even duren, maar het moet me wel lukken om hem in de komende paar uur naar huis te laten vliegen.'

'Geen kwade opzet?' vroeg Van Damm.

Foley wierp een blik naar Montgomery, die telefonisch snel was bijgepraat door special agent Keenan Mulvaney. Hij schudde zijn hoofd.

'Nee, meneer,' zei Adler. 'Volgens dokter Boone is Tony's aorta gescheurd op de plek waar die door zijn buik liep. De inwendige bloeding was gigantisch en direct. Hij overleed voordat we hem zelfs maar buiten naar de ambulance konden krijgen.'

'Zomaar... gescheurd?' vroeg Ryan, half in zichzelf. 'Zonder dat er iets aan voorafging?'

'Ik weet het niet,' zei Adler uitgeput. 'Misschien wel. Hij zag er heel moe uit tijdens de vlucht. Ik zei dat hij zich moest laten nakijken door dokter Boone, maar u kent Tony. Hij wilde er niks van weten... Ik had meer moeten aandringen.'

'Jij kunt er niks aan doen, Scott,' zei Ryan.

'Dat weet ik, meneer de president,' zei hij. 'Rationeel, in elk geval. Maar...'

'Dit komt... uit het niets,' stamelde Ryan, iets wat hij zelden deed. 'Dank je wel Scott, dat je alles regelt.'

'Tony Hargrave was mijn vriend, meneer de president. Ik ben blij dat ik er voor hem was.'

Foley snufte weer om haar tranen terug te dringen. 'En zijn vrouw?'

'Het is net gebeurd,' zei Adler. 'Ze weet nog van niks. Premier Mori heeft een media-embargo opgelegd tot we haar op de hoogte hebben gebracht. Gelukkig voor ons houden Japanse mensen zich over het algemeen aan de regels, dus als het goed is, houden ze het stil.'

Van Damm haalde diep adem. 'En Varma? Zou die het lekken?'

'Hij lijkt oprecht bezorgd,' zei Adler. 'Ondanks onze meningsverschillen. Hij heeft beloofd een uur te wachten voordat hij zijn regering informeert.'

Ryan keek naar Gary Montgomery, die zonder woorden begreep wat hij wilde.

'Uw autocolonne staat gereed als u wilt vertrekken, meneer de president.'

'Heel goed,' zei Ryan. 'Ik ga meteen naar het Observatorium om het haar zelf te vertellen, Scott.'

Foley deed haar mond open om iets te zeggen, maar wist opnieuw niks uit te brengen. Ze nam de tissue aan die Ryan aan haar gaf en snufte om nog meer tranen terug te dringen. 'Sorry dat ik me zo laat gaan...'

'Dat is begrijpelijk,' zei Adler aan de andere kant van de lijn. 'Tony Hargrave maakte iedereen aan het lachen. Het is logisch dat zijn heengaan mensen aan het huilen maakt.' Hij schraapte zijn keel. 'Als er verder niets is, meneer de president...'

'Hou ons op de hoogte, Scott,' zei Ryan. 'Ik zie je op Andrews als je aankomt.'

Adler hing op.

Ryan stond op, keek op zijn horloge en wierp een blik op Foley. 'Wat zou je ervan vinden om met me mee te rijden om met Phoebe te praten? Anders had ik Cathy meegenomen, maar die moet vanochtend opereren.'

'Ik voel me vereerd, meneer de president,' zei Foley.

Ryan wendde zich tot Van Damm. 'Praat met Jason en laat hem ervoor zorgen dat dokter Boone eens even goed naar Scott kijkt. Hij is niet meer de jongste en dit zal buitengewoon veel stress voor hem opleveren.'

Jason Bailey, admiraal van de marine, was het hoofd van de medische dienst van het Witte Huis, en de baas van Carter Boone.

'Natuurlijk,' zei Van Damm. 'En dan maak ik ook meteen een afspraak voor u. Tony was ook uw vriend.'

Daar lachte Ryan om, terwijl hij zijn colbertje aantrok. 'Ik voel me prima.'

'Ik durf te wedden dat Tony dat ook tegen Scott zei.'

Ryan wuifde hem weg en wendde zich tot Montgomery. 'Laten we gaan.'

De agent zei tegen zijn revers: 'Limo, hier Montgomery. SWORDSMAN komt jullie kant op.'

'Jack,' zei Foley, niet meer zo formeel onder het gewicht van Hargraves dood. 'Heb jij hetzelfde gevoel als ik?'

'En welk gevoel is dat?' Ryans hoofd tolde door de honderdduizend dingen die hij nog af moest maken. 'Dat we te maken hebben met een soort gecoördineerde aanval?'

'Precies.' Foley dwong zichzelf weer sterk te zijn. 'Laat het maar aan mij over, meneer de president. We roken degenen die hierachter zitten uit.'

'Dat weet ik,' zei Ryan tijdens het lopen.

Arnie liep achter Ryan aan de gang in. 'Ik vind het vreselijk om het nu ter sprake te brengen, maar dat is mijn werk. We moeten nadenken over wat er nu volgt. De markten, het land, de rest van de wereld… Die kijken allemaal toe. Ze moeten zien dat we dit aankunnen. Gezien alles wat er gaande is, moet u zo snel mogelijk een nieuwe vicepresident benoemen.'

'Dat snap ik.' Ryan klemde zijn kiezen op elkaar en deed zijn uiterste best om niet te snauwen. Arnie had gelijk, maar dat maakte het niet makkelijker om zijn boodschap aan te horen. 'Maar als je het niet erg vindt, wil ik nu eerst Phoebe Hargrave vertellen dat haar man is overleden, voordat ze het via CNN te horen krijgt.'

7

In de Puerto de Frutos staken betonnen kades en pieren uit de rivier als ongelijke tanden van een kapotte kam. Ten oosten van de stad Tigre vlochten de wateren zich tussen de talloze eilanden en kanalen door om uiteindelijk bij Punta Gorda samen te vloeien in de rivier de Uruguay, voordat ze naar de Río de la Plata stroomden. Deze 'rivier van zilver' was eerder een riviermond of een baai in de Atlantische Oceaan, meer dan honderdvijftig kilometer verderop. Eind jaren zeventig, begin jaren tachtig ontdeed de Argentijnse militaire junta zich in deze zilte wateren van dissidenten, die naakt en vaak nog springlevend waren op het moment dat ze uit de legerhelikopters werden geduwd.

De *Guerra Sucia*, de Vuile Oorlog waarin militaire heersers tienduizenden jonge mensen lieten verdwijnen die ervan verdacht werden dat ze communisten of socialisten waren en die gevangengenomen, gemarteld en verkracht werden voor ze uiteindelijk verbrand of in zee gegooid werden, was nog niet zo heel lang geleden geëindigd. De man die op de hoek empanada's verkocht, kon heel goed een bewaker in een geheime gevangenis zijn geweest. De grijsharige vrouw met een bloem in haar haar kon wel een vermiste dochter hebben.

Het lag allemaal nog vers in het geheugen, maar de herinneringen waren diep weggestopt, als donkere wateren ver onder het oppervlak. Je moest weten waar je ze moest zoeken. Nu trokken toeristen, zowel Argentijnse als buitenlandse, massaal naar de Río de la Plata en de welige Tigre-delta.

Dominic Caruso, special agent van het Federal Bureau of Investigation – op papier, tenminste – bestudeerde de omgeving, terwijl zijn collega (en vriendin) Adara Sherman zich op hun doelwit richtte. Hij was lang, gladgeschoren, had donker haar en liep als een

Amerikaan. En dat wist hij. Zelfverzekerd en alert als hij was, nam hij alleen met zijn aanwezigheid al een aanzienlijke hoeveelheid emotionele ruimte in beslag. Jezus, de FBI had hem heel wat schoppen onder zijn kont gegeven tijdens de trainingen van nieuwe agenten in Quantico. Hij was lid van een elitegroep van agenten, een topagent van de FBI... Alleen was hij dat eigenlijk niet. Hij was nu iets anders. Iets wat nog elitairder of, op zijn minst, behendiger was.

Adara was extreem fit en Noord-Europees blond, de tegenpool van de donkere, getaande Caruso. Ze droeg haar haar kort, zonder moordhandvatten, zoals ze vlechtjes of paardenstaarten noemde. Als iemand die haar leven lang leerde, kon ze naast Engels nog met zes talen uit de voeten, waarvan ze er twee vloeiend sprak. Misschien was haar beste eigenschap als geheim agent wel haar vermogen om er niet uit te zien als een Amerikaanse. Sherman was in staat zich door alleen maar een andere hoed op te zetten te transformeren van een studente van een meisjesdispuut in een truttige bibliothecaresse.

Vandaag was ze een toerist, gekleed in een donkere polo en een kaki korte broek, waarin haar prachtige benen, ontstaan door vele uren crossfit, fraai uitkwamen.

Caruso en Sherman, allebei leden van een officieuze, quasioverheidsinlichtingendienst die bekendstond als De Campus, liepen over de gesplitste boulevard van straatstenen en hielden hun aandacht scherp maar onopvallend gericht op de vrouw met het ravenzwarte haar die Guillermina Rossi heette. Argentijnen spraken Spaans als Castilianen, dus spraken ze de naam uit als *Gizhermina.*

Hun doelwit, of 'konijn', liep dertig meter voor hen uit en was gekleed in een losvallend katoenen overhemd dat tot onder haar heupen op een verschoten spijkerbroek hing. Haar dikke haar was naar achteren getrokken met een brede band die van dezelfde ongebleekte katoenen stof als haar overhemd was gemaakt. Hoewel Rossi hun doelwit was, was ze niet hun operatiedoel. Sherman en Caruso zaten achter de man aan met wie ze had afgesproken. Darko Begić, een Servisch staatsburger die gezocht werd vanwege de stelselmatige verkrachting van zevenentwintig Bosnische vrouwen en het vermoorden van hun vaders, broers en echtgenoten. De afgrijselijke oorlogsmisdaden waren tientallen jaren eerder gepleegd. Begić was destijds een jeugdige misdadiger van twintig geweest die met zijn paramilitaire bende van andere jonge criminelen door de straten van Srebrenica had gezworven.

De fruitmarkt was tegelijk een toeristenbestemming en een opstapplek. Overdekte mahoniehouten rondvaartboten lagen dicht tegen elkaar aan in het chocoladebruine water, als drijvende bussen, twee of drie naast elkaar. Passagiers stonden met hun kaartjes onder schaduwrijke afdakjes in de rij voor een rondvaart in de wirwar van rivieren die geflankeerd werden door herenhuizen en paalwoningen. Een drijvende winkel, volgestouwd met kerosine, snacks en *gaseosas* – zoals Argentijnen frisdranken noemden – deed het water kolken terwijl hij naar het zuidoosten tufte, klaar om de mensen te bedienen die het geluk hadden om fulltime in de delta te wonen.

'Er klopt iets niet,' zei Sherman in het microfoontje dat aan haar oor bungelde. Ze likte met het puntje van haar tong een druppel dulce-de-lecheroomijs weg die langs de zijkant van haar gesuikerde hoorntje droop en hield haar stem zacht en gereserveerd vanwege de vele voorbijgangers. 'Ik krijg bij haar gewoon niet dat gevoel van killer-pistool-gangsterliefje. Ze is te... ik weet niet, te knap.'

Caruso nam een hap van zijn ham-kaasempanada en knikte peinzend naar de vrouw met het ravenzwarte haar, waarna hij zijn blonde vriendin aankeek. Hij zette de schakelaar in zijn zak om zodat hij alleen tegen Adara kon praten en niet via het netwerk uitzond.

'Aantrekkelijk en keihard kunnen hand in hand gaan,' zei hij. 'Daar ben jij het levende bewijs van.'

'Aahh,' zei Sherman. 'Je weet het leuk te brengen.'

Verderop verdween Rossi om de hoek van een stalletje langs de rivier waar gegrild rundvlees werd verkocht. Een gespierde jonge man met een wit overhemd en een zonnebril volgde haar; waarschijnlijk een bodyguard.

Sherman nam nog een likje ijs en versnelde haar pas. Vandaag speelden zij en Caruso het stelletje dat ze ook werkelijk waren, wat het makkelijker maakte om op natuurlijke wijze met elkaar te dollen. Het was weekend en ze hadden volop de gelegenheid om op te gaan in de grote menigten.

Guillermina Rossi was niet alleen, maar Caruso en Sherman ook niet.

John Clark, hoofd Operaties van De Campus, sprak via het net.

Het team had voor deze operatie afgezien van de gebruikelijke Sonitus Molar Mics en gebruikte gewone witte oortjes die via een snoertje verbonden waren met hun mobiele telefoons. Zo te zien had zo'n beetje een op de drie mensen die op de boulevard aan het winkelen waren soortgelijke oortjes in, dus ze vielen totaal niet op.

'Heeft ons konijn nog steeds haar vriend in haar kielzog?' vroeg Clark.

'Yep,' zei Caruso met een ploppende p. Het achterwege laten van militair jargon hielp voorkomen dat voorbijgangers onrustig zouden worden. 'Die gast heeft geen nek. Ik denk dat het alleen maar spieren voor de show zijn, misschien zelfs anabolen. Maar we zouden onze handen er hoe dan ook aan vol hebben.' Caruso grinnikte. 'Hij is blijkbaar ook nogal dol op die spieren, aan zijn strakke overhemd te zien. Niet zo slim, want de omtrekken van het pistool in zijn broekband zijn duidelijk te zien als hij met zijn schouders rolt, en dat doet hij heel vaak.'

Rossi was alleen geweest toen ze op station Retiro in hartje Buenos Aires in de Mitre-trein stapte. De spierbundel had zich bij haar gevoegd toen ze in de haven was aangekomen.

Het grootste deel van het team had haar naar Tigre gevolgd in de trein, maar Clark en zijn schoonzoon, Domingo 'Ding' Chavez, reisden in een gehuurd Toyota-busje en trotseerden het beruchte verkeer van Buenos Aires terwijl de teamleden in de trein hen op de hoogte hielden van wat het konijn deed. Clark patrouilleerde nu in de straten langs de rivieroever. Het was zijn taak om het hele team op te pikken als de boel in de spreekwoordelijke soep liep.

Chavez zat al op het water in een open polyesterboot. Hij had direct bij aankomst bij een familieverhuurbedrijfje onderhandeld over twee boten. Jack Ryan junior zat aan het roer van het tweede motorbootje.

Als Guillermina, zoals ze vermoedden, ergens in de delta met Begić had afgesproken, zou ze daar met een boot naartoe moeten. Chavez en Ryan waren van plan de anderen op te pikken zodra ze aan boord ging van iets wat dreef.

Voormalig Delta Force-agent Bartosz 'Midas' Jankowski liep achter Caruso en Sherman en maakte het team compleet. Hij stond klaar om de observatie over te nemen als Guillermina of haar nieuwe vriend er lucht van kregen dat ze werden geschaduwd.

'Misschien is deze nieuwe kleerkast wel een beveiliger van Begić,' merkte Midas op. 'En brengt hij haar naar de ontmoetingsplek.'

'Zou kunnen,' zei Adara. 'Ze heeft een paar rondjes langs de winkels gemaakt. Of ze doodt de tijd, of ze doet wat contrasurveillance, waarschijnlijk allebei. Alleen...'

Haar stem stierf weg. Caruso zag aan de manier waarop ze op haar onderlip beet dat ze ergens over peinsde.

Clark, die twee straten verderop zat te popelen om inlichtingen van zijn team te krijgen, drong via het net aan.

'Voor de draad ermee,' zei hij. 'Het kan me niet schelen dat het maar een onderbuikgevoel is.'

Adara knikte langzaam. 'Wat zeggen ze ook alweer over de Argentijnen? Het zijn gewoon Italianen die Spaans spreken, maar ze denken dat ze Engelsen zijn die in Frankrijk wonen.'

'De spijker op z'n kop, als je het mij vraagt,' zei Midas.

'Ik geloof niet dat ik ooit zo'n goed verzorgde groep mensen heb gezien,' zei Adara. 'Bijna alle mensen die we tegenkomen zien eruit alsof ze gekleed zijn voor een chique afspraak, zelfs als ze alleen maar naar de buurtsuper gaan om wat dulce de leche te halen. Dit meisje ziet eruit alsof ze gaat kamperen, niet alsof ze op weg is naar haar stinkend rijke vriendje, de oorlogscrimineel.'

Verderop bleef Rossi voor een winkel staan waar de lange messen werden verkocht die gaucho's altijd aan hun riem hingen. Kleerkast keek naar de messen terwijl Guillermina in haar telefoon sprak en intussen wild gebaarde met haar vrije hand.

Caruso bracht de anderen op de hoogte via het communicatiekanaal.

'... ze wordt steeds geanimeerder,' zei hij. 'Ze windt zich ergens over op. Kijk goed. Misschien komt Begić wel naar haar toe. Het kan zijn dat er zo iemand aankomt.'

'O, shit,' zei Chavez.

Het plan was geweest om haar te volgen naar Darko Begić' locatie, waarna de wettelijke FBI-attaché in Buenos Aires het samen met de plaatselijke gendarmerie kon overnemen. Het was nog wel te doen om het vriendinnetje van een misdadiger te volgen, die hooguit wat amateuristische maatregelen nam om achtervolgers van zich af te schudden. Maar Begić reisde ongetwijfeld met competente spierbundels samen. Het team van De Campus zou nog steeds proberen te kijken waar hij naartoe ging, maar voor het schaduwen van mensen die niet gevolgd wilden worden was een veel grotere groep nodig dan De Campus ter beschikking had.

'*Prefectura*,' zei Jack. 'Vier man in een open patrouilleboot, richting het zuidoosten.'

De prefectura was de grenspatrouille van Argentinië.

'Verbaast me niks,' zei Chavez. 'Hun plaatselijke hoofdbureau zit hier vlak om de hoek.'

'Oké, jongens,' interrumpeerde Adara. 'Er gaat iets gebeuren.'

Guillermina beëindigde haar gesprek en stopte haar telefoon in de zak van haar spijkerbroek. Ze wapperde met haar hand naar Kleerkast en wees hem op een trappetje dat van de markt naar het water liep.

Caruso gaf door wat ze gezien hadden.

'... Ding, Jack, hebben jullie zicht vanaf jullie positie?'

'Ja,' zei Ryan. 'Ik zie een bestuurder van een boot, zo te zien een puberjongen, die in zijn eentje aanmeert langs de pier. Rossi en Kleerkast gaan aan boord.'

'*Perfecto*,' zei Caruso. 'We komen eraan. Kun je ons oppikken en haar nog steeds in de gaten houden?'

'Gaat lukken,' zei Ryan.

Chavez, die iets meer stroomopwaarts zat, riep Midas op om naar hem toe te komen.

'Rossi en haar spierbundel varen nu weg van de pier,' zei Ryan. 'Ze gaan stroomafwaarts. Ze varen nu achter die mahoniehouten rondvaartboot die voor de tweede aanlegsteiger ligt.'

Dom en Adara sloegen links af tussen de curiosawinkel en de ijssalon en haastten zich het betonnen trappetje af, waarna ze over de dolboorden van Ryans bootje sprongen op het moment dat hij langs de pier kwam aanvaren.

Ryan zat op een omgekeerde plastic emmer, de provisorische stuurplek van bootjes over de hele wereld. Met zijn honkbalpetje laag over zijn ogen getrokken bestuurde hij het bootje met de stuurhendel van een 30pk-buitenboordmotor.

Toen Dom en Adara stevig zaten, wachtte hij op twee kajakkers die voorbijgleden, waarna hij de stuurhendel naar zich toe trok en het bootje met een vloeiende boog weg van de betonnen muur stuurde.

'Schijnbeweging!' zei Adara opeens met verbeten stem. 'Konijn maakt een draai van honderdtachtig graden.'

Guillermina Rossi ging terug naar de kant en de Campus-agenten zaten midden op het water in hun bootjes.

Allemaal, behalve John Clark.

8

NIGHTINGALE.

Iets zo gewaagds als het ontvoeren van de first lady van de Verenigde Staten verdiende een goede codenaam.

'De operatie is in volle gang.' De stem van de Spanjaard stroomde uit de luidspreker en klonk opgeblazen door zijn eigen gewichtigheid, zoals gewoonlijk.

Het was laat op de avond, veel later dan een man met Harjit Malhotra's middelen op kantoor zou moeten zijn, maar, zo dacht hij, tot laat werken was een van de twee redenen dat hij miljardair was. De andere reden waren de sterren. Het gonzende verkeerslawaai drong nauwelijks door de ramen van zijn kantoor op de veertiende verdieping in Banjara Hills. Zijn secretaresse was er ook nog, achter de gepolitoerde teakhouten deur. Kashvi was een prachtig meisje met een heerlijke moedervlek op haar onderrug. Hij zou zo naar haar toe gaan, na dit telefoontje, hoe lang dat ook mocht duren.

Tijdens het praten zwaaide Malhotra door de lucht met de *katar* die altijd op zijn bureau lag. De met edelstenen bezette stootdolk, een van zijn vele dure speeltjes, had een dik driehoekig lemmet dat op een lange haaientand leek. Vroeger werd het steekwapen gebruikt ter verdediging tegen een aanval van een tijger. Malhotra stelde zich voor dat hij het in de nek van de Spanjaard stak. Gesprekken met deze man verliepen altijd moeizaam, maar deze keer had hij goed nieuws. Eindelijk.

Malhotra draaide zijn stoel iets bij en tikte op het touchpad van zijn laptop om die wakker te maken, waarna hij genoot van een nieuwsartikel over de dood van vicepresident Anthony Hargrave. Hij keek over de rand van zijn computer naar de opgezette Bengaalse tijger met ontblote tanden die rechts van zijn kantoordeur stond en dacht aan de perfecte timing. Er kroop een glimlach over zijn brede gezicht, alsof hij zojuist iets heerlijk zoets had geproefd... of Kashvi's moedervlek.

'Heb jij hier iets mee te maken?' vroeg hij aan de Spanjaard.

'De dood van Hargrave was puur toeval,' zei de stem aan de andere kant van de versleutelde VOIP-lijn. De man sprak keurig Engels, alsof hij hoogopgeleid was, maar had wel een onmiskenbaar Spaans accent. 'Een geschenk van het lot, señor. Noch ik, noch een van mijn mannen kan er de verantwoordelijkheid voor opeisen. Maar we zullen munt slaan uit de gevolgen van zijn dood. Vergis u niet.'

Malhotra stootte de katar in de rand van zijn bureaublad, trok hem eruit en gooide hem neer om te voorkomen dat hij zijn prachtige bureau nog meer zou toetakelen. Die Spanjaard kon hem echt woest maken. Zijn glimlach verdween even snel als hij gekomen was toen hij aan het laatste debacle dacht.

'En hoe zit het met dat burgervliegtuigje? Ik verkeerde in de veronderstelling dat het door de Amerikaanse luchtmacht naar beneden zou worden geknald. We hebben een waardevolle kans gemist. De pers had Jack Ryan levend geroosterd als hij een van zijn eigen burgers zou hebben neergeschoten! Nu heb je tijd en middelen verspild. Want heb je de Amerikanen nu niet de gelegenheid gegeven om te laten zien dat ze heel goed in staat zijn het Witte Huis te beschermen? Dat is nou precies het tegenovergestelde van wat ik wilde bereiken. Ryan is koppig, halsstarrig. Hij zal die bullshitwet van hem erdoor duwen tot wij, en met "wij" bedoel ik "jij", zijn wereld op z'n kop zetten!'

De Spanjaard aan de andere kant van de lijn geeuwde. Iemand met minder goede oren zou denken dat het geluid een hapering in de VOIP-verbinding was, maar Malhotra wist zeker dat deze lul van een huurling zojuist tegen hem had gegeeuwd. Die klootzak zat gewoon te geeuwen!

'Señor Malhotra,' zei Gil. 'Mijn mannen werken aan het exacte scenario dat we al die tijd hebben besproken. Als u wilt dat...'

De miljardair kapte hem af.

'Wat ik wil is dat je ervoor zorgt dat de hel losbarst voor president Jack Ryan, in een heleboel kleine doses,' snauwde Malhotra. 'Ik weet zeker dat ik dat in onze eerste gesprekken duidelijk heb gemaakt.'

'Heel duidelijk.'

'Operaties mislukken niet zomaar,' zei Malhotra. 'Wiens schuld is dat gedoe met dat vliegtuigje?'

'De piloot week af van de instructies die mijn mannen hem gaven,' zei de Spanjaard, alsof hij de kwestie van zich afschudde. 'Neerschieten bleek niet succesvol.'

'Niet succesvol?' Malhotra beukte met zijn vuist op zijn bureau, waardoor hij een zilveren dienblad met een zeventiende-eeuws Mughal-theeservies omstootte en op een haar na de dolk miste. Kopjes en schoteltjes gleden over de rand en vielen op het tapijt aan diggelen. 'Hij week af? Ik hoop van harte dat je mensen zo verstandig waren om het gezin van die piloot af te maken vanwege zijn onvermogen om instructies op te volgen.'

'Nee, dat hebben ze niet gedaan,' zei de Spanjaard zelfingenomen, zoals alleen een Spanjaard dat kon. 'Daardoor zou iets wat de autoriteiten nu zien als een niet-traceerbaar neptelefoontje ineens veranderen in een moordonderzoek, wat op dit moment alleen maar zou leiden tot onnodige kritische observaties.'

Malhotra's wulpse secretaresse stak haar mooie hoofd om de deur vanwege het lawaai van het gevallen theeservies. Ze schrok even bij het zien van de tijger, zoals altijd, en keek daarna naar Malhotra, waarbij ze haar perfecte wenkbrauwen optrok om te zien of hij hulp nodig had.

Malhotra sloeg weer met zijn hand op tafel. Door gesprekken met de Spanjaard kreeg hij altijd zin om iemand te wurgen; misschien niet helemaal tot de dood erop volgde, maar toch in elk geval tot de persoon in kwestie spartelde en toegaf dat Malhotra de baas was. Hij keek een hele tijd duister naar zijn secretaresse, ziedend, en stelde zich voor hoe ze met trillende keel en grote, kastanjebruine ogen zou toegeven dat hij de baas was... in de meest uiteenlopende omstandigheden. Hij wuifde haar weg. Ze schonk hem een onderdanig knikje voordat ze de deur dichttrok, zachtjes, zoals Malhotra verlangde. Ze zou de puinhoop wel opruimen als ze later weer binnenkwam.

Hij had zestigduizend dollar neergeteld voor dat theeservies. Het was uiterst zeldzaam, maar hij zou wel ergens een ander servies vinden. Alles was te koop, als je maar genoeg geld had.

Daar eiste de Spanjaard heel wat van op, maar dat was een huurling. Het maakte Malhotra razend dat die kerel zich voordeed als zijn gelijke, alsof hij en niet Malhotra de lakens uitdeelde. Señor Gil wees er graag op dat zijn plannen alleen kans van slagen hadden als hij de tactische leiding had, terwijl Malhotra het bevel voerde. Onzinnig soldatengelul, dat was het, en Malhotra wist het. Bevel was niks zonder leiding.

Toch moest hij toegeven dat deze Spanjaard niet moest worden onderschat. Als de verhalen klopten, had hij eervol gediend in de Spaanse Unidad de Operaciones Especiales, de UOE. Deze Eenheid Speciale Operaties, die in Spanje kortweg 'de Eenheid' werd genoemd, werd opgeslokt door speciale oorlogsvoering op zee, en het leek erop dat Gil het gevoel had dat zijn vaardigheden en scherpzinnigheid daar over het hoofd werden gezien door jongere, nieuwere officiers. Nadat hij buitenspel was gezet, kwam hij in aanraking met soldaten van over de hele wereld die zich in een soortgelijke situatie bevonden en om wat voor reden dan ook aan de zijlijn stonden, en zo ontstond de Camarilla.

Zulke mannen waren niet te vinden door websites af te speuren, zelfs niet op het darkweb. Alles gebeurde via mond-tot-mondreclame. Aanbevelingen.

Hij had de Spanjaard drie keer persoonlijk ontmoet, meteen al bij de eerste onderhandelingen. De ontmoetingen hadden plaatsgevonden in Malhotra's kantoor, een regeling waarvan hij had gehoopt dat die in zijn voordeel zou werken omdat hij een thuiswedstrijd speelde. Dat was niet zo. Elke keer had señor Gil stugge kerels meegenomen, vier in totaal in de loop van hun ontmoetingen, alsof hij zijn spierballen wilde laten zien. Die mannen, van verschillende etnische afkomst, deelden een gemeenschappelijke plechtstatigheid die Kashvi trillende glimlachjes ontlokte. Ze waren kennelijk stuk voor stuk ingehuurd vanwege hun talent om stralen vol minachting uit hun oogballen te laten schieten, en ze waren er duidelijk om te intimideren. Malhotra had overwogen om wat van zijn beveiligingsmensen bij de meetings te roepen, maar had het idee laten varen. Die Camarilla-kerels zouden zelfs zijn beste mensen als voer hebben beschouwd, irritante vliegen die moesten worden weggemept.

Maar Malhotra wilde de zwaarste criminelen, en dat was de voornaamste reden dat hij met de Spanjaard in zee was gegaan. Het feit dat de mannen die voor hem werkten zonder twijfel moordenaars waren, voelde onbehaaglijk en geruststellend tegelijk. Maar toch, hij telde er een heleboel geld voor neer en vond dat hij wel een zekere mate van respect verdiende.

Geld was een merkwaardig verschijnsel. Malhotra was van de ene op de andere dag van een prettige portefeuille van iets minder dan achthonderd miljoen dollar overgestapt naar het land van de miljardairs, alleen maar vanwege een fluctuering in de markt. Niet mis voor iemand van veertig die het bedrijf had geërfd van ooms die zelf geen kinderen hadden.

Als eenvoudige miljonair had Malhotra plichtsgetrouw elke dag een kostuum aangetrokken als hij naar kantoor ging. Nu kleedde hij zich, zoals veel mannen met zijn status, gewoon zoals hij wilde. Hij hoefde niemand te imponeren, behalve misschien zijn huidige vriendin, die knap en slim was, maar niet zo slim dat ze iets vermoedde over Kashvi. Ze zou er uiteindelijk wel achter komen. Vrouwen hadden daar een neus voor. Als het zover was, zou hij wel weer een nieuwe vriendin vinden. Het snoepje van deze maand was een achtentwintigjarige modeontwerpster uit Mumbai, die hem kleedde alsof hij een van haar mannequins was. Die ochtend had ze een chino en een witlinnen overhemd voor hem klaargelegd, alsof hij naar een fotoshoot op het strand ging in plaats van naar kantoor. Hij gaf net zomin om kleren als een haai om de aanblik van zijn eigen huid. De wereld was zijn oceaan. De raad van bestuur was zwak, een poppenkast. Hij was de eigenaar van het bedrijf, en hij hoefde aan niemand verantwoording af te leggen.

Behalve aan Reinhardt Roth. Dat was de enige man op aarde die hij wilde behagen, op dit moment tenminste. Als *Herr* Roth het naar zijn zin bleef houden en Roth Pharmaceutical binnenkort Malhotra-Med Pharma Corp zou kopen, zou Harjit Malhotra zijn nettowaarde binnen twee weken meer dan vertienvoudigen, waardoor hij behoed zou zijn voor marktfluctuaties. Maar dan moest Jack Ryan wel ophouden met dat voortdurende gezanik over de Amerikaanse onafhankelijkheid van generieke medicijnen die in India werden gefabriceerd. Señor Gil begon met het afvinken van de aanvallen op de Amerikaanse president die zijn organisatie met succes op meerdere plekken had uitgevoerd.

Malhotra luisterde terwijl hij achteroverleunde in zijn leren Brandywine-stoel en zijn uitgebreide kunstcollectie bewonderde. Onder zijn topstukken bevonden zich twee Renoirs, een sculptuur van Kankalamurti dat uit menselijke beenderen was gehouwen en een driehonderd jaar oude Franse vertaling van de *Kamasoetra* die hij op een uitgelichte houten standaard links van de deur had gezet, opengeslagen op de heerlijkste illustraties, waardoor Kashvi telkens wanneer ze het kantoor binnenliep haar ogen afwendde.

De opgezette Bengaalse tijger zat rechts van de deur tegenover de *Kamasoetra*. Uit de glazen ogen van het beest straalde woestheid en zijn lippen waren naar achteren getrokken in een felle grom, terwijl hij klauwen als dolken liet zien.

Op een kleine katheder naast de tijger lag op versleten blauw fluweel het *howdah*-pistool waarmee hij was gedood. Malhotra had de dubbelloops samen met tien .577-kogels van Snider, projectielen zo groot als zijn duim, gekocht voor achttiendduizend dollar. Dat was een schijntje voor de vreugde die het hem schonk om een negentiende-eeuws wapen te gebruiken en zo'n woeste tegenstander uit te schakelen. Er waren miljardairs die zich door anderen een paar seconden de ruimte in lieten schieten. Malhotra haalde zijn adrenalinekick liever uit iets instinctievers.

Malhotra bonkte met zijn vuist op de armleuning van zijn stoel, verveeld door het luisteren naar de eentonige stem van de Spanjaard. Zijn ooms hadden hem geleerd dat mensen die te lang ononderbroken mochten praten op een gegeven moment dachten dat zij het voor het zeggen hadden.

'Ik neem aan dat je mannen er klaar voor zijn.'

'Jazeker,' zei de Spanjaard.

'Dat is ze geraden,' zei Malhotra. Hij wist wel het een en ander over het jagen op gevaarlijke dingen. 'De first lady vlak voor de neus van haar Secret Service-agenten weggrissen moet je niet licht opvatten.'

'Natuurlijk niet,' zei Gil, die weer geeuwde.

Malhotra fronste. *Saala kutta!* Letterlijk: zwager-hond.

'Ik zou me niet zo druk maken als ik had gewild dat jullie haar gewoon zouden vermoorden. Maar je huurlingen moeten haar niet alleen pakken, maar haar ook in leven houden. Als Ryan hoort dat zijn vrouw dood is, zal hij weliswaar rouwen, maar toch verdergaan.

Maar als die man ook maar de kleinste kans krijgt om haar te redden, dan zal hij daar volledig door in beslag worden genomen. Ik vertrouw erop dat je huurlingen tegen die taak zijn opgewassen.

'Dat zijn ze, hoor,' zei Gil doodkalm. 'Maar ik wil u er wel aan herinneren dat mijn mannen geen huurlingen zijn, señor. Huurlingen vechten voor geld. Mannen van de Camarilla vechten voor de vreugde van het conflict zelf.' Hij liet een minachtend gegrom horen, alsof zijn woorden te verheven waren om begrepen te worden door iemand die zelf geen soldaat was. 'En, belangrijker, ze vechten voor elkaar.'

Malhotra knikte tegen de opgezette tijger en mimede het woord *huurlingen*.

De tijger zei niks, maar Malhotra had sterk het gevoel dat hij het met hem eens was.

9

Ding Chavez zag vanaf zijn plek, vijftig meter stroomopwaarts, hoe de scène zich ontwikkelde. 'Je zit er al middenin, Jack,' zei hij over de radio. 'Straks krijgt ze nog argwaan, tenzij je verder over het water vaart in de richting waarin je nu al gaat.'

Midas pakte de rand van het bootje, klaar om zich af te zetten en uit de boot te stappen.

'Ik neem de observatie wel over,' zei hij kreunend. 'Best een slimme afschudmethode.'

'Blijf zitten waar je zit,' zei Chavez.

Met één hand op de rand draaide Midas zich om en keek hem aan. 'Wil je niet dat ik erachteraan ga?'

'Ik heb je nodig om de boot te besturen.'

Midas knikte kort. 'Jij bent de baas.'

'Kom op mijn plek zitten,' zei Ding, die de stuurhendel losliet en met Midas van plaats wisselde. 'Jij zit al een tijdje achter haar aan. De kans is groot dat ze je in de gaten heeft. Weten wij veel, misschien heeft Begić wel een contrasurveillanceteam dat de hele fruitmarkt in de gaten houdt. Ik ben een nieuw gezicht.'

'Ze is weer op de pier,' zei Adara. 'Ze is binnen tien seconden buiten ons beeld, zodra we voorbij deze rondvaartboot zijn.'

'Ik zie haar,' zei Chavez. 'Op dit moment, tenminste.'

Hij zag Guillermina Rossi en Kleerkast de trap op lopen alsof ze van plan waren te blijven winkelen. Nadat ze maar een paar meter verder waren werd lager in het water Chavez' zicht gehinderd door de betonnen muur van de pier.

Chavez vroeg: 'Heeft iemand haar in beeld?'

Clarks stem over het net klonk zo ruig als vijftien kilometer grindweg, maar toch standvastig en troostend. 'Ik zie ze,' zei hij. 'Ze doen allebei net alsof ze rondkijken bij de messenwinkel aan het eind van de straat, maar aan de manier waarop ze over hun zonnebril heen kijken is duidelijk te zien dat ze de boel in de gaten houden... Schrap dat maar. Het meisje blijft waar ze is, maar Kleerkast loopt naar het zuiden, richting de stad, en hij kijkt alle kanten op.'

'Ik ben op weg naar boven,' zei Chavez. 'We zijn vlak onder je.'

'Blijf waar jullie zijn,' zei Clark en hij zweeg.

Chavez keek van Midas naar de trap. Ze zagen er allebei uit als honden die popelden om te worden losgelaten.

'Kleerkast is blijven staan,' zei Clark. 'Rossi is... Oké, ze gaan terug naar de boot. Op jullie tenen, jongens en meisjes. Deze twee zijn niet bepaald profs, maar ze doen hun uiterste best om een schaduw te ontdekken.'

Chavez gooide de voorste lijn los en knikte naar Midas ten teken dat die van de kade moest wegvaren.

Clark klonk weer over de radio. 'O, trouwens, Guillermina raakt steeds de zoom van haar overhemd aan. Ik denk dat Kleerkast niet de enige is die gewapend is.'

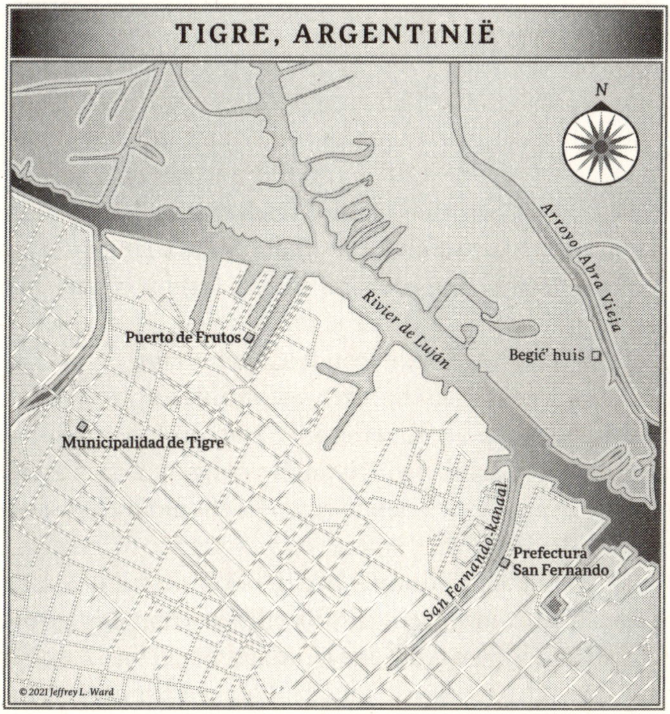

Twee kilometer stroomafwaarts boog Guillermina Rossi's boot af naar het noorden en verliet de bredere hoofdrivier om een schaduwrijk kanaal op te varen. Laurierbomen, palmen en torenhoge groenblijvers flankeerden de oevers. Zo te zien voerde het kanaal naar een kleinere vertakking van de Paraná, een van de grotere rivieren die vanuit het binnenland van Argentinië stroomde.

Midas bleef op de hoofdrivier en tufte de ingang van het kanaal voorbij. Ryans boot had hen kort nadat ze vanaf Tigre waren vertrokken voorbij laten varen. Hij sloot nu de rij en gaf hun de kans om dienst te doen als een frisse blik.

Met Midas aan het roer bleef Chavez' boot een volle minuut stroomafwaarts varen voordat hij voor een aankomende rondvaartboot een bocht van honderdtachtig graden maakte en terug naar het kanaal tufte.

'Zeg, hoe staan de zaken ervoor, Jackie Boy?' vroeg Chavez. Terwijl ze langs het moerassige ondiepe water voeren, keek een witte reiger toe, met een kleine vis overdwars in zijn dolkachtige snavel.

'Ik doe rustig aan,' zei Ryan.

'Wat een idyllische plek,' zei Adara. 'Schilderachtige huizen. Kinderen die vissen op de kade. Als het Diepe Zuiden met een Zuid-Amerikaans sfeertje... Huckleberry Bolívar. Als Darko Begić hier is, heeft hij een prachtplek uitgekozen om zich schuil te houden.'

'En waar zijn Rossi en Kleerkast?' drong Chavez aan. Hij kon het alleen maar met Adara eens zijn. Patty zou het hier prachtig vinden. Ooit zou hij haar hierheen brengen, als hij niet op jacht was naar een oorlogsmisdadiger.

Deze nieuwe waterweg, die een krappe tien meter breed was, was ongelofelijk stil, zonder het drukke verkeer van de grotere doorvaart: het rivierequivalent van een buitenwijk van Tigre. Op de oostelijke oever nestelden onberispelijke paalwoningen zich tussen keurig verzorgde tuinen met zwiepende palmen en dikke cipressen, terwijl de westelijke kant van het kanaal er wat wilder uitzag, met struiken en riet dat hele stroken onontgonnen oever verstikte tussen eveneens onberispelijke huizen met onmogelijk groene gazons die over zacht glooiende hellingen naar de waterkant liepen.

'Moeilijk om in de achtergrond op te gaan als er geen andere boten om ons heen zijn,' zei Ryan. 'Het is net zoiets als iemand in een verlaten zijstraatje achtervolgen. Als ze weten dat we hier zijn, kunnen we alleen maar hopen dat ze niet...'

Hij zweeg.

Chavez wachtte even. Er waren drie radio's in Jacks boot. Uiteindelijk zou een ervan iets uitroepen en iedereen op de hoogte brengen.

Toen klonk Ryans stem over het net, afgemeten maar direct. 'Nog een boot in onze richting. Kan Begić zijn. Zojuist weggevaren vanaf een steiger aan de westoever, honderd meter verderop.'

'Uitstekend,' zei Chavez. 'Leg de coördinaten van het huis waar hij verblijft vast en blijf stroomopwaarts v...'

Het staccato geknal van pistoolschoten klonk over het water. Er stoof een zwerm kleine groene papegaaien op uit de bomen in de bocht verderop. Een vader die met zijn zoon op een houten steiger aan het vissen was, greep de jongen bij de arm en trok hem de helling op, weg van het ratelende geluid van gevaar.

Midas gaf gas zonder dat Chavez een woord had gezegd, trok een witte V in het bruine water en bracht het bootje in de juiste positie.

'Dit is een aanslag,' zei Ryan. 'Rossi is hier niet omdat ze met Begić heeft afgesproken. Ze is hier om hem te vermoorden.'

Chavez en Midas kwamen de hoek om vlak voordat Begić' bestuurder de boot van Guillermina Rossi frontaal ramde. De boot van de Serviër was groter, een meter of zeven lang, met een stuurconsole in het midden en een oplopende boeg die hoger uit het water stak. Begić dook omlaag en gebruikte de console en zijn bestuurder om zich af te schermen voor de kogels uit de pistolen van Rossi en Kleerkast.

In de luttele minuten voordat de boten op elkaar botsten, zag Chavez dat Begić twee bodyguards had, van wie er één gewond achter zijn baas op de achtersteven lag. De andere doorzeefde Rossi's boot met mitrailleurvuur uit een uzi. Kleerkast sprong naar voren om Rossi te beschermen, maar werd volgepompt met kogels terwijl de zwaardere boot zich recht in die van hen ramde.

De oplopende boeg van Begić' boot vermorzelde het kleinere bootje. Opgedreven door de impact kwam de grotere boot volledig uit het water, en de schroef gierde toen hij dwars door Rossi's polyester motorbootje sneed.

Begić' bestuurder kwam om het leven in het strijdgewoel, misschien door Rossi's kogels of anders door de klap van de botsing. De boot minderde vaart en zakte in het water. Rossi sloeg overboord, samen met haar bestuurder. Begić speurde met zijn pistool in zijn hand het wateroppervlak af en wachtte tot ze bovenkwam.

Caruso, de enige in de andere boot die gewapend was, joeg een kogel in Begić' achtersteven terwijl Ryan vol gas gaf om hun bootje tussen Rossi en de Serviër te leggen.

Begić schreeuwde iets onverstaanbaars. Zijn bodyguard liet de uzi aan zijn schouderriem hangen en pakte de stuurhendel beet, waarna hij gas gaf en met brullende motor stroomafwaarts richting Tigre voer.

Midas, die nog steeds vol gas gaf om hun vrienden te bereiken, stuurde hun boot snel naar rechts en ontweek de naderende boot toen die voorbijkwam scheuren. Begić vuurde twee keer, in de veronderstelling dat Chavez en Midas deel uitmaakten van de hinderlaag. Hij schoot er ver naast. Gelukkig had de kerel met de uzi het te druk met het besturen van de boot.

'Gaat het, Jack?' schreeuwde Chavez. Midas had nog geen vaart geminderd.

'Alles goed!' riep Jack terug. Ze waren nu zo dicht bij elkaar dat ze elkaar ook zonder de radio hadden kunnen horen, als de brullende motoren er niet waren geweest. 'Wij vissen Rossi wel even op!'

Chavez keek over zijn schouder naar Midas. 'Heb je ze?' Hij hield het dolboord vast terwijl Midas het bootje op zijn zij liet kantelen en een krappe bocht nam die de hele breedte van het kanaal in beslag nam.

'Jazeker,' zei Midas. 'Zij hebben een grotere motor.' Hij grijnsde met opeengeklemde kaken naar Chavez en ging aan het roer zitten. 'Het is maar goed dat ik beter kan varen dan señor Uzi.'

10

Begić' grotere en snellere boot bleef een voorsprong houden terwijl ze stroomopwaarts richting Tigre scheurden. Beide boten slalomden tussen de gestage optocht van rondvaartboten en pleziervaartuigen door.

Met één hand op elk dolboord leunde Chavez een flink eind over de boeg, alsof hij de boot wilde dwingen om meer snelheid te maken.

Begić' boot minderde vaart en draaide naar een van de zijkanaaltjes die tussen de betonnen pieren waren uitgehouwen. Hij sneed af naar links en verdween langs een rij plompe mahoniehouten rondvaartboten die bij elkaar aan de kade lagen. Midas en Chavez voeren om het groepje boten heen en zagen nog net dat de Serviër over de rand van zijn boot sprong en de trap op sprintte. Zijn bestuurder scheurde zonder om te kijken ervandoor.

Midas koerste op de pier af. 'Neem het roer over!' schreeuwde hij. 'Ik ga achter hem aan!'

Chavez negeerde hem en sprong over de rand toen ze nog een halve meter van de kant waren. Midas was geen jong broekie meer, maar Chavez was nog heel wat jaren eerder geboren. Gelukkig was Begić ouder dan zij allebei. Het zou geen probleem moeten zijn om hem te pakken te krijgen. Hopelijk. Toch zag Chavez af van een bijdehante opmerking; hij spaarde zijn adem voor de achtervolging.

Chavez bewoog zijn armen snel op en neer en sprintte op volle kracht naar de bovenste tree. De menigte die op de fruitmarkt aan het winkelen was en al was opgeschrokken door een man die woest vanaf de rivier was komen aanrennen met een pistool in zijn hand, begon nu te roezemoezen en, toen de mensen zagen dat Chavez een wilde achtervolging inzette, te schreeuwen.

Begić draaide zich vliegensvlug om toen hij in de gaten kreeg dat iemand hem volgde. Hij schoot vanuit zijn heup en miste Chavez, maar de geschrokken marktgangers stoven uiteen. Chavez dook weg achter een T-shirtwinkel en gluurde snel om het hoekje, waarbij hij laag neerhurkte zodat zijn hersenpan niet zo'n voorspelbaar doelwit zou zijn als Begić toevallig op de loer lag. Maar nee. De kerel maakte zich snel uit de voeten, met zijn pistool in de hand maar zonder om te kijken.

Chavez trok een sprintje en ging achter hem aan, puffend als zijn neefs Shovelhead Harley uit 1966.

'Hij gaat rechtsaf,' zei Chavez tussen het hijgen door. 'Eerste zijstraat... weer linksaf... parallel aan de pieren...' Hij speurde naar een straatnaambordje. 'Sarmiento... naar het zuiden in de richting van de hoofdstraat aan de voorkant.'

De Serviër bleef tussen de menigte door banjeren. Winkeltjes maakten plaats voor traditionele bakstenen gebouwen, meubelzaken, kunstgaleries, restaurants... en veel minder mensen. Begić versnelde zijn pas nu hij een recht, ongehinderd pad voor zich had, en hij rende naar een witte sedan die met ronkende motor klaarstond in de straat op de volgende hoek. Hij raakte zijn oor aan, deed zijn oortje goed en praatte met iemand tijdens het rennen.

Aan alle kanten loeiden sirenes, steeds luider. *Policía*. Ze waren dichtbij.

De chauffeur in de witte sedan had er blijkbaar genoeg van. Bang voor de naderende politie reed hij met piepende banden weg en liet Begić een halve straatlengte verderop aan zijn lot over.

De Serviër zette een paar vertwijfelde stappen en zwaaide zijn armen protesterend in de lucht. Chavez kon niet horen wat hij zei, maar stelde zich voor dat het heel wat kleurrijke vervloekingen waren. Begić minderde niet voor lang vaart.

Een meter of vijftien achter hem bracht Chavez iedereen via de radio op de hoogte. 'Hij is weer naar het noordoosten afgeslagen... tussen een paar gebouwen door naar dezelfde straat waar hij uit kwam rennen.' Chavez paste zijn tempo aan, want hij wilde niet het risico lopen om een kogel in zijn gezicht te krijgen als hij te dichtbij kwam. 'Hij is met iemand aan de telefoon.'

John Clark deed een duit in het zakje. 'Misschien gaat hij terug naar zijn boot?'

‘Zou kunnen,’ zei Chavez.

‘Bevestigd,’ zei Midas. ‘Ik heb zijn bootbestuurder in beeld. Geen uzi in zicht, maar hij zit in het bootje voor de rondvaartboot die het meest noordelijk in het kanaal ligt, bijna aan de hoofdrivier. De rondvaartboten liggen met zijn drieën naast elkaar aan de kade. Er zijn er zojuist vier of vijf binnengekomen na een rondvaart door de delta. Het is hier een chaos, het wemelt overal van de boten en de mensen.’

‘Begrepen.’ Chavez ging langzamer lopen om te voorkomen dat hij Begić zou aanzetten tot meer schoten in het wilde weg, waardoor hij de menigte zou kunnen raken. ‘Hij is buiten adem,’ zei Chavez, zelf ook hijgend. ‘Ik zit zo’n vijftien meter achter hem.’

‘Jack,’ riep Midas. ‘Wat is je positie?’

‘Zo’n honderd meter stroomafwaarts,’ zei Ryan. ‘Ik kom nu aan bij de meest oostelijke kade van Tigre. We hebben Rossi aan boord. Volgens haar heeft Begić haar zus ongeveer een maand geleden verkracht en vermoord. Ze is hierheen gekomen om de rekening te vereffenen…’

‘Kom als de sodemieter hierheen,’ zei Midas, ‘dan helpen we haar een handje. Vaar naar voren, waar de bestuurder wacht. Het is prima als hij jullie ziet.’

‘Begrepen,’ zei Ryan, die erop vertrouwde dat de voormalige Delta-agent wist wat hij deed.

‘Begić’ boot kan niet dichter bij de pier komen dan hij nu al is,’ zei Midas. ‘Er liggen te veel andere boten in de weg… Jaag hem op, Ding. Zorg ervoor dat hij in beweging blijft. Ik heb een idee.’

Chavez luisterde tijdens het rennen, blij dat hij even zijn adem niet hoefde te gebruiken om iedereen op de hoogte te houden.

Begić vertraagde zijn pas een beetje bij het naderen van de groep rondvaartboten, en zijn hoofd schoot op en neer terwijl hij zijn opties afwoog. De drie vaartuigen achter in de rij braakten tientallen passagiers uit, waardoor de pier volgepakt stond en de doorgang voor de Serviër geblokkeerd werd.

‘We komen eraan,’ zei Ryan.

Begić stak zijn armen in de lucht en zwaaide wild terwijl hij met iemand praatte door het microfoontje dat aan zijn oor bungelde. Omdat hij niet naar voren kon lopen, liet hij de trap voor wat die was en sprong over de reling, waarna hij op het polyester dak van de dichtstbijzijnde boot landde. De boten, die zo'n twintig meter lang en vijf meter breed waren, boden een gladde, maar onbelemmerde ontsnappingsroute. Begić stak het vaartuig dat het dichtst bij de pier was zijdelings over, sprong op de volgende boot in het rijtje en daarna op de volgende, tot hij bij de buitenste rondvaartboot was, waarna hij weer vooruitrende.

Chavez sprong achter hem aan over de reling, dankbaar voor zijn LOWA-schoenen met grip op de zolen. Hij sprong vanaf de binnenste boot naar het midden en rende parallel aan zijn doelwit. Beide mannen hadden meer dan vijf minuten het uiterste van zichzelf gevergd. Chavez was in bovengemiddelde vorm en liep elke week ruim dertig kilometer hard, al was hij aanzienlijk langzamer dan vroeger. Nog niet zo heel veel jaar geleden zou hij deze klootzak naar de grond hebben gewerkt, de arm van die vent hebben afgerukt en hem ermee dood hebben geslagen. Maar deze sprints op volle kracht hadden hem uitgeput. Gelukkig was Begić in slechtere vorm en hijgde hij als een renpaard, briesend en wankelend; hij bleef slechts op de been door adrenaline en haat.

Chavez kwam nu met elke stap dichter bij hem.

Touroperators en bemanningsleden van de boten begonnen nu vanaf de pier en de benedendekken te schreeuwen en vervloekten die twee idiote kerels omdat ze de bovenkant van hun prachtige boten vernielden met hun zware schoenen. Een menigte van marktbezoekers verzamelde zich bij de reling. Ze riepen beledigingen, heel bedreven in de Argentijnse kunst van het *escrache*, het openbaar aan de schandpaal nagelen, tot Begić zich omdraaide en nog twee schoten loste. De kogels knalden in het hout achter Chavez en misten hem, maar kwamen wel zo dichtbij dat hij instinctief opzijsprong.

Bij het geluid van de pistoolschoten ging er gegil op vanuit de menigte. De meeste mensen maakten massaal dat ze wegkwamen, maar sommigen knielden neer en probeerden met hun telefoon te filmen.

Begić vergrootte zijn snelheid toen hij de boeg van de achterste rondvaartboot bereikte. Zijn zware schoenen bonkten op het dak en hij nam een aanloop om over de tussenruimte te springen. Dat lukte maar net, en hij landde ternauwernood op het achterdek van de volgende boot in de rij. Hij klapte met zijn knie op het onverzoenlijke polyester voordat hij zich een trappetje op wist te hijsen en weer verder kon lopen.

Een meter of vijf achter hem, maar wel op een boot dichter bij de kade, trok Chavez zijn hoofd in en pompte zijn armen rond in een poging sneller te gaan. Dit zou allemaal heel gauw voorbij zijn, welke kant het ook op ging.

Begić sprong omlaag op de volgende en de laatste boot in de rij, ook nu weer stuntelig, en hij krabbelde overeind en beklom het laatste trappetje, nu hevig hinkend. Chavez kon nog een paar meter op hem inlopen.

Terwijl ze bijna nek aan nek op parallel liggende boten renden, hoorde Begić blijkbaar dat Chavez hem op de hielen zat. Hij hield zijn pistool omhoog alsof hij wilde schieten, maar Ryan of iemand anders in de buurt van de boeg trok de aandacht van de Serviër door de scheepshoorn te laten blazen.

Verbouwereerd omdat hij Guillermina Rossi zo snel na hun laatste aanvaring alweer zag en haar absoluut als bedreiging beschouwde, wankelde hij weer en probeerde te bepalen welke kant hij op moest.

Ryan liet de scheepshoorn weer klinken.

Chavez zwenkte naar rechts bij het horen van de toeter, nam een sprong naar de aangrenzende boot en spurtte recht op de uitgeputte Begić af. Chavez boog zijn knieën en wierp zich voorover alsof hij zich tijdens een *football*-training op een tacklemachine stortte. De Serviër, die zich zijwaarts niet staande kon houden, kukelde over de rand en viel zo'n vijf meter naar beneden in Midas' bootje. Chavez liep snel naar voren en liet zich op beheerstere wijze zakken om te voorkomen dat hij iets brak.

Begić lag op het triplex dek te kronkelen en had minder geluk. Ineengedoken, met zijn handen geopend voor zijn gezicht, kreunde hij iets in het Spaans dat Chavez niet goed kon verstaan boven het geluid van zijn eigen ademhaling.

Midas stuurde het bootje de rivier op, zodat het achter de grotere vaartuigen uit het zicht van de pier lag. Hij draaide naar het zuiden toen er een polyester motorsloep vol Prefectura-agenten van het stroomopwaarts gelegen San Fernando-bureau kwam aanvaren. De Prefectura Naval Argentina, de kustwacht die op de waterwegen van het land patrouilleerde, was nog groter dan de marine, dus hun agenten zouden ongetwijfeld binnen de kortste keren over de hele markt krioelen.

Voorlopig waren de naderende agenten gewapend met achterhaalde informatie en speurden ze nog steeds de daken van de grote rondvaartboten af, op zoek naar de gerapporteerde onruststokers.

Chavez trok een vettig canvasdekzeil over de onthutste, kreunende Darko Begić. Midas tufte een kilometer stroomafwaarts en sloeg rustig van de hoofdrivier af naar een industriële waterweg aan de rand van Tigre, het San Fernando-kanaal .

Begić' gekreun klonk nu luider en hoger. 'Ik heb geld,' zei hij, en hij kromp ineen tijdens het praten, waarschijnlijk omdat hij gebroken ribben had.

Chavez zette zijn schoen op de schouder van de man; geen schop, maar een strenge waarschuwing dat hij zijn mond moest houden. Het hielp niet.

De Serviër kronkelde net zo lang tot hij onder het zeil uit kon gluren. 'Camarilla? Wie heeft jullie ingehuurd? Een van de meisjes? Niet Guijita, in elk geval… Ik heb gehoord dat jullie niet omkoopbaar zijn, maar iedereen heeft een prijs. Toch?'

Chavez negeerde hem.

'Wat dacht je van het dubbele, vriend?' Begić dreinde nu als een muskiet. 'Ik zweer het. Neem het niet aan voor jezelf als je eer op het spel staat. Maar zelfs de legendarische Camarilla heeft toch zeker werkkapitaal nodig?'

Normaal gesproken zou Chavez maar al te graag toelaten dat een gevangene alle inlichtingen op tafel zou gooien die hij maar wilde uitbraken, maar eerlijk gezegd kon hij niet zomaar voorbijgaan aan het feit dat deze kerel een laag-bij-de-grondse kinderverkrachter was. Nee, Begić moest voor het Internationaal Gerechtshof in Den Haag verschijnen, of waar ze hem ook naartoe zouden sturen; als er gerechtigheid bestond in de wereld zou hij in Bosnië aan een stel vrouwelijke gevangenbewaarders overgeleverd worden.

Chavez gebruikte de neus van zijn schoen om Begić' gezicht naar het dek te draaien en het over het vuile triplex te laten schrapen, zodat er geen misverstanden zouden ontstaan. Hij was niet geïnteresseerd in een babbeltje.

Midas stuurde het bootje voorbij het bureau van de Prefectura aan de linkerkant, waar een stuk of vijf geüniformeerde agenten kleine speedboten in gereedheid brachten om mee te helpen zoeken naar de man die schoten had gelost op de fruitmarkt. Het normale bootverkeer op de rivier was niet gestopt tijdens het recente oproer en de wetshandhavers hadden er geen idee van dat de mannen die er verantwoordelijk voor waren naar hen toe waren gevaren in plaats van bij hen vandaan.

Ryan kwam met Dom, Adara en Guillermina Rossi in zijn boot achter hen aan.

Nog steeds buiten adem slaakte Chavez hijgend een zucht van opluchting toen hij zijn schoonvader met zijn armen over elkaar op de met struikgewas bedekte zanderige oever voor het busje zag staan. De her en der verspreide gebouwen waren vervallen en stonden ver uit elkaar, met tussen de weinige gebouwen een paar overwoekerde open plekken. Stukjes afval en kluwens ineengestrengelde vislijnen werden over de vochtige aarde geblazen door de wind die opstak vanaf de hoofdrivier.

Clark tuurde langs zijn naderende teamgenoten naar het noorden. 'En de bestuurder van zijn boot?' vroeg hij. 'Die met de uzi?'

Adara Sherman schudde haar hoofd terwijl ze over de rand sprong om Chavez te helpen de wankelende Serviër uit de boot te sjorren. 'De laatste keer dat we señor Uzi zagen, voer hij met razende snelheid stroomopwaarts.'

Begić schuifelde met opgetrokken schouders naar voren, zijn handen met tiewraps bijeengebonden, en hij onderdrukte een hoestje. Yep, dacht Chavez, gebroken ribben.

De Serviër schakelde over op Engels. 'En nu?' vroeg hij laatdunkend. 'Waarom zouden jullie me aan wal brengen om me daarna gewoon te vermoorden? Het is algemeen bekend dat de Camarilla niet aan gevangenen doet.'

John Clark keek van de Serviër naar Chavez, dacht even na en wuifde een idee weg. 'We moeten wegwezen. Nu.'

Chavez duwde Begić naar voren, op de oever omhoog naar het klaarstaande busje.

De Serviër bleef abrupt staan. 'Zijn jullie dan niet van de Camarilla?' Begić hapte naar adem. Hij keek naar de hemel en mompelde zachtjes een gebed. Zijn ogen vulden zich met tranen, en daarna schoot hij in de lach.

Guillermina Rossi stapte nog geen drie meter verderop uit Ryans boot. Ze struikelde over een kronkelig struikje, maar herstelde zich en streek met onvaste handen haar natte kleren glad. Begić giechelde om haar ongelukje en trok zijn kleine neus op met bittere verachting. 'Ik ken jou, Guijita.' Hij loerde naar haar doorschijnende blouse, die nog kletsnat was door haar duik in de rivier. 'Dus deze mensen zijn gewoon jouw knokploeg. Dit alles? Waarvoor, schat? Wraak?'

Rossi boog haar hoofd en het water droop uit haar natte haar. Er kleefden gebroken twijgjes en stukjes blad aan haar verhitte gezicht.

Chavez wierp een blik over zijn schouder naar de monding van het kanaal om te kijken of ze gevolgd werden, door de Prefectura of door anderen. Er schoot een golf van adrenaline door zijn armen toen hij zich terugdraaide en even een flits in Rossi's ogen zag.

Hij had die blik eerder gezien.

Rossi's hand met een klein semiautomatisch pistool erin kwam snel omhoog. Haar eerste schot zou Begić recht in zijn hoofd hebben geraakt, maar Chavez stootte tegen haar elleboog, zodat haar mikpunt net zo ver verschoven werd dat de kogel door de kaak van de man knalde en meerdere tanden verwoestte, waarna hij onder zijn rechteroor naar buiten kwam. Rossi vuurde nogmaals en de tweede kogel trof de Serviër in de zijkant van zijn bekken, zodat hij als een zandzak neerplofte.

Chavez rukte het pistool weg, veegde het schoon en gooide het in de rivier.

11

Clark zette iedereen in beweging nog voordat de Serviër de grond raakte.

'Wegwezen!' zei hij.

Hij hoefde niemand te vertellen dat de politie op pistoolschoten afkwam als vliegen op stront.

Adara scheurde een pakje hemostatisch gaas uit het EHBO-tasje dat ze altijd bij zich had open en propte het in de kloppende open wond in Begić' heup. Met zijn vastgebonden handen kronkelde hij in de modder als een gewonde slang, en er kleefden spuug en stukjes tand aan het uiteengereten vlees dat ooit zijn wang was geweest.

'Er zijn geen slagaders geraakt,' zei Sherman terwijl ze opstond, tot haar ellebogen bedekt met bloed. Met opeengeklemde lippen bekeek ze de Serviër nog één keer van top tot teen en daarna knikte ze. 'Ik kan niks aan de wond in zijn gezicht doen, maar hij blijft wel leven tot hij naar een ziekenhuis gebracht wordt.'

'Dus we zitten goed?' vroeg Ding.

'Hij blijft wel leven,' antwoordde Adara. 'Maar hij zal er niet echt knap uitzien als hij voor de rechtbank verschijnt.'

'Wat mij betreft geen probleem.' Ding maakte met zijn hand een cirkel boven zijn hoofd en loodste zijn team naar het busje.

Ze lieten Darko Begić en de rest van de doorweekte rotzooi op de rivieroever liggen, met een kopie van zijn Red Notice van Interpol op zijn rug geplakt. Die Red Notice was niet echt een opsporingsbevel, maar een Interpol-document waarin stond dat er uitstaande aanhoudingsbevelen in andere landen waren, en dat die landen er happig op waren dat de persoon in kwestie werd uitgeleverd als hij was opgespoord. Argentinië, dat nog steeds reputatieschade leed vanwege het bieden van onderdak aan nazi's na de Tweede Wereldoorlog, zou ervoor zorgen dat hij medische zorg kreeg en hem dan prompt uitleveren, zodat hij terecht kon staan voor zijn misdaden.

Achter het stuur van het minibusje scheurde Clark over Avenue Santa Fe en ging op in het zware verkeer dat richting het centrum van Buenos Aires reed.

Guillermina Rossi zakte dieper onderuit op haar stoel en had zich er blijkbaar bij neergelegd dat ze de rest van haar leven de gevangenis in moest vanwege het wreken van de moord op haar zus. Ze bleef trillend langs de kant van de weg staan toen ze haar zonder uitleg bij station Victoria afzetten. Ze was fysiek en emotioneel volkomen uitgeput, liet zich op haar knieën op de grond vallen en huilde.

'Had niemand eraan gedacht om haar te fouilleren?' vroeg Clark zodra ze weer op weg waren. Zijn stem klonk afgemeten en de teleurstelling droop er af.

Adara zat helemaal achterin naast Dom en bonkte zachtjes met haar voorhoofd op de hoofdsteun voor haar. 'Ik heb het volkomen over het hoofd gezien,' zei ze. 'Rossi had een pistool in haar hand toen ze in het water belandde, maar ik zag dat ze het liet vallen. Met alles wat er verder gebeurde heb ik er geen seconde aan gedacht om te kijken.'

Dom legde een hand op haar schouder. 'Ze vormde geen bedreiging.'

'Zeker wel,' zei Clark. Hij keek in het achteruitkijkspiegeltje als een vader die tijdens een autorit een stel klierende kinderen terechtwees. 'Ze was alleen geen bedreiging voor ons.' Hij zweeg en liet het even bezinken dat ze allemáál een verborgen pistool over het hoofd hadden gezien. Zulke dingen konden gebeuren, maar daardoor hoefde niemand er een beter gevoel door te krijgen.

Clark liet het team erop broeden terwijl hij in zuidelijke richting door de straten reed en zich een weg baande door het verkeer van Buenos Aires, waar agressie en momentum bepaalden of je voorrang kreeg.

Hij verbrak de stilte toen hij de oprit naar de Panamericana-snelweg nam. 'Is er iemand die me wil vertellen wat er nog meer misging?'

Chavez, die op de passagiersstoel zat, keek hem zijdelings aan, wel wetend waar hij naartoe wilde. 'We waren met te weinig voor deze situatie,' zei hij. 'Tactieken met kleine groepen zouden wel kunnen werken in zo'n extreem kinetische actie die we zojuist hebben meegemaakt, maar er zijn toch te veel punten waarop het mis kan gaan, er gebeurt te veel dat we totaal niet in de hand hebben. Een surveillance te voet die uitmondt in een hinderlaag op het water. Als Rossi ook maar iets meer dan die halfslachtige contrasurveillance had uitgevoerd, had ze ons doorgehad voordat we zelfs maar in de buurt van het water waren geweest. Dit heeft alleen maar goed uitgepakt omdat we geluk hadden.'

Ryan deed een duit in het zakje. 'We hadden ons hele team in het veld en toch is Begić bijna ontkomen. Vroeg of laat zullen we...' Hij zweeg, haalde zijn telefoon uit zijn zak en stak zijn vinger op. 'Het is Gavin. Ik moet even opnemen.'

Gavin Biery was het hoofd van de IT-afdeling van De Campus. Als hij belde, was er meestal iets belangrijks. Clark gaf Ryan een knikje en keek daarna via het achteruitkijkspiegeltje naar de rest van het team. 'Junior heeft gelijk,' zei hij. 'We hebben meer mensen nodig.' In werkelijkheid hadden Chavez en hij het hier al langere tijd over.

'Met een stuk of vijf, zes erbij zouden we meer overzicht hebben,' merkte Midas op, met zijn voorhoofd tegen het zijraampje, gehypnotiseerd door het verkeer. 'Maar zelfs twee zouden al een heel stuk helpen.'

'Voorlopig doen we het met twee.' Clark zei het niet, maar hij wist precies waar hij moest beginnen. Hij wendde zijn blik net lang genoeg van het verkeer af om weer in het spiegeltje te kijken en te zien dat Ryan aan de telefoon steeds geanimeerder met Gavin praatte. Die jongen had iets. Clark zag het aan zijn gezicht.

'Er is nog iets waar we het over moeten hebben,' merkte Ding op. 'Wat weten we van de Camarilla?'

'Het "kleine kamertje"?' vroeg Midas hoofdschuddend. Ze hadden allemaal van de Camarilla gehoord, maar niemand had echt harde inlichtingen weten te krijgen.

Caruso was de volgende die iets zei. 'De FBI denkt dat de groep in verband kan worden gebracht met zeker twee recente politieke moorden. Een in het Caraïbisch gebied, de andere in Duitsland. Beide slachtoffers hadden niet bepaald een geweldige reputatie, dus niemand maakte zich ontzettend druk om hun dood. Maar toch is het verontrustend, zo'n schaduwgroep die voor de hoogste bieder werkt.'

'Daar zijn er wel meer van,' zei Adara.

'Ja,' beaamde Caruso. 'Maar dit lijkt toch iets anders te zijn. Het is bijna alsof ze door de overheid gefinancierd worden. Als het gerucht waar is, gaat het om een soort patriottisme.'

'Dat is wel heel gek,' zei Midas.

'De Camarilla,' zei Clark peinzend, en hij veranderde van rijstrook om uit de weg te gaan van een hardrijdende bus.

'Een groepje vertrouwelingen,' zei Adara. 'Politieke vrienden rondom een leider, net zoiets als het officieuze "keukenkabinet" van Andrew Jackson. Die hadden de aandacht van de president en voerden zijn bevelen uit, maar zonder echt voor de regering te werken.'

Clark keek met opgetrokken wenkbrauwen naar Chavez. 'Vanuit een bepaald oogpunt, in het kille, meedogenloze daglicht bezien, zou dat een omschrijving van De Campus kunnen zijn.'

Ding knikte peinzend en keek weer uit het raampje. Ze reden langs de zoveelste *parrilla* en de geur van barbecuevlees vulde het busje. 'Toen Begić dacht dat we van de Camarilla waren, leek hij er zeker van dat we hem zouden vermoorden. Waarschijnlijk is het wel een goed idee om een beetje dieper te spitten en uit te zoeken wie ze zijn.'

'Goed plan,' zei Clark. 'Maar Adara heeft gelijk. Er zijn allerlei soorten Camarilla's bezig. Het is een gevaarlijke wereld met een heleboel werk voor actiegerichte mensen, die soms eerzaam, soms kwaadaardiger zijn. Maar er is niet bepaald een tekort aan spierbundels met tattoos en strakke overhemden die behoorlijk wat tijd in de frontlinie hebben doorgebracht. De meesten van hen zijn het zout van de aarde. De anderen...'

Ryan beëindigde zijn telefoongesprek en stak zijn vuist in de lucht.

Chavez ging verzitten om over zijn schouder te kunnen kijken. 'Wat heb je?'

'Het is niet niks,' zei Ryan. 'Maar ook niet veel. Moet je horen. Er zijn voor zover we weten zeventien deepfakes, en die duiken overal op internet op. Ze zijn extreem realistisch. Op de video's doet mijn vader zogenaamd van alles, van valsspelen met golfen tot genieten van een lapdance in een stripclub in K Street.'

'Oké,' zei Clark om te laten merken dat hij luisterde.

'Gavin en ik hebben heel goed naar drie van de meest recente ransomwareaanvallen gekeken: het stroomnetwerk van Baltimore, de

Red Hook Terminal in New York, en de D.C. Metro. Geld van twee van de ransomwareaanvallen is naar dezelfde cryptocurrencywallet gegaan. Metadata van vier van de deepfakes hebben kenmerken die overeenkomen met een van die ransomewareprogramma's.'

'Dus ze houden verband met elkaar,' zei Clark.

'Zo'n beetje,' zei Ryan. 'Gavin noemt het overeenkomsten, en dan vooral tussen de stijlen waarin delen van de code geschreven zijn. Maar nu komt het. Iedereen, van de NSA tot de militaire inlichtingendienst, wist zeker dat Rusland, China of Iran hierachter zou zitten. Jezus, dat dacht ik zelfs.'

'En welk land is het?' vroeg Adara.

'Geen van drieën,' antwoordde Ryan. 'Het lijkt erop dat die gasten vanuit Japan opereren.'

'Japan?' zei Adara. 'Denk je dat er een verband zou kunnen zijn met de dood van de VP?'

'De minister van Buitenlandse Zaken was bij Hargrave toen hij overleed,' zei Clark. 'Het klinkt alsof de VP allang ziek was voordat hij naar Japan vertrok. Alleen had niemand dat in de gaten. We houden het in ons achterhoofd, maar het ziet ernaar uit dat zijn dood toeval was.' Hij keek via het spiegeltje naar Ryan. 'En Gavins inlichtingen klinken wat mager, wat bewijs betreft.'

'Waarschijnlijk niet genoeg om ervoor te zorgen dat de FBI snel handelt,' gaf Ryan toe.

Clark wisselde weer van rijbaan en tufte langs een wagen vol vee. Toen ze erlangs reden sloeg de geur van mest in zijn gezicht. De geur van geld, op allerlei niveaus.

'Heel goed,' zei Clark. 'Werk het uit, dan maken we een blauw dossier voor Foley van alles wat je hebt.'

Wat De Campus een blauw dossier noemde, was een verslag dat ze indienden bij een officiële inlichtingendienst of politiemacht van de overheid; altijd via Mary Pat Foley. De informatie werd ontdaan van metadata en identificatiekenmerken, en kwam schijnbaar 'uit het niets', maar werd op het eerste gezicht wel geloofwaardig geacht door de directeur van de Nationale Inlichtingendiensten. Componenten binnen de zeventien inlichtingendiensten die onder haar bevoegdheid vielen, ontleedden de informatie en vergeleken die met de rauwe data die ze al hadden.

De kans was groot dat dit dossier op een stapel inlichtingen zou belanden, wachtend op meer informatie tot het 'uitvoerbaar' werd.

Door keiharde ervaring had Clark geleerd realistisch te zijn, maar in zijn fantasie achterhaalde hij een van de miezerige ransomware-huftertjes die deze malware-bommen hadden afgevuurd vanuit de veilige omgeving van hun computerhol, en ging hij rechtstreeks de confrontatie met hem aan.

Ooit.

'Ik check het nog even bij Foley,' zei hij uiteindelijk. 'Maar heeft Gavin intussen een echt adres?'

'Hij komt steeds dichterbij,' zei Ryan. 'Tot nu toe weet hij alleen dat het ergens in de buurt van het station in Tokyo is.'

'Heel goed,' zei Clark. 'Jack, Midas, jullie vertrekken rechtstreeks vanaf hier naar Japan. Ga er rondsnuffelen en kijk wat je kunt vinden.' Hij keek met toegeknepen ogen in het spiegeltje en gaf Ryan de waarschuwende blik die deze jongen altijd nodig leek te hebben. 'Alleen inlichtingen, Jack. Geen actie tot Foley en haar mensen de kans hebben gekregen om goed te kijken naar wat we ze doorspelen.'

'Altijd,' zei Ryan.

'Da's een goeie,' zei Clark en hij grinnikte. 'Sherman,' voegde hij eraan toe, waardoor hij opeens aandacht van Adara kreeg. 'Jij spreekt toch een beetje Japans?'

'Hai, chotto dake,' zei ze. Ja, een beetje maar. 'Ik begrijp het, maar ik spreek het bij lange na niet vloeiend.'

'Dan ga jij met hen mee,' zei Clark. 'Als er iets is wat we vandaag geleerd hebben, is het wel dat er kracht schuilt in aantallen.'

Dom Caruso sloeg zachtjes met zijn hoofd tegen het zijraampje en baalde er duidelijk van dat zijn vriendin zonder hem op avontuur ging.

'En wat zijn de plannen voor de rest van ons?' vroeg hij met een stalen gezicht.

'Rekrutering.' Clark keek hem via het spiegeltje aan. 'Wij drieën zijn de laatste oorspronkelijke Campus-agenten. We gaan wat vers vlees zoeken.'

12

De oud-legioensoldaten in zijn Camarilla-team zanikten de hele tijd over doodgaan in een uithoek van de wereld. De laatste tijd begon Leo Debs, oudgediende van de London Metropolitan Police, te denken dat die uithoek heel goed Texas kon zijn.

Debs was nog helemaal de oudste niet, maar door zijn achtergrond als persoonsbeveiliger bij de Britse SAS had hij de tactische leiding over deze operatie.

De vroege ochtendlucht hing koel en knisperend boven het Buffalo Gap-gebergte, als de eerste hap van een lekkere appel. Verspreid over de grond lagen lege hulzen. Pas ontbrand rookzwak kruit en de troostende geur van wapenolie vermengd met de sterk ruikende omringende *mesquite*-bomen.

Afgezien van het overvolle veld vol kersverse kartonnen silhouetten van doelwitten had het gebied voor de drie meter hoge aarden wal zo een vuilnisbelt kunnen zijn. Gebruikte doelwitten, bezaaid met kogelgaten, lagen overal in de keiharde klei. Roestige tweehonderdlitervaten stonden her en der tussen de doelwitsteunen en het vangscherm, verkoold zwart langs de randen als brandtonnen. Resten tapijt en oude matrassen lagen rechts van de doelwitten, met de uiteinden tegen elkaar in een lange, meanderende rij. Er stonden vier aardewerken tuinkabouters pruilend naast een aarden wal, glurend over de verschrompelde oren van vijgencactussen, vijftig meter van de plek waar zes Camarilla-agenten bij een krijtstreep op de roze kalkstenen grond stonden. Het waren eerder waterspuwers dan kabouters, klein om een grotere afstand te simuleren, en ze waren beslist onvriendelijk, precies zoals Leo Debs wilde. Dit moesten sluipschutters van de Secret Service Uniformed Division voorstellen.

De voormalig persoonsbeveiliger had tien kartonnen, grijsgeverfde doelwitten in een losse ruitformatie neergezet. Hij had op elk ervan een donkere zonnebril geschilderd, waaruit moest blijken dat ze tot de binnenste cirkel van het Secret Service-team van de first lady behoorden. Midden tussen die grijze figuren stond een elfde silhouet, met twee roze ballonnen op de borst geplakt; dokter Cathy Ryan. Haar Secret Service-codenaam was SURGEON. Iemand, waarschijnlijk Taylor, had tepels op de ballons getekend, en een stel pruilende lippen op een derde ballon die op het hoofd was bevestigd. Debs had nog tien grijze doelwitten neergezet tussen een stuk of tien andere, die van ongeverfd bruin karton waren.

De grijze figuren in de menigte droegen verschillende geschilderde badges: politie van San Antonio, sheriffkantoor Bexar County, Texas Rangers. Andere waren gewoon grijs en stelden agenten in burger voor. Natuurlijk zou er contrasurveillance worden uitgevoerd in de menigte, undercover Secret Service-agenten die precies naar het soort bedreiging dat de Camarilla vormde zochten. Debs en zijn mannen zouden die dreigingen afhandelen als ze zich voordeden. Ze waren allemaal verdomd goed in afhandelen.

Gelukkig voor Debs werkte de locatie van het evenement van de first lady in zijn voordeel. Elk gebied dat te voet bereikbaar was tussen de gebouwen in het westen en de rivier de San Antonio in het oosten was relatief smal, waardoor de buitenste ring van beveiligers gedwongen werd dichterbij te komen dan ze normaal gesproken zouden doen. De Secret Service zou hindernissen opwerpen met behulp van plaatselijke politie, zo ongeveer om de twee meter één. Op sommige locaties zou dat een heel leger betekenen. Maar vandaag waren de zes blauwe doelwitten vlak voor de vuurlinie deze LEO's .

In werkelijkheid zouden de hindernissen op minstens tien meter vanaf de locatie die de first lady zou onthullen worden neergezet, waardoor er een niemandsland zou ontstaan dat Debs en zijn team zouden moeten oversteken om bij haar te komen. Dat risico was onaanvaardbaar.

Debs' zeskoppige team stond bij de vuurlinie en keek tussen de schouders van de blauwe doelwitten door. Ieder van hen droeg een FN P90-machinepistool aan een eenpuntsgordel onder een licht katoenen jack, samen met een extra magazijn. De plompe kleine FN

P90, die werd beschreven als een *personal defense weapon* of PDW, zag er heel futuristisch uit, al draaide het al sinds de jaren negentig mee. De PDW, iets meer dan zestig centimeter lang, met een Gemtech-demper, bevatte vijftig hogesnelheidspatronen met een 5.7x28 stalen kern. Het was een effectief wapen voor aanvalsacties, vooral op kortere afstand tegen tegenstanders die kogelwerende vesten droegen.

Hoe klein de pistolen ook waren, Debs en de anderen zouden er absoluut niet mee langs de binnenste ringen van plaatselijke politieagenten en Secret Service-personeel kunnen komen.

Om allerlei redenen moest het doelwit, en haar leger van bodyguards, naar hen toe komen.

De agenten stonden ontspannen met hun armen langs hun zij en maskeerden de dreigende houding die ze allemaal zo makkelijk aannamen.

Er klonk een luide poef uit het vat dat het dichtst bij de wal stond, gevolgd door een klein kringeltje grijze rook; niet voldoende om zichtbaar te zijn vanaf de weg. Er werd nog een vat lekgeschoten, en nog een, en nog een. Het team rukte op na de vijfde rookwolk en schakelde de blauwe doelwitten pal voor hen uit met een rechtstreeks schot in elke nek.

Op hetzelfde moment verdampten de tuinkabouters aan elk uiteinde van de wal tot stofwolken van aardewerk, met dank aan vier snelle 7.62 NATO-geweerkogels die afgevuurd waren door Pea en Rook.

Het team rukte snel en gestaag op, uit gewoonte voorzichtig dat ze niet over hun eigen voeten struikelden. Korte knallen uit hun P90's raakten elk blauw en grijs doelwit, en ook andere. Het deed er niet toe, zolang niemand de first lady maar raakte.

Nadat alle Secret Service-doelwitten waren uitgeschakeld, deed Debs de veiligheidspal op zijn P90 en parkeerde hem in de riem aan zijn zij. Daarna sloeg hij zijn armen om het roze doelwit en liet zich, met de ballonnen stevig tegen zijn borst geklemd, zijdelings op het dichtstbijzijnde matras vallen. De zes andere teamleden waren terwijl ze vuurden in een rij langs de matras uitgewaaierd en vielen nu als gevelde bomen enkele ogenblikken na Debs. Een halve ademteug nadat de laatste het matras had geraakt, klonk er een gedempte poef uit een vat aan de linkerkant en kringelde er een rookpluimpje omhoog.

Nowak, een stoere oud-agent van de Poolse GROM, riep vanaf zijn positie naast de pick-up hoeveel tijd er verstreken was.

Zes-punt-drie-vijf seconden van het eerste tot het laatste schot.

'Het zou zoveel makkelijker zijn om gewoon een kogel door haar kop te jagen,' merkte Fermin Pea tien minuten later op.

Debs en zijn zeskoppige team stonden alweer overeind en verzamelden zich met de anderen rondom een triplexplaat die op twee heuphoge schragen stond, en ze bestudeerden een maquette van de San Antonio River Walk.

Debs, met een speelgoedambulance in zijn hand, keek op maar zei niks. Pea hoefde niet te worden overtuigd van het plan. De Salvadoriaan dacht gewoon hardop. Hij was per slot van rekening een van de bedenkers geweest. Dat gold voor hen allemaal. Maar Pea had geen ongelijk. Het zou oneindig veel eenvoudiger zijn geweest om Cathy Ryan te vermoorden dan om haar levend te ontvoeren. Haar samen met haar voltallige Secret Service-team van de aardbodem wegblazen zou een duidelijke onderneming zijn. Diezelfde Secret Service-agenten uitschakelen maar FLOTUS in leven laten... Nou, dat zou choreografie en finesse vergen. Vandaar de oefeningen die ze tot nu toe zeven keer hadden doorlopen. Alleen tijdens de meest recente was het roze doelwit ongeschonden gebleven. Trainingen voor de bescherming van hooggeplaatste personen waren, ook bij de Amerikaanse Secret Service en de London Metropolitan Police RASP, gericht op aanvallen op de persoon die beschermd moest worden. Debs en zijn team zouden de agenten zelf aanvallen.

Om succes te boeken, moesten Debs en de anderen Cathy Ryan pakken én weg zien te komen. Hoe minder extra gaten ze in haar lijf had, hoe beter.

Debs had tijdens zijn training bij de Metropolitan Police heel vaak horen zeggen dat het vrijwel onmogelijk was om iemand te beschermen tegen een moordenaar die bereid was zijn leven te geven om de missie te volbrengen. Hij had gemerkt dat dat meestal waar was. Maar het gold ook voor een zeer getrainde moordenaar die geld als water had en die het niks kon schelen hoeveel onschuldige mensen er bij de missie werden gedood. Debs had de paniek die veroorzaakt zou worden door dode en gewonde omstanders ingecalculeerd in zijn plannen; zolang de first lady maar niet door kogels werd geraakt.

De bevelstructuur bij de Camarilla was losjes gebaseerd op senioriteit. De helft van de aanwezige mannen had langer bij de groep gezeten dan Debs, maar hij was de deskundige op het gebied van de bescherming van hoogwaardigheidsbekleders, dus daar vloeide als vanzelf uit voort dat hij ook de deskundige was op het gebied van de ontvoering van hoogwaardigheidsbekleders. Iedereen, zelfs Taylor en Rook, gehoorzaamde hem. Bij Burt, de derde kerel van het Legioen, was nog niet zo lang geleden een bermbom in zijn gezicht ontploft, en hij deed alles wat hem gezegd werd, wat vooral neerkwam op het oprapen van lege hulzen en afwassen.

'Goede doorloop,' zei Debs. 'Ik wil er graag een volle seconde van af halen onder deze gecontroleerde omstandigheden. Dan hebben we een buffer tegen de onbekende factoren die we in de echte wereld tegenkomen.'

Hij zette de speelgoedambulance een straat verderop vanaf de rode cirkel die de ontvoeringsplek moest voorstellen.

'Gezien diezelfde onbekende factoren,' vervolgde Debs, 'moeten we de details van deze operatie in ons hoofd en in onze spieren prenten, van het macro-overzicht van drieduizend meter tot het microbeeld van de glimp van je reflectie in de Ray-Ban van zo'n arme Secret Service-gast op het moment dat je hem in zijn gezicht schiet.'

Er ging een instemmend gemompel op in de groep. Het waren allemaal profs en ze begrepen de noodzaak van bestuderen en herhalen. Om NIGHTINGALE te laten slagen, moesten de details hen elk uur dat ze wakker waren bezighouden en zelfs in hun dromen doordringen.

Een streep blauwe huisverf, zo licht dat hij er met zijn vulpotlood aantekeningen op kon maken, kronkelde over de lengte van het triplex. De rivier de San Antonio. Op maat geknipt karton van Kraft Macaroni & Cheese-dozen vormde de gevels van belangrijke gebouwen zoals het Alamo en de vele hotels, restaurants en winkels langs de River Walk. Stokjes van waterijsjes waren bruggen en andere belangrijke herkenningspunten. De speelgoedautootjes die ambulances en de autocolonne van de Secret Service voorstelden waren veel groter dan de schaal, maar daar was niks aan te doen.

De witte koningin uit een goedkoop plastic schaakspel stelde Cathy Ryan voor; Secret Service-codenaam: SURGEON.

Zij noemden haar NIGHTINGALE.

Zodra de cliënt de presidentsvrouw als doelwit had aangewezen, was Debs openbare gegevens gaan afspeuren naar aanstaande reizen. Er was geen twijfel over mogelijk dat ze haar onderweg moesten pakken. Het Witte Huis was veel te goed versterkt. Het ziekenhuis waar ze werkte was een mogelijkheid, maar de enorme hoeveelheid politie en legereenheden in de omgeving van D.C. maakte een ontsnapping eerder wishful thinking dan een goed doortimmerd plan.

Het congrescomité van de Association for Research in Vision and Ophtalmology (ARVO) had FLOTUS twee maanden daarvoor aangekondigd als hun inleidende spreker. Naast haar speech voor de ARVO zou Ryan ook helpen om bij de rivier een gedenkteken van de Texaanse raad voor geletterdheid onder jongeren te onthullen. Politici en hun partners wilden altijd wel een of ander monument of gedenkteken onthullen. Zulke vooraf geplande evenementen bezorgden beveiligers altijd hoofdbrekens, en terecht. Het aankondigen van de exacte plaats en tijd waar de beschermeling zou zijn, was een zegen voor iedereen die hun schade wilde berokkenen.

Gewapend met de kennis van waar Ryan op een bepaald moment zou zijn, had Leo Debs gepland wat hij zou doen als hij degene was geweest die belast was met haar bescherming, en vanaf daar had hij teruggewerkt. Hij was naar San Antonio gegaan en had als een toerist langs de rivier gewandeld, waar hij zwakheden en kwetsbaarheden had vastgesteld en had gekeken hoe hij daar gebruik van kon maken.

De Secret Service had een voorverkenning gedaan tegen de tijd dat Debs zijn eerste onderzoek ter plaatse had uitgevoerd. Anders dan bij een bezoek van POTUS hadden ze nog geen putdeksels en dergelijke gecheckt. Ze zouden nog een keer komen voordat het evenement van start ging, en dan zouden ze met politiehonden komen die explosieven konden opsporen, en verder zouden ze routes inperken, gevarenzones afsluiten en varende en lopende patrouilles versterken, maar dan was Debs hun al een heel eind voor.

En het was nog steeds heel simpel: dokter Ryan was niet de president, dus zou ze een fractie van zijn beveiligingsniveau krijgen.

Effectieve persoonsbeveiliging bestond uit concentrische ringen, als de schillen van een ui, met goed geoliede steun via de lucht en de rivier. De binnenste ring zou een eenheid van bodyguards zijn, zo geplaatst dat ze een zicht van driehonderdzestig graden rondom de first lady hadden. De supervisor van de eenheid zou te allen tijde binnen handbereik van de first lady zijn. Door nieuwsbeelden van vorige evenementen had Debs de special agent die hoofdverantwoordelijk was voor de SURGEON-eenheid kunnen identificeren: Maureen Richardson. Hij had haar in zijn vorige leven weleens ontmoet en wist dat ze een bekwame agent was die volgens het boekje werkte.

Volgens het boekje was precies wat hij nodig had om dit te laten werken.

Leo Debs kon op de kaart kijken en met aan zekerheid grenzende waarschijnlijkheid voorspellen waar de Secret Service-eenheid van de first lady zich tijdens het evenement zou posteren. Hij wist welke loopformaties ze zouden gebruiken om haar te omringen als ze vanaf de locatie van het ARVO-congres over de River Walk zou lopen, waar ze een korte meet-and-greet zou houden voorafgaand aan de plechtigheid. Hij wist waar de sluipschutters zich zouden schuilhouden om het beste zichtveld te hebben. Het optimale aantal overheidsofficieren en lokale agenten die de rand van de binnenste ring tussen de menigte en de first lady vormden, was algemeen bekend.

Belangrijker, en cruciaal voor het succes van NIGHTINGALE, was dat Debs precies wist hoe de eenheid van de first lady op bepaalde prikkels zou reageren. Dankzij de zogenoemde bijzondere relatie tussen de VS en het VK gaf de Secret Service regelmatig adviezen en trainingen aan de beveiligingsagenten van Hare Majesteit. Als Britse agent had Leo Debs veel van dat soort trainingen gehad, zowel in Londen als in de USSS-trainingsfaciliteit in Beltsville, Maryland.

Debs wist wat ze zouden doen, omdat ze hem hadden getraind om precies hetzelfde te doen.

Op een doosje dat het dak van een gebouw twee straten ten noorden van het congrescentrum voorstelde legde hij een rode pokerfiche, en een andere fiche op een gebouw dat aan het centrum grensde.

'NIGHTINGALE is grotendeels een reeks hamerslagen: hard, luid en smerig, vrijwel zonder dat het uitmaakt wie er geraakt wordt.'

Taylor, de Aussie, liet zijn KA-BAR-gevechtsmes op de hoek van het triplex balanceren en grinnikte zacht. 'Zolang het maar niet Hare Hoogheid is.'

Debs glimlachte. 'Vrijwel zonder dat het uitmaakt. Zie NIGHTINGALE maar als een reeks sloophamerslagen met daartussenin een paar precieze chirurgische handelingen.'

Fermin Pea trok met zijn wijsvinger een streep in de lucht boven de River Walk en wreef met zijn vrije hand over het stoppelbaardje op zijn voorheen getatoeëerde kin. 'Timing zal alles zijn.'

Rook bestudeerde de maquette peinzend. 'Dat is altijd zo.'

'Een stappenplan,' zei Debs.

'Eén: Nowak is al door de firewall van het Bexar County Emergency Operations Center doorgedrongen.' Hij tilde de witte koningin op en zette haar weer op dezelfde plek bij de River Walk. 'Als SURGEON op dit punt komt, stuurt Nowak een noodbericht om iedereen met een mobiele telefoon te waarschuwen voor een gaslek. De agenten direct rond de first lady zullen zich op de menigte richten en dus niet op hun telefoon kijken, maar de agenten aan de buitenkant en op de commandopost doen dat wel. Het zal een paar seconden duren om het bericht op zich in te laten werken en op dat moment zal de CP via de radio de SAIC waarschuwen. Twee: een paar seconden nadat de agenten op dit mogelijke gaslek zijn gewezen, stuurt Nowak...'

Soulis, ooit een lid van de Griekse 1ste Paratroepers, de Lokatzides of Mountain Raiders, liet van zich horen en interrumpeerde de briefing. Hij behoorde tot de kleinere teamleden en had intens groene ogen, waar vele verhalen achter schuilgingen, grotendeels geheime. De brigade had wortels in het Heilige Bataljon, een vrije Griekse eenheid die banden had met de geallieerde 1ste SAS-brigade. Alleen daarom mocht Debs deze man al, maar daarbij was hij ook nog standvastig als het erop aankwam. Soulis was belast met de troepenbescherming: hij weerde alles van buitenaf wat Camarilla-agenten zou kunnen hinderen als ze bezig waren met de hun toegewezen taken of als ze bij het vuur zaten te ontspannen met een biertje. Daarbij hoorde ook het veiligstellen van de omgeving door middel van een reeks camerabeelden die hij bij elkaar zette zodat hij ze in de gaten kon houden vanaf een Panasonic Toughbook dat hij altijd bij zich had. Vanuit een nieuw Dodge-model, dat op iets meer dan drie meter van het triplex diorama stond, keek hij omhoog om Debs blik te vangen.

'Geluidscontact camera vier en vijf,' zei hij en hij stelde een koptelefoon bij. 'Noordwestelijke rand.'

'Mics?' vroeg Taylor.

'Weet ik niet,' zei de Griek. 'De microfoons van die camera's zijn zo geprogrammeerd dat ze scherpe geluiden en waarneembare bewegingen oppikken.' Hij gebruikte een kleine joystick om de functies voor draaien, kantelen en zoomen op een van zijn camera's te bedienen. 'Ik heb niet de juiste hoek om het nummerbord te kunnen zien,' zei hij. 'De buitenste rand is blijkbaar verschoven. Ik zorg er wel voor dat er het een en ander wordt bijgesteld zodra we deze kwestie hebben opgelost.'

'Je hebt het over scherpe geluiden,' zei de brede Aussie, die zijn rouwdouwerige wenkbrauwen optrok. 'Zoals het gekijf van mijn exvrouw?'

'Zoals pistoolschoten,' zei Soulis. 'Ik denk dat iemand aan het oefenen is op de ranch hiernaast.'

'Shit!' zei Taylor. 'Daar zitten we niet op te wachten.'

Er klonk een daverende knal tussen de stakerige mesquitebomen.

'Dat klonk als iets meer dan een beetje schijfschieten,' merkte Pea op.

'Het kan gewoon vrij verkrijgbare Tannerite zijn,' zei Soulis. 'Maar ik gok dat die knal afkomstig is van iets groters. Ik vermoed dat het een landmijn is.'

'Een landmijn?' Rook sloeg met zijn vuist op de triplex tafel. 'Ik dacht dat de ranches om ons heen leeg zouden zijn. Als die eikels dingen gaan opblazen, krijgen we een hoop ongewenste aandacht.' Hij wuifde met zijn hand naar het schietterrein, dat bezaaid was met doelwitten en hulzen. 'Er ligt hier iets meer dan wat we kunnen verbergen als er een of andere ATF-klootzak komt rondsnuffelen.'

'Schieten is niet illegaal,' zei Pea.

'Nee,' zei Rook. 'Maar het is wel een verdomd duidelijke aanwijzing. We vliegen onder de radar of we vliegen helemaal niet.'

‘Iets te zien?’ vroeg Taylor aan de Griek.

Soulis controleerde de camerabeelden weer en keek hoofdschuddend op.

‘Niks leuks. Ze zijn nog steeds aan het schieten. Camera vier en vijf staan in een hoek gericht, zo’n beetje parallel aan onze grenslijn voor een beter zicht. Ze pikken iedereen op die langsloopt, maar niet als iemand vanuit een hoek van negentig graden nadert. Ik krijg wat interferentie van het draadloze apparaat, en een zoemend geluid. Er is een redelijke kans dat ze een of andere drone besturen.’

13

De Camarilla-mannen waaierden uit en bleven in contact met de versleutelde radio's en de kabelmicrofoons en -oortjes. Iedereen, zelfs Fermin Pea, die niet echt militaire ervaring had, wist hoe het was om aan de frontlinie te staan als het schieten begon en de verbinding uitviel. Zonder communicatie waren ze gewoon tien individuen die weliswaar heel vakkundig en dodelijk waren, maar toch individuen. Als ze samenwerkten, waren ze angstaanjagend effectieve engelen des doods.

Een paar sukkels die lukraak op frisdrankblikjes schoten en wat zooi opbliezen zouden geen probleem moeten zijn, zolang ze maar ophoepelden.

De zon was net een uurtje op en er kropen nog slierten van nevel tussen de dikke mesquitebomen, vijgencactussen en yuccaplanten op de grond door. Er zaten hier zwijnen en witstaartherten, maar het was geen hertenseizoen en er waren maar weinig mensen die de moeite namen om voor dag en dauw op zwijnen te jagen.

Rook en Taylor, zoals gewoonlijk onafscheidelijk, gingen voorop. Debs en Pea vormden de achterhoede en boden het team rugdekking. De rest van de teamleden verspreidden zich schouder aan schouder en kropen op hun buik tussen het kreupelhout van ceders en de vijgencactus door, dat zwart was geworden door de extreme temperaturen van de afgelopen winter. Rook herinnerde iedereen aan de grote kans op schorpioenen en ratelslangen terwijl ze zich een weg baanden in de richting van de regelmatige knallen van geweervuur.

Debs, die de rij sloot, verloor iedereen uit het zicht, behalve de schoenen van de mannen pal voor hem in het dichte struikgewas.

Taylors Australische accent gonsde in zijn oor.

'Twee eikels... nee, niet waar... drie, ik herhaal, drie eikels. Te oordelen naar hun doelwitten en hindernissen vermoed ik dat ze aan het oefenen zijn om een pantserwagen te overvallen.'

'Het interesseert me geen reet wat ze aan het doen zijn,' zei Rook. 'We zijn niet bepaald zachtjes geweest. Ze weten ongetwijfeld dat we hier zijn, en dat betekent dat we ze permanent het zwijgen op moeten leggen voordat ze het aan iemand kunnen doorvertellen. Het liefst schakel ik ze nu meteen uit, maar twee van hen zitten om de hoek in die pick-up. Ik kan niet goed zien hoe zwaar ze bewapend zijn. Die oude schuur blokkeert mijn vuurlinie. De kans is te groot dat de een weg kan komen terwijl ik de ander neerschiet...' Er viel weer een stilte, terwijl Rook bleef observeren. Toen: 'Die voorste kerel beweegt niet bepaald als een doorsnee airsoftamateur. Hij is uitgedost als een echte prof, met een *chest rig*, beschermingsplaten en een CZ Scorpion aan een eenpuntsriem. En de Griek had gelijk over die drone.'

Taylor kwam ertussendoor. 'Krijg nou wat. Ze hebben een landmijn aan de voorkant van die drone gebonden. Die is groter dan de exemplaren die wij gebruiken.'

Het indringende gegons van een grote drone klonk door de lucht en kwam tussen de bomen door. Het werd steeds luider en hield ineens op.

'Oké,' zei Rook. 'Die klootzak raapt zijn speeltjes op en loopt naar de truck. Debs, jij bent dichter bij het hek. Ga als de sodemieter die kant op en kijk of je hem kunt afsnijden of in elk geval zo kunt vertragen dat Pea en ik hem goed kunnen raken. Die kerel heeft minstens vijf keer onze kant op gekeken. Ze weten dat ze buren hebben. Zorg er hoe dan ook voor dat je ze tegenhoudt, want als we ze niet in een heel donker gat dumpen is deze hele klus al voorbij voordat we goed en wel begonnen zijn.'

14

Royce Vetter verwachtte dat hij elk moment kon worden neergeschoten.

Hij had vanochtend geen blik op de mannen op het aangrenzende terrein geworpen, maar wist dat ze met iets groots bezig waren. Eerst dacht hij dat ze van de politie waren. Die hufters oefenden eens in de zoveel tijd in de bergen, maar hoe langer Vetter naar de gedempte wapens en de precieze salvo's van schoten luisterde, des te meer hij besefte dat de groep op de oude Spivey-ranch heel wat anders was.

Eigenlijk was het logisch. Het einde der tijden was niet ergens in de verre toekomst. Het was nu. Iedereen met ogen in z'n kop kon het duidelijk zien. Nogal wiedes dat andere groepen hun zaakjes op orde brachten. Maar Vetter wilde niet dat zijn plan door wat dan ook gedwarsboomd werd, dus deed hij de test die hij moest doen en ging ervandoor.

Royce, achtendertig, met een welverdiende bierbuik en peper-en-zoutkleurig stekeltjeshaar, was de zelfbenoemde leider van de drie mannen in de pick-up. Naast hun individuele geweren hadden ze ieder een Glock 19, een borstharnas met vier reservemagazijnen, een gevechtsmes en, in het geval van Corbin Lilly, een tasje met een Leatherman en als het erop aan zou komen een paar verrassingen om een explosief te fabriceren van zo'n beetje alles wat hij bij de hand had. Zip, het derde lid van het team, had een kort jachtgeweer bij zich, waarvan hij de loop zelf had afgezaagd. Ze hadden alle drie nieuwe lange geweren nodig. Goede, volautomatische, met korte lopen, wendbaar, stil als ze correct waren opgesteld.

De voorbereidingen op het einde der tijden kostten een hele hoop geld en Vetter had een honderd procent zekere manier gevonden om daar een berg van te bemachtigen. Oké, er zouden wel een paar bewakers doodgaan. Sterker nog, dat moest, anders zou Vetters plannetje nog minder waard zijn dan het papieren zakdoekje waar het op geschreven stond.

Corbin Lilly was een jaar ouder dan Vetter, met vlasblond haar en een miezerig baardje met de kleur en de dikte van een maïspluim, hoe hard hij ook probeerde om het te laten groeien, en door Vetter werd hij beschouwd als zijn rechterhand. Hij zette zich schrap tegen het dashboard, met zijn raampje omlaaggedraaid.

'De bosjes zijn te dicht om daarginds iets te kunnen zien.' Corbin draaide zich half om en hield zijn stem gedempt, al waren de schoten van minstens honderd meter verderop gekomen en maakte de hobbelende pick-up een heleboel kabaal.

Zip droeg een zwart flanellen overhemd dat tot bovenaan was dichtgeknoopt, alsof hij naar de kerk ging. Hij was eerder die dag net onder zijn oog geprikt door een mesquitedoorn, en er zat een spoor van opgedroogd bloed op zijn wang.

'Sorry,' zei Zip. Zijn echte naam was Merlin. Hij was zo betrouwbaar als een brave hond, maar leek er een hobby van te maken om domme shit uit te halen en zich er daarna voor te verontschuldigen. 'Ik wist niet dat daar iemand woonde toen ik deze plek vond.'

Corbin wilde al iets zeggen, maar Royce stak zijn hand op om hem de mond te snoeren. Hij keek zijdelings naar zijn passagiers terwijl hij langs de voren in de rode klei manoeuvreerde. 'Wat hebben jullie daar gehoord?'

'Schoten.'

'Ja,' zei Vetter, die een dode vijgencactus omzeilde die op de weg was beland. 'Maar wat voor soort schoten waren het?'

'Automatisch geweervuur,' zei Zip.

'Aha,' zei Vetter, die gebruikmaakte van dit leermoment. 'Maar niet zomaar automatisch geweervuur. Er zijn daar minstens vijf kerels aan het schieten en die weten allemaal precies waar ze mee bezig zijn. Salvo's van drie schoten, op meerdere doelwitten...' Er brak een lach door op zijn gezicht. 'Hoorde je dat piepje voor dat laatste salvo? Ik ben er vrij zeker van dat dat een schiettimer was.'

'Er is iemand bezig met tactische oefeningen,' zei Corbin peinzend.

Daar dacht Vetter even over na. Er waren verschillende schietscholen in de omgeving, maar als je in Abilene opgroeide en eenmaal zo oud was als Vetter, wist iedereen precies wat voor vlees ze in de kuip hadden. De twee goede scholen hadden allebei instructeurs die Vetter maar al te graag in de vuurlinie zouden zetten om hem als doelwit te gebruiken.

Vetters vrouw had een fatsoenlijke baan bij een auto-onderdelenzaak langs Highway 277, in elk geval zo fatsoenlijk dat ze een mooie flatscreen-tv voor hem had gekocht. Die was geweldig om naar sportwedstrijden te kijken, maar de jongens kwamen altijd langs voor YouTube-tutorials over schietoefeningen en tactische trainingen. Je kon op internet verdomd veel leren over zelfgemaakte geluiddempers, geïmproviseerde explosieven, mobieletelefoonontstekers, stroomschakelaars en al dat soort dingen, maar uiteindelijk moest je toch naar de schietbaan om te oefenen. Corbin was in zijn middelbareschooltijd in de leer geweest bij een elektricien en had verstand van zaken op het gebied van stroomcircuits en soldeerbouten. Hij had met plastic zeepdoosjes twee extreem krachtige minilandmijnen gefabriceerd nadat hij een online tutorial had gevolgd. Ze hadden er een getest in een oude grindgroeve, maar bewaarden de tweede voor een nuttigere gelegenheid.

Zip merkte op: ‘Misschien moeten we met die kerels gaan praten. We kunnen wel wat extra jongens gebruiken als we iets grotere klussen in Fort Worth of Dallas willen doen. Misschien kunnen we een kijkje bij hen nemen. Eens zien wat ze uitspoken. We zouden best eens heel wat gemeen kunnen hebben.’

‘Te riskant,’ zei Vetter. ‘We houden ons aan het plan zoals het er nu ligt.’

Zip schudde zijn hoofd, niet overtuigd. ‘Je zei het zelf: die jongens weten precies wat ze doen met hun wapens. We kunnen wel wat getrainde gasten gebruiken in ons team.’

Vetter knalde iets harder door een kuil in de weg heen dan nodig was, alleen maar om Zips aandacht te trekken. ‘We gaan hier weg voordat ze ons zien. Ik weet bijna zeker dat die getrainde gasten onze kop eraf knallen als we proberen naar ze toe te gaan.’

‘Waarom?’

Vetter snoof. ‘Omdat ik dat zelf ook zou doen.’

15

Debs rende zo snel hij kon, met zijn P90 SMG stevig tegen zijn borst geklemd, terwijl hij tussen de struiken door beukte en over cactussen heen sprong. Mesquitedoorns haalden zijn armen en zijn gezicht open en misten op een haar na zijn ogen. Het hek was bijna een halve kilometer verderop, aan de andere kant van een langgerekte heuvel die het team gebruikte om ervoor te zorgen dat hun activiteiten niet zichtbaar en hoorbaar waren vanaf de weg. Gelukkig hadden de schutters op het terrein van de buren geen haast gemaakt met het opruimen van hun drone; Debs gleed langs de voorkant van de heuvel en zette zijn geweer achter een vijgencactus op ongeveer hetzelfde moment dat de kerels in de zwarte pick-up hun eigen hek bereikten. Er stapte een blonde man met een camouflageshirt uit en het was duidelijk te zien dat zijn twee kameraden in de cabine minstens één geweer bij zich hadden. Debs had onder zijn overhemd een Browning Hi-Power in een broekbandholster op zijn onderrug, maar nam zich voor om naar zijn geweer te springen als die jongens besloten onaardig te doen. Terwijl Debs de situatie inschatte, keek Blondie af en toe in zijn richting, als een hyena die opkeek van een prooi om te zien of er leeuwen aankwamen. Daarna trok hij het hek open en wuifde hij de truck verder.

Debs telde bij elke ademhaling tot vier in een poging te kalmeren na de sprint. Er rolden nog steeds losse stenen de heuvel af naast de donkerdere aarde van zijn verse sporen. Hopelijk waren deze gasten geen ervaren speurders, en als ze dat wel waren, zouden Pea en Rook met een paar stukjes lood een eind maken aan hun speurdersdagen.

Debs haalde een paar Mechanix-handschoenen uit zijn zak en trok ze aan. Hij deed alsof hij de omheining inspecteerde, schudde aan palen en controleerde de spanning op het prikkeldraad. Hij had geen gereedschap, maar dacht dat de kerels in de truck niet zo lang meer te leven hadden dat ze dat zouden merken.

Met zijn rug naar de weg toe, druk bezig met zijn klusjes, zwaaide Debs als een vriendelijke buurman naar de inzittenden van de pick-up toen die aan kwam rijden. Zoals hij al had verwacht, wilden de mannen net zo graag informatie over zijn bedoelingen als hij over die van hen. De banden plopten over het kalkstenen grind terwijl de truck vaart minderde en daarna tot stilstand kwam.

Debs draaide zich om, trok zijn handschoenen uit en keek recht door het openstaande passagiersraampje drie meter verderop. Blondie hield zijn handen in de cabine, zodat Debs ze niet kon zien; net zoals de kerel in het midden, die zijn honkbalpetje laag over zijn ogen had getrokken alsof hij sliep of stoned was. De bestuurder had een brede kaak met een beetje een onderbeet, waardoor hij op een pitbull leek; al was dat een belediging voor pitbulls.

'Ben je iets kwijt?' gromde Blondie.

'Ik controleer de omheining,' zei Debs. Hij nam niet de moeite om zijn accent te verhullen, want hij verwachtte dat Rook en Pea de hoofden van die gasten elk moment in een rode mist konden veranderen. Toen dat niet gebeurde, leunde hij tegen de dichtstbijzijnde paal en keek hen aan met een, zo hoopte hij, niet-dreigende glimlach.

De pitbull achter het stuur deed zijn mond open. 'Beetje lopen schieten.'

Het was geen vraag.

'Een beetje veel,' zei Debs nog steeds met een lach, al vroeg hij zich af waarom nog steeds geen van die gasten inmiddels een hersenstam miste. De pick-up stond doodstil in een lichte hoek op de weg. Perfecte doelwitten vanaf de uitkijkposten waar Pea en Rook nu door het dradenkruis van hun vizier naar hen keken.

'Het klonk als meer dan een beetje veel,' zei Blondie.

Debs haalde zijn schouders op alsof het hem koud liet. 'Ik neem aan dat iedereen hier wel een goede schietbaan op zijn terrein heeft, om een beetje te oefenen met de jachtgeweren.' Hij zei er niet bij dat hij hen ook had horen schieten.

'Jachtgeweren,' zei Pitbull peinzend.

Er kwam een witte Chevy Impala vanuit het oosten over de heuvel rijden, met een wolk van opwaaiend stof achter zich aan. Blondie en de middelste kerel met het honkbalpetje draaiden hun hoofd om en keken over hun schouder, maar Pitbull bleef op Debs gefocust.

Debs haalde diep adem terwijl de auto dichterbij kwam. Er zat een balk met zwaailichten op het dak. Daarom zwegen Rook en Pea dus in alle toonaarden. Een patrouillewagen van het sheriffkantoor van Taylor County. Heel even dacht Debs dat die eikels in de pick-up undercoverwetshandhavers waren. Maar nee, daar waren ze te zenuwachtig voor. De naderende auto verklaarde wel waarom die kerels nog ademden. Pea en Rook hadden die auto veel eerder gezien dan Debs en hadden gewacht met schieten tot hij voorbij was. Maar dan nog was het een probleem als een county-deputy de mannen samen had gezien. Dit zou ergens anders moeten worden afgehandeld.

De patrouillewagen reed ronkend voorbij, op weg naar iets anders, maar de deputy tikte in het voorbijgaan zijn hoed aan. Die arme agent had geen idee van de dodelijke bubbel waar hij zojuist doorheen was gereden.

Uit de transmissie onder de zwarte pick-up klonk een duidelijke bons toen Pitbull hem in beweging zette en de kans greep om weg te rijden.

'Fijne dag,' zei Debs en hij zwaaide.

Blondie draaide zonder een woord te zeggen zijn raampje omhoog.

Debs prentte het kenteken in zijn geheugen toen ze langsreden. Pitbull was de leider. Ze zouden uitvissen waar hij woonde, een babbeltje maken om de andere twee te vinden en ze vervolgens alle drie ergens lozen, voordat een van deze boerenkinkels zijn bek zou opentrekken over de militaire types die met automatische wapens aan het oefenen waren. Dit was een bloederig stompje dat moest worden dichtgeschroeid, en snel ook.

16

De stafchef van het Witte Huis, Arnie van Damm, stond bij de boekenkast van het Oval Office tegenover Ryan zo vaak met zijn zwarte Skilcraft-balpen te klikken dat het bijna irritant was. De vier anderen die bij de meeting aanwezig waren, zaten op twee identieke banken op hun vaste plek bij de open haard. De stafchef hield zich vaak ietsje afzijdig als hij een bijzonder moeilijk probleem probeerde op te lossen. Hij zei dat het hielp zijn eigen stem te behouden terwijl hij toch deel uitmaakte van het gesprek als geheel. Ryan kon het niet helpen, hij bleef zich over die man verwonderen. Tientallen jaren in overheidsdienst, stafchef van vier presidenten, face-to-face-ontmoetingen met de invloedrijkste mensen die er op de aardbol rondliepen, en toch was hij niks veranderd. Zijn confectiekostuums waren (meestal) schoon, maar tegen de tijd dat hij ze door zijn assistent naar de kringloopwinkel liet brengen, waren ze meestal tot op de draad versleten. In een wereld van Montblanc-pennen en van reliëf voorziene leren mappen hield Arnie van Damm het bij een door de overheid verstrekte Skilcraft-pen en een simpel groen schrijfblok van de Forest Service. De mouwen van zijn geliefde strijkvrije Eddie Bauer-overhemden waren altijd en eeuwig tot aan zijn ellebogen opgerold; en, als hij diep verzonken was in een of andere kwestie, wat vaker wel dan niet het geval was, ook nog eens ongelijk.

'Gouverneur Davis belde vanochtend,' zei Van Damm. 'Ze wilde haar condoleances overbrengen en niet bepaald subtiel laten weten hoe ontzettend belangrijk ze voor de partij is geweest bij de tussentijdse verkiezingen.'

Mary Pat Foley sloeg haar armen over elkaar en schudde langzaam haar hoofd, alsof ze teleurgesteld was in een van haar kinderen. 'Die vrouw is ongeveer net zo subtiel als een schimmelinfectie.'

De mannen in de kamer staarden naar hun schoenen.

Over politiek praten was voor Mary Pat Foley bijna net zoiets als een gifbeker leegdrinken, maar Ryan vertrouwde op haar mening en had gevraagd of ze aanwezig wilde zijn bij deze strategiesessie.

Eerlijk gezegd had hij alle leden van zijn kabinet om advies gevraagd over mogelijke namen voor een nieuwe vicepresident, maar er was een handjevol mensen in wie hij net iets meer vertrouwen had. Sommigen van hen hadden hem vier uur eerder vergezeld naar luchtmachtbasis Andrews, waar hij naast Phoebe Hargrave had gestaan. Iedereen in de hangar, ook de media, had in verbijsterd stilzwijgen staan wachten terwijl de Air Force Band 'Hail Columbia' speelde op het moment dat wijlen de vicepresident het vliegtuig uitkwam, deze keer in een met een Amerikaanse vlag bedekte metalen kist.

Minister Mark Dehart en Lawrence Howe, de directeur van de Secret Service, begroetten Keenan Mulvaney, de special agent in charge van de beveiligingseenheid van de vicepresident. Als hoofd van Binnenlandse Veiligheid viel Deharts eigen beschermingselement onder de logistieke paraplu van de VPPD, de Vice Presidential Protection Division, en dus onder de algehele supervisie van Mulvaney. De Secret Service-agent slofte met een treurig gezicht de vliegtuigtrap af, en zijn anders zo vierkante schouders hingen nu verslagen omlaag. Hij had altijd al een jongensachtig gezicht, maar nu hij uit het vliegtuig stapte, was hij net een middelbare scholier die eigenhandig de kampioenswedstrijd had verprutst. De persoon die hij had moeten beschermen was dood. Het maakte niet uit dat het niet zijn schuld was. Mulvaneys hele lichaam ging gebukt onder de last van Hargraves dood. Zijn baas en de baas van zijn baas waren niet alleen gekomen om de laatste eer te bewijzen aan de vicepresident, maar ook om hun man op te vangen.

Minister van Buitenlandse Zaken Scott Adler had, met rode ogen van de emoties en suf door slaapgebrek, de hand van de president geschud en daarna, als vriend van de familie, aangeboden om met Phoebe Hargrave mee te rijden. De vicepresident was haar echtgenoot, maar hij behoorde ook toe aan het volk van de Verenigde Staten. Ze had hulp nodig bij het omgaan met het Witte Huis-apparaat op het gebied van begrafenisregelingen en Adler was van plan er voor haar te zijn.

Ryan had zijn minister van Buitenlandse Zaken opdracht gegeven naar huis te gaan en een paar uur slaap te pakken zodra hij Phoebe Hargrave had thuisgebracht. Als reactie had hij slechts een vluchtig knikje gekregen.

Directeur Howe was met special agent Mulvaney naar het hoofdkantoor van de Secret Service gegaan, maar Ryan had de andere aanwezigen – Foley, Dehart, minister Robert Burgess van Defensie en minister Dan Murray van Justitie – gevraagd om met hem mee terug te gaan naar het Oval Office in de hoop, zo had hij gezegd, dat ze met hem wilden meedenken.

Ze hadden het afgelopen uur gediscussieerd over de waarde van uitvoerders boven wetgevers. Hoewel gouverneurs de uitvoerende kwaliteiten van het leiden van een staat hadden, hadden ze vaak ook een pijnlijk gebrek aan ervaring op het gebied van buitenlands beleid. Congresvertegenwoordigers en senatoren hadden misschien maar iets meer ervaring op het gebied van overzeese kwesties, maar hun 'geheime sausje' kwam volgens Van Damm voort uit het feit dat ze een onevenredig deel van hun tijd bezig waren om herkozen te worden; bijna al vanaf het moment waarop de stembussen voor de verkiezing die hun de zetel had bezorgd gesloten waren. Het was smerig, smakeloos werk, de hele tijd aan de telefoon zitten en om donaties vragen, in gehuurde ruimtes aan de overkant van de straat of een eindje verderop van de officiële gebouwen, om maar te vermijden dat er op overheidsterrein campagne werd gevoerd. Maar bij dat smakeloze werk hoorden ook grote kaartenbakken vol donateurs: namen van mensen die andere mensen met macht kenden, invloedrijke mensen die grote delen van het land van gedachten konden laten veranderen. Kortom, wat wetgevers zo aantrekkelijk maakte als kandidaat voor hogere posities was niet hun ervaring op het gebied van buitenlands beleid of hun ellenlange cv met allerlei ingewikkelde bestuursfuncties waarmee ze het land hadden laten functioneren; nee, hun waarde lag in het feit dat ze 'iemand kenden'.

Het zou Ryan worst wezen. De partij daarentegen vond het ontzettend belangrijk, en het was Van Damms taak om die boodschap rond te bazuinen.

Nu was de minister van Defensie aan de beurt. Als oude rot in het vak had Bob Burgess net zo'n gruwelijke hekel aan politiek als Foley, maar hij wist hoe het spel gespeeld werd. 'Micky Dunn wilde me gisteravond spreken,' zei hij.

'De gentleman uit Pennsylvania,' zei Dehart met een sardonisch neplachje. Dehart had Pennsylvania vertegenwoordigd als senator, voordat Ryan hem had gestrikt voor een functie in zijn kabinet. 'Congreslid Dunn heeft het op de een of andere manier voor elkaar gekregen om negen keer gekozen te worden... Het is een vreselijke vent, maar hij zit wel in het comité voor de Middelen van het Huis en hij is voorzitter van Binnenlandse Veiligheid.'

Burgess grinnikte. 'Dat heeft hij meerdere keren ter sprake gebracht tijdens ons gesprek. Hij impliceerde... Nou ja, hij zei recht voor z'n raap dat hij nu wel een keer aan de beurt was om een plekje aan tafel te krijgen na alle hulp die hij uw regering heeft gegeven.'

Ryan streek met zijn vlakke hand de stof van zijn broek glad, iets wat zijn vader vroeger ook altijd deed om adem te halen en zijn woede te bedwingen. 'Aan de beurt? Waren dat zijn exacte bewoordingen?'

'Ja, meneer,' zei Burgess.

'Oorspronkelijk,' zei Ryan, en hij zette zijn schoolmeesterstem op, 'wilden sommige politieke grondleggers dat de regeringstermijnen drie jaar waren, zoals die van het Britse Huis. Anderen eisten termijnen van hooguit één jaar. Langer dan dat was volgens hen tirannie.'

Burgess glimlachte. 'Die hadden waarschijnlijk types als Micky Dunn in gedachten.'

'Bot gezegd,' zei Van Damm, 'is er een lange lijst van mensen die vinden dat zij "aan de beurt" zijn. Velen van hen zouden niet door de diepgravende achtergrondonderzoeken van de FBI komen. Waar ze echt op uit zijn, is de kans dat u zegt dat u ze in overweging hebt genomen. Het recht op dikdoenerij. Ze willen gewoon laten uitlekken dat ze ergens op een shortlist stonden. Dan kunnen ze zeggen dat het gewoon hun eigen beslissing was om niet op het aanbod in te gaan...'

Ryan ging een beetje verzitten en trok de aandacht van Mary Pat Foley terwijl Arnie verderging met zijn college verstandige politieke filosofie. De directeur van de Nationale Inlichtingendiensten trok lichtjes haar wenkbrauwen op, met een twinkeling van begrip in haar ogen. Ze werkten al heel lang samen, Ryan en Foley; tientallen jaren inmiddels. Ze hadden de Koude Oorlog onder hun voeten voelen ontdooien terwijl de wereld om hen heen veranderde, en ze hadden de recente kilte gevoeld toen de slinger de andere kant op begon te zwaaien. Van alle mensen die Jack Ryan kende begreep Mary Pat Foley hem beter dan wie dan ook; behalve Cathy, misschien, maar er waren zelfs sommige dingen die Cathy nooit te weten zou komen.

Arnie bleef maar orakelen over het mijnenveld van alle mensen die Ryan waarschijnlijk voor het hoofd zou stoten, ongeacht wie hij als vicepresident zou benoemen.

Foley sloeg haar ogen neer en schudde haar hoofd. De beweging was heel miniem, maar voor Ryan was het maar al te duidelijk. Zonder een woord te zeggen was hij nagegaan of ze ook maar enigszins geïnteresseerd zou zijn in de functie van vicepresident. Ze gaf haar antwoord met dat piepkleine gebaar en een scheve glimlach.

Dat was niet alleen maar een 'nee', dat was een 'o god, nee'.

De deur van het secretaressekantoor ging open en Scott Adler kwam binnen, waarna hij abrupt bleef staan toen hij het groepje zag. Hij droeg een schoon kostuum, maar had nog steeds dezelfde mistroostige gezichtsuitdrukking als in de hangar. Dat zou waarschijnlijk nog wel een tijdje zo blijven. Ryan bespeurde onmiddellijk de geur van sigarettenrook. Adler was weer begonnen. Je kon het die man nauwelijks kwalijk nemen. Er waren momenten waarop hijzelf... Nee, Cathy zou hem vermoorden.

'Sorry, meneer de president,' zei Adler. 'Betty zei dat ik gewoon kon doorlopen. Blijkbaar dacht ze dat ik gewoon deelnam aan... wat dit ook mag zijn.'

'Altijd, Scott.' Ryan wenkte hem verder. 'Ik heb je advies nodig. Maar ik weet zeker dat je het land beter kunt dienen als je een paar uur slaap pakt.'

Adler negeerde de suggestie. 'Jullie zijn hier aan het vergaderen over Tony's baan, hè?'

'Het vicepresidentschap,' zei Ryan. 'Inderdaad.'

'Ik wist dat de gieren al zouden rondcirkelen,' zei Adler met opeengeklemde kaken. Er blonken tranen in zijn ogen. 'Maar ik had gehoopt dat we op zijn minst eerst een dienst konden regelen. Een dag rouw, vlaggen halfstok. Kleine dingen, maar ik denk wel dat ze belangrijk zijn.'

Ryan zuchtte. 'Ik heb tien minuten nadat we elkaar hierover gesproken hadden bevel gegeven om de vlaggen in het hele land en op elke basis en ambassade halfstok te hangen. Zoals je weet heb ik het land kort toegesproken net nadat we het nieuws hadden gehoord, en dat zal ik nogmaals doen over...' Hij keek op zijn horloge. '... vier uur. Tegen die tijd moet ik iets in gang hebben gezet. Het is belangrijk dat het Amerikaanse volk weet dat we een plan hebben. Dat de wereld dat weet.'

Adler bleef lange tijd stilstaan, met zijn ogen dicht, terwijl hij ademhaalde door nauwelijks vaneen geweken lippen.

Ryan gaf hem een ogenblik de tijd, daarna stond hij op en liep door de kamer naar hem toe om hem de hand te schudden. De anderen volgden zijn voorbeeld.

'Ik kan alleen maar hopen dat ik net zo'n goede vriend ben als jij voor Tony was,' zei Ryan. 'En ga nu naar huis om wat te slapen.'

'Natuurlijk, meneer de president,' zei Adler. 'Vergeef me, alstublieft.'

'Geen enkel probleem.' Ryan keek het Oval Office rond en lachte naar zijn oude en nieuwe vrienden. 'We zorgen voor elkaar. En nu we het daar toch over hebben: ik heb straks een afspraak met senator Chadwick.'

Adler grinnikte. 'Ik wil in elk geval ver voor die tijd weg zijn.'

De anderen liepen achter hem aan de kamer uit, terwijl Arnie nog steeds de namen en aantekeningen in zijn groene opschrijfboekje analyseerde. Foley bleef een paar stappen achter hen treuzelen, zodat ze een privémomentje met de president had.

'Ik ben geen staatsman, Jack,' zei ze toen iedereen buiten gehoorsafstand was. 'Ik heb een hekel aan camera's. Dat is altijd al zo geweest, al toen ik klein was. Als het aan mij lag, zou ik het Congres toespreken achter een zwart scherm met mijn stem elektronisch vervormd, alsof ik deel uitmaak van een getuigenbeschermingsprogramma of zoiets. Ik snap helemaal niks van al dat "kijk mij eens, bevestig mijn bestaansrecht"-gedoe op social media. Ik krijg er de kriebels van.'

'Dat weet ik,' zei Ryan grijnzend. 'Ik wilde alleen...'

Ze onderbrak hem. 'Ik ben spion, Jack. Ik ben als spion geboren en ik zal als spion sterven. Niet meer, niet minder. Snap je wat ik zeg?'

'Luid en duidelijk, meid.'

Het feit dat hij haar nooit daadwerkelijk de baan hoefde aan te bieden en zij het aanbod nooit hoefde af te slaan, betekende dat wie hij ook zou kiezen zijn 'eerste' keus kon zijn.

'Goed,' zei de DNI, en ze slaakte een zucht die 'blij dat we dat ook weer hebben gehad' zei. 'En als ik nu wat ongevraagd advies mag geven...'

Ryan zwaaide met zijn hand over het bureau. 'Absoluut.'

'Geef de baan niet aan die vrouw...'

De opmerking overviel Ryan zo dat hij snoof. 'Michelle Chadwick als vicepresident?'

'Lieve help, Jack, fluister die woorden niet eens. Dat is de duivel verzoeken. Ze doet heel leuk, lief en aardig vanwege dat farmaceutische wetsvoorstel, maar ik geef je op een briefje dat ze maar al te graag negenennegentig procent van je plannen in rook ziet opgaan.' Ryan wilde iets terugzeggen, maar Foley kwam nu pas goed op stoom en leek het niet te merken. 'Ik weet dat ze zich staande heeft weten te houden door die Chinese spion te verlinken toen die haar probeerde te rekruteren... Maar ik kan je vertellen: alleen maar weigeren om verraad te plegen, betekent niet bepaald dat je een medaille verdient. Die vrouw lust je rauw als...'

Ryan stak zijn hand op. 'Mary Pat. Maak je geen zorgen.' Hij lachte grimmig. 'Senator Chadwick komt in de verste verte niet in aanmerking.'

17

Debs parkeerde de Dodge in 14th Street in de schaduw van wat miezerige eikenbomen, ver bij andere huizen vandaan. Fermin Pea stapte uit aan de passagierskant. De restanten van de gezichtstattoos die hij had laten verwijderen wierpen rare schaduwen onder zijn ogen, alsof hij zijn huid had besmeurd met as.

Net als Debs controleerde ook Pea uit gewoonte zijn pistool; niet die domme flauwekul uit films, waarbij er een kogel in de kamer werd geramd, maar gewoon heel even de slede een paar millimeter naar achteren trekken om zeker te weten dat er een kogel in de kamer zat als hij die nodig had.

En als alles volgens plan verliep, zouden ze er heel binnenkort zeker een paar nodig hebben.

Volgens de countygegevens hoorde het kenteken van de zwarte pick-up bij iemand met de naam Royce Vetter. Een verbijsterend eenvoudige internetzoektocht leverde Vetters mobiele telefoonnummer op, evenals zijn adres aan de noordelijke rand van Abilene en hoe lang hij daar had gewoond. Het kostte Debs twee hele minuten om hem op social media te vinden. Geen twijfel mogelijk. Dit was die kerel met de pitbullkaak. Na nog twee minuten door Vetters vriendenlijst scrollen werd duidelijk dat Blondies naam Corbin Lilly was en dat die slaperige gast met dat honkbalpetje Merlin Swain heette, maar Zip werd genoemd. Noch Swain, noch Lilly was getrouwd en te oordelen naar hun socialmediapagina's hadden ze geen van beiden een vriendin.

Deb en Pea zouden Vetter en zijn gezin voor hun rekening nemen, terwijl Rook en Taylor respectievelijk met Lilly en Swain aan de slag zouden gaan.

Vetters status was 'getrouwd' en op een paar foto's dook een puberjongen met de naam Chris op, bij wie ook al een beginnetje van de pitbullkaak te zien was. Er was ook een dochter, Rene: bijna mager en atletisch gebouwd, in de twintig, somber, met een bos slaphangend vlashaar boven een hoog opgeschoren zijkant. Op de foto's zag het eruit alsof ze ergens was waar palmbomen stonden, misschien Californië, of Arizona. Dat was maar goed ook, hoewel ze een interessant uiterlijk had waardoor Debs haar best zou willen ontmoeten, al was het maar een paar minuten voordat hij met haar afrekende.

Terwijl Pea en hij langs de veranda's liepen, trokken ze hun petjes laag voor het geval er camera's hingen. Ze zagen niemand en de twee opritten waar ze langskwamen waren leeg.

Een elfachtige vrouw met kastanjebruingeverfd haar, opgespoten lippen en nepwimpers die zo lang waren dat een amoureuze tarantula erdoor in verwarring zou worden gebracht, deed de deur voor Debs en Pea open. Het huis was klein, met afbladderende verf en doorzakkende dakgoten. Een Trans Am met een dekzeil eroverheen besloeg het middelste deel van een vlekkerig, door de zon verschroeid gazon.

Binnen was het domein van mevrouw Vetter keurig netjes, voor zover Debs kon zien door de kleine kier waarop ze de deur openhield. Ze heette Margaret, maar Debs vond dat ze er veel eerder uitzag als een Trixie of een Bunny. Hij kende een stripper in Grimsby die Star heette en de zus van deze kleine dondersteen had kunnen zijn. Ze hield haar ene hand achter de deurpost en uit het zicht, alsof ze daar een jachtgeweer in vasthield.

Een ondermaats bruin hondje, een dwergkeeshond misschien, stak zijn kop om het been van de vrouw heen en gromde door de hor heen.

'Wat heeft hij nou weer gedaan?' vroeg ze terwijl ze een slappe haarlok uit haar ogen streek.

Pea, die links van de deur stond, haalde even zijn schouders op. 'Wat denkt u dat hij gedaan heeft, mevrouw Vetter?'

'Leuk geprobeerd,' zei ze. 'Hoe dan ook, jullie zijn hem net misgelopen, hij is al een uurtje weg.'

'Geeft niks.' Debs haalde een kaartje uit de zak van zijn overhemd. 'We laten ons nummer achter en...'

'Jullie zijn niet van de politie,' zei Margaret. 'Niet met dat accent. Tenzij bureau Abilene nu aan de overkant van de grote plas agentjes aan het rekruteren is.' Dat laatste zei ze met een verbasterde mengeling van een bekakt en een Cockneyaccent, op de manier zoals Amerikanen schenen te denken dat iedereen uit Engeland sprak.

'O, god, nee,' zei Pea. 'We zijn niet van de politie. Maar we moeten Royce wel spreken. Het is belangrijk.'

Margaret wendde haar blik geen seconde van Debs af. 'U bent die kerel van dat terrein van die ouwe Spivey in Buffalo Gap, waar Royce de hele tijd over door bleef zaniken. Er was daar wat militiashit aan de gang, als ik hem mocht geloven.'

Debs forceerde een glimlach, maar zijn hart sloeg een slag over. Deze vrouw had zojuist haar lot bezegeld. 'Zo spannend was het allemaal niet, hoor.' Hij schoof het visitekaartje naar de deur toe. 'Dit is mijn mobiele nummer. Als u hem zou willen vragen me een belletje te geven...'

'U een belletje te geven?' vroeg ze spottend, weer met dat smalende Cockneyaccent.

'Het gaat over een baan,' zei Deb, die het kaartje naar voren schoof. 'Een extreem lucratieve baan nog wel.'

De vrouw vrolijkte op bij het vooruitzicht van een loonstrookje en deed de deur ietsje verder open om de contactinformatie aan te pakken. 'Ik laat hem u bellen zodra hij...'

Debs liet het kaartje los voordat ze het kon pakken. Ze keek automatisch omlaag toen het op de mat dwarrelde, waardoor Debs zijn vuist recht op haar neus kon beuken.

Ze deinsde achteruit en struikelde over haar eigen voeten. Debs schoot achter zijn vuist aan de deur door en raakte haar nogmaals voordat ze het jachtgeweer omhoog kon brengen, deze keer op de zijkant van haar hoofd, waarna hij zich vlug het wapen toe-eigende. Ze viel en landde hard op haar achterwerk, waarbij er een pijnlijke bons klonk.

De kleine rattenhond kreeg ter plekke een aanval van razernij, draaide als een bezetene rond, blafte en probeerde zijn eigen staart op te eten.

Debs schopte het ding weg met de zijkant van zijn schoen, waardoor hij over de grond naar de eetkamer gleed.

Pea kwam achter hem aan naar binnen en speurde met zijn pistool omhoog de woonkamer en de aangrenzende gang af. Het huis was verrassend schoon, met stapels opgevouwen wasgoed op een nette, maar versleten bank tegenover een breedbeeld-tv.

'Ben je alleen?' vroeg Pea.

Rattenhond kwam bij zijn positieven en begon weer te blaffen, nu nog harder, terwijl hij naar Debs bleef kijken.

Ergens diep vanuit Margaret Vetters borst welde een woeste kreet op. 'Mijn man schopt jullie allebei verrot.'

Pea trapte de punt van zijn schoen tegen haar heup, zo hard alsof hij een bal in de richting van het doel schopte. De schijnbare verveling in zijn stem was in tegenspraak met de wreedheid van de trap. 'Ik vroeg of je alleen was.'

Ze viel opzij, kronkelend van de pijn, maar het deed te veel zeer om te schreeuwen. Ze knikte en hapte naar adem, nog steeds ziedend. 'Ja, ik ben alleen.'

Pea controleerde het toch, beende door de gang en kwam nog geen minuut later terug, waarna hij snel knikte. 'We zitten goed. De kamer van de jongen ziet eruit alsof hij bewoond wordt. Het meisje woont blijkbaar ergens anders.'

'Laat mijn kinderen met...'

Debs ging op zijn hurken zitten om de vrouw recht aan te kijken, maar de hond kwam eraan rennen en probeerde uit te halen naar de hand met het pistool erin. Onder andere omstandigheden zou dat dapper hebben geleken. Debs stond op en liet hem met nog een trap met de zijkant van zijn schoen door de lucht zwiepen.

'Polly!' zei Margaret. 'Stil!'

Debs wierp een blik op Pea. 'Wil jij Polly mee naar de keuken nemen en hem overhalen om stil te zijn? Margaret en ik moeten even een goed gesprek voeren.'

De Salvadoriaan greep het hondje in zijn nekvel en droeg het door de deur. Een paar seconden later was het stil.

'Doe mijn hond geen kwaad,' zei Margaret, 'ik waarschuw...'

Debs gaf haar nog een mep tegen de zijkant van haar hoofd; hard, want, zoals de vriendjes van zijn moeder hem stuk voor stuk hadden geleerd, het had weinig zin om iemand te slaan als je er soft over ging doen.

'Laat mijn kinderen met rust. Doe mijn hond geen kwaad,' zei Debs, die het Texaanse accent van Margaret Vetter nadeed. 'Je stelt verdomme wel een hoop eisen voor een vrouw met een pistool tegen haar hoofd.'

Opeens was de bravoure verdwenen en ze begon te huilen. 'Alsjeblieft... Wat willen jullie nou?'

Debs gaf haar een klapje op haar wang, zachter nu. 'Focus even, Margaret. Waardoor kreeg Royce het idee dat mijn maten en ik een soort militie zijn?'

Ze raakte haar oor aan en haalde haar vingers weg om te kijken of er bloed aan zat. 'Hij... Ik weet niet. Daar houdt hij zich mee bezig. Militie. Het einde der tijden en zo.'

Debs haalde uit om haar weer te slaan.

Ze hief haar vlakke hand op om de klap op te vangen, terwijl ze een schijnbeweging maakte als een bokser. Ze was wel vaker geslagen.

'Stop, stop, stop.' Ze schudde haar hoofd. 'Hij hoorde jullie dempers of zo. Echt. Ik weet het niet precies. Ik kan je wel vertellen dat die vent gek is. Vindt het heerlijk om dingen op te blazen. Hij zegt dat hij op een missie van God is of zoiets idioots.'

'Waar zijn ze mee bezig?' vroeg Debs. 'Royce en zijn vrienden.'

Ze keek hem alleen maar aan, met trillende kin. 'Wat... Wat gaan jullie met me doen als ik het vertel?'

'We zijn niet geïnteresseerd in jou, schat,' zei Debs. 'We willen alleen met Royce praten. Vertel eens wat hij van plan is.'

'Hij had het over geldtransport,' zei ze. 'Je weet wel, zo'n gepantserde wagen.'

Debs wierp Pea een blik toe en richtte zich weer op Margaret. 'Wanneer? Welk transportbedrijf?'

'Dat is alles wat ik weet,' zei ze. 'Ik hoorde hem er met Zip over praten. Je weet wel, geld voor hun goede zaak.' Ze stak haar hand omhoog en trok de kraag van haar blouse opzij, zodat er een donkerpaarse kneuzing te zien was. 'Royce heeft me in niet mis te verstane bewoordingen duidelijk gemaakt dat ik moest opsodemieteren en hen alleen moest laten toen ze over die apocalyptische shit begonnen, en dat heb ik dan ook gedaan.'

'Dus je hebt geen idee over welke geldtransportwagen ze het hadden?'

'Ik zweer...'

De achterdeur zwaaide met een harde klap open. Ze kromp ineen, maar Debs hield een vinger tegen zijn lippen om haar de mond te snoeren. Hij knikte naar Pea, die ging kijken.

‘Mam!’ riep een jeugdige stem. ‘Deze keer vermoord ik hem echt. Hoor je me? Die klootzak heeft mijn drone van drieduizend dollar gejat. Ik heb het hele jaar gespaard om...’

De zestienjarige Chris Vetter verstijfde toen hij de woonkamer binnenliep en recht in de loop van Fermin Peas Glock keek.

‘Mam?’ fluisterde hij. ‘Wie... Wat is er aan de hand?’

‘Het is goed, jongen,’ zei Debs. ‘Ik wil dat je naast je moeder gaat zitten, dan gaan we dit allemaal oplossen.’

Margaret klopte op het tapijt naast zich en gaf haar zoon een bibberig knikje. ‘Het is goed...’

Debs bekeek de doodsbange jongen van top tot teen en glimlachte. Tjonge, die knul leek echt precies op zijn vader. Arm joch.

‘Weet je wie ik ben?’ vroeg Debs, die zijn Britse accent extra aanzette.

‘Meneer,’ zei Chris, ‘ik heb geen flauw idee, maar ik denk dat u de hufter bent die mijn moeder heeft geslagen.’ Hij maakte aanstalten om op te staan, maar zijn moeder greep hem bij zijn mouw.

Debs trok bedachtzaam zijn wenkbrauwen op. ‘Heeft je vader het nooit over me gehad?’

‘Mijn vader is knettergek,’ zei de jongen. ‘Als hij niet samen met zijn sukkelige vrienden plannen maakt om de samenleving te laten instorten, jat hij dingen waarvoor ik me uit de naad heb gewerkt.’

‘Je hebt hem gehoord,’ zei Margaret met tranen in haar ogen. ‘Royce steelt van ons. Hij slaat ons verrot.’ Ze liet haar hoofd hangen. ‘Ik wou dat hij hier was, zodat jullie hem konden vermoorden. Dat gaan jullie doen. Toch?’

Debs gaf haar een knikje. ‘Slaat je man je?’

‘Uhuh.’ Ze huiverde. ‘Altijd. Ik lieg niet als ik zeg dat ik hem haat. Ik zal jullie alles vertellen wat jullie willen weten, maar ik zweer dat ik verder niks weet.’

‘Het klinkt alsof hij een waardeloze kerel is,’ zei Debs. ‘Pak een tas. Allebei, tot we dit hebben geregeld.’

Margaret slaakte een diepe zucht en ging op één knie zitten. Ze liet haar schouders hangen en ontspande een beetje, denkend dat ze dit zou overleven.

Debs joeg een kogel door haar achterhoofd op het moment dat ze zich omdraaide. Pea nam de jongen voor zijn rekening. Ze gebruikten allebei een gedempte 9mm-Glock, niet stil, maar zacht genoeg om ervoor te zorgen dat de buren het niet hoorden. De 5.7-projectielen uit de FN-pistolen en de SMG's die ze voor NIGHTINGALE zouden gebruiken waren uniek, te opmerkelijk om ze in verband te brengen met San Antonio.

Als ze het überhaupt zouden redden om naar San Antonio te gaan.

Eerst moesten ze Royce Vetter zien te vinden en met hem afrekenen.

Pea controleerde beide lijken om zich ervan te vergewissen dat er niks verkloot was. De Salvadoriaan praatte er liever niet over, maar bij twee van zijn vorige aanslagen hadden de kogels besloten de schedel van zijn doelwitten te schampen en onder hun huid te kruipen, waardoor ze buiten westen waren geraakt, maar nog heel erg leefden. Hij had ze moeten opsporen en opnieuw moeten vermoorden. Vervelend, om nog maar te zwijgen over hoe beschamend het was geweest. En Taylor was er oneindig pissig om geweest.

Het bloed en het weefsel op het tapijt maakten duidelijk dat dit hier niet het geval was, maar Pea checkte het toch.

'Denk je dat we de baas moeten bellen?' vroeg Pea terwijl ze de hoek om glipten, waar ze de truck hadden neergezet. In zijn nek waren de schaduwen van een paar van zijn oudere tattoos donkerder geworden, wat altijd gebeurde als hij verhit was van opwinding. 'Misschien moeten we zeggen dat we een no-go zijn tot we die vent te pakken krijgen.'

'Daar zou het op kunnen uitdraaien,' zei Debs. Hij dacht aan alle planning, aan de talloze uren en inspanning die hij erin had zitten en die nu allemaal in rook opgingen omdat een stelletje eikels die in het einde der tijden geloofden hadden besloten op het terrein van de buren te gaan schieten. Hij knarsetandde tot zijn kaak pijn deed en overwoog zijn opties. 'We weten dat ze van plan zijn een gepantserde geldwagen te overvallen. Statistisch gezien loopt dat meestal niet goed af voor de slechteriken... We moeten ze zien te vinden en kijken of dat echt zo is.' Hij keek op naar de Salvadoriaan, opeens getroffen door een gedachte. 'Hé. Wat heb je met dat hondje gedaan?'

'Dat zit in de koelkast,' zei Pea, die met de rug van zijn hand een bloeddruppel van zijn wang veegde. 'Maak je geen zorgen. Ik heb wat water voor hem neergezet.'

18

Ding stopte een nieuw magazijn in zijn Glock 19, drukte er ter controle op om zich ervan te vergewissen dat er een in de kamer zat (een ingesleten gewoonte) en deed het wapen in de holster. Ze waren druk aan het schieten onder Hendley Associates. Het had geen zin om een ongeladen pistool bij je te hebben, zelfs niet op de schietbaan. Chavez deed zijn Peltor-oorbeschermers af en zette ze op het rek voor hem naast vier 9mm-munitiedozen, waarvan er twee leeg waren. Zoals veel schutters van zijn leeftijd leed Chavez aan een zekere mate van gehoorverlies, dus gebruikte hij extra gehoorbescherming, met siliconen oordoppen onder geluiddempende kappen. Hij deed de fel groengele oordoppen uit en liet ze aan een touwtje om zijn nek bungelen.

In dezelfde beweging drukte hij op de knop aan de linkermuur van zijn schietstation. Eén plek rechts van hem deed John Clark hetzelfde, en allebei hun doelwitten zoefden naar de twee schutters op hangende banen. Lampen vanboven verlichtten de rake schoten – en de missers – terwijl de doelwitten langsrolden.

Hendley Associates, het financiële arbitragebedrijf dat de 'officiële' dekmantel van De Campus was, stond op een semiafgezonderde groenstrook op hardloopafstand van Old Town Alexandria. Aan de buitenkant leek het op een van de vele gebouwen van staal en getint glas waarmee de zuidkant van de Potomac bezaaid was: DOD, de United States Marshals en Amazon bezaten vrijwel alles in Crystal City wat geen hotel of flatgebouw was. Oude winkels en historische gebouwen sierden nog steeds het gebied tussen Arlington en Alexandria, maar satellietkantoren voor veel overheidsinstanties waren weggestopt in de stille, met eiken en platanen omzoomde straten.

En Hendley Associates.

Op het dak pikten krachtige antennes signalen op van Fort Meade en Langley; mogelijk gemaakt door een beetje insidershulp van de ODNI en Mary Pat Foley. Twee verdiepingen onder de begane grond, uit het zicht en buiten gehoorsafstand, hield de schietbaan van vijftig meter, die vele miljoenen had gekost, de Campus-agenten in vorm en hun geheime status intact. Ondergrondse bunkers en schietbanen waren niet bepaald ongebruikelijk in de omgeving van D.C.

Chavez bracht hier zo veel mogelijk tijd door. De schietbaan was zijn kapel, het smalle schietstation met de opklapbare versperring zijn biechthokje.

De glanzende betonnen vloer was bezaaid met lege hulzen. Sterke afzuigventilators hingen bulderend aan het plafond en filterden lood en gassen uit de lucht. Door de negatieve druk werd de deur dichtgezogen zodra er iemand de schietbaan op kwam of af ging, waardoor Chavez voortdurend de behoefte had om zijn oren te klaren.

De doelwitten kwamen ratelend tot stilstand, binnen bereik van iedere schutter. Ze gebruikten realistische doelwitten, dezelfde gekleurde tekeningen die Chavez tientallen jaren eerder had gebruikt toen hij voor het eerst in het vak kwam. Iedereen die de afgelopen dertig jaar vuurwapentraining had gehad bij een federale of plaatselijke instantie, had hoogstwaarschijnlijk te maken gekregen met de 'man met de rode deken' en de 'vrouw in het bruine pak'. Met papieren overtrekken konden de personages worden voorzien van een camera, een mes, een verrekijker of een badge.

Vandaag hadden ze pistolen bij zich.

De man met de rode deken, een kerel met een snor, een wollen muts en een houthakkersoverhemd, leek verdacht veel op een vent met wie Chavez ooit gewerkt had. Vandaag had hij de vrouw in het bruine pak gekozen als tegenstander. Haar baret, strenge gezicht en het grote handwapen dat ze vasthield, deden haar eruitzien alsof ze banden had met de Baader-Meinhof-groep, de Rote Armee Fraktion uit de jaren zeventig. Driedimensionale doelwitten in de vorm van slechteriken, driehonderdzestiggradenvideo's van schieten-niet-schieten-huizen, en hyperrealistische Simunition-scenario's hadden de training absoluut verbeterd in de afgelopen twintig jaar, maar de vrouw in het bruine pak en de man met de rode deken waren pure nostalgie, zoals de geur van Hoppes No. 9.

De A-zone van de realistische doelwitten was precies dat: een realistisch gebied in de vorm van een bowlingkegel, die het hart, de longen en het hoofd omvatte; de delen van het lichaam die, als ze doorboord werden, hoogstwaarschijnlijk voldoende lucht naar binnen en bloed naar buiten lieten stromen, waardoor een aanvaller zou ophouden met proberen je te vermoorden. Schotbeelden binnen dat vitale gebied waren een teken van wapenbekwaamheid, maar Campus-agenten wilden veel meer dan alleen maar bekwaamheid. Ze streefden stuk voor stuk naar perfectie. Bedrevenheid noemde Clark het. Net iets beter. De top. Daarvoor was meer nodig dan oefenen.

Het klonk gek en zelfs overdreven om het hardop te zeggen, maar bedrevenheid betekende je wapen behandelen zoals een samoerai zijn zwaard behandelde: als een verlengstuk van zijn lichaam. De mechanismen van de juiste grip, overzicht en trekkerbeheersing ontstonden niet door gewoon maar steeds opnieuw schieten. De vorm moest worden bekritiseerd, aangepast en opnieuw aangepast, en daarna moest je ermee oefenen, oefenen en nog eens oefenen, totdat alles een tweede natuur werd. Veel mensen konden een handgeschakelde auto besturen, maar iemand die de moeite nam om de timing van ontkoppelen en schakelen te oefenen, gleed als boter door de versnellingen zonder dat het ten koste ging van de snelheid. Om een behendig schutter, een revolverheld, te worden, was oefening onder spanning vereist.

Zoals een wedstrijdje met je schoonvader.

Clark en Chavez hadden met markeerstiften cirkels van twintig centimeter in het midden van al hun doelwitten getekend, waardoor ze gedwongen werden om preciezer te richten.

Chavez liet zijn hand over het papieren doelwit glijden en verbleekte omdat hij vier van de honderd kogels buiten de zwarte ring had geschoten. Haar ogen, één groen en één blauw, keken hem aan en bespotten zijn mislukking. De schoten zaten weliswaar in het midden en maakten in zijn doelwit een rafelig gat dat hooguit de grootte had van een vuist. Maar op vijfentwintig meter waren er vier schoten omlaaggedwaald, iets rechts van haar handwapen, net buiten de gemarkeerde cirkel. Wat Chavez betrof was alles wat op een mooie, comfortabele schietbaan in een gecontroleerde omgeving buiten de tienring belandde een misser. Punt uit.

Clark was praktischer ingesteld. Zijn doelwit was een beetje gerafeld. Door een handblessure die hij te danken had aan een Rus met een hamer, had hij zenuwschade en een kromme schietvinger opgelopen. Een tijdje had het erom gespannen of hij ooit nog zou kunnen schieten. Als verstokte .45 ACP-liefhebber had hij tientallen jaren een SIG P220 bij zich gehad, maar door de lange dubbele trekker had hij geschoten als een gewone sterveling nadat die Rus zich met een hamer had uitgeleefd op zijn hand. Clark was weer overgestapt op de strakke werking van de enkele trekker van zijn Wilson Combat 1911, en had zijn normale schietzuiverheid weer terug.

Voor Clark leidde semiaccurate snelheid de hele dag tot superaccurate precisie. Wat Ding Chavez ook deed, zijn schoonvader leek hem altijd te verslaan in snelheid bij het trekken van zijn wapen.

Chavez schudde zijn hoofd naar het doelwit en zette met de markeerstift een vinkje bij zijn vier buitenbeentjes, zodat hij ze na de volgende schietronde kon onderscheiden van eventuele andere.

'Hoe ging het?' vroeg hij, al wist hij donders goed hoe Clark had geschoten. Die man was een machine; hij loste al minstens één schot terwijl Chavez zijn pistool nog omhoogbracht, en Chavez was niet bepaald traag.

Clark stak zijn hoofd om de scheidingswand en wees naar zijn oren. 'Wat?'

Chavez knikte naar zijn doelwit, een grapefruit in vergelijking met Chavez' sinaasappel, maar dan met elk schot binnen de cirkel. Echt. Elk. Schot. Die ellendeling.

Clark kwam achter Chavez staan om beter zicht te hebben op de schade aan de vrouw in het bruine pak. Hij klakte een beetje met zijn tong en hield zijn hoofd scheef bij het zien van de vier missers, maar zei niks.

Dat hoefde ook niet. Ding Chavez was vuurwapeninstructeur.

'Iets te veel vinger op de trekker,' zei Chavez ter beoordeling van zichzelf. 'Daardoor zijn ze omlaaggegaan.' Hij veranderde van onderwerp. 'Ik zat te denken aan wat je in Argentinië zei... over de Camarilla en dat De Campus ook op die manier bekeken kan worden.'

'Het is zo,' zei Clark. Terwijl hij sprak, laadde hij magazijnen met .45-munitie uit zijn vestzak. 'Dat argument is verdomd simpel: een officieuze privégroep. Het verschil is dat wij voor de goodguys werken en niet voor de hoogste bieder. Een nobel doel, als het ware.'

'Zeker,' zei Chavez. Hij zat al sinds Buenos Aires op dit kleine stukje filosofie te kauwen. Het was logisch. Strikt genomen viel veel van wat zij deden een heel eind buiten de grenzen van wat legaal was. Maar dat was wel de reden dat ze wendbaar waren, in staat om door de realiteit van een heel gevaarlijke wereld te navigeren. Het was ook de reden dat het van kritiek belang was dat ze precies de juiste individuen rekruteerden. De gedragsregels werden heel vaak overgelaten aan de mensen in het veld, en ze hadden niet te maken met de pietluttige beperkingen van supervisors of evaluatievergaderingen. Campus-agenten evalueerden elkaar, zichzelf, met ongelofelijk hoge maatstaven. Ze hadden nieuw bloed nodig, bredere gelederen, maar het hele idee maakte Chavez doodsbang.

'We gaan vanmiddag de lijst van mogelijkheden doorspitten,' zei Clark. Hij vulde de laatste van de zeven magazijnen en tikte met de achterkant op zijn geopende handpalm. 'We hebben meer mensen nodig. *Pronto*. Hoe dan ook, ben je klaar voor nog een rondje, lichtgewicht?'

'Je hoeft alleen maar "één, twee, drie, *go*" te zeggen, meneer Clark.'

De vrouw in het bruine pak en de man met de rode deken ratelden naar de vijfentwintig, en door de snelheid van hun korte ritje boog door de wind de onderste rand van het papier iets naar de schutters toe.

'Ik ga eraan werken om de snelheid iets op te voeren,' schreeuwde Clark om de hoek, met zijn oorbeschermers al op hun plek. 'Zorg jij ervoor dat je die schoten strakker krijgt, maar hou je snelheid op peil.'

Chavez' resultaat zou hem bij elke instelling of afdeling uitmuntende scores hebben opgeleverd. Het was vrijwel perfect. Een andere man zou misschien beledigd zijn geweest door de suggestie dat hij beter moest worden, en het hebben weggewimpeld als advies van een bemoeizuchtige schoonvader. Maar Clark bekritiseerde hem niet. Geen van beiden zou genoegen nemen met een vrijwel perfecte score. Dit was geen spelletje, en ergens anders was iemand net zo hard aan het oefenen.

Chavez zette de gedachten aan rekrutering van zich af. Hoe zouden ze in godsnaam iemand screenen voor wat ze nodig hadden in het team? Op een dag zouden ze een vergissing maken en de verkeerde persoon selecteren: iemand die niet genoeg scrupules had, of iemand die er juist te veel had.

19

Volgens de conventionele wijsheid had Steven 'Chilly' Edwards meer dan tevreden moeten zijn met zijn levenslot. Het Abilene Police Department liet hem de hele dag rondrijden op een Harley-Davidson Electra Glide. Als hij niet op zijn motor zat, was hij bij het SWAT-team van het APD als sluipschutter aan het schieten. Dat was een leuk bijbaantje en daar herinnerde zijn vader, de deputy van de sheriff van Taylor County, hem elke zondag aan als ze bij elkaar kwamen voor het avondeten. Motoragent, SWAT-sluipschutter... en daar ook nog voor betaald worden. Toch was Chilly altijd op zoek naar iets beters. Zijn oudere broer zat bij de FBI, bij het reddingsteam voor gijzelaars nog wel; de Delta Force met handboeien. Hij was ook sluipschutter. Het APD was een geweldige werkplek – leuke jongens, fantastische sportzaal, een van de coolste badges die er bestonden – maar Chilly hunkerde ernaar om zijn vaardigheden naar een hoger plan te tillen.

Hij draaide de gashendel open, gaf richting aan, keek over zijn schouder en hing opzij om de stevige Electra Glide naar de brede uitvoegstrook te sturen en zo van de Interstate 20 af te komen, waar hij de afgelopen twee uur het verkeer op weg naar de zuidelijke richting van de Highway 277 in de gaten had gehouden, en waar hij nu verder zou gaan met het verkeer in de gaten houden. Chilly gaf meer gas en ging op in de stroom van auto's en pick-ups. Hij keek waar hij zijn motor naartoe wilde sturen, en dat gold voor zowel het rijden als het leven in het algemeen.

Zodra hij de snelweg op reed, flitsten er remlichten op en begonnen de voertuigen aan hun abrupte kruipdans van stoppen en optrekken. Chauffeurs hadden de neiging in paniek te raken als ze een motoragent zagen, vooral studenten van een van de drie universiteiten van Abilene. Een motoragent was niet op weg naar een oproep, zoals een noodgeval, een huiselijke ruzie of een of ander relletje. Nee, iedereen wist dat een agent op een motor actief op jacht was om iemand aan de kant te zetten.

Een voetbalmoeder in een blauwe Ford Expedition liet haar telefoon vallen toen Chilly voorbijronkte. Ze liet de telefoon gewoon uit haar hand glippen terwijl ze strak naar voren keek en net deed of ze hem niet zag. Misschien, heel misschien, zou hij haar niet zien. Hij ging erin mee en hoopte dat de adrenalinestoot die ze had gekregen voldoende was om haar eraan te herinneren dat ze niet moest appen tijdens het rijden. De kerel in een witte pick-up voor hem reed zijn rijstrook op en daarna weer terug. Chilly nam wat gas terug en reed opzij, uit de gevarenzone. Die vent had oortjes in en bewoog zijn lippen alsof hij aan de telefoon was. Handsfree. Alsof dat ook maar iets uitmaakte.

'Rij alsof iedereen heeft gesnoven en je te grazen wil nemen' gold nog eens extra als je een politiebadge droeg. Natuurlijk wilde niet iederéén Chilly te grazen nemen. De politie had een behoorlijk goede relatie met de inwoners van Abilene, voor zover agenten en burgers een goede relatie kunnen hebben. Maar door op die grote Harley te rijden ving hij letterlijk en figuurlijk veel wind. Hij had weleens horen zeggen dat mensen motorreden om dezelfde reden waarom een hond zijn kop uit het raampje van een rijdende auto stak. Die logica snapte Chilly volkomen. Het was onmiskenbaar dat je een makkelijk doelwit was als je op een motor zat, zowel voor iemand die je opzettelijk kwaad wilde doen als voor een of andere sukkel die niet op zat te letten achter het stuur. De Britten noemden dat SMIDSY-ongelukken: *Sorry Mate, I Didn't See You*. Daar had de APD ook een goede agent door verloren, jaren voordat Chilly aan boord kwam en er van hogerhand was besloten om alle motoragenten gekleed te laten gaan in verblindend felgele wielrenshirts, gecombineerd met een blauwe uniformbroek en kniehoge leren laarzen. Chilly vond dat opvallende uniform niet erg. Hij was dertig, één meter achtenzeventig, één bonk spieren met donkerblond haar dat hij kortgeknipt hield sinds hij uit het leger was gekomen. Dankzij de soldatenregeling had hij zijn opleiding aan Hardin-Simmons kunnen afmaken, op een steenworp afstand van zijn ouderlijk huis.

Zijn vader was niet zo blij met zijn studie geschiedenis en noemde het 'een titel omdat je bent komen opdagen', maar hé, het was een diploma. Dat was voldoende om hem een sollicitatiegesprek bij de FBI te bezorgen. Met zijn ervaring bij het SWAT-team van de politie van Abilene, en een oudere broer die een goed woordje voor hem deed, kreeg hij een voorlopig aanbod om snel bij het Hostage Rescue Team aan de slag te gaan nadat hij twee jaar op een van de grote FBI-kantoren had gewerkt. Hij had het fysieke examen en de leugendetectortest al gehaald en wachtte nu alleen nog tot zijn antecedentenonderzoek was voltooid.

Tot die tijd betaalde de politie van Abilene hem om op een Harley te rijden en op dingen te schieten.

De bestuurder van de witte pick-up, die nog steeds met zijn handsfree telefoon in de weer was, dwaalde weer van zijn rijstrook af, half deze keer, waarbij hij bijna een Ford Focus van de weg reed. Wat een idioot.

Net op het moment dat Chilly zijn rood-blauwe zwaailichten voor hem aanzette, kwam er een oproep voor assistentie. Hij was er dichtbij, want hij zou over een paar honderd meter bij de afrit naar 10th Street zijn, dus activeerde hij de microfoon op zijn helm.

'Centrale, Tom 26, verbind me maar door met die oproep.'

'10-4, Tom 26.'

Chilly zette zijn zwaailichten uit en reed de aanzienlijk oplettender bestuurder van de witte pick-up voorbij. Hij nam de afslag naar 10th Street om een bocht terug te maken naar de plek van de oproep: een dubbelbrede trailer ten westen van de snelweg bij 14th Street. Chilly was er al eens eerder geweest. Bijna iedereen die patrouilleerde was er ooit wel eens eerder geweest. De centrale stuurde altijd twee agenten, ongeacht het soort telefoontje. Royce Vetter dacht dat hij het einde der tijden aankondigde, of zoiets. Blijkbaar hield dat in dat hij altijd moest vechten als hij gearresteerd werd, en dat gebeurde heel vaak. Het was een kwestie van tijd voordat hij zou overstappen op vuurwapens in plaats van vuisten. Iedereen die met hem te maken kreeg, vermeldde in het rapport dat hij de grip op de werkelijkheid kwijtraakte.

Chilly minderde vaart nadat hij was afgeslagen naar 14th Street, een halve straat bij de dubbelbrede trailer vandaan. Derek Franjul stond op straat en wenkte hem dichterbij. Zijn gezicht was gespannen en zijn gewoonlijk olijfkleurige huid zag bleek. Onder het overhemd van zijn uniform zat een bobbel ter grootte van een kanteloep, die wriemelde alsof er elk moment een buitenaards wezen uit kon barsten.

Chilly zette zijn helm af en hing hem aan zijn motor, waarna hij van Franjul naar de trailer en weer naar Franjul keek. 'Wat heb jij nou onder je uniform?'

'Je zult het niet geloven, maar het is verdomme een hond,' zei de agent. 'De deur stond open. Ik wilde wachten, maar Vetters truck stond er niet. Zijn vrouw en zoon waren allebei dood toen ik binnenkwam. Bloed en...' Hij schudde zijn hoofd. 'De muren zitten helemaal onder.'

Chilly keek weer naar het huis en tikte met zijn hand op de kolf van het pistool om zich ervan te vergewissen dat het er nog was. Hij overwoog serieus om de ingeklapte M-4 uit het opbergvak van zijn motor te pakken, maar besloot het niet te doen. 'En Vetter?'

'Weg.' Franjul schudde zijn hoofd. 'Alleen Margaret en de jongen. Ik ben vergeten hoe hij heet.'

'Chris,' zei Chilly. 'Weet je zeker dat ze dood zijn?'

Franjul blies langzaam zijn adem uit, schudde zijn hoofd en zag het tafereeltje weer voor zich, te oordelen naar de wezenloze blik in zijn ogen. 'Heel zeker. Ze zijn HD, man. Hartstikke Dood.'

Chilly had wel vaker te maken gehad met de dood; in het leger en sinds hij bij de politie werkte. Soms overleefde het menselijk lichaam nadat beide benen waren afgerukt door een bermbom. Andere keren begaf je hart het als je op de plee zat.

'Ga je me nog vertellen waarom je een hond onder je uniform hebt?'

Franjul schrok op en kwam uit zijn trance. 'O, ja. Ik hoorde gejank in de keuken, dus ben ik naar binnen gegaan voordat jij er was. Vetter, of wie het ook was, heeft die hond verdomme in de koelkast gezet, ongelooflijk. Ik probeer het arme beestje op te warmen.'

'Er kan DNA op zijn vacht zitten,' zei Chilly.

Franjul kreunde. 'Je klinkt nu al als een FBI-agent.'

Chilly gluurde door de openstaande deur en paste op dat hij niks aanraakte. Franjul had gelijk. Het leed geen twijfel dat Margaret en haar zoon dood waren. Allebei in hun nek geschoten, allebei op hun knieën terwijl het gebeurd was. Er lag keurig opgevouwen wasgoed opgestapeld op de bank. Er lag nog meer in de wasmand, schoon, wachtend om te worden opgevouwen. Geen spoor van de geur van oude aardappelschillen en ranzige sokken die zoveel huizen sierde waar ze binnengingen. Hier rook het naar spek en cederhout. De familiefoto's aan de wand waren onaangeroerd, afgezien van wat bloedspetters, die voornamelijk omlaaggericht waren, wat erop wees dat de moordenaar had gestaan en op de vloer had gericht. De menselijke meloen deed rare dingen als hij werd geraakt door een projectiel met een hoge snelheid. Het was belangrijk om te kijken waar de meeste spetters zaten en niet te veel in beslag te worden genomen door een paar spikkels en vlekjes hier en daar. Deze twee waren geëxecuteerd, en degene die het had gedaan, had de hond in de koelkast gestopt, die zieke smeerlap.

'Er zijn rechercheurs en een supervisor onderweg,' zei Franjul. Hij viste de spartelende hond onder zijn overhemd uit en hield hem met beide handen vast, ver van zijn lijf. 'Denk je echt dat er DNA op hem kan zitten?'

'Ze kunnen tegenwoordig DNA uit iemands adem halen,' zei Chilly. 'Dus het zou me niks verbazen.'

Franjul trok de bibberende hond weer dichter naar zich toe. 'Royce Vetter is een eersteklas klootzak, maar ik had hem er nooit voor aangezien dat hij zijn vrouw door haar kop zou knallen, of een van zijn kinderen.'

Chilly keek de andere agent aan. 'Dat is waar ook. Vetter heeft ook nog een kind dat studeert.'

'Margarets kind, ik denk van toen ze nog op de middelbare school zat.' Hij wendde zijn hoofd naar een foto van een jonge vrouw van in de twintig; slank, leuk, hip kapsel. 'Rene... Tatum, denk ik. Ik heb gehoord dat ze aan rodeorijden doet en dat ze in Eastland woont, in de buurt van haar vader.'

'Zo te horen weet je een heleboel over haar.'

'Ik heb haar vorig jaar iets te drinken aangeboden na een rodeo,' zei Franjul. 'Ze is...' Hij trok een grimas. 'Je hebt je handen eraan vol. Meer zeg ik er niet over.'

Chilly floot zacht. 'Iemand zal haar over haar moeder moeten vertellen.'

‘Ja,’ zei Franjul. ‘En ervoor zorgen dat ze haar stiefvader niet vermoordt.’

‘Het slaat nergens op,’ zei Chilly. ‘Margaret en Chris zaten op de grond geknield en zijn achteloos geëxecuteerd, van achteren doodgeschoten. Heb je ooit meegemaakt dat Royce Vetter iets deed zonder dat hij helemaal doordraaide? Als hij ze had vermoord, had hij een honkbalknuppel gebruikt en zou hij ze recht hebben aangekeken, en daarna zou hij het hele huis hebben laten affikken. Nee, dit is iets anders...’

De sergeant kwam aanrijden in zijn Tahoe en hij knikte naar de twee agenten. Hij trok een paar blauwe nitrilhandschoenen aan, liet ze op de huid van zijn polsen kletsen en ging naast hen bij de veranda staan. Hij was al op de hoogte gebracht via de telefoon.

‘Aangezien jullie de ambulance hebben afgebeld, neem ik aan dat er geen hartslag is?’

‘Dat klopt, *serge*,’ zei Franjul. ‘Geen hartslag. Allebei dood bij aankomst.’ Hij deed snel verslag van wat hij had aangetroffen, inclusief de hond.

De sergeant knikte naar de spartelende dwergkeeshond. ‘Wat is er met die hond?’

Franjul lichtte hem in over de koelkast.

‘Er zou DNA van de moordenaar op kunnen zitten,’ zei de sergeant.

Chilly wierp de andere agent zijdelings een veelbetekenende blik toe.

‘Edwards,’ zei de sergeant. ‘Heb jij iets aangeraakt?’

‘Ik ben nog niet binnen geweest,’ zei Chilly. ‘Ik heb alleen door de deur gekeken.’

‘Wegwezen, dan,’ zei de sergeant. ‘De hel barst straks los en dan stikt het hier van de politiebadges. Ik heb minstens een paar agenten op straat nodig die zich bezighouden met andere problemen dan dubbele moorden.’

‘Begrepen,’ zei Chilly, enerzijds teleurgesteld dat hij geen deel uit zou maken van het onderzoek, maar anderzijds ook heel opgelucht dat hij niet op zijn tenen tussen klonters hersenweefsel hoefde te manoeuvreren, op zoek naar bewijsmateriaal. Hij draaide zich al om, maar bleef opeens staan en zwiepte zijn arm opzij om te voorkomen dat de sergeant nog een stap zette. Hij keek naar het gehavende pad dat vanaf de veranda liep.

'Helemaal over het hoofd gezien toen we hierheen liepen.' Chilly wees naar een gedeeltelijke voetafdruk in het bloed op het stoffige beton. Hij boog opzij en tikte op Franjuls been.

'Laat me je zool eens zien.'

'Nou, dat klinkt wel heel eng,' zei Franjul en hij tilde zijn voet op. 'Hij is niet van mij. Kijk maar.'

Het was een stevige stapper, maar het patroon was uniek, hoekig met kleine V-tekens, eerder een autoband dan een schoen. Chilly herkende het niet als iets wat hij al eerder had gezien. Degene die de afdruk had achtergelaten, was bij het huis vandaan gelopen. Er was een deel van een woord te zien op de plek waarvan Chilly dacht dat de voetboog zou zitten, maar hij kon er niks van maken.

'Hij is in het bloed gestapt.' Chilly maakte een foto met zijn telefoon. 'Grote kans dat er binnen een betere afdruk is.'

'Dat weet ik wel zeker.' De sergeant schonk hem een flauwe glimlach. 'Goed dat je deze gevonden hebt. En nu de straat weer op.'

20

Ryan vertraagde de loopband tot een rustig jogtempo, zodat hij zonder te hijgen met Gary Montgomery kon praten. Hij was het duidelijke, beslist onpolitieke standpunt van de Secret Service-agent gaan waarderen. Montgomery, die een donkerblauw footballshirt van de University of Michigan droeg, jogde moeiteloos voor iemand van bijna één meter negentig en bij wie de weegschaal zo ongeveer de honderdvijftien kilo aantikte.

'Hoe gaat het met Mulvaney?' vroeg Ryan.

'Het gaat wel goed met hem,' zei Montgomery. 'Ik waardeer het dat u het vraagt. De dood van de vicepresident was een schok voor hem, net als voor iedereen. Mulvaney is nu al behoorlijk lang bodyguard van de VP. Mevrouw Hargrave vertrouwt hem. Hij kan haar helpen bij een deel van de afhandeling... En dat helpt hem om ermee om te gaan.'

Montgomery's handen zwaaiden op natuurlijke wijze langs zijn zij tijdens het rennen, en hij was zo lichtvoetig als een bokser die aan het touwtjespringen was. Hij keek recht vooruit en keek zo nu en dan naar de getallen op zijn loopband. Hij had al in het begin uitgelegd dat hij nooit voluit zou trainen als ze in de sportruimte waren, zodat hij altijd voldoende reserve had om zich aan zijn primaire taak te wijden: beschermen. Hij leek Ryans vragen graag te beantwoorden, maar gaf nooit ongevraagd advies, behalve als het op beveiliging aankwam.

'Je bent de afgelopen paar uur bij aardig wat vergaderingen een luistervink geweest,' zei Ryan joggend, terwijl hij het gevoel had dat hij een race liep. Ze gingen nergens heen, maar die grote jongen was wel aan de winnende hand. 'Ik zou graag je mening horen.'

'Mijn mening, meneer de president?'

'Over mijn benoeming van de volgende vicepresident.'

Montgomery keek de sportruimte rond, al wist hij dat ze alleen waren, met slechts één andere agent die buiten bij de deur zat.

'Weet u nog hoe graag u die baan wilde toen president Durling u vroeg die aan te nemen? Ik was destijds een vrij nieuwe agent en werkte aan een andere opdracht, maar bij alle Secret Service-agenten was het algemeen bekend hoe u daarover dacht.'

'Is dat zo?'

Montgomery draaide zich om en keek hem aan tijdens het hardlopen. 'U wilde niet, toch?'

'Het was het laatste wat ik wilde,' zei Ryan. 'Ik voelde me niet echt op mijn gemak als nationale veiligheidsadviseur...'

'Nou, dat dus, meneer,' zei Montgomery. 'Met alle respect, ik denk dat u iemand moet kiezen die er hetzelfde over denkt als u destijds: gedreven om te dienen, maar flink pissig om de verantwoordelijkheid op zich te moeten nemen.'

21

Leo Debs zag de zwarte pick-uptruck van Royce Vetter op het oostelijke parkeerterrein van het Harmony Suites Hotel aan de overkant van de EastGate Mall staan. Een beige gepantserde wagen stond met draaiende motor een meter of dertig verderop bij de noordoosthoek van het gebouw.

Er waren twee bedrijven die gepantserd transport verzorgden in Abilene en het omringende Taylor County, en een derde dat periodiek ritjes vanuit het oosten van en naar Fort Worth maakte. De routes en tijden waren natuurlijk geheim, dus verdeelden Debs, Pea, Rook, Taylor en een ander teamlid, Ramos, zich over afzonderlijke voertuigen en besloegen zo goed mogelijk de hele stad, waarbij ze zich focusten op diensten die cheques verzilverden en lonen uitkeerden, aangezien die waarschijnlijk eerder te maken zouden krijgen met grote sommen contant geld in plaats van creditcardtransacties. Banken waren een slechte gok voor overvallen. Sommige genieën flikten het 'm één of twee keer. Debs had er een paar gepland, als oefening, maar hij had het nooit doorgezet. Te veel beveiliging: zenders, verf, camera's. Maar gepantserd transport…

Debs dacht erover na waar hij de klus zou klaren als hij van plan was een gepantserde wagen te overvallen. Een semidrukke plek om in de menigte op te kunnen gaan, of juist afgelegen zodat er geen getuigen zouden zijn: hij zag in beide plekken de waarde. Hij zou gemakkelijk toegang moeten kunnen krijgen tot een snelweg. En het allerbelangrijkst was het deel van de route waar het maximale geldbedrag aan boord was. Pinautomaten konden wel tweehonderdduizend dollar per stuk bevatten als ze vol zaten, maar in een stad met de omvang van Abilene zou het eerder twintig- tot dertigduizend per automaat zijn.

Het nieuwe winkelcentrum aan de oostkant van de stad was een goede gok. Een kantoor waar cheques werden verzilverd, een heleboel motels, allemaal met minstens één pinautomaat, en het winkelcentrum zelf. Als de groep een truck te pakken wist te krijgen die vol zat om te leveren, kon dat een aardig bedragje opleveren.

Hij had net op het terrein van Sears geparkeerd en zijn favoriete Zeiss-verrekijker naar zijn ogen gebracht, toen zijn voorgevoel bewaarheid werd.

Hij belde Pea met de sneltoets op zijn telefoon en gaf hem de locatie door.

'Wacht even,' zei Debs speurend. Zijn stem trilde tegen zijn handen terwijl hij de verrekijker heen en weer bewoog. 'Ik zie alleen Vetter en Blondie in de truck zitten. Zip moet hier ergens rondlopen om een contrasurveillance te doen.'

'Ik geef het door aan de anderen,' zei Pea. 'Ik ben er over tien minuten als ik niet wil riskeren dat ik word aangehouden.'

'Ja, man,' zei Debs. 'Dat is het laatste wat we willen... Wacht even.'

Debs zweeg toen Vetter en Blondie uit de truck stapten met de drone in hun handen. Beide mannen droegen een bruine broek en een geelbruin overhemd. Het waren geen uniformen, maar ze konden door een toevallige voorbijganger makkelijk worden aangezien voor bewakersuniformen.

Vetter lanceerde de drone. Zoals verwacht hadden ze er een apparaatje aan bevestigd dat eruitzag als dat wat ze eerder op hun schietbaan hadden laten ontploffen. Een fractie van een seconde later steeg er van een parkeerterrein in het noorden een vuurbal op in de lucht, gevolgd door een lage, dreunende knal toen de geluidsgolven bij Debs aankwamen.

'Autobom op het parkeerterrein van Home Depot,' zei hij.

De drone steeg recht omhoog, een heel eind buiten gehoorafstand van de bewakers in de zware vrachtwagen, en bleef daarna vlak boven hen hangen. Volgens de beveiligingsprotocollen moest de chauffeur in het voertuig blijven zitten met de portieren op slot, terwijl de bezorger uitstapte om iets af te geven of op te halen. Als er iemand in de buurt van het voertuig was, wachtten ze gewoon binnen voor ze het portier openmaakten. Door de drone kon Vetter zijn apparaat dicht, heel dicht, bij de gepantserde vrachtwagen krijgen zonder argwaan te wekken bij de bewakers.

Er ontplofte nog een bom op het parkeerterrein van Home Depot, waardoor er autoalarmen afgingen en alle aanwezigen op de parkeerplaats van het winkelcentrum hun aandacht op het noorden richtten. De bewakers in de gepantserde vrachtwagen gingen verder met hun werk, want de buitengeluiden werden gedempt door de versterkte metalen behuizing. Op het moment dat het portier aan de passagierskant openging, bracht Vetter de drone recht omlaag. Hij bleef zo'n vijftig centimeter achter de bezorger hangen, terwijl diens schoenen de grond raakten om uit het voertuig te stappen. Vetter bracht het apparaat onmiddellijk tot ontploffing. Het mocht dan zelfgemaakt zijn, maar het was wel dodelijk effectief en spoot een kegelvormig patroon van kogellagers in het rond, waardoor de bezorger aan stukken werd gereten en ter plekke neerviel.

Het zou een goed plan zijn geweest, als de chauffeur niet zou zijn ingesloten door de zwarte stalen tussenwand aan de andere kant van de bezorger. Er drongen wat kogeltjes door de praatopeningen heen; net voldoende om ervoor te zorgen dat de chauffeur bang werd en de vrachtwagen startte.

Sukkels... Er was negenennegentig procent kans dat die airsoftamateurs in de komende tien minuten hun eigen graf zouden delven. Maar zelfs die kans was niet voldoende. In het hoogstonwaarschijnlijke geval dat ze dit zouden overleven en gearresteerd werden, zouden ze op zoek gaan naar onderhandelingstroeven, zoals informatie over een stelletje gevaarlijk uitziende gasten die schietoefeningen deden bij Buffalo Gap.

Debs checkte de afstand met een laserafstandsmeter: honderdzevenenveertig meter. Geen probleem. Hij had er dichter naartoe kunnen rijden, maar hij stond op een goede plek geparkeerd, naast een leeg bestelbusje en een pick-up met een camperopbouw. De gedempte FN SCAR 17L CQC was kort, met een loop van slechts vijfentwintig centimeter, gekamerd in 5.56 NATO en bedoeld voor gevechten van dichtbij. Hij had de kleur van vlakke, donkere aarde en was uitgerust met een Gemtech-demper, en hij zou niet opvallen tenzij iemand toevallig recht naar zijn truck zou kijken, wat onwaarschijnlijk was, gezien alles wat er verder gebeurde.

Bij de SAS zouden ze dit een *soft-kill*-geweer noemen; met een relatief licht kaliber, vergeleken met zijn zware 7.62 of het grotere *hard-*

kill-geweer dat hij normaal gebruikte als sluipschutter. Met de softkill was de kans kleiner dat de kogels iemand helemaal doorboorden en een onschuldig slachtoffer zouden verwonden. Maar dat kon Debs niet zoveel schelen; hij gebruikte de SCAR omdat die kleiner was.

De gepantserde wagen hobbelde over de stoeprand de straat op en liet het levenloze lichaam van de bezorger als een eenzaam uitziend hoopje midden op het parkeerterrein achter.

Vetters plan was op zich niet slecht. Het probleem was dat het slechts een half plan was. Blondie en hij hadden bedacht dat ze de twee bewakers op afstand zouden vermoorden en dan naar de vrachtwagen zouden lopen in kleren waarin ze eruitzagen alsof ze erbij hoorden. Ze zouden de sleutels van de dode bewaker gebruiken om de achterkant open te maken en er met het geld vandoor gaan: zielloos in al zijn eenvoud. Ergens vond Debs het spijtig dat hij ze moest vermoorden.

Terwijl Debs achter het stuur bleef zitten, draaide hij het raampje omlaag en liet zijn geweer op de portierpost steunen, waarbij hij zijn lichaam iets draaide om een goed beeld te krijgen door de Schmidt & Bender-8x-richtkijker. Hij had Blondie recht in het vizier, maar Vetter was nog afgeschermd. Nog één stap en hij zou ze allebei hebben. Geen van beiden zouden ze de gepantserde wagen bereiken…

Toen liepen er twee cowboys uit de barbecuetent tegenover het hotel het parkeerterrein op. Debs draaide het geweer iets en zag hun gezichten door het dradenkruis van zijn vizier.

Ze hadden de drone zien exploderen, de bewaker zien neervallen en, erger, ze zagen dat Vetter de dronecontroller liet vallen toen Blondie en hij zich naar de gepantserde vrachtwagen haastten terwijl die wegreed met een openzwaaiend portier aan de passagierskant.

De mannen uit het restaurant waren allebei gewapend. Zonder twijfel vol goede bedoelingen riepen ze blijkbaar iets op het moment waarop ze een vuurwapen uit hun broekband trokken. Gespeend van de juiste training bleven ze stokstijf op hun plek staan terwijl ze hun wapens omhoogbrachten. Vetter en Blondie draaiden zich allebei tegelijk om, schietend terwijl ze bewogen, en zochten dekking door weg te duiken achter hun pick-up.

Debs wilde vloeken, maar haalde in plaats daarvan diep adem en loste een schot op Blondies oor. Door het glas van het passagiersraampje ketste de kogel die anders perfect raak was geweest af en trof Blondie blijkbaar in zijn schouder, aangezien hij zijwaarts neerzakte.

Een van de cowboys had zich op één knie op de stoep laten vallen en herlaadde zijn wapen, terwijl zijn maat de zwarte pick-up onder vuur bleef nemen met welgemikte schoten uit zijn pistool. Misschien waren ze toch niet zo heel slecht getraind, dacht Debs.

Vetter had zijn pick-up nu gestart en scheurde van het parkeerterrein af, waarna hij slingerend op de straat ervoor uitkwam. Onverschrokken sprongen de cowboys in hun eigen truck en zetten de achtervolging in. Omdat zijn voorruit door meerdere kogels verbrijzeld was, moest Vetter uit het raampje leunen om iets te kunnen zien. Paniekerig sloeg hij rechts af en botste bijna frontaal op de truck van de cowboys. Hij draaide zijn stuur scherp naar links, knalde over de stoeprand en stuiterde het parkeerterrein van het winkelcentrum op, recht op Debs af.

Debs boog zich naar voren en richtte voor een volgend schot, maar de cowboys probeerden een rammanoeuvre, waarmee ze de zwarte truck opzijduwden maar niet lieten draaien.

Vetter slingerde naar links en schampte een eikenboom toen hij in noordelijke richting over het parkeerterrein reed, dwars tussen de geparkeerde auto's heen om zijn achtervolgers af te schudden. De cowboys zaten hem vlak op de hielen. Hun pick-up was nieuwer en reageerde sneller, zodat ze naast hem konden gaan rijden en Vetters linkerachterband konden rammen met hun voorpaneel. De truck draaide om zijn as en knalde op een geparkeerd minibusje.

Vetter en Blondie stapten al schietend uit. Vetter droeg een rugzakje. Blondie had er ook een.

In de verte loeiden sirenes. De cowboys bleven schieten, maar nu trager, alsof ze bijna door hun munitie heen waren.

Vetter en Blondie vluchtten het winkelcentrum in.

Debs ving in een flits een beweging op vanuit zijn ooghoeken, en toen hij zich omdraaide zag hij Zip, het slaperig uitziende lid van Vetters ploeg, die voor de uitgang van Sears aan kwam rijden in een bruine Buick LeSabre. Hij was aan de telefoon.

Vanuit het zuidwesten kwam er een patrouillerende bewaker van het winkelcentrum in een witte Toyota-truck de hoek om rijden, precies op het moment dat Vetter en Blondie door de dubbele deuren spurtten.

Bij het zien van twee gewapende mannen die naar de vluchtauto renden, ramde de patrouillerende bewaker de Buick van Zip, waardoor Vetter en Blondie zich struikelend terughaastten naar waar ze vandaan kwamen, weer het winkelcentrum in.

Debs vloekte. Hij was nu heel dichtbij, maar enkele tientallen meters verderop. Als die eikels nou eens een halve seconde stil bleven staan, kon hij een eind maken aan dit hele gedoe.

De bewaker van het winkelcentrum bleef in zijn truck zitten, over het stuur gezakt, zo te zien buiten bewustzijn geraakt door de botsing. Dat maakte de boel gemakkelijker. Debs richtte op de enige beveiligingscamera aan de buitenkant van het winkelcentrum die hij kon vinden en schakelde hem uit met een dubbel schot uit de SCAR 17; als het met één kon, ging het met twee nog beter. Zip sprong uit zijn gehavende Buick en rende naar een vrouw in een kleine Hyundai-SUV die achteruit haar parkeerplek af reed. Debs vloekte weer. Op het drukke parkeerterrein was het onmogelijk een zuiver schot te lossen. Hij trok een bivakmuts over zijn gezicht, speurde snel de omgeving af, stapte uit zijn pick-up en rende langs de rij auto's tot hij Zip vond, die met zijn pistool naar de vrouw in de SUV zwaaide en op het bestuurdersraampje bonkte, terwijl hij beloofde dat hij haar niks zou doen als ze het portier maar opendeed. Tuurlijk.

Debs liet een schril fluitje horen en schoot Zip twee keer in zijn nek.

Hij liet de SCAR met de korte loop aan de eenpuntsriem langs zijn lijf vallen en schoof hem naar zijn rug. Zonder pauze rende hij naar voren, alsof hij de hartslag van de man wilde checken. Te oordelen naar de staat waarin Zips nek verkeerde, was er weinig hoop dat die er nog was.

Debs hurkte net lang genoeg neer om de telefoon van de dode man uit zijn zak te grissen, opende diens ogen en gebruikte zijn levenloze gezicht om het apparaat te ontgrendelen, waarna hij wegdraafde zonder oogcontact te maken met de doodsbange vrouw in de SUV.

Er loeiden sirenes van politie-eenheden die dichterbij kwamen.

Uit de hoofdingang van het winkelcentrum stormden mensen naar buiten, met hun hoofd omlaag, rennend voor hun leven. Minstens een van hen, een vrouw die oma zou kunnen zijn, klemde een blèrende peuter tegen haar borst en hinkte naar het parkeerterrein; ter hoogte van haar dijbeen was haar spijkerbroek donker van het bloed uit een kogelwond.

Een ronkend gebrul trok Debs' aandacht naar rechts. Hij draaide zich om en zag een politieagent in een felgeel uniformhemd voorbijdenderen, over de stoeprand springen en gas geven om met zijn Harley Electric Glide dwars tegen de stroom van rondvliegende patronen in door de dubbele deuren heen te rijden, regelrecht het winkelcentrum in.

22

Agent Scott Ritchey was als eerste ter plaatse. Hij was bij de Whataburger op iets meer dan een kilometer afstand van Home Depot geweest toen hij de eerste explosie hoorde. De meldkamer van het alarmnummer werd overspoeld met telefoontjes voordat hij was aangekomen; eerst om melding te maken van de autobommen en daarna, paniekeriger, van minstens één actieve schutter.

De meldkamer hield het kanaal open voor agent Ritchey.

Het had op dat moment een goed idee geleken om op de motor naar binnen te rijden, zodat hij veel sneller was dan te voet. De 1700cc V2-motor van de Harley was onder normale omstandigheden al niet bepaald stilletjes, maar binnen de muren van het winkelcentrum brulde hij als een gekooide beer.

Ineengedoken om een kleiner doelwit van zichzelf te maken speurde Chilly om zich heen naar enig teken van de schutters. De tegelvloeren waren de avond ervoor net in de was gezet en hij voelde zijn voorwiel glibberen alsof hij over een olievlek reed. Hij verminderde zijn greep op het stuur en liet de grote motor zijn kop heffen. Als een betrouwbaar paard ging de Harley rechtop staan en reed op zijn gemak tussen de parfumbalies en de kledingrekken door, voordat hij neerkwam op het industriële tapijt van het winkelcentrum.

Een vrouw die eruitzag alsof ze in de zestig was knielde neer achter de zonnebrillenkiosk en wees door de gang in de richting van de bioscoopzalen. Ze rukte haar hoofd opzij toen er vlak voor haar neus een kogel dwars door een rij Ray-Bans schoot.

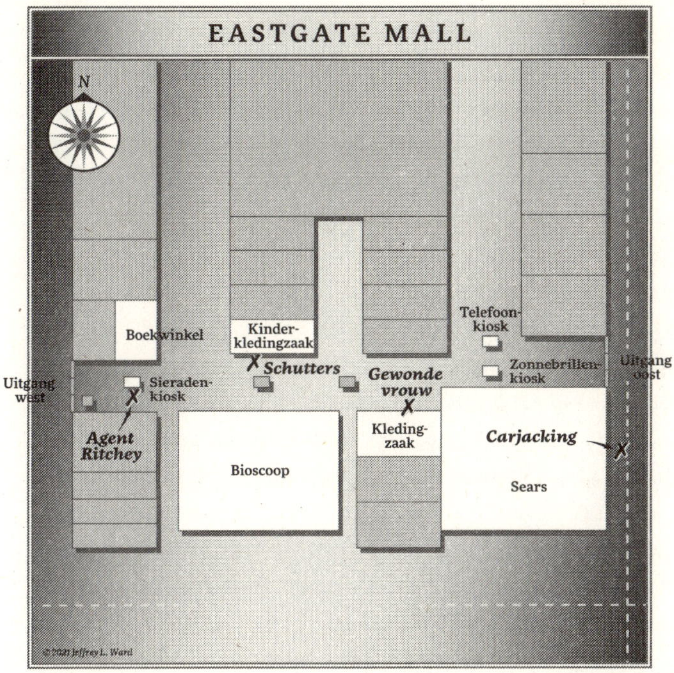

Kogels maakten bobbels in de vloerbedekking bij Chilly's voeten, waardoor hij noodgedwongen naar rechts moest sturen. Hij zette de motor achter een kiosk waar telefoonhoesjes werden verkocht en stapte snel af om het rechteropbergvak open te klikken, waarbij hij zo goed mogelijk probeerde de grote motor tussen hem en de schutters te houden.

Links van hem lag een vrouw in een felgele zomerjurk op de grond onder een uitverkooprek met kleding. Het tapijt onder haar bovenlijf was doordrenkt van bloed. Ze tilde haar ene arm op en kreunde iets wat Chilly niet verstond. De bolling onder haar zomerjurk maakte hem duidelijk dat ze weleens zwanger zou kunnen zijn.

De kogels ketsten af op het tapijt, schampten de houten kiosk en kletterden tegen de metalen motor, waardoor Chilly's aandacht van de gewonde vrouw werd afgeleid. Dit was niet goed. Hij hurkte lager ineen. Helemaal niet goed. De schutters konden hem niet zien, maar het flinterdunne kioskje bood alleen een schuilplaats, geen beschermende dekking. Het was puur geluk dat hij nog niet was geraakt. Vroeg of laat zou dat geluk hem in de steek laten.

Hij griste de ingeklapte Colt AR-15 uit het opbergvak achter op zijn motor, samen met een klein borstharnas en vier magazijnen met dertig kogels uit het andere compartiment. De Colt was een SBR, een geweer met een korte loop van zevenentwintigenhalve centimeter en een LAW-tactische adapter die de springveer tegenhield, zodat hij het wapen kon inklappen en in het zijvak van zijn motor kon opbergen. Een kleine 1-8 Nightforce NX8-richtkijker maakte het wapen compleet. Als sluipschutter zou hij liever zijn grotere Accuracy International .308 hebben gehad, maar voor de afstanden die hij binnen de grenzen van het winkelcentrum moest schieten, kon hij prima uit de voeten met de Colt. Hij zette zijn helm af en legde hem naast zijn motor.

Een klaaglijk, bibberig gehuil van de vrouw in de gele jurk verstoorde zijn concentratie. Bij elke oefening met actieve schutters die hij had gevolgd, werd erop gehamerd dat je gewonde burgers moest laten liggen als je de dreiging wilde tegenhouden. Je moest een enkeling laten sterven om het moorden te stoppen. Dat was tijdens een training al heel moeilijk om aan te denken. In het echte leven was het hartverscheurend. Chilly kon geen kant op door al het schieten en kon niets doen. Voorlopig.

De vrouw deed moeite om haar hoofd op te tillen en liet het weer op de vloerbedekking vallen, waarna ze hem met haar linkerhand wenkte. Ze hield iets in haar rechterhand, maar door de hoek was het onmogelijk te zeggen wat het was. Met zijn geweer in zijn hand lachte Chilly verbeten naar haar en stak zijn vinger op om haar te laten weten dat hij een ogenblikje nodig had. Ze knikte, er helemaal van uitgaand dat hij haar zou komen redden. Dat deden agenten. Die renden niet weg.

Er ketste nog een kogel af op het tapijt. Iemand verderop in de gang gilde.

In Chilly's oortje klonk een andere stem. 'Alle eenheden, dit is Ritchey. Ik zit vast naast dat sieradenkioskje tegenover de boekwinkel. Twee schutters hebben zich opgesloten in de kinderkledingzaak tegenover dat telefoontentje. Blijkbaar probeerden ze via de achterkant weg te komen toen ik langskwam. Beide schutters zijn witte mannen, allebei gekleed in een donkerbruine broek met een geelbruin overhemd. Een soort uniform, en een van hen is vrijwel zeker Royce Vetter. Mogelijk...'

Er ratelde een reeks schoten over de radio en door de brede gang.

Agent Ritchey zweeg even – waarschijnlijk om terug te schieten, dacht Chilly – en sprak toen weer. 'Vetter heeft minstens één gijzelaar. Witte vrouw. Kort, donker haar, wit T-shirt en spijkerbroek.'

'Scott, hier Chilly. Ik zit ten zuidoosten van je.' Hij beschreef zijn positie en de winkels om hem heen.

Links van hem riep de vrouw in de zomerjurk weer. Luider ditmaal, hartverscheurend. '… hou het niet lang meer vol…' Haar borst ging hevig op en neer terwijl ze sprak. Ze bracht haar linkerhand naar haar buik en legde die om haar ongeboren kind.

Chilly overwoog zijn opties. Ze lag buiten de vuurlinie, maar bloedde hevig uit een wond in haar biceps. Hij kon proberen haar te redden, maar daardoor zouden de schutters de kans krijgen om in beweging te komen als ze dat wilden. Groepjes winkelende mensen zaten ineengedoken in bijna elke winkel. Iedereen in het winkelcentrum was in gevaar.

De splinters vlogen in het rond terwijl nog meer kogels zich door de spaanplaten kiosk boorden, en dus werd de beslissing voor Chilly genomen. De schutters waren nu aan het berekenen en schoten hun kogels hoog, laag en aan de zijkanten. Ze wisten dat Chilly ergens daar achter was en zochten hem met elke kogel, als een dodelijk spel.

Hij moest iets doen. Snel.

Andere eenheden meldden zich via de radio terwijl ze de omgeving van het winkelcentrum veiligstelden. Ze konden nu elk moment binnenstromen door alle ingangen.

Kogels sloegen in het tapijt tussen hem en de vrouw in het geel in.

'Hé, Scott, Chilly hier. Je moet me dekking geven op mijn teken, als het kan. Ik moet me verplaatsen.'

'Begrepen,' zei Ritchey.

Er sloeg een kogel in de benzinetank van de Harley, waardoor er brandstof uit spoot. Chilly keek naar de benzine die als water uit een fontein op het tapijt belandde. Nou, dat was mooi klote…

Hij zette zich schrap om in beweging te komen en gaf een teken over de radio. 'Drie, twee, één, nu!'

Verderop in de gang vuurde Scott Ritchey drie pistoolschoten af, steeds met een seconde ertussen, om de aandacht van de schutters zijn kant op te trekken.

Hopelijk.
Chilly dook weg in de kledingzaak naast de gewonde vrouw.
Haar ogen trilden toen ze hem zag. Ze knikte uitgeput naar haar rechterhand.
Chilly verstijfde toen hij het zag.
Hij klikte zijn microfoon weer aan en sprak dringend in zijn radio.
'Bosco! Bosco! Bosco!'
De agenten ter plaatse gaven hem het kanaal. In de rechterhand van de vrouw zat, stevig vastgeklemd, een bom.
'Mijn vingers zijn echt heel erg moe,' fluisterde ze. 'Hij zei dat ik hem niet mocht loslaten...'
Haar stem stierf weg.
Chilly bleef laag en schuifelde dichterbij, waarna hij zijn hand op de wond van de vrouw legde in een poging de bloedstroom te stelpen.
Hij probeerde zijn stem kalm te houden en, zo hoopte hij, troostend. 'Heeft hij verder nog iets gezegd?'
Ze slikte en raapte al haar krachten bij elkaar. 'Hij zei dat ik dat ding moest vasthouden omdat het anders zou... ontploffen.' Ze onderdrukte een snik. 'Ik... Ik heb zo'n slaap. Ik denk niet dat ik dit nog veel langer kan volhouden.'
Met zijn hand plat op haar schouder gedrukt bestudeerde Chilly het apparaatje en vertelde door de radio: 'PVC-buis met een diameter van zevenenhalve centimeter, aan beide kanten dichtgemaakt, zo'n vijfentwintig centimeter lang. Geen zichtbare ontsteking, maar het vrouwelijke neergeschoten slachtoffer zegt dat de persoon die haar het apparaatje gegeven heeft zei dat het afgaat als ze het loslaat.'
Mitch Kyle, de tactische bommentechneut, zei iets. Hij was zes minuten verderop.
'Vraag of ze een bobbel of een pinnetje uit het apparaatje voelt steken.'
Chilly gaf de vraag door.
De vrouw schudde haar hoofd. 'Nee. Het is... glad.' Ze grimaste terwijl ze moeizaam slikte, hijgend om op adem te komen. 'Hij zei... Hij... hij vertelde dat het een... ik weet niet, een fotoncel was, of zoiets.'
'Een fotosensitief circuit?'

'Dat was het.' Een uitgeput knikje.

Chilly herhaalde wat hij te weten was gekomen en vroeg: 'Oké, Mitch, kan ik het... nou ja, bedekken met een shirt of zo?'

'Dat kan,' zei de TBT. 'Maar een buisbom van vijfentwintig centimeter kan een hoop schade aanrichten. Wat je ook doet, verander de omgevingsfactoren niet. Er mag nul licht binnenkomen. Begrepen? Nul. Geen. Licht. Helemaal niks.'

'Begrepen. Slechts een piepklein beetje licht...'

'Ik meen het, Chilly,' zei Mitch. 'Nou niet bijdehand doen. Tenzij je iets van zevenhonderd miljoen kilometer per uur kunt rennen, ben je nooit snel genoeg om dat circuit te verslaan. Ik heb een tas waar ik het ding in kan stoppen. Ik ben er over vier minuten.'

Vier minuten, dacht Chilly. Dit kan over één minuut afgelopen zijn.

'Ik hoop...' De vrouw schudde haar hoofd, en haar stem was net zo grauw als haar huid. 'Dit wordt zo zwaar voor mijn andere kinderen...'

'Het komt allemaal goed,' zei Chilly. 'En dan mag je me aan die kinderen voorstellen.' Hij knikte naar haar buik terwijl hij zijn linkerhand om de vuist van de vrouw vouwde en haar vingers stevig tegen de bom gedrukt hield. 'Jongen of meisje?'

'Meisje,' fluisterde de vrouw.

'Cool,' zei hij. 'Dan mag je me ook aan haar voorstellen.' Hij gaf haar een kneepje in haar hand. De hartslag van de vrouw was buitensporig laag en haar gezicht werd steeds bleker. 'Kom, laten we dit ding samen vasthouden.'

Hij schakelde zijn microfoon in. 'Scott, ik heb hier een situatie. Geef me dekking als die kerels mijn kant op komen.'

'Begrepen,' zei Scott Ritchey. 'Maar als ze jouw kant op komen, schiet ik ze neer.'

'Dat hoor ik graag,' zei Chilly. Hij riep de SWAT-commandant op. 'Sergeant Johnson, Chilly hier.'

'Johnson hier, zeg het maar.'

'Serge,' zei hij. 'Het lijkt erop dat Royce Vetter en zijn maatje hebben besloten om hier hun Alamo van te maken en nog een laatste punt te maken. Ze hebben zelfgemaakte explosieven van onbekend materiaal.' Chilly schonk de gewonde vrouw een flauwe glimlach terwijl hij naar het apparaatje in hun bijeengehouden handen keek. 'Als het TATP of iets dergelijks is, kan het behoorlijk instabiel zijn. Ik adviseer het team om niet te knallen als jullie binnenkomen. Daardoor kan er onbedoeld iets afgaan… en ik zit nu boven op zo'n ding.'

'Begrepen,' zei Johnson. 'Geen flitsgranaten.'

'Hoe laat bent u hier?'

Johnson antwoordde. 'Ik ben twee minuten verderop op de I-20. Er komen op dit moment nog anderen aan en die formeren zich nu op het parkeerterrein. Hou vol.'

'Begrepen,' fluisterde Chilly en daarna richtte hij zich tot de vrouw onder hem. 'Ik ben Steven. Hoe heet jij?'

Ze knipperde met doodsbange ogen. 'Lois,' zei ze. 'Lois Wright.'

'Oké, Lois,' zei Chilly. 'We moeten de bloeding in je arm stelpen. Kun jij die buis nog even heel stevig vasthouden terwijl ik een paar van die sweaters pak?'

Ze knikte met haar hand beschermend over de baby in haar buik.

'Maak je een tourniquet van de kleding?'

'Nee,' zei hij. 'Ik heb er een in mijn zak.'

'Ik ben bang dat al dit bloedverlies slecht is voor de baby.'

'Ik zal niet tegen je liegen,' zei Chilly. 'De situatie is niet top. Maar baby's kunnen wel tegen een stootje. En we zorgen ervoor dat het bloeden stopt en dat je naar het ziekenhuis kunt…'

'Zodra je deze bom uit mijn vuist hebt gehaald.'

'Yep,' zei hij. 'Meteen daarna.'

Hij praatte terwijl hij bezig was, in de hoop dat ze daardoor gefocust bleef. 'Ik heet Steven, maar iedereen noemt me Chilly.'

Ze kneep haar ogen toe. 'Waarom?'

'Dat weet ik eigenlijk niet,' loog Chilly. 'Misschien omdat ik geknipt ben voor dit soort situaties.'

'Dit soort situaties?'

Hij grinnikte. 'Ja, je weet wel, bommen onklaar maken en zo.'

Lois keek naar haar hand. 'Weet je hoe je dit ding onklaar moet maken?'

'Niet echt,' zei hij. 'Maar ik heb een idee dat zou moeten werken tot de echte bommentechneut hier is.'

Van het rek trok hij een stuk of vijf sweaters en hoody's in de donkerste kleuren die hij kon vinden; bruin en donkerblauw. Daarna sloeg hij zijn vingers weer om die van haar en drukte ze stevig dicht. Hij viste met zijn vrije hand de RATS-tourniquet uit de zak van zijn uniformbroek en lette op of hij geen eventuele schutters zag. De RATS, eigenlijk een plat elastisch koord met een kliksluiting, was zo klein dat hij hem vrijwel overal mee naartoe kon nemen. Terwijl Chilly nog steeds Lois' hand met de bom erin vasthield, rolde hij half over haar lichaam heen en stak haar gewonde arm door de lus. Met een beetje gefrunnik wist hij de tourniquet voorbij de kogelwond en helemaal onder haar oksel te krijgen.

Hij hield het losse eind van het elastiek vast en klemde haar hand stevig om de bom heen. 'Hou vast. Het gaat pijn doen als ik dit straktrek.'

Lois trok een gepijnigde grimas. 'Dit is mijn derde kind. Ik kan het wel aan.'

Een daverende klap deed de westkant van het winkelcentrum, in de richting van Scott Ritchey en de schutters, op zijn grondvesten schudden.

Chilly keek op en keek naar zijn geweer, dat naast hem op de grond lag, terwijl hij allebei zijn handen al ergens anders voor gebruikte.

Om de hoek klonk paniekerig gegil, gevolgd door nog een explosie en daarna het misselijkmakende geknal van geweervuur.

Ritcheys stem golfde door de radio. 'Chilly! Pas op! Eén schutter neer, de andere komt jouw kant op. Ik kan niet...' Ritchey hoestte. 'Die hufters hebben rookgranaten.'

Meer schoten. Een uitbarsting van nog meer gegil.

'Hou vast wat je in je hand hebt,' fluisterde Chilly tegen Lois. Hij legde vier sweaters plat op de PVC-buisbom, zodat hij verschillende lagen had voor het maximale resultaat, waarna hij zijn hand van die van Lois liet glijden. Nog een doffe knal deed de muren schudden. Deze keer dichterbij, om de hoek.

'Hij komt jouw kant op,' zei Ritchey. 'Ik zie geen moer. Ik kan hem niet raken!'

'Hou je hand waar hij ligt,' zei Chilly. 'Probeer hem niet weg te trekken, wat er ook gebeurt.' Hij stapelde de overgebleven sweaters op haar hand en arm, en hoopte zo elk beetje licht te weren, zolang ze maar niet probeerde haar hand weg te trekken. Hij griste zijn geweer van de grond en draaide zich nog één keer naar haar toe.

‘Wil je tegen mijn man zeggen dat ik van hem hou? En tegen mijn kinderen…’

‘Dat ga je ze zelf vertellen,’ zei Chilly. ‘Hou nog even vol, Lois. Dit is allemaal zo voorbij.’

Haar ogen trilden terwijl ze ze dichthield. ‘Op welke manier dan ook…’

Een schrille kreet trok Chilly’s aandacht weer naar de schutter, terwijl hij zelf nu op zijn buik op de grond naar de hoek van de winkel tijgerde met zijn geweer tegen zijn borst. Op een snelle foto om het hoekje met zijn telefoon was Royce Vetter te zien, die een kogelwerend vest droeg en een zwarte SMG bij zich had. Hij sleurde een tienermeisje mee aan haar elleboog en liep van de ene winkel naar de andere, terwijl hij iedereen neerschoot die hij tegenkwam. Er hingen dikke grijze rookwolken in de stille lucht achter hem. Klanten van het winkelcentrum schoten heen en weer door de schaduwen, als personages uit een videogame. Ritchey moest zijn handen behoorlijk vol hebben gehad.

Billy Johnson, de SWAT-sergeant, doorbrak de radiostilte.

‘Hoe is de situatie, Chilly?’

‘Stand-by,’ zei Chilly, nog steeds plat op zijn buik.

Hij had de vergroting van zijn richtkijker omlaaggebracht naar 2, bijna zo laag als mogelijk was. Desondanks was zijn doelwit heel dichtbij, slechts enkele tientallen meters verderop, en zijn hoofd vulde het vizier. Chilly haalde rustig adem en liet het dradenkruis op Royce Vetters linkeroor rusten.

Daarna blies hij half uit en haalde de trekker over.

Chilly bleef door de Nightforce kijken, klaar om nog een keer te schieten als hij op de een of andere manier had misgeschoten of hem maar half had geraakt. Dat was niet zo.

Vetter liet zowel het geweer als de gijzelaar uit zijn handen glippen terwijl zijn spieren ophielden te functioneren. Zijn rechterbeen begaf het een fractie van een seconde eerder dan zijn linker, waardoor hij tegelijkertijd in elkaar zakte en draaide, zodat hij als een kurkentrekker op de grond plofte.

Chilly klikte zijn radio aan. ‘Ritchey, alles veilig bij jou?’

‘Ja. Eén neer aan deze kant.’

‘Tweede schutter neer, serge,’ zei Chilly. ‘Als het goed is, is alles veilig, maar het kan zijn dat er nog iemand is waar we niks van weten.'

'Begrepen,' zei Johnson. 'Ik stuur teams naar binnen via de boekwinkel en de bioscoop. Mitch is onderweg naar jouw locatie.'

'Begrepen,' zei Chilly. 'Het zicht is waardeloos, baas. Zeg dat ze niet mogen schieten op de kerel in het felgele uniformhemd.'

23

Adara Sherman stond op van haar businessclassstoel, liep op haar tenen op en neer, rolde haar schouders naar achteren en bewoog haar hoofd van de ene naar de andere kant. Daarna maakte ze een pelgrimstocht naar het toilet, niet omdat ze moest, maar omdat de vlucht van de internationale luchthaven Ministro Pistarini, even buiten Buenos Aires, naar Tokyo-Narita oneindig lang duurde en ze in totaal negenentwintig uur achter elkaar bezig was met naar de luchthaven rijden, in een vliegtuig zitten of op een aansluiting wachten.

Businessclass was veel beter dan als sardientjes in een blik op elkaar gepropt zitten. Maar hoe goed de stoelen ook waren, toch zou je als je in je eigen woonkamer op dit soort exemplaren zou moeten zitten op zoek gaan naar betere meubels, afgezien van wat zeldzame en extreem dure uitzonderingen. Comfort was iets relatiefs, en op dit moment was Adara Sherman relatief uitgeput. Ze kon zich niet herinneren dat ze ooit zo moe was geweest. Niet in haar studententijd, niet in het bootcamp van de marine – 's winters in Great Lakes, Illinois – of bij de hospiktraining, of als ze dubbele wachtdiensten had gedraaid aan boord van een schip. Nee, dit was anders. Deze vermoeidheid zat in haar botten.

Ze ging weer zitten en lachte beleefd naar een steward die langskwam met een glas wijn voor de dame op de stoel achter haar. Gehypnotiseerd door het gonzen van de airco, enigszins schuddend door het lichte, nauwelijks waarneembare gezwoeg van de monsterlijke 747 van Japan Airlines op twaalfduizend meter hoogte, boog Adara zich voorover en grabbelde in haar rugzak. Ze haalde er een stapeltje systeemkaarten uit, allemaal met een Japanse zin op de ene kant en de Engelse vertaling op de andere.

Als ze haar uitgeputte brein niet in slaap kon krijgen, kon ze het maar beter aan het werk zetten. In films konden spionnen altijd meerdere talen afratelen als het nodig was. In het echte leven vergde het, voor Adara Sherman tenminste, voortdurende oefening en evaluatie. Als ze al eens tijd over had, besteedde ze die aan het doornemen van *flashcards* en geschiedenisboeken of het in haar geheugen prenten van landkaarten.

Aan de andere kant van het gangpad en een stoel verder naar voren lagen Jack en Midas diep te slapen; Jack met een of ander boek over beleggen dat half uit het zijvak hing, en Midas met een exemplaar van het tijdschrift *Wired* op zijn borst. Al zolang Adara deze jongens kende, waren ze in staat zichzelf tijdens lange vluchten in een soort schijndode toestand te brengen. Heel irritant.

Adara vroeg de steward om een gingerale om haar buik tot rust te brengen, draaide het eerste systeemkaartje om en ging weer aan het werk.

In de omgang met haar echtgenoot kreeg de first lady van de Verenigde Staten bijna altijd haar zin.

En daar hoefde ze niet eens echt haar best voor te doen.

Die ochtend had ze aan de lopende band operaties. Jack moest lezen, en naar briefings, en naar vergaderingen... en dan weer lezen. Ze vond het extreem sexy dat hij altijd met zijn neus in een boek of krant zat. De wekker was om tien voor vijf gegaan. Jack was al op. Ze hoorde hem in de badkamer zijn tanden poetsen.

Cathy Ryan rekte zich uit, rolde naar de zijkant en graaide naar haar bril op het nachtkastje, waarna ze hem opzette en op haar telefoon keek of haar assistent haar geen lastminuteafzeggingen had doorgestuurd. Tevreden omdat haar ochtend nog steeds volgens planning zou verlopen, geeuwde ze terwijl ze zich nog eens huiverend uitrekte, en daarna zwaaide ze haar benen over de rand van het bed. Ze droeg ondergoed en een T-shirt dat wijd genoeg was om Jacks stafchef of de Secret Service niet vreselijk in verlegenheid te brengen als ze onaangekondigd het woongedeelte van het Witte Huis moesten binnenstormen. Jack was nooit het soort man geweest dat haar in zijden niemendalletjes wilde zien, en had liever dat ze een van zijn overhemden droeg en verder niet veel anders. Als ze het zich goed herinnerde, was Jack Junior verwekt terwijl ze een lichtblauw overhemd van Brooks Brothers aanhad.

Het was maar goed dat ze die keer niet in het woongedeelte van het Witte Huis waren geweest…

Jack kwam de badkamer uit terwijl hij nog steeds aan het tandenpoetsen was. Hij was half aangekleed en droeg zwarte sokken, een boxershort en een wit overhemd waarvan het bovenste knoopje al dicht was en dat wachtte op zijn stropdas, als een braaf jongetje dat zich klaarmaakte om naar school te gaan. De kant van het presidentiële leven die alleen Cathy te zien kreeg.

Toen ze waren gaan slapen, hadden ze het over Phoebe Hargrave en haar plotselinge verlies gehad. Jack zat nog steeds te broeden op wie hij zou uitkiezen om de functie van vicepresident te vervullen. Als hij over iets nadacht, hield hij zijn linkerwenkbrauw altijd op een heel grappige manier opgetrokken. Dat was heel schattig, maar hij hield er altijd hoofdpijn aan over.

Cathy Ryan tuurde over de rand van haar bril naar de man met wie ze al veertig jaar getrouwd was en besloot ergens anders over te beginnen.

'Heb je veel gesport de laatste tijd of zo?' Ze wist dat ze rustig aan moest doen met flirten, anders zou hij voorstellen om ietsje later aan het werk te gaan.

Ryan klopte met zijn vrije hand op zijn buik. 'Ik heb pas nog gelezen dat vrouwen, statistisch gesproken, liever een man met een buikje hebben dan iemand die überfit en gespierd is.'

Cathy knikte en zei peinzend: 'Eens kijken… Gerard Butler met een buikje of Gerard Butler met een spartaans sixpack…' Ze schudde haar hoofd. 'Weet je, ik geloof dat ik het allebei prima vind.'

Ryan ging verder met tandenpoetsen. 'Dan wordt het toch een buikje,' zei hij door de tandenborstel heen en hij gaf haar een knipoog. Een halve minuut later kwam hij terug met een rood-blauwe stropdas om zijn nek. 'Help me onthouden. Wat is het tegenovergestelde van een presidentieel pardon? Ik wil dat Gerard Butler op die lijst komt.'

Cathy grinnikte. 'Ik weet dat je het niet redt met alles wat er nu speelt, maar ik zal je missen als ik zonder jou in San Antonio ben.'

In werkelijkheid was Jack nooit van plan geweest om naar haar speech in San Antonio te gaan. Voor de dood van Tony Hargrave was hij druk bezig geweest met een evenement met de president van Mexico in Dallas. Nu was zelfs dat uitgesteld.

'Ik jou ook,' zei hij en hij keek haar aan terwijl hij zijn das strikte. 'Ik weet zeker dat door die speech al die oogchirurgen als was in je handen zijn.'

Ze liet haar hoofd naar één kant vallen, zodat haar blonde haar over haar schouder viel. Ze was zich heel goed bewust van het feit dat haar man zijn blik met laserprecisie op haar benen richtte.

Ze schommelde langzaam haar voeten heen en weer.

Jack hield halverwege zijn Windsor-knoop op en liet de uiteinden van de das vallen. 'Ik weet toch zeker dat ik de domste persoon in de zaal zou zijn.'

'Een ARVO-congres waar het stikt van de oftalmologen,' mijmerde ze en ze knipperde met haar ogen. Soms kon ze het niet laten om hem te plagen. 'Je zou je kapotvervelen. Trouwens, ik weet zeker dat het in strijd is met het Verdrag van Genève of zoiets als ik je nog één keer mijn speech moet laten uitzitten.'

'Je kunt nooit genoeg te weten komen over retina's en cornea's en... en al die andere medische oogdingen. Maar goed, je weet dat ik ook volmaakt tevreden ben als je me een recept voor macaroni met kaas voorleest.'

Ze stond op om naar de badkamer te lopen, zonder hem enige indicatie te geven of dat 'ik zie je over vijf minuten weer in bed' betekende of 'ik moet me klaarmaken voor mijn werk'.

Ze bleef in de deuropening staan en draaide zich om met haar heup opzij en haar hand op de deurpost. 'Weet je, er zijn een heleboel redenen waarom ik zou willen dat je mee kon naar San Antonio. Monte Harper gaat ook spreken, Het zou je sieren als je tien minuten tijd vrij zou maken om even met hem te babbelen.'

'Dokter Harper?' vroeg Ryan. 'Je vriend van het Johns Hopkins?'

'Zijn dochter belde me gisteravond,' zei Cathy. 'Ik wilde er toen al met je over praten, maar met de dood van Tony en alles wat je op je bord hebt... Hij is onderweg naar huis nadat hij staaroperaties heeft uitgevoerd in Afghanistan. Zijn vrouw, Naomi, is verloskundige en gynaecoloog. Ze is met hem mee om vrouwen van alles te leren over pre- en postnatale gezondheid. Je zult het interessant vinden om te horen wat ze te zeggen hebben over hun ervaringen met generieke antibiotica. Ik denk dat het kan helpen om steun te krijgen voor het farmawetsvoorstel.'

'Daar kunnen we inderdaad alle hulp die we kunnen krijgen bij gebruiken,' zei Ryan.

Cathy gaf hem een knikje. 'Je zou ze hierheen moeten halen zodra ze in de VS zijn. Ze staan te popelen om je te spreken. Naomi heeft een informele peiling gehouden onder veel van haar collega's in de VS, en die zijn met wat behoorlijk overtuigend anekdotisch bewijs gekomen. Het zou waarschijnlijk goed zijn als je persoonlijk met hen gaat praten.'

'Ik zet ze op de agenda,' zei hij. 'Stuur me hun contactinformatie even als je tijd hebt. Wist je dat we India en China een paar dagen van tevoren inlichten als we hun fabrieken gaan inspecteren?'

Cathy schonk hem een sardonisch glimlachje. 'Dat wist ik, ja.'

'Natuurlijk wist je dat.'

'Bekijk het eens op deze manier,' zei ze. 'Een arts schrijft een generiek medicijn voor voor een urineweginfectie. Als dat niet werkt, geven we dan de schuld aan het medicijn omdat het te zwak is? Nee, we geven de schuld aan de bacterie omdat die resistent is, en dan nemen we onze toevlucht tot iets anders.'

Jack boog zich naar haar toe en gaf haar een kus op haar wang, waarna hij met zijn das hanneste, omdat hij was vergeten waar hij was gebleven. Hij maakte aanstalten om naar de badkamer te lopen, waar hij in de spiegel kon kijken.

Cathy bleef staan waar ze stond.

'Eerlijk gezegd,' zei ze, terwijl ze met haar heup de deur blokkeerde, 'heb ik ook helemaal geen zin om naar San Antonio te gaan. Niet hiervoor. Congressen zouden moeten draaien om break-outsessies die je belangstelling wekken, of aan de bar met vrienden kletsen. De ARVO-commissie heeft me uitgenodigd zodat ze deelnemers konden aantrekken, maar als ik iets anders bijwoon dan de openingsceremonie, blokkeert mijn beveiligingsteam alle gangen. Dan wek ik alleen maar frustratie bij alle anderen die niet kunnen komen waar ze moeten zijn. Ik ben stapelgek op Mo Richardson, maar ik word er doodmoe van om overal waar ik naartoe ga een volledige Secret Service-eenheid mee te slepen.'

'Ik begrijp precies wat je bedoelt,' zei Jack. Hij gaf haar weer een kus op haar wang. 'Je zult het geweldig doen. Mo is een doorgewinterde vakvrouw. Ze zegt vast tegen haar team dat ze onopvallend moeten blijven.'

'Mo is twee weken op vakantie. Haar zus gaat trouwen. Karen Sato valt voor haar in tijdens haar afwezigheid.'

'Wil je dat ik Gary met je meestuur?' vroeg Jack.

Cathy snoof. 'Daar gaat het niet om. Ik vertrouw Karen wel. Ze is alleen wat strikter dan Mo, meer geneigd om in mijn buurt rond te hangen, als je begrijpt wat ik bedoel.'

'Ze worden betaald om in je buurt rond te hangen,' zei Jack. 'Rondhangen staat letterlijk in hun taakomschrijving.'

'Dat weet ik, Jack.' Cathy keek op haar horloge en rekende uit hoe lang ze nodig had om bij het ziekenhuis te komen, waarna ze de stropdas van haar man vastpakte. 'Kom,' zei ze. 'Ik zal je even helpen.'

Hij hield zijn hoofd scheef om haar ruimte te geven, maar in plaats van de das verder te strikken, schoof ze hem over zijn hoofd en gooide hem op de grond.

Hij keek omlaag naar haar. 'Ik dacht dat jij naar het ziekenhuis moest.'

Ze wurmde zich langs hem heen, terug naar de slaapkamer, en overdreef haar loopje een beetje, zodat er geen twijfel mogelijk was over haar bedoelingen.

'Ik heb nog wel een paar minuten,' zei ze. 'Patiënten hebben er baat bij als hun chirurg een gezond, gelukkig mens is. En trouwens, meneer de president, ik dacht dat we het misschien even moesten hebben over een paar dingen die je zult missen als ik in San Antonio ben.'

24

De welbekende piep in Adara Shermans oren maakte haar duidelijk dat de JAL 747 naar Tokyo-Narita aan de landing was begonnen. Ze liep langs Jack toen ze terugliep vanaf de wc voor nog een laatste loopje voordat het lampje van de stoelriemen ging branden. Hij keek omhoog, gaf haar een van zijn gepatenteerde Jack Junior-knipoogjes en werkte verder op zijn notebook. Hij had zijn baard getrimd, ietsje korter, waardoor hij wat minder op een bergbewoner leek. Midas sliep. Die jongen kon overal slapen en had kennelijk geen schuldgevoel dat hem dwarszat of wakker hield. Met deze twee jongens werken was de leukste baan ter wereld, en dat wist Sherman heel goed.

De vlucht van Buenos Aires naar Tokyo, met een korte tussenstop in New York, duurde zo lang dat ze het spuugzat was. Ze liep tegen de muren op en had wel tien keer het hele vliegtuig op en neer gelopen om haar bloedsomloop te bevorderen. Ergens boven Hawaii had ze zich voorgenomen om nooit te proberen astronaut te worden. Ze had de inlichtingen van Gavin over de hackers opnieuw bekeken. Aantekeningen gemaakt. Haar Japans opgehaald. Haar aantekeningen bestudeerd en nog meer aantekeningen gemaakt. En tussen de bedrijven door had ze aan Dom gedacht en gingerale gedronken.

Ze was net weer ingedommeld toen de JAL-piloot met een bonk landde op Narita en haar wakker schudde. Beboste heuvels omringden de luchthaven op een kilometer of zestig ten oosten van Tokyo. De veertien uur durende vlucht was nog niet genoeg geweest. Nu moesten ze hun bagage nog tig verdiepingen onder de terminal meeslepen om bij de Narita Express-trein naar de stad te komen.

In Japan was het vroeg in de ochtend, twaalf uur later dan haar lichaamsklok, die nog op Buenos Aires-tijd liep. Sherman functioneerde in een roes, met een knoop in haar maag. Ze voelde zich groezelig en alles knelde op de verkeerde plek omdat ze al meer dan dertig uur in dezelfde kleren rondliep, dus tegen de tijd dat ze door de slurf liep snakte ze naar een hete douche. Ze lachte geforceerd naar de geüniformeerde gezondheidsmedewerker. Er was een thermometer zo groot als een filmcamera op een statief gezet, naast een sponzig groen antibacterieel tapijt waar iedere passagier overheen moest lopen. Ze waren snel door de douane, alle drie met een paspoort onder een valse naam dat officieus was verstrekt door Mary Pat Foleys mensen. Adara was er als eerste doorheen en liep naar de bagageband, waar haar trolleytas al met honderd andere rondging. Ze moest klimmen om het ding te pakken en had het liefst Ryans hoofd eraf gebeten toen hij opdook met zijn eigen koffer.

'Wat is er?' vroeg ze, op haar hoede vanwege zijn plotselinge lichtzinnigheid terwijl ze zichzelf zo klote voelde.

Ryan hield zijn telefoon omhoog en boog zich naar haar toe, zodat hij niet kon worden afgeluisterd door de drommen andere reizigers in de overvolle bagagehal.

'Gavin heeft het adres van de hackerruimte weten te achterhalen,' zei Ryan. 'Kennelijk heeft iemand het systeem van de Japanse spoorwegen gehackt en daar wordt nu een hele berg stroom van afgetapt. Gavin vermoedt bitcoin-*mining*.'

'Wat raar,' zei Adara. 'Waarom zouden mensen al die moeite doen om hardware te installeren om bitcoins te minen als ze al miljoenen verdienen met ransomwareaanvallen?'

'Hebzucht,' zei Midas. 'Ze hebben er zelf geen last van als ze de stroom voor hun leuke mining-operatie gratis krijgen.' Hij rolde zijn schouders, en tilde zijn tas van ballistisch nylon een paar keer op om een beetje te trainen. 'Ik durf te wedden dat die klerelijers voor een of andere overheidspipo werken en dus waarschijnlijk alle winst moeten overdragen aan hun moederland of vaderland of wie verdomme de touwtjes ook in handen heeft.'

Adara fronste haar voorhoofd. 'We wisten dat ons doelwit daar ergens moest zijn. Zeg je nou dat het echt ín het station is?'

'Niet erin.' Ryan keek weer op zijn telefoon en veegde met zijn duim en wijsvinger de slaap uit zijn ogen. 'In de buurt. In Eitaidori. Dat is een straat die onder het spoor door naar het noorden loopt. Hij verbindt de oost- en de westkant, zodat je niet door het station zelf hoeft te lopen.' Hij deed zijn ogen dicht en kreunde eerbiedig bij een herinnering. 'Yuki en ik zijn daar een paar keer sushi gaan eten. Restaurantjes, boetiekjes. Allemaal heel Japans, maar het doet me denken aan van die taveernes onder de L-trein in Chicago.'

Yuki – Yukiko Monzaki – was agent bij de *kōanchōsa-chō*. De Public Security Intelligence Agency was, net als de FBI, de CIA en MI6, verantwoordelijk voor het verzamelen van informatie en het uitvoeren van contraspionageactiviteiten tegen zowel interne als externe dreigingen voor het Japanse volk. Ze had in het verleden samengewerkt met De Campus. Jack en zij hadden een kortstondige relatie gehad, maar hun werk had altijd in de weg gestaan. Adara mocht haar graag, maar wist al vanaf het begin dat de relatie gedoemd was om te mislukken. Het was al moeilijk genoeg om werk en privéleven te combineren met Dominic Caruso, en zij werkten nog voor dezelfde dienst; laat staan hoe moeilijk een relatie zou zijn als je allebei voor een andere overheid werkte. De Verenigde Staten en Japan waren vrienden en bondgenoten, maar ze hadden allebei doelen waarbij hun eigen burgers voorgingen. Het was een publiek geheim dat zelfs bevriende landen elkaar bespioneerden, wat betekende dat Jack en Yuki niet alleen moesten proberen met elkaar te communiceren, maar ook de hele tijd moesten oppassen wat ze tegen elkaar zeiden. Ze waren als vrienden uit elkaar gegaan, voor zover Adara wist, maar Jack was een gevoelige jongen, en hij kon zich nog zo verschuilen achter zijn knappe uiterlijk en playboyfaçade, maar verbroken relaties lieten littekens achter, vooral als ze goed waren geweest.

Ryan leek zich los te rukken van nog een herinnering en schudde zijn hoofd, alsof hij uit een roes kwam. 'Hoe dan ook, het is de ideale plek om een hackersruimte te verbergen. Mensen komen en gaan met miljoenen tegelijk en het stroomverbruik wordt gecamoufleerd door alle elektriciteit die de treinen gebruiken. Ik ben geen ingenieur, maar de hogesnelheidstrein moet heel wat stroom verbruiken.'

Midas geeuwde en wiebelde van de ene voet op de andere. 'We hebben reserveringen in het Marriott Courtyard, een paar straten van het treinstation. Het is op loopafstand.'

'Fijn om even onze benen te strekken,' zei Adara, die zich beter voelde nu ze een duidelijk plan hadden.

'Mee eens,' zei Midas. 'Ik zou zeggen: laten we onze spullen naar het hotel brengen en daarna de winkeltjes in de buurt van ons doelwit gaan verkennen. En misschien even ontbijten.'

Ryan knikte. 'Zelfs agenten die zich bezighouden met internationale intriges moeten eten. Ik weet een tentje een straat bij ons doelwit vandaan dat gespecialiseerd is in *chawanmushi*. Ze hebben er ook geweldige *mentaiko*.'

'Mentaiko?' vroeg Adara.

'Pittige koolviskuit,' zei Ryan. 'Uit het zuiden, in de buurt van Fukuoka.'

'Koolviskuit,' zei Midas en hij wreef over zijn buik. 'Echt een kampioenenontbijt. Ik doe mee, maar ik heb wel een halfuur nodig in mijn hotelkamer. Ik kan me er nooit toe zetten om te poepen als ik klem zit in zo'n vliegtuig-wc.'

'Dan is het plan als volgt,' zei Ryan. 'Midas gaat even tactisch poepen, daarna eten we mentaiko en vervolgens gaan we de dag van een stel hufterige hackers verpesten.'

Adara legde haar hand op zijn schouder. 'Zal ik je eens iets vertellen?' vroeg ze, versuft door slaapgebrek en niet in staat de grijns van haar gezicht te halen. 'Opeens weet ik weer dat ik de leukste baan ter wereld heb.'

De Narita Express-trein reed om de dertig minuten en deed er iets meer dan vijftig minuten over om van de luchthaven naar Station Tokyo te komen. De wandeling naar het hotel was weliswaar nog geen kilometer lang, maar kostte toch tijd vanwege de eindeloze zee van mensen die van en naar het station liepen. Eenendertig uur nadat ze uit Buenos Aires waren vertrokken, schopte Adara eindelijk haar schoenen uit en ging op het voeteneind van haar bed in het Tokyo Courtyard-hotel zitten. De aardbol rondvliegen zag er in films altijd heel cool uit, maar wereldreizen eiste zijn tol, en dat zag Adara elke keer dat ze in de spiegel keek aan de rimpeltjes rondom haar ogen. Ze moest haar uiterste best doen om weerstand te bieden aan de neiging om zich op bed te laten vallen en een paar minuten plat te gaan liggen. In plaats daarvan nam ze de tijd om snel te douchen en zich om te kleden in een witte polo met drie knoopjes en de kaki broek waarvan Dom had gezegd dat hij haar goed stond. Ze maakte haar outfit compleet met een roze badstof honkbalpet die eerder stijlvol dan functioneel was. Ze was maar al te graag bereid om iemand verrot te slaan als het nodig was, maar ze hield nu eenmaal van roze en was niet bang om daarvoor uit te komen. Jack en Midas wachtten op haar in de lobby bij het kleine chique hamburgertentje, en ze zagen er frisgewassen uit, eveneens met petjes als bescherming tegen de vele bewakingscamera's die overal in de stad hingen.

Midas stopte aan de overkant van de smalle Yanagi-dori bij een rij van vijf automaten waar van alles verkocht werd, van ijskoffie en gemengde noten tot kleine, amberkleurige flesjes vitaminedrank met de naam Oronamin C, waarvan hij er een kocht en achterovergoot alsof het water was.

'Iedereen alert op een of ander wapen?' vroeg hij, terwijl ze van Yanagi-west afsloegen naar de Aogiri-dori, tussen verouderde appartementen van geelbruine baksteen en een bouwplaats van modernere gebouwen van glas en staal.

'Natuurlijk,' zei Adara. 'Maar vergeet niet dat Clark zei dat deze missie alleen bedoeld is voor het achterhalen van de feiten.'

'Weet ik,' zei Jack. 'Maar feiten leiden naar andere feiten, en voor je het in de gaten hebt... Nou ja, je weet wel. Er kunnen dingen gebeuren.'

25

De ingang van het adres van de hackersruimte dat Gavin had gevonden was makkelijk te vinden, maar het was onmogelijk er ongezien binnen te gaan. Hier was geduld voor nodig, en heel lange surveillance, veelal in het openbaar, in de dichtst bevolkte stad ter wereld, waar ze alle drie een heel stuk boven alle anderen in de menigte uitstaken.

Adara beschouwde zichzelf wel een beetje als een foodie en had de mentaiko met rijst die Jack als ontbijt had aanbevolen best willen uitproberen, maar de pittige visseneitjes leken haar toch iets te avontuurlijk. Ze koos voor de chawanmushi; letterlijk 'gestoomd in een theekopje'. De smakelijke eiercustard was veel prettiger voor haar rommelende darmen.

Japanse ontbijtjes waren traditioneel klein, maar ze aten geen van drieën alles op wat ze voorgeschoteld kregen. Eten vormde een uitstekende dekmantel tijdens een surveillance. Ze konden lange periodes achter elkaar op één plek zitten, theedrinken en op iets knabbelen, terwijl ze net deden of ze de *Asahi Shimbun*-krant lazen of op hun telefoons scrolden.

Bij het tentje aan de overkant van de straat van de doellocatie, nog in de schaduw van de verhoogde spoorbaan, werden kommetjes soba, boekweitnoedels, in hartige bouillon verkocht. Er stonden buiten geen tafeltjes, maar er was wel een verhoogde toonbank langs de stoep, waar Midas en zij naast elkaar uit hun kommetjes konden slurpen terwijl ze rondkeken. Jack hing een halve straat verderop rond en was met hen verbonden via een kabeloortje en zijn mobiele telefoon, terwijl hij *gyūdon*, dungesneden biefstuk met ui en rijst met daaroverheen een rijke saus, uit een plastic bakje at. Hij had de mentaiko aanbevolen, maar had kennelijk behoefte aan iets stevigers dan visseneitjes met rijst als ontbijt.

Adara gebruikte een stel houten wegwerpeetstokjes om met haar noedels te spelen terwijl ze de plattegrond bestudeerde die Gavin naar haar telefoon had gestuurd. Zo te zien had de ruimte leidingen voor een badkamer en een eetkeukentje. De hoofdingang van het adres bevond zich in een overdekt, grotachtig tunneltje dat dienst leek te doen als een kleine parkeergarage voor twee of drie auto's van de kantoormedewerkers. De achterdeur was te bereiken via een extreem smal steegje, net breed genoeg voor een fiets of scooter. Deze zware metalen deur, die kon worden gebruikt in geval van brand of een aardbeving, had geen klink aan de buitenkant en kon alleen van binnenuit geopend worden; een no-go. Op de plattegrond was te zien dat er vanaf de hoofdingang aan de rechterkant een klein gedeelte met drie kamers was; misschien kantoren, maar waarschijnlijker een gecombineerde woon- en kantoorruimte voor een bouwmedewerker.

Eens in de zoveel tijd kwam er een kale dombo uit de schaduwen tevoorschijn die zijn benen strekte en rechts en links de straat afspeurde, waarna hij weer naar binnen ging. Hij was onmiskenbaar een beveiliger. Hij was wit, waarschijnlijk begin veertig, en had een strijdlustig gezicht en nekspieren als staalkabels, die uit zijn poederblauwe overhemd staken. Zijn grijze, geperste broek was op maat gemaakt. Zijn schoenen waren stevige Rockports, bedoeld voor actie en langdurig staan. Dom had er ook verschillende paren van.

Die gast was heel alert, dat moest Adara hem nageven. Terwijl driekwart van de mannen en vrouwen in de ontwikkelde landen – en misschien wel meer – afgesloten van de geluiden van de rest van de wereld rondliepen omdat ze oortjes in hadden, over hun telefoon gebogen waren om te lezen wat er duizenden kilometers verderop gebeurde of spelletjes speelden die nergens echt gebeurden, zat de telefoon van Kaalkop in zijn zak en hield hij zijn ogen en oren open, terwijl hij voortdurend speurde, luisterde en keek of er niks afwijkends gebeurde. Voor zover Adara kon zien, had hij geen pistool bij zich. Dat betekende niet dat hij geen wapen binnen handbereik had, maar wel dat hij dat zou kunnen ontkennen als een politieagent te nieuwsgierig werd. Kort nadat de Campus-agenten waren aangekomen, werd hij vervangen door een tweede dombo. Deze was Japans, ook in soldatenuitrusting, met een stekeltjeskapsel en in soortgelijke zakelijke vrijetijdskleding. De twee mannen stonden een paar minuten te kletsen voor Kaalkop naar binnen ging. De Japanse man bleef nog een paar minuten op straat staan, net zo speurend als zijn collega had gedaan, en trok zich daarna terug in de schaduwen.

Midas bevestigde een apparaatje aan zijn telefoon dat op een ladder leek, een zogenoemde yagiantenne, en richtte het naar de overkant van de straat. Het was zo'n dertig centimeter lang en leek op de apparatuur die werd gebruikt voor *wardriving*: met een auto of fiets rondrijden om alle te hacken wifinetwerken in een bepaald gebied te detecteren. Het lopende en rijdende verkeer was schaars maar gestaag, waardoor hij op het doelwit tussen de voetgangers kon focussen zonder de ruis van andere mobiele telefoons en wifi-identificatie van voertuigen. 'Ik krijg weinig Tempest,' zei hij. 'Wat ook volkomen logisch is. Als die gasten zo professioneel zijn om een enorme bak met geld binnen te harken met een internetzwendel, zijn ze ongetwijfeld van de voorzichtige soort.'

Tempest was het NSA-codewoord voor elektronische data die vanaf apparaten de lucht in lekten. Dat kon zoiets simpels zijn als het melodietje van blieptonen op een bedieningspaneel waardoor het getal van een toegangscode werd verraden, of het MAC-adres of bluetooth-ID van iemands smartvaatwasser achterhaald kon worden. Draadloze routers, mobiele telefoons... Ze waren allemaal op de scanner te zien.

'Die gasten zullen hun computers bekabeld moeten hebben,' zei Midas. 'Ik vermoed dat ze een smart-tv hebben... Ik heb de mobiele telefoons van allebei die beveiligingsjongens als ze buiten zijn, maar ik raak ze kwijt zodra ze naar binnen gaan.'

'We kijken hiernaar alsof ze de beveiligers van de hackers zijn,' zei Ryan. 'Maar stel dat zij de hackers zijn?'

'En om beurten de beveiliging op zich nemen...' zei Adara peinzend.

'Misschien,' zei Midas. 'Ik weet dat ik nu in stereotypen denk, maar deze twee passen niet in het profiel van mensen die de hele dag aan hun computerscherm vastgeplakt zitten om kwaadaardige codes te verzinnen.'

'Ze zien er inderdaad uit als soldaten,' zei Jack. 'Het verbaast me alleen dat het hier zo klein is. Ik had een grote Russische trollenfabriek of een Chinees nepbedrijf verwacht, waar rijen en rijen mobiele telefoons en laptops nepnieuws en opruiende berichten de wereld in sturen. Als Gavins plattegrond klopt, is deze ruimte nauwelijks groot genoeg voor vijf of zes man, en die zouden dan op elkaar gepropt moeten zitten als ze genoeg hardware hebben om bitcoin te minen.'

'Daar zit wat in.' Midas haalde zijn schouders op. Hij tilde een gevoerde nylon computertas op. 'Ik heb de lasermicrofoon bij me. Ik zou een trilling van dat raam op het parkeerhokje kunnen opvangen, maar de hoeken zijn verkeerd. Er is hier op straatniveau te veel verkeer tegenover de laser. Als we geluk hebben, zouden we om de tien woorden iets opvangen. Als we hoger gaan, snijdt de rand van het gebouw mijn zichtlijn af.'

'En een *slap*?' vroeg Adara.

'Ze zouden ons gezicht kunnen zien als we die ophangen,' zei Midas.

Een 'slap' was een klein microfoontje dat via gsm- of 2G-netwerken uitzond, en dat zo klein en flexibel was dat de gebruiker het makkelijk in het voorbijgaan tegen een muur of de achterkant van een meubelstuk kon kletsen. Vanwege de kleine omvang was er slechts plek voor één batterijtje, waardoor het beperkt meeging. De paar die Adara en Midas bij zich hadden, waren vermomd als een brokje grijs cement dat op vrijwel elke stoep naast een gebouw kon worden achtergelaten zonder dat iemand er acht op zou slaan, en als een vrouwenportemonnee, compleet met tienduizend yen – zo'n negentig dollar – in kleine coupures, een paar creditcards en een stempas; niets waar een foto op stond.

Adara keek op haar horloge. 'Het is bijna een uur geleden sinds de laatste dienstwisseling. Deze jongen heeft steeds een fles water in zijn hand als hij naar buiten komt. Het duurt niet lang voor hij verwacht dat zijn kale vriend hem komt aflossen. Ik loop er even langs en laat die portemonnee vallen. Met een beetje mazzel is die gast hebberig genoeg om hem op te rapen.'

Midas bleef zitten waar hij zat en nipte van zijn bubbelthee. Via zijn rechteroortje hield hij contact met Adara, die naar het eind van de straat was gelopen voordat ze overstak en links hield, waardoor ze recht op het doelwit afging. In haar ene hand hield ze een papieren stadsplattegrond die ze uit de lobby van het hotel had meegenomen en die ze nu had uitgevouwen zodat hij fladderde in de wind, alsof ze een toerist was. Met haar andere hand pakte ze de riem van een nylon rugzak vast, zo geprepareerd dat ze met haar duim aan een koordje kon trekken, zodat de portemonnee uit een opengeritst vak zou vallen.

Stipt op tijd, op het halve uur, dook de kale kerel op in de schaduwen, klaar om zijn Japanse collega af te lossen. Adara bereikte de rand van de garage, schijnbaar verdiept in haar opwaaiende plattegrond. Ze struikelde een beetje toen ze langsliep en keek naar haar schoenen, waarvan ze één veter had losgemaakt voordat ze was overgestoken. De kale man wees met zijn duim over zijn schouder naar de garage op het moment waarop Adara neerhurkte om haar veter vast te maken.

De portemonnee met de slap erin viel precies op het juiste ogenblik uit haar rugzak.

Vlak voor de ingang van de garage waren de twee doelwitten nog steeds helemaal verdiept in hun eigen gesprek. Geen van beiden leek Adara of de portemonnee op te merken.

Ze was klaar met haar schoen en stond op, waarna ze zonder omkijken wegliep.

De kale bewaker keek met een ruk op. Blijkbaar had hij Adara's voetstappen op de stoep gehoord. Midas kon niet verstaan wat er gezegd werd, maar in plaats van de portemonnee op te rapen zonder Adara te waarschuwen, liep de bewaker er meteen op af en riep haar na dat ze moest blijven staan.

De man keek erin en bladerde door het geld, terwijl Adara naar hem terugliep, vleiend, dankbaar. Ze hield haar ene hand op haar roze petje om te voorkomen dat het afwaaide. Ze stak haar hand uit naar de portemonnee, maar de man trok hem weg alsof hij haar wilde plagen, en hield hem net buiten haar bereik. Even leek het alsof hij haar een standje gaf en daarna gaf hij hem terug. Ze boog haar hoofd als dank, draaide zich om en liep weg terwijl ze de plattegrond bekeek.

'Het leek nogal een eikel,' zei Midas. 'Hij blijft wel in zijn rol...'

'Wacht even,' viel Adara hem in de rede. 'Geef me één seconde.' Ze wachtte een halve minuut voordat ze weer iets zei, toen ze een flink eind buiten gehoorsafstand was. 'Jack, hoor je ons?'

'Ja,' zei Ryan. 'Wat heb je?'

'Ik heb stukjes van een gesprek opgevangen toen ik die portemonnee liet vallen,' zei ze. 'Het goede nieuws is dat er daar kennelijk maar twee hackers zijn. Het slechte nieuws is dat ik er vrij zeker van ben dat deze gasten ze gaan vermoorden.'

'Weet je zeker dat we het over twee hackers hebben?' vroeg Midas via de oortjes terwijl Adara zich verderop in de straat bij Jack voegde. Ze liep het risico dat ze herkend zou worden als ze terugging naar haar oorspronkelijke plek aan de overkant van de straat.

'Ik kon niet het hele gesprek volgen, maar ik hoorde die kale duidelijk iets zeggen over "de bedoeling dat we ze allebei vermoorden en alles schoonvegen". Allebei duidt voor mij op twee.'

'Inderdaad,' zei Midas. 'Enig idee wanneer ze van plan zijn dat vermoorden en schoonvegen uit te voeren?'

'Nope,' zei Adara. 'Is Kaalkop nog steeds bezig met zijn bewakersdienst?'

'Zijn rattengezicht stak een paar tellen geleden nog uit de schaduw,' zei Midas. 'De kans bestaat dat hij zijn collega het vuile werk laat opknappen. Het zou zomaar op dit moment kunnen gebeuren.'

'Zou kunnen,' zei Adara. 'Maar zag je hoe die gast met me aan het dollen was toen hij mijn portemonnee teruggaf? Er zat een wreed trekje in zijn ogen. Hij wil heus wel aanwezig zijn bij een aanval. Dat kan ik bijna garanderen. Trouwens, die schoft noemde me "liefje".'

'Oké, dan,' zei Ryan. 'We moeten erheen voordat ze hun plan uitvoeren. Ik kan Yuki bellen, maar die doet alles extreem volgens het boekje. Er bestaat geen regel die ze niet tot op de letter wil volgen. Als we haar erbij betrekken, geeft ze het door aan haar meerderen en dan is het wat ons betreft gedaan. Dan geven we het uit handen. En zij waarschijnlijk ook. Als ze dit als tactische oproep behandelen, zijn alle data al geloosd voordat ze binnenkomen.'

'En als ze dat niet doen,' voegde Midas eraan toe, 'vermoorden deze gasten de hackers en lozen ze de data alsnog. Als we dit aan Yukiko overdragen, hebben we tenminste nog een stel levende gevangenen om te verhoren.'

'Nee, dan heeft Yúki een stel levende gevangenen om te ondervragen,' hielp Jack hem herinneren. 'Ik kan je wel vertellen dat haar bazen ons buiten zullen sluiten en dan hebben we niks.'

'Kun je je Jackie-charmes niet bij haar in de strijd gooien?' opperde Midas.

Ryans zucht was duidelijk hoorbaar over de lijn. 'Ik ben bang dat ik die allemaal al lang geleden bij Yukiko Monzaki heb verspeeld. Ik stel voor dat we het zelf doen.'

'Ik kan niet geloven dat ik dit zeg,' merkte Adara op. 'Vooral niet na de blik die Clark me toewierp voordat we vertrokken. Maar ik ben het met Jack eens. Laten we niet vergeten dat er zes mensen in de metro van D.C. zijn omgekomen door deze hufters. Nee, deze gasten zijn opgeklommen naar het grotere werk. We hebben het hier niet alleen over het bewijs van miljoenen dollars aan chantagegeld, we hebben het over moord. Om nog maar te zwijgen over het feit dat die schoften hier aan de overkant op het punt staan om moorden te plegen.'

'Oké,' zei Midas. 'Wat is het plan, Jack?'

'Het plan?'

'Kom op, nou,' zei Midas. 'We werken lang genoeg met je om te weten dat je al sinds we dat pand gezien hebben van plan bent om er naar binnen te gaan. Je hebt heus wel een plan.'

'Nu je het zegt,' zei Ryan. 'Die twee zien eruit als oud-militairen. Die laten zich niet beetnemen of intimideren. Weten wij veel, misschien houden ze die hackers wel gevangen...'

'Misschien...' zei Adara, niet overtuigd.

'Dus... ik zeg: laten we ze *slocken*,' zei Ryan.

Een slock was een primitief wapen dat vaker in de gevangenis werd gebruikt dan daarbuiten: een hangslot dat in de teen van een sok werd gestopt, die vervolgens werd rondgezwaaid als een slagwapen.

'En jij hebt natuurlijk een sok bij je,' zei Adara.

'In mijn rugzak,' zei Ryan. 'Geen hangslot, maar het is toch beter om stenen of zand te gebruiken. Ik pak wel wat brokken betonpuin van die bouwplaats.'

'Tuurlijk.' Het verbaasde Adara niet dat Jack overal op voorbereid was. Ze waren er allemaal op getraind om willekeurige voorwerpen als wapens te gebruiken: bezemstelen, hun eigen riem, met stenen gevulde sokken. Clark was er een meester in. In Japan was het moeilijk om aan vuurwapens en messen te komen, dus improviseerden ze met de dingen die ze tegenkwamen. 'We moeten het nu doen,' zei ze. 'Kaalkop pakken nu hij nog alleen is. Ze lijken niet via de radio met elkaar te communiceren, in elk geval niet wanneer ze buiten staan, maar misschien hebben ze camera's.'

Midas floot zacht. 'Het idee staat me wel aan, maar ik denk dat we beter kunnen wachten tot vlak voor de wisseling, als die Japanse kerel onderweg is om zijn collega af te lossen. Als er een camera is, is de kans dat hij dan iets ziet kleiner.'

Adara overwoog alle variabelen. 'Waarom zouden de hackers niet alle data lozen als ze zien dat we hun bewakers uitschakelen?'

'Dat is het lastige gedeelte,' zei Jack. 'Midas weet het meest van computertech. Hij moet snel naar binnen om ze ervan te weerhouden dat ze bestanden wissen. Er staat daar een buis van ruim een halve meter tegen het hek van de bouwplaats. Adara, wil jij die bewakers slocken? Dan kom ik daarna met die buis.'

'Ik vind het best,' zei Adara. 'Maar als arts moet ik je wel vertellen dat ik een keer een vent heb gezien die zo hard met een bolhamer op zijn hoofd geslagen was dat de houten steel was afgebroken, en die vocht nog steeds als een gek.'

'Dat is een goed punt,' zei Midas. 'De menselijke schedel is een wonder. Moeilijk te zeggen hoe hij reageert.' Zijn stem werd zacht, somberder nu. 'Daarom moet je er ook niet op uit zijn om iemand bewusteloos te slaan. Als we dit doen, moet je op het buitenveld mikken. Als er doden vallen, dan moet dat maar.'

'Nou, oké,' zei Jack. 'Er is ook nog een ander scenario.'

'Inderdaad.' Adara keek op haar horloge. 'Er zijn er nog wel vijftig. De wisseling gaat bijna plaatsvinden. Laten we het erover hebben terwijl we onze posities innemen.'

Als iemand Adara Sherman had gevraagd of die mannen die de hackersruimte bewaakten moesten worden tegengehouden, dan was haar antwoord ontegenzeggelijk ja geweest. Was ze bereid hen te doden? Nog steeds ja. Maar als iemand zou vragen of ze het prettig vond dat het aan haar was om ze te doden, zou het antwoord iets ingewikkelder worden. Ze had in de loop van haar carrière wel meer dan een paar mensen van het leven beroofd, maar dat was altijd midden in een redding of in het heetst van de strijd geweest. Dit zou anders zijn. Ze was niet van plan om met iemand te vechten. Het kwam erop neer dat Ryan en zij die twee mannen onverhoeds en plompverloren dood zouden slaan. Dit was moord. Ze had genoeg geweld gezien om te weten dat het keihard en smerig zou worden. Wat het niet zou worden, was gemakkelijk. Ze was geen John Clark. Dit zou haar achtervolgen.

En niet zo'n klein beetje ook.

Adara naderde als eerste en timede haar pas, zodat er niemand bij haar in de buurt liep. Gelukkig was het ver voor lunchtijd en liepen er maar weinig voetgangers op de stoep onder de spoorbaan. Ze had haar roze petje weer op en zwaaide weer met haar wapperende plattegrond, alsof ze oude bekenden waren. De sok vol stenen zat achter in haar broekband gepropt en het lege 'handvat'-gedeelte hing als een staart omlaag. Ryan liep zo'n tien stappen achter haar met het zware stuk buis, dat hij had verstopt in de mouw van zijn overhemd. Midas kwam uit de tegengestelde richting.

Adara was net over de drempel gegaan om naar Kaalkop te lopen, toen er niet een, maar twee Japanse mannen uit de glazen deur de garage in renden; en ze bewogen allebei als soldaten.

26

Het spreekwoord dat zijn vader hem had geleerd over het welbewust in de zak stoppen van een giftige slang kroop elke keer weer in de gedachten van president Jack Ryan als hij dacht dat hij senator Michelle Chadwick kon vertrouwen. Uit het eeuwige geringschattende spotlachje op haar hoekige gezicht sprak luid en duidelijk dat ze het liefst bij de eerste de beste gelegenheid een dolk tussen zijn schouderbladen zou steken.

Zelfs een heel klein beetje Michelle Chadwick was al te veel. Het hielp ook niet dat Ryan om negen uur een afspraak met haar had; een tijdstip waarop hij veel liever… nou ja, wat dan ook had willen doen.

Chadwick, die lang en mager was (Cathy noemde haar knokig), met een haviksneus waardoor ze er zelfs als ze glimlachte nog gekrenkt uitzag, was de langstzittende senator van Arizona. Ze was bezig met haar derde termijn, gesteund door familiegeld, met dank aan het fortuin dat haar opa had verdiend aan het onroerend goed in Scottsdale. Als een van de 'oudgedienden' van de Senaat was ze de voorzitter van het subcomité Binnenlandse Veiligheid van de Senaat-toewijzingscommissie. In die hoedanigheid had ze onevenredig veel macht, die ze vaak gebruikte om alles af te kraken wat Ryan probeerde te bewerkstelligen.

Maar ze had wel bewezen dat ze een patriot was, want ze had met de regering meegewerkt toen ze door agenten uit Beijing was benaderd en gechanteerd. Op dat kortstondige moment waren haar belangen hetzelfde geweest als die van Ryan. Ze had hem gewaarschuwd dat zo'n situatie uiterst zeldzaam was… En toen kwam het farmawetsvoorstel.

'Mijn mensen staan er in principe achter,' zei ze, en ze nestelde zich op de bank tegenover hem alsof ze van plan was nog wel even te blijven. Ze schopte een schoen uit en liet hem aan het puntje van haar tenen bungelen. Dat deed Cathy ook altijd, dacht Ryan, maar dan veel beter. 'Je zult een probleem krijgen met Iowa en een paar andere staten waar farmaceutische bedrijven gevestigd zijn. De grote jongens zijn nu eenmaal niet zo dol op generieke medicijnen, en ze krijgen nogal de kriebels van het idee dat ons generieke medicijnkastje straks zo dicht bij huis in de Caraïben te vinden is. In mijn partij zijn we blij met meer toegang tot gezondheidszorg in de vorm van generieke medicijnen, maar tegenstanders noemen het...'

Ryan stak zijn hand op. 'Ik weet het, ik weet het. Kapitalisme voor de arme werkende klasse, socialisme voor de rijke ondernemers.'

'En ze hebben een punt,' zei Chadwick. 'Maar daar kunnen we wel omheen werken. Het moet gebeuren, en als wij, als gezworen politieke vijanden, allebei ons gezicht aan het wetsvoorstel verbinden, is er op zijn minst een sprankje hoop dat het erdoor komt.'

Ryan nam een slok koffie. 'Ik moet het je toch vragen. Waarom?'

'Waarom ik meewerk?'

'Om eerlijk te zijn: ja.'

Chadwick haalde even haar schouders op. 'De statistieken gaan alle kanten op over de vraag waar dit land onze medicijnen vandaan haalt, maar je kent het gezegde: er zijn drie soorten leugens: leugens, grote leugens en statistieken. Verdomd veel mensen van jouw partij wijzen erop dat tachtig procent van onze medicijnen afkomstig is uit China en India. De Volksrepubliek China produceert absoluut een groot percentage van de chemische precursoren van verschillende medicijnen, maar sommige geleerden, die veel slimmer zijn dan jij en ik, voeren aan dat het aantal afgewerkte medicijnen uit India of China weliswaar substantieel is, maar toch heel wat minder dan tachtig procent.'

Ze zweeg om dat te laten bezinken.

'Oké, ik hap,' zei Ryan. 'Wat is volgens jou dan het juiste aantal?'

'Dat is het hem nou juist,' zei Chadwick. 'Niemand lijkt het te weten. De ene kant zegt tachtig of negentig procent, de andere kant zegt dat dat niet klopt, maar komt niet met het juiste getal. Dat zit me dwars.' Ze haalde diep adem en blies langzaam weer uit. 'Eerlijk gezegd is mijn tante bijna overleden aan een urineweginfectie. De generieke antibiotica die ze bij de apotheek op de hoek kreeg, waren bij lange na niet toereikend.' Ze boog zich voorover alsof ze hem iets extra belangrijks wilde toevertrouwen. 'Made in India, trouwens. Ik heb betaald voor een onafhankelijke test en daaruit bleek dat het medicijn nog niet eens de helft van het actieve ingrediënt bevatte dat het zou moeten bevatten.'

'Gaat het nu goed met je tante?'

Chadwick deed haar ogen dicht en schudde haar hoofd. 'Het valt echt niet mee om een hekel aan je te hebben... Het gaat nu beter met haar, omdat we uiteindelijk echte antibiotica voor haar hebben gehaald.'

'Welk bedrijf?' vroeg Ryan. 'Van de generieke medicijnen, bedoel ik.'

'MalhotraMed,' zei Chadwick. 'En dat is mijn punt. De Verenigde Staten hebben meer farmaceutische productiebedrijven nodig, niet minder; en ze moeten dichter bij onze grens zijn, zodat we er makkelijk naartoe kunnen gaan en regelmatig inspecties kunnen houden.'

'Dat ben ik met je eens,' zei Ryan. 'Natuurlijk. Ik zal het met minister Kapoor over MalhotraMed hebben en kijken wat voor gegevens ze heeft.'

'Het zal niet veel zijn,' zei Chadwick. 'Ik ben er al diep in gedoken. Inspecties van de Food and Drug Administration zijn een bureaucratische nachtmerrie.'

'Dat zegt zij ook,' zei Ryan. 'Maar ik ga het toch even na. Het is informatie die we nodig hebben om dit wetsvoorstel erdoor te krijgen.'

Chadwick boog omlaag en terwijl ze naar voren schoof op haar stoel deed ze de verdwaalde schoen weer over haar hiel.

'Ik had het al eerder willen zeggen,' zei ze, 'maar ik vond het zo erg toen ik het hoorde van Tony Hargrave. Hij was echt een fantastisch mens. Een van de weinigen in Washington.'

'Dank je,' zei Ryan, wel wetend dat Chadwick op meer uit was.

'Ik neem aan dat je naarstig op zoek bent naar iemand om zijn functie over te nemen.'

'Daar werken op dit moment heel veel slimme mensen aan,' antwoordde Ryan.

'Mooi,' zei Chadwick. 'Want met al die brandjes die de laatste tijd ontstaan, denk ik dat het belangrijk is dat het Amerikaanse volk eens wat goed nieuws krijgt.'

'Brandjes?'

'Je weet wel wat ik bedoel,' zei Chadwick. 'Tientallen ransomware-aanvallen, en al die vervelende video's.'

Ryan lachte spottend. 'Ik dacht dat deepfakes nog niet zo lang geleden juist precies in jouw voordeel werkten om mij in diskrediet te brengen.'

'O, ze werken nog steeds in mijn voordeel,' zei Chadwick. 'Tenminste, om een deel van je beleid te vertragen, maar dat betekent nog niet dat ik het goedkeur.' Ze liet haar arm op de rugleuning van de bank rusten en speelde afwezig met de stof. 'Heb je al een shortlist?'

'Die wordt steeds korter,' zei Ryan.

'Iemand die ik ken?'

Daar moest Ryan om lachen. Hij keek op zijn horloge en stond op.

'Hint begrepen, ik ga al,' zei Chadwick, die de tijd nam om een rafelig draadje op de bekleding glad te strijken voordat ze overeind kwam. 'Vergeet niet dat degene die je voordraagt door de Senaat moet, en dat betekent via mij. We staan achter dat wetsvoorstel voor farmaceutische onafhankelijkheid, maar we zijn nou ook weer niet zo aardig dat we je zomaar iemand laten benoemen.'

'Dat zou ik ook nooit durven denken,' zei Ryan, die half verwachtte dat ze kronkelend de deur uit zou glibberen.

27

De kale ging snel neer, veel sneller dan Adara verwacht had. Zijn twee Japanse collega's waren niet zo makkelijk.

Buitenlandse toeristen waren niet ongewoon in de buurt van Station Tokyo, maar Kaalkop was een professional en wierp Ryan een onderzoekende blik toe toen hij aan kwam lopen. Ryan deed alsof hij hinkte, in een poging minder dreigend over te komen, wat niet meeviel met zijn indrukwekkende lengte.

Adara duwde met haar linkerhand de plattegrond naar Kaalkop toe en vroeg of hij kon helpen Shibuya te vinden. '... het is... nou ja, het moet de drukste oversteekplaats ter wereld zijn. Wie wil dat nou niet zien als hij in Japan is...'

Kaalkop deed een paar stappen naar achteren, de schaduw in, en zocht instinctief de beschutting van de garage op. Hij trok Adara mee, alsof hij haar bij Ryan weg wilde halen.

Ze sloeg hem hard met de sok toen hij wegdraaide, waarbij ze haar heupen gebruikte voor extra kracht. Een honkbal woog zo'n honderdvijftig gram en de sokstenen waren ongeveer twee honkballen. Ze raakten Kaalkop onderaan zijn schedel, een zogenoemde *rabbit punch*.

Zwaaiend op zijn benen had hij nog net genoeg energie om zich om te draaien, waarbij hij stompzinnig naar Adara knipperde en vervolgens naar Midas, die voorbijrende en op de deur afging. Jack maakte effectief gebruik van de halve meter buis, die hij liet neerkomen op dezelfde plek als waar Adara de man had geraakt en daarna, met een achterzwaai, tegen de zijkant van zijn kale kop liet schampen waardoor hij buiten westen neerviel; waarna zijn hersenen snel opzwollen, als ze al niet van de stam waren losgerukt. Het bloed stroomde uit zijn neus alsof er een kraan openstond.

Door een brul van Midas en het geluid van een deur die openzwaaide werd Adara's aandacht met een ruk naar achteren getrokken. De eerste Japanse soldaat vloog naar buiten, van plan om zijn collega te redden. Midas klemde zijn handen in zijn nek en gaf de geschrokken man een duw in het voorbijgaan, waardoor die uit balans raakte. Hij greep de tweede man bij beide schouders vast en trok hem naar zich toe, waarna hij zijn knie in diens kruis plaatste en hem over de stoep heen naar Jack smeet.

'Ik laat hem aan jou over!' zei Midas. Hij greep de deur vast voordat die dichtviel en dook naar binnen, waarna hij de trap op liep en uit het zicht verdween.

De ingang bevond zich op een verhoogd betonnen stoepje van slechts drie treden, maar dat wel veel meer dan een halve meter hoog was. Om de een of andere reden waren traptreden in Japan vaak langer en hoger, waardoor je anderhalve stap moest zetten om een tree lager te komen. Dat werkte in Adara's voordeel, want de eerste Japanse man moest noodgedwongen de snellere route recht over de rand nemen, zonder haperend omlaag te klimmen. Door de extra hoogte voelde hij zich superieur, en hij hief met uitgestrekte arm zijn vuist voor een soort Superman-stoot, recht op Adara's gezicht gericht.

Ze stond stevig op de grond, stapte opzij als een matador en zwiepte de sok met alles wat ze in zich had naar hem toe. De klap was raak; haar tegenstander wankelde, maar was nog lang niet uitgeschakeld.

Achter haar maakte Jack zich op voor de nieuwkomer. Adara hoorde de buis kletteren toen die een bot raakte. Ze had het te druk met haar eigen tegenstander om te kijken hoe Jack ervoor stond. Ze zwiepte nogmaals, een uppercut deze keer, met de bedoeling de slock op en neer te zwaaien en, als het ding door het momentum weer terugslingerde, de man op zijn kaak te raken. De man draaide weg als een bokser en bewoog heen en weer, zodat het wapen slechts een paar centimeter boven zijn gekantelde hoofd zoefde. Hij had zijn balans snel hervonden, trok een uitschuifbare stok achter zijn rug vandaan en klapte hem met een daverende knal open. Hij keek heen en weer van Adara naar Jack en schreeuwde zijn vriend bemoedigend toe. Zijn kaak verstrakte toen hij over zijn schouder keek en zag dat Midas inmiddels naar binnen had weten te komen.

'Wat wil je?' vroeg hij in vloeiend Engels, zonder een spoor van een accent. Uit zijn oor, waar de slock hem had geraakt, droop een straaltje bloed.

'Ik wil dat je die stok weglegt,' zei Adara.

'Ik steek hem in je keel,' siste de man.

Jack ramde zijn tegenstander in zijn nek. Hij viel op zijn knieën, waardoor Jack naar voren kon rennen en met de buis op Adara's man inbeukte, die hij vlak boven zijn nier raakte. Het ding doorboorde de man niet, maar deed hem wel verdomd veel pijn, waardoor Adara de opening kreeg die ze nodig had.

De Japanse man zwaaide woest met zijn stok.

Adara ramde haar slock tegen zijn goede oor. Tijdens de trainingen hamerde Clark er altijd op dat ze niet moesten vasthouden aan één wapen of aanval, maar dat ze altijd klaar moesten staan om gebruik te maken van de zwakte die een tegenstander bood.

Dus probeerde Adara niet nog een keer te zwiepen, maar liet ze de sok vallen en sprong op de rug van de Japanse man, waarna ze één arm om zijn keel haakte en hem met de andere arm op zijn plek hield in een wurggreep. In dezelfde beweging omklemde ze zijn bovenlijf met haar benen en zette haar hielen in zijn zij, zodat hij haar als een rugzak droeg. Hij wankelde achterwaarts door het extra gewicht en draaide zijn hoofd net ver genoeg om te kunnen blijven ademen. De man was niet groot, niet veel langer dan Adara, maar hij was ongelofelijk sterk, met een stierennek en sterke vingers die in haar arm drukten in een poging die van zijn keel weg te halen. Hij trapte naar achteren, in de richting van het betonnen stoepje, ongetwijfeld van plan om zich op de scherpe rand te laten vallen en zo Adara's rug te breken.

Ze gaf een harde ruk en boog haar pols naar binnen, zodat de onderkant van haar duim in de halsslagader van de man drukte. Zijn greep op haar arm verslapte een fractie. Hij wankelde, zwaaide en stompte met zijn vuisten op haar onderarm in een poging los te komen.

Daarna richtte hij zich op en verstijfde, alsof hij onder stroom stond of...

Jack ramde de metalen buis in de buik van de man. Deze keer ging hij wel naar binnen en doorboorde de man als een speer. De man zwaaide hevig rond en raakte Adara telkens weer op haar onderarm.

Ze hield hem vast, kneep en pakte elke centimeter ruimte die ze maar kon veroveren, tot ze zijn brein zo lang had beroofd van bloed en zuurstof dat hij onderuitging. Ryan trok de bebloede buis uit de buik van de man en mepte op zijn hand, waardoor hij tot Adara's verbazing een stiletto wegketste die de man blijkbaar had getrokken terwijl zij hem wurgde.

Ze gleed op de grond en voelde een plotselinge warmte in haar arm.

Jack greep de man bij zijn kuif en ramde zijn hoofd voor de goede orde nog twee keer tegen het beton voordat hij naar Adara rende.

'Waar is je man?' vroeg ze, en ze voelde zich misselijk.

'Voorgoed uitgeschakeld,' antwoordde Jack zonder verdere uitleg. Hij fronste zijn voorhoofd terwijl hij de gapende sneden op haar onderarm bekeek. 'Hij heeft je wel te pakken genomen.'

Op de een of andere manier had hij haar ook in haar wang gestoken, waar hij haar bijna tot op het bot had gesneden zonder dat ze zelfs maar gemerkt had dat ze geraakt was.

'Hij heeft de slagaders gemist,' zei Adara, dankbaar omdat ze bloed zag druipen en niet met een boog uit haar toegetakelde arm zag spuiten. Maar het droop wel heel hevig. 'Onze prioriteit is dat we deze gasten nu achter een auto verstoppen. Wie weet heeft een of andere *ramen*-bezorger allang de politie gebeld.'

'De schaduwen bieden ons ruim voldoende dekking,' zei Jack, terwijl hij haar hielp om de drie mannen achter een Toyota-busje te slepen en ze over elkaar heen te leggen. 'Tenzij iemand ons heeft horen vechten, denk ik dat we de dans ontsprongen zijn. Het heeft al met al zo'n twintig seconden geduurd.'

Adara's telefoon trilde in haar zak. Ze viste hem er met haar goede hand uit. Het was Midas, die van een vaste lijn belde, en hij zag hen blijkbaar via een camera.

'Komen jullie nog? Er ligt hier wat spul dat jullie zeer zeker willen zien.'

28

Midas drukte op een knopje waardoor er twee binnendeuren opengingen om Adara en Jack binnen te laten, één onderaan de trap en een andere die naar de hoofdruimtes boven leidde. Toen ze binnenkwamen, zagen ze dat hij de twee hackers op een lage futonbank had gezet. Ze waren allebei Japans, een jongen en een meisje, en ze zagen eruit alsof ze van een universiteitscampus waren geplukt. Het meisje, dat Takako heette, droeg een limoengroene afgeknipte overall. Felgroene elastiekjes hielden haar haar omhoog in parmantige knotjes, waarvan er één suikerspinroze en het andere dieprood was geverfd, wat haar een opvallende, Harley Quinn-achtige uitstraling verleende. Haar hackingcollega, een jongen van negentien met de naam Hatoru, droeg daarentegen een blauwe polo met drie knoopjes en een kakibroek. Zijn stugge blik en zwarte bril deden vermoeden dat hij, als hij een paar decennia eerder was geboren, een rekenliniaal en een pennenhouder bij zich had gehad.

De daadwerkelijke hackerruimte was klein, ongeveer drie bij drie, met een plastic opklaptafel en vier laptops die verbonden waren met grotere flatscreens. De aangrenzende ruimte was anderhalf keer zo groot, maar was volgestouwd met rijen computers die, zoals Gavin Biery al had verwacht, bezig waren met bitcoins minen. Er hing een doorschijnend plastic doek in de deuropening, zodat de airco in slechts één kamer de hardware hoefde te koelen. In de achterste hoek lag een berg etensverpakkingen en cellofaanwikkels. In de andere hoek stonden, met goed zicht op de deur en een aan de muur bevestigde monitor, twee zachtleren stoelen waar de bewakers kennelijk zaten als ze niet buiten postten.

Takako was verreweg de grootste prater van de twee.

'Nan de, son'nani jikan ga kakatta no?' snauwde ze ziedend. Waarom duurde het zo lang?

Adara keek haar boos aan. Ze had een pleister op de wond op haar gezicht geplakt en bond nu een gaasverband uit haar rugzak om haar gewonde arm, en ze was zeker niet in de stemming om vermanend te worden toegesproken door een hackende snotaap met roze haar. *'Nan da, yo?'*

Takako rolde met haar ogen en legde met een dramatisch gebaar de rug van haar hand op haar voorhoofd. 'We laten al ruim een week sporen voor jullie achter,' zei ze in het Engels, dat beter was dan Adara's Japans.

'Ruim een week?' zei Midas. 'Die ransomwareaanvallen zijn al bijna drie weken aan de gang.'

Hatoru knikte. 'De mannen die ons vasthielden, die mannen die door jullie zijn vermoord, zoals we op de camera zagen, hielden ons voortdurend in de gaten. Die kale wist genoeg van programmeertaal om ons werk te controleren.'

'Hij was de hele tijd aan het schoudersurfen,' zei Takako. 'Je kunt onmogelijk werken als iemand de hele tijd zo met je meekijkt. Als ze het zelf zo goed konden, waarom namen ze dan de moeite om ons ervoor in te zetten?'

'Dit is echt wel wreed,' zei Midas, die naar de set-up keek.

'Dat snap ik niet,' zei Takako. 'Wreed?'

'Dat betekent heel goed,' zei Midas, die nog steeds naar de computers keek. 'Ik moet er iemand bij halen die hier heel wat meer verstand van heeft dan ik.' Elke laptop en telefoon kreeg een eigen Faraday-tas, die Midas speciaal voor dat doel had meegenomen. De voering van metaalgaas in de tassen voorkwam dat de inhoud wifi- of radiosignalen kon opvangen of uitzenden. De apparaten konden nog steeds zijn uitgerust met een boobytrapcommando om de data te verwijderen als er bepaalde toetsen werden ingedrukt of als de verkeerde wachtwoorden werden ingevoerd, maar als ze in een digitaal beveiligde ruimte uit de Faraday-tassen werden gehaald, zouden mensen van buitenaf ze niet op afstand kunnen aansturen.

Takako stak haar hand op als een leerling in een klas. 'O, o, dat ben ik dan, denk ik,' zei ze honend. 'Ik weet wat ik moet doen.'

Adara bond het verband af. 'O nee, dat gaat niet gebeuren. Jij gaat nergens naartoe met die hardware.'

Takako sloeg zichzelf tegen haar voorhoofd. *'Bakayaro!* Als we alles hadden willen vernietigen, hadden we dat allang gedaan.'

'Hoe dan ook,' zei Adara. Ze ging in de leren stoel zitten en knipperde met haar ogen om haar wazige zicht te verdrijven. Door de enorme adrenalinestoot en het bloedverlies voelde ze zich slapjes.

Jack vond een voorraad van de kleine Oronamin C-drankjes die Midas zo lekker scheen te vinden en haalde van één de dop af.

Het flesje was zo klein dat Adara er twee achter elkaar achteroversloeg, waarna ze voelde dat de suikers haar lijf de nodige oppepper gaven. 'Ik heb kleren nodig waar geen bloed op zit,' zei ze tegen het meisje. 'Jij hebt ongeveer dezelfde maat als ik.'

Takako haalde haar schouders op. 'Zij hebben me deze kleren gegeven,' zei ze, en ze plukte aan de overall. 'Zodat ik niet ging stinken, zeiden ze. Je mag ze hebben, als je wilt. Ik heb liever mijn eigen kleren.'

Adara kreunde. 'Nou ja, zo kan ik niet naar buiten.' Ze gebaarde dat het meisje met haar mee moest komen naar de andere kamer.

'Dus ze hebben jullie tegen jullie zin vastgehouden?' vroeg Midas.

'Ja,' antwoordde de jongen. 'Onze ouders denken dat we op de universiteit zijn.'

Takako stak half aangekleed haar hoofd om het hoekje. 'En onze vrienden denken dat we er samen tussenuit zijn geknepen naar ons favoriete liefdeshotelletje in Shinjuku.'

De jongen glimlachte met een knalrood gezicht.

'Voor wie werkten ze?' vroeg Jack. 'Die mannen die jullie vasthielden?'

'We hebben alleen deze drie gezien,' zei hij. 'Verder niemand.'

'Hoe heetten ze?' vroeg Midas.

Hatoru keek over zijn schouder en boog zich voorover alsof hij antwoord wilde geven, maar Takako kwam weer binnen en keek hem aan. Hij liet zich achterover op de futon vallen en hield zijn mond. Takako plofte naast hem neer, nu gekleed in een losse sweater en een afgeknipte spijkerbroek die zo kort was dat de zakken onder de pijpen uit kwamen.

'We hebben hun namen nooit gehoord,' zei ze.

'Eerst dachten we dat ze het losgeld dat we voor hen hadden verdiend zouden pakken en ons daarna gewoon zouden vermoorden,' fluisterde Hatoru.

Takako maakte zijn gedachte af. 'We hebben naar hen gekeken en geluisterd hoe ze spraken. Het geld interesseert ze helemaal niet. Ik denk dat ze er alleen maar op uit zijn om jullie land te schaden. Maar ze zouden ons wel vermoorden. Binnenkort.'

Midas telefoneerde met Gavin en praatte met zijn rug naar hen toe op snelle, gedempte toon.

Adara hoorde een scheurend geluid, alsof er ducttape van een bureau werd getrokken, vlak voordat Midas zich naar hen toedraaide.

Takako en Hatoru hoorden het ook. Ze gingen allebei rechter zitten.

'Oké,' zei Midas. 'We nemen de laptops mee.'

Takako wilde protesteren.

Midas bracht een Glock-pistool omhoog vanachter de stapel Faraday-tassen en wees ermee naar Takako. 'Het verbaast me dat ze jullie achterlieten met je eigen vuurwapen binnen handbereik.'

Takako stak haar handen in de lucht. 'Oké, oké, oké... We waren geen gevangenen,' zei ze. 'Niet echt. Ze hadden ons ingehuurd. Maar ze zouden ons echt gaan vermoorden, dat zweer ik. Hatoru hoorde ze vanochtend zeggen dat er een andere hacker zou komen om het van ons over te nemen als wij... nou ja, er niet meer...'

'Jongens!' zei Adara met een knikje naar de bewakingscamera's. 'We hebben gezelschap.'

Ze keken toe terwijl er in de garage een Japanse man uit een donkere Toyota-sedan stapte en daarna bleef staan alsof hij de lucht opsnoof. Hij keek op en neer, bukte om een plas bloed te bestuderen en volgde de sleepsporen buiten beeld in de richting van de plek waar Adara en Jack de lijken hadden opgestapeld. Even later kwam hij weer in beeld, nu met schokkende bewegingen, geagiteerd. Hij keek een ogenblik recht in de camera boven de deur – lang genoeg om ervoor te zorgen dat Midas een foto van zijn gezicht op de monitor kon maken – en daarna stapte hij snel weer in zijn auto en scheurde weg.

'Dit is niet goed,' fluisterde Hatoru.

'Die vent is nu waarschijnlijk aan de telefoon,' zei Jack, 'om wat schoonmakers te bellen. We moeten de beveiligingsarchieven wissen, de camera's vernietigen en maken dat we wegkomen.'

'Het eerste gedeelte is geregeld,' zei Midas, die op het toetsenbord onder de monitor tikte.

Adara knikte naar de twee hackers. 'En zij?'

Midas stond op met een rugzak vol Faraday-tassen over zijn schouder en hield een rol ducttape omhoog, die waarschijnlijk ook gebruikt was om het pistool onder het bureau te plakken.

Jack ging naar de badkamer en deed de deur dicht om een telefoontje te plegen.

Hatoru begon verwoed te knikken terwijl Midas zijn handen met tape achter zijn rug vastbond. 'Je collega heeft gelijk. Die man gaat iemand bellen om ons te komen vermoorden. Je moet ons laten gaan. We zijn *otaku*, gamers.' Er rolde een traan over zijn wang. 'We wilden niemand pijn doen.'

Midas kneep hem hard in de vlezige achterkant van zijn arm, onder zijn biceps, wat een jammerlijke kreet opwekte.

'Miljoenen dollars kwijtraken doet pijn,' zei Midas. 'De mensen in de trein die jullie gehackt hebben, zijn overleden...' Hij kneep het joch weer, wat nog een kreet opleverde. 'Doodgaan doet pijn. Stelen is slecht.' *Knijp.* 'Mensen vermoorden is slecht.' *Knijp.*

Hatoru's borst ging op en neer en hij pufte en snoof tussen snotterige snikken door, alsof hij ging hyperventileren.

'Dus.' Midas keek hem kil aan. 'Tenzij je ons wilt vertellen wie hierachter zit, hou je je bek en ga je zitten. Ik denk dat ik voor iedereen aan de andere kant van de computers die je opgelicht hebt spreek als ik zeg dat het me geen reet kan schelen als die kerel zijn kleerkasten op jullie afstuurt om jullie allebei in stukken te zagen en in de baai van Tokyo te gooien.'

Midas tilde zijn hand op alsof hij weer wilde knijpen, maar de jongen rukte zich los en liet zich huiverend achterover op de futon vallen.

Takako keek hem boos aan. 'Je bent een heel wrede man.'

Adara pakte de tape van Midas en draaide het meisje rond om haar vast te binden. 'Wen er maar aan.'

Ryan kwam uit de badkamer en stak schouderophalend zijn duimen op. 'We laten ze hier.'

Hatoru begon te protesteren. 'Ze vermoorden ons!'

Takako keek op, knipperde met haar ogen en probeerde wat tranen tevoorschijn te persen. 'Júllie vermoorden ons.'

'Dat hebben jullie aan jezelf te danken,' zei Midas. 'En het gaat waarschijnlijk pijn doen...'

In de verte loeiden sirenes, die dichterbij kwamen toen de Campus-agenten twee minuten later de hoek omsloegen richting de Marunouchi-kant van Station Tokyo. Midas liep twintig meter achter de anderen. Ryan had niet alleen Chavez gebeld, maar ook 110, het Japanse alarmnummer. Met meer dan veertigduizend politieagenten in de stad en de Japanse neiging om de autoriteiten te gehoorzamen, zou de reactietijd vrijwel onmiddellijk zijn.

'Je was wel hard,' zei Adara via haar oortjes tegen Midas. De felgroene overal leverde haar heel wat starende blikken van voorbijgangers op, maar lang niet zoveel als ze met haar van bloed doordrenkte kleren zou hebben gekregen.

'Mijn oma is bijna dertig ruggen kwijt door oplichters,' zei hij. 'Die snotapen deden me denken aan wat haar is overkomen.'

'Het verbaasde me dat Chavez wilde dat we ze zouden achterlaten voor de politie,' zei Adara.

'Mary Pat licht op dit moment de juridische FBI-attaché en de afdelingschef van het Bureau in. Die zullen dit grondig aanpakken.'

Om de hoek blèrden sirenes, die massaal reageerden.

Adara versnelde haar pas en ging op in de menigte van forensen die het overvolle treinstation binnenliepen. 'Ze zullen ons signalement doorgeven.' De geur van parfumerieën en bakkerijen vermengde zich met het gedrang van tienduizenden mensen.

Terwijl ze dicht tegen Jack aan liep, keek ze hem recht aan. 'Misschien kunnen Mary Pats mensen iets met hun telefoons doen. Heb je foto's van hun gezichten genomen?'

Ryan kreunde. 'Ja.'

'Dan weet je wat je te doen staat, hè?' vroeg Adara.

'Ja.' Jack kreunde weer. 'Ik heb haar al een bericht gestuurd en gezegd dat we willen afspreken om haar wat foto's te laten zien.'

Er trok een gepijnigde uitdrukking over Adara's gezicht, alsof ze zojuist te snel een ijsje had gegeten. 'Heb je haar niet gebeld? Jack! Alleen een berichtje? Nadat je haar weet ik hoeveel maanden niet gesproken hebt?'

'Een paar maanden,' zei hij. 'Ik weet het niet precies.'

'Geen communicatie en dan zomaar uit het niets een berichtje?'

Jacks telefoon trilde in zijn hand toen Yukiko Monzaki van de Japanse Public Security Intelligence Agency reageerde.

Adara boog zich dichter naar hem toe en probeerde het bericht te lezen. 'Wat zegt ze?'

Jack wendde zich met een ruk af, vertraagde zijn pas en liet de menigte van verstoorde forensen aan weerszijden langs hem heen stromen. Hij kreunde voor de derde keer, als een oude man die opstond uit een zachte stoel, en las het bericht hardop voor.

'Ik heb het druk... Jullie zullen naar mij toe moeten komen.'

'Wanneer?' vroeg Midas.

'Vanmiddag om halfzes,' zei Jack, die het volgende bericht las. 'Een adres in Akihabara.'

'Halfzes.' Adara zuchtte. 'Dat is het beste nieuws dat ik vandaag heb gehoord.'

Ze drong de herinneringen aan het gevecht in de garage naar haar achterhoofd en concentreerde zich in plaats daarvan op de warme douche en het zachte bed die haar te wachten stonden. Maar eerst zouden ze zich opsplitsen in het treinstation en allemaal verschillende toiletruimtes in duiken om andere petjes, windjacks en parachutebroeken uit hun rugzak te pakken en zich om te kleden. Ze zouden minstens een uur SDR lopen – *surveillance-detection routes*, routes om te kijken of ze niet gevolgd werden – voordat ze elkaar weer zouden ontmoeten in het hotel. Met een beetje geluk ontweken ze gezichtsherkenningssoftware en zouden ze genoeg tijd in het hotel hebben zodat Adara haar wonden kon verzorgen en misschien zelfs een dutje kon doen.

29

De nieuwsbalk aan de zijkant van Harjit Malhotra's computerscherm meldde dat #POTUS, #president en #JackRyan trending waren.

Malhotra wipte op zijn stoel terwijl hij steeds slokjes van zijn sterke cashewlikeur nam, en scrolde door elk socialmediaplatform dat hij maar kon bedenken. Eén op de twee tweets ging over de Amerikaanse president.

Hij faalt.

Hoe kun je hem nog vertrouwen?

Is hij wel de man voor wie iedereen hem al die tijd heeft aangezien?

Echt waardeloos dat hij het land niet eens tegen die hackers heeft kunnen beschermen!

Amerika verdient beter!

Kloterig lijderschap. (Malhotra vroeg zich af of die schrijffout met opzet was gemaakt.)

Er waren natuurlijk ook tweets en posts waarin volmondig steun aan hem werd betuigd, maar net zoals in het gewone leven waren de critici veel luidruchtiger dan de voorstanders.

Hij keek naar de streamingvideo's waarin Ryan met vrouwen flirtte, geen respect toonde voor de vlag en schaamteloos tegen een kliek rijke zakenlui grapte over de miljoenen die hij had verdiend met speculaties. De filmpjes waren nep, maar er waren er genoeg om twijfel te zaaien. Mensen zouden zelfs de meest bizarre leugens geloven, zolang die maar enigszins in de buurt kwamen van wat ze wilden dat waar was.

En toch wilde Ryan, die sukkel, zijn protectionistische farmaceutische wetsvoorstel er nog doordrukken. Die man was een op hol geslagen polopony die nooit zou omkeren, hoe hard je hem ook prikte met je sporen.

Malhotra zette het geluid van zijn computer uit en keek naar de

Bengaalse tijger aan de andere kant van zijn kantoor.

'Die idiote Amerikaanse president heeft miljoenen verdiend aan slinkse investeringen,' zei hij tegen het beest. 'Maar ik heb zelf ook wat slinkse investeringen gedaan.' Malhotra haalde zijn schouders op en wist zeker dat de tijger hem begreep. 'Met een paar miljoen dollar kun je een miljardenoorlog winnen, als je die dollars in handen legt van een militair die de ballen heeft om dingen voor elkaar te krijgen.'

30

De plaatselijke assistente van dokter Monte Harper stond naast hem in de vilten joert. Het jonge meisje, met ingevallen wangen en een verlegen, onderzoekend gezicht, stond over de liggende patiënt gebogen met een vliegenmepper in haar ene verweerde hand en een paraplu in de andere.

Ze had een rode sjaal om haar hoofd gedrapeerd, maar haar glimlach was onbedekt. In andere delen van Afghanistan zou ze misschien een boerka hebben gedragen en was het haar verboden om naar school te gaan. Ze had er zeker geen mannelijke arts geassisteerd, laat staan dat ze vrijuit met hem had mogen spreken.

Er was nooit genoeg eten in de afgelegen Wachan-corridor in het oosten van Afghanistan, maar hier mocht ze tenminste naar school. Haar naam was Laleh en ze was dertien.

Harper stelde de lamp op zijn microscoop bij om de binnenkant van het niet-knipperende oog te verlichten, dat naar hem omhoogstaarde en gruwelijk wijd open werd gehouden door een oogspeculum. Met een klein halvemaanvormig scalpel maakte hij een piepkleine, gebogen incisie door het oogwit, waardoor hij de vloeistof in de oogkamer hield. De door staar aangetaste lens zou door deze piepkleine opening naar buiten komen en er zou een kunstlens voor in de plaats komen. Hij was net in het binnenste van het oog doorgedrongen toen Laleh ineens iets zei.

Daar zou hij het met haar over moeten hebben.

Naast haar moedertaal Wachi sprak ze ook Tadzjieks, Pasjtoe en beter Russisch dan Harper, die het zichzelf had aangeleerd. In een ander deel van de wereld zou ze haar zinnen misschien op een studie geneeskunde hebben gezet. Hier zou ze schapen melken, boter karnen en boven een vuurtje van brandende jakmest eten koken voor haar familie.

'Er komen soldaten op paarden naar het dal,' zei ze. 'Ik heb de mannen horen praten. Het pad uit het noorden is blijkbaar goed genoeg begaanbaar.'

De wintersneeuw was dit jaar vroeg verdwenen, waardoor de Wachi-herders met hun jakkuddes en dikstaartschapen de *kuch*, de migratie van dertig kilometer, konden maken; van hun laaggelegen korenvelden naar de hooggelegen dalen van de Grote Pamir, op meer dan vierduizend meter hoogte. Het verbindingspunt van drie van de hoogste bergketens ter wereld – de Pamir, de Hindoekoesj en de Karakoram – stond bekend als de Pamir-knoop. De Bam-I-Dunya, oftewel het Dak van de Wereld.

De Wachi's brachten hun winters door in het dal van de Wachan-corridor, een smalle landstrook die grensde aan Tadzjikistan, Pakistan en China. De Wachan-corridor, die was uitgedacht in een overeenkomst tussen Groot-Brittannië en Rusland tijdens de oorlog tussen spionnen die door Rudyard Kipling de 'Great Game' werd gedoopt, zorgde ervoor dat de grootmachten Brits-India en Rusland geen gedeelde grens hadden in Centraal-Azië. Voor de meeste Afghanen was het een oninteressante plek: afgelegen, klein – zo'n driehonderd kilometer lang en maximaal vijfenzestig kilometer breed – en omringd door puntige, kathedraalachtige toppen, waarvan er veel bedekt waren met eeuwige sneeuw. De mensen hier hadden nooit te maken gehad met de taliban of terrorisme. Hun strijd bestond uit in leven blijven, het hoofd bieden aan de wolven en beren die op hun kuddes uit waren en een kostje bijeenscharrelen op een plek die zo onherbergzaam was dat jakmest de enige brandstof was om kookvuren aan te leggen. Naan en *shirchoy*, thee met gezouten melk, vormden het grootste deel van hun dieet. Intense schitteringen, oogverblindende sneeuwvlaktes en ijle lucht waren hét recept voor vroegtijdige blindheid door staar. Een op de vijf moeders stierf tijdens de bevalling. De kindersterfte was zo hoog dat veel gezinnen pas een naam voor hun kinderen bedachten als ze drie of vier jaar oud waren. De gemiddelde levensverwachting was vijfendertig.

Het was voor de Harpers de ideale plek om wat tijd door te brengen.

Dokter Harper wendde zijn blik net lang genoeg van zijn patiënt af om een glimp van bezorgdheid in de ogen van het meisje te zien.

Er was altijd wat. Harper en zijn vrouw waren met volledig medeweten en steun van zowel de Afghaanse als de Amerikaanse regering hier in het zomerkampement dat bekendstond als Vagd Boi. Ze waren op eigen kosten gekomen, doneerden medische zorg en expertise, en toch was een of andere krijgsheer van plan om hem om baksjisj, steekpenningen, te vragen.

'Weet je zeker dat het soldaten zijn?' vroeg hij.

'Ja,' zei Laleh. 'Ze zijn vorig jaar uit Tadzjikistan gekomen om de Afghaanse grenspolitie te helpen. Een patrouilleagent kocht een keer een jak van mijn moeder, maar betaalde niet genoeg. Wat moet je tegen een man zeggen die een jak wil kopen voor een schijntje, als je alleen maar stenen hebt?' Ze begon hevig te ademen, waardoor de paraplu wiebelde en begon te druipen.

Na de nachtelijke bui drupte er smeltende sneeuw van het zware vilten dak van de joert af, waardoor Lelahs paraplu van cruciaal belang was. Door het jakhaar en de mestvuren die in de aangrenzende joerten smeulden, leek de provisorische operatiekamer net een boerenerf en was de vliegenmepper hard nodig. Felle, op batterijen werkende lampen, die hier samen met de rest van de benodigde spullen naartoe waren gebracht door jaks en paarden, verlichtten de dampige binnenkant van de joert en maakten de rode kleden en kussens nog feller.

'Misschien komen de soldaten voor een oogoperatie,' zei het meisje. Ze had duidelijk gemaakt dat ze zelf ook arts wilde worden. Nizari Ismaili-sjiieten waren relatief progressief als het op de opvoeding van hun dochters aankwam, maar door het loodzware werk op de akkers en het aanleggen van mestvuren was meer dan een paar jaar school een verre droom. Harpers vrouw hoopte daar verandering in te kunnen brengen, en hij hoopte dat hij haar daarbij kon helpen.

'Misschien,' zei Harper, die zich nu op de troebele lens van zijn patiënt concentreerde.

Door deze procedure die SICS werd genoemd, *small-incision cataract surgery*, kregen tienduizenden mensen op het platteland hun gezichtsvermogen terug. De meesten van hen konden zichzelf nauwelijks van voedsel voorzien, laat staan dat ze de reiskosten voor welke medische procedure dan ook konden opbrengen. Het was niet ongebruikelijk dat gegadigde patiënten, die van mond tot mond te horen hadden kregen dat de Harpers in het gebied aanwezig waren, vele kilometers liepen om een bezoek te brengen aan de provisorische kliniek. Vaak waren dit de eerste artsen die ze in hun hele leven hadden gezien.

'Helemaal uit China,' zei het meisje. 'Een heel lange reis.'

Harper haalde het kleine scalpel van het oog van zijn patiënt. 'Ik dacht dat je zei dat het Tadzjieken waren?'

Laleh knikte, waardoor er druppeltjes gesmolten sneeuw van de rand van de paraplu vielen. Ze hield hem weer recht, zodat de patiënt niet nat zou worden. 'Dat zeggen de mannen. Chinese soldaten op paarden, die uit Tadzjikistan komen.'

'Hoe ver weg?'

Ze haalde haar schouders op. 'Niet ver meer,' zei ze. 'Op de kronkelpaden.'

'De honden vertellen het ons wel,' merkte Harper op. Chinese militairen die vanuit Tadzjikistan de grens over kwamen konden problematisch worden. Maar goed, hij was hier niet alleen naartoe gekomen om mensen te helpen, maar ook voor het avontuur.

De Harpers hadden allebei aan de Johns Hopkins-universiteit geneeskunde gestudeerd; zij verloskunde en gynaecologie, hij oftalmologie. Ze hadden elkaar tijdens hun studie ontmoet en de tijd genomen om elkaar te leren kennen op de zeldzame momenten dat er geen tentamens of ziekenhuisrondes wachtten. Zij was coschappen gaan lopen op Harvard, terwijl hij in Baltimore was gebleven. Meer dan zeshonderd kilometer bij elkaar vandaan, maar het had net zo goed zesduizend kunnen zijn. Coschappen lopen was een heel stuk zwaarder dan studeren, met weinig tijd om te slapen, laat staan om te studeren voor de regelmatige maandelijkse toetsen en casusbehandelingen, maar ze wrongen zich in allerlei bochten om elkaar minstens één keer per week een brief te schrijven, vaak na een dubbele of zelfs drievoudige dienst. Naomi had ze allemaal genummerd en in een multomap bewaard.

In bijna elke brief (behalve die waarin Monte bijzonder poëtisch en hopeloos verliefd deed) stond minimaal één opmerking over hoe graag ze op een dag iets terug wilden doen, en dat ze op medische missies wilden gaan. Hij had geen doodswens, zeker niet, maar vond wel dat het een grote zonde was om je aan het leven vast te klampen terwijl anderen leden. Zijn vrouw stond er hetzelfde in; haar levensmotto was: 'Wat zouden we allemaal kunnen doen als we niet bang zouden zijn?' Haar kinderen zeiden dat ze iemand was die alles mogelijk maakte. Ze waren geen monniken. Zij reed in een Porsche 911 Turbo Carrera en hij was bezig met het bouwen van een opzichtige Rotor X-helikopter in de werkplaats naast hun huis aan de rand van Annapolis. Maar al van jongs af aan, nog voordat ze het geluk hadden gehad om elkaar te vinden, hadden ze er allebei van gedroomd om naar andere landen te reizen en hun medische kennis te gebruiken om de minder fortuinlijken te helpen.

Nu, vijfendertig jaar, twee dochters en een kleinzoon later, reserveerden dokter Monte Harper en dokter Naomi Harper elk jaar twee maanden om hun handen uit de mouwen te steken in de armste delen van de wereld. Medische materialen en hulpmiddelen werden vaak bekostigd door schenkingen, maar de reiskosten waren voor hun eigen rekening. Ze liepen bijna tegen de zestig en waren aan de oude kant voor de ontberingen van het reizen naar plekken waar een wc een plek achter een grote steen was, en wc-papier een kleinere steen op diezelfde plek, maar ze hadden allebei al snel besloten dat ze, om met Vincent van Gogh te spreken, liever zouden sterven van passie dan van verveling.

Harper had als vrijwilliger meegedraaid in het gerenommeerde Aravind-oogziekenhuis in het zuiden van India, en onder leiding van dokter Sanduk Ruit gewerkt in het Tilganga-oogziekenhuis in Kathmandu, Nepal. En overal waar hij kwam, kregen vrouwen baby's en was er wanhopig veel behoefte aan postnatale zorg en scholing.

Critici in het ziekenhuis van Kabul hadden gezegd dat het door de geringe hoeveelheid mensen in de Wachan-corridor onwaarschijnlijk was dat de Harpers daar tijd zouden doorbrengen. Ze konden beter in de stad blijven, waar ze een vrijwel eindeloze stroom patiënten hadden en, grotendeels, werkende toiletten.

Zoals altijd luisterden ze geduldig glimlachend en deden vervolgens gewoon wat ze al die tijd al van plan waren geweest.

De reis van Kabul naar de afgelegen graslanden duurde drie dagen, per chartervliegtuig. Dan een bongotruck en de laatste dertig kilometer per jakkaravaan, richting het noorden over de nog ijzige bergpassen naar de Grote Pamir, zo'n vijftien kilometer van de grens met Tadzjikistan. Nu ze er twee weken waren, was hun reis bijna ten einde. Naomi was er wel aan toe om haar kleinzoon weer te zien, maar Monte was in een melancholieke stemming geraakt, zoals altijd als hij op het punt stond een plek te verlaten waar hij misschien nooit terug zou komen.

De operaties gingen snel, vijftien minuten als je wist wat je deed, en nog sneller onder sterielere omstandigheden zonder vliegenmeppers en paraplu's. Harper had er duizenden gedaan. Hij was net aan het afronden toen zijn vrouw de vilten flap, die als deur fungeerde, opzijhield en de joert binnenkwam. Ze was gekleed in bergsportkleding: een dik donsjack over een fleecetrui, een trekkingbroek en een wollen beanie. Ze had haar zwarte laarzen verruild voor een paar KEEN-trailrunningschoenen als ze in het kamp waren. Naomi, die ronduit klein was vergeleken bij de één meter vijfentachtig van Monte, was een tikkeltje aan de mollige kant. Hij herinnerde haar er vaak en behoorlijk serieus aan dat hij de bouw van een kleine, stevige *quarter horse* veel mooier vond dan die van een slanke Engelse volbloed, en dan mepte ze hem meestal met wat er ook maar voorhanden was.

Ze liep op haar tenen naar hem toe om te zien hoe ver hij was met de procedure, en toen ze zeker wist dat hij niet met een mes in iemands oog zat, hield ze een satelliettelefoon omhoog.

Harper verbond de patiënt, die Lalehs moeder was, en hielp haar overeind. Die arme vrouw had negen kinderen gehad en Laleh was de enige die nog leefde. Hoe tragisch de omstandigheden om hem heen ook waren, toch lachte hij onwillekeurig bij het zien van de satelliettelefoon in Naomi's hand.

'Becca?' vroeg hij met een steeds grotere grijns.

Zijn vrouw knikte en liep naar buiten. Harper gaf Laleh en haar moeder postoperatieve instructies en liep achter zijn vrouw aan de joert uit.

Nu zijn laatste operatie erop zat, haalde hij zijn horloge, een Breitling Emergency, uit zijn zak en klikte het om zijn pols. Hij had het van Naomi gekregen voor hun dertigjarige huwelijk. Hij was gewend geraakt aan het zware gewicht en voelde de afwezigheid telkens wanneer hij het afdeed voor een operatie. Het was verbijsterend duur, maar Naomi had geredeneerd dat ze naar zoveel afgelegen, gevaarlijke plekken reisden dat Monte een horloge van zestienduizend dollar met ingebouwde noodzender nodig had. Hij droeg het plichtsgetrouw en durfde haar niet te vertellen dat ze in sommige delen van de wereld zijn arm hiervoor zouden afhakken.

De mannen te paard tekenden zich af op de kronkelpaden boven het dal en kwamen langzaam dichterbij, terwijl Harper de satelliettelefoon pakte en alle nieuwtjes te horen kreeg van zijn oudste dochter, die ook oftalmoloog was en in het Wilmer Eye Institute in Baltimore werkte. Hij luisterde voornamelijk, zoals je dat deed als je in de gratie wilde blijven van een succesvolle vakvrouw van in de twintig, die zo lief was om af en toe te bellen, maar niet bijster geïnteresseerd was in iets of iemand anders dan haar eigen beslommeringen.

Harper telde veertien paarden die zich over de kronkelpaadjes een weg omlaagbaanden naar de bodem van het dal, de vilten joerten en de oude stenen veekralen van Vagd Boi. Elf van de dieren hadden ruiters, de overige drie waren pakdieren. Hij vond het al opmerkelijk dat de herders hadden kunnen zien dat de naderende mensen soldaten waren, laat staan dat ze van Chinese komaf waren… Tot hij zag dat iedere ruiter een geweer om zijn schouder had hangen.

'… pap, ben je er nog?' vroeg zijn dochter.

'Ja, ja, lieverd,' zei Harper. 'We beginnen morgen aan de reis terug naar huis.'

'Mama heeft me alles verteld. Ze was nogal pissig over de medicijnen die de arme mensen daar krijgen. Maar volgens mama hebben ze wel meer dan genoeg opium.'

Harper bestudeerde de ruiters en vroeg zich af wat ze van plan waren, maar hij zei niks.

'Sorry, pap,' zei zijn dochter. 'Gevoelloze grap.'

'Nee joh, maakt niet uit.' Hij knikte empathisch, al was zijn dochter aan de telefoon en kon ze het niet zien. 'De medicijnen die ze hier krijgen zijn waardeloos. De enige kliniek in het dal werkt zich een slag in de rondte, maar…'

'Dat zei mama ook,' beaamde Becca. 'Ga je nog steeds op het ARVO-congres in San Antonio spreken? Dokter Ryan vroeg of ik iets had gehoord.'

'Ik hoop het,' zei hij. 'De tocht hiervandaan is bergafwaarts, dus in theorie zou het sneller moeten gaan. We hopen de eerstvolgende vlucht vanuit Kabul te halen.'

'Mooi,' zei zijn dochter. 'Ik heb dokter Ryan verteld over die generieke nepmedicijnen. Zij werd er ook flink kwaad om. Ik weet bijna zeker dat haar man je erover wil spreken.'

Daardoor werd Harpers aandacht even afgeleid van de paarden. 'De verbinding valt weg,' grapte hij. 'Ik dacht even dat je zojuist zei dat de president van de Verenigde Staten me wil spreken over de slechte partij antibiotica.'

De soldaten waren nu dichterbij, op minder dan een kilometer afstand op de vlakte; ze draafden door het dal, nietig vergeleken met de puntige toppen die rondom hen verrezen. Afghaanse en Kirgizische pony's konden draven op hoogtes waar een normaal paard zou bezwijken. Het was bijna het middaguur en de herders dreven hun dieren bijeen om ze te melken. Een kudde schapen verspreidde zich bij het naderen van de soldaten; sommige renden naar de rand van een rotsachtige afrond. Een twaalfjarige jongen met de naam Shambe stak zijn wandelstok omhoog en schreeuwde iets. De dichtstbijzijnde soldaat was kennelijk niet blij met wat hij hoorde. Zijn paard steigerde, kreeg de sporen en zwenkte naar links, recht op de jongen af, alsof hij over hem heen wilde lopen.

'Wat krijgen we nou?' fluisterde Harper zacht.

'Sorry, pap,' zei zijn dochter. 'Ik versta je niet.'

'Niks, lieverd,' zei Harper afwezig en hij keek hoe het paard op de terugdeinzende jongen afstormde. 'Hé... We moeten morgenvroeg vertrekken... Ik moet ophangen.'

'Oké,' zei ze, 'mag ik mama nog e...'

Harper klapte de antenne in en stopte de telefoon in zijn achterzak, met zijn ogen gericht op het tafereel dat zich voor hem ontvouwde op het Dak van de Wereld.

31

De soldaat liet zijn paard op het laatste moment omdraaien en schopte in het voorbijgaan met zijn laars de herdersjongen in zijn gezicht. De jongen viel hard op de grond en zijn hond blafte verwoed.

Naomi maakte aanstalten om als een speer op het kind af te rennen en het te helpen, maar Harper greep de achterkant van haar donsjack beet en trok haar dicht tegen zich aan.

'Kijk,' zei hij. 'Hij staat al op.'

'Hij kan wel een hersenschudding hebben,' zei ze, huiverend ondanks haar donsjack en haar thermobroek. Ze keek kwaad naar de naderende soldaten, met de geoefende frons van iemand die puberende dochters had opgevoed.

Shambes vader en oom renden op hem af om te kijken hoe hij eraan toe was.

Harper onderdrukte de neiging om er zelf ook naartoe te rennen. 'Laat zijn familie het maar regelen. We kijken hem wel na als hij hier is.'

Door het plotselinge geweld steeg er een geroezemoes op uit de bijeengekomen menigte. Uit de joerten stroomden algauw vrouwen met kleurige rode hoofddoeken en jurken. Mannen kwamen aanlopen van hun kuddes. Binnen de kortste keren dromden er meer dan vijftig mensen om de Harpers en het dorpshoofd heen.

'Schoften,' zei Naomi met een vernietigende blik op de mannen in camouflagekleding die op en neer veerden op de rug van de slungelige bergpaarden. 'Zo moet het gevoeld hebben toen Dzjengis Khan en zijn hordes aan kwamen rijden.' Ze hield haar hoofd een beetje scheef en kneep haar ogen toe om het beter te kunnen zien. 'Wat denk jij dat die pakdieren vervoeren?'

Ali, het dorpshoofd, slaakte een diepe zucht. Hij was een van de weinigen in Vagd Boi die Engels sprak.

'Vuurwapens,' zei hij. 'Grote vuurwapens.'

Naomi draaide zich om en keek haar man recht aan. 'Waar zouden ze in hemelsnaam op moeten schieten in dit godvergeten gat? Waar denk je dat ze op uit zijn?'

'Ik heb geen idee,' zei Harper.

Ze hoefden niet lang te wachten.

Een stevige Chinese man met een donkere zonnebril op reed als eerste het dorp binnen. Zijn paard, een knokige schimmel met lange benen en een scheef Arabisch hoofd, bleef staan zodra de teugels omhoog werden gehouden, brieste en zag er dankbaar uit vanwege dit ogenblikje rust. Atletisch en blijkbaar gewend om lange tijd op een paard te zitten, ging de man soepel in de stijgbeugels staan, rekte zich uit en speurde het dorp rond voordat hij zich weer in het zadel liet zakken. Hij vouwde zijn handen om de voorboom en keek omlaag naar het eenvoudige voetvolk. Harper schatte dat hij in de vijftig was.

Ook de andere soldaten bleven op hun paard zitten. Twee van hen zagen eruit als Tadzjieken, onder wie ook degene die Shambe had geschopt. Harper moest zijn vrouw op haar arm kloppen om te voorkomen dat ze die vent naar de keel zou vliegen. Ze waren allemaal goed gekleed tegen de kou, in dikke camouflagekleurige wol en zware legerkistjes. Ze waren ieder gewapend met een geweer, maar dat lieten ze omlaaghangen alsof niemand de inspanning waard was.

De aanvoerder trok zijn wollen muts af, waardoor zijn kortgeknipte staalgrijze haar tevoorschijn kwam. Zijn gebarsten lippen waren omrand met witte zinkzalf en hij leek op een babyjak die net bij zijn moeder had gedronken. Een donkere gletsjerbril beschermde zijn ogen tegen de zon, waarvan de straling intenser was in de ijle lucht.

'Ik ben kolonel Tu Jian van het Volksbevrijdingsleger,' zei hij in vloeiend Engels. Hij knikte naar de soldaat die Shambe had geschopt. 'En dit is mijn kameraad kapitein Abdulin van de Gewapende Strijdmachten van de republiek Tadzjikistan.'

Aangezien de kolonel Engels sprak, richtte Harper zich rechtstreeks tot hem.

'Kolonel,' zei hij. 'Wat brengt u naar Afghanistan?'

'Ik kom hier als gast van kapitein Abdulin,' zei hij zonder een spoor van ironie.

Harper trok behoedzaam zijn wenkbrauwen op naar de andere gewapende mannen. 'En al die soldaten?'

Kolonel Tu glimlachte gracieus. 'Die horen bij mij.'

Naomi snoof. 'Gasten van gasten horen geen gasten uit te nodigen. Vertelt u me liever waarom kapitein Laars Tegen Hoofd dat kind zo nodig moest schoppen.'

'Dat zijn kapitein Abdulins zaken. Niet de mijne.'

'Onzin!' zei Naomi. 'Dit zijn vredelievende mensen. Ze verdienen...'

Kolonel Tu gooide zijn hoofd achterover en lachte. 'Helaas krijgen we niet allemaal wat we verdienen.'

'U meent het,' zei Naomi.

De glimlach gleed van Tu's verweerde gezicht. 'Zijn jullie die Amerikanen? De Harpers?'

Montes hart sloeg een slag over. Naomi kneep in zijn hand. Hun humanitaire missie was in alle kranten en online te vinden, dus het was geen verrassing dat deze man wist hoe ze heetten. Het ging om de manier waarop hij het zei. Formeel. Als een proclamatie.

'Dat klopt,' zei Harper. 'Komt u hier voor een medische behandeling?'

Kolonel Tu schudde langzaam zijn hoofd, alsof hij het tegen een klein kind had. 'Welnee. Ik kom hier om jullie te beschermen.'

'Waartegen?' vroeg Naomi ademloos, en ze bibberde zo hevig dat het nylon van haar jack leek te fluisteren.

'Tegen de mensen die niet blij zijn met Amerikaanse spionnen die zich voordoen als artsen.'

32

Japanse werknemers bleven meestal tot laat op kantoor, waardoor het drukste deel van de spits pas later op de avond was. De trein was weliswaar ongelofelijk vol, maar er waren nog geen spoorwegmedewerkers met witte handschoenen die hielpen de mensen in de wagons te duwen. Adara hing met haar goede arm aan een plastic ring en negeerde de Japanners die tegen haar heup gedrukt stonden tijdens een snelle metrorit van vier minuten in de Yamanote-lijn van Station Tokyo naar Akihabara, waar Yukiko Monzaki per se met hen had willen afspreken. Het team ging op straatniveau op in een krioelende menigte van mensen, zowel toeristen als lokale inwoners, die hier kwamen om deel uit te maken van het wonder dat door veel mensen Electric Town werd genoemd.

Adara en Jack bleven naast elkaar lopen, terwijl Midas op een afstandje achter hen bleef dralen en voor contrasurveillance zorgde. Ze hielden contact via hun telefoons en oortjes.

Ongedurig gekreun van honderden gamers, die schouder aan schouder voor hun videomachines in de vorm van snoepdozen zaten, klonk over de stoep zodra er weer een matglazen deur van een van de goktenten openzwaaide om een nieuwe klant binnen te laten. Het geluid werd vermengd met het voortdurende metalige gerinkel van *pachinko*-machines, dat overal en nergens vandaan kwam. Door de heerlijke streetfoodgeuren, zoals *takoyaki* (inktvisballetjes in een deegkorst), ramen en yakitori, liep het water Adara in de mond. De eerdere adrenalinestoot had haar algehele vermoeidheid alleen maar verergerd, zodat ze nu half uitgehongerd als een zombie rondliep.

De jaap in haar gezicht was diep maar recht, en had niets anders nodig dan een pijnlijke schoonmaakbeurt, wat ontsmettingsmiddel en superlijm. De wonden aan haar arm waren problematischer. Ze had ze eigenlijk door iemand anders moeten laten hechten; het binnenste gedeelte had verzorging nodig waarvoor ze geen tijd had. Uiteindelijk had ze alles zo goed mogelijk schoongemaakt, het doordrenkt met Betadine en het ook maar dichtgemaakt met superlijm. Een paar verbandgaasjes en wat hechtpleisters moesten voorlopig voldoende zijn. Het werd een beetje dik, maar ze kon haar vingers nog grotendeels bewegen.

Ze troostte zichzelf met de gedachte dat ze in elk geval een geweldig cool litteken op haar wang zou hebben. Er was niks met haar aan de hand wat niet kon worden opgelost met zes of zeven uur slaap; maar wanneer zou dat ooit gebeuren?

Niettemin was dit een fantastische plek die ze nooit zat werd. Overal was neonlicht, zelfs vroeg op de avond, waardoor de brede voetgangersstraten je het gevoel gaven dat je in een casino in Las Vegas was; alleen was de blauwe lucht boven deze opzichtige, torenhoge gebouwen hier echt. Het was een hotspot voor wat de Japanners de *otaku*-cultuur noemden: mensen met interesses waar ze helemaal door in beslag werden genomen, zoals anime, manga en cosplay. Gekostumeerde spelers stonden voor bedrijven met ondoorschijnende ramen flyers uit te delen en voorbijgangers over te halen om naar binnen te gaan. Ongeveer de helft van hen was gekleed als het fantasiebeeld dat een jongen van vijftien had van een Franse dienstmeid. Sommigen hadden dierenoren aan hun kostuum toegevoegd.

'Alles hier om me heen is een transformerende robot, een dienstmeid of een transformerende robotdienstmeid,' mompelde Midas door de telefoon. 'Japanse mannen zijn echt kierewiet.'

'Dat is hilarisch,' zei Adara. 'Mannen… wat zeg ik, ménsen zijn kierewiet, waar je ook komt. Mensen hier zijn gewoon bereid het gordijn iets verder open te trekken zodat we allemaal naar binnen kunnen gluren.'

'Begrijp me niet verkeerd,' bromde Midas. 'Wie van ons is niet minstens één keer in zijn leven opgewonden geraakt door een sexy robotdienstmeid?'

Jack keek op de bewegende plattegrond op zijn telefoon, liet hem aan Adara zien en gebaarde naar een schaduwrijke doorgang naast een *maid café* dat baadde in een neonroze gloed. Op het houten bordje dat op de metalen deur geschroefd was, stond in Japans schrift SUGIYAMA.

'Hier is het,' bevestigde Jack. 'Yuki zei dat we zodra we er waren een berichtje moesten sturen en dan naar boven moesten komen.'

'Ik blijf wel op de begane grond,' zei Midas. 'Met al mijn nieuwe robotvrienden...'

'Gedraag je,' waarschuwde Adara en ze liep achter Jack aan door de deur.

Ze werden meteen overspoeld door een daverend kabaal van dreunen en stoten. Adara herkende het lawaai onmiddellijk als het geluid van een dojo. De mensen boven waren de eeuwenoude krijgskunst kendo aan het beoefenen: elkaar aanvallen en op het hoofd en de borst raken met bamboe zwaarden die *shinai* heetten. Adara had een paar lessen gevolgd bij een sensei in Alexandria en vond het een stimulerende ervaring. Er kwam heel wat strategie bij kijken, en er werden punten gegeven voor agressie, want dat was, zoals ze uit ervaring wist, cruciaal in een echt gevecht.

Zoals hem was geïnstrueerd stuurde Jack een berichtje aan Yuki om haar te laten weten dat ze er waren, waarna ze de trap op liepen.

Ze werden verwelkomd door de warme, klamme lucht van een actieve sportzaal, een plek waar lijven bewogen, zweetten en soms ook bloedden. De dojo was relatief groot en besloeg de hele verdieping van het gebouw waarin op de begane grond het maid café was gevestigd. Boven de dojo bevonden zich een pachinkozaaltje en nog wat andere bedrijfjes zonder opschrift, die bereikbaar waren via een trap vanuit het café. Het was de ideale plek voor iemand van de Public Security Intelligence Agency die kendo wilde beoefenen zonder te worden geassocieerd met de politie.

'Daar is ze,' zei Adara, die haar hoofd boog naar een knappe Japanse vrouw in de verste hoek, onder een muur met gekalligrafeerde perkamentrollen en een rek met houten zwaarden.

Net als de andere twintig *kendōka* in de trainingszaal was Yukiko gekleed in een soepele blauwe *hakama*-broekrok en droeg ze armbeschermers en een gelakte borstbeschermer. Om haar hoofd had ze een blauwe doek gewikkeld, de zogenoemde *tenugui*, die haar schouderlange haar uit haar gezicht hield en haar schedel beschermde tegen de helm die ze zojuist had afgezet en nu onder haar arm droeg. In haar andere hand had ze de bamboe shinai.

De welwillende glimlach die ze Adara schonk verflauwde toen ze haar ogen op Jack richtte; ze liep met grote passen op hem af, waarbij haar blote voeten stevig op de houten vloer bonkten en de volumineuze broekrok steeds een zoevend geluid maakte. De outfit en haar houding deden griezelig veel aan Darth Vader denken.

Adara gaf Jack een speels elleboogje. 'Ik denk dat ze je hierheen wilde laten komen om je met die stok een pak rammel te geven.'

'Weten we zeker dat ik niet dood ben?' gromde Jack. 'Dit lijkt verdacht veel op de hel.'

Yuki bleef staan toen ze bij hen aankwam, lachte breeduit naar Adara en boog voorover alsof ze een tegenstander begroette tijdens een kendogevecht. 'Fijn om jullie te zien. Allebei.' En tegen Jack: 'Je zei dat je mijn hulp nodig had, na al die maanden.'

'Dat klopt,' zei Jack met een knikje, en hij hakkelde een beetje; een kant van de gladde John Patrick Ryan junior, waarvan Adara vermoedde dat maar weinig mensen hem zagen. 'Ja. We... We denken dat een gesprek... eh, wederzijds gunstig zou kunnen zijn...'

'Heb je ooit met een shinai gevochten?' vroeg Yuki. Ze hield het bamboe zwaard omhoog en tikte het achterwaarts tegen haar eigen schouder.

'Weleens,' zei Jack. 'Dacht ik.'

'Misschien moeten we een rondje doen, jij en ik, Jack-san,' zei Yuki. 'Hoe zeggen jullie dat in Amerika? For old times' sake... Net als vroeger.'

'Yuki...'

'O, kom op, dat is toch leuk.' Ze wuifde zijn bezwaren weg. 'Het pad van het zwaard is een geweldige manier om elkaar weer te leren kennen: voetenwerk, het gevoel van allesoverheersende chaos tijdens een gewelddadige aanval... Maak je geen zorgen om je uitrusting. Mijn vriend, Jiro-kun, gaat zo naar huis. Hij is niet zo lang als jij, maar zijn harnas moet je wel passen. Ik weet zeker dat hij het niet erg vindt als je het leent. En je mag een van mijn zwaarden gebruiken.'

Jack wierp Adara een blik toe. 'We moeten echt iets belangrijks met je bespreken.'

'Dat geloof ik meteen.' Yukiko knikte hem langzaam toe. 'Het is heel lang geleden dat we elkaar gesproken hebben.'

'Inderdaad,' zei Jack. 'En dat spijt me.'

Ze wuifde hem weg, nu grijnzend, terwijl ze een lach onderdrukte. 'Ik maak maar een grapje, Jack. Hoe zeggen ze dat ook alweer? Het moet van twee kanten komen.' Ze tikte hem lichtjes op zijn voorhoofd met de punt van haar bamboe zwaard. 'Ik had jou ook kunnen bellen, maar het werd heel druk op mijn werk. Adara-chan weet wel waar ik het over heb. We zijn *nito-onna*, zij en ik, vrouwen die door hun carrière weinig tijd hebben om bloesjes te strijken. Of om een relatie te onderhouden.'

Jack slaakte een ingehouden zucht. 'Ja,' zei hij, nog steeds stamelend. 'Ja, ik had ook moeten bellen.'

'Kunnen we hier ergens ongestoord praten?' vroeg Adara. Het was leuk om Ryan zo te zien worstelen, maar ze begon steeds meer in te zakken, of haar bloesje nu gestreken was of niet.

'Natuurlijk,' zei Yukiko. 'Ik mag af en toe het kantoor van de sensei gebruiken voor belangrijke zaken.'

Ze ging hun voor naar een krap privékantoor dat niet veel groter was dan een bezemkast en volgestouwd stond met houten zwaarden en onderdelen van kendo-uitrustingen. Deze sensei vond het duidelijk leuker om tijd met zijn leerlingen door te brengen op de dojovloer dan weggestopt in een kantoor te zitten.

Haar gezicht betrok toen Jack haar snel op de hoogte bracht van wat er in de hackersruimte was gebeurd. 'De CIA is er al bij betrokken,' zei ze, zich volkomen bewust van de zaak. 'Ik neem aan dat ze weten dat jullie die mannen vermoord hebben.'

'De mensen die het moeten weten, weten het,' zei Adara.

Jack en zij maakten zich geen van beiden echt zorgen dat Yukiko hen zou aangeven. Ze hadden elkaar voor het eerst ontmoet bij een operatie in Buenos Aires, waar de Japanse agente vlak voor de neus van de Argentijnse politie een kogel door het hoofd van een Paraguayaanse terrorist had gejaagd.

'Heb jij die twee dode mannen gezien?' vroeg Jack.

Yukiko schudde haar hoofd. 'Er was een vertegenwoordiger van mijn inlichtingendienst ter plaatse,' zei ze. 'Maar de Tokyo Metropolitan Police handelt het af. Hun afdeling cybercrimes kijkt naar de hardware.' Met toegeknepen ogen nam ze Jack van top tot teen op. 'Ik heb gehoord dat er iets lijkt te ontbreken. Kan ik ervan uitgaan dat jullie dat hebben?'

'Ja,' zei Adara. 'Zou je misschien even naar twee foto's willen kijken?'

Jack gaf Yukiko zijn telefoon.

Ze scrolde door de foto's en veegde ze heen en weer. 'Die kale herken ik niet,' zei ze. 'Maar deze...' Ze draaide de telefoon naar Jack en Adara toe en liet de foto van de Japanse man zien. 'Zijn naam is Wada, een voormalig lid van de Japanse Special Forces Group, eerste compagnie, vierde peloton, gespecialiseerd in oorlogsvoering in verstedelijkte gebieden. Ze denken dat hij een Koreaanse vrouw heeft gewurgd toen ze het appartement naast dat van hem aan het schoonmaken was.'

Adara onderdrukte een geeuw. 'Het lijkt erop dat je heel veel informatie hebt over een man die wordt verdacht van moord.'

'Klopt,' zei Yukiko. 'Moord behoort in de regel niet tot mijn werkgebied. De moord is nooit bewezen, maar de soldaten in Wada's peloton vertrouwden hem kennelijk niet meer en hebben hem eruit gewerkt. Maar door wat hij na die vermeende moord deed, trok hij onze aandacht. Hij kwam pas een maand of vijf geleden bij ons in beeld in verband met de gecoördineerde moord op een Australische diplomaat en zes mensen uit diens gevolg, onder wie twee Japanse gidsen, tijdens een congres in Sapporo. De moordpartij werd uitgevoerd door een klein team van huurmoordenaars. Eerst dachten we dat de moorden het werk waren van statelijke actoren, China of Noord-Korea misschien, maar nu denken we dat ze iets te maken hadden met bepaalde beslissingen rondom rundvleesimport. We weten dat Wada een week voor de moorden naar Hokkaido, de prefectuur waar Sapporo de hoofdstad van is, is gevlogen en dat hij de dagen daarna op verschillende bewakingsbeelden is opgedoken. Ik zal moeten nagaan of die andere man daar ook was.'

'Rundvlees...' zei Adara. 'Dus die Aussie is vermoord vanwege vlees?'

'Dat denken we, ja,' antwoordde Yukiko. 'Vijf miljard dollar aan rundvlees.'

'Dat is genoeg om een moordteam in te huren,' merkte Jack op.

'Een extreem goedgetraind team,' vulde Yukiko aan. 'Ze waren uitgerust met zeer geavanceerde wapens en de nieuwste technologie. Sluipschutters, drones, stoorzenders om de lokale politiecommunicatie uit te schakelen. Getuigen ter plaatse hebben allemaal een versie van hetzelfde verhaal gemeld. Die moordenaars zijn heel soepel te werk gegaan. Een plaatselijke winkelier beschreef het "als een dans". Een Amerikaanse marinepiloot die op vakantie was in Atsugi zei dat het eruitzag alsof de moordenaars "er lol in hadden".' Ze trok haar tenugui-sjaal van haar hoofd en schudde haar vochtige lokken van ebbenzwart haar uit, die bijna op haar schouders hingen.

Ze had dan misschien geen tijd om bloesjes te strijken, dacht Adara, maar voor een geweldig kapsel trok Yukiko absoluut een paar minuten uit. Ook Jack merkte het op, en hij maakte dat kleine zuchtgeluidje dat mannen onwillekeurig laten horen als een vrouw haar haar uitschudt.

'Ik weet niet of het helpt,' zei Yuki. 'Maar ik heb signalen uitgezet voor de paspoorten van Wada en de bij ons bekende aliassen. We weten dat hij in de afgelopen vier maanden minstens drie keer naar India is gereisd. De laatste keer was nog maar drie weken geleden.'

'India,' zei Ryan. 'Stuur je daar onderzoekers naartoe om het na te trekken?'

'Dat weet ik niet,' zei Yukiko. 'Ik wist niet dat Wada erbij betrokken was tot jullie me deze foto lieten zien. Ik denk dat we uiteindelijk wel iemand sturen als de cybereenheid het onderzoek heeft afgerond. We zouden nooit rechercheurs zo ver weg sturen om alleen die moorden te onderzoeken.'

'Weet je waar hij naartoe is gegaan toen hij daar was?' vroeg Adara.

'We weten dat hij met Qatar Airways van Narita naar Kempegowda International is gevlogen, met een tussenstop van een nacht in Doha.'

Adara wierp Jack een blik toe. 'Kempegowda?'

'In de regio Bangalore,' zei Yukiko. 'In het zuiden.'

'Maar verder niks?' vroeg Jack.

'Het spijt me,' zei ze. 'Nee. Misschien heeft de CIA meer informatie.'

'Misschien,' zei Adara. Ze zei het niet waar Yukiko bij was, maar ze wist wat dit betekende en ze kreunde inwendig. Jippie. Nog een keer in het vliegtuig.

Yukiko keek over haar schouder om zich ervan te vergewissen dat de deur dicht was. Ze dempte haar stem, al waren ze duidelijk alleen.

'Ik zou hier niet met buitenlandse agenten over moeten praten,' zei ze. 'Maar ik vind dat ik het moet vragen… for old times' sake. Hebben jullie ooit van een groep gehoord die zichzelf de Camarilla noemt?'

Alle teamleden gingen afzonderlijk terug naar het Marriott. Uit gewoonte en vanwege het Operations Security-protocol maakten ze een uur lang allerlei omwegen met de metro, liepen rondjes en hielden elkaar in de gaten terwijl ze vele straten afwerkten en onderweg bij allerlei buurtwinkels binnengingen. Jack liet weten dat hij een tentje was tegengekomen waar ze Takarabuneya-eclairs verkochten en bood aan voor iedereen er een paar mee te nemen. De koekjes met drie roomlagen waren volgens Adara de verrukkelijkste eclairs op aarde, maar haar maag was nog steeds opstandig, dus ze sloeg het aanbod af.

Midas had Chavez al ingelicht tegen de tijd dat ze het hotel hadden bereikt en zijn kamer binnenkwamen nadat ze de sleutelkaart in een gleuf bij de deur hadden gestoken zodat alle lichten en airco werkten.

'Zeg maar niks,' zei Adara. 'We pakken over tien minuten een vlucht naar India.' Ze liet zich op een van de piepkleine stoeltjes bij de kleine tweepersoonshoektafel vallen en keek uit het raam naar een man met een karretje, die zoete aardappelen verkocht die hij boven een vuurtje roosterde.

'Min of meer,' zei Midas. Hij krabde aan zijn baard en bewoog zijn kaak heen en weer van vermoeidheid. 'Gaat het wel, meid?'

Hij was volkomen ernstig en heel lief. 'Het gaat prima,' zei ze. 'Ik ben alleen uitgeput. En waarschijnlijk heb ik een of ander virus opgelopen. Je weet hoe dat gaat. We pikken altijd snel iets op door al dat reizen en niet slapen.' Ze schudde het van zich af. 'Maar goed, we gaan dus naar India?'

Jack vroeg voor de zekerheid of ze niet toch een eclair wilde.

Dat was wel heel verleidelijk, dus pakte ze er een en nam een hapje. Net zo verrukkelijk als ze zich herinnerde.

'Ding wil dat we naar India gaan,' zei Midas. 'Ze zijn aan hun kant ook met iets bezig. We moeten de computerhardware aan het afdelingshoofd van de inlichtingendienst hier in Tokyo geven en Foleys naam noemen om te voorkomen dat we worden opgepakt en verhoord.'

'India.' Adara likte de chocola van haar vingers en pakte haar telefoon. 'Ik zoek wel wat vluchten. Joepie. Weer twintig uur in een vliegtuig.'

'Dat is de verrassing,' zei Midas. 'Helen en Country zijn al onderweg om ons op te pikken. Clark wilde dat we klaar zouden zijn om op te springen als dat nodig was.'

Adara wapperde met haar hand voor haar gezicht alsof ze haar tranen probeerde tegen te houden, en het was maar half een grapje. 'Dus gaan we met de G5?'

'Yep.'

'Wanneer?'

'Wij zijn de enigen, dus ze hebben plek. Helen zorgt ervoor dat ze door het reserveteam worden overgevlogen, dus ze kunnen aan de slag zodra ze er zijn. Komt eraan over…' Hij keek op zijn horloge. 'Vijftien uur.'

'Vijftien?'

Hij knikte. 'De snelste commerciële vlucht gaat over twintig uur en die vertrekt pas morgen halverwege de middag. Zelfs als we op de Gulfstream moeten wachten, zijn we nog eerder.'

33

Leo Debs had ergens gelezen dat de gemiddelde persoon tijdens het slapen iets van zeven spinnen per jaar opat. De geel-zwarte wielwebspin die zich tussen de dakrand en de bovenhoek van de keukenhordeur had gepositioneerd was bijna net zo groot als zijn hand en zou een hele maaltijd geweest zijn. Het was bijna drie uur 's nachts, en iedereen lag te slapen, behalve Debs en de beestjes.

De aangename geur van Hoppes No. 9-wapenolie vermengde zich met het aroma van alcohol en sigarenrook in het oude ranchhuis. Aan de ruwe cederhouten wand achter Debs hing een oude lasso, zwart geworden door de vele keren dat hij om een zadelknop was getrokken toen hij nog door een echte cowboy werd geworpen. Boven het touw hing een kleurenfoto van iemands prijswinnende Hereford-stier. Bijna elke centimeter van de muur hing vol met boerenprullaria: een houten vitrine met een stuk of tien verschillende soorten prikkeldraad, een jachtgeweer met een afgesloten loop en oude metalen Coca-Cola-reclamebordjes met mooie vrouwen die paardreden. Craig Taylor noemde het thema 'barbecue begin twintigste eeuw' en het was een opperbeste plek om een ontvoering te plannen.

Het huis was gebouwd als boerenranch, met twee badkamers, vier gewone slaapkamers en een groot slaapgedeelte aan de achterkant van de ruime boerenkeuken. Iedereen was het gewend om op de grond te slapen in de schaduw van een Stryker of Humvee. Katoenen lakens en echte matrassen waren een onvoorstelbare luxe.

Bijna alle mannen hadden op enig moment in hun leven hun neus gebroken, soms zelfs meer dan eens, en de muren trilden door de kettingzaagachtige snurkgeluiden.

Statistisch gezien zou het best weleens kunnen zijn dat minstens een van hen een spin aan het eten was.

Een Secret Service-agent uit Houston had een keer tegen Debs gezegd dat alles in de bossen van Texas steekt, stinkt of schrijnt, en op de afgelegen ranch even buiten Abilene had Debs gemerkt dat dat maar al te waar was. Doornige mesquite, cactussen, pofadders, hoornaars, vuurmieren, stinkdieren, allerlei giftige slangen: het leek hier wel een metafoor voor de mannen van de Camarilla.

Het licht door het keukenraam trok een enorme hoeveelheid insecten naar de oude veranda. De insectendoder die aan de buitenpaal hing maakte overuren met het elektrocuteren van muggen en nachtvlinders, maar er waren er nog meer dan genoeg over voor de *Argiope aurantia*-spin.

Debs kon bijna de stem van David Attenborough horen toen er een nietsvermoedende krekel trappelend en krijsend in het web belandde. (Hoe zou het diertje niet kunnen krijsen nu de Argiope aurantia met haar glanzende zwarte tanden en haar lange, dolkachtige poten het grote web liet golven alsof ze enorm veel lol had?) Nadat ze het web zo had bewogen dat de krekel helemaal verstrikt was, kroop de grote spin snel over de zijden draden en gebruikte haar tanden uiterst effectief, waarna ze haar maaltje snel begroef in een laagje kleverige zijde dat ze uit haar buik liet schieten.

Wat een geduld. Wat een precisie.

Leo Debs stond alleen als het op geduld aankwam. Operaties als NIGHTINGALE vergden zorgvuldige planning, of hij nu het rekensommetje moest maken om van een onmogelijke afstand raak te schieten met zijn .300 Winchester Magnum of beslissingen moest nemen over het aantal explosieve ladingen, de wapenrusting en de vluchtroute die nodig waren om de first lady van de Verenigde Staten te ontvoeren.

Eerlijk gezegd had de aanblik van Vetters slecht georganiseerde plan met die gepantserde wagen hem de stuipen op het lijf gejaagd. Het waren de kleine details die je opbraken. Iedereen die met persoonsbeveiliging te maken had, wist stiekem best hoe de vork in de steel zat: de voornaamste reden dat beveiligingsteams het er goed van afbrachten was dat er maar heel weinig mensen waren die hen op de proef stelden. Secret Service-agenten waren ook maar mensen van vlees en bloed, die makkelijk konden worden afgemaakt. Toch had Debs lang genoeg met ze getraind om te weten dat ze extreem goed waren in hun werk. Daarbij leek de first lady ook nog eens heel aardig, wat zou kunnen betekenen dat haar beveiligers niet alleen professioneel waren, maar ook nog eens heel fanatiek.

Hij bestudeerde de kaarten en de maquettes. Bij deze missie mocht geen enkel detail aan zijn aandacht ontsnappen.

Debs boog zich over de keukentafel en bestudeerde kaarten en op zijn laptop, met behulp van Google Street View, een klein gedeelte van de San Antonio River Walk. Maar hij vertrouwde vooral op de tekeningen die hij zelf had gemaakt tijdens zijn drie verkenningstrips.

De eerste trip was noodzakelijk geweest voor het maken van het plan. De tweede en de derde keer had hij de nodige hardware geïnstalleerd. Secret Service-agenten hadden een eerste verkenning uitgevoerd in de omgeving, maar zouden later terugkomen met explosievenhonden en metaaldetectors. Rondom de plek van het evenement was de rivier relatief ondiep, nog geen meter diep, maar Debs wist zeker dat ze duikers zouden inzetten om naar IED's te zoeken. Hij had andere plannen.

De logistiek voor zo'n precisieactie was gecompliceerd.

In films was nooit iemand aan de schijterij door een slechte taco, en niemand had ooit hevige spierpijn door te veel sporten. In de films namen een stuk of wat huurmoordenaars, altijd gekleed in een soort ninja-achtig uniform of op zijn minst een zwart T-shirt, een berg geweren mee en voerden elke klus uit waar ze maar voor betaald werden. Die fictieve soldaten hielden de trekker van hun SMG zo lang ingedrukt dat de loop in het echte leven allang in de fik zou zijn gevlogen. De vuursnelheid van de FN P90's die Debs voor NIGHTINGALE had gekozen was zo'n duizend schoten per minuut. Dat betekende dat je een magazijn met vijftig patronen in minder dan vier seconden kon leegschieten. De 5,7x28mm-patronen waren klein en relatief licht voor munitie, maar ze kwamen niet in onbeperkte hoeveelheden uit de lucht vallen, vooral niet als alles naar de kloten ging. Iemand moest die munitie bestellen, de levering aannemen, het spul onder de teamleden verdelen en voldoende achterhouden voor de daadwerkelijke missie. Voor NIGHTINGALE was het aan Leo Debs om die taak op zich te nemen.

De Secret Service zou SIG's, Glocks, MP5's, MP7's, Remington-jachtgeweren, sluipschuttersgeweren, helikopters, gevechtsvliegtuigen en waarschijnlijk ook stoorzenders gebruiken. De Camarilla-agenten zouden, als alles volgens plan verliep, slechts beschikken over kleine wapens en een paar explosieven. Als de Secret Service stoorzenders zou gebruiken, zou de radiocommunicatie daardoor belemmerd worden.

Gelukkig hadden ze het over de first lady en niet over de grote man zelf. Debs had ook voor dat scenario de logistieke details uitgewerkt, voor het geval de president had besloten zijn vrouw te vergezellen. Hem doden zou mogelijk zijn, maar ontvoeren was geen optie, en bovendien zou de Camarilla meer dan vijftig procent van het personeel verliezen.

Debs bewoog zijn vulpotlood langs de route, vanaf het congrescentrum waar Cathy Ryan haar speech zou geven naar de tuin op de rivieroever waar ze zou komen opdraven voor de onthulling van het gedenkteken; de plek waar de dominosteentjes zouden omvallen. De kans bestond dat hij mensen zou kwijtraken tijdens deze reis. Dat was altijd een risico: door een politieagent die anders dan anders reageerde, of een soldaat die moest pissen en daardoor op het verkeerde moment op de juiste plek was... Of door een kapotte schoenveter of een wapen dat bleef steken. Ze wisten allemaal dat dat mogelijk was als ze in actie kwamen. Sommigen van hen, of eigenlijk de meesten, leefden voor die kick. Leven zonder risico was als pokeren zonder inzet; zo saai als de pest.

Desondanks namen Debs en de anderen elke eventuele situatie die ze maar konden bedenken door om de kans op hun eigen overleving te vergroten. Hoe meer Secret Service-agenten zouden omkomen, des te meer van hun eigen mensen zouden blijven leven. Het was een simpel rekensommetje. Soms was het nu eenmaal zo. Net als in een oorlog. Jezus, als dit geen oorlog was, wist hij het ook niet meer. Hij had genoeg oorlogen meegemaakt...

Debs, die zesendertig was, had een groot deel van zijn leven doorgebracht op door oorlog verscheurde rotplekken, te beginnen met zijn moeders sociale huurflat in Grimsby. Haar slaapkamer had een draaideur voor inwonende vriendjes. Voor zover Leo wist, was geen van die mannen zijn vader, of in elk geval behandelde geen van hen hem als een zoon. Het grootste gedeelte van zijn jeugd had zijn moeder altijd wel een afgebroken tand of op zijn minst een blauw oog. Hij wilde haar beschermen, maar daar moest ze niks van hebben. Mannen betaalden de rekeningen, zei ze, en in ruil daarvoor hoorde een beetje ruw gedrag er nu eenmaal bij. Op zijn elfde had Leo een wijd trainingspak gekocht en trok hij op met een stel andere ontaarde jongens, met wie hij snoep of tijdschriften jatte terwijl hij hoopte dat hij niet zou worden gepakt door de politie. En toen trok Elliott bij hen in. Een klootzak van de bovenste plank, maar op de zeldzame momenten dat hij nuchter was, deed hij net of hij de baas in huis was, tot grote frustratie van Leo.

Elliott had een heleboel tattoos, allemaal verborgen onder zijn overhemd, dat hij uittrok zodra hij de deur door kwam, ongeacht of hij dronken of nuchter was. Het waren voornamelijk Latijnse uitspraken, zoals memento mori, of *aut neca aut necare* op zijn schouders; de minst pijnlijke en dus ook minst stoere plek om een tatoeage te hebben, volgens Leo's vrienden. Maar er was er eentje, een omgekeerd zwaard omringd door vlammen, met de tekst *Who Dares Wins* vlak boven zijn linkertepel. Het wapen van de Special Air Service.

Leo was wel twee minuten onder de indruk geweest. Welke jongen zou in zijn plaats niet verrukt zijn geweest als hij zag dat zijn moeder het bed deelde met een vent van de elite-eenheid der elite-eenheden, de Britse SAS? Maar Elliott loog de hele boel bij elkaar. Hij zorgde er wel voor dat hij nooit ronduit zei dat hij echt bij de SAS had gezeten, of zelfs in het leger; hij sprak alleen in algemene termen over de tijd dat hij 'had gediend'. Hij hield zijn inktplaatjes angstvallig bedekt als hij buitenshuis was. Wat Leo betrof kon dat dienen van Elliott net zo goed verwijzen naar een baantje als ober.

Toch had Elliott op een avond de levensloop van de jonge Leo veranderd. Terwijl hij zijn strijdlustige tattoos en uitgezakte mannentieten alle vrijheid gaf tijdens een potje kaarten, deed hij net of ze een gezinnetje waren. Het had heel gezellig kunnen zijn, als de rechterarm van Leo's moeder niet in een mitella had gezeten.

Leo was net aan het uitvogelen hoe hij die vent kon vermoorden met een aardappelschilmesje, toen hij Elliott hoorde orakelen over het feit dat een jongen van twaalf in Engeland te jong werd geacht om een krantenwijk te nemen, maar op zijn zestiende wel het leger in mocht.

Het idee om de wapens op te pakken voor koningin en vaderland zette zich vast in Leo's vruchtbare geest, en tegelijkertijd behoedde het Elliott voor een aardappelschilmesje in zijn nek. Vooralsnog.

Leo begon aan zijn aanmeldingstraject bij het leger toen hij vijftien jaar en zeven maanden oud was. Voor zijn achttiende moest hij toestemming krijgen om er zich echt bij aan te sluiten, maar zijn moeder, die schat, besefte dat hij beter in het leger kon gaan dan in de gevangenis belanden, of nog erger. Op zijn zestiende verjaardag, het moment waarop het Britse leger hem aannam, stak Leo zijn rechterhand in de lucht en werd soldaat Debs.

Leo, die zo intelligent was dat officieren zich afvroegen waarom hij niet was gaan studeren, en zo agressief dat zijn sergeanten blij waren dat hij dat niet had gedaan, bloeide op in de gestructureerde omgeving van regels, rivaliteit en kameraadschap. Na drie jaar meldde hij zich aan bij de Special Air Service, de SAS-elite. Een van zijn pelotonkameraden, een uit de kluiten gewassen Schot met de naam McLaren, had zich ook aangemeld en ging met Leo meer naar Stirling Lines in Hereford voor de selectie.

McLaren brak zijn enkel tijdens de beruchte *Fan Dance*, een mars van vierentwintig kilometer met zware bepakking, in de ruige Brecon Beacons in Wales. Debs rondde de hele mikmak af, ook het gedeelte waarbij hij tijdens de zogenoemde 'tactische ondervragingsfase' urenlang werd opgesloten in een piepklein hondenhok.

Op zijn twintigste had hij zijn zandkleurige baret met de omgekeerde Excalibur verdiend en werd hij militair in het D Squadron. Door zijn onverstoorbare houding en uitmuntende schietvaardigheid werd hij uiteindelijk geselecteerd als de topscherpschutter van het hele eskader en misschien wel van het hele korps.

Twee jaar later kwam Debs het oude vriendje van zijn moeder, Elliott, tegen in een pub. De mouwen van zijn overhemd waren opgerold, zodat zijn Latijnse strijdtattoos te zien waren. Debs begroette hem, dacht weer aan de gebroken tanden van zijn moeder en vertelde terloops aan zijn legerkameraden dat er nog een andere tatoeage was die ze misschien wel wilden zien.

Elliott huilde ter plekke tranen met tuiten en beloofde dat hij de gewraakte tattoo zou laten weghalen.

Debs en zijn maten sleurden het jankende stuk stront toch mee naar buiten en schrobden dat wat niet van hem was van hem af met behulp van natte vaatdoekjes uit de bar en een hele pot grof zout. Het was zonder twijfel goed wat ze deden, en het versterkte de band tussen hem en zijn maten.

Debs kwam voor het eerst in actie in Kasjmir, waar hij India adviseerde bij schermutselingen tussen Pakistan en China. Daarna volgden uitzendingen naar Libië en Bagdad, als onderdeel van de Task Force Black. Ver van zijn oude vrienden in Grimsby, die waarschijnlijk nog steeds snoep en pornoblaadjes jatten, leidde hij nu een leven dat de moeite waard was, in een broederschap, een familie.

Er kwam een meisje in beeld op precies het juiste moment, waardoor hij zijn persoonlijke loopbaan in twijfel trok. Debs was achtentwintig en in de bloei van zijn leven. Hij had twaalf jaar militaire ervaring, een universitaire graad, een borst vol lintjes en meer avonturen dan de meeste mannen in Engeland in vijf levens zouden beleven.

Maar het meisje wilde dat hij thuisbleef en niet 'van hot naar her zwierf om andermans oorlogen uit te vechten'. Op de een of andere manier wist ze hem met betoverende vrouwelijke charmes over te halen om zijn kameraden, de mannen met wie hij samen tot bloedens toe had gevochten, in de steek te laten en te solliciteren naar een baan bij de Metropolitan Police. Haar vader was hoofdcommissaris bij de RASP, *Royalty and Specialist Protection*, en was verantwoordelijk voor de beveiliging van leden van het koninklijk huis en de premier, naast nog wat andere hotemetoten.

Een overhaast huwelijk en twee miskramen later was de familie Debs vastgelopen. Leo's carrière liep daarentegen als een speer, en via zijn schoonvader klom hij al snel op als beveiliger van Britse hoogwaardigheidsbekleders. Zijn tijd in het Specialist Training Centre in Kent was opwindend genoeg om zijn belangstelling vast te houden: veel snel autorijden en schieten, en bij lange na niet zo stressvol als in het leger. Het eigenlijke werk was echter oersaai. Debs was een oorlogsman, in de wieg gelegd om tactisch op te rukken naar de strijd. De eindeloze, eentonige uren van wachten tot er iets zou gebeuren begonnen aan zijn ziel te knagen. Na één blik op zijn resultaten op de schietbaan hadden de hogere officieren hem aangewezen als scherpschutter bij de politie; een beschaafde term voor sluipschutter, maar het was nog steeds zijn taak om mensen neer te schieten.

Dat had hem een tijdje tevredengesteld, maar opnieuw was de training veel interessanter dan de baan zelf. Debs zat vaak ergens op een dak door het dradenkruis van zijn Schmidt & Bender-vizier te kijken en vroeg zich dan doelloos af hoe het zou zijn om een kogel door het oor van de hoge pief die hij moest beschermen te jagen, gewoon om de boel een beetje op te peppen.

Hij begon aan zijn vrouw te denken op de manier waarop een hond waarschijnlijk aankeek tegen de dierenarts die zijn ballen eraf had gesneden. Achteraf was het gewoon een wonder dat het huwelijk zes jaar stand had gehouden. De baan bij de RASP sneuvelde kort na het huwelijk, ongetwijfeld na een klein duwtje van zijn ex-schoonvader.

Hunkerend naar de kameraadschap van zijn oude maten bij het D Squadron vroeg Debs om hertoetreding tot de SAS. Het maakte hem niet uit of hij opnieuw de selectieprocedure zou moeten doorlopen. Hij wilde er gewoon weer bij.

Hij moest er gewoon weer bij.

De fysieke eisen zouden geen probleem zijn. Hij was ervaren, lichamelijk in topvorm, en hoewel hij de maximumleeftijd naderde, had hij die nog niet bereikt. Het leger zou dolblij moeten zijn dat hij wilde terugkomen.

Maar dat was niet zo.

Er was heel wat gebeurd sinds hij was weggegaan. Slechts een paar mensen herinnerden zich hem, en de leidinggevenden glimlachten sereen, alsof ze een vermoeide oude man zagen die de avonturen uit zijn jeugd probeerde te herbeleven. Zijn ex-schoonvader bleek wat vrienden bij de Special Forces te hebben die de boel dwarsboomden. Zijn aanvraag werd zonder commentaar afgewezen. Punt.

Leo Debs, die met gemak een miljoen pond aan kennis over oorlogen en menselijke conflicten op zijn naam had staan, was nu ineens op drift, volledig oninzetbaar. Een mislukkeling, en dat terwijl hij twee maanden later pas zesendertig zou worden.

Op dat moment trakteerde Simon Rook, een beminnelijke yank en voormalig 2nd Para bij het *Légion étrangère*, het Franse Vreemdelingenlegioen, Debs op een biertje in een pub in Albany Street, niet ver van de barakken in Regent's Park. Rook, die tien jaar ouder was dan Debs, kletste wat over het leven als soldaat, over de goede en de slechte kanten ervan, maar voornamelijk de goede. Na twee biertjes nodigde hij Debs uit om een paar maten van hem te ontmoeten op een privéschietbaan.

De schietbaan bleek twee uur vliegen verderop te zijn, in de Tsjechische Republiek. Eerst dacht Debs dat Rook misschien van MI6 of een andere clandestiene overheidsorganisatie was. In zijn tijd bij het leger had hij meer dan eens sappige details gezien waar het gewone publiek niks van afwist. Maar welke organisatie Rook ook vertegenwoordigde, Debs wist dat dit een sollicitatiegesprek was.

De Tsjechische schietbaan was een schoonheid, weggestopt in de beboste heuvels langs de snelweg D1 halverwege Praag en Brno. Rook had blijkbaar de hele schietbaan afgehuurd, want zijn maten en hij hadden de hele plek voor zichzelf. Debs waande zich in de hemel nu hij weer wapens van Colt, FN en SIG Sauer mocht gebruiken. Er waren Glocks, Browning Hi-Powers en, natuurlijk, CZ-pistolen en -geweren. Ze waren per slot van rekening in Tsjechië. Iemand had zijn huiswerk gedaan om Debs te verblijden met zowel een Accuracy International-geweer, gekamerd in een .300 Winchester Magnum, als een eerbiedwaardige Winchester Model 70 in .243, net als zijn soft-kill-geweer bij de SAS; een genot om mee te schieten.

De mannen kregen, zoals vaak het geval was bij soldaten, een band met elkaar door te praten over kruit en hulzen. Iedereen schoot goed, maar Debs overtrof hen in zowel snelheid als accuratesse. Ze waren met zijn vijven. Rook, een logge Aussie die Taylor heette en een oudere kerel met de naam Burt Pennington hadden kennelijk allemaal samen in het Legioen gediend. Een oud-agent van de Poolse GROM die Nowak heette en een kleine, pezige vent uit El Salvador, Fermin Pea genaamd, lieten het praten voornamelijk over aan de oud-legionairs. Het waren allemaal uitstekende schutters, maar na Debs leek Pea het kalmst te blijven onder druk; hij was volkomen onverstoorbaar. De man had duizenden dollars gespendeerd aan het verwijderen van de vele gezichtstatoeages waardoor hij geïdentificeerd kon worden als lid van de Mara Salvatrucha, MS-13. Zelfs nu nog zag Pea, als hij zich naar het licht draaide of enkele tientallen meters liep voor een schietoefening, eruit als een broodmagere luipaard. De geest van zijn inkt leek nog onheilspellender dan de tattoos zelf, alsof er iets op de loer lag vlak onder zijn huid.

Debs mocht hem meteen.

De schietbaan bleek een soort kapel waar gelijkgestemde mannen hun ziel konden blootleggen voor de rest van het kader, en konden vertellen over de daden of de beoordelingsfouten waardoor ze de carrière die vroeger zo bepalend voor hen was geweest aan de wilgen hadden moeten hangen.

Debs vertelde over de keer dat ze Elliotts tattoo er met zout hadden afgeboend. Rook vroeg of hij die klootzak had vermoord. Debs zei nee, zonder verdere verklaring. Liegen om zijn cv op te leuken zat niet in zijn aard.

Rook, Pennington en Taylor waren eerloos uit het Legioen ontslagen vanwege een onfortuinlijke dood van een Corsicaanse prostituee, die daarna in stukken was gesneden. Hun commandant, zelf een regelmatige afnemer van de diensten van de dode *putain*, had overwogen hen naar een afgelegen plek te sturen en dood te laten schieten, maar uiteindelijk had hij hun Franse paspoort afgenomen en hen oneervol via de hoofdpoort laten vertrekken. Het kon hun niks schelen dat ze *Français par le sang versé* waren. Frans door vergoten bloed.

Ze waren met een omweg teruggegaan en hadden de keel van die schoft doorgesneden, waarna ze andere verschoppelingen hadden gezocht, die ook hunkerden naar avontuur waarbij broederschap vooropstond.

De baas, een man die ze de Spanjaard noemden, had hen gevonden en daarna hadden ze Fermin Pea gevonden. Hij was op de vlucht nadat hij de zoon van zijn *patrón* had vermoord omdat die met zijn zus naar bed was geweest. Niemand behandelde zijn zus respectloos.

Nowak had in Afghanistan per ongeluk een *porucznik*, een eerste luitenant, neergeschoten, een man die zo laf was dat hij zeker wist dat zijn hele peloton gedood zou worden. Opgeruimd staat netjes, misschien, maar of het nu een ongeluk was of niet, het Poolse leger kon het neerschieten van eerste luitenants niet echt waarderen.

Anderen mannen volgden langzaam maar zeker. Je vroeg niet of je lid mocht worden van de Camarilla, je werd ervoor uitgenodigd. Vier leden van het bestaande kader namen gegadigden mee naar een schietbaan ergens op de wereld en beoordeelden hun mentaliteit en hun loyaliteit aan de oorlogsbroederschap. Als de potentiële teamgenoot voor de test slaagde, werd hij behoedzaam verwelkomd in de groep. Als er alarmbellen gingen rinkelen, betekende dat een enkele reis naar een nabijgelegen groenstrook en een emotieloze kogel achter het oor.

Kort nadat ze hem hadden meegenomen naar Tsjechië zei Burt in vertrouwen tegen Debs dat als hij gelogen zou hebben en zou hebben gezegd dat hij zijn moeders vriendje wel had vermoord, ze hem op zo'n enkele reis gestuurd zouden hebben. Vertrouwen bleek veel belangrijker dan het aantal mensen dat hij had vermoord, hoewel ze ook daarvan onder de indruk waren. Agenten van de Camarilla spraken er zelden over, maar de meesten gingen door het leven met een soort intense verbijstering dat ze het er zo lang levend van af hadden gebracht.

34

De ventilator in de wc op de gang ging aan, waardoor Debs uit zijn gedachten ontwaakte. Hij hoorde een hoestje en besefte dat het Burt was, die alweer was opgestaan om te plassen. De prostaat van die arme kerel was waarschijnlijk zo groot als een tennisbal. Hij deed er maar liefst vijf minuten over voordat hij klaar was en weer naar buiten kwam, zijn bange gezicht duizelig van de slaap, en nog iets verraderlijkers. Vroeger, toen Debs hem net had ontmoet, was Burt Pennington een kracht geweest waarmee rekening moest worden gehouden, met zijn strenge gezicht waarmee hij volwassen mannen aan het huilen kon krijgen. Nu zag hij er met zijn scheve snor en zijn neiging om zijn ondertanden voor zijn boventanden te parkeren uit als een menselijke belichaming van Sylvester de tekenfilmkat.

'Wat heb je daar, Leo?' vroeg hij, en hij krabde aan zijn kont terwijl hij over de terracotta vloer schuifelde.

Debs leunde achterover en geeuwde lang en kreunend, waarna hij zachtjes sprak, alsof hij het tegen een klein kind had. 'Ik neem de routes nog een keer door, Burt. Timing en dat soort dingen.'

'Routes waarvoor?' De oudere man kwam dichterbij en keek met grote ogen toe, geïnteresseerd in wat er gebeurde.

Debs kreunde weer. 'Routes voor de missie...'

Burt raakte het litteken rond zijn hangende ooglid aan. Dat deed hij altijd als hij even tijd nodig had om zich te herstellen. Het pijnlijk rode vlees herinnerde iedereen eraan dat hij zijn aandeel wel geleverd had.

'O ja.' De verwarring in zijn goede oog kwam tot rust toen hij de kaart bestudeerde die voor Debs lag. 'Tuurlijk. Dat snap ik. Ik bedoelde alleen, nou ja, welke specifieke routes. Ik dacht dat je de dingen misschien wilde doorspreken. Dat hielp mij altijd als we een plan doornamen...'

'Ik begrijp het,' zei Debs, die oppaste dat hij geen medelijden toonde. Het was een publiek geheim dat het steeds slechter ging met Burt. Dat wist Burt zelf ook; hij zat opgesloten in dat angstaanjagende moment waarin hij zich hyperbewust was van zijn tanende mentale gesteldheid. Toen Leo aan boord kwam, was Burt een van de meest capabele leden van de Camarilla geweest. Agressief, met de lichamelijke conditie van een tienkamper en een schietvaardigheid waar zelfs Debs niet aan kon tippen. Hij was tien jaar ouder dan alle anderen in de groep en had de rollen van sarcastische botterik die altijd recht voor z'n raap was, de wijze oudere raadsman en zelfs de vader die veel van de mannen nooit gehad hadden.

De bermbom in Ivoorkust zou Craig Taylor hebben gedood als Burt, de enige in de groep die een kevlarhelm droeg, hem niet had weggeduwd. Door de klap had hij littekens in zijn gezicht opgelopen en was er, zoals met de dag duidelijker werd, hersenschade ontstaan, voornamelijk aan zijn amygdala en hypothalamus. Eerst ontschoten hem wat woorden, maar daar hadden ze allemaal weleens last van. Een jaar na het ongeluk was hij bij een klus in Athene afgedwaald en hadden ze hem nergens meer kunnen vinden. Hij had beweerd dat hij gewoon verdwaald was en dat al zijn communicatiemiddelen op de stille stand stonden. Het was daar een wirwar van straten, dus het team had niet verder gevraagd. Nu leek hij het grootste deel van de tijd opgesloten te zitten in zijn eigen hoofd. En het allerergst: hij was al zijn agressie kwijt en verontschuldigde zich zelfs voor de fouten van anderen.

Sommigen fluisterden dat het tijd werd voor drastische maatregelen, maar Taylor had zijn leven aan die man te danken.

Debs sloeg het schrijfblok op tafel dicht en klopte op de kaft. 'Ja man, we hebben morgen heel wat werk te doen.'

Burt knipperde met zijn goede oog. Het hangende oog volgde wat later. 'Ik... Ik weet het. Ik heb een beetje honger. Ik dacht dat ik maar moest opstaan om wat eieren te bakken. Een vroeg ontbijt, snap je...'

Craig Taylor kwam vanuit de donkere gang binnenlopen. 'Hé jongens, wordt het niet tijd dat jullie je ogen dichtdoen? Het is halfdrie!'

'Hé, Taylor,' zei Burt. 'Ja, je hebt gelijk. Ik moet weer terug naar bed.' Hij knikte schaapachtig naar Debs. 'Goed gesprek, Leo.'

De grote Aussie pakte een Dos Equis uit de koelkast in de keuken, wipte de dop eraf en slenterde naar de tafel nadat Burt was teruggegaan naar de slaapzaal.

'Heb je er een beetje vertrouwen in, *mate*?'

Debs gooide zijn vulpotlood op tafel en wreef met zijn hand over zijn gezicht. Hij moest zich scheren. De Secret Service lette altijd op het uiterlijk voorkomen. 'Zoveel vertrouwen als ik maar kan hebben in een klus voor een man die tegen dode tijgers praat.'

'Tja, miljardairs kunnen ongestraft de idiootste dingen doen.' Taylor nam een grote slok van zijn Dos Equis en keek naar het plafond terwijl hij in zijn vermoeide ogen wreef. 'Ik vond het echt vreselijk om met Gil naar het kantoor van die gast te gaan. Het is ontzettend grappig, maar ook knettervreemd.'

'Het valt niet mee om een kerel te vertrouwen die raad vraagt aan een opgezette vlooienbaal.'

'We hoeven Malhotra niet te vertrouwen,' zei Taylor. 'Die eikel schijt in zijn broek van angst voor ons. Hij is in elk geval te bang om de Spanjaard te dwarsbomen.' Hij nam een teug. 'Dus, terugkomend op mijn vraag: heb je een goed gevoel bij deze operatie? Het gaat toch wel lukken, hè?'

'Vertrouw je me?' vroeg Debs.

Taylor gaf hem een knipoog en zette het flesje hard op tafel, waardoor het bier opborrelde, uit het flesje liep en over zijn hand droop. Hij likte het op; bier verspillen was niks voor hem. 'Zoals ik erop vertrouw dat een hoer me een druiper bezorgt.'

'Wat fijn om iets te hebben waar je op kunt rekenen.' Debs wapperde met zijn hand over zijn aantekeningen en zuchtte. 'Maar even zonder gekheid, ik denk dat we goed zitten, man. Er zal altijd wel een hobbel op de weg zijn, iets onvoorziens, maar we hebben noodplannen voor onze noodplannen.'

'Daar twijfel ik niet aan,' zei Taylor afwezig. Hij wierp een vlugge blik over zijn schouder om zich ervan te vergewissen dat ze alleen waren, en hield zijn biertje weer omhoog. 'Een gunst, *mate*?'

'Tuurlijk,' zei Debs.

'Als ik ooit zo word als Burt, jaag dan een kogel door mijn kop. Uit goedheid.'

'Zeker weten,' zei Debs. 'En andersom ook.'

Ze zeiden het geen van beiden hardop, maar dat moment zat eraan te komen voor Burt. Dat wisten ze allebei. Dat wist iedereen in het team.

Zelfs Burt… Meestal. Dat zag je in zijn oog.

35

Kolonel Tu keek van zijn horloge naar de lucht en overlegde met de Tadzjiekse legerkapitein over het verbergen van de paarden in vijf verschillende joerten, ongetwijfeld om ze aan het oog van de overkomende satellieten te onttrekken. Ze leken precies te weten wanneer die boven hun hoofd zouden verschijnen. De Wachi-families keken toe hoe hun huis werd omgebouwd tot stal, maar zonder wapens, afgezien van de herdersstaven en hier een daar een slagersmes, konden ze weinig anders doen dan zich binnensmonds beklagen. Wie te luid mopperde, kon een schop in zijn rug verwachten.

Zodra de paarden in de richting liepen die hij wilde, blafte de kolonel iets tegen zijn mannen, waarop die de Harpers fouilleerden. Een van de soldaten, een Chinese cavalerist die Wen heette, maakte er een hele show van om Naomi te betasten en lachte haar uit toen hij haar beval om haar beha opzij te houden zodat ze eronder konden kijken. Harper deed een uitval om dat gedrag een halt toe te roepen en kreeg als beloning een snelle elleboogstoot op zijn neusbrug, waardoor hij op de grond viel. Naomi schudde haar hoofd.

'Het stelt niks voor,' zei ze. Maar het stelde wél iets voor. Wat Harper betrof, stelde het een extra nagel aan de doodskist van deze schoften voor.

De soldaat met de ijzeren elleboog was half zo oud als Harper. Beresterk met jeugdige bravoure griste hij de satelliettelefoon uit Harpers achterzak zodra hij hem zag, blafte iets in rap Mandarijn en hield het apparaat omhoog, terwijl hij waarschijnlijk vroeg of er nog meer waren in het kamp.

De soldaten waren van plan hun communicatie af te kappen. Dat was een slecht teken.

Harper schudde zijn hoofd.

IJzeren Elleboog richtte met zijn ene hand zijn geweer op Harpers borst en hield de satelliettelefoon in zijn andere hand, nog steeds blaffend. Blijkbaar was hij niet zo'n vertrouwend type.

Harper stak zijn handen omhoog ten teken van overgave. 'Geen andere telefoons...'

De ogen van de soldaat bleven op de Breitling Emergency rusten die Harper om zijn linkerpols had. Hij gebaarde met de loop van zijn AK naar het horloge. Harper gaf het hem en wist zeker dat hij zou worden neergeschoten omdat hij een noodzender had verborgen. De soldaat lonkte naar de zware band en knikte goedkeurend vanwege het gewicht. Hij liet het licht in de brede kristallen wijzerplaat reflecteren, waarna hij het horloge met een gedecideerd knikje om zijn eigen pols liet glijden. Hij leek het vooral als een chic, opzichtig sieraad te zien, zonder te beseffen dat het een *Emergency Locator Transmitter* bevatte die een signaal op 406 MHZ zou verzenden en de locatie door zou sturen. Zolang geen van deze schoften erachter kwam wat het was, klampte Harper zich vast aan de hoop dat hij een manier zou vinden om ervan gebruik te maken.

Nadat ze klaar waren met fouilleren, zeiden de soldaten dat de Harpers moesten blijven staan waar ze stonden en gingen ze naar hun baas om te overleggen.

'Hij heeft je horloge afgepakt,' fluisterde Naomi. 'Ik had gehoopt...'

'Ik ook,' zei Harper. 'We verzinnen wel een manier om het terug te krijgen.'

Shambe, de Wachi-herdersjongen die in zijn gezicht was geschopt, was een snijtand kwijt en had waarschijnlijk een scheur in zijn oogkas. Zijn vader en oom hadden hem vanaf de weiden naar hen toe gebracht, en kort daarna had kolonel Tu de Harpers ervan beschuldigd dat ze spionnen waren. Dat hadden ze uiteraard hevig ontkend, maar de kolonel had slechts geglimlacht en was weggelopen.

Monte Harper had er altijd zijn handen vol aan om te voorkomen dat zijn vrouw tekeerging als een leeuwenmoeder. Nu was dat bijna onmogelijk. De kolonel zag dat ze van streek was en leek een excuus te zoeken om haar te straffen. Een buitenstaander zou misschien denken dat Harper geduldiger was, omdat hij zijn tijd uitzat en toekeek. Maar in werkelijkheid stond zijn besluit vast: als deze man ook maar een vinger naar zijn vrouw zou uitsteken, zou dit zowel voor hem als voor kolonel Tu de laatste dag op aarde zijn.

Naomi deed alles voor de jongen wat ze kon en trok het restant van de tand; tandheelkundige spoedoperaties vormden een groot deel van hun werk in afgelegen gebieden. Hij onderging de ingreep onvoorstelbaar stoïcijns. Ze zag ervan af om hem ibuprofen te geven, want ze was bang dat hij misschien een inwendige bloeding had, maar ze gaf hem oxycodon tegen de pijn, wat een betere optie was dan de opium die hij zou hebben gekregen als zij er niet geweest waren.

Op bijna vierduizend meter hoogte was de lucht ijl en raakte je algauw buiten adem. De arme jongen lag op een stapel kussens in zijn vaders joert; hij kneep zijn ogen toe tegen de pijn en hijgde als een puppy die aan de zuidelijke hitte probeerde te ontsnappen. Zijn moeder was druk bezig om *halwa* voor hem te maken, een dikke pasta van meel, boter en zout. Een rijkere Afghaan had er noten, rozijnen en kardemom aan toegevoegd. Shambes moeder had al die dingen niet, dus kreeg hij iets wat op een rijke, kleverige roux leek. Het was eenvoudig, het kon makkelijk gegeten worden met een afgebroken tand, en het vulde goed voor een kind dat dag in, dag uit niets anders kreeg dan brood en thee met melk; de Wachi-variant van kip met noedels… maar dan zonder de kip en de bouillon.

Nadat ze hun patiënt hadden verzorgd, zochten de Harpers kolonel Tu op, die druk toezicht aan het houden was op zijn bezittingen, die op zijn bevel van een van de pakpaarden werden overgeheveld naar een joert. Twee van zijn mannen zeulden de spullen van de Harpers uit de grote koepeltent die de afgelopen anderhalve week hun thuis was geweest.

Naomi probeerde een tas met vuile was uit de handen van een soldaat te wrikken, maar hij schudde haar af en joeg haar met een vijandige blik weg. Ze liep achter hem aan de joert binnen en haalde diep adem, alsof ze zich opmaakte om aan te vallen, toen ze zag dat de soldaten haar spullen opstapelden tegen het houten traliewerk van de joertwanden.

'We moeten het bewijs dat jullie hier zijn weghalen,' zei de kolonel. 'Ik heb gehoord dat de taliban toegang hebben tot wat satellietbeelden, en mogelijk ook dronetechnologie. Het zou gevaarlijk zijn als ze jullie konden opsporen vanwege een tent, terwijl we die heel makkelijk af kunnen breken en jullie binnen kunnen laten slapen.'

'Waar moeten we dan precies slapen?' sputterde Naomi tegen, met getuite lippen en een trillende kin.

'Jullie mogen hier blijven als jullie willen,' zei Tu, die met zijn hand rondwapperde in het geconfisqueerde huis. 'Natuurlijk. Er is plek genoeg. Mijn mannen zullen zich verdelen over de andere onderkomens.'

'Ik kan me niet voorstellen dat de Wachi's daar heel blij mee zullen zijn,' merkte Harper op.

'Dat kan me niet schelen,' zei Tu. 'Hun gevoelens maken me niks uit. U en uw vrouw zijn spionnen en mijn mannen zijn hier om jullie te beschermen. En daarvoor hebben ze een slaapplaats nodig.'

'We zijn geen spionnen!' snauwde Naomi. 'Waarom zegt u dat steeds?'

De kolonel schudde grinnikend zijn hoofd. 'Natuurlijk wel.'

'Serieus, meneer,' zei Harper, die de tactische aanpak probeerde. 'Hoe komt u erbij dat we spionnen zijn? En wat zouden we dan precies bespioneren, hier in de Wachan-corridor?'

Tu kneep zijn ogen toe en lachte sluw. 'O, dat weet u heel goed, meneer Harper. Dat hoef ik u niet uit te leggen. Zo werkt het niet.'

'Dit is belachelijk!' zei Naomi bijna krijsend. 'We zijn artsen. Vraag maar aan al deze mensen. Daar!' Ze wees naar Lalehs moeder. 'Kijk dan naar het verband van die vrouw. Zou een spion de lens in iemands oog kunnen vervangen?'

De man naast Tu sprak. Hij was jonger, een jaar of vijfentwintig, met een uitstekende adamsappel en een ernstige glimlach waardoor hij meer op een student dan op een kidnapper-soldaat leek. Zijn naam was Shen en hij leek de onderbevelhebber te zijn. 'Spionnen beschikken vaak nog over andere vaardigheden,' zei hij, alsof hij het uit een leerboek oplas en het ook nog echt geloofde.

Tu wreef zich in de handen. 'Ik moet erop aandringen dat jullie onze gasten blijven tot we dit tot op de bodem hebben uitgezocht.'

'En hoe lang verwacht u dat dat zal duren?' vroeg Harper.

'Zo lang als nodig is,' zei Tu.

'Wacht eens even,' zei Naomi. 'We moeten over drie dagen een vlucht vanuit Kabul halen. We gaan hoe dan ook morgen weg uit het dal, wat u ook zegt.'

Tu liep rood aan en zette een stap naar voren.

Harper zette zich schrap, maar de kolonel bleef staan en hield zijn hoofd scheef, alsof hij nadacht over zijn volgende stap.

'Mevrouw Harper,' zei hij. 'Ultimatums zijn het toevluchtsoord van de zwakken. Jullie vertrekken als ik zeg dat het tijd is dat jullie vertrekken, en geen moment eerder.' Zijn blik werd op slag milder en hij gebaarde naar het achterste deel van de joert, waar de vrouw des huizes plat naan bakte en boven een mestvuur een grote pan melkthee kookte. 'Alstublieft. Eet met me mee. Ik heb wat uitstekend ingeblikt vlees en pruimenwijn om dit karige maaltje te versterken.'

Harper hield voet bij stuk. 'U beseft uiteraard wel dat u, door de grens over te steken als een gewapend, geüniformeerd leger, een oorlogsdaad pleegt.'

'Spioneren is een oorlogsdaad,' zei de kolonel. 'Dit deel van de wereld is geen veilige plek voor spionnen.'

'Ik vraag het nogmaals,' zei Harper. 'Wie bespioneren we dan?'

'Er zijn heel wat militanten hier in de omgeving, die ongetwijfeld zeer geïnteresseerd zijn in jullie aanwezigheid hier.'

'Is dat een dreigement?' vroeg Harper. 'Dreigt u nou serieus om een of andere talibancommandant in te lichten en ons aan hem over te dragen zodat u uw beloning kunt opstrijken?'

'O,' zei kapitein Shen, de onderbevelhebber. 'Dat zou u wel willen, hè?'

'Wat?'

'Ik ben bang dat u me verkeerd begrijpt, meneer Harper,' zei Tu. 'Ik weet heel goed dat de taliban u geen kwaad zouden doen. Zij zijn degenen voor wie jullie spioneren.'

'Wat?!' vroeg Harper opnieuw, volslagen verbijsterd.

'Dat is krankzinnig,' zei Naomi.

Kapitein Shen citeerde weer uit zijn handboek voor inlichtingendiensten. 'Een spion zal alle beschuldigingen ontkennen. In eerste instantie.'

'U moet ons contact laten opnemen met onze ambassade,' zei Harper.

'O,' zei kolonel Tu. 'Daar wordt heel binnenkort voor gezorgd...'

36

Shambes ouders waren opgelucht, omdat de Harpers in hun joert logeerden en zo extra zorg aan de gewonde jongen konden geven. Kolonel Tu maakte duidelijk dat ze weliswaar nergens naartoe konden vluchten, maar dat hij toch een bewaker voor de deur had gezet, voor hun eigen veiligheid. Ze waren er nog maar heel kort toen twee Chinese soldaten een van de herders naar binnen sleurden. Hij was eind veertig, oud voor een Wachi, met een web van rimpels door het weer en nu ook van angst op zijn diepgebruinde gezicht. Harper herkende hem als Nazir, een van de eerste patiënten die hij bij aankomst in de Pamir aan staar had geopereerd. Zijn vrouw, Fariah, was familie van het dorpshoofd. Ze hadden geen kinderen die nog in leven waren, maar ze was hoogzwanger en een trouwe deelnemer aan Naomi's gezondheidslessen. Zij kwam na hem binnen, met een betraand gezicht, en ze liet haar ogen als een bange muis heen en weer schieten door het rokerige interieur van de joert. Een derde soldaat kwam vlak achter haar aan met een videocamera en een productielamp.

'Dit kan niet veel goeds betekenen,' fluisterde Naomi.

Nazirs handen werden voor zijn lichaam vastgebonden en hij liet zijn hoofd hangen. Zijn opgerolde wollen pakol was een beetje omlaaggetrokken om een schaafwond boven zijn linkeroor te bedekken. Afgezien van de plek bij zijn oor leek hij verder geen duidelijke verwondingen te hebben. De soldaten zetten hem met zijn rug tegen de vilten wand en lieten hem op een kussen knielen.

Abdulin, de Tadzjiekse legerkapitein, bekeek de plek achter de gevangene, haalde wat kleurig papier weg dat Shambes moeder had gebruikt als decoratie en gooide het op de grond, buiten beeld. De soldaat met de videocamera keek door zijn zoeker en gaf een kort knikje.

Nu beende kolonel Tu naar binnen, met Harpers voormalige assistente Laleh op zijn hielen.

'Helaas,' zei Tu, 'spreek ik geen Wachi. Maar ik spreek wel Russisch. U ook, begrijp ik. Het meisje heeft gezegd dat ze de verklaring van deze man voor ons in het Russisch wil vertalen.'

Naomi was woest. 'Zijn verklaring?'

Tu legde zijn vinger tegen zijn lippen. 'Sst. De film begint zo.'

De soldaten die aan weerskanten naast Nazir stonden, deden allebei een klein stapje opzij en trokken zwarte bivakmutsen over hun hoofd. Op de videocamera ging een rood lampje branden en kolonel Tu knikte naar Laleh, die tegen de trillende man zei dat hij moest beginnen.

Zijn hoofd kwam langzaam omhoog en hij kneep zijn ogen, die vast nog gevoelig waren na de recente operatie, een beetje dicht tegen de felle lamp. Hij schraapte zijn keel en haalde diep, trillend adem.

'Ik ben Nazir...' Hij kuchte weer. Hij likte langs zijn lippen en keek naar Tu, alsof hij op een aanwijzing wachtte.

De kolonel gromde laag en dreigend. 'We hebben het hierover gehad,' zei hij. Laleh vertaalde het snel. 'Kijk recht in de camera. Het is heel simpel. Herhaal de woorden die je eerder tegen me hebt gezegd!'

Tu knikte weer naar de cameraman. 'Begin maar!'

'Ik ben Nazir Bayat. Ik ben in goede lichamelijke gezondheid en ben helder van geest. Ik ben op geen enkele manier gemarteld en niemand heeft me kwaad gedaan. Op dit moment wil ik me graag van een last bevrijden door het opbiechten van een grote fout die ik heb begaan. Ik heb twee jaar lang gediend als agent voor de Oost-Turkestaanse vrijheidsbeweging tegen China... De afgelopen weken heb ik talloze malen contact gehad met talibanofficiers om het te hebben over trainingslessen...' Nazir zweeg even, likte langs zijn lippen en vervolgde: 'Lessen in het gebruik van vuurwapens en geïmproviseerde explosieven. Ik ben... Ik ben voor die lessen gerekruteerd door dokter Monte Harper en zijn vrouw. Ik schaam me voor mijn daden tegen alle vredelievende mensen in Tadzjikistan en onze vredelievende buren in China... Dat... Dat is alles wat ik te zeggen heb.'

Het rode lichtje op de camera ging uit en Nazir wentelde zich jammerlijk in het licht van de felle lamp. Hij wendde zich af en kromp ineen toen de soldaat de camera liet zakken. Laleh draaide zich om en keek Harper aan. Ze schudde haar hoofd en verontschuldigde zich woordeloos voor haar aandeel in dit fiasco.

'Er is wat slecht weer op komst,' zei Tu. 'Maar zodra dat voorbij is, worden jullie naar China gebracht, waar jullie terecht zullen staan voor spionage...'

Naomi, die nog ondersteboven was van Nazirs onverhoedse nepbekentenis, herstelde zich eindelijk enigszins. 'U kunt niet echt geloven dat we spionnen zijn!'

Tu grijnsde en haalde lichtjes zijn schouders op. 'Het gaat er niet om wat ik geloof,' zei hij, 'maar om wat de Partij gelooft.'

Harper keek de kolonel kwaad aan. Hij was zeker vijftien centimeter langer en minstens twintig kilo zwaarder dan de man. Een van de soldaten vatte dat als bedreiging op en sloeg hem met de kolf van zijn AK tegen de zijkant van zijn gezicht. Harper wiebelde op zijn benen. Hij wankelde, maar bleef overeind staan.

Naomi sprong naar voren, maar een andere soldaat greep haar bij haar haar en rukte haar naar achteren, waarna hij haar op de grond smeet.

'Genoeg!' brulde de kolonel, waardoor zelfs Harper even terugdeinsde. 'Laat u niet misleiden door mijn kalme houding. Mijn mannen zullen u echt doden als u hen daartoe dwingt.'

Harper voelde bloed in zijn oog prikken en betastte zijn voorhoofd. Naomi probeerde op te staan, maar hij stak zijn hand uit om aan te geven dat ze moest blijven liggen.

'Zelfs als we spionnen zouden zijn,' zei hij, en hij probeerde niet te hijgen door de overweldigende angst, 'wat niet zo is; waarom denkt u dan dat u zomaar Afghanistan binnen kunt marcheren, waar we als gast van de regering zijn, en ons kunt ontvoeren?'

Laleh keek op en schudde mistroostig haar hoofd. 'Nazir is een Wachi uit Tadzjikistan. In het filmpje zegt hij dat hij daarvandaan komt.'

'Precies,' beaamde kolonel Tu met een zelfvoldane blik. 'De wereld weet niet beter, ík weet niet beter, dan dat jullie twee hem daar hebben gerekruteerd. Niks in het filmpje verraadt onze locatie. Integendeel. Een Tadzjiekse man die praat over de taliban, ISIS, en Free East

Turkestan in zijn vaderland, waar al die groepen een serieuze dreiging vormen. Dan is het geen grote stap om te denken dat jullie in Tadzjikistan zijn.'

De kolonel maakte een handgebaar naar Nazir en wenkte hem dichterbij. Zonder zijn handen te kunnen gebruiken, krabbelde de herder bevend overeind en kwam met gebogen hoofd dichterbij.

'Het probleem is,' zei Tu, 'dat onze vriend Nazir heel veel vertrouwen in jullie lijkt te hebben. Ik ben bang dat hij zijn verklaring in zal trekken zodra hij daar de kans voor krijgt.'

Nazir stond te luisteren, en ook al verstond hij de woorden niet, hij snapte wel dat er iets belangrijks werd gezegd.

Tu keek Harper recht aan. 'En daarom moet u hem voor me doden.'

'U bent niet goed bij uw hoofd,' snauwde Harper.

'Vermoord hem of ik vermoord hem en zijn zwangere vrouw.'

'Dat doe ik niet,' fluisterde Harper.

Tu knikte kort en twee soldaten grepen Harpers armen vast, terwijl de cameraman Naomi vastgreep.

Tu trok een Makarov-pistool uit de flapholster aan zijn riem en draaide met de loop rondjes in de lucht, alsof hij wilde besluiten in welke richting hij die zou laten wijzen. 'Dan vermoord ik uw vrouw ook.'

'Vermoord ons allemaal maar,' fluisterde Naomi tussen haar opeengeklemde tanden door. 'Hij schiet helemaal niemand dood.'

'Prima,' zei Tu, die de Makarov tegen de slaap van de ontzette Nazir zette en de trekker overhaalde.

Door het pistoolschot schudde de besloten ruimte van de joert, waardoor iedereen behalve Nazirs vrouw achteruitdeinsde. De arme herder verstijfde en kukelde achterover. Zijn hoofd sloeg met een misselijkmakende bons op het tapijt en de stenen vloer daaronder. Jammerend van hopeloos verdriet zakte zijn vrouw op haar knieën en boog zich over zijn lichaam. Vanwege haar zwangere buik moest ze opzijleunen om bij hem te kunnen.

Kolonel Tu hield de Makarov omhoog en maakte weer rondjes in de lucht terwijl hij naar de rouwende vrouw keek. Harper worstelde tegen de onmogelijke greep van de soldaten. 'Nee! Stop! Laat haar met rust, alstublieft!'

Tu liet het wapen langzaam zakken en schudde treurig zijn hoofd. 'Ik ben geen beest, dokter Harper,' zei hij. 'Het is niet nodig om zijn vrouw te doden... op dit moment.'

Naomi richtte haar gezicht naar het plafond en gilde. Ze rukte zich los van de ene bewaker die haar vasthield en maakte het hem moeilijk. 'Klootzak. U bent gek.'

Tu kreunde lang en uitgeput en keek daarna van de ene Harper naar de andere. 'Ik ben niet gek,' zei hij. 'Integendeel. Als ik krankzinnig zou zijn, zouden jullie nog een kans maken. Dan zou ik misschien een fout begaan. Maar dat is niet het geval. Dat kan ik jullie verzekeren.'

'Ik zweer het,' zei Naomi woest. 'U...'

Tu hief zijn hand alsof hij wilde slaan en hij legde haar het zwijgen op. 'Wat is er mis met u, dokter Harper?' snauwde hij. 'U ziet duidelijk dat ik niet zal aarzelen om iemand een kogel door zijn hoofd te jagen. Dit zijn serieuze zaken en er zijn heel wat mensen in het dorp bij wie ik dat kan en wil bewijzen. U hebt het vreselijk mis als u denkt dat ik met jullie niet hetzelfde zal doen als met die arme Nazir. U denkt dat ik jullie levend nodig heb.' Tu zuchtte, kalmeerde en haalde kort zijn schouders op. 'En in zekere zin is dat ook zo.' Hij ging op zijn hurken zitten en boog zich dichter naar Naomi's gezicht toe. 'Maar u moet één ding goed onthouden: ik heb slechts een van jullie beiden nodig.'

De soldaten lieten Harper helpen Nazirs lichaam uit het kamp te dragen en het in een groot, stenen verblijf te leggen waar normaal schapen stonden. De vrouw van de dode man liep huilend achter hen aan, maar de soldaten joegen haar weg en stuurden Harper terug naar zijn joert, maakten met handen en voeten duidelijk dat hij moest gaan slapen, terwijl ze zonder twijfel schunnige gebaren maakten over zijn vrouw.

Shambes vader sneed het met bloed bevlekte deel van het tapijt, waarop Nazir gestorven was, weg en gooide het in het vuur. Overmand door uitputting viel Harper in een hoekje in slaap, terwijl Naomi zich over Shambe ontfermde, die nu koorts kreeg.

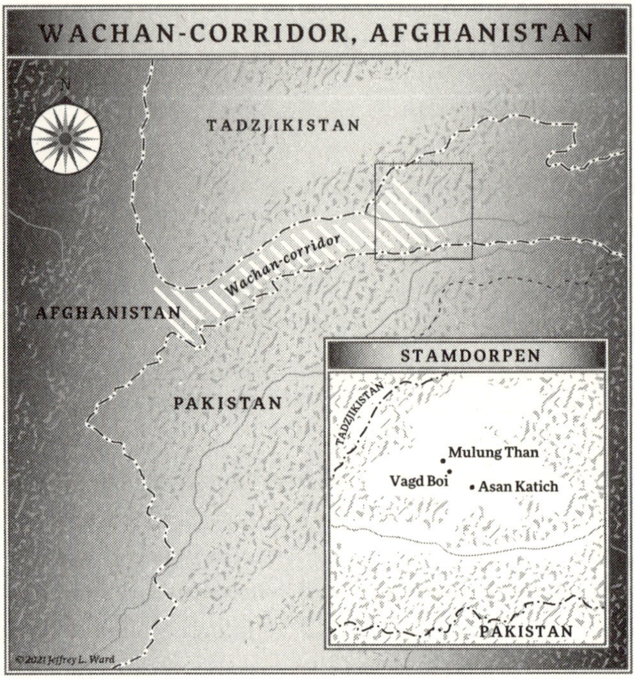

Even later, hij wist niet precies na hoeveel tijd, werd Harper wakker door ruw gelach dat buiten de joert klonk, terwijl Laleh de vilten deur optilde en naar binnen kroop. Ze zei snel iets tegen Shambes moeder, die een hand op haar schouder legde en knikte.

'Ik mag vannacht hier slapen van Yasmin,' zei Laleh. 'Het is veiliger hier bij jullie.'

'Natuurlijk.' Naomi knikte nadat Harper het Russisch van het meisje had vertaald. 'Dat begrijp ik.'

Harper wenkte het meisje dichterbij zodat de bewaker die buiten stond hen niet kon horen. 'Wat is de kolonel aan het doen?' vroeg hij. 'Kon je dat zien?'

'Hij praat heel veel door de telefoon,' zei Laleh. 'Een satelliettelefoon, maar niet die van u.'

'Weet je wat hij zei?'

'Het spijt me,' zei het meisje, 'ik kon het deels wel horen, maar ik verstond het niet.'

'Dat is waar ook,' zei Harper teleurgesteld. 'Je spreekt geen Chinees.'

‘Nee,’ zei Laleh, ‘hij sprak Engels.’

Harper vertaalde het voor Naomi.

‘Ik kan echt niet slapen,’ zei ze. ‘Maar we moeten in elk geval proberen wat uit te rusten.’

Shambes moeder maakte voor iedereen een veldbed van jakvilt en deelde alle dekens uit die ze had, waarbij ze er een van haar eigen bed pakte om aan de Harpers te geven.

‘Wat gaan we doen?’ fluisterde Naomi in het donker naast Harper. ‘Je hebt de kolonel gehoord. Hij houdt het hele dorp gegijzeld als we niet meewerken. We zijn hier gekomen om hen te helpen en nu worden ze vanwege ons vermoord. We brengen al die lieve mensen in gevaar.’

‘Dat snap ik nu juist niet,’ fluisterde Harper terug. Zijn gezicht bevond zich op slechts een paar centimeter van dat van zijn vrouw, maar hij kon haar niet zien. ‘Kolonel Tu heeft ons niet verteld wat hij wil, behalve dan dat we moeten toegeven dat we spionnen zijn. Hij gebruikt ons als pionnen in een groter spel. Ik kan alleen niet bedenken wat dat dan is.’

‘Nou,’ zei Naomi, ‘wat het ook is, deze arme mensen hebben er niets mee te maken. We moeten iets doen om ze te helpen.’

‘Ik weet het,’ zei Harper. ‘Maar ik kan me gewoon niet voorstellen dat ik je zou verlie...’

De deken ritselde en ze stak haar hand uit om zijn wang aan te raken.

‘Weet je nog wat we vroeger zeiden toen we besloten het erop te wagen en op dit soort afgelegen plekken te gaan werken?’

Harper knikte met een brok in zijn keel. ‘Wat zouden we allemaal kunnen doen als we niet bang zouden zijn?’

‘Nou, ik heb echt geen zin meer om bang te zijn.’ Naomi’s woorden gonsden tegen zijn hals. ‘We hebben echt een stempel op de wereld gedrukt, jij en ik. Twee fantastische dochters... en het mooiste kleinkind dat er ooit heeft bestaan. Ik wil niet fatalistisch doen, maar ik ga hier niet staan toekijken hoe die schoften nog een onschuldig iemand doodschieten.’

‘Daar heb ik niks tegen in te brengen,’ zei Harper.

‘Mooi,’ zei Naomi, die voor zover dat mogelijk was nog dichter tegen hem aan kroop. ‘Dan gaan we allebei dood. Jammer dan. Maar ik kan je één ding wel vertellen. Ik zou echt graag de ballen van die kolonel willen afsnijden voordat ik sterf.'

Harper grinnikte en gaf haar een klopje op haar schouder. 'Zo ken ik mijn meisje weer,' zei hij. 'Maar laten we het wel slim aanpakken.'

'Natuurlijk,' zei Naomi zacht. 'Spionnen… Dat is toch niet te geloven? Ik ben zo kwaad op die lul die je horloge heeft afgepakt.'

'Dat is inderdaad wel een rotstreek,' zei Harper. 'Zullen we een plan maken om het terug te krijgen?'

Ze draaide zich naar hem toe. 'Je horloge?'

'Ja.'

'Dat intrigeert me,' zei ze. 'Zolang ik maar wel, eh… nou ja, dat met de kolonel mag doen.'

In Harpers hoofd begon zich voorzichtig een plan te vormen terwijl de uitputting hem overviel. Hij dommelde in bij de geur van smeulende jakmest en een vleugje zure melk.

37

‘Hé, *daiwi*,’ zei sergeant der 1ste klasse Eric ‘Ripper’ Ward en hij klopte op de containerwoning van kapitein Alan Brock. ‘Hebt u even?’

De opzwepende beat van het nummer ‘Horse Soldier, Horse Soldier’ van Corb Lund sijpelde onder de deur van Brocks CHU door.

Zoals veel leden van de Amerikaanse Special Forces gebruikte Ward meer informele termen als hij met zijn teamcommandant communiceerde dan een traditionele infanteriesoldaat zou doen. Daiwi, de Vietnamese term voor kapitein, was een traditie die van generatie op generatie was doorgegeven bij de Groene Baretten. Ward was de 18B, de operationele of teamsergeant, van Operational Detachment Alpha 0312. Als commandant van de ODA was het de taak van kapitein Brock om omhoog en naar buiten te kijken, te berekenen wat de risico’s en de politieke consequenties waren (en dat konden er verdomd veel zijn) en om voortdurend elke missie te beoordelen. De teamsergeant was de ‘vader’ van het team en had de dagelijkse leiding.

De leden van Operational Detachment Alpha 0312 waren toegewezen aan de 10th Special Forces, derde bataljon, eerste compagnie, team 2. Bergbeklimmers en bereden soldaten. ODA 0312, algemeen bekend als een A-team.

Ward, zelf een soldatenkind, had legergroen bloed. Zijn zwarte Ranger-vader was een beer van een vent uit het Diepe Zuiden, die Wards statige blonde Duitse moeder had ontmoet na een trainingsoefening in Mittenwald. Hij was opgegroeid met de verhalen die zijn vader vertelde, had voor zijn achtste leren navigeren en deed al zolang hij zich kon herinneren voor straf push-ups en marsen met zware bepakking. Zoals zijn vader zei: je kon een slimme Ranger zijn, of een sterke. Hoe meer je het verklootte, des te meer push-ups je moest doen.

Eric deed in zijn jonge jaren zoveel domme dingen dat hij onder het oog van zijn vader extreem fit werd.

Daarna ontmoette hij Greedy en besloot hij dat hij sterk én slim kon worden.

Er was geen twijfel mogelijk dat Eric het leger in zou gaan. Zijn moeder spoorde hem aan om zijn studie af te maken en daarna officier te worden. Zijn vader gaf hem geen advies, maar stelde hem voor aan zijn eindeloze rij ervaren legervrienden. Sommigen hadden gestudeerd, anderen niet, maar ze hadden allemaal geweldige carrières waar maar heel weinig bureauwerk aan te pas kwam. Het waren leiders die samen met hun soldaten met bloed, zweet en tranen in de loopgraven vochten, geen watjes die zich in de achterhoede verscholen. Een van hen was een Special Forces-sergeant en werd door Erics pa altijd 'Greedy', 'hebberd', genoemd, omdat hij de reputatie had dat hij alle moeilijke en onaangenaamste taken zelf deed.

Ze gingen altijd om het kampvuur zitten, Ward, zijn pa en Greedy, en dan spraken de twee mannen eerbiedig over vrienden die ze verloren waren, mannen met wie ze hadden gewerkt. Greedy vlocht de principes van de Special Forces door zijn gesprekken heen in termen die een puberjongen aanspraken. *Wees een rustige professional. Wees een strijder. Wees een expert op het gebied van onconventionele dingen. Wees een partner. Wees een flexibele probleemoplosser. En bovenal: streef een nobel doel na.* Greedy en zijn pa hadden op het Amerikaanse leger geproost, 'op het allerbeste en het waardeloze'.

Eric kon nog steeds horen hoe boven het vuur hun bierflesjes tegen elkaar klonken.

Hij was aan zijn studie begonnen om zijn moeder een plezier te doen, maar had haar afgemaakt omdat hij merkte dat hij geschiedenis echt leuk vond en aanleg had voor Arabisch. De recruiter verslikte zich bijna toen Eric binnenkwam met een graad in Midden-Oostenstudies, een minor Arabisch en behoorlijke kennis van het Farsi, en vervolgens zei dat hij in dienst wilde.

'Wil je dan geen officier worden?'

'Op dit moment niet, meneer.'

'Wat wil je dan in het leger doen?'

Ward vond nu, jaren later, dat hij zich als een lul had gedragen, maar hij had de recruiter overdreven dramatisch recht in de ogen gekeken en gezegd: 'De *oppresso liber*.'

'Als ik een cent zou krijgen voor alle groentjes die hier binnenkomen en zeggen dat ze bij de Groene Baretten willen...'

Ward grijnsde onwillekeurig om de herinnering, toen de kapitein van Special Forces Operational Detachment Alpha 0312 de deur van zijn containerwoning opendeed.

'Ripper,' zei hij. 'Wat is er?' Brocks bruine berenbaard was helemaal warrig, omdat hij ermee op zijn hand had gesteund terwijl hij inlichtingenrapporten bestudeerde op zijn Toughbook. Hij droeg trainingskleding, een groen T-shirt en een korte broek, en badslippers.

'Hebt u de info over de Amerikaanse artsen gezien?'

'Ik ben het nu aan het lezen,' zei Brock. 'Opgepakt als talibanspionnen, ergens in Darshai?'

Ward knikte. 'S2 heeft een Tadzjiekse opiumdealer die denkt dat ze naar een paar schaapherderskampen in het noorden zijn gebracht. Hij weet niet waar. Maar dat slaat nog steeds nergens op. Darshai ligt aan een wegennetwerk. Ik zou het begrijpen als er gespioneerd werd als er daar iets interessants te vinden was, maar holy shit, baas, we hebben het hier over een stelletje schapen en wat stenen.'

'Goed punt.'

'Jake werd gebeld door die jakhandelaar met wie we vorige maand hebben gewerkt.' Jake was sergeant Thelan, de 18F-inlichtingensergeant van Operational Detachment Alpha 0312. 'Hij heeft geruchten gehoord dat er Tadzjiekse soldaten aan de zuidkant de corridor zijn binnengekomen. Misschien zijn die artsen ontvoerd en de grens over gebracht.'

Kapitein Brock haalde met een knikje zijn schouders op. 'Dat zou kunnen kloppen,' zei hij. 'Die artsen... de Harpers, deden blijkbaar medisch werk in de Grote Pamir. Dat is hemelsbreed zo'n dertig kilometer van Tadzjikistan.'

'Hemelsbreed, bijvoorbeeld met een Tadzjiekse heli,' zei Ward. 'De National Missions Force zoekt naar mogelijke locaties in Tadzjikistan. Het lijkt erop dat Dushanbe meewerkt.'

Brocks wist al dat SEAL Team Zes en Delta uiteindelijk de eenheden waren die het best uitgerust waren om gijzelaars te redden. Toch stuitte het beide mannen tegen de borst dat ze wisten dat er iets aan de hand was zonder dat ze daar deel van uitmaakten.

'We hebben eerder in de corridor gewerkt,' zei de kapitein. 'We moeten eens gaan rondsnuffelen in de buurt van waar die artsen hun werk deden. Wat weten we over die herderskampen?'

'Die liggen her en der verspreid in het hooggelegen land,' zei sergeant Ward. 'Er is niet genoeg akkerland in het dal om tarwe te verbouwen en hun vee te laten grazen, dus neemt ongeveer de helft van de Wachi-families die jakkuddes en dikstaartschapen van ze mee naar de hogere Pamir om te grazen. Ze volgen de dooi en de sneeuwval in de herfst. Een soort zomermigratie. Dat noemen ze *kuch*. Zoals ik al zei, er zijn daar voornamelijk schapen, stenen en joerten die worden gemaakt van jakvilt. Op de ISR van de laatste Predator-beelden was niks ongebruikelijks te zien. Die kist was niet lang genoeg in positie om levenspatronen en dergelijke vast te stellen. Ik zou er graag meer tijd voor krijgen, maar elke beschikbare informant is gericht op Tadzjikistan.'

'Zorg ervoor dat...'

'Horse Soldier, Horse Soldier' bleef op de achtergrond spelen en de mannen zwegen onbewust eerbiedig toen de regels over de Special Forces klonken.

Brock haalde diep adem en keek in de verte. 'Er zit een luchtje aan. Laat Jake nog eens met zijn favoriete jakhandelaar praten, en ook met alle andere plaatselijke informanten die we in en om de Wachan-corridor hebben, voor het onwaarschijnlijke geval dat de artsen nog steeds in Afghanistan verborgen worden. Ik ga eens even aan wat touwtjes trekken.'

'Touwtjes?'

'Met beelden van één overvliegende Predator kunnen we niet veel. Ik denk dat de hoge pieten wel heel erg vertrouwen op de info waaruit blijkt dat de Harpers ergens in Tadzjikistan zijn. Ik bedoel, wat hebben ze nou helemaal? De dochter van de Harpers heeft hen opgegeven als vermist. Een Tadzjiekse boer zegt dat hij een paar soldaten heeft gezien met mensen van wie hij denkt dat het Amerikaanse gevangenen zijn, en er is een korrelig telefoonfilmpje van een vrouw die enige gelijkenis met dokter Naomi Harper vertoont en die over een gesloten grens sluipt. Jezus, ik heb vanochtend twee filmpjes gezien van de president van de Verenigde Staten die een lapdance kreeg. Ik geloof niet meer zo erg in videobewijs.'

'De Tadzjiekse regering lijkt het filmpje wel te geloven,' zei Ward, die advocaat van de duivel speelde. 'Ze gaan helemaal uit hun plaat over Amerikanen die in hun land voor de taliban spioneren en volgens iedereen werken ze met de jongens van National Missions mee om ze te vinden.'

'Het enige verschil,' zei Brocks, 'is dat de Tadzjieken het een jacht op vluchtelingen noemen. Wij noemen het een redding.'

Ward grinnikte. 'Geef het beestje maar een naam. Hoe we het ook noemen, het zal moeilijk worden om hier ISR naartoe te krijgen als alles al bezet is.'

ISR stond voor Intelligence, Surveillance and Reconnaissance, en het bestond onder andere uit satellietbeelden en op afstand bestuurde luchtvaartuigen, zoals de Predator en de Reaper. Verder hadden de Special Forces nog verschillende kleinere RPA's, zoals de ScanEagle van Boeing, Skydio X2's en de kleine FLIR Black Hornet.

'Het leger is niet de enige groep met Predators,' zei Brock. 'Ik ken wel iemand.'

Er gleed een gepijnigde uitdrukking over Wards gezicht, alsof iemand hem zojuist had verteld dat hij naar de tandarts moest. 'Iemand van de CIA?'

'Yep.' Brock glimlachte. 'Met een beetje geluk heb ik tegen etenstijd iets over de Grote Pamir op beeld.'

'Dat vind ik nou zo leuk aan u, meneer,' zei Ward. 'U hebt grootse dromen.'

Brock haalde zijn schouders op. 'Zoals ik al zei, hier zit een luchtje aan. De Harpers kunnen wel in Tadzjikistan zijn, of in China of Pakistan… Of ze liggen dood onder in een gletsjerspleet.'

'Dat kan,' zei Ward. 'Maar als ze nog in Afghanistan zijn, vinden we ze.'

'Ripper,' zei Brock, 'daar twijfel ik geen seconde aan.'

38

Je kon na een schietpartij waar je als agent bij betrokken was heel makkelijk het gevoel krijgen dat je een verdachte was… want dat was je.

Volgens de standaardprocedures moesten Chilly en agent Ritchey de wapens die ze tijdens de actie hadden gebruikt inleveren en urinemonsters afgeven. Rechercheurs van Moordzaken en Interne Zaken stonden in de coulissen te wachten om hun verklaringen af te nemen en hadden een geprinte waarschuwing bij zich om hen op hun rechten te wijzen: *Je hebt het recht om jezelf niet verdacht te maken, maar als je niet met me praat, kan ik ervoor zorgen dat je als de sodemieter ontslagen wordt.*

Verdomd aardig van ze dat ze zo begaan waren met zijn rechten. Chilly wist dat hij niks verkeerd had gedaan, maar de gang van zaken was hoe dan ook klote.

Sergeant Johnson, die eerder een leider dan een manager was, had Scott Ritcheys handwapen vervangen door zijn eigen Glock. Hij had ervoor gezorgd dat Chilly een ander geweer kreeg nog voordat de plaats delict leeg was, en benadrukte dat ze niet gestraft werden omdat ze hun werk hadden gedaan. Niettemin zette Johnson alle streepjes door de t en puntjes op de i, zodat de gezagsdragers kregen wat ze wilden om dit hele incident te laten rusten.

Chilly wist wel beter.

De rechercheurs die de schietpartij moesten beoordelen hadden beide agenten vierentwintig uur rust gegeven voordat ze een verklaring af moesten leggen.

Rust… Dat was een lachertje.

Het politiebureau van Abilene was gevestigd in een onlangs uitgebroken en verbouwde supermarkt aan de westkant van de stad. De gemeentelijke rechtbank en de kinderbescherming huisden in hetzelfde gebouwencomplex. Door de geur van verse verf en nieuwe vloerbedekking die er hing, bekroop Chilly altijd het gevoel dat hij aan een nieuwe baan begon. Omdat hij na de schietpartij op administratief verlof was, hoefde hij geen uniform te dragen, maar dit was belangrijk en hij wilde dat de hoge pieten wisten dat hij dat wist. Hij was gekleed in een nette Wrangler-broek en Tony Lama-laarzen, met een smetteloos wit overhemd en een stropdas; ongeveer net zoals de Texas Ranger en de inspecteur van de politie van Abilene, die hem tegemoetliepen bij de personeelsingang en hem naar een lege kamer naast het kantoor van de ondercommissaris leidden. Inspecteur Gene Moss had deel uitgemaakt van de sollicitatiecommissie die Chilly had aangenomen. Het was een magere man met een borstelige snor die altijd rechtvaardig overkwam maar moeilijk te doorgronden was. Hij was afgestudeerd aan de National Academy (NA), het opleidingsinstituut voor staats- en lokale politieleiding van de FBI, en vertoonde zich zelden zonder reversspeldje of mok van de NA, of een flintertje wijsheid dat hij had opgestoken 'in Quantico'.

Ranger Will Peterson legde zijn parelgrijze cowboyhoed met de kroon omlaag op tafel. Hij liet duidelijk merken dat hij de FBI over het algemeen beschouwde als een noodzakelijk kwaad, het schone eind van de federaleoverheidskeutel. Er bungelde een platte houten tandenstoker in zijn spottende mondhoek. Het iconische ronde insigne met de ster was op het linkerborstzakje van zijn gesteven kaki overhemd geprikt; een zilversmid uit Clarendon had het speciaal gemaakt van een authentiek, opgepoetst Mexicaans *cinco peso*-muntje. Chilly was Peterson door de jaren heen een paar keer tegengekomen op plaatsen delict, hoewel hij als nederige motoragent nooit officieel aan hem was voorgesteld. Maar de ranger kende Chilly's vader en vertelde hem dat terwijl ze elkaar de hand schudden. Chilly wist niet of de ranger dat deed om hem te laten weten dat hij een bondgenoot was, of omdat hij een band met een verdachte wilde smeden, zoals iedere goede rechercheur zou doen.

Waarschijnlijk van allebei een beetje, gezien Petersons reputatie als wetsdienaar.

Het interview werd opgenomen: rechercheurs van Interne Zaken en het kantoor van de openbaar aanklager maakten video-opnames in de aangrenzende kamer en keken toe, schijnbaar om te voorkomen dat Chilly twee verschillende verklaringen aflegde.

Chilly deed kort verslag van alles wat er gebeurd was vanaf het moment waarop hij op de melding over de schutter had gereageerd tot het moment waarop het SWAT-team was gearriveerd en het winkelcentrum had uitgeruimd. Hij liet niks achterwege, ook niet het feit dat hij bereid was geweest om rechtstreeks op de schutters af te gaan en een arme zwangere vrouw te laten doodbloeden om daarmee meer moorden te voorkomen.

Inspecteur Moss luisterde met een emotieloos, flauw glimlachje en nam af en toe een slok uit zijn National Academy-mok. Moss, die in zijn vrije tijd lekenpredikant was bij de First Baptist Abilene, was een mysterie. Chilly wist niet of die man nou trots was op wat hij gedaan had, of dat hij overwoog hem op de elektrische stoel te zetten.

Peterson tikte met een goedkope balpen op zijn Ranger-schrijfblokje en verschoof vakkundig de platte tandenstoker naar zijn andere mondhoek. 'Was dat alles, agent Edwards?' vroeg hij toen Chilly uitgepraat was.

Chilly knikte kort. 'Ja, meneer.'

Moss trok zijn wenkbrauwen op, die al net zo borstelig waren als zijn snor. 'Dus verder niks?' Hij dacht blijkbaar dat er nog meer was gebeurd.

'Nee, meneer,' zei Chilly.

Peterson stak zijn hand op, alsof een Texas Ranger toestemming nodig had iets te zeggen. 'Je bent niet toevallig nog andere schutters tegengekomen in of buiten het winkelcentrum?'

Chilly schudde zijn hoofd. 'Nee, meneer. Ik bedoel, ik heb begrepen dat agent Ritchey zijn wapen heeft afgevuurd, maar afgezien van Vetter en Lilly heb ik niemand gezien.'

Peterson boog zich een piepklein stukje over het bureau, alsof de volgende vraag uiterst belangrijk was.

'Een kerel met een kap op, misschien?'

'Nee,' zei Chilly. 'Een kap?'

'Een masker.' Inspecteur Moss keek in zijn aantekeningen. 'Een bivakmuts.'

'Absoluut niet,' zei Chilly. 'Dat had ik me wel herinnerd.'

Ranger Peterson leunde weer achterover op zijn stoel, zijn handen over zijn borst gevouwen, hevig peinzend.

De telefoon op het bureau rinkelde. Moss, die voor het eerst tijdens het verhoor een sprankje emotie toonde, griste de hoorn van de haak en klonk geïrriteerd. Hij luisterde even en hing op.

'Rechercheur Spoon wil weten of je jezelf hebt bekendgemaakt als politieagent voordat je je door de afdeling toegewezen geweer hebt gebruikt.'

'Nee,' zei Chilly.

Moss maakte nog een aantekening op zijn schrijfblok.

Chilly besloot dat hij het moest toelichten. 'Ik lag onder vuur vanaf het moment dat ik de hoofdingang van het winkelcentrum binnenkwam. Op dat moment had ik mijn rode en blauwe zwaailichten op mijn motor al aangezet, en ik droeg een uniformhelm en een felgeel uniformhemd.'

Ranger Peterson grinnikte. 'Ik moet nog steeds verwerken dat je op je motor het winkelcentrum binnen bent gereden.' Hij schudde zijn hoofd. 'Ik heb heel wat coole shit gezien in mijn tijd, maar...' Hij keek naar Moss, die hem een knikje gaf.

Beide mannen ontspanden merkbaar.

'Het grootste deel van wat er gebeurd is, is vastgelegd door beveiligingscamera's van het winkelcentrum,' zei de inspecteur. 'Gelukkig komt jouw verslag volledig overeen met de beelden. We willen graag dat je even ergens naar kijkt.'

Moss belde een van de administratief medewerkers en vroeg hem een laptop binnen te brengen. Ranger Peterson, nog steeds met zijn handen voor zijn borst gevouwen, keek toe terwijl Moss inlogde en de videobeelden tevoorschijn haalde.

'Red jij het een beetje, jongen?'

'Het is allemaal nogal surrealistisch, meneer,' antwoordde Chilly eerlijk.

'Heb je het er met je vader over gehad?'

Chilly knikte. 'Ja. En met mijn broer. Raar dat mijn oudere broer dit werk zes jaar langer doet dan ik, waarvan de helft bij het Hostage Rescue Team van de FBI, waarvoor hij het hele land afreist, en dat ik, als motoragent in Abilene, hier nu betrokken ben bij een schietpartij.'

'Ik weet zeker dat je vader wel wat goede adviezen voor je heeft,' zei Peterson. 'Ik weet dat hij het zelf ook heeft meegemaakt.'

‘Dat klopt,’ zei Chilly.

Moss keek op van de computer. ‘Ons onderzoek is nog niet afgerond,’ zei hij. ‘Maar zoals het er nu naar uitziet, heb je heel wat levens gered.’

Chilly schudde zijn hoofd. ‘Misschien… Maar toch moet ik er steeds aan denken dat als ik niet met mevrouw Wright en de bom in de weer was geweest…’ Hij keek op. ‘Ik begreep dat Vetter er nog drie heeft gedood terwijl…’

‘Nu ga ik je onderbreken,’ zei Peterson. ‘Er is een wereld van verschil tussen jezelf eerlijke kritiek geven en al je handelingen in twijfel trekken. Lois Wright en haar baby hebben deze beproeving dankzij jou overleefd. Dat is heel wat waard.’

‘Dat waardeer ik, meneer,’ zei Chilly. ‘Maar…’ Hij zweeg en veranderde van onderwerp. ‘Vetter sleepte een gijzelaar mee toen ik hem neerschoot. Heeft ze het overleefd?’

‘Ze ligt nog op de intensive care,’ zei Moss. ‘Maar het lijkt erop dat ze het gaat redden.’ Hij tikte met zijn vinger op de aantekeningen die voor hem lagen, en keek ze snel door alsof hij zeker wilde weten dat hij het goed had onthouden. ‘Ze zei tegen het ambulancepersoneel dat Vetter voordat hij stierf over een “spionnenmilitie” sprak. Zegt je dat iets?’

‘Nee, niks.’ Chilly schudde zijn hoofd. ‘Als ik hem een paar tellen eerder had neergehaald, zou ze misschien niet…’

‘Ik zei dat je moest kappen met die onzin,’ zei Peterson, nog steeds kalm, maar zonder ruimte te laten voor discussie. ‘Er zijn meer goede agenten kapotgemaakt door gebrek aan zelfvertrouwen dan door kogels. Ik denk dat er niet zoiets bestaat als een goede schietpartij, maar wat jij hebt gedaan ziet er eerlijk en gerechtvaardigd uit. Niettemin heb je nog een pittige tijd voor de boeg. Er zullen echt nog wel een paar aasgieren rondcirkelen die klaarstaan om wat civiele procedures tegen jou en de stad aan te gooien, om te zien wat er blijft hangen. Je kunt je er maar beter meteen bij neerleggen dat je daaraan geen moer kunt veranderen. Wat je wel kunt doen, is je gedeisd houden en bedenken dat je gewoon je werk hebt gedaan. Laat die andere ongein maar over aan de hersenloze betweters die denken dat ze precies weten hoe ze onder druk zouden presteren omdat ze een paar afleveringen van SEAL *Team* hebben gekeken.’ Peterson haalde zijn tandenstoker uit zijn mond en gooide hem in de prullenbak, waarna hij een flintertje hout van het puntje van zijn tong plukte. 'Ik heb geen van hen op hun motor in de richting van geweerschoten zien rijden.'

Moss knikte grijnzend en draaide de laptop op tafel naar hen toe, zodat ze de beelden allemaal konden zien.

Chilly keek naar de gebeurtenissen, die vanuit zestien verschillende hoeken werden afgespeeld op een computerscherm met meerdere beelden. Hij had het zelf beleefd, maar schrok er nu toch van hoe snel de dingen waren gegaan. Op het onderste beeld rechts zag hij Vetter en Blondie uit de deur van Sears rennen, maar daarna meteen omdraaien en weer naar binnen rennen toen de beveiligers van het winkelcentrum eraan kwamen en blijkbaar de vluchtauto ramden.

Daarna werd dat vakje op het scherm op onverklaarbare wijze zwart.

Ranger Peterson wees met een nieuwe tandenstoker naar het zwarte vierkantje. 'Een of andere slimme klootzak heeft de camera kapotgeschoten,' zei hij.

'Die kerel met die bivakmuts waar jullie naar vroegen?'

'Daar lijkt het wel op,' zei Moss. 'Een barmhartige samaritaan met een pistool, volgens getuigen.' Hij sloeg zijn folder open en schoof een stapel kleurenfoto's over tafel. Op de bovenste stond een witte Hyundai-SUV. Op de volgende foto lag een man op straat naast de bumper van de auto, met op de plek waar zijn keel had moeten zitten een gapende, onmogelijk te overleven wond.

'Merlin Swain,' zei Chilly. 'Die heb ik een paar keer gearresteerd. Kruimeldiefstal, dat soort dingen. Zijn bijnaam is Zip.'

'Wás Zip,' verbeterde Peterson hem. 'Volgens de bestuurster van de witte SUV bedreigde meneer Swain haar en haar kind met een handwapen. Hij wilde haar auto jatten toen een, in haar woorden, "militair uitziende vent met een masker" hem met een geweer in zijn nek schoot. Ze zegt dat die gemaskerde man haar leven heeft gered.'

Chilly keek nog eens goed naar de foto en blies langzaam uit. 'Schotwonden zien er nooit zo uit als in de film...' Hij haalde diep adem en schudde zijn hoofd. 'Interessant dat degene die heeft geschoten de tijd heeft genomen om eerst de camera uit te schakelen.'

'Zeker,' zei Peterson. 'Twee snelle schoten van vijftien meter afstand. De vrouw van de SUV zegt dat haar man een paar geluidsdempers heeft en dat die vent net zoiets op zijn geweer had bevestigd.'

Chilly bestudeerde de foto bedachtzaam. 'Gedempt geweer, eerst een schot om de camera uit te schakelen voordat hij Zip neerschiet. Lijkt een prof. Zijn er nog jongens van Special Ops die via Dyess komen?'

'Voor zover ik weet is Dyess vooral een basis voor luchtmobiliteit en bommenwerpers,' zei Peterson. 'Maar het zou kunnen. Een getuige die uit de bibliotheek kwam, geeft dezelfde beschrijving als de bestuurster van de SUV: lang, atletisch gebouwd, met "net zo'n bivakmuts als die vent uit Nairobi droeg".'

'Die kerel van de SAS,' zei Chilly, die dat op zich in liet werken. Zijn theorie over Special Ops klonk steeds plausibeler. 'Van de terroristische aanval van de Al-Shabaab in de Westgate Mall in Kenia.'

'Yep,' zei Peterson. 'Volgens meerdere getuigen schoot die gast Merlin Swain twee keer in zijn keel en pakte daarna zijn telefoon af.'

'Dat is wel echt hoogstaande professionele shit,' zei Chilly. 'Sorry voor mijn taalgebruik, inspecteur. Maar jezus, midden in een verklote overval en daarbovenop een carjacking weet die gast met die bivakmuts de enige beveiligingscamera te vinden, schiet hem kapot en raakt Zip twee keer in zijn keel, zodat diens gezicht intact blijft en hij zo de telefoon kan ontgrendelen.'

Chilly kreeg opeens een ingeving en spreidde de foto's uit op tafel. Hij vond wat hij zocht en schoof de afbeelding naar de twee andere mannen.

Ranger Peterson haalde een leesbril uit zijn borstzakje en boog zich voorover. 'Een spoor in het bloed.' Hij schoof de foto naar Moss en keek over zijn bril, in afwachting van een uitleg van Chilly. 'Oké?'

'Het is een rare afdruk,' zei Moss. 'Herken je hem?'

Chilly nam even de tijd om op zijn telefoon te scrollen en legde hem naast de foto van de plaats delict op tafel. 'Dezelfde schoenafdruk die we hebben gevonden bij het huis van Royce Vetter nadat zijn vrouw en zoon vermoord waren, ruwweg vier uur voor de schietpartij in het winkelcentrum.'

'We halen de afdruk door SoleMate,' zei Peterson. 'Het zou niet lang moeten duren om erachter te komen wat voor schoen het is.'

Moss schoof zijn stoel naar achteren en stond op. 'Dus we zijn op zoek naar een professionele schutter die het gezin van Royce Vetter heeft vermoord en daarna achter Merlin Swain aan is gegaan, hem heeft vermoord en zijn telefoon heeft afgepakt; en dat allemaal hier in Abilene.'

'Wat zei Vetter ook weer tegen zijn gijzelaar?' vroeg Chilly, die ook overeind kwam. 'Spionnenmilitie... Dat lijkt wel aardig te kloppen.'

39

President Jack Ryan zat achter de Resolute Desk, dacht aan zijn recente ochtend met Cathy en hield zichzelf voor dat het Amerikaanse volk er baat bij had als hun president een emotioneel gezond en blij mens was.

Arnie van Damm verbrak die plezierige stemming door binnen te komen banjeren via de zijdeur het dichtst bij zijn eigen kantoor, waarbij hij de hele secretaresseruimte omzeilde.

'Ja hoor,' zei hij. 'We hebben weer eens een situatie in Afghanistan.'

Zoals altijd droeg Van Damm de kreukels op zijn blauwe krijtstreepkostuum als een ereteken, of misschien vond hij het gewoon bijzaak. Een donkerblauwe das hing scheef aan de openstaande kraag van een oxfordoverhemd, als de wijzer van een klok die naar de vier in plaats van de zes wees.

De stafchef keek ongeduldig op zijn horloge.

'Ik had gedacht dat iedereen er nu wel zou zijn,' zei hij.

De deur van de secretaresseruimte zwaaide midden in zijn zin open. Mary Pat ving Arnies opmerking op en trok een grimas.

'We zijn tien minuten te vroeg.'

Bob Burgess, minister van Binnenlandse Veiligheid Mark Dehart en Beth Treviso, de minister van Volksgezondheid en Sociale Zaken, kwamen achter haar aan. Commandeur Robbie Forestall, de plaatsvervangend adviseur Nationale Veiligheid, sloot de rij.

'Tien minuten,' peinsde hij hardop, alsof er iets moreel superieurs aan was om elf minuten te vroeg te zijn.

Ryan kwam achter zijn bureau vandaan en ging in zijn stoel rechts van de open haard zitten. Hij gebaarde naar de twee banken om iedereen aan te sporen lekker te gaan zitten. De koffie kwam eraan. Wat een strategische sessie over het wetsvoorstel voor farmaceutische onafhankelijkheid had moeten zijn, leek nu uit te monden in een briefing over Afghanistan. Dat lag niet in het straatje van Treviso en Dehart, maar Ryan waardeerde hun input en vroeg of ze wilden blijven.

'Op het vorige filmpje was een vrouw te zien, van wie ze denken dat het dokter Naomi Harper is, die ten noorden van Pagol de grens naar Tadzjikistan overstak,' zei Foley. 'Deze nieuwste beelden zijn persoonlijk overhandigd aan een informant in Ishkashim, aan de kant van Tadzjikistan, door een toevallige voorbijganger, een reizende koopman die zweert dat hij er verder niks van weet en het filmpje heeft gekregen van een Chinese man van wie hij denkt dat het een soldaat was.'

'Allereerst,' zei Ryan. 'Hebben we vastgesteld dat deze beelden echt zijn?'

'Goede vraag,' zei Foley. 'En ja. Dit lijkt geen deepfake te zijn.'

'Wat weten we van die kerel die de bekentenis aflegt?' vroeg Ryan.

Foley tikte met haar pen op haar schrijfblok. 'Het afdelingshoofd in Dushanbe zegt dat Nazir Bayat familie schijnt te hebben die heen en weer reist tussen Tadzjikistan en Khushabad in Afghanistan. Hij heeft mensen die op dit moment een deel van de familie Bayat proberen op te sporen, maar de Wachi's hebben geen mobiele telefoons, voertuigen of andere middelen die we kunnen gebruiken om ze te vinden. We moeten het doen met de mensen ter plaatse en mondelinge overlevering.'

Dehart zei: 'Voor zover ik heb gelezen merken de Wachi's nauwelijks iets van de oorlogen in hun land. Ze hebben geen ervaring met geweld. Er zouden niet veel gewapende troepen nodig zijn om ze te onderwerpen, de Harpers gevangen te nemen en naar het noorden te vervoeren.'

'Klopt,' zei de minister van Buitenlandse Zaken. 'Er zijn een paar niet al te geheime Chinese bases over de grens in Tadzjikistan. Een in de buurt van Pak, niet ver van de plek waar de video zou zijn opgenomen, en een verder naar het oosten, een kilometer of dertig van de Chinese grens.'

Ryan nam een slok koffie en liet de informatie even op zich inwerken, waarna hij naar de directeur van de Nationale Inlichtingendiensten keek. 'Hoe ver van de Tadzjiekse grens werkten de Harpers?'

Foley knikte naar de tablet die Forestall op schoot had. Hij was op de president gericht en toonde een kaart van de smalle Wachan-corridor in Afghanistan en de omringende landen Tadzjikistan, Pakistan en China. 'Volgens hun dochter,' zei Foley, 'werkten de Harpers op een van deze drie plekken: Mulung Than, dat het dichtst bij de grens met Tadzjikistan ligt, Vagd Boi of Asan Katich. In de Grote Pamir.'

Ryan strengelde nadenkend zijn vingers ineen. Iedereen in de kamer wist van zijn voorliefde voor *Kim*, de roman van Rudyard Kipling over een klein jongetje dat als spion werkte tijdens de Great Game, het conflict waardoor de Wachan-corridor ontstond. Terwijl de anderen probeerde hun wazige mentale kaart van de '-stans' scherp te stellen, stelde Ryan zich Centraal-Azië voor zoals het destijds was en vergeleek het met nu.

'Hoeveel Chinese soldaten zijn er op het laatste filmpje te zien?' vroeg Ryan.

'Er zijn er vier in beeld,' zei Forestall. 'Er is voldoende beweging om te kunnen vaststellen dat er een cameraman was en geen statief. Dus minstens vijf.'

Ryan nam nog een slok koffie en schudde zijn hoofd. 'Het is niet ongebruikelijk dat de Chinezen in de Wachan-corridor patrouilleren. Jezus, wat moeten de paar Afghaanse eenheden die daar posten dan doen als er een grotere, beter bewapende groep soldaten van het Volksbevrijdingsleger over de bergen komt die zeggen dat ze willen helpen? Dat gezegd hebbende: patrouilleren is heel iets anders dan de grens over marcheren en Amerikanen ontvoeren die bezig zijn met een humanitaire missie.' De president keek over de rand van zijn kopje naar de DNI. 'En we weten honderd procent zeker dat de Harpers geen informanten van een of andere inlichtingendienst zijn?'

'Ze zijn niet van ons, meneer de president,' zei Foley. 'Het gebied waar ze zich bevinden is extreem afgelegen. Geen taliban aanwezig; de Wachi's zijn te arm om ze het vel over de oren te halen en met te weinig om ze te straffen voor hun lakse godsdienstbeoefening. Een handjevol smokkelaars gebruikt nog steeds de oude Zijderoute, maar de Chinese troepen komen er zo onregelmatig dat er door te posten noch voor ons, noch voor de taliban echt bruikbare inlichtingen te halen zijn.'

'Wie wist dat de Harpers daar waren?' vroeg Ryan. 'Ik weet zeker dat het nieuws dat er dokters aanwezig waren als een lopend vuurtje door de Pamir is gegaan, maar dit soort zaken vergt planning. Enig idee hoe het bekend is geworden?'

'De BBC heeft een paar weken geleden een nieuwsitem aan hen gewijd,' zei Forestall. 'Een journaliste en haar productieteam liepen met hen mee: vrachtwagen, eten, jakkaravaan, dat werk. Ze is een paar dagen gebleven en heeft het verhaal naar buiten gebracht zodra ze terug was in Kabul.' Forestall, die het gewend was om de president te briefen, beantwoordde de volgende vraag voordat die gesteld werd. 'De BBC heeft al het ruwe materiaal al naar Langley gestuurd. De verslaggeefster zegt heel duidelijk dat ze gedurende haar verblijf alleen maar Wachi's, Tadzjieken en Kirgizische herders in de buurt van de Harpers heeft gezien. Geen teken van Chinese militairen.'

'Een van de geüniformeerde mannen achter dokter Naomi Harper heeft gelaatstrekken die erop duiden dat hij weleens Tadzjieks kan zijn,' merkte Burgess op. 'De anderen lijken van het Volksbevrijdingsleger te zijn. De commandant van de Chinese strijdkrachten heeft zichzelf niet geïdentificeerd in het filmpje, maar we hebben bevestiging dat hij kolonel Tu Jian is, van het westerse commandocentrum. Het laatste wat we weten is dat hij in Xinjiang was.'

'Beschuldigd van spionage...' zei Ryan. 'Wat werd er ook alweer gezegd in het filmpje? Ze werden vastgehouden "voor hun eigen veiligheid". Het is altijd dat soort bullshit.'

'Maar ze vragen niet om een ruil,' zei Dehart peinzend.

Dat was een billijke opmerking, aangezien het niet bepaald ongebruikelijk was dat een land buitenlandse bezoekers oppakte, hen beschuldigde van spionage en vervolgens in ruil daarvoor gevangenen wilde uitwisselen.

'Nog niet,' zei Foley.

'SEAL Team Zes en Delta maken zich op voor een mogelijke inzet in Tadzjikistan,' merkte Burgess op.

'Zodra we een locatie voor hen hebben,' zei Ryan.

'Wordt aan gewerkt,' zei Burgess. 'Dushanbe heeft ons toestemming gegeven om een één-punt-nul-baan boven de joerten in de buurt van Kargush aan te houden.' Hij vertaalde het voor Dehart en Treviso. 'Vierentwintiguurssurveillance.'

'En als ze nog steeds in de Wachan-corridor zijn?' vroeg Ryan.

'Special Forces die het gebied kennen gluren ook rond in de Wachan, in samenwerking met hun AFA-commando-tegenhangers.'

Ryan schudde zijn hoofd. 'Is er nog iemand die het gevoel heeft dat dit precies is wat kolonel Tu van ons wil? Dat we overhaast ingrijpen voordat we voldoende informatie hebben? Op die video is duidelijk te zien dat de Harpers zich in een vilten joert bevinden. Als ze in Tadzjikistan of de Wachan-corridor zijn, zien de mensen die hen vasthouden ons van mijlenver aankomen. We riskeren dat we de Harpers in gevaar brengen als we daarnaartoe gaan zonder dat we precies weten in welke joert ze zijn, om nog maar te zwijgen van het gevaar voor die onschuldige Wachi-herders...' Hij keek de kamer rond. 'Hou me op de hoogte. Wat nog meer?'

Toen niemand anders ergens mee kwam, zei Mary Pat: 'Ik vraag me af of we het weer moeten hebben over de recente Operation Noble Eagle-inval.'

Ryan leunde zo ver achterover als de stoel met de hoge rugleuning het toeliet, alsof hij afstand wilde nemen van de vraag.

Hij kreunde. 'Oké.'

Mary Pat schonk hem een moederlijke glimlach, waaruit 'dit is voor je eigen bestwil' sprak. 'Het feit dat de familie van de piloot werd bedreigd door een onbekende derde partij doet denken aan een verkennende aanval. Alsof er hier iets groters speelt.'

Burgess knikte kort om aan te geven dat hij Foley steunde, al was hij zich ervan bewust dat Ryan hier niet over wilde praten.

'We laten het 101ste nog een paar dagen in verhoogde staat van paraatheid op Andrews staan,' zei hij.

Minister Dehart, die over Binnenlandse Veiligheid ging, stemde daarmee in.

Ryan zette zijn koffiemok op het bijzettafeltje en stak zijn handen in de lucht. 'Oké. Ik heb vijanden,' zei hij. 'Daar ben ik me ten volle van bewust. Jezus, als je zulke beslissingen moet nemen als wij, kun je niet verwachten dat iedereen het met je eens is. We hebben deepfakes waarin ik een groep van mijn zogenaamde met kappen bedekte Illuminati-volgelingen toespreek of me tot bankiers richt die de wereld domineren. In de laatste video die ik gezien heb beloofde ik de G20-leiders dat ik een kernaanval op Rusland uitvoer als ze

"Oekraïne niet aan ons teruggeven", alsof Oekraïne ooit van ons is geweest. De afgelopen drie weken is het aantal ransomwareaanvallen zo ongeveer vervijfvoudigd en minstens één ervan heeft geleid tot de dood van Amerikaanse burgers. En... ja, iemand heeft geprobeerd meneer Cantu te dwingen een vliegtuig tegen mijn huis aan te vliegen. Maar dat is niet gelukt.'

Ryan boog zich voorover en keek om beurten naar iedereen in de kamer. 'We mogen en zullen ons niet laten afschrikken. Ik vertrouw erop dat mijn vrolijke groep deskundigen zorgt dat we allemaal veilig zijn en dat ik verder kan.'

40

Burgess en Forestall excuseerden zich als eersten. Foley bleef een paar minuten langer en gaf input wanneer Ryan haar daarom vroeg, terwijl ze suggesties deed die hij nog niet had overwogen. Voor een meeting in het Oval Office duurde deze lang, maar liefst vijfentwintig minuten.

Arnie en minister Treviso vertrokken via de gangdeur, maar Ryan vroeg of Mark Dehart nog even wilde blijven.

'Rare tijden,' zei Ryan toen de twee mannen alleen waren.

'Inderdaad, meneer de president,' zei Dehart. Hij maakte zijn leren aktetas open en haalde er een vel papier uit, waarna hij vooroverboog om het aan Ryan te geven, die een leesbril van zijn bureau pakte om het te kunnen bekijken.

'Ik neem aan dat dit geen ontslagbrief is.'

'In het geheel niet,' antwoordde Dehart. Als hij van de wijs was gebracht, liet hij dat niet merken. 'U hebt ons allemaal gevraagd om een lijst te maken van vijf personen die ons goede kandidaten lijken voor de functie van vicepresident. Mijn excuses dat ik zo laat ben met mijn lijst, maar dit is hem, met mijn beweegredenen voor elke naam.'

'John Nance Garner, die de vicepresident was van Franklin Delano Roosevelt, zei dat de baan van vicepresident "de reserveband op de automobiel van de regering" was.'

Dehart glimlachte. 'Onder andere, meneer.'

'Die ouwe Cactus Jack had nog wel een paar meer kleurrijke omschrijvingen voor de functie, laat dat duidelijk zijn.'

Ryan bestudeerde het document. 'Je noemt Mary Pat Foley als eerste keuze. Interessant.'

'U vroeg om een eerlijke keuze, meneer de president,' zei Dehart. 'Directeur Foley is het in negentig procent van de gevallen eens met uw prioriteiten. Van wat ik heb geobserveerd, steunt ze zonder enige aarzeling de overige tien procent.'

'Dat klopt inderdaad.' Ryan gaf het vel papier weer terug aan Dehart. 'Je lijst is incompleet.'

'Sorry?'

'Ik had jouw naam hier ook graag zien staan, Mark.'

Nu was hij wel van de wijs gebracht. 'Meneer de president, ik... Dat is niet...'

'Je stond op drie andere lijstjes,' zei Ryan. 'Waaronder dat van Mary Pat. En ik moet zeggen, je staat zeker op dat van mij.'

'Meneer de president,' zei Dehart, en hij klonk alsof hij zojuist als laatste man vier keer achthonderd meter estafette had gelopen. 'U bent dol op citaten, dus ik haal Theodore Roosevelt aan. "Ik zou alles, bijvoorbeeld geschiedenisleraar, liever zijn dan vicepresident."' Er gleed een gepijnigde uitdrukking over zijn gezicht, zoals Ryan al had verwacht. 'U wordt omringd door zoveel mensen die veel capabeler zijn dan ik...'

Ryan grinnikte wrang. Hij had vrijwel exact dezelfde bewoordingen gebruikt tegen president Durling. Maar hij bleef niet in het verleden hangen en boog voorover, waarbij hij Mark Dehart indringend aankeek.

'Weet je wat voor mij de doorslag gaf?'

De minister deed zijn ogen dicht en haalde langzaam, weloverwogen adem. 'Ik kan het me niet voorstellen, meneer de president.'

'Op Andrews,' zei Ryan. 'Toen Scott het lichaam van de vicepresident thuisbracht vanuit Japan. Natuurlijk was je respectvol ten aanzien van de herinnering aan Tony Hargrave, maar je eerste prioriteit ging naar special agent Mulvaney. Het is heel zwaar voor een Secret Service-agent om degene die hij heeft gezworen te beschermen te verliezen, zelfs als het om een natuurlijke doodsoorzaak gaat. Jij kent Keenan Mulvaney bij zijn naam. Welke andere minister kent zijn mensen zo goed?'

'Welke andere president kent zijn mensen zo goed?' vroeg Dehart.

'Zie je wel,' zei Ryan. 'Dat verwacht ik nou... Nee, dat eis ik.' Hij wachtte even om het gesprek te laten bezinken en zei: 'Ik hoor graag hoe je erover denkt.'

'Meneer,' zei Dehart en hij slikte moeilijk, terwijl hij de kamer rondkeek alsof hij de nooduitgang zocht. 'Deze positie is bedoeld voor iemand die zich kandidaat wil stellen bij de volgende verkiezingen. Ik wil niet vervelend zijn, maar ik ben nooit op deze functie uit geweest.'

'Ik snap het,' zei Ryan. 'Je wilt deze baan niet. En juist daarom ben je er geknipt voor. Je bent al helemaal doorgelicht door de FBI en je hebt behoorlijk wat steun aan beide kanten van het politieke spectrum. Bevestiging zou dus voor geen van ons beiden al te pijnlijk moeten zijn.'

Dehart haalde weer adem. 'Ik weet dat ik hier ben om te dienen, meneer de president, maar ik vind het maar niks. Nee, meneer. Ik vind het helemaal niks, en eerlijk gezegd zal dat ook voor mijn vrouw gelden.'

'Zeg maar tegen Dee dat het vicepresidentschap vaak wordt omschreven als de saaiste functie van Washington.'

'Met alle respect,' zei Dehart, 'maar voor u was het niet bepaald saai.'

'Nee,' zei Ryan, die terugdacht aan de paar korte uren waarin hij de functie van vicepresident van de Verenigde Staten had uitgeoefend, voordat negentig procent van de regering werd uitgeschakeld. 'Dat klopt.'

41

Het centrum van Washington D.C. zag eruit alsof de inwoners van de stad zich voorbereidden op een legerinval in plaats van een eerbetoon aan wijlen vicepresident Anthony Hargrave. In werkelijkheid klopte dat allebei.

John Clark stond naast zijn schoonzoon. Hij was nauwelijks in staat om menigten van welke omvang dan ook te verdragen en bleef met zijn rug tegen een grote wilgbladige eik staan, vlak bij de kruising van Pennsylvania Avenue en 4th Street. Duizenden mensen vulden de open plek tussen de oostelijke en westelijke gebouwen van de National Gallery of Art en stroomden over Constitution Avenue vanaf het Witte Huis helemaal tot aan het Capitool.

President Ryan had de minister van Defensie opdracht gegeven om namens het hele land een staatsbegrafenis te organiseren voor Anthony Hargrave. In navolging van zijn bevel had de minister het Militaire District van Washington aangewezen om die verantwoordelijkheid op zich te nemen.

Een staatsbegrafenis was een enorme onderneming met een overvloed aan taken in alle servicebranches, waarbij meerdere overheidsinstanties zich bezighielden met toezicht houden op en plannen van de logistiek en de beveiliging van hoogwaardigheidsbekleders uit de Verenigde Staten en de hele wereld.

Ze hadden drie dagen om het te regelen.

Later, als het stoffelijk overschot van de vicepresident het Capitool bereikte, zou één op de twee gezichten in de menigte iemand zijn uit het leger, de Capitool-politie, de Secret Service of de diplomatieke beveiliging van het ministerie van Buitenlandse Zaken; of iemand anders met een badge en een pistool, die een of andere diplomaat of een potentaat beschermde. Ook langs de route van de rouwstoet was beveiligingspersoneel aanwezig, in uniform of opgaand in de menigte in burgerkleding, zoals Clark en Chavez.

Weg waren de touringcars, de T-shirtverkopers op straat en de hotdogkarretjes die gewoonlijk de stoep langs Constitution Avenue bevolkten. Vuilniswagens blokkeerden de dwarsstraten een huizenblok verderop. Betonnen palen en dranghekken leidden de menigten naar de plekken waar de Secret Service en de D.C. Metro ze wilden hebben: dichtbij genoeg om hun respect te betuigen, maar niet zo dichtbij dat ze een dreiging konden vormen.

Clark wist maar al te goed dat je iemand alleen maar kon beschermen door de persoon in kwestie in een betonnen bunker omringd door gewapend personeel te zetten. Maar dat hield niemand lang vol, hoe groot de dreiging ook was, en zeker niet degenen die overmoedig genoeg waren om goede leiders te zijn. En zelfs dan leerden de vijanden op een gegeven moment zoveel over je verdediging dat ze hun eigen bunkervernietigers konden bouwen.

De voorzitter van het Witte Huis – de opvolger van de president, totdat Mark Dehart zou worden beëdigd – zat duimen te draaien op een geheime locatie uit de buurt van de andere leden van het kabinet en het Congres. De designated survivor. De Verenigde Staten hadden weleens te maken gehad met een aanslag die als doel had de regering lam te leggen. Door een Japans commercieel vliegtuig dat het Capitool in was gevlogen, was Jack Ryan luid tegenstribbelend in het Oval Office beland. Daarna nam de gevestigde orde het allemaal wel serieus. Tenminste, een tijdje. De staat van hoge paraatheid viel al snel weer terug tot een niveau van ontspannen oplettendheid, die met elke minuut na een ramp of een beveiligingslek steeds ontspannener en minder oplettend werd.

Mensen vergaten het.

Clark niet.

Chavez staarde naar de westkant van Pennsylvania Avenue, waar de rouwstoet naderde. Net als Clark was hij de stemming van de menigte aan het peilen. Foley had hun gevraagd rond te lopen en officieus contrasurveillance uit te voeren als de rouwstoet langskwam.

Clark keek over Constitution Avenue naar de naderende colonne politiemotoren. Het Washington Monument verrees achter hen in de verte.

Een marinecommandant in een blauw uniform, die met een groep andere marineofficieren iets verderop stond, bracht met een spierwitte handschoen een strakke militaire groet toen de nationale kleuren in zicht kwamen. Clark, die in een vorig leven zelf commandant was geweest, droeg nu burgerkleding en onderdrukte de neiging om ook te salueren.

Aan het hoofd van de stoet reden, met knipperende lichten, de motoren van de erewacht van de D.C. Metropolitan Police. Achter hen marcheerde een vaandelwacht. Daarna kwam een bereden commandant van het 3rd United States Infantry Regiment, ook wel de 'Oude Garde' genoemd, gevolgd door zes identieke paarden die een vierwielige caisson voorttrokken met daarop de met een vlag gedrapeerde doodskist. Acht geüniformeerde kistdragers, die vijf krijgsmachtdelen vertegenwoordigden, flankeerden de caisson, die oorspronkelijk in 1918 was gemaakt om een 75mm-kanon te vervoeren. Achter de kist liep nog een vaandelwacht, die de vlag van de vicepresident droeg. Eén soldaat van de Oude Garde voerde een zwart paard zonder ruiter mee, dat was opgetuigd met een blauw sjabrak en een zadel. Gepoetste laarzen stonden achterstevoren in de stijgbeugels.

Langs de National Mall vormde zich een lange rij van militaire bands, marcherende militairen, vlaggen, kanonnen en een zee van hooggeplaatste officieren. De Secret Service, de Capitool-politie en het D.C. Metropolitan Police Department waren er zeer nauw bij betrokken, maar het was overduidelijk dat dit een militaire aangelegenheid was. Alle pracht en praal en het vlagvertoon vervulden Clark met een geluksgevoel en tegelijkertijd van een intense droefheid.

Terwijl de eerste mars de hoek om kwam, naderden de paarden die de caisson voorttrokken 4th Street, en hun klepperende hoeven vormden een sombere begeleiding van de militaire band die 'Hail Columbia' speelde.

Chavez boog voorover om iets te zeggen, maar Clark stak zijn hand op ten teken dat hij even moest wachten. Een tel later begreep Chavez waarom.

Terwijl de doodskist met een gestage vijf kilometer per uur over het kruispunt reed, brulde er een eenzame Air Force F-16 boven hun hoofd. Er volgden nog vier pelotons van vijf straaljagers, de een na de andere, zo laag dat Clark het gebulder van de motoren diep in zijn borst voelde. Toen het laatste peloton overvloog, schoot de derde straaljager uit de formatie recht omhoog, waardoor er een duidelijk gat achterbleef.

'Die ontbrekende man en het paard zonder ruiter raken me altijd,' zei Chavez toen het gebrul wegstierf en de band te dichtbij kwam om nog iets anders te kunnen horen. 'Die laarzen die achterstevoren in de stijgbeugels staan, zodat de commandant nog één keer achterom kan kijken naar zijn troepen voordat hij weggaat...'

Clark knikte bijna onwaarneembaar. 'Het is een troost voor de nabestaanden, denk ik.'

Hij had weliswaar al heel wat van de dood gezien, maar naarmate Clark dichter bij zijn eigen uiterste houdbaarheidsdatum kwam, wist hij steeds minder wat hij ervan moest denken. Zou hij de kans krijgen om achterom te kijken, naar zijn vrouw en zijn familie? Zijn kleinzoon? Eén ding wist hij wel: het was niet goed om te lang over dat soort zaken na te denken. Hij kon zich beter focussen op wat hij daadwerkelijk kon doen nu hij nog rechtovereind stond dan op wat hij misschien zou kunnen doen als hij dood was.

42

Vandaag besprak Harjit Malhotra zijn financiën en aanwinsten met de tijger. Hij evalueerde de voordelen van de aankomende verkoop aan Roth Pharmaceutical, de vele hindernissen en de o zo afschuwelijke ongemakken die de verachtelijke Amerikaanse president voor hem opwierp. De tijger leek aandachtig te luisteren, of in elk geval onderbrak hij hem niet. Kashvi, Malhotra's verrukkelijk knappe secretaresse, noemde het dier 'zijn' tijger. Maar dat klopte helemaal niet. Hoewel Malhotra inderdaad degene was die hem gedood had, behoorde de tijger aan niemand toe. Kon iemand ooit echt zo'n vurig en mooi dier bezitten? Kashvi was een onnozel wicht dat nooit enige vorm van filosofie zou begrijpen.

'Maar ze is goed voor andere dingen,' zei Malhotra tegen de tijger.

Toen er op de deur werd geklopt, schrok hij op; even dacht hij dat het geluid op de een of andere manier afkomstig was van het dier. Kashvi stak haar hoofd naar binnen, met grote oorringen die aan haar sappige oorlelletjes bungelden… en ze verklaarde dat Herr Reinhardt Roth er was, de directeur en de grootste aandeelhouder van Roth Pharmaceutical.

Malhotra moest zich inhouden om niet verheugd in zijn handen te wrijven.

Roth was met zijn eenenzestig jaar bijna twee keer zo oud als Malhotra, maar hij zag er veel jonger uit. Hij was lang, met een sterke kaaklijn en had een hoog opgeheven hoofd met goudkleurig haar, waardoor iedereen die hem voorbij zag komen zei: 'Daar heb je die Duitse kerel.'

Kashvi liet de man binnen en keek hem vol aanbidding aan, zoals een secretaresse een gast hoorde te aanbidden. Misschien wel een beetje té, dacht Malhotra terwijl hij om zijn bureau heen liep en Roth uitnodigde om net als hij plaats te nemen op een van de diepbruine leren stoelen uit Kanpur. Kashvi deed een stap naar achteren zodra de mannen hadden plaatsgenomen.

'Iets te drinken?' Malhotra wapperde met zijn hand naar de welvoorziene bar tegen de muur, naast de tijger. 'Een Jägermeister? Of wilt u misschien een heerlijke Indiase *feni*?'

Herr Roth likte langs zijn lippen alsof hij de lucht proefde en keek daarna met een beleefde glimlach naar Kashvi. 'Rum, graag. Met ijs, als het goede rum is.'

Malhotra beet op zijn tong en knikte naar zijn secretaresse. 'Haal voor hem rum met ijs, en een feni met limoen voor mij.'

'In mijn land hebben we een gezegde,' zei Roth een paar minuten later, nadat Kashvi heupwiegend was weggelopen. Hij draaide zijn glas rum rond, maar keek Malhotra recht aan, alsof hij al zijn reacties wilde beoordelen. 'Een voorzichtige pauze geeft de zaken een duw in de rug.'

Een pauze? Dit was nou precies waarvoor hij bang was geweest. Was Roth helemaal uit München overgevlogen om hem te vertellen dat de deal werd afgeblazen en hem wanhopig te zien kronkelen? Daar was Herr Roth veel te geslepen voor. Als hij de stekker eruit wilde trekken, had hij dat wel via de telefoon gedaan. Nee, nee, nee. Dit was puur een onderhandelingstactiek. Niemand werd zo rijk als Reinhardt Roth door de vraagprijs voor wat dan ook te betalen. Maar goed, niemand vergaarde ook de rijkdommen die Malhotra beoogde door iets voor een habbekrats te verkopen.

Malhotra nam een slok cashewlikeur en forceerde een glimlach. 'Wij hebben ook zo onze gezegdes. En er is er één in het bijzonder die mij en mijn familie van pas is gekomen: noch een aap die een tak mist, noch een man die een kans mist kan gered worden.'

De Duitser nam een slok rum en liet het even bezinken.

'Herr Malhotra,' zei Roth. 'Het feit dat de Amerikanen faciliteiten aan het bouwen zijn in Puerto Rico baart zowel mijn raad van bestuur als mij persoonlijk zorgen. Misschien moeten we...'

Malhotra greep zijn kans en interrumpeerde hem. 'Als ik u even mag onderbreken... Het is nogal prematuur om te zeggen dat de Amerikanen faciliteiten "aan het bouwen" zijn. Dat protectionistische wetsvoorstel is nog in een vroeg stadium en zal waarschijnlijk in de kiem gesmoord worden door al die commissies van hun Congres.' Hij glimlachte, nu oprecht. 'Er is maar weinig waardevols dat zonder kleerscheuren door die commissies komt, en dit wetsvoorstel is waardeloos. Geen zorgen, geen zorgen.'

Roth staarde lange tijd naar de tijger. 'Die ogen...' zei hij.

Malhotra knikte, blij dat hij even een ogenblikje had om in gedachten uit te vogelen hoe hij deze deal zou kunnen redden. 'Ja, die ogen zijn vurig, hè? Zo intens.'

De Duitser trok zijn bovenlip op met iets wat walging zou kunnen zijn, maar wat op zijn zachtst gezegd lichte minachting was. 'Ik wilde zeggen dat ze tragisch waren.' Hij zette zijn lege glas met een daverende klap op de teakhouten bijzettafel. 'Een groot aantal van mijn adviseurs vindt het verstandig om even te wachten en oppert dat ik misschien de mogelijkheden moet onderzoeken om te investeren in onroerend goed in Puerto Rico.'

Kashvi, die heel gevoelig was als het ging om geluiden als de klap waarmee lege glazen op een tafel terechtkwamen, klopte op de deur en kwam binnen om Roth nog wat rum aan te bieden.

Hij gaf haar met een brede glimlach zijn glas. Malhotra wist het niet zeker, maar hij dacht te zien dat die schoft de vingers van het meisje streelde.

'Je werkgever boft maar met zo'n aardige, attente assistente.' Hij gaf haar een speelse knipoog. 'Geen ijs deze keer, liefje.'

'Herr Roth,' zei Malhotra, 'ik verzeker u dat dit wetsvoorstel op niets uitloopt. Mijn lobbyisten en politiek medewerkers in Washington D.C. vertellen me dat het niet levensvatbaar is. En dat is waar. Elke speculatie die te maken heeft met onroerend goed in Puerto Rico zou alleen maar resulteren in Caraïbische grond, die weliswaar heel pittoresk is maar morgen niet veel meer waard is dan vandaag. Deze aankoop is voor ons allebei een heel goede deal. Ik raad u dringend aan om vast te houden aan uw besluit dit door te laten gaan.'

Roth dronk zijn tweede glas rum leeg en stemde, tot Malhotra's tijdelijke opluchting, ermee in om een week lang geen overhaaste beslissingen te nemen.

Kashvi liet hem uit, blozend en giechelend vanwege zijn stortvloed aan complimenten. Hij was een ouwe geile bok, maar zij deed alleen wat er van haar gevraagd was.

Zodra de deur dichtging, liep Malhotra terug naar zijn bureau en pakte de telefoon. Hij had hier geen tijd voor. Volgens de planning zou de deal over iets meer dan een week gesloten worden, en Malhotra zou miljarden verliezen als het allemaal niet doorging.

Aan de andere kant van de lijn werd opgenomen. Het was het privénummer van de Spanjaard. Malhotra was niet in de stemming om zich met een assistent te behelpen.

'Ja.'

'Het moet gauw gebeuren,' zei Malhotra. Gil wist precies wat 'het' was. 'Waar het om gaat, is dat de Amerikaanse president wordt getroffen waar het hem het meest raakt. Een handjevol internetscams en duidelijke nepfilmpjes zijn niet voldoende! Ik wil dat ze ontvoerd wordt, en wel nu!'

'We hebben het allemaal goed onder controle, meneer,' zei de Spanjaard. 'Deze dingen kunnen niet overhaast w...'

'Dit is belachelijk!' Malhotra gilde bijna. 'Ik heb jullie deze opdracht al maanden geleden gegeven. Twee weken geleden zou niet overhaast zijn geweest. Ik weet niet zeker of jullie het belang van timing wel snappen.'

'Ons plan is solide,' zei Gil. 'En we leveren volgens schema. Maar u hebt mijn woord: het gebeurt snel genoeg om uw Duitse koper in toom te houden.'

'Dat is je geraden,' zei Malhotra, die zich slechts een heel klein beetje belachelijk voelde nu hij een man bedreigde die ongetwijfeld tig valse namen en een legertje van moordenaars achter zich had staan.

'Was er verder nog iets?' vroeg de Spanjaard. 'Zo niet, dan zal ik u een rapport over de stand van zaken sturen.'

'Ja,' zei Malhotra. 'Een rapport, ja.' En hij hing op.

Uitgeput door beide confrontaties zakte hij onderuit met zijn ellebogen op zijn bureau en zijn kin op zijn handen. Hoofdschuddend keek hij treurig naar de tijger. 'Maak je niet druk, beste vriend. Je bent niet tragisch. Je bent vurig...'

Er werd zachtjes op de deur geklopt en Kashvi stak haar hoofd naar binnen. 'Had u me nodig, meneer?'

Hij ging rechtop zitten en wapperde met zijn hand om haar naar binnen te wenken.

'Wat vond je van Herr Roth?'

Ze haalde haar schouders op. 'Ik weet het niet. Hij leek me wel aardig.'

'We hebben die man nodig,' zei Malhotra peinzend, vooral tegen zichzelf. 'Maar ik vind dat hij iets onheilspellends heeft.' Hij keek snel op. 'Jij niet?'

'Eerlijk gezegd,' zei Kashvi, 'heb ik niet zo erg op hem gelet. Het is mijn taak om voor u te zorgen, H.M.'

Malhotra glimlachte onwillekeurig. Het was niet ongebruikelijk dat Indiase werknemers hun meerderen aanspraken met hun initialen. Als Kashvi dat deed, was het een teken dat ze speels wilde doen om hem te kalmeren en hem bij de spreekwoordelijke afgrond vandaan te trekken. Ze legde een opmerkelijke intelligentie aan de dag voor iemand van haar stand, veel meer dan zijn designervriendinnetje.

'Wat zou ik zonder jou beginnen, mijn lieve Kashvi?'

Ze haalde weer haar schouders op en maakte behendig het bovenste knoopje van haar blouse open, alsof het per ongeluk ging.

Hij leunde achterover in zijn stoel en wapperde met zijn hand richting de tijger.

'Ga daar staan. Ik wil jullie allebei kunnen zien.'

43

Historisch gezien was het niet ongehoord dat de functie van vicepresident een tijdje, soms zelfs jaren, niet vervuld werd. Ryan wrong zich in allerlei bochten en maakte aanspraak op elke tegenprestatie die hij nog tegoed had, terwijl hij er zelf ook nog een paar in het vooruitzicht stelde, om de Senaat er maar van te overtuigen dat de aanstelling bekrachtigd moest worden. Het Amerikaanse volk had continuïteit nodig, en Ryan was van plan die te geven. De recente bedreigingen droegen er waarschijnlijk aan bij dat de boel een beetje werd versneld.

Nog geen week na Tony Hargraves voortijdige dood werd Mark Dehart, zoon van een melkveehouder uit Pennsylvania, voormalig senator en meest recentelijk minister van Binnenlandse Veiligheid, door rechter Irene Palmer van het hooggerechtshof – aangesteld door Ryan en eveneens afkomstig uit Pennsylvania – in de Senaatszaal beëdigd als vicepresident van de Verenigde Staten. Deharts middelbareschoolvriendinnetje stond naast hem en hield de Bijbel vast. Hun vier volwassen kinderen en negen kleinkinderen, van wie de helft net als hun oma rood haar had, stonden erbij om hem te steunen.

Keenan Mulvaney, de special agent in charge van het beveiligingsteam van de vicepresident, liep met hem mee naar de gepantserde limousine en de autocolonne die hem naar een kleine receptie in het Witte Huis bracht. Zijn staf had zijn kantoor in het Old Executive Office Building aan de overkant van de campus van het Witte Huis al in gereedheid gebracht, net als zijn kleinere kantoor in de West Wing, in de gang voorbij het Oval Office.

Later, als er iets meer tijd was verstreken na de dood van Tony Hargrave, zou er een grotere receptie worden gehouden. Vandaag was er een kleine bijeenkomst in de Roosevelt Room, met Ryans kabinet en een handjevol andere mensen met wie Dehart zou werken. Als minister van Binnenlandse Veiligheid wist hij de weg in het Witte Huis al.

'Ik moet je namens Cathy haar verontschuldigingen aanbieden,' zei Ryan. 'Ze was er graag bij geweest.' De ontstelde blik in de ogen van de vicepresident ontging hem niet. Zijn vrouw, die druk stond te praten met haar nieuwe stafchef, was er al niet veel beter aan toe. Ryan kon het ze niet kwalijk nemen.

'Heel begrijpelijk,' zei Dehart. 'Eerlijk gezegd was ik nu liever in San Antonio om naar haar speech te luisteren in plaats van hier, meneer de president.'

Ryan boog zich naar hem toe. 'In het Oval, met iedereen erbij, is het prima om me aan te spreken als meneer de president, om de functie waardigheid te verlenen en dat soort dingen. Maar verder heb ik liever dat je me Jack noemt.' Hij grinnikte. 'Jezus, ik zou willen dat iedereen gewoon Jack zei.'

'Ik zal het proberen, meneer de president.'

'Niet proberen, meneer de vicepresident.' Ryan grijnsde. 'Gewoon doen. Dat is een direct bevel.'

Scott Adler baande zich een weg door de menigte en stak zijn hand uit. 'Gefeliciteerd, meneer de vicepresident.'

'Dat waardeer ik, meneer de minister,' zei Dehart.

'Scott,' zei Adler. 'U bent hoger in rang.'

'Ik wilde dat het allemaal anders was gelopen,' zei Dehart. 'En dat ik deze functie niet had hoeven bekleden.'

Adler lachte. 'Zoals mijn lieve moedertje altijd zei, *vus vet zayn, vet zayn*. Wat gebeurt, gebeurt. U zult het prima doen, meneer. Het land boft met u.'

Ryan zag Foley en Burgess aankomen en keek op zijn horloge.

De DNI en de minister van Buitenlandse Zaken brachten hun gelukwensen over aan de nieuwe vicepresident en keken naar Ryan.

'Een paar ontwikkelingen in de Wachan-corridorkwestie, meneer,' zei Foley.

'Heel goed,' zei Ryan. 'Is Robbie Forestall volledig op de hoogte?'

'Ja,' beaamde Burgess.

'Laat hem dan de vicepresident inlichten,' zei Ryan. 'Als jullie het niet erg vinden, kunnen jullie me bijpraten in Air Force One.'

'Uiteraard,' zei Foley. Net als iedereen in Jack Ryans kringetje was ze gewend aan regelmatige spontane vluchten.

'Het spijt me dat ik weg moet, Mark,' zei Ryan. 'Maar welkom aan boord.'

'Dank u, meneer de president... Jack,' zei Dehart. 'Op naar een bijzonder onbewogen termijn.'

'Onbewogen?' Ryan trok zijn wenkbrauwen op en grinnikte. 'Je kent me toch?'

44

Tegen de tijd dat hij parkeerde, realiseerde Leo Debs zich dat er iets mis was. Hij had verwacht dat alle straten binnen vier huizenblokken rondom het Alamo zouden zijn afgezet. Hij had verwacht dat er een stuk of wat helikopters rond zouden vliegen, zelfs nu al, zo vroeg voor het evenement. Dranghekken, betonnen afzettingen en plastic omheiningen waren heel gebruikelijk als er iemand zoals de first lady van de Verenigde Staten op bezoek kwam. Maar hij had niet zo'n enorm leger verwacht.

Niet voor de NIGHTINGALE.

Het wemelde van de agenten van het politiekorps van San Antonio, de parkeerpolitie en Bexar County, om nog maar te zwijgen van de Secret Service, die op de klinkerstraten en de voetgangerspaden rondom het Alamo krioelden als een oprukkende mierensoort.

Hij keek op zijn horloge, een Citizen Eco-Drive. Gezien het geld dat hij verdiend had bij de Camarilla had hij zich makkelijk een Rolex of een IWC kunnen veroorloven, maar met dat soort horloges viel je op en dat was wel het laatste wat hij op dit moment kon gebruiken.

NIGHTINGALE zou over een halfuur landen op luchtmachtbasis Lackland. Er was minstens twee keer zoveel personeel op de been als hij zo vroeg in de wedstrijd had verwacht. Debs drukte op het knopje van zijn sleutel om het portier van zijn truck af te sluiten en vloekte inwendig toen er een paar in kaki geklede parkeerwachters langsliepen op de stoep, kletsend over een meisje dat een van hen wilde versieren. Uit zuidelijke richting liep een man met een licht windjack en een huidkleurig oortje langs, die de daken aan de overkant in de gaten hield alsof hij op zoek was naar sluipschutters. Het leek verdomme wel of de koningin zou komen.

Debs negeerde hen en haalde een opgevouwen stadsplattegrond uit zijn broekzak, waar hij op keek zoals iedere willekeurige toerist zou doen, ook al stond elke stoep, straat en steeg in zijn geheugen gegrift.

De looproutes waren nog niet afgesloten. Dat zou pas over een uur gebeuren, en Debs kon vanaf Market Street de trap naar de River Walk aflopen zonder ongewenste aandacht te trekken. Hij hield zijn ogen open, vol ontzag voor al die drukte, zoals iedereen zou reageren bij het zien van al die wapens en badges. Te veel bravoure was gevaarlijk.

De eerste vuistregel bij vrijwel elke hinderlaag was dat je vroeg moest komen, maar op tijd ter plaatse zijn zou in dit geval argwaan kunnen wekken. Het viel niet mee om langdurig onschuldig over te komen, vooral niet voor geharde mannen als de Camarilla-leden.

Ze waren allemaal vanuit Abilene hierheen gereden, met zijn twaalven in vier verschillende voertuigen. Ramos, die in zijn vorige leven bij het Colombiaanse Zoekblok had gezeten, en een voormalige GSG 9-agent uit Duitsland met de naam Himmel, zaten in de nepambulance uit Bexar County en wachtten tegenover een barbecuetent in Schertz, dertig kilometer verderop. Pea en Rook zaten al op hun plaats in hun respectieve nest op de daken. De Secret Service zou primair gericht zijn op schutters die de first lady bedreigden. Pea en Rook hadden posities ingenomen om de sluipschutters zelf uit te schakelen. Als ze ook nog deels zicht hadden op de gebeurtenissen beneden, was dat mooi meegenomen. Taylor en de anderen zouden bij de rivier aankomen zodra Debs aangaf dat de kust veilig was. Dan zouden ze ieder apart naar de aangewezen locatie komen.

Debs kuierde langs de rivier naar de doellocatie waar NIGHTINGALE het gedenkteken zou onthullen.

Het was verfrissend om met professionals te werken die wisten wat ze moesten doen en wanneer ze dat moesten doen. Het geld kon geen kwaad, maar dat was voor geen van hen een drijfveer. Wie kon er nou zo'n operatie uitvoeren, vlak voor de neus van de meest geavanceerde beveiligingsorganisatie ter wereld?

En toch was er hier iets mis.

Hij loste het raadsel op toen hij het conferentiecentrum naderde, de locatie van het ARVO-congres waar NIGHTINGALE later die middag het inleidende praatje zou houden. Twee Secret Service-agenten – beginners, te zien aan het gebrek aan desillusie op hun ernstige gezichten – stonden te kijken hoe een man met een acetyleenbrander een putdeksel vlak bij de rivier dichtlaste. Dat was niet iets wat op het laatste moment gebeurde. Blijkbaar was NIGHTINGALE's route veranderd...

Debs verstijfde toen hij duikers in het water zag. De rivier de San Antonio was ondiep, maar de Secret Service liet niets aan het toeval over en controleerde het onderwatergedeelte dat aan het congrescentrum grensde. Dat zou een probleem opleveren als ze de hele rivier zouden controleren. Een stevige wandeling naar de doellocatie stelde hem gerust. Het gebied pal tussen het congrescentrum en de rivier was afgezet met verhoogde beveiligingsprotocollen langs de omtrekken. Het was volkomen logisch. POTUS had zijn schema aangepast.

Hij zou naar de speech van zijn vrouw komen kijken.

Debs hersenen draaiden overuren toen hij zich een weg baande tussen de toeristen, het onderhoudspersoneel en de zee van politieagenten langs de River Walk. Als de president had besloten de onthullingsceremonie met NIGHTINGALE bij te wonen, dan was alles wat hij had voorbereid voor niks geweest. De beveiliging voor de first lady was uitstekend, maar het beveiligingsnet rondom POTUS was exponentieel complexer, zowel op het gebied van hardware als het aantal medewerkers in het veld.

Twee geüniformeerde parkeerwachters en een vrouw in een kaki vest, die Debs inschatte als Secret Service, positioneerden zich naast het met een doek bedekte gedenkteken op de rivieroever. Er waren daar geen duikers in het water en, belangrijker, evenmin tweehonderd meter stroomopwaarts naast een eenzaam palmbosje. Het gebied was ongetwijfeld al eerder uitgekamd en de drie mensen die hier stonden, moesten ervoor zorgen dat er niks veranderde. Het feit dat ze er waren, zorgde ervoor dat Debs ietsje rustiger werd. Als ze ook maar één ding vonden dat hij verderop langs de oever onder water had gelegd, zou het Witte Huis NIGHTINGALE's deelname aan het evenement onmiddellijk hebben afgeblazen.

Op nog geen tien meter van de mensen die daar geposteerd stonden, haalde Debs zijn telefoon tevoorschijn alsof hij wilde bellen, en hij haalde rustiger adem toen hij zag dat hij nog steeds een goed gps-signaal ontving. De president zou blijkbaar niet bij de onthulling van het gedenkteken zijn, anders zou het hier nu stikken van de agenten met kille ogen, net als bij het congrescentrum.

Debs bleef even staan en keek naar een eenzame woerd met felgekleurde veren, die brutaal rondjes zwom en verwoed de aandacht probeerde te trekken van een bruin gespikkelde vrouwtjeseend, die suffig op de kant zat.

Deze wending kon best weleens goed uitpakken. Agenten die op POTUS en FLOTUS letten, maakten allemaal deel uit van dezelfde beveiligingseenheid: de PPD, *protective detail*. Ze smolten samen als de president en zijn vrouw bij elkaar waren, en de mensen op de grond zouden verwachtingsvol uitkijken en zich onbewust toch schrap zetten voor de grote man die eraan kwam. Wie zou zich per slot van rekening druk maken om het kleurloze vrouwtje als haar opzichtige woerd onderweg was?

Debs keek weer op zijn horloge. Landing over twintig minuten.

Debs opende de versleutelde Signal-app op zijn telefoon en typte met zijn duimen een berichtje.

NIGHTINGALE IS GO

Hij drukte op 'verzenden' en zag elf duimpjes na elkaar op zijn scherm verschijnen.

Hij stopte de telefoon in zijn zak, bleef nog een volle minuut op de oever staan om te genieten van de serene rust, dacht aan de heksenketel die hier straks zou ontstaan en genoot ook daarvan.

Enkele tientallen meters verderop zwom de woerd met zijn groene kop in de rivier de San Antonio en sloofde zich enorm uit om er statig en belangrijk uit te zien, terwijl de vrouwtjeseend op de oever zat te pruilen, zo dicht bij Debs dat hij haar weg had kunnen schoppen als hij daar zin in had gehad.

'Ik zal je iets verklappen, man,' fluisterde hij tegen de woerd. 'We zijn niet geïnteresseerd in jou. We zijn hier voor het vrouwtje...'

45

Het kwam door de paarden of, om precies te zijn, door het gebrek aan paarden dat sergeant der 1ste klasse Jake Thelan, de 18F-inlichtingensergeant van ODA 0312, nog eens goed naar de verzameling vilten joerten en stenen dierenverblijven op de graasweiden in het Wachi-zomerdorp Vagd Boi keek.

Kapitein Brock werkte nog steeds aan de voortdurende ISR. Hij had een één-punt-nul, oftewel vierentwintiguurssurveillance, aangevraagd met gebruik van meerdere platforms, maar zijn contact bij de Agency had hem slechts periodiek laten beschikken over een CIA-Predator. Verder was alles in gebruik in het noorden, op plekken waar de Harpers nu zouden moeten zijn. Iedereen ging in dezelfde richting verder als ze eenmaal een bepaalde weg waren ingeslagen, en Thelan was bang dat het door groepsdenken kwam of, botter gezegd, door groepsblindheid voor alle andere alternatieven dan het scenario dat was geopperd vanuit Bataljon S2. De institutionele logheid die werd gecreëerd door een eenheid zo groot als de National Missions Force, die bestond uit ambitieuze type A-persoonlijkheden van Tier One SEAL Team Zes en Delta, zorgde ervoor dat het behoorlijk wat moeite kostte om ook maar enigszins van de geplande route af te wijken. O, de teams bestonden uit een paar van de meest capabele mannen waar Thelan ooit mee had gewerkt. Individueel, in kleinere eenheden, waren ze flexibel en konden ze prima met veranderingen omgaan, maar ze gingen ook de kant op waar ze naartoe werden gestuurd, en op dit moment stuurden hun bazen hen naar twee dorpen aan de overkant van de rivier de Pamir in Tadzjikistan. Niemand had de Harpers of hun Chinese overmeesteraars daadwerkelijk gezien, maar op Reaper-beelden waren zo'n dertig kilometer ten noordoosten van Ishkashim twee Yongshi-legerjeeps te zien die gedeeltelijk schuilgingen onder camouflagenetten. Niemand was er happig op om beperkte surveillancemiddelen in te zetten op een plek waar de Harpers geweest waren, terwijl een aanzienlijke hoeveelheid signalen en beelden geloofwaardigheid verleenden aan het idee dat de Harpers werden vastgehouden in Tadzjikistan.

Maar zelfs periodiek gebruik van de CIA-Pred was beter dan niks. Veel beter.

De General Atomics MQ-1 Predator had slechts één Hellfire-raket bij zich, maar ze waren makkelijker te krijgen dan de snellere en zwaarder bewapende Reapers.

Terwijl de National Missions Force, nu ze eenmaal een doelwit in Tadzjikistan hadden bepaald, zich opmaakte om in actie te komen, zat de 18F van ODA 0312 in de teamkamer met kapitein Brock, adjudant-onderofficier Guzman en Ripper Ward, de operationeel sergeant.

'Waar kijken we naar, Jake?' vroeg Guzman.

'Drie schaapskooien, baas,' zei Thelan, maar dat zagen ze zelf ook wel, dus het leverde hem een scherpe blik van de adjudant-onderofficier op. 'Vol met dieren. De Wachi's verplaatsen hun joerten terwijl ze achter het gras aan naar hoger- en lagergelegen gebieden gaan,' vervolgde de 18F. 'Maar er zijn meerdere van dit soort stenen veekralen waar ze elk jaar naar terugkeren voor hun zomerkampementen. Ze zetten hun vee 's nachts binnen de omheining om het te beschermen tegen wolven, die volgens mijn plaatselijke agenten een groot probleem vormen. Naast de sporadische roestige sovjetgeweren zijn stenen omheiningen en honden zo'n beetje hun enige verdedigingsmiddelen.'

'En die omheiningen zijn in Vagd Boi?' Kapitein Brock tikte op de foto die voor hem lag.

'Klopt.' Thelan draaide zijn landkaart naar de mannen toe, trok een streep met een markeerpotlood en wees naar een plek op de Wachan-snelweg even ten zuiden van de grens met Tadzjikistan. 'Dus we weten dat de Harpers een vergunning hebben om de Wachan-corridor in te mogen. Die hebben ze twee weken geleden laten afstempelen toen ze met een chauffeur door Goz Khun kwamen en daarna hebben ze een jakkaravaan gehuurd om hun medische uitrusting en hun kampeerbenodigdheden te vervoeren vanaf

Wazud, waar hun vergunning eveneens is vastgelegd, en daarna hebben ze iets van dertig kilometer afgelegd om bij de zomerdorpen in de Grote Pamir te komen: Kund-a-Thur, Mulung Than, Vagd Boi en Asan Katich.'

Sergeant Ward draaide de foto langzaam driehonderdzestig graden rond en bekeek hem vanuit elke hoek.

Thelan gaf hun even tijd en spreidde daarna een ander setje foto's over de tafel uit.

Guzman bestudeerde de tweede foto naast de eerste en schudde zijn hoofd. 'Ik zie nog steeds niet waarnaar ik kijk... Wacht even. Er staan paarden op de eerste foto, maar niet op de tweede.'

'Ik tel er zes,' zei Brock. 'Ze zijn bij de schapen gepropt. Misschien zijn het er zeven, maar die ene kan ook de kont van een jak zijn.'

'Precies,' zei Thelan, die een derde set foto's over tafel schoof, en daarna een vierde.

'Oké, hier geen paarden,' zei de kapitein. 'Hebben we ooit iemand zien wegrijden?'

'Nee, meneer,' antwoordde Thelan. 'Het eerste beeld is negen uur geleden gemaakt, kort nadat de Pred in positie kwam. We weten niet precies in welk dorp de Harpers waren toen ze gevangen werden genomen, dus we laten hem boven alle vier patrouilleren. De kampen liggen verspreid over het hele dal, net zo ver uit elkaar dat de ARGUS-IS ze niet allemaal tegelijk in beeld kan krijgen.'

Guzman schoof de foto's bijeen alsof hij een pokerhand invouwde. 'Dus waar zijn ze naartoe gegaan, die paarden?'

'Dat is het interessante,' merkte Thelan op. 'Ze zijn gewoon verdwenen. Ik zet mijn geld op de joerten.'

'Ze zijn groot genoeg om er een paar paarden in te verbergen,' zei sergeant Ward. 'Ik weet zeker dat jullie uitkijken naar vrouwen die meer dan het normale aantal emmers water binnenbrengen en zo, om te zien wat er afwijkt van wat we als normale levenspatronen beschouwen.'

'Jazeker,' zei Thelan. 'En we staan klaar om de paarden in Vagd Boi in hokjes te zetten als de Pred ze weer oppikt.'

De ARGUS-IS, oftewel het Autonomous Real-Time Ground Ubiquitous Surveillance Imaging System binnen het Gorgon Stare-systeem van de MQ-1, was in staat een gekleurd hokje te tekenen rondom vijfenzestig verschillende belangwekkende doelwitten in een gezichtsveld van veertig vierkante kilometer en vervolgens, zolang hij in positie was, de individuele bewegingen binnen die hokjes te volgen.

Ward bestudeerde de kaart. 'En geen van die andere dorpen hebben paarden?'

'Het zijn voornamelijk schapen en wat jaks,' zei Thelan. 'Maar ze hebben er wel een paar. Het gaat erom dat die paarden daar doen wat paarden in de Grote Pamir horen te doen: een beetje bij het water rondhangen en wat spullen rondzeulen. Er is een kleine kans dat ze een soort festival houden met een groot *buzkashi*-toernooi.'

Guzman trommelde met zijn dikke vingers op tafel. 'Die buzkashi-paarden zijn beesten. Ik heb tijdens mijn eerste uitzending een keer op een gereden en die etterbak beet zo'n beetje iedereen bij wie we in de buurt kwamen.'

'Ik denk dat jij ook pislink zou worden,' zei Ward, 'als je ruiter met een zweep tekeer zou gaan om andere kerels af te troeven een onthoofd geitenkarkas te pakken te krijgen.'

'Ik was dol op dat paard,' zei Guzman. 'Hoe dan ook, weten we zeker dat de paarden die in Mulung Than of Asan Katich bij het water rondhangen niet de paarden uit die stenen omheinding in Vagd Boi zijn?'

'Beeldanalisten zeggen van niet,' zei Thelan.

Brock leunde achterover op zijn stoel, wreef met zijn eeltige hand over zijn krullenbol en stak zijn kin naar voren om aan zijn stoppelige hals te krabben.

Sergeant Thelan en de anderen fleurden op. Iedere soldaat van ODA 0312 wist dat de baas op serieuze zaken zat te broeden als hij de hoofdwrijvende en kinkrabbende manoeuvre maakte.

'Jake,' zei Brock. 'We gaan niemand van gedachten laten veranderen door foto's te laten zien van paarden die er niet zijn. Maar die paarden moeten ergens zijn, en het feit dat de Predator ze niet oppikt, is opmerkelijk.'

'Ze zouden verborgen kunnen zijn in de schaduw van een rots,' zei Guzman, die advocaat van de duivel speelde. 'U zei het zelf ook, baas. Als het licht niet goed valt, kan het lastig zijn om het verschil te zien tussen een paard en de kont van een jak.'

Brock trok zijn wenkbrauwen op. 'Denk je dat echt?'

'Nee, kapitein, dat denk ik niet,' zei Guzman. 'Ik ben het met Jake eens. Ik denk dat die schoften hun paarden in een van die joerten verbergen.'

'Oké, dan,' zei Brock. 'De jongens en meisjes in het noorden proberen nog steeds door te dringen in Tadzjikistan, en gelijk hebben ze. Het bewijs dat de Harpers daar zijn wijst die kant op. Maar door de missieanalyse van sergeant Thelan is de wijzer wel een tikkeltje in de richting van het dorp Vagd Boi uitgeslagen.' Hij wierp Thelan een blik toe. 'Hoeveel inwoners zou Vagd Boi moeten hebben?'

'Volgens mijn plaatselijke contactpersoon, een jakhandelaar in Goz Khun, rond de vijftig.'

'Vijftig,' zei Brock met een verbaasde blik. 'Dat zijn heel wat onschuldige mensen die in de vuurlinie staan voor een redding waarbij we het doelwit niet op een specifieke plek vaststellen.'

'De baas en ik hebben vanaf het begin alle invalshoeken voor infiltratie bekeken,' zei sergeant Ward, die zijn open hand boven de kaart hield. 'Ik neig naar splitsen. Team Alpha doet een HAHO-*infil* ten zuiden van Mulung Than en werkt zich naar beneden om een sluipschuttersobservatiepost voor drie man op te stellen, die uitkijkt over Vagd Boi. Ze zoeken het doelwit vanaf de grond en stellen de locatie vast. Ze moeten wel op grote afstand blijven. Iedere herder in dit dal heeft minstens één hond. Die honden zijn luidruchtig en bloeddorstig.'

'*Volkodav*.' Thelan knikte ernstig. 'Wolvenverslinder.'

Vrijwel iedereen in het team had minstens één verhaal over een aanvaring met een enorme Centraal-Aziatische *ovcharka*, een hondenras dat heel beschermend en wantrouwend tegen vreemden was. De locals sneden als ze puppy's waren hun oren af, zodat ze er nog woester uitzagen en de wolven tijdens een gevecht minder hadden om zich aan vast te grijpen.

Ward vervolgde: 'Zodra het doelwit is bepaald, valt Team Bravo binnen met een helikopteraanvalsmacht van ANA-*kandak*-commando's met drie UH-60's: tien en tien en tien, da's dertig jongens, of zelfs twee Black Hawks en een Chinook, dan kunnen we er zeventig meenemen. Ze maken de slechteriken af en redden de gijzelaars.'

Het team werkte het F3EAD-missiemodel af: *Find*, *Fix*, *Finish*, vinden, vaststellen en voltooien, en daarna *Exploit*, *Analyze* en *Disseminate*: het gebruiken, analyseren en verspreiden van alle relevante informatie.

Brock keek naar Guzman, die goedkeurend knikte.

'Ik zie het wel zitten,' zei Brock. 'Overleg met kolonel Habib en kijk of hij ervoor openstaat om, zodra we het doelwit hebben vastgesteld, jou en Team Bravo samen te laten werken met een groep van zijn kandak-commando's in de HAF. Vijftig zou mooi zijn. Zestig nog beter. Ik zou graag een overweldigend machtsvertoon willen zien.'

Special Forces-soldaten hadden een hechte werkrelatie met hun autochtone collega's van de commando-eenheden, en ze trainden en vochten vaak zij aan zij.

Guzman knikte spottend. 'De nieuwe 18 Echo is nog steeds een beetje huiverig om de autochtonen te vertrouwen. Hij is bang dat een van hen hem neerknalt als de boel misloopt.'

'Sergeant Megnas is nieuw,' zei Ward. 'Hij leert vast snel, net zoals wij allemaal hebben gedaan. Als ze honkbalpetjes met een stevige klep dragen, pruimtabak kauwen en naar Mastodon luisteren, staan ze aan onze kant.'

'Yep,' zei Thelan, 'dat zei ik ook tegen hem. "Als hun uitrusting eruitziet zoals die van ons, zitten we goed."'

'Ripper,' zei Brock tegen sergeant Ward. 'Jij en je baas brengen de HAF in gereedheid voor een vroege ochtendaanval. Ik neem Jake en die nieuwe jongen vanavond mee voor de HAHO-sprong.'

Thelan wilde met zijn hand op tafel slaan en juichen, maar in plaats daarvan knikte hij en zei: 'Ja, kapitein. Pakol en *shalwar kameez*?' vroeg hij. 'Kleden als een local?'

'Neem maar mee,' zei Brock. 'Maar we gaan in uniform. En ik wil dat iedereen M-4's en Glock 19's meeneemt voor onderlinge uitwisselbaarheid. Sorry, Ripper. Ik weet dat jij een SIG-jongen bent, maar nu vrijwel alle anderen in het noorden bezig zijn, moeten we zo onafhankelijk mogelijk zijn. Jake, de laatste keer dat ik je op de schietbaan zag, was je lekker bezig met je nieuwe MRAD.'

'Nou, bedankt, baas,' zei de inlichtingensergeant. 'Ik zal hem meenemen.'

De wapensergeants van het team kregen de eerste twee recent verstrekte Barret-*Multi-Role Adaptive Design* (MRAD) Mark 22-geweren, maar Thelans vaardigheden als langeafstandsscherpschutter waren algemeen bekend, omdat hij regelmatig vanaf duizend meter halveliterblikjes Rip It neerknalde met zijn Remington M24. Sergeant Ward zorgde dat hij het derde geweer kreeg, compleet met Nightforce-kijker. Hoewel Thelan dol was op zijn oude Remington, was het met de Barrett Mark 22 net of hij acht geweren in één vasthad, en het voordeel was dat het hele peloton zo kon switchen tussen acht verschillende kalibers, van de .338 Lapua tot de 6.5 Creedmoor. Geen slechte deal. Hij had wat goede data over de Lapua verzameld en besloot het geweer met dat gezellige kaliber mee te nemen. Een beetje spelen.

'Is Megnas nog steeds bezig met die kleine drones van hem?' vroeg Brock.

'Ja,' zei Ward. 'Bryant Megnas is nogal een cybernerd. Ik dacht dat een Raspberry Pi iets eetbaars was, totdat hij hierheen kwam. Een echte gamer. Met stip de beste *personal reconnaissance* drone-operator die we hebben.'

'Mooi. Laat 'm maar wat van die mini-Hornets meenemen.'

Guzman begon te grinniken. 'Tot zover de theorie over het nieuwe jongetje in de klas dat gaat werken met de mensen die dezelfde uitrusting hebben als hij. Jullie zullen behoorlijk opvallen daar.'

Brock glimlachte. 'Hij redt zich wel.' Hij tikte met zijn wijsvinger op de kaart en keek op naar zijn 18F: 'We hebben het over een afstand van zo'n twintig kilometer vanaf het eind van de weg naar Vagd Boi.'

'Klopt,' zei Thelan.

Brock keek op zijn horloge, een Rolex Submariner met een zwarte wijzerplaat en geen datumaanduiding. Het was een typisch Groene Baretten-klokje, maar tot nu toe was Thelans vrouw niet echt warmgelopen voor het idee dat hij ruim acht ruggen had uitgegeven aan een nieuw horloge terwijl zijn G-SHOCK het nog prima deed.

Maar nu zou het van pas komen. Absoluut.

'Ik wil dat mijn Alpha-team klaarstaat zodra de schemering invalt,' zei Brock. Hij wreef met zijn hand over zijn hoofd en krabde daarna eens flink lang aan zijn kin; maar als hij weer een of ander cool plan had uitgedacht, hield hij dat voor zichzelf.

46

Dokter Cathy Ryan voelde de bekende plop in haar oren toen de C-32 aan de afdaling naar San Antonio begon. Het gebeurde maar heel zelden dat ze aan haar levenslot twijfelde, maar de twee vrouwen aan de andere kant van de tafel gaven haar, al was het maar een heel kortstondig moment, het gevoel dat ze misschien iets miste. Dokter Marci Troxell, commandeur bij de marine, en dienstdoend special agent in charge Karen Sato leken honderden inside jokes te vertellen. De eerste paar minuten nadat ze op Andrews aan boord waren gestapt, waren ze aan het bijpraten en hun hectische levens aan het vergelijken. Opgetrokken wenkbrauwen bij Troxell toen Sato vertelde over een knappe advocaat van het ministerie van Justitie met wie ze iets had. Een begrijpend knikje van de Secret Service-agente toen de arts van het Witte Huis begon over haar worsteling om een paar seconden van het zwemgedeelte van haar triatlontijd af te krijgen.

Vriendinnen, dacht dokter Ryan. Wat een ongekend idee. Op een dag zou ze ook de vrijheid voor dat soort luxe hebben; als ze kon reizen zonder dat ze een hele entourage van personeel en beveiliging moest meeslepen in een vliegtuig van honderd miljoen dollar.

Vriendinnen of niet, nadat de eerste tien minuten van de drieënhalf uur durende vlucht erop zaten, waren Sato en Troxell weer volkomen zakelijk. Het interieur van het vliegtuig vroeg er bijna om.

Voor de C-32 die de first lady vervoerde, werd de benaming Executive One Foxtrot gebruikt, waarbij de F stond voor familie van de president. Het was een van de vier militaire vipversies van een Boeing 757, had vijfenveertig zitplaatsen en viel onder de verantwoordelijkheid van de Presidential Airlift Group van de 89ste Airlift Wing van het Air Mobility Command op Andrews. Datzelfde vliegtuig werd Air Force Two genoemd als de vicepresident aan boord was. Functionarissen als de ministers van Buitenlandse Zaken of Defensie gebruikten een van de vipvliegtuigen van de Wing, die dan werden aangemerkt als Special Air Mission (SAM), gevolgd door het staartnummer.

De C-32's waren lang niet zo geavanceerd als de Boeing VC-25 die gewoonlijk dienstdeed als Air Force One, maar ze waren niettemin goed uitgerust. Het toestel waar ze nu in zaten was onlangs gerenoveerd; de saaie marineblauwe overheidsbekleding was vervangen door chic whiskykleurig leer en verfraaide houten vergadertafels. Aan vrijwel alle tussenschotten hingen flatscreen-tv's, ook in het krappere achterste gedeelte, waar de media- en de Secret Servicemedewerkers tijdens de vlucht zaten.

Er was een privékantoor voorin, dat normaal gesproken werd gebruikt door de vicepresident. Ryan had haar inleidende speech geschreven en tot vervelens toe geoefend. (Arme Jack.) Ze vond het leuker om onder de mensen te zijn en nam plaats aan de kleine vergadertafel aan bakboord. Die was zo opgesteld dat er aan de ene kant van de gepolitoerde teakhouten tafel één stoel stond (die gewoonlijk werd bezet door de hoogste in rang aan boord van het vliegtuig) en aan de andere kant twee iets kleinere stoelen, die naar het achterste deel gericht waren.

Maureen 'Mo' Richardson, de agente die verantwoordelijk was voor de beveiligingseenheid van FLOTUS, was naar de bruiloft van haar zus, en nu had Sato de leiding over de reis naar San Antonio. Karen Sato, die net als Troxell triatleet was, was buitengewoon fit en had de keiharde ogen die volgens Cathy een vereiste leken te zijn voor Secret Service-agenten; in elk geval voor de agenten die waren toegewezen aan 'de bubbel', de naasten, van de First Family. Sato had lang haar, maar dat hield ze tijdens haar werk bijeengebonden in een strakke knot. Vandaag droeg ze een kaki broek en een lichte wollen blazer over een kogelwerend vest, een SIG Sauerpistool, extra munitie, handboeien en een radio. En ze had vast ook nog wel ergens een of ander zakmes. Het ontging de first lady niet dat Sato dat allemaal speciaal meezeulde om haar te beschermen. Een paar nette Asolo-wandelschoenen maakte het geheel af. 'Vechten is geen modeshow,' zei Sato, die samen met Troxell lachte om een of andere politieserie waarin de vrouwelijke hoofdpersoon ‘ik zweer het je, op hakken van tien centimeter’ achter de boeven aan rende.

Regina Shepherd, sinds jaar en dag de stafchef van dokter Ryan, zat aan de andere kant van het gangpad en had haar vaste plekje tegenover Ryan afgestaan aan Sato, die voordat ze gingen landen het afgelopen uur met Troxell nog een laatste keer alle beveiligingsplannen en -protocollen had doorgenomen. De onfortuinlijke dood van vicepresident Hargrave hield de gemoederen bezig. Als Witte Huisarts zou Troxell tijdens deze reis altijd in de buurt zijn.

Als Cathy Ryan één vriendin had in de West Wing, was het Marci Troxell. Ze deelden hun voorliefde voor geneeskunde, natuurlijk, maar het was meer dan dat. Troxells kinderen waren ouder. Haar man was beroepsofficier bij de marine, hij was als viceadmiraal gestationeerd in het Pentagon. Ze wist hoe het was om een hooggeplaatste man, pubers en een carrière te hebben. De medische staf van het Witte Huis had wisselende diensten, maar meestal was dokter Troxell degene die de first lady vergezelde als ze de stad uit ging.

Nu de briefings achter de rug waren en ze bijna gingen landen, borgen de vrouwen de mappen op en gingen op hun plek zitten. Troxell vroeg Sato of ze van plan was om later die zomer aan de Manassas Mini-sprinttriatlon mee te doen. Cathy hoorde hen kletsen en vroeg zich af wat moeilijker was, iemand beschermen of door iemand beschermd worden. Domme vraag, eigenlijk. Het kon heel vervelend zijn om de hele tijd iemand dicht in de buurt te hebben, maar iemand beschermen ging gepaard met gevaar, verveling en lang van huis zijn… en nog meer gevaar. Ryan had door de jaren heen verschillende keren een bezoek gebracht aan het Amerikaanse Secret Service-opleidingscentrum in Beltsville, vooral toen Jack junior kleiner was geweest. De agenten hadden hem onder hun hoede genomen, waren met hem bevriend geraakt, hadden hem raad gegeven en zelfs leren schieten. Verdomme. Als ze te lang nadacht over waar dat alles haar oudste zoon had gebracht, kreeg ze buikpijn.

O, Jack, dacht ze. Een moeder weet altijd alles.

Dat ze nou een groot deel van haar tijd bezig was deskundige te worden op het gebied van een stukje onroerend goed ter grootte van een cent in het achterste deel van het menselijk oog, betekende nog niet dat ze niet zag wat er vlak voor haar neus gebeurde.

Zelfs Jack senior dacht dat ze zich niet bewust was van de 'situatie'. Ze dachten ongetwijfeld dat ze haar uren vol angst en verdriet bespaarden, dus ze liet hen in de waan dat ze erin trapte. Het was ronduit verbijsterend dat iemand die op dat gebied zo'n uilskuiken was het land zo succesvol kon leiden. Allebei haar Jacks, zowel senior als junior, zouden altijd ongelofelijk gevaarlijke dingen blijven doen in het belang van het land. Daar waren ze goed in. Ze kon het hun niet kwalijk nemen dat ze er toevallig ook nog heel veel lol in hadden.

De first lady schudde langzaam haar hoofd om haar gedachten van zich af te zetten en keek uit het raam. De landingsbaan begroette hen. Executive One Foxtrot raakte met zijn wielen het asfalt.

Leo Debs maskeerde zijn haarscherpe blik met een stuntelig loopje en, zo hoopte hij, een uitstraling van verstrooide incompetentie.

Fermin Pea rapporteerde dat NIGHTINGALE bij het congrescentrum was aangekomen. Ze was met haar Secret Service-team op weg naar de onthullingsplek, met drie plaatselijke hotemetoten in haar kielzog. Die hoogwaardigheidsbekleders, allemaal vrouwen van de San Antonio Youth Literacy Society, liepen naast de first lady. Debs maakte in gedachten de nodige aanpassingen met het oog op de iets grotere ruimte tussen de gewapende Secret Service-agenten, omdat de beveiligingseenheid noodgedwongen iets verder uit elkaar moest blijven, en op de munitie die nodig was om de drie nieuwe vrouwen van het gezelschap neer te halen.

Tien meter verderop, buiten het afgezette gebied met daarlangs de Secret Service en een schijnbaar ondoordringbare muur van geüniformeerde politieagenten die schouder aan schouder stonden, keken Debs en de anderen naar de aankomst van NIGHTINGALE, die omringd werd door negen Secret Service-agenten in een strakke ruitformatie, enigszins smaller dan gebruikelijk vanwege de begrenzingen van de River Walk. Haar verkenningsagent, een gespierde jongen met Hollywood-blond haar die waarschijnlijk aan zijn vrouw en kinderen dacht, bereikte de bocht bij de onthullingsplek.

Het gaat beginnen, dacht Debs.

Stroomopwaarts en stroomafwaarts langs de rivier begonnen telefoons te zoemen en te trillen. Drie seconden nadat Ramos het noodbericht van het Emergency Broadcast System had geactiveerd, deed de Aziatische agent pal achter de first lady een stap naar voren. Debs wist dat dit Karen Sato moest zijn, de vervangster van de special agent in charge. Ze had haar ogen naar voren gericht en niet op haar telefoon gekeken maar alleen op het zoemen gereageerd, dat langer en dringender was dan een normale berichtnotificatie. Al lopend tikte ze de first lady op haar schouder en hield haar hoofd een tikkeltje scheef terwijl ze naar een stem in haar oortje luisterde; een andere agent die haar op de hoogte bracht van de alarmmelding vanwege een natuurlijk gaslek op ruim een kilometer afstand.

Debs glimlachte inwendig en stelde zich voor hoe hij op dat nieuws zou reageren als hij in haar schoenen stond.

Een gaslek, zeg je? Wil je echt dat we het evenement van de first lady torpederen vanwege een of ander onbeduidend probleempje meer dan een kilometer verderop?

Special agent Sato wachtte even, waardoor de volledige beveiligingseenheid bleef staan. Ze wierp een vlugge blik achterom en overwoog duidelijk een exfiltratie.

Debs hield zijn adem in. Als die gluiperige trut naar haar onderbuikgevoel luisterde en ter plekke zou omkeren om terug te gaan naar het congrescentrum, zouden zij en haar team dit overleven; dan zou de Camarilla getorpedeerd worden.

Ze fluisterde iets tegen de first lady, die knikte en haar trui strakker om zich heen trok, alsof ze het ineens koud had of voelde dat er iets ergs te gebeuren stond. Daarna overlegde NIGHTINGALE met de mollige vrouw uit San Antonio in de entourage naast haar, die glimlachte, haar brede hoofd schudde en daarna met haar hand richting de oostelijke horizon wapperde. Debs kon haar bijna horen. *Joh, maak je niet druk over zo'n gaslekje. Die dingen gebeuren hier zo vaak…*

Special agent Sato haalde nietszeggend haar schouders op en de agenten kwamen weer in beweging, terwijl het idee van een mogelijke explosie in hun onderbewuste was geplant.

Op het dak van een appartement vier straten oostwaarts activeerde Ramos de zes DJI Inspire 2-drones. De M67-granaat aan boord van elk apparaat woog iets minder dan vierhonderd gram, honderd gram minder dan de draagcapaciteit van de drones. De UAV's stegen op van het dak, een heel eind buiten de grens van het beveiligingsgebied. Ze versnelden binnen een paar seconden naar tachtig kilometer per uur en vlogen razendsnel naar de locatie, naar de gps-coördinaten die Debs had ingevoerd, onafhankelijk van de input van een piloot.

Twintig seconden later tuimelde de eerste granaat in de menigte. Vijf seconden daarna rolde de tweede van het kleine balsahouten plankje dat aan de drone hing. En daarna de derde, waardoor er puntige granaatscherven terechtkwamen op iedereen die zich binnen een straal van twintig meter van elk ervan bevond, steeds dichter bij de first lady.

Hoewel er geen vuurbollen te zien waren en de granaatexplosies lang niet zo dramatisch waren als ze in Hollywood werden voorgesteld, waren ze toch extreem luid en voelbaar; ze dreunden door in de borst van mensen, waardoor de verwarring groter werd.

Tegen de tijd dat de vierde granaat in de menigte viel, hadden Pea en Rook alle vier de Secret Service-sluipschutters uitgeschakeld. De granaat trof een oudere man in de schouder, waardoor het ding enigszins werd afgeremd en op kniehoogte ontplofte.

Special agent Karen Sato sloeg haar arm om Cathy Ryan heen en begon, afgeschermd door de uiteengevallen ruitformatie van haar beveiligingseenheid, te rennen… recht op Debs en zijn team af.

Achter Debs en zijn mannen zou het Counter Assault Team, het interventieteam van de Secret Service, over minder dan tien seconden de trap afkomen, tot de tanden gewapend en klaar om de first lady uit de gevarenzone te halen, maar Debs maakte zich geen zorgen. Sterker nog, hij rekende op hun tijdige komst.

47

John Clark, Chavez en Caruso stonden bij Hendley Associates over de vergadertafel gebogen en keken naar een aantal personeelsmappen; dossiers van mogelijke rekruten voor De Campus.

Dit was geen baan waarvoor je solliciteerde. Je kreeg hem alleen op uitnodiging: op aanbeveling van betrouwbare relaties. Iedereen in de kamer zou zijn leven geven voor de anderen, en dat hadden ze keer op keer bewezen. Negen van de tien keer wist ieder van hen wat de anderen dachten. Er hing een sfeer van wederzijds respect en kameraadschap in het team. Ze mochten elkaar oprecht. Er was dringend behoefte aan nieuw bloed, maar dat bracht ook de reële kans met zich mee dat de balans verstoord werd. Niemand van het team nam deze onderneming licht op.

Ze waren begonnen met tien namen en hadden het aantal nu teruggebracht tot zes. Elke map op tafel vertegenwoordigde een fantastisch individu, maar in Clarks ogen sprongen er twee toppers uit, die allebei even interessant waren. Een mannelijke kapitein van het Korps Mariniers die bij het beveiligingsteam terrorismebestrijding zat, single was, vloeiend Duits en Russisch sprak, bokste en in zijn vrije tijd aan autoracen deed; en een vrouwelijke CIA-agent met een Saoedi-Arabisch-Amerikaanse moeder en een Japanse vader. In Japan werd ze *hafu* genoemd en werd er op haar neergekeken, maar het feit dat ze vier talen vloeiend sprak en zichzelf beschreef als van onduidelijke etnische komaf, maakte haar een zeer waardevolle rekruut voor de CIA. Ze werd sterk aanbevolen door DNI Foley, wat neerkwam op een bevel om op zijn minst naar haar te kijken.

Ding had haar dossier voor de tweede keer gelezen en hield het omhoog. 'Ze is betrokken geweest bij een paar operaties op hoog niveau,' zei hij.

De deur van de vergaderruimte zwaaide open en Gavin Biery stoof naar binnen.

Iedereen keek tegelijkertijd op.

'Hé, Gav,' zei Clark. 'Wat is er?'

De stevige IT-directeur zei niks, maar keek verwoed de kamer rond. Hij griste de afstandsbediening van tafel en zette de flatscreen-tv aan.

'Gavin?' vroeg Dom. 'Gaat het, man?'

Biery schudde zijn hoofd en wees met de afstandsbediening naar de tv. 'Kijk dan.'

Eerst dacht Clark dat hij naar de chaos van een massaschietpartij keek, maar toen las hij de tekst die over de onderkant van het scherm liep.

'Laat iemand Jack Junior bellen.'

48

Tien minuten eerder

Cathy Ryan voelde Karen Sato's hand op haar schouder, de eerste indicatie dat er iets mis was. De Secret Service raakte je nooit zomaar aan, tenzij er iets ernstigs aan de hand was; een dreiging of zelfs maar iemand in de menigte met een waterballon. Als je die hand voelde, was het de bedoeling dat je meeging en volgde. Dat je bewoog in de richting waarin ze je dirigeerden, weg van het gevaar… naar een veilige plek. Je moest hen vertrouwen. Zij wisten wat ze moesten doen.

Karen boog zich naar haar toe en vertelde over het noodbericht vanwege een gaslek. Iedereen kreeg de melding nu, en telefoons trilden als cicaden. Sonya Rodriquez, Cathy's gastvrouw, legde uit dat het meer dan een kilometer verderop was. 'Geen probleem,' zei de vrouw glimlachend, in een roes omdat ze erbij was. 'We zitten goed, hier bij onze mooie rivier.'

Ze hadden nog geen tien stappen gelopen of een gedempte knal deed de grond schudden als een donderslag in de verte. Bij dat geluid klemde de hand van special agent Sato zich steviger om Cathy's schouder vast. Nog een explosie zorgde voor een koor van gegil. Deze was nog steeds achter hen, richting het congrescentrum, maar kwam al dichterbij. Stukken puin stuiterden de rivier in, plonzend alsof er een kind steentjes in het water gooide.

'Deze kant op,' blafte Sato. Haar vuist draaide zich om de stof van Cathy's jasje en dirigeerde haar ferm richting een gepleisterd hotel aan de rechterkant.

Een derde explosie scheurde door het zonnescherm van het gebouw naast het hotel, zo dichtbij dat het oorverdovend was. De menigte raakte in rep en roer en de massa paniekerige lijven drong de

Secret Service-eenheid in de richting van de rivier, ongeacht hoeveel pistolen ze hadden. Cathy had aan het begin van haar carrière vaak genoeg op de spoedeisende hulp gewerkt om het gegil van gewonden en stervenden te herkennen. Marci Troxell was achter haar en hield afstand zodat ze niet gewond zou raken bij dezelfde aanval. Nu was Cathy bang dat ze door die afstand gewond was geraakt, of erger.

'Shit!' mompelde Sato. 'Dit is geen gaslek!'

Meegevoerd met de stroom van paniek, half doof door de laatste explosie, was Cathy zich vaag bewust van Sato, die hulptroepen opriep over de radio en het zwaarbewapende Secret Service Counter Assault Team er vanaf straatniveau via een alternatieve route bij liet komen. Door een vierde explosie, deze keer een gedempte, spoot er een geiser omhoog vanuit de rivier achter hen, zo dichtbij dat de hele Secret Service-eenheid werd natgespoten.

Ruim vijf meter voor hen, recht op hun pad, vielen twee geüniformeerde agenten onverklaarbaar voorover op het betonnen wandelpad. De dreiging, die eerst van achteren was gekomen, bevond zich op zijn minst deels voor hen. De voorste twee Secret Service-agenten doken niet weg om bescherming te zoeken, maar gingen juist meer rechtop staan en maakten zichzelf tot grotere doelwitten, waarbij ze Cathy afschermden. Ze vielen tegelijkertijd, alsof ze bezweken onder een onzichtbare kracht.

Cathy's instinctieve reactie was naar voren rennen om te helpen. De Secret Service had dat tevergeefs uit haar proberen te krijgen tijdens de driloefeningen in Beltsville. AOP-oefeningen noemden ze die; *attack on the principal*. De agenten hadden altijd de richting van de dreiging geroepen: wapen links! Wapen rechts! Maar de dreigingen waren nu overal. Explosies, gegil, stampende voeten... en geweerschoten.

Een regen van kogels maaide zowel politieagenten als doodsbange omstanders neer. Er kwamen bloedspetters op Cathy's wang toen de agent links van haar werd geraakt. Een jongen... Hij was nog maar een jongen, nog niet eens zo oud als Jack...

Karen Sato greep haar bij haar schouder en trok haar bij het gevaar weg. Daarna gleed haar hand weg en struikelde zij ook, waarna ze voorover op de River Walk viel, zodat Cathy alleen bleef staan.

Ze keek op en zag mannen met machinepistolen snel op haar afkomen. De Secret Service CAT? Nee, ze hadden niet de juiste kleding aan…

De man die vooropliep, liet zijn wapen vallen en rende recht tegen Cathy aan, waarbij hij haar met zijn volle gewicht opzijduwde. Op hetzelfde moment voelde ze iets scherps in haar dij. Die hufter had haar ergens mee gestoken! Ze kukelden over de lage stoeprand en kwamen hard in het water terecht, terwijl Cathy's armen hulpeloos langs haar zij werden geklemd. Ze hield haar adem in en weerstond de neiging om te gaan schreeuwen terwijl de man haar naar de slikachtige bodem trok. Nog steeds met zijn gezicht naar haar toe, rollend als een krokodil die zijn prooi ronddraaide, zette hij haar dwars onder een betonnen overhang, een soort uitsteeksel waardoor ze niet naar het oppervlak dreven. Een paar seconden nadat ze in het water waren beland, stuwde een enorme *whoemm* van boven een drukgolf door het water, die tegen haar borst beukte en een steek van pijn in haar oren veroorzaakte. Nog een explosie, groter dan alle andere, deze keer pal boven hen.

Cathy's hoofd tolde en ze vocht tegen de paniek. Haar longen schreeuwden om lucht. Door de drug die hij haar had ingespoten, wat het ook was, kon ze haar benen niet bewegen en helemaal niet terugvechten. Het was te donker om iets te kunnen zien, maar ze voelde dat de man ruw iets tegen haar mond duwde en het steeds maar weer tegen haar lippen stootte tot ze die van elkaar deed. Hij kneep haar wangen bij elkaar, zodat het ding, wat het ook was, op zijn plek bleef zitten. Er borrelde een wolk van belletjes om haar gezicht en ze besefte dat ze moest ademhalen. Duikapparatuur.

Terwijl haar gedachten door haar hoofd raasden, hapte ze naar lucht. Had deze man haar van de klap boven haar gered of was hij een vijand? De drugs begonnen nu te werken. Het logische deel van haar brein besefte dat de man haar ketamine had gegeven. Ze had het gevoel dat ze buiten haar eigen lichaam zweefde, en ze zag hoe deze klootzak haar onder water hield… En ze zag ook spinnen, ontelbare spinnen, met tanden, bedekt met een dikke, zwarte vacht, die konden zwemmen als vissen. De ketamine. Ze dwong zichzelf gefocust te blijven, maar het had geen zin. Bommen, geweerschoten, de dood en nu zwemmende spinnen. Het logische deel van Cathy Ryans brein maakte plaats voor overweldigende paniek. Er barstte een wolk van belletjes uit rond haar mond, gevuld met haar uiteenspattende kreten.

49

Leo Debs trok een bruine pruik over NIGHTINGALE's blonde haar en smeerde haar halve gezicht in met modder voordat hij haar negentig seconden na het ontploffen van de bom sputterend uit het water haalde. De ketaminestoot had haar voorlopig verdwaasd en meegaand gemaakt, maar dat kon elk moment minder worden. Hij dacht dat hij haar een volle injectiespuit had gegeven, maar hij had haar tijdens het lopen geraakt en er was altijd een kans dat de naald eruit was geglipt en er een deel op de grond terecht was gekomen. Om nog maar te zwijgen over het feit dat dat wijf dit spul waarschijnlijk metaboliseerde als een renpaard. In de milliseconden voordat hij haar de rivier in had getrokken, had ze hem twee keer een knietje in zijn kruis gegeven en bijna zijn oor er afgebeten. Hij hield één arm om haar schouder, alsof hij haar wilde troosten, terwijl hij haar de nabijgelegen betonnen trap op leidde. Hij had een canvasbrandweerjack bij de duikapparatuur gelegd en dat droeg hij nu; het was slijmerig doordat het twee weken in het water had gelegen, maar te midden van alle chaos zou niemand dat zien.

De rest van het team kwam op hetzelfde moment uit het water; allemaal, behalve een man die Dufort heette. Debs had hem zien vallen, het slachtoffer van een Secret Service-kogel. Maar nu was hij nergens meer te bekennen. Door de explosie was alles binnen een straal van twintig meter weggevaagd en was alles en iedereen nog twintig meter verderop neergemaaid, zodat iedereen van het naderende Secret Service CAT was gedood of verminkt.

Dit gebied was nooit door explosievenspeurhonden doorzocht. Dc first lady zou nooit zo ver gekomen zijn.

De lucht rook verschroeid, naar stoom en verbrand vlees. Rondlopende gewonden, politieagenten en burgers, zwalkten langs de randen van de ontploffingsradius, sommigen jammerend, anderen in verbijsterde stilte met hun ogen knipperend, terwijl ze gescheurde ledematen vasthielden of gapende wonden omklemden waar die ledematen hadden moeten zitten. Secret Service-medewerkers en plaatselijke politieagenten die aan de rand van het gebied hadden gestaan, kwamen nu aanlopen en sprongen met getrokken pistool over lichamen heen, terwijl ze wanhopig de first lady probeerden te vinden. Het was alsof ze van de aardbodem was verdwenen. Het enorme aantal doden en stervenden bemoeilijkte de eerste pogingen tot een georganiseerde reactie.

Degenen die konden lopen hielpen degenen die dat niet konden, doodsbang dat er elk moment weer een bom kon afgaan. Debs deed in zijn doorweekte kleding net alsof hij mank liep en leidde zijn gewonde patiënt langs paniekerige agenten en dodelijk gewonde burgers de trap op naar de klaarstaande ambulance. De rest van het team liep samen met de vluchtende menigte naar straatniveau en voegde zich bij Debs en NIGHTINGALE.

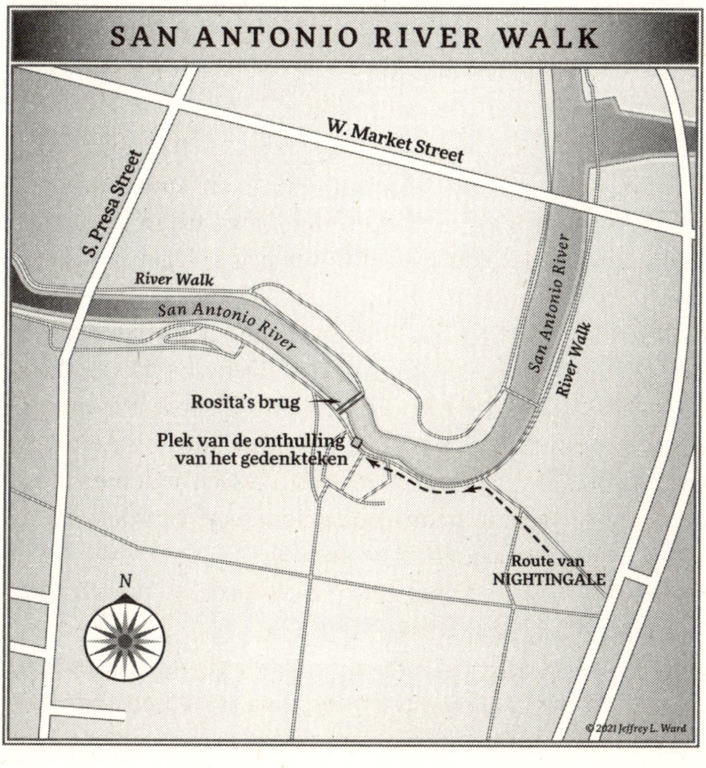

Zodra iedereen aan boord was en de achterdeuren dicht waren, bonkte Debs met zijn vuisten op de binnenwand.

'Rijden! Rijden!'

Er loeiden sirenes, die van alle kanten aankwamen. Ze passeerden vijf naderende ambulances voordat ze datzelfde aantal straten verder waren. Ramos reed naar het noordwesten, de stad uit, met zwaailichten en sirenes aan omdat iedereen dat zou verwachten. Ze waren Luc Dufort verloren. Maar verlies hoorde erbij. Afgezien daarvan had het allemaal niet beter kunnen verlopen. Hij knikte somber bij zichzelf. Een paar van die arme drommels verkeerden nog steeds in de veronderstelling dat de explosies waren veroorzaakt door een gaslek. Met een beetje geluk zouden ze halverwege Abilene zijn voordat de Secret Service tussen alle lichamen van verminkte agenten hadden gezocht en zouden beseffen dat de first lady weg was.

Debs bonkte zachtjes met zijn hoofd tegen de rugleuning van zijn stoel en deed zijn ogen dicht, terwijl hij zichzelf feliciteerde met een bijna perfecte operatie.

En toen werd NIGHTINGALE wakker en schopte hem in zijn ribben.

50

Het kantoor van de president aan boord van Air Force One bevond zich in de neus van de Boeing VC-25, onder de cockpit, tussen zijn privévertrek (met een verrassend comfortabel bed) en een medische ruimte die werd bemand door een verpleegkundige en, vandaag, door dokter Jason Bailey, het hoofd van de medische dienst van het Witte Huis. Soms werd deze ruimte het Flying Oval Office genoemd, en dankzij de geavanceerde satellietcommunicatiesystemen en de comfortabele omgeving kon de president hier werken zonder dat hij noemenswaardig werd gehinderd door het reizen.

Met zijn handen plat op zijn forse bureau leunde Ryan achterover op zijn leren draaistoel. Mary Pat Foley zat op een vrijwel identieke stoel aan de andere kant van het bureau. Minister van Defensie Burgess en het hoofd van de Joint Chiefs, generaal Tom Vogel, hadden plaatsgenomen op een hoekbank die tegen de tussenwand stond.

Als er geen gevaarlijk weer of een noodgeval was, werd Air Force One nooit omgeleid of opgehouden. Als de luchtverkeersleiding dit *call sign* hoorde, werd het vliegtuig vooraan in de rij geplaatst, ongeacht waar het was. De vlucht van luchtmachtbasis Andrews naar San Antonio duurde met een commerciële lijnvlucht zo'n drieënhalf uur. Ryan was nu iets meer dan tweeënhalf uur in de lucht en zijn oren begonnen al te ploppen terwijl de piloten aan de afdaling naar Lackland begonnen.

Zijn adviseurs hadden hem het eerste uur gebrieft over de situatie met de Harpers in Afghanistan. Daarna hadden ze hem het grootste deel van de vlucht alleen gelaten met zijn gedachten, maar ze waren tien minuten geleden teruggekomen. Arnie was achterin, in de Secret Service-ruimte, waar hij een paar logistieke kwesties doornam die van invloed waren op Gary Montgomery's team.

Foley schoof een map met een reeks satellietbeelden over het bureau. De foto's waren relatief helder, ondanks vlekken door mist en schaduwen van wolken; er stonden kuddes schapen op, en niet veel meer. Bij een concentratie van negen joerten die tussen, zo leek het, stenen omheiningen stonden, waren wel een stuk of vijf paarden en een paar ruwharige jaks te zien. Generaal Vogel wees naar een berg puin, waarschijnlijk afval, dacht hij, in de schaduw van een groot rotsblok waarachter minstens een van de joerten schuilging.

Ryan schoof de map over het bureau terug naar Foley. 'We denken dat die paarden misschien bij de...' Hij wachtte even en hield zijn hoofd scheef door de plotselinge zwaarte in zijn maag toen het vliegtuig begon te klimmen. Het water in een kan op Ryans bureau trilde licht toen de piloot vermogen toevoegde aan de GE-turbofanmotoren van de Boeing.

Generaal Vogel, eveneens piloot, merkte het ook. Air Force One miste nooit een nadering.

'Kan iemand uitzoeken waarom we niet land...'

Arnie van Damm beende door de kantoordeur met Gary Montgomery vlak op zijn hielen. Hij keek snel rond op het bureau tot hij de afstandsbediening vond, en zette de flatscreen-tv achter Ryans hoofd aan. Montgomery sloeg zijn armen over elkaar, omdat hij niet wist waar hij zijn handen moest laten, wat niks voor hem was. Het kale hoofd van de stafchef was vuurrood, alsof hij een sprintje door het hele vliegtuig had getrokken om hier te komen.

Ryan kneep zijn ogen toe en voelde een plotselinge druk in zijn maag, vermeerderd door het gewicht van de sombere stemming van de mannen. Geen van deze twee raakte snel in paniek, maar nu kwam het dichter in de buurt dan hij ooit had meegemaakt.

Van Damms stem klonk als een eerbiedige fluistering. 'Meneer de president,' zei hij, 'er is een incident geweest in San Antonio.'

'Een incident?' Ryan keek gespannen heen en weer. 'Wat betekent dat, verdomme? Wat voor incident?'

Montgomery stapte naar voren en schoot de stafchef te hulp. 'De beveiligingseenheid van de first lady is in een hinderlaag gelopen, meneer de president...'

Ryan schoot overeind. 'Een hinderlaag? En Cathy?'

'Ze wordt vermist, meneer,' zei Montgomery. 'Iedereen ter plaatse is op dit moment het gebied aan het uitkammen.'

'Vermist?' herhaalde Ryan, die een wee gevoel in zijn buik kreeg en daarna furieus werd. 'Ze wordt omringd door, wat, vijftig van jouw mensen die haar horen te beschermen, Gary, en nu heb je het lef om me te vertellen dat ze vermist wordt?'

'We hebben alleen de eerste rapportages,' zei Van Damm. 'Een reeks explosies. Wat meldingen van geweerschoten, maar die zijn momenteel nog niet bevestigd.'

'Bommen?' vroeg Ryan ziedend, en hij klemde zijn kiezen zo stevig op elkaar dat hij dacht dat ze zouden breken. Hij richtte zijn woede op Montgomery. 'Neem je me nou in de zeik? Checken jullie dan niet op onbeduidende zaken zoals explosieven?' Hij sloeg met zijn hand op tafel. 'Ik wil dat we landen. Nu.'

Van Damm keek zijdelings naar Foley.

'Dat is niet raadzaam, meneer de president,' zei ze.

'Veiligheidsprotocollen staan ons niet toe te landen tijdens een actieve dreiging,' zei Montgomery.

'Flikker op met die protocollen,' snauwde Ryan. 'Zet me op de grond. Die veiligheidsprotocollen hebben duidelijk geen reet gedaan om de first lady te beschermen.'

'Meneer,' merkte Burgess op, 'u kunt zich voor alle betrokkenen, inclusief de first lady, veel nuttiger maken als u op een veilige plek bent. Niemand weet nog wat er daarbeneden aan de hand is.'

'Des te meer reden voor mij om daar ter plaatse te zijn.' Hij griste de telefoon en belde de piloten rechtstreeks. 'Kolonel Caine. Draai dit vliegtuig om en zet ons zonder omhaal in Lackland op de grond.'

De piloot reageerde onmiddellijk en het vliegtuig begon naar rechts te hellen.

'Meneer de president,' zei Montgomery. 'We kunnen u niet beschermen...'

'Dat was me al duidelijk, ja,' snauwde Ryan.

'Meneer,' zei Foley, 'ik smeek u om hier goed over na te denken. Wat er daarbeneden ook gebeurd is, het kan heel goed deel uitmaken van een groter plan om u binnen te halen. Haal alstublieft even adem voordat u in de aanval gaat.'

Van Damm sprak weer. 'De assistant special agent in charge van de FBI in San Antonio is op dit moment onderweg om de boel te coördineren.'

'Wat?' brieste Ryan. 'Waarom de SAIC niet? Die heeft zeker belangrijkere dingen te doen dan de first lady van de Verenigde Staten te zoeken.'

Van Damm hield Ryans blik vast zoals vrienden dat doen als ze iets moeilijks moeten vertellen. 'Jack. Barb Crawford, de special agent in charge in San Antonio, was op de River Walk, zo'n dertig meter bij Cathy vandaan. Volgens een rechercheur van het sheriffkantoor van Bexar County die ter plaatse was, werd Crawford gedood bij een van de eerste explosies.'

Getergd draaide Ryan zich naar de tv. Hij liet zich in zijn stoel vallen toen hij de luchtbeelden van het bloedbad zag.

Er steeg inktzwarte rook op van een smeulend gebouw. Een brede cirkel langs de waterkant zag eruit alsof hij was schoongeveegd rondom een donkere veeg op het kapotte betonnen looppad. Ryan hield zijn adem in en toen de beelden zich voor hem ontvouwden liet hij ze op zich inwerken, terwijl hij ze tevergeefs analytisch probeerde te bekijken. Dit was het epicentrum van de klap. Doden en gewonden lagen nog steeds overal langs de rivier, en geüniformeerde hulpverleners baanden zich er een weg doorheen om te kijken wie er nog te redden viel. Er zat een vrouw op de onderkant van een metalen paal, die een verkoold stompje vasthield op de plek waar haar linkerknie hoorde te zitten. Tientallen scènes vol trauma en shock vulden het scherm. Een patrouilleboot van de parkeerpolitie voer langzaam door het groene water, met twee agenten die lange houten stokken vasthielden; de boot stopte alleen bij lichamen die waarschijnlijk van vrouwen waren, maar liet ze na een korte check dobberen om naar de volgende te varen. De realiteit trof Ryan als een klap in zijn gezicht. De mannen in de boot zochten tussen de doden naar zijn vrouw.

Zijn withete razernij maakte plaats voor de ijzige kilte van schaamte en wanhoop. Hij wendde zich af en nam afstand van de beelden op het scherm, als de dood dat hij Cathy's gezicht zou zien als de rivierpatrouille een drijvend lijk omdraaide. Hij ving Gary Montgomery's blik.

'Meneer de president,' zei de agent. 'Als u me wilt excuseren om de coördinatie te regelen met mijn collega in San Antonio.'

Ryan knikte langzaam. 'Natuurlijk.'

Montgomery maakte aanstalten om weg te lopen, maar Ryan hield hem tegen en stelde een vraag waarop hij het antwoord al wist.

'Gary,' fluisterde hij. 'Hoe gaat het met Karen?'

'Special agent Sato is dood, meneer de president,' zei Montgomery met een stalen gezicht, volkomen zakelijk. 'Ook van vijf anderen is de dood bevestigd, en de rest van de beveiligingseenheid van de first lady wordt nog vermist.'

'Wat vreselijk,' zei Ryan.

Montgomery knikte kort en grimmig. 'Begrepen, meneer. Kan ik gaan?'

'Natuurlijk,' zei Ryan. Hij wilde meer zeggen, zijn excuses aanbieden, maar hij werd afgekapt door Foleys telefoon die overging. De Secret Service-agent deed de deur achter zich dicht.

Normaal gesproken zou Foley nooit hebben opgenomen tijdens een bespreking met de president, maar nu haalde ze de telefoon meteen uit haar zak.

'Weten we dat zeker?' vroeg ze even later. 'Goed werk. Mail het me maar. Ik lees mijn e-mail hier... Oké... Neem direct contact met me op als je nog iets hebt.'

Ze stopte de telefoon weer in haar zak en knikte naar Ryan. 'We hebben beelden van bewakingscamera's waarop iemand Cathy een paar seconden voor de laatste explosie de rivier in duwt.'

Ryan wreef met zijn hand over zijn hoofd. 'En nadat ze erin ging?'

'Door de klap is de camera verwoest,' zei Foley. 'We kunnen alleen het gedeelte zien dat voor die tijd is geüpload op internet. Maar we weten dat Cathy leefde toen ze het water in ging, en dat ze onder het oppervlak was tijdens de ontploffing.'

Ryan keek weer naar de televisie, verdoofd, zonder dat er veel tot hem doordrong.

'Jack,' zei Foley. 'Je moet echt de juiste beslissing nemen en ervoor zorgen dat we omkeren. Doe het voor mij.'

'Voor jou?' vroeg Ryan.

'Ja.' Foley was nu vastberaden. 'Ik heb zeventien inlichtingendiensten en alle technologie die daarmee gepaard gaat tot mijn beschikking. Laat me teruggaan naar D.C. en mijn werk doen.'

Ryan keek zwijgend naar de afschuwelijke beelden op het scherm.

Foley drong nogmaals aan. 'Jack, er is een heel lange lijst van mensen in binnen- en buitenland die je relatie met Cathy als je zwakte zien. Als je binnen komt banjeren in die onbekende chaos in San Antonio en je je daar zo laat gelden als je net met Gary deed, speel je ze recht in de kaart. Je bent de president van de Verenigde Staten, maar als adviseur en vriendin zeg ik dat als je dit vliegtuig niet nu meteen laat omkeren je dat na vandaag misschien niet meer bent.'

51

John Clark en de anderen dromden vol afgrijzen rond de vergadertafel en keken naar de beelden uit San Antonio op de twee flatscreen-tv's. Adara, Midas en Jack junior keken via de telefoon naar het nieuws, vanuit de Business Aviation-terminal in Narita, waar de G5 nu aan het tanken was.

Gavin nam de beelden van elke zender op om later te kunnen analyseren. Al konden ze niet ter plaatse zijn, Clark wilde er vanuit elke mogelijke hoek naar kijken. Tot nu toe had hij drie explosies geteld, de eerste twee aanzienlijk kleiner dan de laatste.

Clarks telefoon zoemde en maakte hem attent op het videobestand dat hij van Mary Pat verwachtte. Hij liet het nieuws op het linkerscherm aan staan en speelde de video vanaf zijn telefoon af op het rechterscherm.

'Let op,' zei hij. 'Jack, ik stuur jullie een videobestand. Dat willen jullie zien.'

Ryan gaf geen antwoord, dus Adara antwoordde voor hem. 'Hij opent het nu.'

De bewakingscamerabeelden waren geluidloos, maar toonden duidelijk een groep mannen in witte overhemden die op de beveiligers van de first lady afkwamen toen die vluchtten voor de explosies aan de achterkant. Alle mannen droegen hoofdbedekking, waardoor hun gezicht werd afgeschermd van de camera, en ze schoten allemaal met machinepistolen terwijl ze oprukten. Secret Service-agenten vielen om alsof ze vergast waren, alleen Cathy Ryan bleef overeind. Nadat alle agenten waren uitgeschakeld, parkeerde de kennelijke leider van de aanval zijn wapen vakkundig in een schouderband achter een pistool in een holster en rende recht op Cathy af, die hij zijdelings in de rivier duwde. Een van de aanvallers sneuvelde door kogels van een plek buiten beeld.

'Daar!' Jacks stem klonk over de lijn, luid en gespannen, alsof hij elk moment uit elkaar kon barsten. 'Kijk daar. We kunnen die klootzak identificeren en kijken wie zijn vriendjes zijn.'

Clark spoelde met zijn duim de opname frame voor frame vooruit, zo langzaam dat te zien was dat de aanvaller Cathy met iets in haar dij raakte.

'Speel dat eens in slow motion af,' zei hij.

'Een injectienaald,' zei Adara. 'Dat is een goed teken.'

Al Jacks emoties knalden er in één keer uit en hij spuwde ze door de telefoonlijn. 'Goh, licht jij die slimme constateringen van je eens even toe, Sherman. Hoezo? Hoe kun je het in godsnaam een goed teken vinden dat iemand mijn moeder drogeert en haar dan de rivier in duwt?'

Adara's geduldige zucht was duidelijk hoorbaar. 'Omdat ze haar niet hebben neergeschoten, Jack. Ze hebben haar gedrogeerd en haar onder water gehouden, om haar te beschermen tegen de klap van die laatste verwoestende explosie die iedereen binnen een straal van dertig meter heeft neergehaald.'

Met beide handen op de vergadertafel boog Dom zich dichter naar de Polycom-speaker toe. 'Adara heeft gelijk, Jack,' zei hij. 'Ze willen haar levend.'

'Ja, nou,' zei Ryan. 'Ik wil hen dood. Het plan wordt aangepast. We nemen de G5 naar Texas.'

'Niks daarvan,' zei Clark. 'Je moet bij je vader zijn.'

'Die op dit moment in San Antonio is,' merkte Jack op.

'Nee,' zei Clark. 'Niet waar. Het gaat absoluut niet gebeuren dat ze Air Force One daar laten landen en de president midden in de chaos zetten. Hij is op dit moment onderweg naar D.C. Ik stel me voor dat hij wel een telefoontje van zijn zoon kan gebruiken.'

'Ik kan me nuttiger maken door met jullie te werken.'

'Nee,' zei Clark en zijn stem kreeg een harde ondertoon. 'Echt niet. Midas en Adara zetten je op een commerciële vlucht naar D.C. en zij stappen met zijn tweeën in de Gulfstream en vervolgen de missie.'

'Stuur je ze nog steeds naar India?'

'Ja,' zei Clark. 'Maar jij komt naar huis. Hoor je me?'

Jacks adem klonk luid over de lijn, als een vechtende stier die briesend de aanval wilde inzetten.

'Luister nou, jongen,' zei Clark. 'Die pa van jou is al heel lang mijn vriend. En ik ken mijn vriend: hij heeft zijn familie nodig. Dus jij gaat gewoon. Dat is een bevel.'

Gerry Hendley kwam binnen nadat Clark net had opgehangen. Als oprichter van De Campus liet de voormalige Amerikaanse senator de tactische en strategische beslissingen over aan Clark of Chavez, maar hij dacht regelmatig mee tijdens operationele planningssessies of evaluatiebesprekingen. Hij kon altijd elk moment binnenvallen.

'Komt Ryan naar huis?' vroeg hij, en hij nam plaats op een stoel bij de muur, zodat hij niet in de weg zat.

'Ja,' zei Chavez.

'Verstandig.'

'Luister,' zei Clark, die het gewend was om door te pakken. Hendley zou hem wel onderbreken als hij iets belangrijks had. 'Ik wil dat iedereen nadenkt over mogelijke vervolgstappen. Zoals Jack opmerkte, moeten we die dode aanvaller identificeren. De FBI kijkt naar exact hetzelfde beeldmateriaal als wij, dus die zullen nu daarmee bezig zijn. Gavin, download alle SigInt met betrekking tot de first lady die in Liberty Crossing binnenkomt van de FBI of welke bron dan ook.' Tijdens het praten raapte hij de rekruteringsmappen bijeen. 'Alles waarmee we verder bezig waren, verdwijnt even naar de achtergrond.'

'We vinden haar wel,' zei Chavez.

Clark slaakte een lange, vermoeide zucht. 'Ik hoef jullie allemaal niet te vertellen hoe onzeker de situatie is. Elke wetshandhavingsinstantie in de VS is op zoek naar Cathy Ryan, terwijl een aanzienlijk aantal klerelijers op de wereld op zoek is naar een manier om misbruik te maken van deze toestand.' Hij gaf Chavez een knikje. 'Cathy Ryan is een vriendin van me. Met haar man heb ik een hechtere band dan met welke broer ik ook maar zou kunnen hebben, dus ja, als ze nog leeft, zullen we haar vinden. En als ze dood is, zorgen we dat we degenen te pakken krijgen die haar vermoord hebben...'

Caruso deed een stapje naar voren. In alle chaos zouden ze zo vergeten dat de first lady zijn tante was.

'Voel jij je er goed bij om hiermee door te gaan?' vroeg Clark.

'Ik zou pislink zijn als ik niet door zou mogen, John,' zei Caruso.

'Ik bedoel, ik voel me er net zo goed bij als wij allemaal. Je had honderd procent gelijk toen je zei dat Jack naar zijn vader moest, maar we zijn allemaal familie. Ik zie niet in hoe dit niet voor ons allemaal iets persoonlijks zou zijn.'

'Fijn om te horen,' zei Clark.

Chavez ging dichter bij de flatscreen-tv's staan en wees naar twee verschroeide cirkelpatronen op het plaveisel, niet ver van het congrescentrum. 'Het lijkt erop dat ze de beveiligingseenheid in de val wilden lokken,' zei hij. 'Degenen die hierachter zitten, hebben heel wat moeite gedaan om de first lady in leven te houden. Ze zullen proberen haar als pressiemiddel te gebruiken: losgeld, gevangenenruil, zoiets. Dat geeft ons wat tijd.'

'Inderdaad,' zei Caruso, die zijn hoofd scheef hield en zijn wenkbrauwen optrok alsof hem ineens iets te binnen schoot. Hij draaide zich om en sprak rechtstreeks tegen Clark. 'Hoor eens, het Bureau zit hier nu bovenop. Ik sta daar nog in de boeken. Wat iedereen van de plaatselijke kantoren betreft, ben ik gewoon zo'n eikel van het hoofdkantoor. Als jij kunt zorgen dat directeur Foley de boel een beetje voor me opwarmt in het Hoover Building, ga ik naar Texas. Ik weet dat Gavin beelden van Fort Meade en Langley krijgt en dat Foley ons op de hoogte houdt, maar dat kost tijd. Ik krijg zonder enige twijfel veel betere realtime-info als ik daar ter plaatse ben.'

Clark wreef over zijn gezicht en drong de emoties van het moment naar de achtergrond. Cathy Ryan had er niks aan als ze door een rood waas van wraak keken. 'Heel goed,' zei hij. 'Ding. Jij gaat met hem mee. Hij kan je introduceren als zijn protegé van het ministerie van Justitie. Er zullen zoveel types van "andere overheidsdiensten" zijn, en je krijgt een pasje van de directeur van de Nationale Inlichtingendiensten, dus geen haan die ernaar kraait.'

'Oké,' zei Chavez. Ze waren er allemaal aan gewend om op het laatste moment te moeten schakelen; op kantoor hadden ze reistassen klaarstaan met wapenrusting en kleding voor allerlei mogelijke omstandigheden en locaties.

Clark knikte goedkeurend vanwege Caruso's afweging. 'De FBI is extreem goed in wat ze doen, en dat geldt ook voor de Agency, als dit een internationale kwestie wordt. Maar geen van beide instanties staat bekend om hun snelle wendbaarheid. Zoek zo snel mogelijk zo veel mogelijk uit, dan gaan wij meteen met de info aan de slag, in overleg met Foleys kantoor.'

'Ik heb alles wat ik nodig heb,' zei Caruso met een blik op Ding, die zijn duim opstak. 'Goed. Dan stappen we in het eerstvolgende vliegtuig naar het zuiden.' En tegen Clark: 'Ik heb wel een verzoek. Als je directeur Foley spreekt...'

52

Chilly Edwards herkende Rene Tatum op het moment dat ze Rockin Rollerz Craft Burger Co. binnenkwam en de eetzaal afspeurde. Hij wist niet zeker of ze naar hem op zoek was, maar het leek wel logisch. Hij was per slot van rekening de vent die haar stiefvader had doodgeschoten.

Hij zat in zijn eentje achter in de eetzaal, met zijn rug tegen de muur; een oude gewoonte die hem was bijgebracht door zijn pa toen zijn broer en hij nog klein waren. Zijn vaste stek en zijn vaste maaltje als hij in de lappenmand zat: een broodje gefrituurde biefreepjes, aardappelkroketjes en Nasty Sauce. Vet, troostrijk en verrukkelijk; kortom, de perfecte lunch, totdat Margaret Vetters dochter zijn blik ving en door de zaal op hem afbeende.

Haar Wrangler-broek was gesteven, met twee messcherpe vouwen aan de voorkant van haar onmogelijk lange benen, en vervaagd, niet door een machine waardoor de broek er stijlvol versleten uitzag, maar op natuurlijke wijze: door de tijd. Een werkspijkerbroek, strak bij haar achterwerk maar los om de heupen. Ze had de mouwen van haar witte westernblouse met parelmoeren knoopjes opgestroopt tot boven haar sterke onderarmen en getaande ellebogen, die gebruind waren om dezelfde reden dat haar Wrangler-broek verschoten was. Door een gouden rodeogesp en afgetrapte Tony Lama-laarzen werd duidelijk dat ze de *real deal* was. Iedere zichzelf respecterende vrouwelijke rodeorijder die Chilly ooit was tegengekomen, en dat waren er heel wat, was een stoer wijf, net zo goed als iedere willekeurige man in staat om in een kroeggevecht een bierflesje kapot te slaan op het hoofd van een cowboy. Haar blonde haar was kortgeknipt, met pas geschoren zijkanten, waardoor ze eruitzag als een punkcowgirl, als er zoiets bestond.

Ze zag er in elk geval uit alsof het haar menens was.

Chilly keek naar haar handen en haar broekband: geen wapen, voor zover hij kon zien. Toch schoof hij zijn stoel van tafel en stond op voordat ze bij hem was, terwijl hij de Nasty Sauce van zijn handen veegde en zijn servet op tafel gooide.

'Agent Edwards?' vroeg ze benepen, alsof ze elk moment in tranen kon uitbarsten.

Hij knikte. 'Ja, mevrouw.'

'Kan ik u alstublieft even spreken?' Haar ogen waren rood en opgezet. Ze onderdrukte een snik.

'Ik weet niet of dat wel zo'n goed idee is,' zei Chilly.

'Alstublieft,' zei ze. 'Ik weet dat het raar klinkt uit mijn mond, aangezien...'

'Hoe heb je me gevonden?'

'Ik heb net gedaan of ik een oud vriendinnetje was en heb aan uw buurman gevraagd waar u naartoe zou gaan als u zich down voelde. Ik zei dat ik u wilde troosten, na die schietpartij en zo.'

'Shit,' zei Chilly. Zijn naam was nog niet officieel aan de pers vrijgegeven, maar er waren genoeg getuigen die hem op zijn motor het winkelcentrum hadden zien binnenrijden, dus het was niet echt schokkend nieuws dat hij de agent was die Vetter had uitgeschakeld. Hij moest eens even een hartig woordje met de buurman spreken over het feit dat die zijn favoriete lunchtentje had doorgegeven aan een onbekende vrouw. 'Zal ik anders de dienstdoende rechercheur voor je bellen? Die kan al je vragen beantwoorden.'

'Ik hoorde dat u in de trailer was,' zei Rene, die een stap naar voren deed. 'Bij mijn moeder en mijn broertje.'

'Hoor eens, ik... Ik hoor eigenlijk helemaal niet met je te praten.

'Luister.' Rene keek hem aan zonder met haar ogen te knipperen. 'U denkt dat ik boos ben omdat u Royce hebt vermoord.'

'Ik moet toegeven dat die gedachte wel bij me opkwam.'

'Nou, dat is niet zo,' vervolgde Rene. 'U hebt me de moeite bespaard om die klootzak zelf af te knallen.'

'Ik ben er niet zo zeker van dat hij je moeder heeft vermoord,' zei Chilly, en hij had meteen spijt van zijn woorden.

'Ik ook niet. Tenminste, niet direct.' Ze keek de eetzaal rond. 'Kunnen we nu alstublieft gaan zitten? De mensen kijken naar ons.'

Chilly kreunde en wuifde met zijn hand naar de stoel tegenover hem. Hier zou hij waarschijnlijk voor ontslagen worden, en dan zou zijn kans om bij de FBI te komen verkeken zijn. Maar zijn vader had hem geleerd dat hij altijd moest luisteren naar mensen die het moeilijk hadden, en als iemand het moeilijk had, was het wel deze arme vrouw die zojuist het grootste deel van haar familie was verloren door bloederige moordpartijen.

'Wat kan ik voor je doen?'

'Eerlijk gezegd,' zei ze, 'weet ik niet echt wat ik hier nou mee wil bereiken. Ik ben het met u eens dat Royce Vetter de trekker niet heeft overgehaald, maar ik durf er alles om te verwedden dat mijn moeder en broertje zijn vermoord vanwege zijn krankzinnige complottheorieën over het einde der tijden.' Ze boog met haar ellebogen op tafel voorover. 'Ik had mijn moeder 's ochtends aan de telefoon voordat ze vermoord werd. Ze zei dat Royce helemaal uit zijn plaat ging vanwege een paar militiegasten van wie hij dacht dat ze hem volgden. Maar Royce Vetter ging altijd uit zijn plaat over een of andere denkbeeldige dreiging, dus ik maakte me er op dat moment niet zo druk om.'

'Militie?' Vetters gijzelaar in het winkelcentrum had hem iets over een 'spionnenmilitie' horen zeggen. Chilly prentte in zijn hoofd dat hij er met de rechercheurs van moordzaken over moest praten, maar dat hield hij voor zichzelf.

'Ja,' zei Rene. 'Ik zeg dat er iets anders aan de hand is, iets wat met Royce te maken heeft, maar dat groter is dan hij. Iets waar mijn moeder achter is gekomen, en dus hebben ze haar het zwijgen opgelegd.'

'Wie zijn "zij"?'

'Wist ik het maar,' zei Rene. 'Maar het moet wel worden nagetrokken...'

Er ging geroezemoes op in de eetzaal en al het bedienend personeel liep om de toonbank heen om naar de tv te kijken. Een van hen zette het volume harder.

'Jezus christus,' fluisterde Rene.

Chilly kreeg een knoop in zijn maag toen hij de beelden van een aanval op de first lady van de Verenigde Staten in San Antonio zag. Hij hapte naar adem en wist niet wat hij moest zeggen.

Zijn SWAT-telefoon begon te piepen terwijl er achter elkaar berichten van zijn teamleden binnenstroomden.

Zie je dit?

Godskolere, man...

Denk je dat ze ons oproepen om te komen helpen?

Je had nu vast graag in het Hostage Rescue Team willen zitten, Chill!

In de startblokken, jongens...

Dit is waanzin!!

En daarna van de SWAT-sergeant:

Check jullie uitrusting en hou jullie telefoon in de gaten.

Rene Tatum liet haar voorhoofd op tafel rusten en begon te huilen.

'Hé,' zei Chilly zacht en hij raakte voorzichtig haar schouder aan. 'Gaat het?'

Ze tilde haar hoofd iets op, haar armen nog steeds plat op tafel. De tranen stroomden uit haar bloeddoorlopen ogen. 'Nee,' zei ze. 'Het gaat helemaal niet.' Ze knikte zijdelings naar de tv. 'Snap je het dan niet? Die bazen van jullie sturen de helft van jullie teams natuurlijk daarheen om te helpen die hufters te pakken te krijgen die de vrouw van de president hebben meegenomen. De moord op mijn moeder lag al vanaf het begin op de achterste gaspit te sudderen. Nu ligt hij niet eens meer op het fornuis.'

53

Het was ver na middernacht, maar Malhotra had Herr Roth mee uit genomen voor een etentje en een borrel, licht in zijn hoofd bij het vooruitzicht van de reactie van de Duitser op het ongelofelijke nieuws van de ontvoering van de Amerikaanse first lady. Ook Kashvi was meegekomen, gekleed in een zwart jurkje dat ze altijd op kantoor had liggen voor dit soort noodsituaties. Zij was eigenlijk de enige reden dat Roth ermee had ingestemd om tot zo laat te blijven. Die ouwe bok leek behoorlijk in haar geïnteresseerd, dus daar maakte Malhotra gebruik van.

Ze hadden het nieuws in de limo gehoord en Malhotra stond erop dat ze teruggingen naar zijn kantoor om de ontwikkelingen daar op tv te volgen.

Het was niet gegaan zoals hij had gepland.

Malhotra deed net of hij bezorgd was, zoals iedereen zou zijn als er waar ook ter wereld zoiets tragisch gebeurde. Maar Roth was afwezig en keek meer naar Kashvi dan naar wat er op tv te zien was.

'Dit is afschuwelijk,' zei Malhotra, die een geforceerde fronsrimpel trok. Hij omklemde een glas feni dat Kashvi voor hem had ingeschonken. Het was laat en hij had hoofdpijn, maar dit was een heuglijk moment.

Ook Roth had een drankje in zijn hand, een apricotbrandy deze keer. Hij wendde zijn blik net lang genoeg van Malhotra's secretaresse af om in zijn glas te kunnen kijken. 'Ik vraag me af,' zei hij, 'of president Ryan door deze tragische omstandigheden nog standvastiger is in zijn besluit.'

'Wat?' Malhotra ging rechter zitten. 'Hoe bedoelt u?'

'Met zijn agenda,' zei Roth. 'U weet hoe Amerikanen zijn. Koppig, wraakzuchtig. Als hij denkt dat iemand hem probeert ergens toe te dwingen, kan het best zijn dat hij… Hoe zeggen ze dat? De inzet verhoogt.'

'Nee, nee, nee.' Malhotra moest al zijn zelfbeheersing bij elkaar rapen om niet te gaan schreeuwen. 'Mijn mensen in Washington hebben me verzekerd dat Ryan al politieke steun kwijtraakte. Dit zal er juist toe leiden dat hij gaat nadenken over wat echt belangrijk is. Het zou mij in feite extreem verbazen als hij morgen nog in functie is.'

'Wie weet,' zei Roth. 'Dit is zo vreselijk. Dat iemand zich verlaagt om de vrouw van die arme man te vermoorden.'

'We weten niet of ze dood is,' merkte Kashvi op. Ze was gewend geraakt aan het luchtige gebabbel van die avond en hield de vertrouwelijke sfeer vast nu ze weer op kantoor waren. Een grove fout.

'Dat is waar.' Roth draaide zich plotseling om en keek Malhotra recht aan. 'Mag ik volkomen eerlijk tegen u zijn?'

'Altijd,' zei Malhotra.

'Wat me dwarszit, is het wachten. Als ik eenmaal heb besloten iets te doen, wil ik het doen ook. Alle slechte beslissingen in mijn leven heb ik genomen omdat ik tijd had erover na te denken.' Hij sloeg het restant van zijn brandy achterover, het halve glas. 'Ik zou willen dat dit achter de rug was en we de deal konden afronden.'

Kashvi knikte bijna onmerkbaar.

Malhotra probeerde te voorkomen dat hij zijn gezicht vertrok. Met alle alcohol in zijn bloed leek Roth het niet in de gaten te hebben.

'Mijn advocaten hebben hun verslag afgerond,' zei Malhotra. 'De timing is volledig aan u.'

Kashvi kwam heupwiegend dichterbij en haar zwarte jurkje ruiste terwijl ze de Duitser nog een glas brandy inschonk. Goed zo, meisje.

'Dat is heel interessant,' zei Roth. 'Dan kunnen we bijna meteen schakelen.'

'Zodra het u uitkomt.'

Roth kwam wankel overeind en stak zijn hand naar Kashvi uit om hem te helpen. 'Heel goed.'

'Morgen dan?'

'Ha,' zei Roth. 'Dat zou misschien kunnen. Maar mijn advocaten nemen contact op met uw advocaten.'

Roth belde zijn chauffeur, die hem aan de voorkant van het kantoor kwam ophalen. Kashvi raakte zijn hand aan toen hij vertrok.

‘Je hebt het goed gedaan,’ zei Malhotra nadat de deur dicht was en hij alleen achterbleef met zijn secretaresse.

‘Dank u, H.M.,’ zei ze. ‘Dat was echt heel leuk.’

Malhotra glimlachte en verdrong de jaloerse steek in zijn buik. Ze deed gewoon wat hij haar had opgedragen. Hij wilde alleen niet dat ze er zoveel plezier aan beleefde.

‘Nog één ding,’ zei hij. ‘Een kleine wijziging in het contract. Diep weggestopt, zodat zelfs zijn advocaten het niet in de gaten zullen hebben.’

54

Cathy Ryan proefde bloed. Ze had ontzettend veel dorst. Haar handen waren om de een of andere reden gevoelloos. En ze moest plassen.

Haar bewustzijn kwam langzaam terug, als een zwart gordijn dat slechts een streepje licht binnenliet en heel geleidelijk werd opengetrokken om de wereld aan de andere kant van de duisternis te tonen.

Ze lag op haar zij met haar handen geboeid of vastgebonden; ze kon ze niet voelen, dus het was onmogelijk te zeggen. De zoom van haar rok was opgetrokken tot halverwege haar dij. Ze kon weinig doen om zichzelf te fatsoeneren, dus trok ze haar knieën maar op in een foetushouding.

Ze bevond zich in een of ander voertuig, een ouder model, met een slechte ophanging en op een hobbelige weg, te oordelen naar het gestuiter en de piepende veren. Een busje, als ze naar het aantal schoenen keek dat ze voor haar zag. De zwarte katoenen kap die haar ogen zou moeten bedekken was omhooggeschoven, misschien tijdens een worsteling. Had ze gevochten toen ze haar die ketamine hadden toegediend? Ze kon zich niet veel meer herinneren, maar ze fleurde op bij het idee dat ze deze rotzakken flink had geschopt… wie het ook waren. Haar spieren voelden in elk geval wel alsof ze geknokt had. Haar nek, die niet werd ondersteund door een kussen, voelde alsof hij bij elke hobbel kon afbreken. Het was ook logisch. Ze moesten achterafweggetjes nemen om onder de radar te blijven.

Cathy wist niet precies hoe lang ze buiten bewustzijn was geweest, maar iedere agent in het land zou binnenkort naar haar op zoek gaan, als ze dat al niet deden. Er welde een snik op in haar keel toen ze aan Karen Sato en de rest van haar Secret Service-ploeg dacht.

'… lang blijft hij weg?' vroeg iemand.

'Niet lang,' zei de andere man. 'Je kent hem. Hij vermoordt haar snel.' De man grinnikte. 'Misschien dat hij daarna nog een paar minuten blijft hangen. Je kent hem...'

Een diepe baritonstem onderbrak het gepraat van de groep. Deze kerel, Australisch en brallerig, klonk alsof hij de leiding had of dat zou willen.

'Rustig aan,' zei de Aussie. 'Ik betwijfel of ze tijd hebben gehad om helemaal hier al wegversperringen te maken, maar ik heb niet zo'n zin om een verkeersagent tegen te komen die naam wil maken. De ogen van Texas zullen niet echt vriendelijk kijken naar wat we momenteel aan het doen zijn.'

'Texas is ons minste probleem,' zei de Amerikaanse stem ijskoud. 'Ik zou me veel meer zorgen maken om een dingetje dat de doodstraf wordt genoemd.'

Nu klonk er een latinostem, zacht en fluisterend. Als ze haar hoofd draaide, kon Cathy kon zijn schoenen zien.

'We hebben een hele zooi van die Secret Service-honden afgemaakt. Ik vraag me af of er dan meer dan één rechtszaak zou komen.'

'Ze zouden ons ter plekke neerschieten,' zei de Aussie. 'Ik had er zeker zes, misschien wel twee keer zoveel, die per ongeluk voor mijn voeten liepen...'

'Hou op!' Cathy bonkte met de zijkant van haar hoofd op de grond van het voertuig, waardoor de kap nog verder omhoogschoof. Een man met donkerblond haar schoot overeind, geschrokken door haar plotselinge beweging. Iedereen om haar heen zag eruit als een soldaat. Slank, fit, ogen die conflicten hadden gezien. 'Hou op, zei ik!' Haar stem klonk met elk woord luider en ruwer. 'Wat is er mis met jullie? Jullie praten over het vermoorden van mijn vrienden alsof jullie een stelletje onnozele pubers zijn die een videogame spelen. Dat waren fatsoenlijke mensen met gezinnen! En jullie hebben ze zonder erbij na te denken vermoord.' Haar borst schokte door de ingehouden snikken, die ontsnapten terwijl ze instortte. 'Ze deden gewoon hun werk...'

'Je meent het,' zei de Amerikaan onaangedaan. 'Helaas voor hen was het hun werk om jou te beschermen, dus liepen ze in de weg.'

'Je kunt maar beter je smoel houden, mevrouw de koningin,' zei de Australiër. 'Als je je bek houdt en meewerkt, kom je hier levend uit.'

'Niet waar,' spuwde Cathy. 'Ik heb jullie gezichten gezien. Jullie laten me echt nooit zomaar gaan. Dat weten jullie en dat weet ik.'

De Aussie legde zijn hand op haar dijbeen, onder haar rok. 'Zou kunnen,' zei hij. 'Ik wil liever geen stereotype zijn, maar we zijn gewoon een stel kerels die al in geen weken een vrouw hebben gezien. Je bent een beetje aan de oude kant, maar...' Zijn stem stierf even weg en daarna zei hij: 'Ik meen het, we moeten wel aan onze missie denken, maar... Nou ja, we zijn nou eenmaal mannen, daar doe je niks aan...'

Cathy gebruikte haar heupen en haar buikspieren om als een slang omhoog te schieten, spuwend en vloekend, rood van woede. Ze kronkelde met haar handen achter haar rug en zette haar tanden in de blote onderarm van de Aussie.

Hij beukte met zijn vuist op haar slaap en ramde haar tegen de grond in een regen van lichtjes en kleuren.

Ze bleef daar ineengedoken liggen huiveren en kreunen. 'Jullie kunnen me net zo goed meteen vermoorden.'

Iemand die Cathy niet kon zien nam het woord. Hij klonk Brits en zijn stem klonk duf, alsof hij geslapen had. 'Wat had je dan verwacht dat ze zou doen, smeerlap? Als je haar zo betast.'

'Ik had verwacht dat ze wat beschaafder zou zijn,' snauwde de Australiër.

'Hilarisch!' zei de Brit. Het busje schudde een beetje toen hij opstond en zich over Cathy heen boog, nog steeds met zijn ogen op de Aussie gericht. 'Tuurlijk, jij en ik schieten tientallen mensen neer, gooien deze vrouw in een donker busje en dan kun jij je kans grijpen om in haar broekje te graaien. Ja hoor, dat brengt echt beschaafd gedrag in iemand naar boven.'

Cathy kromp ineen toen de Brit naast haar neerknielde. Het volgende ogenblik voelde ze een scherpe prik in haar dij. Die hufter had haar weer een tranquilizer ingespoten. Door haar razende hart kwam het spul vrijwel meteen in haar systeem terecht. De stem van de Brit klauwde zich een weg naar haar brein terwijl ze indommelde.

'Beschaafd,' zei de Brit nogmaals. 'Het moet niet gekker worden. Misschien moeten we wel een filmpje maken als bewijs dat ze in leven is. Laat haar met rust.'

'Voorlopig,' zei de Aussie.

'Ja,' zei de Brit. 'Voorlopig.'

55

Voor het eerst in heel lange tijd dacht Mary Pat Foley dat ze echt een flinke, snotterende huilbui zou krijgen.

De Situation Room van het Witte Huis werd vaak de Meatgrinder – de vleesmolen – genoemd vanwege de snoeiharde discussies waar beslissingen uit voortvloeiden die impact hadden op de hele wereld. Op dit moment werd er ook in de Cabinet Room nogal wat vlees vermalen. De kamer bevond zich vlak bij de secretaresseruimte van de president tegenover het Oval Office en was tot de nok toe gevuld. De vijftien leren stoelen rondom de gepolitoerde tafel werden bezet door de hoogste functionarissen van de uitvoerende diensten die overeenkomstig sectie vier van het vijfentwintigste amendement zouden besluiten of de president wellicht niet in staat was zich te kwijten van de bevoegdheden en plichten van zijn functie. De stoel van de president, waarvan de rugleuning iets hoger was dan die van de rest, zag er verloren uit, nu hij daar leeg tegenover de ramen die uitkeken op de Rose Garden stond.

Ook de vicepresident was afwezig, wat vreemd was, want de uitkomst van deze procedure zou ingrijpende gevolgen voor hem hebben.

Er was een meerderheid van het kabinet nodig om een beroep te doen op sectie vier, maar de vijftien hoogste functionarissen maakten duidelijk dat ze een hele waslijst van deskundigen wilden horen, zowel op het gebied van de grondwet als met betrekking tot Jack Ryan.

Wilson, directeur van de FBI, en Canfield, directeur van de CIA, zaten op stoelen tegen de muur met meer dan tien Congresleden, onder wie de voorzitter van het Huis van Afgevaardigden, de tijdelijke voorzitter van de Senaat en, heel irritant, senator Michelle Chadwick.

Hoewel de menigte hutjemutje op elkaar zat, was het ongewoon stil in de kamer en liet iedereen graag de anderen aan het woord, om daarna te kijken hoe de stemming in de kamer was en de meerderheid te volgen. Tot nu toe zat of stond de meerderheid naar hun eigen voeten te staren en met zwijgende instemming te knikken terwijl Chadwick maar doorpraatte. Ze was al vijf minuten haar betoog aan het voeren en haar helmachtige bol van muisbruin haar ging telkens op en neer als ze knikte vanwege de overduidelijk juistheid van haar argument.

Jack Ryan moest gewoon gedwongen worden opzij te stappen.

Mary Pat Foley had het gevoel dat ze moest overgeven. Zelfs de busten van George Washington en Benjamin Franklin die aan weerszijden van de open haard in een alkoof stonden, keken walgend naar de pitch van de zalvende senator. Niemand met meer dan één hersencel zou Chadwick een bondgenoot noemen, maar ze had onlangs wel met Ryan samengewerkt. Hij had aangeboden haar het leeuwendeel van de eer van het farmawetsvoorstel te geven, hij had met dat mens strategieën bedacht, plannen gemaakt en maaltijden gedeeld; en nu had ze het lef om in zijn Cabinet Room te gaan staan en ervoor te pleiten om hem als een stuk vuil bij de stoeprand te zetten, terwijl zijn vrouw nog maar een paar uur geleden was gekidnapt.

'... weten allemaal dat de president en ik een nogal onstuimige band hebben,' zei Chadwick alsof ze Foleys gedachten kon lezen. 'Maar ik moet toegeven dat ik Jack ben gaan respecteren, al ben ik het op belangrijke punten niet met hem eens. Ik heb hem ook lang genoeg meegemaakt om met eigen ogen te zien hoe sterk de relatie tussen hem en zijn vrouw is. Ik heb hem geobserveerd en hij is een heel intelligente man, maar de omstandigheden waarmee we op dit moment geconfronteerd worden, vertroebelen het beoordelingsvermogen van zelfs de intelligentste mensen...'

Foley stond op van haar stoel, de stoel die recht tegenover Ryan had gestaan als die aanwezig was geweest om zichzelf te verdedigen. Ze schraapte luidruchtig haar keel, waarmee ze duidelijk haar minachting uitte voor de flauwekul die zich vlak voor haar neus afspeelde.

'Senator Chadwick heeft een paar dagen met president Ryan gewerkt en beschouwt zichzelf als deskundige als het om zijn karakter en gedrag gaat. Velen van jullie hier rondom de tafel hebben jarenlang met hem gewerkt. Ik ken hem meer dan zijn halve leven… en mijn halve leven. Ik ken Jack Ryan sinds de tijd dat er een IJzeren Gordijn was, en hij en ik erachter werkten. Ik heb hem persoonlijk situaties zien aangaan die stressvoller waren dan ik me ooit had kunnen voorstellen, en dat deed hij elegant en doortastend. Ik kan jullie verzekeren dat hij toen helder dacht en dat hij nu ook helder denkt.'

Rhonda Sanders, de tijdelijke president van de Senaat, nam het woord. 'Maar is dat echt zo? Ik heb diep respect voor de president, maar hoe kan iemand helder denken in deze situatie? Het feit dat Ryan zo close is met zijn vrouw, is in vele opzichten des te meer reden om te twijfelen aan zijn vermogen om op dit moment rationele beslissingen te nemen.'

'Dat kan Jack Ryan,' zei Foley. 'En dat zal hij ook doen.'

'Was u erbij?' vroeg Chadwick.

Foley haalde diep adem en nam niet de moeite haar boze blik te verbergen. 'Waarbij, senator?'

'Toen president Ryan het nieuws over San Antonio kreeg,' vroeg Chadwick, veel te zelfvoldaan naar Foleys smaak, als een advocaat die op het punt staat iemand in de getuigenbank in diskrediet te brengen. 'Ik bedoel, werd hij boos of hield hij zijn hoofd koel? Hij, de baas, de machtigste man op aarde, was op dat moment aan boord van Air Force One. Was zijn eerste reactie bezorgdheid vanwege alle doden, of gaf hij andere aanwezigen de schuld van wat er met zijn vrouw was gebeurd?'

Foley verplaatste haar blik van Bob Burgess naar generaal Vogel. Het hoofd van de Joint Chiefs was een van de zes mensen die aanwezig waren geweest in het Air Force One-kantoor van de president toen Ryan voor het eerst hoorde van de aanval in San Antonio. Iemand had de details naar Chadwick gelekt. Foley had dat niet gedaan en ze wist zeker dat het ook niet Burgess of Van Damm was. Gary Montgomery had de volle laag gekregen tijdens Ryans uitbarsting, maar hij leek niet het type om zoiets verder te vertellen. Dan bleef Vogel over. De generaal ving haar blik en beantwoordde die met de keiharde vastberadenheid van iemand die wist dat hij gelijk had.

Rotzak.

'Ik ga niet in op details van een bespreking met de president van de Verenigde Staten,' zei Foley, die haar ogen op de generaal liet rusten terwijl ze tegen Chadwick praatte. 'Dat zou hoogst onprofessioneel zijn, en waarschijnlijk zelfs tegen de wet.'

Dan Murray, de minister van Justitie, dacht daar even over na en haalde kort zijn schouders op, alsof hij wilde zeggen dat dat laatste misschien wel en misschien ook niet waar was. Maar zijn zijdelingse blik op generaal Vogel maakte duidelijk dat hij het met Foley eens was.

Chadwick hief haar beide handen met de palmen omhoog. 'Begrijp me niet verkeerd, mevrouw de directeur,' zei ze. 'Heb ik het mis als ik denk dat president Ryan reageerde zoals wij allemaal zouden hebben gedaan, toen hij hoorde dat zijn vrouw in gevaar was? Ik mag aannemen dat hij als een mens reageerde: een plotselinge woede-uitbarsting, om daarna te kalmeren en de dingen rationeel te bekijken. Het probleem is: als iemand heel letterlijk zijn vinger op de knop heeft waarmee hij een oorlog kan beginnen, kunnen uitbarstingen van menselijke emoties ernstige gevolgen hebben.' Ze zuchtte met hevig op en neer gaande borst en hangende schouders, als de dramaqueen die ze was. 'Hoor eens, niemand in deze kamer wil van hem af...'

'O, is dat zo?' kaatste Foley terug. 'Meent u dat nou? Kunt u daar zo staan en van ons verwachten dat we werkelijk geloven dat u niet wilt dat Jack Ryan zijn ambt neerlegt? Dat is uw strijdkreet geweest zolang ik weet wie u bent.'

'Natuurlijk wil ik dat hij zijn ambt neerlegt,' zei Chadwick. 'Maar niet op deze manier. Dat moet via het stemhokje gebeuren. Luister, we onderhandelen niet met terroristen. Toch?'

Zowel de voorzitter van het Huis als de tijdelijke voorzitter van de Senaat knikte instemmend. Regina Barnes, de minister van Economische Zaken, knikte, maar betrapte zichzelf en begon met haar kristallen waterglas te spelen.

'Absoluut niet,' zei Foley, die vond dat Chadwick zelf een terrorist was.

'Laten we dan eerlijk zijn.' Chadwick ploeterde verder. 'Hoe kan iemand zelfs niet overwegen om toe te geven aan de eisen van een stelletje piraten als de liefde van zijn leven een pistool tegen haar hoofd krijgt?'

'Piraten?' vroeg Foley honend. 'Ik ga me niet bezighouden met hypothetische zaken...'

Brian Watts, de voorzitter van het Huis, deed een duit in het zakje. 'Ik vrees dat we dat nu juist wel moeten doen.'

Foley wuifde het weg. 'Er zijn geen eisen gesteld...'

Opeens ging de deur open en Jack Ryan kwam binnen, kleiner en kwetsbaarder dan Foley hem ooit had gezien, en toch vulde hij de hele kamer.

Iedereen ging snel staan.

'Nog niet,' zei hij. 'Er zijn nog geen eisen gesteld.'

Er ging een geroezemoes op rond de tafel. De voorzitter van het Huis, in verlegenheid gebracht, schommelde op zijn voeten op en neer.

Ryan wierp Mary Pat een vriendelijke, maar uitgeputte glimlach toe. Hij stond in de deuropening, met zijn warrige haar en bloeddoorlopen ogen, afgetobd, alsof hij in de afgelopen paar uur tien jaar ouder was geworden. 'Niemand heeft nog contact met ons opgenomen. Maar de eisen zullen komen. We hebben genoeg ervaring met slechte mensen om daar zeker van te zijn.'

De Secret Service was heel zenuwachtig geworden na de aanval in Texas, en Gary Montgomery stond extra dicht bij de president, alsof hij hem probeerde af te schermen voor alle ellende die over hem werd uitgestort. Nu kwam ook vicepresident Dehart binnen, samen met Keenan Mulvaney, de special agent in charge van zijn beveiligingseenheid.

Foley sloeg haar hand voor haar mond toen ze besefte wat er gebeurde.

'Jack...'

Ryan schudde zijn hoofd en er blonken tranen in zijn ogen. 'Het is goed, Mary Pat.' Hij hield een vel papier omhoog. 'Mevrouw de tijdelijke voorzitter, meneer de voorzitter van het Huis, ik heb... ik heb hier een brief, een opzet...' Hij zweeg en haalde moeizaam adem. 'Een brief waarin...' Hij slikte moeilijk en probeerde zich te herpakken. 'Weet je wat, ik lees hem gewoon voor.'

Aan de weledele Brian Watts, voorzitter van het Huis van Afgevaardigden van de Verenigde Staten; weledele Rhonda Sanders, voorzitter pro tempore
Senaat van de Verenigde Staten

In overleg met mijn persoonlijke raadsman en de minister van Justitie van de Verenigde Staten acht ik het in het belang van het land dat ik tijdelijk een stap opzijzet conform sectie drie van het vijfentwintigste amendement en het gezag van mijn functie overdraag aan vicepresident Mark Dehart, die deze verantwoordelijkheden en plichten op zich neemt als waarnemend president van de Verenigde Staten.
Ik ben volledig in staat om de taken van mijn ambt uit te voeren, maar houd vast aan de overtuiging dat het voor het land en de wereld van primair belang is dat de beslissingen die uit hoofde van mijn functie als president worden genomen niet worden gekleurd door angst, dreiging of vergelding ten aanzien van leden van mijn familie. Met dat doel draag ik deze presidentiële verantwoordelijkheden tijdelijk over.
Ik zal u op de hoogte stellen zodra ik het gepast acht om de uitvoering van de constitutionele plichten van mijn functie te hervatten. God zij met ons en God zegene de Verenigde Staten van Amerika.

Hoogachtend,
John Patrick Ryan

Foley wierp Dan Murray een gekwetste blik toe, alsof ze wilde zeggen: 'Dat had je me wel even mogen vertellen.' De minister van Justitie haalde slechts zijn schouders op en knikte naar Ryan. Hij volgde orders op. Foley wist wat het betekende om iets vertrouwelijk te houden. Zij zou hetzelfde gedaan hebben. Ze keek weer kwaad naar generaal Vogel. In tegenstelling tot andere mensen.

'De grondwet schrijft voor dat de verantwoordelijkheden en plichten van dit presidentschap nu ogenblikkelijk overgaan op de vicepresident,' zei Ryan.

'Jack...' zei Foley met een drukkend gevoel van hopeloosheid in haar hart.

Ryan schonk haar een flauwe glimlach. 'Er zit niks anders op, Mary Pat. Iedereen in deze kamer weet dat, ook... vooral ikzelf.' Hij wendde zich tot Dehart. 'Goed, meneer de president, ik weet dat u een land moet regeren, maar ik zou voor eeuwig bij u in het krijt staan als u alles doet wat er in uw macht ligt om mijn vrouw te vinden. Ik ben in de residentie.'

56

Harper werd wakker van het geluid van knisperend vilt en een bitterkoude windvlaag door de open deur van de joert. In het donker klonk gemurmel van stemmen en gekletter van pannen. Hij raakte in paniek toen hij besefte dat Naomi niet naast hem lag, maar ontspande een beetje zodra hij haar vertrouwde silhouet bij de gloed van de vuurkuil zag. Het was vroeg en koud; hij zag zijn adem door de schaduwen kringelen.

Wachi-herders stonden op voordat het licht werd, en de vrouwen zorgden voor het vuur terwijl de mannen naar hun kuddes gingen en die controleerden, om te kijken of de wolven 's nachts geen dier hadden gepakt. Laleh was blijkbaar naar buiten gegaan om haar bijdrage aan het vroege melken te leveren, en ze had Farhad, het dorpshoofd, mee naar binnen genomen.

Shambes moeder scharrelde rond het vuur en werkte met Naomi aan het ontbijt van brood en gezouten melkthee, dat ze elke dag aten. Ze verwelkomden hun bezoeker en nodigden hem uit om het eenvoudige maal te delen.

Laleh sprak snel in haar moedertaal en wenkte het dorpshoofd naar voren.

'Hij heeft nieuws gehoord,' zei ze in het Russisch tegen Harper.

Harper kwam kreunend overeind en legde zijn hand op zijn hart.

'Salam aleikum,' zei hij.

Farhad beantwoordde zijn begroeting en voegde er in het Engels 'goedemorgen' aan toe.

Harper wreef met zijn hand over zijn gezicht en verdreef de spinnenwebben uit zijn hoofd. Gelukkig bracht Naomi hun ieder een kom shirchoy.

Harper rolde zijn slaapmat uit de weg en gebaarde dat Farhad moest gaan zitten. 'Laleh zegt dat je nieuws hebt.'

'De Chinese kolonel,' fluisterde het dorpshoofd, die over zijn schouder keek en vooroverboog, in gebroken Engels. 'Ik hoorde hem aan de telefoon praten.'

Harper wierp een blik op Laleh, die stond te kijken. Oranje licht van het mestvuur danste op haar gezicht. Er hing rook om haar heen, verstild in de kille lucht.

Farhad knikte enthousiast. 'Ja. In het Engels. De kolonel was heel boos. Zei dat hij niet... terug naar China. Hij wacht tot de heli hem oppikt uit Pakistan. Niet blij. Heel boos om te wachten. Hij zei dat hij wilde dat het nu voorbij was. Hij stopte met praten toen zijn kapitein kwam. Ik denk dat de kapitein het niet weet van Pakistan.'

'Pakistan?' Harper slaakte een diepe zucht en dwong zijn hart om langzamer te kloppen. Het sloeg nergens op, maar dat gold voor alles hier. Een bericht versturen was ineens heel belangrijk als de kolonel helemaal niet van plan was hen terug naar China te brengen.

Voor zover Harper het begreep heette de soldaat die zijn horloge had Wen, maar Harper dacht aan hem als IJzeren Elleboog. Hij leek moeilijk te onderscheiden van de andere soldaten.

Harper dempte zijn stem. 'Ik moet mijn horloge terug zien te krijgen,' zei hij in het Russisch voor Laleh en daarna in het Engels voor Farhad. Al dat heen en weer praten bezorgde hem knallende koppijn.

Laleh verbaasde hem toen ze precies bleek te weten over wie hij het had. 'Soldaat Wen is een slechte man,' zei ze. 'De meesten van hen zijn nog maar jongens. Jong. Ze doen hun werk. Wen en zijn vriend Fang zijn gemeen. Ze praten gemeen tegen de meisjes. Ze bespiedden ons toen we ons vanochtend wasten.'

Harper keek tersluiks naar Naomi en er vormde zich een idee in zijn hoofd. Het was gevaarlijk, maar niet gevaarlijker dan hier zitten wachten tot er erge dingen gebeurden.

'Ben je al achter de steen geweest?' vroeg hij aan Naomi. Dat was hun eufemisme als ze een plaspauze nodig hadden. De mannen in het dorp wisten dat ze bij die grote steen uit de buurt moesten blijven en lieten die plek aan de vrouwen over.

'Ja,' zei ze. 'Voordat jij wakker werd.'

'En als ik je nou eens vraag om nog een keer te gaan?'

Ze tuurde naar hem door het vage lucht van het vuur.

'Waar heb je het over?'

In plaats van het tot in de details uit te leggen, liet hij Laleh aan Shambes moeder vragen of ze een groot mes had. Ze pakte een stevig keukenmes uit een leren rol onder haar kookpotten en demonstreerde de scherpe rand door de achterkant van haar arm te scheren. Het was vlijmscherp, had een dik handvat en een gekromd lemmet van twintig centimeter. Harper testte het gewicht en legde een hand op Naomi's schouder. 'Wacht vijf minuten en ga dan weer naar de steen. Doe het zo opvallend dat hij je ziet, maar zorg ervoor dat je niks anders dan anders doet.'

'Wat... Wat ben je van plan?'

Harper raakte haar wang aan. 'Wat zouden we allemaal kunnen doen als we niet bang zouden zijn?'

De jonge Shambe keek op door al dat geklets om hem heen, en daarna kroop hij onder zijn dekens vandaan naar een plek langs de achterwand. Hij haalde een houten pin uit het scharende frame, zodat hij twee van de stukken los kon tillen. Op handen en knieën stak hij zijn hoofd door een naad in de zware vilten matten die de buitenlaag van het onderkomen vormden. Tevreden omdat de kust veilig was, dook hij weer naar binnen en gebaarde naar de provisorische uitgang.

Laleh knikte opgewonden. 'Hij zegt dat u die kant op moet gaan. Uit het zicht.'

Harper kuste zijn vrouw en hield het mes langs zijn been.

'Geef me vijf minuten.'

'Monte...'

Hij kuste haar nogmaals, één keer op haar voorhoofd en één keer op haar lippen. 'Wat zouden we allemaal kunnen doen...' zei hij weer, en daarna bukte hij om door Shambes geheime uitgang de ochtendkou in te stappen.

Harper werd begroet door het geluid van slijmerig hoestende, opstandige longen van de soldaten die het niet gewend waren om op het Dak van de Wereld te wonen; en de mensen die hier woonden, ademden dag in, dag uit het roet van de mestvuren in. Links en rechts van hem blaatten schapen. Honderden hoeven klosten en klakten op de kletterende stenen. Twee vrouwen zaten te kletsen tijdens het melken van hun dieren, en het bruisende gesis van vloeistof die tegen de zijkanten van metalen bakken spoot, klonk door de ijskoude ochtend. Het was nog steeds ongelofelijk donker.

De negen joerten van Vagd Boi waren zo opgesteld dat er vijftien tot twintig meter tussen zat, zo dicht bij elkaar dat als de soldaten naar achteren waren gelopen om te checken ze Harper allemaal makkelijk hadden kunnen zien. Maar alle onderkomens keken uit op de dierenverblijven, en zo op het oog hadden ze maar één in- en uitgang.

Harper hield zijn adem in. Elke beweging die hij maakte leek een oorverdovend geluid teweeg te brengen. Zijn eigen hartslag was ongetwijfeld helemaal aan de andere kant van het kamp te horen. Hij hurkte buiten de joert neer met het gekromde mes in zijn hand en vertraagde zijn ademhaling. De steen voor de vrouwen was nu te onderscheiden in het beginnende ochtendgloren, een zwarte schaduw ongeveer ter grootte van een minibusje. De bergen doemden groter op rondom het dal, als een onneembaar fort van rotsen en ijs.

Harper sloop snel over het open terrein, instinctief bukkend tijdens het lopen, al maakte dat weinig uit. Tussen de joerten en de plek waar hij naartoe ging, waren slechts kale rotsen.

Er was slechts één punt waarvandaan je de vrouwen kon bespieden: de overblijfselen van een stenen schaapskooi. Een veekraal was ingestort, zodat er alleen nog wat stenen lagen. Harper knielde daar neer, waarbij hij ervoor zorgde dat zijn bloedtoevoer niet werd afgesloten. Hij moest onmiddellijk in beweging kunnen komen als het tijd was. Grappig waar je allemaal aan dacht als je wachtte om een man te vermoorden.

Hij had zich net min of meer geïnstalleerd toen hij Naomi's opvallende hoestje hoorde. Kletterende stenen. Gesnuif. Een huiverende zucht toen ze voorbij Harpers schuilplaats en de latrinesteen liep.

Daarna het geluid van nog meer stenen in de buurt van de joerten. Iemand volgde haar, zoals verwacht.

Harpers hartslag bonkte in zijn oren, waardoor hij bijna niks anders kon horen. Het moest Wen zijn. Zo niet, dan had dit geen zin. Hij verstrakte zijn greep om het mes en moest bewust moeite doen om niet zo hard te knijpen dat zijn arm verkrampte.

Hij was hier veel te oud voor. Jezus, iedereen zou te oud zijn voor wat hij in gedachten had; daar had leeftijd niks mee te maken.

Het was te laat om nog terug te gaan, dus keek hij naar Wens silhouet dat amper tien meter achter Naomi verscheen. Als je een geweer had, en een stel vrienden met geweren, hoefde je je niet te verschuilen om naar een ongewapende vrouw te gluren als die haar ochtendplas deed.

Naomi trok haar jas uit en maakte er een hele show van om haar blouse uit haar broekband te sjorren, waardoor de soldaat volkomen in vervoering raakte.

Harper sloop eerst langzaam naar voren met het mes vooruit, in de verwachting dat Wen elk moment kon omdraaien, en hij maakte zich op om toe te slaan als dat inderdaad het geval was.

Het menselijk lichaam was wonderbaarlijk maar kwetsbaar; een onbehaarde aap met een dunne huid, geen klauwen en stompe tanden. De ogen en tamelijk kleine oren waren naar voren gericht, eerder gefocust op jagen dan op bescherming tegen een andere jager.

Monte Harper was arts en had een jarenlange studie van anatomie en fysiologie achter de rug. Tijdens zijn geneeskundestudie en zijn coschappen had hij zijn armen tot aan zijn ellebogen in lijken en levende patiënten gestoken, en hij had lange dagen op trauma-afdelingen, in operatiekamers en op de intensive care gewerkt. Hij was van heel dichtbij vertrouwd met elk systeem in het lichaam, en wat ervoor nodig was om dat te verstoren. Als hij iets had geleerd van zijn intensieve medische opleiding, was het wel dat het doden van een mens een relatief ongecompliceerd, zo niet heel eenvoudig proces was. Simpel gezegd moest je ervoor zorgen dat de hersenen geen zuurstof kregen. Als je het zogezegd helemaal tot de kern reduceerde, was dat eigenlijk het enige wat de dood veroorzaakte. Verstikking: geen zuurstof naar de hersenen. Doodbloeden: geen bloed om zuurstof naar de hersenen te vervoeren. Een hartinfarct of kanker: organen werkten niet meer. Onthoofding: zelfde verhaal.

Harper moest ervoor zorgen dat het snel en stil gebeurde.

Nieren waren het ideale doelwit. Geen ribben te omzeilen, twee om uit te kiezen, en elk ervan was verwikkeld in een enorm netwerk van aderen en zenuwen. Door een wond in een nier zou er niet alleen een bloedingsproces op gang komen, maar het zou onmiddellijk een overweldigende pijn veroorzaken, waardoor Wen, in theorie tenminste, beroofd zou zijn van zijn krachtige ijzeren elleboog. Het zou niet snel zijn, maar het was een begin.

Naomi kuchte weer en frunnikte aan de drukknoop van haar broek.

Wen boog opzij en schuifelde tijdens het kijken met zijn voeten, maar verstrakte plotseling, alsof hij iets hoorde.

Harper sloeg toe voordat hij omdraaide en ramde het lemmet van twintig centimeter in het zachte vlees van de lendenen van de man, terwijl hij op hetzelfde moment zijn arm over zijn mond sloeg om te voorkomen dat hij ging schreeuwen.

Niet gewend aan zulk afgrijselijk werk liet Harper zijn vinger in de mond van de soldaat dwalen. Wen klemde keihard zijn kaken op elkaar, en Harpers trouwring ving de ergste beet op. Het deed er niet toe. Harper was veel te druk bezig zich van zijn taak te kwijten om iets anders dan razernij te voelen.

Ziedend trok Harper het mes uit Wens rug en stootte het, terwijl hij zijn hand nog steeds over het gezicht van de spartelende man hield, in de zijkant van zijn nek. Hij had gezien hoe het dorpshoofd een schaap doodde voor een feestmaal ter ere van hun komst, en die had net zo'n mes gebruikt om de kop af te snijden. Hij deed die manoeuvre na.

Er spoot een waaier van bloed in de lucht voor de twee mannen. Terwijl Wen zijn ogen wijd opensperde in het donker, verslapte de druk op Harpers vinger en gleed hij op de grond.

Naomi kwam aanrennen om te helpen, en haar laarzen tikten op de grond terwijl ze snel op haar tenen over de rotsachtige grond liep. De hijgende ademhaling en schokkerige benen waren afschuwelijke dingen die Harper had verdrongen na de gevallen van gewelddadige dood waarvan hij op de spoedeisende hulp getuige was geweest. Hij probeerde zijn vrouw af te schermen voor de verschrikkelijke aanblik van de stervende man, maar ze duwde hem opzij.

'Daar is het nu te laat voor,' fluisterde ze. 'We moeten hem achter die stenen leggen voordat iemand ons ziet.'

Harper bukte om zijn horloge te pakken en veegde het bloed eraf voor hij het om zijn eigen pols deed, verborgen onder de mouw van zijn donsjack.

Ze verstijfden allebei bij het horen van voetstappen rechts van hen. Het was Farhad, die een paard meevoerde.

'Een van de paarden van de soldaten,' zei hij. 'Ze hebben hem mank gemaakt omdat hij altijd weg wil lopen.'

Het paard stampte met zijn hoef en brieste luid, nerveus hinnikend door de geur van bloed. Maar afgezien van wolvengehuil keek niemand in het kamp op van dierengeluiden.

Naomi hield het trillende dier vast terwijl Harper en Farhad het lijk van Wen op het paard tilden. Het Wachi-dorpshoofd was het gewend om ladingen op pakdieren te binden, en had de dode soldaat binnen de kortste keren met dik touw van jakhaar op de rug van het paard bevestigd.

'En zijn geweer?' vroeg Naomi.

Harper schudde zijn hoofd. 'Dat moet ook weg. Als ze het hier vinden, weten ze meteen dat hij niet is weggelopen.'

'Als ze ons fouilleren om wapens te zoeken, is het te laat om ons daar zorgen om te maken.'

'Touché,' gaf hij toe, nu hevig trillend vanwege de moord. 'We bewaren het wel bij ons in de joert.'

Farhad leidde het paard in zuidelijke richting. 'Het zal de heuvel afrennen zodra we uit het dorp zijn. Het kan zijn dat de soldaten het horen en proberen erachteraan te gaan, dus ik zal het ver wegbrengen. Ik moet nu gaan, voordat het zo licht wordt dat ze me kunnen zien.'

Harper legde zijn trillende hand op Farhads schouder. 'Dank je wel,' zei hij.

'Jij bedankt, Stenenbreker.'

'Het horloge,' zei Naomi.

'O ja,' zei Harper, die zich dom voelde omdat hij zo lang had gewacht. Hij schroefde het dopje los dat als een tweede kroon onderaan de wijzerplaat zat. Daarna keek hij of hij vrij zicht had op de lucht, trok het dopje weg en schoof een klein antennetje uit, dat tot dan toe in het horloge verborgen had gezeten.

57

Special agent Kelsey Callahan van de FBI zag Dominic Caruso toen hij met zijn badge omhoog door de deur van de balzaal van het spelonkachtige congrescentrum liep, en slaakte zacht een blije vloek. Het zou leuk zijn om die vent te zien, maar het feit dat hij hier was, betekende wel dat de dingen nog gekker zouden worden dan ze al waren. Haar eerdere klussen met de ruige man die mysterieuze Italiaanse spreekwoorden aanhaalde en vele geheimen bewaarde waren plezierig geweest, maar dan wel op een soort martelende manier waardoor ze tegelijkertijd die jongen wilde knuffelen en haar haren uit haar hoofd wilde trekken. Het had haar niet moeten verbazen dat hij hier kwam binnenvallen om de boel te redden. Gezien de omstandigheden zou Texas straks overspoeld worden met die zeurpieten van het contraspionageteam van het hoofdkantoor van de FBI.

Ze was nog niet zo lang ter plaatse, een paar uur nog maar, net lang genoeg om haar spullen op te bergen, een eerste briefing te krijgen en een kleine glimp op te vangen van het bloedbad langs de River Walk, ongeveer een footballveld verderop. Caruso was hier wel heel snel als hij helemaal uit D.C. was gekomen, wat het mysterie alleen nog maar groter maakte. Hij had haar nog niet gezien, en Callahan ging achter een groepje agenten staan die hier rondliepen. Het was vrij eenvoudig om op te gaan in de menigte van blauwe windjacks en ze hoopte dat ze dat zo kon houden tot ze de situatie beter onder controle had. Ze kon niks doen aan haar rode haar.

Het hoofd van de Crimes Against Children-taskforce van Dallas en omgeving, die met meerdere eenheden werkte, was zelf nog geen twee uur na het eerste teken van problemen langs de River Walk op een Southwest-vlucht vanuit Love Field gestapt. Ze had op de loopband gestaan toen de special agent in charge haar persoonlijk belde.

Een telefoontje van die ouwe was als een bliksemschicht van Zeus – het voorspelde zelden iets goeds – maar zodra hij haar over de first lady vertelde, aarzelde ze geen seconde, griste haar noodtas onder haar bureau vandaan en sprong in het eerste vliegtuig naar San Antonio. Ze had nog net een spijkerbroek over haar sportbroekje aangetrokken, maar had het capuchonshirt van merinowol waarin ze had hardgelopen aangehouden, waardoor ze eruitzag alsof ze rechtstreeks van een bokstraining kwam. Haar rode haar was nog steeds in een dikke paardenstaart samengebonden.

Ze kwam in San Antonio aan met de eerste golf van agenten, en ze werden door het personeel van de huurauto's met asgrauwe gezichten verwelkomd en binnengehaald alsof ze een bevrijdingsleger waren.

Als de FBI ergens goed in was, en ze waren in heel veel dingen heel goed, was het wel in het opzetten van ad-hocnoodoperatiecentra na een gewelddadig incident, nog voordat het stof was neergedaald. Doordat er elk kwartaal dossierinspecties plaatsvonden, was het hele Bureau goedgeorganiseerd en werd het tot op celniveau – de individuele agent – doorgelicht. In het geval van een crisis had elk kantoor minstens één agent die in actie kwam en een hele berg crisisplannen, niet alleen gedigitaliseerd maar ook op papier, in het geval van een aanval met elektromagnetische straling of een heleboel andere scenario's waardoor computers slechts waardeloze stukken plastic en glas waren. Hoewel er geen specifiek draaiboek klaarlag met de titel 'Ontvoering van de first lady', waren er genoeg soortgelijke draaiboeken voorhanden om meteen een onderzoek in de steigers te zetten. Driloefeningen, gezamenlijke trainingsscenario's compleet met rollenspel en actieve multilaterale noodoperatiecentra.

Ze mochten dan een veelkoppige hellehondbureaucratie zijn, maar als de FBI in actie moest komen, deed ze dat. Snel.

Overgebleven Secret Service-personeel had hun commandopost in real time op de hoogte gesteld van de aanval op FLOTUS. Er waren natuurlijk special agents van de FBI ter plaatse geweest met staats- en lokale politieagenten, die door de menigte liepen en informatie natrokken over actievoerders en mogelijke terroristen, maar die bleven gewoonlijk uit de buurt van de Secret Service. Het dodental van staats- en lokale agenten was op dit moment zestien, maar het aantal liep in een alarmerend tempo op. Tegenstrijdige rapporten stelden het aantal dodelijke Secret Service-slachtoffers op drieëntwintig of zesentwintig. Samen met de SAIC was ook de dood van twee contraspionageagenten van de FBI bevestigd, en een andere had een hersenschudding opgelopen doordat ze door de op hol geslagen menigte tegen een betonnen plantenbak was gebeukt. Zij was de eerste geweest die het commandocentrum op de hoogte had gesteld van de aanval. Daarna stroomden de oproepen binnen, van andere agenten, het alarmnummer van Bexar County en verontruste burgers.

Het commandocentrum van San Antonio speelde de informatie door naar het hoofdkantoor van de FBI in D.C., waar het bericht bij een centralist van de SIOC Watch terechtkwam. Het Strategic Information and Operation Center (SIOC) maakte het voor de FBI mogelijk om wereldwijd commando te voeren na een aanval op Amerikaanse belangen. Met drieënhalfduizend vierkante meter werkruimte en meer dan negentig kilometer glasvezelkabel maakte het SIOC het mogelijk dat het Bureau een *common operating picture* (COP, een gezamenlijk operationeel beeld) van de door de FBI ingezette informanten had, en inlichtingen kon verspreiden binnen de hele organisatie, ook naar regionale gezamenlijke terrorismetaskforces.

De commandant van de SIOC Watch gaf de informatie door aan de Critical Incident and Operations Unit, die de inzet van operationeel en ondersteunend personeel vanuit het hoofdkantoor en de plaatselijke FBI-afdelingen in de buurt van San Antonio coördineerde. Binnen drie uur stapte een heel leger van special agents, analisten, IT-medewerkers en administratief personeel het Henry B. González-congrescentrum binnen, die zich installeerden in de Stars at Night-balzaal. De balzaal besloeg vierduizend vierkante meter, wat veel te groot was voor de drieënzestig mensen die op dit moment ter plaatse waren, maar de first lady werd vermist, dus de gelederen zouden exponentieel groeien naarmate de minuten wegtikten.

Van nature was er de neiging om alles en iedereen in te zetten bij een dergelijk incident, maar er waren nog allerlei andere slechteriken, die graag gebruik zouden maken van de ellende van het moment. Als iedere teamleider en geüniformeerde agent in Texas op zijn onderbuikgevoel af zou gaan en halsoverkop naar de River Walk zou vertrekken, zouden de gaten in hun rechtsgebied kwetsbaar zijn voor allerlei criminele activiteiten.

Callahan prees zichzelf gelukkig dat ze bij de eerste golf hoorde. Medewerkers uit Dallas, Houston, El Paso en Oklahoma City waren de eersten die aankwamen. Specialisten op het gebied van IT en TSCM (*technical surveillance countermeasures*) gingen onmiddellijk aan de slag om zelf zwakheden in het ad-hoccommandocentrum op te sporen, zoals speakers die aan de andere kant van de lijn door een simpele omzetting van kabeltjes konden worden veranderd in afluisterapparatuur, en om te controleren op afluisterapparatuur. Ook maakten ze een wandje van plastic zeilen, om zo een ruimte binnen een ruimte af te bakenen. Nu de presidentsvrouw vermist werd, moesten er absoluut gesprekken op het hoogste niveau worden gevoerd, dus was het noodzakelijk om midden in de balzaal van het hotel een SCIF in te stellen: een *sensitive compartmented information facility*, oftewel een ruimte waarin veilig afgeschermd gevoelige informatie kon worden uitgewisseld.

Het Bureau had grofweg vijfendertigduizend medewerkers, dus het was makkelijk om het overzicht kwijt te raken, maar grote opdrachten leken vaak ondanks de afschuwelijke omstandigheden net een reünie. Callahan was kort na aankomst al zeker vijf agenten tegengekomen die ze in geen jaren had gezien. Tot haar ergernis waren er ook Texas Rangers aanwezig. Ranger Lyle Anderson, haar graatmagere ex-man, was er ook, vooraan bij de bazen die op het punt stonden een briefing te geven aan de roezemoezende menigte, die in de laatste paar minuten was uitgedijd van nog geen zeventig mensen tot een kleine tweehonderd staats-, lokale en federale politieagenten. De commandant van de brandweer van San Antonio stond naast SAIC Crowley, maar al zijn werknemers waren al hard aan het werk bij de rivier. Geüniformeerde agenten, grotendeels uit naburige county's omdat Bexar County zijn handen vol had, stonden bij de deur met hun gezicht naar buiten gericht. Niemand wist wie de aanval had beraamd, en het beschermen van de politiemacht spookte door iedereens hoofd. Het viel niet mee om je te concentreren op het onderzoek naar een misdrijf als je voortdurend bang was dat je zelf werd beschoten of werd opgeblazen.

De eerste teams van explosievenexperts en forensisch deskundigen van de ATF en de FBI waren al ter plaatse bij de rivier, samen met een leger van brandweerlieden en medisch personeel; maar om de first lady te vinden, moesten ze een zo groot mogelijk net uitwerpen. Walt Crowley, de special agent in charge van het kantoor in Houston, tikte op zijn microfoon om aan de briefing te beginnen.

Crowley heette iedereen welkom met de ernstige stem die passend was voor deze gelegenheid en beloofde dat hij het kort zou houden, zodat ze allemaal aan de slag konden. Hij begon met wat ze al wisten, wat niet veel was, behalve dan het aantal slachtoffers dat tot nu toe was geteld: eenenzestig bevestigde doden, vierenzeventig zwaargewonden en een onbevestigd aantal vermisten, onder wie de first lady.

Tijdens het luisteren leunde Callahan tegen een lange tafel, keek de menigte rond en vroeg zich af wie er zou zijn toegewezen aan haar team. Toen ze zich weer omdraaide, stond Dominic Caruso naast haar.

Tijd was van essentieel belang, dus SAIC Crowley rondde de briefing in recordtijd af, enigszins buiten adem nadat hij klaar was, zoals te verwachten viel nu Cathy Ryans leven op het spel stond. Hij verwees alle staats- en lokale politieagenten naar Bill Jordan, de U.S. Marshal van het westelijke district Texas, die hen allemaal zou beëdigen tot special deputy's voor de duur van de ad-hoctaskforce, zodat ze volgens federale richtlijnen en wettelijke voorschriften konden samenwerken met hun federale collega's.

Er was weliswaar ergens bij het SIOC een grote moordafdeling (al noemde niemand die zo), maar voor het coördineren van de taken van honderden rechercheurs was iets geavanceerders nodig. Alle aanwezigen hadden hun telefoonnummer doorgegeven toen ze zich meldden. De komende vijf minuten zouden er aan de aangewezen teamleiders berichten worden gestuurd, kort daarna gevolgd door de namen van hun teamleden. Teamleiders zouden links naar hun specifieke opdrachten krijgen.

Caruso, die net als iedereen stond te wachten, stak zijn hand uit. Callahan pakte hem beet en trok hem naar zich toe voor een kameraadschappelijke knuffel, waarbij ze hem op zijn rug sloeg. Hij was verbaasd dat ze zo blij was om hem te zien.

Hij deed een stap achteruit en hield haar hand lang genoeg vast om oprechte genegenheid te tonen, maar niet zo lang dat het ongemakkelijk werd, waarna hij met zijn duim over zijn schouder wees naar de stevige latinoman naast hem.

'Special agent Kelsey Callahan,' zei hij. 'Mag ik je voorstellen aan mijn collega van Justitie. Hij heet...'

Ze deed een stap naar voren en schudde de hand van de man, terwijl ze Caruso halverwege zijn zin onderbrak. 'Laat me raden, John Doe of Smith of Jones.'

De man lachte naar haar, drukte stevig haar hand en keek haar recht aan. 'Domingo Chavez,' zei hij. 'Mijn vrienden noemen me Ding.'

'Aha,' zei Callahan. 'Jij werkt met Caruso's laatste spookachtige vriend, John... Hoe heet hij ook alweer?'

'Ik ken hem goed,' zei Chavez zonder verdere verklaring.

'Dan verkeer je in goed gezelschap,' zei Callahan. 'Ik weet vrij zeker dat je maat, John, verantwoordelijk was voor een paar onrechtmatige verhoren en een stel moordpartijen.'

'Ik zou het niet weten,' zei Chavez.

'Zie je wel,' zei Caruso. 'Ik zei toch dat ze niet het type was dat een blad voor haar mond nam.'

Callahan sloeg haar armen over elkaar. 'Hé, Caruso, het is leuk om je weer te zien, maar ik weet niet of het wel zo'n goed idee is als je aan mijn team wordt toegewezen.'

Doms telefoon zoemde in zijn hand. Hij scrolde door het bericht, waarna hij zijn telefoon naar Callahan draaide zodat ze het kon lezen.

'Verdomme, krijg nou wat,' zei ze. 'Ben ik toegewezen aan jou in plaats van andersom?'

Caruso haalde zijn schouders op. 'Daar ziet het wel naar uit.'

'Nu snap ik waarom mijn opdracht rechtstreeks van die ouwe kwam en niet van een supervisor van het ASAC,' zei ze. 'Je hebt persoonlijk om me gevraagd, of niet soms?'

'Ja,' zei Caruso. 'Je moet het maar zo bekijken, Kelsey: de andere teams gaan ontzettend belangrijk werk doen, dat is zeker, maar ons team bestaat slechts uit ons drieën. Wij gaan flexibeler en democratischer te werk.'

'Democratisch?' vroeg Callahan peinzend, zonder veel overtuiging. 'Dus niemand is echt de baas?'

'Bij wijze van spreken,' zei Caruso. 'Tenzij je de directeur van de Nationale Inlichtingendiensten meetelt. Want als zij zegt dat ik iets moet doen, dan doe ik het.'

58

Als Callahan op haar teentjes getrapt was, stapte ze daar snel overheen; ze bracht Caruso en Ding Chavez snel op de hoogte van wat ze tot nu toe wist. Omdat ze al twee uur langer op de plek van de aanval was, was ze op dat gebied de expert van het team. Caruso was nu extra blij dat hij haar in het team had. Ze was eerlijk en capabel en had net genoeg ego om in de vuurlinie te gaan liggen, maar niet zoveel ego dat ze dat altijd alleen of als eerste wilde doen.

'... eerste blik op de schaarse bewakingsbeelden die we hebben verzameld komt overeen met getuigenverklaringen dat de eerste explosieven werden gedropt door kleine drones, waarvan er drie in uiteenlopende stadia van vertrapping door vluchtende omstanders en slachtoffers zijn teruggevonden. Ze zijn nu op weg naar het lab, maar vooronderzoek lijkt erop te wijzen dat de drones waren ingesteld om naar specifieke gps-coördinaten te vliegen...'

'Waardoor antidronegeweren die radiocommunicatie verstoren ineffectief zouden zijn,' merkte Chavez op.

'Klopt,' zei Callahan. 'Door het verstoren van het RF-signaal keert de drone simpelweg terug naar de basis of naar een geprogrammeerde locatie die hij als basis beschouwt. Er bestaat wel techniek om gps-systemen te verstoren, maar die kan onbedoeld invloed hebben op andere apparaten. Geavanceerde drones, zoals onze leger-UAV's, zijn afgeschermd.

'En deze?' vroeg Caruso.

Callahan schudde haar hoofd. 'Nee. De paar die we gevonden hebben, waren gewoon in de winkel verkrijgbare DJI's met een klein balsahouten plankje voor de granaat. Ze zijn gewoon naar de geprogrammeerde plek gevlogen, hebben hun lading laten vallen en zijn daar gebleven tot hun accu leeg was.'

Chavez tuitte nadenkend zijn lippen en zei: 'Ik ben extreem verbaasd dat de Service die dingen niet eerder heeft ontdekt. Ze hadden toch contrasluipschutters?'

'Jazeker,' zei Callahan, die treurig haar hoofd schudde. 'De geüniformeerde divisie had twee paar.' Ze wees op de kaart naar de daken van twee aangrenzende hotels die uitkeken over het gebied waar de first lady de onthulling had moeten bijwonen. 'De eerste noodmelding van een mogelijk gaslek werd gevolgd door een uitbarsting van vuurpijlen, waardoor ze lang genoeg afgeleid werden om te worden uitgeschakeld door schutters. Een groot deel van de River Walk zou net zo goed in een plastic bekertje kunnen liggen als het op zichtbaarheid van bovenaf aankomt. Hoeken van gebouwen langs de route blokkeren het zicht, tenzij een luchtvaartuig er recht boven hangt. Een van de drones is rechtstreeks langs de rivier naar zijn basiscoördinaten gevlogen en heeft zo'n dertig meter boven de menigte een rookscherm achtergelaten.'

'Maar dan die laatste explosie,' zei Chavez. 'Die lijkt veel groter te zijn geweest.'

'Dat was ook zo,' zei Callahan. 'Een heel stuk groter.'

'Een grotere drone?' vroeg Caruso.

'Dat denken we niet.' Callahan wees weer naar de kaart. 'Explosievenspeurhonden van de Secret Service hebben het gebied vanaf het congrescentrum tot zo'n honderd meter ten westen van Rosita's Bridge helemaal bij het viaduct van South Presa Street gecontroleerd. Het gebied hier, tussen de bruggen van Presa en Navarro Street in, waar de grotere klap plaatsvond, lag buiten het controlegebied. Het ziet ernaar uit dat daar al in een eerder stadium een conventionele bom is geplaatst. De ATF is nog steeds bewijsmateriaal aan het verzamelen om het soort explosief te bepalen, maar het was in elk geval groot genoeg om iedereen op het zuidelijke voetgangersgedeelte te verminken en ook substantiële verwondingen bij mensen op de noordoever te veroorzaken.'

Caruso liet het topje van zijn wijsvinger over de kaart glijden. 'Dus ze hebben de ene granaat na de andere op de menigte gegooid, waardoor de first lady en haar beveiligingseenheid naar het westen werden gedreven...'

'Als lammetjes naar de slachtbank,' zei Callahan. 'De aanvallers hoefden geen moeite te doen om langs een beveiligde afzetting te komen. Ze hebben gewoon gewacht tot hun doelwitten naar hen toe kwamen. Zoekteams hebben een enorme lading 5.7x28-hulzen gevonden.'

'FN's,' zei Chavez peinzend en hij schudde zijn hoofd.

'Yep,' zei Callahan. 'En het kon hun niet schelen wie ze raakten; de aanvallers hebben blijkbaar gewoon iedereen uit de weg geruimd die niet Cathy Ryan was.' Ze liet een nieuw filmpje zien van mannen in witte overhemden die na de klap uit het water kwamen. Een van hen leidde een gewonde vrouw met donker haar richting de trap naar Navarro Street. Ze passeerden een deputy van de sheriff, die aanwees hoe ze op straatniveau moesten komen en daarna wegrende om naar overlevenden te zoeken.

'Dat is ze,' fluisterde Caruso. 'Ze hebben haar mee het water in genomen om haar te beschermen tegen de klap, haar blonde haar met een pruik bedekt en haar langs iedereen geleid die kwam helpen na de explosies.'

'Het is briljant uitgedacht,' zei Chavez.

'Zeg dat wel,' zei Callahan. 'Kennelijk zijn ze met haar naar boven gelopen, naar een ambulance die op Navarro stond te wachten en die haar en het aanvalsteam met zwaailichten en sirenes heeft weggevoerd. Deputy's uit Bexar County hebben de verlaten ambulance teruggevonden bij de 410 ten zuiden van luchtmachtbasis Lackland.'

Caruso zuchtte. 'Vast en zeker helemaal schoongeveegd, dus geen vingerafdrukken en DNA.'

'In de roos,' zei Callahan.

'Hebben we al ID's door gezichtsherkenning?' vroeg Chavez, die weer naar de beelden keek van de mannen die uit het water kwamen.

'Niet van deze uit de rivier,' zei Callahan. 'Maar een van de aanvallers schijnt zich onder de doden te bevinden. Hij heeft een kogel van de Secret Service in zijn kaak gekregen, aan het filmpje te zien. Geen ID of papieren bij zich, maar we hebben het restant van zijn gezicht gebruikt om een voorlopige identificatie te krijgen.' Ze wachtte even, alsof ze de spanning wilde opvoeren. 'Past in het plaatje. Luc Dufort, voormalige Franse nationale politie, eenheid Recherche, Assistance, Intervention et Dissuasion. Een interventieteam.'

'Een RAID-agent,' zei Caruso. 'Je hebt gelijk. Dat past in het plaatje.

Die jongens jassen er oefenmunitie doorheen zoals andere mensen lucht inademen.'

'En dan heeft hij ongetwijfeld ook ruime ervaring met vipbescherming,' zei Chavez. Zijn telefoon zoemde en hij liep weg om op te nemen.

'Onze vrienden van Langley zeggen dat hij een paar jaar geleden huurmoordenaar is geworden,' zei Callahan. 'Nadat de RAID hem heeft ontslagen wegens wangedrag. Iets met een minderjarig meisje.' Ze keek naar Caruso. 'Verbazingwekkend hoe snel ik antwoord krijg op dat soort vragen als de first lady vermist is.'

'Blij dat te horen,' zei Caruso. 'Want ze is mijn tante.'

Callahan deed een stapje naar achteren. 'Dat meen je niet!'

'Dat meen ik wel,' zei Caruso.

'Dan vind ik het echt heel erg voor je,' zei ze.

'Dank je,' zei Caruso. 'Ik red me wel, maar ik ben er wel extra op gebrand om haar te vinden.'

'Het verbaast me dat ze je hieraan laten werken.'

'O ja?'

Ze kreunde. 'Niet echt, aangezien je met die mysterieuze kerel van het hoofdkantoor omgaat.'

Caruso schonk haar een vermoeide glimlach. 'Je weet hoe het gaat.'

Chavez stopte de telefoon in zijn zak en kwam weer bij hen staan. Hij knikte naar Caruso. 'We hebben groen licht gekregen van directeur Foley.'

'Groen licht?' vroeg Callahan ongelovig. 'Wat krijgen we nou? Zitten jullie zo hoog in de boom dat jullie gebeld worden door de directeur van de Nationale Inlichtingendiensten?'

Chavez keek om zich heen om zich ervan te vergewissen dat er voldoende afstand was tussen hen en het dichtstbijzijnde groepje agenten. 'Dat was onze vriend John,' zei hij. 'Hij heeft de directeur van de Nationale Inlichtingendiensten onder de sneltoets. Maar goed, vertel eens, waar denk je als eerste aan bij het woord "Camarilla"?'

'Mensenhandel,' zei Callahan. 'Ze handelen niet in mensen, maar maken mensenhandelaren af. Een groep oud-militairen die nu huurmoordenaars zijn en die ergens vanuit Europa opereren. Contractanten die het niet zo nauw nemen met de zwart-witregeltjes van de wet.' Ze tuurde behoedzaam naar Caruso. 'Ik had die griezelige vriend van je, John, aangezien voor Camarilla, en jou ook, eerlijk gezegd.'

'Nou,' zei Chavez. 'Dat zijn we niet. Verder nog iets, afgezien van het onrechtmatig omleggen van mensenhandelaren?'

'Zelfs dat is niet bewezen,' zei ze. 'Het zijn maar geruchten. Geen daadwerkelijke namen die ik aan een dossier kan verbinden. Eerder een reeks gebeurtenissen die allemaal dezelfde geraffineerde signatuur hebben en waarvoor niemand de verantwoordelijkheid opeist. Militaire coups in Oost-Afrika, een paar moordpartijen in Oost-Europa, het Caraïbisch gebied, wat dingetjes die doen denken aan statelijke actoren, maar daar is geen bewijs voor te vinden. Het is hetzelfde als met wetenschappers die weten dat er een zwart gat bestaat door de effecten van iets wat ze niet kunnen zien op de dingen eromheen. Camarilla, ofwel het kleine kamertje, het officieuze kabinet, kan hier zomaar mee te maken hebben. De mensen die de first lady hebben ontvoerd, hebben zonder enige twijfel behoorlijk wat training gehad. Het moet wel bijna een groep oud-militairen geweest zijn die dit hebben geoefend tot de uitvoering onberispelijk was.' Ze trok nadenkend haar neus op. 'Zelfs als we gelijk hebben en zij hierachter zitten, dan weet niemand meer dan wat ik jullie nu verteld heb: een groep zonder gezicht, die gerund wordt vanaf een schimmige plek ergens in Europa.'

'Maar nu hebben we die dode voormalige RAID-agent,' zei Caruso. 'We kunnen zijn verleden, zijn contactpersonen, zijn familieleden na laten trekken; kortom, de collectieve achtergrondinformatie van alles en iedereen die hem heeft gekend, net zo lang tot we ergens een verband ontdekken. Intussen ligt er in een ziekenhuis in Buenos Aires een Bosnische Serviër af te koelen, die misschien wel iets over de Camarilla weet.'

'Waarom denk je dat?' vroeg Callahan.

Caruso grijnsde naar haar met een blik van 'ouwe-jongens-krentenbrood'. 'Omdat hij dacht dat wij dat waren toen we hem op de rivier achternazaten en hij werd neergeschoten... En dat is dan meteen het probleem. Ik weet niet hoe hij eraan toe is en of hij met ons kan praten. Ik geef je alles wat ik heb en dan kun jij er misschien voor zorgen dat de *legat* even bij hem langsgaat om poolshoogte te nemen. Kijken wat hij weet.'

FBI-legats, oftewel *legal attachés*, waren special agents die in belangrijke steden over de hele wereld gestationeerd waren en die nauw samenwerkten met de plaatselijke politie, veiligheidsdiensten en overheidsfunctionarissen.

'Of,' zei Caruso, 'je kunt zelf bij hem langsgaan.'

'Waar gaan jullie dan naartoe?'

'Dat valt nog te bezien. Ik ben nu hier. Maar de kerel die voor Begić' veiligheid moest zorgen, is gevlogen,' zei Chavez. 'Hij was niet bij ons in beeld tot onze recente aanvaring, maar ik heb foto's van hem. Ik zorg ervoor dat je die krijgt en dan kunnen we allebei proberen hem te identificeren.'

'Wacht,' zei Callahan. 'Dus jullie hebben een ander gezichtsherkenningsprogramma dan het Bureau... Laat maar. Natuurlijk hebben jullie dat.'

'Ik zei dat we jou kopieën zullen geven,' zei Dom. 'Wie het ook is, de kans is groot dat die vent degene is die tegen zijn baas heeft gezegd dat de Camarilla achter hem aan zat. Voor zover wij weten was dat echt zo, en waren wij ze gewoon net een slag voor. Begić was in zijn jeugd tijdens de oorlog verantwoordelijk voor de verkrachting van tientallen vrouwen. Het kan heel goed zijn dat een van die vrouwen afkomstig is uit een familie met genoeg geld en connecties om de Camarilla in te huren om achter hem aan te gaan.'

Hij draaide zich om en keek naar de bijenkorf van activiteiten in de congreszaal, die was omgebouwd tot commandopost. 'Ik moet een veilige ruimte vinden.'

Callahan lachte besmuikt. 'Dit is allemaal opgezet door de mensen van de FBI Cybersecurity and Technical Surveillance Countermeasures. Veiliger dan dit kun je het niet krijgen.'

Ding knikte nadenkend. 'Hij bedoelt beveiligd tegen jullie.'

'Kom mee,' zei Dom. 'We brengen je onderweg wel op de hoogte van alles.'

'Alles?'

Hij haalde zijn schouders op. 'Bijna alles.'

Callahan bleef abrupt staan. 'Wacht eens even. We gaan uit van de veronderstelling dat de Camarilla, een groep oud-soldaten die achter mensenhandelaren en oorlogsmisdadigers aan gaat, ook verantwoordelijk is voor de moord op minstens vijfenzeventig mensen en de ontvoering van de first lady? Allemaal voor het geld?'

Chavez keek haar aan en schudde zijn hoofd. 'Ik denk niet dat ze het voor het geld doen.'

'Waarvoor dan wel?'

Chavez en Caruso zeiden in koor: 'Voor de lol.'

59

Op het moment dat dr. Monte Harper de draadantenne op de Breitling Emergency uitschoof, zond het horloge om de twee minuten een noodsignaal van vijf seconden op 406 MHZ naar de dichtstbijzijnde COSPAS-SARSAT-satelliet.

Het Cosmicheskaya Sistyema Poiska Avariynich Sudov/Search And Rescue Satellite Aided Tracking-systeem, een samenwerkingsverband tussen Rusland, de Verenigde Staten en Europa, profiteerde van de uitrusting van een groot aantal satellieten op verschillende hoogtes, waaronder tweeënzeventig Medium Earth Orbiting Search And Rescue-satellieten (MEOSAR's). Onder die MEOSAR's bevond zich een groep van vier satellieten die de aarde observeerden en die samen bekendstonden als de A-train.

Als laatste wagon van de A-train was de primaire missie van de Aura het monitoren van het klimaat en de luchtkwaliteit van de aarde, maar er was ook aanvullende SARSAT-apparatuur aan boord die nodig was om het noodsignaal te ontvangen en de locatie vast te stellen. Als de informatie eenmaal ontvangen was, zond Aura die terug naar de vluchtleiding, die tegelijkertijd een melding stuurde naar het Search And Rescue Point of Contact (SPOC) dat gekoppeld was aan de landcode van het apparaat en naar het SPOC dat gekoppeld was aan de locatie waar het noodsignaal was uitgezonden, in dit geval de Mission Control Centers in respectievelijk Suitland, Maryland en Ankara, Turkije. Beide SPOC's gaven aan het Consolidated Personnel Recovery Center van de resterende legereenheden in Afghanistan door dat iemand in de Wachan-corridor een virtueel noodbaken had verstuurd.

Onder normale omstandigheden zou het coördinatiecentrum onmiddellijk *search and rescue*-middelen inzetten. In dit geval werd de informatie onderschept door een bureaumedewerker van een andere overheidsdienst (lees: CIA), die had gevraagd te worden ingelicht als er enig signaal zou worden opgepikt uit het oostelijke deel van de Wachan-corridor. De medewerker stuurde zijn informatie rechtstreeks naar zijn baas in Langley, die het bericht doorgaf aan de directeur van de CIA, die het weer doorstuurde naar de ODNI. Mary Pat Foley verwittigde waarnemend president Mark Dehart eenenveertig minuten nadat de noodsignaalantenne van de Breitling was ingeschakeld en de A-train-satellieten bijna een halve ronde om de aarde hadden afgelegd.

Kort nadat Foley was gearriveerd, kwamen Scott Adler, Bob Burgess en generaal Vogel het Oval Office binnen. Vogel wierp haar een flauwe glimlach toe, wat heel wat was voor een kerel met zijn ijzige expressie. Chadwick had er maar een gooi naar gedaan, ze had zich aan strohalmen over president Ryans gedrag aan boord van Air Force One vastgeklampt. Er had niemand gelekt. Chadwick had zich gewoon gerealiseerd dat Ryan een mens was, en dus menselijke emoties had.

Ze hadden allemaal het filmpje gezien waarin de schaapherder een bekentenis aflegde en impliceerde dat de Harpers spionnen waren. De deskundigen van Fort Meade oordeelden dat het authentiek was, in de zin dat het geen deepfake was, maar zelfs een leek kon zien dat de bekentenis onder dwang was afgenomen. Het bestand was ontdaan van metadata, maar het beetje wat er overbleef kwam overeen met locatietags op andere filmpjes, waardoor analisten concludeerden dat het in Tadzjikistan was opgenomen.

'Was dit signaal afkomstig van een horloge?' vroeg Dehart.

'Dat klopt, meneer,' zei Foley. 'Een Breitling Emergency Mission, volgens het ID-nummer dat met SARSAT communiceerde.'

'Aan de prijzige kant, stel ik me zo voor,' zei Dehart.

'Nieuwwaarde in de orde van tien ruggen of meer,' zei de minister van Defensie.

Dehart trommelde met zijn vingers op zijn bureaublad. 'Ik ben geen agent, maar ik zou verwachten dat zo'n horloge van een gevangene wordt afgepakt op het moment van arrestatie.'

'Misschien wisten ze niet wat het was,' opperde Adler.

'Ze kunnen in elk geval zien dat het duur is,' merkte Foley op. 'Dus u hebt gelijk. Het is gek dat de Harpers het nog steeds in hun bezit zouden hebben. Zou een valstrik kunnen zijn, of misschien is degene die het heeft gepakt er gewoon een beetje mee aan het spelen zonder te weten wat hij doet.'

'Ik heb uitvoerig met minister Wang van Buitenlandse Zaken gesproken,' zei Scott Adler. 'Hij verzekerde me dat hij zich persoonlijk niet bewust is van enige kwesties in Tadzjikistan of de Wachan-corridor, maar hij maakt er een prioriteit van om het in de Zhongnanhai te bespreken.'

'Als een autoverkoper die met de manager gaat praten,' zei de minister van Defensie.

'Dat heb ik heel vaak,' zei Adler. 'En eerlijk gezegd doe ik het ook heel vaak. Aard van het beestje. Wang is relatief nieuw. En met het oog op wat er met de laatste minister van Buitenlandse Zaken is gebeurd toen die tegen Zhou inging, speelt hij het voorzichtig. Ik bel hem nog wel even en voer de druk wat op.'

Dehart leunde achterover op zijn stoel… Jacks stoel. Foley verdreef de gedachte.

'Weten we honderd procent zeker dat de Harpers niet op de een of andere manier in verband staan met Amerikaanse inlichtingen?'

'Heel zeker, meneer.' De vraag toonde aan dat de man er niet blindelings in zou stappen. Dat moest ze hem nageven. Maar toch dreef het haar tot waanzin als ze eraan dacht dat ze een dergelijke situatie zonder Jack Ryan moesten aanpakken.

'Is er iets waardoor Beijing zou kunnen denken dat ze spionnen zijn?'

'Niets waardoor er bij mij alarmbellen zouden gaan rinkelen als ik onderzoek naar ze zou doen,' zei Foley. 'En zeker geen spionnen voor de taliban. Het is gewoon een artsenechtpaar dat op de armste plekken op aarde op vrijwillige basis oogoperaties verricht en jonge moeders helpt. Meer niet.'

'Is er iets van strategische waarde in dat deel van de wereld?'

'Afgezien van de Chinese basis over de grens in Tadzjikistan?' vroeg Burgess. 'Nee. De Wachan-corridor is zo afgelegen dat de oorlog er nooit gekomen is. Schaapherders en jakhoeders. Als er al militaire inlichtingen te vinden zijn, is dat slechts heel sporadisch, in de orde van een of twee patrouilles per jaar, en dat kunnen we ook met satellieten of een UAV krijgen.'

'De dochter van de Harpers heeft een beurs voor een specialisatie in netvlieschirurgie gekregen onder supervisie van Cathy Ryan,' zei Foley. 'Dat is niet algemeen bekend, maar het is wel te vinden en het zou de Chinezen een pressiemiddel kunnen geven als ze het wisten.'

Dehart zuchtte. 'Je weet wat ze tegenwoordig zeggen over internetprivacy. Die is er niet. Leg je erbij neer. Als wij het weten, weten zij het ook, als ze ernaar zoeken.' Hij trommelde met zijn lange vingers op het bureau, peinzend, zoals Jack zou doen bij een trage slok uit zijn favoriete USMC-koffiemok. 'Er klopt hier iets niet,' vervolgde hij. 'We moeten naar de onderliggende zaken kijken. Heeft Beijing ooit toegegeven dat ze bases in Tadzjikistan hebben?'

Burgess schudde zijn hoofd. 'Nee, meneer.'

'Waarom zouden ze zichzelf dan in een positie plaatsen waarin ze daartoe gedwongen zouden kunnen worden?'

'Enige aanwijzing dat de Harpers misschien op eigen houtje Tadzjikistan in zijn getrokken?'

'Volgens hun dochter niet,' zei Foley. 'Het laatste wat ze van hen heeft gehoord was dat ze aan de terugtocht door het dal zouden beginnen, met een jakkaravaan. In Tadzjikistan loopt er een weg langs de grens. Ze zouden per truck het land uit kunnen zijn gegaan.'

'Dus ze zijn opgepakt in de Wachan-corridor,' zei Dehart bedachtzaam. 'Hij schoof een balpen over een denkbeeldige lijn op de Resolute Desk. 'Chinese troepen, die om te beginnen al helemaal niet in Tadzjikistan hadden moeten zijn, steken de grens over naar Afghanistan… Dat zijn verdomd veel grenzen om over te steken om mensen te ontvoeren van wie je weet dat het geen spionnen zijn. Waar zijn ze op uit? Misschien weten ze toch al wel van die connectie met dokter Ryan.'

'Misschien,' zei Adler. 'Maar ik denk dat ze die troef wel eerder zouden hebben uitgespeeld om de aandacht van de president te trekken.'

'Daar hebt u gelijk in,' zei Foley. 'En zelfs als ze het wel wisten, dan is het nog steeds onlogisch. Niet dat Beijing iets te vrezen heeft van Kabul, maar zo'n inval is een oorlogsdaad. Trouwens, de laatste tijd proberen ze bij de taliban in de gunst te komen, dus dan zouden ze hen niet tegen zich in het harnas willen jagen.'

Dehart wendde zich tot de minister van Defensie. 'Verder geen details uit Tadzjikistan, levenspatronen, dat soort dingen?'

'Niks ongewoons, meneer,' zei Burgess. 'En er is een ODA uit Mazar-i-Sharif bezig met het verzamelen van inlichtingen in de Wachan-corridor.' Hij wachtte even. 'Een ODA is een Operational Detachment...'

Dehart stak zijn hand op, glimlachend, maar het was duidelijk dat hij niet als een kleuter behandeld wilde worden. 'Dank u, meneer de minister. Ik weet wat een A-team is.' Hij zuchtte. 'Oké. Het wordt tijd dat ik de rol van onvoorspelbare waarnemend president ga spelen.'

Adler nam het woord. 'Ik zal via een videoverbinding met de minister van Buitenlandse Zaken praten.'

'Wacht even,' zei Dehart. 'Laten we ervoor zorgen dat Communicatie zo snel mogelijk een telefoongesprek met Zhou regelt. Dit is iets wat tussen twee presidenten moet worden afgehandeld.' Hij ving Foleys blik. 'Al ben ik dan waarnemend. Ik ben een onbekende grootheid. Misschien kunnen we Zhou uit balans brengen. Een glimp opvangen van wat hij van plan is.'

Burgess gaf hem een goedkeurend knikje. 'Zhou zal niet weten of u bluft.'

'Precies,' zei Dehart.

Dehart stond op, waardoor de anderen ook prompt overeind kwamen.

'Ik zorg ervoor dat uw telefoongesprek met president Zhou geregeld wordt,' zei Adler.

'Heel goed,' zei Dehart. 'Directeur Foley, zou u nog heel even willen blijven?'

'Hoe deed ik het?' vroeg hij nadat de anderen weg waren.

'Meneer?'

'Ik zie dat je me aan het taxeren bent,' zei hij. 'Dat was te verwachten, denk ik. Ik zou hetzelfde doen als ik in jouw schoenen stond. Wat zou president Ryan anders hebben gedaan?'

Foley gaf hem een moederlijke knipoog. 'Helemaal niks, meneer,' zei ze. 'Helemaal niks.'

'Ik doe het niet, hoor,' zei Dehart.

'Wat, meneer?'

‘Bluffen.’

‘Met alle respect,’ zei Foley. ‘Maar misschien bluft u nu ook wel.’

‘Zou kunnen,’ zei Dehart. ‘Maar het is niet zo.’

‘Ga gewoon door met wat u doet, meneer de president,’ zei Foley. ‘U redt zich wel.’

60

Jack trof zijn vader in de eetkamer van de Residentie, waar hij in het donker zat met zijn ellebogen op tafel en zijn handen voor zijn gezicht geslagen. Die ouwe keek op toen Jack binnenkwam, en er gleed een tragisch droeve glimlach over zijn gezicht, zo'n glimlach die de voorbode was van tranen en overgave, een glimlach die zei: 'Alles is verloren.' Jack had dat weleens bij anderen gezien, maar nog nooit bij zijn vader.

Jack pakte zijn vader beet en trok hem naar zich toe voor een allesomvattende omhelzing. Hij voelde zo klein en kwetsbaar, zonder de bruisende energie die hem onderscheidde van gewone stervelingen.

Jack deed een stap naar achteren en hield hem op een armlengte afstand. 'Wat kan ik doen?'

'Niemand kan iets doen, jongen,' zei Ryan.

'Sally?'

'Ik ben erachter gekomen dat zij onze rots in de branding is,' zei hij. 'Net... Net als je moeder.'

'Is ze hier?'

Hij zuchtte. 'In de keuken bij de kinderen, om ervoor te zorgen dat ze niet instorten. Ik denk dat ze verwacht dat jij dat bij mij doet.'

'Of andersom.' Jack grinnikte en klemde zijn lippen grimmig op elkaar. 'Nog nieuws?'

'Niks,' antwoordde Ryan. 'Ik word er gek van, maar ik moet op de achtergrond blijven en het aan hen overlaten. Anders wordt het allemaal te verwarrend. Het laatste wat je moeder nodig heeft is dat degenen die haar proberen te vinden in verwarring raken omdat ze niet weten wie de leiding over de missie heeft. Nee, dit vergt een helder hoofd en een nuchter onderzoek, al wil ik dat liever niet toegeven. Als ik wist wie hierachter zat, zouden een helder hoofd en een nuchtere aanpak ver te zoeken zijn.'

'Vertel mij wat.'

Zijn vader haalde diep adem. 'En de anderen?'

'Clark?'

'Ja.'

'Die leidt de boel aan onze kant en overlegt met Mary Pat. We hebben wat aanwijzingen, maar niks concreets. Dom zit met de FBI in San Antonio.'

'Fijn om dat te horen,' zei zijn pa. 'Het klinkt banaal, maar we moeten erop vertrouwen dat onze vrienden het goed aanpakken.'

Jack wreef met zijn hand over zijn gezicht. 'Pap... Ik weet niet of ik wel aan de zijlijn kan blijven staan terwijl zij daar ergens is.'

'Ik ken het gevoel,' zei zijn vader. 'Dat heb ik ook, maar er is een reden dat ze mensen met toegang tot kernwapens afraden om achter de mensen aan te gaan die hun beste vriendin hebben gekidnapt.'

'Of hun moeder,' zei Jack.

'O,' zei zijn pa. 'Maar jij hebt geen toegang tot kernwapens.'

'Wat weet jij daar nou van, pap,' zei Jack. 'Reken maar dat ik er een paar kan vinden als ik ze nodig heb.' Hij kreunde en trok zijn vader naar zich toe voor nog een lange omhelzing. 'Ik heb gewoon het gevoel dat ik iets zou moeten doen.'

'Dat doe je ook, jongen,' zei Ryan. 'Dat doe je echt.'

61

'Horloges bewegen, kapitein,' zei sergeant Megnas. De nieuwe 18E-communicatiesergeant van ODA 0312 hurkte achter een grillig stuk steen zo groot als een vuilniswagen, zo'n drie kilometer van het dorpje Vagd Boi.

Megnas zat onder de sproeten en had schokkend rood haar. Tot nu toe had de rest van het team de neiging onderdrukt om hem 'Rooie' of 'Vuurtoren' te noemen, of iets anders voor de hand liggends. Trouwens, bijnamen moesten verdiend worden.

'Wat bedoel je precies, sergeant Megnas?' vroeg Brock, die de satelliettelefoon weer in het zakje op zijn chest rig stopte. Enkele ogenblikken eerder hadden ze gehoord dat iemand het noodsignaal op de Breitling van Monte Harper had geactiveerd, binnen een straal van vierhonderd meter van Vagd Boi. Ze waren even blijven staan om via de satelliettelefoon contact op te nemen met Team Bravo en om eventueel wijzigingen aan te brengen in hun plan.

De zon zou pas over een paar uur opkomen. Nu de schittering van het licht afwezig was, was het Dak van de Wereld omhuld met een deken van sterren. Nu hij hier op de flank van deze kale berg stond en naar de fonkelende nachtelijke hemel keek, wilde hij dat hij dit moment kon delen met zijn zoontje, zonder de dertig kilo wapens, munitie en voorraad… en dat hele oorlogsgedoe.

'Ik zeg alleen dat ik had gedacht dat een horloge van tienduizend dollar het eerste was wat ontvoerders van een gevangene afpakken,' zei Megnas, die de betovering verbrak.

'En daar heb je gelijk in,' zei Thelan. 'Maar als je dit optelt bij de verdwenen paarden, is het wel een verdomd goed argument om aan te nemen dat de Harpers nog in Vagd Boi zijn.'

'Klopt,' zei Megnas. 'Het is alleen wel raar dat dat noodsignaal nu pas afgaat, zo lang nadat ze gevangen zijn genomen.'

'Daar heb je helemaal gelijk in,' zei Brock. 'Misschien heeft een local met het kroontje gespeeld en per ongeluk het signaal geactiveerd. Het kan een valstrik zijn. Of misschien zijn de Harpers tot nu toe goed in de gaten gehouden en hebben ze nu pas kans gezien om de antenne in te schakelen.'

'Ja,' zei Thelan. 'En de enige manier om dat uit te vissen is door het uit te gaan vissen.'

'Mee eens,' zei Megnas. 'Als jullie maar niet denken dat ik niet mee wil doen.'

'Helemaal niet,' zei Brock.

Achter hen in het donker hinnikte zacht een paard, dat met zijn hoef over de rotsachtige bodem schraapte.

Megnas suste het dier met een zachte stem vol ervaring. 'Ho, jongen. Het is al goed...'

Er werd van Special Forces-soldaten verwacht dat ze met creatieve oplossingen kwamen en konden improviseren. Sergeant Thelan was al met de eerste aanpassing van de missie gekomen voordat ze goed en wel begonnen waren. Ze zouden in de vroege ochtenduren in Mulung Than aankomen, daar een van Thelans contactpersonen treffen en zijn paarden kopen voor de rit naar Vagd Boi. De Wachi-man wist dat de soldaten de paarden niet meer nodig zouden hebben na deze tocht, en zolang ze niet werden neergeschoten of in een ravijn vielen, zou hij ze terugkrijgen nadat dit allemaal voorbij was, zodat het erop neerkwam dat hij zijn paarden verhuurde voor de prijs waar hij ze anders voor zou verkopen. Voor beide partijen een goede deal.

Door al die jaren van oorlog waren Afghaanse paardenrassen gedecimeerd, zoals de slanke Qatgani die aan het begin van de oorlog werden bereden door Special Forces-soldaten en de Noordelijke Alliantie; nu kwamen er langzaamaan Tadzjiekse en Kirgizische bergpaarden de grens over. Voor bijna alle mensen in de Wachan-corridor, op een paar na, was een paard gewoon een hulpmiddel met vier benen en een sterke rug dat, in geval van een merrie, ook melk gaf. Thelans contactpersoon, een man die Kalakov heette (de bijnaam die Afghanen vaak aan de Russische AK-47-geweren gaven) was een van de weinigen die zijn paarden kende en iets om het ras gaf, of dat in elk geval beweerde. Volgens hem waren deze drie dieren allemaal pure Afghaanse Qatgani-paarden met goede benen en sterke longen. Dat van Brock, een hoekig, grijsbruin paard met een groot hoofd dat hem deed denken aan de grijper van een graafmachine, zou een buzkashi-kampioen moeten zijn; het gewelddadige evenement waarbij iedereen een geit zonder kop moest zien te vangen en dat volgens de locals voor tachtig procent om het paard ging en voor twintig procent om de ruiter.

Centraal-Aziatische zadels waren harde, houten dingen met een diepe zitting tussen de omhoogstaande zadelknop en de hoge achterboom; niet de meest comfortabele dingen die er bestonden, maar wel stevig, wat belangrijker was voor een soldaat te paard. Kalakov deed er drie zadels bij voor vijfduizend afghani's per stuk, zo'n zestig dollar, omdat hij wist dat hij ook die zou terugkrijgen.

In tegenstelling tot zijn reputatie als computernerd was Megnas opgegroeid op een ranch in het zuiden van Idaho, en hoewel hij mopperde over de magere Afghaanse paarden, was hij de beste ruiter van hen alle drie, en hij werd er bijna giechelig van om op zijn slanke vos te zitten.

De soldaten droegen nog steeds hun uniform en uitrusting, maar ze hadden hun *boonies* vervangen door pakols en drapeerden daar de lange Afghaanse gewaden overheen, om hun silhouetten te vervagen zodra het licht begon te worden.

Thelan stak zijn hand op ten teken dat iedereen moest stoppen. Zijn paard, een appelschimmel, zwenkte omdat het in de verte een geluid hoorde, voordat mensenoren het konden oppikken.

'Hoor je dat?' vroeg Thelan.

Brock trok de teugels van zijn grijsbruine paard aan en kneep zijn benen samen om te voorkomen dat het ging steigeren; althans, dat probeerde hij.

Daarna hoorde hij het geluid van kletterende paardenhoeven en een zwoegende ademhaling.

'Kapitein!' riep Thelan, die zijn paard naar een uitstekende rots stuurde. 'Ik denk dat iemand ons aanvalt.'

De drie mannen bereikten de beschutting van de rots en draaiden hun paarden om toen er een paard voorbijdraafde, briesend en hijgend van angst en uitputting. In de blauwe duisternis was ternauwernood de omtrek zichtbaar van een lichaam dat op zijn rug was gebonden.

Brock, met zijn M-4 in de ene hand en de teugels in de andere, wees met het geweer naar het vluchtende dier.

'Pak het!'

Megnas vormde de achterhoede van de colonne en was daardoor het dichtst bij het paard. Hij draaide zijn vos om, boog zich voorover en gaf het dier de vrije teugel, terwijl hij het de sporen gaf. De vos, niet gehinderd door een levenloos bonkend lichaam, haalde het vluchtende paard met tien lange schreden in. Megnas boog zich voorover en greep het doodsbange dier bij het hoofdstel, waarna hij de teugels van zijn eigen paard aantrok en ze allebei rustig tot stilstand liet komen. Megnas leidde het paard terug naar de uitstekende rots terwijl Brock en Thelan de wacht hielden om er zeker van te zijn dat er geen paarden met levende ruiters op het pad aankwamen.

'Dit is echt heel raar,' zei Thelan, die naar het uniform van de dode man keek. 'Soldaat van het Volksbevrijdingsleger. Zo te zien is zijn keel doorgesneden.'

'Ik zou zeggen dat de kans nu wel verdomd groot is dat we ze gevonden hebben,' zei Brock. 'Paarden die van ISR-beelden verdwijnen, het noodsignaal van de Breitling en nu deze dode Chinese kerel.' Hij haalde de satelliettelefoon uit het tasje en schoof de antenne uit. 'Laten we snel daarheen gaan en de exacte locatie bepalen voor de HAF.'

Een kilometer of vijfhonderd verderop stapte de helikopteraanvalseenheid, die bestond uit adjudant-onderofficier Guzman, sergeant Ward en de overgebleven zeven teamleden van ODA 0312, plus zestig commando's van het Afghaanse Nationale Leger, in twee Sikorsky UH-60 Black Hawks en een Boeing CH-47 Chinook.

Ze zouden er over negentig minuten zijn.

62

Kolonel Tu ijsbeerde als een gekooide tijger op en neer. Hij had zich omgekleed en droeg nu een pakol en een salwar kameez. Al zijn soldaten hadden gekozen voor de traditionele losvallende broek met een overhemd tot halverwege het bovenbeen, waarschijnlijk om satellietsurveillance te dwarsbomen.

De kolonel leek elke keer als hij zich omdraaide in te storten. Hij gromde naar de Harpers en viel uit tegen zijn eigen soldaten als die hem ook maar enigszins hinderden. Harper nam aan dat zijn stemming te maken had met het feit dat zijn vervoer niet zo snel kwam als hij had gewild; maar wat de reden ook was, iedereen deed zijn uiterste best om die man te vermijden, zelfs zijn aide de camp, kapitein Shen.

Harper was kruidnagelolie op Shambes gebroken tand aan het smeren toen de kolonel de joertflap opzijschoof en naar binnen beende, bukkend om zijn hoofd niet te stoten. De soldaat met de videocamera kwam na hem binnen, gevolgd door twee soldaten met loshangende geweren. Kapitein Shen sloot de rij.

Tu streek met beide handen de voorkant van zijn tuniek glad en ging rechtop staan, waarna hij Harper dichterbij wenkte met een gevlochten leren zweep.

'De tijd is gekomen dat u uw bekentenis moet doen,' zei Tu.

Harper boog zijn hoofd. 'Ik wil graag...'

'U niet!' blafte Tu. 'Uw vrouw!'

Naomi ging rechtop staan op de plek waar ze Shambes moeder aan het helpen was met het brood, en ze strekte woedend haar nek. 'Ik zweer u...'

Tu wuifde haar weg. 'Bespaar me uw dreigementen. Ik heb geen tijd voor dat belachelijke gedoe. U leest wat ik heb voorbereid of ik schiet uw man door zijn hoofd. Als u nog eens weigert, doe ik dat onmiddellijk.'

Naomi's knieën begonnen te knikken. Ze wankelde en zou gevallen zijn als Shambes moeder haar niet had opgevangen. Ze knipperde met haar ogen, ving Harpers blik en schudde haar hoofd. 'Het spijt me zo verschrikkelijk, lieverd.' Er bleef een snik in haar keel steken. 'Ik weet wat we besloten hebben, maar... Ik kan hem je niet laten vermoorden.'

'Het is goed,' zei Harper. 'Het is... Alles is goed.'

'Kop houden!' De kolonel greep haar bij haar haar en rukte haar overeind, waarna hij haar over het tapijt op de vloer sleurde.

Harper viel uit om hem tegen te houden, maar de kolonel trok gewoon zijn pistool en zette het op Naomi's slaap.

'Haar bloed en haar hersenen vormen een prima bekentenis.'

Harper bleef abrupt staan en stak beide handen omhoog. 'Oké, oké.'

Tu duwde Naomi tegen het latwerk en het grijsbruine vilt van de joert. Buiten marcheerden puntige schaduwen vanuit het westen over de bodem van het dal, terwijl de zon achter de rafelige toppen in het oosten opkwam, waardoor de schapen en de honden en de bij elkaar staande herders baadden in het ochtendblauw. Een van Tu's soldaten stond met zijn gezicht naar de joert toe, samen met zijn videocameraman, die wijdbeens stond om stevig overeind te blijven. Hij wees naar de joertdeur en een soldaat hield hem verder open om meer licht te laten binnenkomen. Een andere soldaat knielde onder de camera neer met een clipboard waarop het script van Naomi's nepbekentenis stond. De videograaf knipte een rijtje ledlampen aan, keek op van zijn beeldzoeker en gaf een kort knikje. Hij was er klaar voor.

Een van de Tadzjiekse soldaten greep Harper beet en hield hem aan de zijkant vast, buiten beeld. Tu richtte het pistool op Naomi. Een verschrikkelijk ogenblik dacht Harper dat Tu haar wilde executeren, maar hij zwaaide het pistool naar Harper.

'Als ze probeert om verborgen boodschappen te communiceren, bijvoorbeeld door met haar ogen een code te knipperen, of door woorden te vervangen die in het script staan, schiet ik je door je hoofd. Als jullie op een of andere manier tegen me ingaan of afwijken van mijn instructies, schiet ik je door je hoofd. Onmiddellijk.' Hij keek over zijn schouder naar Naomi, met de loop van de zwarte

Makarov nog steeds strak op Harpers gezicht gericht. 'Ben ik duidelijk?'

'Ik begrijp het,' zei Naomi, die zichzelf herpakte.

'Mooi,' zei Tu, die een kleine zucht slaakte, alsof hij zojuist een kogel had ontweken. 'Nu zult u uw leugens en bedrog opbiechten aan de wereld...'

Een soldaat met een babyface kwam gebukt door de open deur heen, met een verhit gezicht en zijn geweer tegen zijn borst geklemd. Hij schraapte zijn keel.

De kolonel draaide zich vliegensvlug naar hem toe en gromde iets wat Harper niet verstond.

Kapitein Shen beende naar de soldaat toe om te kijken wat hij wilde, en kwam daarna terug om de informatie door te geven. De kolonel draaide de leren zweep in zijn vuist rond en terwijl hij luisterde kreeg hij een paarsrood gezicht.

Hij bulderde een reeks bevelen tegen de jonge soldaat, terwijl het spuug van zijn lippen vloog. Eindelijk draaide hij zich om en streek de voorkant van zijn tuniek weer glad. Uiterlijk leek hij kalm, maar zijn stem verraadde hem. Hij zwaaide met de zweep richting Naomi.

'Begin maar!'

Harper kon de woorden niet verstaan, maar begreep de strekking wel. Tu had zojuist gehoord dat een van zijn mannen was gedeserteerd en met een van de paarden uit het kamp was gevlucht. Als de kolonel aan dat verhaal had getwijfeld, was Harper ter plekke neergeschoten. Te oordelen naar de onthutste blik in de ogen van de man was dat niet helemaal van de baan. Kolonel Tu was bang, en angst dreef mannen tot geweld. Dat wist Harper maar al te goed.

De kolonel sloeg met de leren zweep op zijn eigen dijbeen en gromde naar de cameraman.

Naomi begon te lezen, maar Harper keek niet naar haar. In plaats daarvan focuste hij op een vogeltje dat als een kolibrie bij de deur bleef hangen. De vogel draaide zich om en speurde de kamer rond, met zijn lens recht op Harper gericht.

63

Waarnemend president Dehart vroeg Foley om tijdens het telefoongesprek met president Zhou in het Oval Office te blijven. Ook minister van Buitenlandse Zaken Adler was aanwezig, net als Bob Burgess, een secretaresse en twee tolken Mandarijn, van wie er een ook voor het White House Military Office (WHMO) werkte.

Het verbaasde Foley niet dat hij een groot netwerk van adviseurs om hem heen wilde hebben voor dit telefoongesprek. Als oud-senator van Pennsylvania liep Dehart niet bepaald over van ervaring op het gebied van buitenlands beleid. Hij was wel geduldig en scherpzinnig, eigenschappen die hij heel hard nodig zou hebben om met Beijing te kunnen onderhandelen.

Dehart bleef met zijn ogen dicht achter de Resolute Desk zitten, diep in gedachten verzonken, terwijl Betty Martin klaarstond met de handset en wachtte tot het communicatiekantoor het gesprek doorverbond. Foley nam plaats op een van de stoelen tegenover hem, met een pen en een geel schrijfblok in de aanslag voor het geval ze midden in het gesprek iets voor hem moest opschrijven. Uit eigen ervaring wist ze dat als iemand ooit de tijd nam om naar opnames van belangrijke telefoongesprekken te luisteren, het veelzeggende gekras van aantekeningen die op papier werden gezet altijd vrij constant op de achtergrond klonk.

Betty Martin ging iets meer rechtop staan. 'Blijft u alstublieft aan de lijn voor de president van de Verenigde Staten...' Ze sprak in de hoorn en wendde zich tot Dehart. 'Meneer de president, ik heb president Zhou voor u.'

Na zijn knikje zette Martin de telefoon op de speaker en legde de handset weer op het toestel, waarna ze zich terugtrok bij het raam dat uitkeek over de Rose Garden tot ze weer nodig was.

Daar gaan we, dacht Foley. Wat een manier om aan een nieuwe

baan te beginnen. Ze glimlachte en stak hartelijk haar duim op naar Dehart.

'Zhou *Zhuxi*,' zei Dehart. 'Bedankt dat u hebt ingestemd met een gesprek.' De tolken trokken hun wenkbrauwen op door Deharts gebruik van Zhuxi. De eretitel kon in het Engels worden vertaald met 'president', maar in het Mandarijn werd het over het algemeen beschouwd als 'voorzitter'. Het spreken in zowel het Engels als het Mandarijn had gezien kunnen worden als een lompe zet, maar Dehart bracht het vol zelfvertrouwen.

'Uiteraard,' zei Zhou in het Engels. 'Brengt u alstublieft ons welgemeende medeleven aan president Ryan over in deze verschrikkelijke tijd. Wat er nu en in de toekomst ook mag voortkomen uit onze gesprekken, u moet van me aannemen dat we hopen dat mevrouw Ryan snel weer veilig thuis is.'

'Dank u,' zei Dehart. 'Ik zal uw vriendelijke woorden overbrengen.' Hij sloeg verdere beleefdheden over en verontschuldigde zich tot Foleys opluchting ook niet voor zijn onervarenheid, maar kwam direct tot de kern van de zaak; of, zoals Ryan zou zeggen, tot de dooier van het ei.

'... zoals u kunt zien,' zei Dehart nadat hij snel de huidige situatie in de Wachan-corridor had geschetst, 'is er iets helemaal mis. Ik weet zeker dat uw leger onder deze omstandigheden absoluut geen buitenlandse mogendheid zou binnenvallen. Als ik zo vrij mag zijn: ik vermoed dat u een losgeslagen officier hebt die buiten zijn boekje is gegaan.'

'Meneer de president,' zei Zhou, 'ik kan u verzekeren dat ik deze zaak tot op de bodem zal uitzoeken.'

'Dat waardeer ik zeer,' zei Dehart. 'Echt. Maar ik moet eerlijk tegen u zijn, meneer. We staan in dit land onder grote druk nu we op zoek zijn naar de misdadigers die de first lady ontvoerd hebben. Sommige mensen in de regering zouden kunnen denken dat dit incident, zo vlak na die ontvoering, bewijs is van Beijings betrokkenheid...'

De reactie kwam in razendsnel Mandarijn, dat werd vertaald door een vrouwelijke werknemer aan de kant van president Zhou. 'We nemen aanstoot aan elke implicatie van betrokkenheid bij de ontvoering van mevrouw Ryan. Dergelijke beschuldigingen zijn een onheilspellend begin, dat is zeker...'

'Ik begrijp het,' zei Dehart kalm maar direct. 'Ik wil alleen duidelijk maken hoe sommige mensen erover denken. U kunt zich wel voorstellen wie.' Dehart keek op en gaf het ministerie van Defensie een speelse knipoog. 'Persoonlijk geloof ik niet dat China hier de hand in heeft. Ik leg, zoals we hier zeggen, al mijn kaarten op tafel. Ons bewijsmateriaal laat duidelijk zien dat er Chinese troepen in de Wachan-corridor zijn. Ik weet zeker dat u niets wist van hun aanwezigheid...'

Zhou begon weer te praten, opnieuw in het Mandarijn, maar Dehart bleef aan het woord en zijn eerder beheerste stem werd met elk woord hoger en luider.

'Ik maak u er slechts van bewust dat ik niet zal accepteren dat Amerikaanse staatsburgers worden belaagd door agressors die een soeverein land zijn binnengevallen waarin die staatsburgers te gast zijn op een humanitaire missie.'

'Ik zal de zaak bekijken,' zei Zhou, ditmaal in kortaf Engels. 'Dat verzeker ik u.'

'Doet u dat, meneer de president,' zei Dehart. 'Maar in de tussentijd wil ik u aanraden om iedereen om wie u iets geeft uit Afghanistan weg te houden. Want God is mijn getuige: iedereen die tussen mij en mijn volk gaat staan, zal van deze aardbodem worden weggevaagd.'

'Ik zie niet voor me dat hij tegen ons wil vechten in Afghanistan,' zei Burgess. 'Niet op honderdvijftig kilometer van de Chinese grens.'

Dehart wreef met duim en wijsvinger in zijn ogen. Betty Martin kwam binnen met twee Tylenols, drie ibuprofentabletten en een glas water. 'Misschien,' zei hij, en hij sloeg de medicijnen met een half glas water achterover. 'Maar als hij dat wel doet, zal mijn eerste daad als president het begin van de Derde Wereldoorlog betekenen.'

De directeur van de Nationale Inlichtingendiensten stond bij de open haard te luisteren en te kijken hoe Dehart werkte. Ze was onder de indruk, niet alleen van zijn houding en hoe snel hij ter zake was gekomen, maar ook van de wijsheid van de man die hem voor deze taak had uitgekozen. Voor de derde keer die dag voelde Mary Pat Foley, die door de jaren heen zoveel menselijke slechtheid en wreedheid had gezien dat ze bijna voor alles gevoelloos was geworden, de tranen opwellen.

64

'Kolere,' zei Megnas, die het videobeeld van de Black Hornet vergeleek met een geprinte kopie van de paspoortfoto's van de Harpers. 'Dat zijn onze gijzelaars.'

Brock en hij bleven in het zadel zitten nadat ze in het donker het dorp tot op minder dan tweehonderd meter genaderd waren. Voorlopig hadden ze de wind nog in hun gezicht, dus hadden de enorme honden hen nog niet geroken. Sergeant Thelan tuurde door het Nightforce-vizier op zijn Barrett en verzamelde op de ouderwetse manier informatie.

Brock keek ook naar de beelden, terwijl Megnas de nanodrone bediende. De FLIR Black Hornet, die zo klein was dat hij kon worden meegenomen in een borstharnas, was in feite een onbemand helikoptersysteem dat geavanceerde camera's meedroeg. Het had een bereik van bijna twee kilometer en kon bijna een halfuur in de lucht blijven.

'Sommige honden hebben het in de gaten,' zei Thelan, die door zijn vizier bleef kijken. 'Ze blaffen een beetje, maar dat werkt in ons voordeel. Daardoor kijkt iedereen naar de bergen op zoek naar wolven, en zien ze niet wat er vlak voor hun neus is.'

'Ga daar weg.'

'Oké,' zei Megnas. En daarna: 'Wacht even, meneer. De gijzelaar steekt zijn vingers op… Ik denk dat hij ons laat zien hoeveel soldaten er zijn.'

'Goed om te weten,' zei Brock. 'Laten we…'

'Shit!' zei Megnas.

'Wat is er?'

Megnas bewoog de hendels op zijn console. 'Hij is uitgevallen.'

Thelans kalme stem gonsde tegen zijn geweer. 'Die verdomde hond is omhooggesprongen en heeft hem gepakt, kapitein. Die schoften kijken er nu naar… en flippen helemaal.'

Brock hing al aan de lijn met de HAF. Ze hadden het doelwit gevonden en de locatie vastgesteld; nu was het tijd om het af te maken.

'Ze zijn er over vier minuten,' zei Brock.

Megnas, die nog steeds op zijn paard zat, opende zijn vingers om een tweede Black Hornet in de lucht te laten ontsnappen en naar het kamp te laten vliegen. 'Over drie minuten heb ik weer zicht.'

'Flying Crossbow,' fluisterde Thelan. 'Tweede onderkomen links van het doelwit. Ze hebben ons in de gaten.'

De Feinu-6 Flying Crossbow van het Volksbevrijdingsleger was een derde-generatie draagbare grond-luchtraket die uiterst geschikt was voor het neerschieten van helikopters.

'Hoeveel?' vroeg Brock.

'Tot nu toe één,' zei Thelan. 'Hij heeft hem nog niet naar zijn schouder gebracht...'

De gevechtsregels waren duidelijk. Vijandige strijders hielden Amerikanen tegen hun wil vast. De redding was nabij en als een van die strijders een wapen oppakte en het richtte, zou Thelan zijn kop eraf knallen. Daar was geen bevel van Brock voor nodig.

Het *wap wap wap* van propellerbladen die op deze grote hoogte door de ijle lucht zoefden, echode door het dal.

'Dat had je niet moeten doen,' zei Thelan, die diep ademhaalde en zich achter de Barrett installeerde.

Bij het horen van de naderende helikopters haastte Harper zich naar Naomi. Kolonel Tu en zijn mannen renden de joert uit en speurden de bergen af, terwijl kapitein Shen de kleine drone in zijn vuist vermorzelde en geringschattend op de grond smeet.

De Harpers, die zich niet in de snel escalerende waanzin buiten wilden begeven, gingen bij de deur plat op hun buik liggen, schouder aan schouder, en keken hoe alles zich ontwikkelde.

Hooguit vijf meter verderop strompelde een soldaat die een raket bij zich had, terwijl de bovenste helft van zijn hoofd ineens weg was. Harper trok zijn vrouw dichter naar zich toe en zei dat ze de andere kant op moest kijken. Ze schudde hem van zich af. Soldaten renden alle kanten op en haalden paarden uit de verschillende joerten waarin ze ze hadden verborgen. De meeste schapen en jaks waren beneden in het dal aan het grazen, maar de paar die nog in het kamp waren, begonnen door alle commotie opgewonden te blaten en rond te rennen.

Kolonel Tu stond in de schaduw van een van de stenen omheiningen in zijn satelliettelefoon te schreeuwen, als een verwend kind naar wie niemand wilde luisteren.

Er kwamen twee Black Hawk-helikopters in zicht, en het gedreun van hun propellerbladen kaatste af op de omringende bergen, met een diepe drumbeat die zonder twijfel het mooiste geluid was dat Monte Harper ooit had gehoord. Er volgde een grote Chinook met een tandemrotor, en alle drie de heli's kwamen razendsnel met spectaculair machtsvertoon omlaag.

Tu drukte de satelliettelefoon in de handen van zijn aide en wees er schreeuwend naar. Harper stelde zich voor dat hij zei: probeer jij het eens!, maar hij wist het niet zeker. Wat hij ook had gezegd, hij liet de telefoon bij kapitein Shen achter en rende naar zijn paard terwijl de Black Hawks landden. Hij vertraagde zijn pas toen hij de raket zag en bukte om hem op te rapen, waarna hij prompt hetzelfde lot onderging als de soldaat daarvoor.

'Hij is uitgeschakeld,' zei Harper boven het gedreun van de naderende heli's uit.

'Dat zie ik,' zei Naomi, die huiverend naast hem lag.

'We moeten stil zijn,' zei Harper tegen iedereen in de joert. 'Met onze handen op ons hoofd, en zo niet-dreigend als we maar kunnen.'

De helikopters braakten de ene man na de andere uit, en zodra hun schoenen de grond raakten renden ze allemaal in de richting van het dorp.

Twee Chinese soldaten en één Tadzjiekse sprongen op hun paard en snelden naar het dal, waarbij ze hun dieren de zweep gaven om zo veel mogelijk snelheid te maken. Harper voelde dat Naomi naast hem naar adem hapte.

'Wat is er?'

'Kijk nou eens,' zei ze ademloos. 'Ze komen recht op die klootzakken af.'

Harper volgde haar blik en zag twee nieuwe dieren de heuvel op galopperen, recht op hen af. De mannen die erop zaten waren groot, waardoor hun paarden enigszins in het niet vielen, en waren gekleed in woestijncamouflagekleding.

Soldaten te paard.

Guzman, Ward en de rest van ODA 0312 en de ANA-commando's kwamen met zoveel machtsvertoon op het dorp af dat er maar twee dodelijke slachtoffers waren: de soldaat die zo dom was om te proberen de FN-6 Crossbow te gebruiken, en die idioot van een kolonel die het ding had proberen op te rapen.

Sergeant Thelan was op zijn schuilplaats gebleven om de komst van de HAF te observeren terwijl Brock en Megnas de vluchtpoging van de soldaten op hun paard afkapten.

De Afghaanse majoor droeg zijn commando's op om de Tadzjiekse soldaten en die van het Volksbevrijdingsleger op een rij te zetten, hen te boeien en hun wapens veilig te stellen.

Sergeant Ward liet de gevangenen aan de ANA-eenheid over en zag erop toe dat het team nuttig bewijs verzamelde dat voor analyse naar de hogere gelederen gestuurd moest worden, inclusief de satelliettelefoon van de gedode Chinese kolonel, die de aide de camp had weggegooid alsof het ding radioactief was.

Weinrick, de senior 18D – medisch sergeant – stond naast de Harpers voor een van de joerten om te controleren hoe het met ze ging, toen Brock kwam aanrijden en afsteeg.

'Kapitein,' zei de 18D. 'Deze mensen hebben nogal een zware tijd achter de rug. Kunnen we ze een lift geven?'

Op dat moment kwam Ward eraan met een Wachi-vrouw van middelbare leeftijd, die kennelijk had moeten toekijken hoe de kolonel haar man vermoordde. Via een kandak-tolk van het ANA-commando, die Hashem heette, vertelde de vrouw hem dat ze naar de plek was geslopen waar de kolonel sliep, met de bedoeling hem te doden als wraak voor de moord op haar man. De kapitein was gekomen en had haar weggejaagd, maar voordat ze was vertrokken, had ze de kolonel aan de telefoon horen praten... in het Engels.

65

Senator Michelle Chadwick deed de deur van haar appartement dicht en gooide de sleutels op de wandtafel in de betegelde hal. Haar opa had altijd tegen haar gezegd: het huis is geweldig, maar de hal bepaalt de verkoop. Het is het eerste en het laatste wat een koper ziet en, belangrijker nog, die weet ook dat het het eerste en het laatste is wat zijn vrienden zien als die op bezoek komen. Haar opa was een hal-fanaat. Hij was ook multimiljonair, dus in haar jeugd had ze graag naar hem geluisterd. Hij zou trots op haar geweest zijn als hij dit huis had gezien: een mooie wijk in Arlington. Weinig misdaad. Net ver genoeg van D.C. Maar opa zou het niet hebben goedgevonden dat ze een hond in huis had. Honden hoorden op de ranch. Punt. Ze deden de waarde van je huis dalen en vernielden de tuin…

Daarover gesproken. Chadwick gaf kusjes in de lucht. Waar was haar hond? Gek dat hij haar niet bij de deur had begroet. Het was een bordercollie die graag 's avonds aan de wandel ging, en hij kwam altijd naar de deur als ze thuiskwam.

'Hondo!' Chadwick gaf nog meer luchtkusjes. 'Mama is thuis…'

Ze hoorde gejank en gekrabbel in de badkamer. Die sukkel had zichzelf opgesloten.

'Wat dacht je van een wandelingetje voordat Nick…'

Chadwick verstijfde toen ze de hoek om liep en een man op haar bank zag zitten, slechts gekleed in een kort sportbroekje en papieren overschoenen die chirurgen gebruiken. Hij keek op toen ze binnenkwam, alsof hij verveeld was. Hij dronk een glas thee terwijl hij wat papieren las die op de salontafel waren uitgespreid. Er lag een zwart pistool op tafel naast een stapel dossiermappen. Ze wist genoeg van vuurwapens om de geluiddemper aan het eind van de loop te herkennen.

Chadwicks knieën begaven het bijna. Ze zocht steun bij de muur.

Overschoenen, een geluiddemper… Dit was niet goed…

'Hoe ben jij binnengekomen?' Ze probeerde haar angst te maskeren met agressie.

Het was geen grote man, niet veel langer dan de één meter zeventig van Chadwick, als hij dat al haalde. Hij was misschien tien kilo zwaarder dan zij, maar dat zag er allemaal uit als dikke spierbundels. En ze stond maar vijf meter bij hem vandaan. Hij hoefde alleen maar zijn hand te buigen en de trekker over te halen, wat hij blijkbaar ook van plan was, en snel, aan zijn gezicht te zien. Ze moest hem aan de praat zien te houden. Ze keek naar de klok op de schoorsteenmantel. Vijf minuten zou genoeg moeten zijn. Ze zou haar eigen moord verhinderen.

'Ik heb geld,' zei ze. 'Het ligt in de kluis; als je wilt kan ik hem openmaken.'

Hij schudde honend zijn hoofd.

Er klopte iets niet aan hem. Had hij make-up op? Nee. Het leek net of hij vlekken op zijn bovenlijf, zijn nek en zijn gezicht had. Als zo'n sneeuwpanter…

Ze veranderde van tactiek en knikte naar de papieren op tafel.

'Wat is dat allemaal?' Ze was oprecht nieuwsgierig. Moordenaars namen dossiers weg, ze lieten ze niet achter.

'Michelle, Michelle, Michelle,' zei de man. Hij nam een slok thee en bleef de hele tijd naar haar kijken. Zijn hand was standvastig, zijn ogen waren doods als die van een pop. 'Wat is dit voor een smerige troep?' Hij stak zijn tong uit. 'Heb je nog nooit van zoete thee gehoord?'

Ze kon niks bedenken om te zeggen. Hij tilde het pistool op.

'Wat… Wat zijn dat voor papieren?' vroeg ze weer.

'Je aandelen.' Hij zette het glas op de salontafel en trok de bovenste map naar zich toe. 'Eens kijken, deze zijn van de Galindo Pharmaceutical Corporation in San Juan. En hier zijn wat opties van Trax Medical, gevestigd in Caguas. Jeetje, Michelle, dit ziet er wel verdacht uit, hoor. Dit heb je toch wel vermeld in je… hoe noemen jullie dat, je financiële integriteitsverklaring die je elk jaar moet indienen? Dat heb je toch wel gedaan, hè?'

'Ik… Ik heb die dingen nog nooit gezien, dat weet je best.'

De man liet zich weer op de kussens van haar bank zakken en gebaarde naar haar met zijn pistool. 'Weet je waarom niemand je mag, Michelle?'

'Nou?'

'Ik heb naar je gekeken op tv en ik snap het,' zei de man. 'Je doet niet alleen net of je altijd gelijk hebt. Je doet net alsof alle anderen dom zijn.'

'Wat geeft jou het recht om hier zomaar binnen te komen en me te bedreigen?'

Hij lachte en kwam overeind, kreunend van inspanning.

Verbazingwekkend genoeg liet hij het pistool liggen en liep naar haar toe, waarna hij haar met zijn handen achter zijn rug aankeek.

Er golfde een ijzeren besluitvaardigheid door haar aderen. 'Ik laat me niet door jou aanraken.'

Hij lachte en gaf haar een tik op haar neus.

'Zo, bedoel je?'

'Klootzak!'

'O, Michelle...' Hij sloeg snel toe en raakte haar hard op haar zwevende rib, waardoor hij haar de adem benam.

Ze blies moeizaam uit, leunde tegen de muur om zich staande te houden en zei tussen haar opeengeklemde tanden door: 'Je... Je slaat als een mietje.'

Hij knikte naar haar buik. 'Ik heb je niet geslagen,' zei hij, en hij hield een mes omhoog. 'Ik heb je gestoken.'

Ze wankelde op haar plaats, en zwaaide even heen en weer voordat ze omviel en op haar achterwerk belandde.

De man liep terug naar de bank en veegde zijn lemmet af aan de stof.

'Het zal niet lang meer duren,' zei hij. 'Ik weet bijna zeker dat ik je lever heb geraakt.'

Hondo hoorde haar schreeuwen en begon verwoed te blaffen in de badkamer.

Ze klemde haar buik vast, keek omlaag en zag het bloed tussen haar vingers doorstromen. 'Alsjeblieft...' fluisterde ze. 'Doe mijn hond geen kwaad.'

De deur achter haar rammelde. Ze had het bijna lang genoeg gerekt. Haar vriend was er. Die was agent bij de ATF, de federale politie voor alcohol, tabak en wapens. Hij was gewapend...

Bijna.

Ze gilde: 'Niiiiick!' Haar hoofd tolde en ze wist niet of er wel woorden uit haar mond kwamen.

Ze probeerde het nogmaals, maar met hetzelfde resultaat.

De man schoot twee keer op haar. Eén keer in haar borst. Het tweede schot trof haar onder haar linkeroog.

Nou, dat is een lekkere klotezooi geworden, dacht Fermin Pea nadat hij de senator om zeep had geholpen en via de balkondeur was gevlucht, waarbij hij minstens één kogel in het lijf van die brede gast had gejaagd die met zijn pistool in de aanslag door de voordeur was gekomen. Pea wist zeker dat hij die kerel had geraakt. Hij had de vertrouwde klap gehoord van een kogel die iemand doorboorde. Hij wist alleen niet of het een dodelijke treffer was geweest. Dat maakte niet uit. Hij had dat wijf in haar oog geraakt. Ze was er geweest. De documenten lagen op hun plek en die brede gast had hem slechts vluchtig gezien. Oké, de politie zou nog altijd zijn kleren hebben, die opgevouwen op de bank lagen. Hij had gedacht dat hij die maar beter uit kon trekken om te voorkomen dat er bloed op hem kwam als hij dicht bij de senator stond terwijl hij de klus klaarde. Als die brede gast niet was komen opdagen, had hij een hoop lol kunnen hebben. Traag. Methodisch, zoals vroeger, niet zo'n saaie politieke moord waarbij je snel in en uit moest rennen en er niet de tijd voor kon nemen. Maar die brede gast moest de boel zo nodig overhaasten en daarna moest hij maken dat hij wegkwam. Al met al was het behoorlijk misgelopen.

Pea wist dat ze zijn DNA van die kleding af konden halen. Hij had naar *CSI* gekeken. Maar ze zouden hem te pakken moeten krijgen om het ergens mee te kunnen vergelijken, en hij was niet van plan om het zover te laten komen. Hij dumpte het pistool in de bosjes en jogde door de straat. Iedereen zou denken dat hij gewoon 's avonds een rondje aan het hardlopen was. Hij was al bij het eerste kruispunt toen een paar chicks in een blauwe Dodge Dart hun raampje omlaagdeden en vroegen of hij soms uit een inrichting was ontsnapt. Ze wezen naar de opbollende papieren overschoenen aan zijn voeten en lagen dubbel van het lachen. Als hij zijn pistool nog zou hebben, had hij ze neergeschoten.

66

Operational Detachment Alpha 0312 droeg de satelliettelefoon van kolonel Tu over aan de landelijke cyberspecialist. Het apparaat was niet beveiligd met een wachtwoord en alle telefoongegevens van de afgelopen drie weken konden makkelijk worden bekeken. De lijst met nummers werd doorgegeven aan de hogere rangen en daarna ook aan de CIA, die de informatie meteen doorspeelde aan Liberty Crossing.

Een van Mary Pat Foleys analisten zat al op nieuws te wachten sinds het noodsignaal van de Breitling online was gegaan en bracht de informatie eigenhandig naar Foleys kantoor, waar ze een spreadsheet met aantekeningen over het bureau van de directeur schoof.

De *intel*-analist, een zesentwintigjarige moeder van twee kinderen met een master economie van Baylor University, deed een stap naar achteren en sloeg haar armen over elkaar. Ze deed Foley denken aan haar vroegere zelf, toen ze ook als jonge moeder werkte. Ze had niet alleen de abonneegegevens van alle nummers gevonden – twee ervan waren kennelijk wegwerptelefoons die werden herleid tot zendmasten in Afghanistan – maar had ook diepgravend onderzoek gedaan naar het nummer dat kolonel Tu dertien keer had gebeld in de afgelopen vier dagen, dat van MalhotraMed Pharmaceuticals in Haiderabad, in India.

'Dit is echt heel goed werk, Katie,' zei Foley, die de hoorn van haar vaste telefoon oppakte. Heel even overwoog ze om Jack rechtstreeks te bellen, maar ze zag ervan af. Hij zou het wel willen, maar hij zou het nooit doen. Hij was slim genoeg om te beseffen dat hij hier helemaal buiten moest blijven. Als hij zijn gezicht liet zien, al was het alleen maar om te weten hoe de zaken ervoor stonden, zouden mensen puur vanwege de kracht van zijn persoonlijkheid zijn wensen inwilligen, of hij daar nu om vroeg of niet.

'Jodie,' zei Foley zodra haar assistente opnam. 'Laat mijn beveiligingseenheid weten dat ik zo snel mogelijk naar het Witte Huis moet.'

'Ga zitten,' zei president Dehart, en hij wuifde naar de bank nadat ze hem een samenvatting van de informatie van het A-team had gegeven. Een van de nummers op de satelliettelefoon was van een bank op de Kaaimaneilanden. Ze hadden nog geen toegang tot zijn rekeningen weten te krijgen, maar het was niet zo moeilijk om te begrijpen dat Malhotra hem had betaald om de Harpers te ontvoeren.

'En de dochter van de Harpers werkt samen met de first lady,' zei Dehart, die de puntjes met elkaar verbond.

'Becca Harper heeft haar specialisatie voltooid onder leiding van dokter Ryan,' zei Foley. 'Als de president per abuis SEAL Team Zes of Delta naar Tadzjikistan had gestuurd om zijn familievrienden te redden op basis van verkeerde informatie…'

'Ik zie het grotere plaatje,' zei Dehart. 'Kan het echt zo simpel zijn? Een miljardair die ziet dat zijn uitkoopdeal op losse schroeven staat, betaalt een Chinese kolonel om twee artsen te kidnappen zodat de president in verlegenheid wordt gebracht en hij zich niet meer met het farmaceutische wetsvoorstel bezighoudt?'

Foley kreunde. 'Hij probeert zijn bedrijf te verkopen aan een Duitse koper, ik neem aan voor een aanzienlijk fortuin. Door dit wetsvoorstel wordt de verkoop in de kiem gesmoord. Wat zou zo'n man er niet voor overhebben om zijn miljardendeal te redden? U zei dat we naar de achtergrond van die daden moesten kijken. En de info op de satelliettelefoon van de kolonel is behoorlijk belastend. We moeten naar de plotselinge overdaad aan deepfakes kijken, waarin president Ryan in allerlei compromitterende situaties te zien is. De ransomwareaanvallen. De Harpers. Als we naar het totaalplaatje kijken, gaat het hier om een effectieve campagne om veel van onze initiatieven aan de kant te schuiven, wat tijd en energie van de president en het land opslokt.'

'Dat brengt ons op de voor de hand liggende vraag,' zei Dehart. 'Denken we dat die Harjit Malhotra het brein achter de ontvoering van de first lady is?'

'Daar hebben we geen keiharde bewijzen voor,' antwoordde ze.

'Nog niet. Maar u en ik weten allebei dat hij het is. We weten dat de Japanse spion in de hackersruimte in Tokyo in de afgelopen weken meerdere reisjes naar India heeft gemaakt.'

'Hoe kwamen we ook alweer aan die informatie?'

Foley haalde diep adem en hield die even in, waarna ze langzaam uitademde.

Dehart wierp haar bedachtzaam een zijdelingse blik toe. 'Wat is er? Ik krijg het gevoel dat je me gaat vertellen dat mijn hond dood is en naar een mooiere plek is gegaan.'

'Meneer de president,' zei ze. 'We hebben het gehad over de mogelijkheid van een criminele groep van oud-militairen...'

'De Camarilla,' zei Dehart. 'Huurmoordenaars. Op hoog niveau getrainde wapens te huur. Ik begreep dat een van de mannen in de hackersruimte vroeger verbonden was aan de Japanse Special Forces.'

'Ja, meneer,' zei Foley. 'Maar er speelt hier nog iets anders waarvan u op de hoogte moet worden gesteld.'

Weer een zijdelingse blik.

Foley haalde weer diep adem en had het gevoel dat ze op het punt stond een ernstige, maar verklaarbare zonde op te biechten. 'Er is... een soort groep die president Ryan een paar jaar geleden heeft ingesteld. Zodra ik u kenbaar maak wat ik zo meteen ga vertellen, behoort u tot een heel klein kringetje van mensen die zelfs maar van het bestaan van die groep weten.'

Dehart was gaan staan tegen de tijd dat ze uitgepraat was. Ze had hem nog geen namen gegeven, maar dat zou ze wel gedaan hebben als hij ernaar had gevraagd. Hij mocht dan waarnemend zijn, hij was wel de opperbevelhebber, wat betekende dat hij haar baas was. De baas. Ryan was slim, en als hij genoeg vertrouwen in Dehart had om hem de teugels van dit op hol geslagen paard te geven, wie was Foley dan om dat in twijfel te trekken? Als ze had gewacht en hij op een andere manier over De Campus had gehoord, zou elke schijn van vertrouwen verdwenen zijn.

Dehart wendde zich af en hield zijn handen ineengeslagen achter zijn rug, waarna hij zich plotseling omdraaide. 'Dus eigenlijk zeg je dat we onze eigen goede, officieuze Camarilla gebruiken om de slechte Camarilla op te sporen.'

'De Campus,' zei Foley. 'Maar, ja. In grote lijnen hebt u daar gelijk in.'

'En ze zijn op dit moment in India om die Japanse soldaat na te trekken?'

'Dat klopt,' zei Foley. 'De Campus is door een contactpersoon bij de Japanse inlichtingendienst die kant op gestuurd.'

'Dus inlichtingendiensten van andere landen weten van De Campus?'

'De wereld van de inlichtingendiensten is omgeven door mysterie, meneer,' bracht Foley hem in herinnering. 'In vrijwel alle gevallen waarin ze contact moeten leggen, wordt aangenomen dat ze van de CIA of van een van onze andere inlichtingendiensten zijn.'

'Aha,' zei Dehart. Hij stelde goede vragen, het soort vragen dat Foley zelf ook zou hebben gesteld als dit plompverloren op haar bordje was gelegd.

'Wie heeft de dagelijkse leiding over die Campus?' Hij stak zijn hand op en schudde zijn hoofd voordat ze antwoord kon geven. 'Ik hoef op dit moment geen details te weten. Onze prioriteit ligt nu bij Cathy Ryan, die we veilig en wel thuis moeten brengen. Ik neem aan dat je ze laat uitzoeken wat ze over Malhotra kunnen vinden en dat ze dat vervolgens overdragen aan de FBI-legat. Ik bedenk net dat ieder CIA-afdelingshoofd dat ik ooit ben tegengekomen helemaal door het lint gaat zodra er iemand zomaar zonder overleg op hun territorium komt. Doen die Campus-lui dat?'

'Nee,' zei Foley. 'Maar ik maak altijd een informeel praatje om te overleggen, en dan zorg ik ervoor dat ze niet in een lopend onderzoek terechtkomen.'

'Heel goed,' zei Dehart. 'Met een beetje geluk hoef ik deze functie nog maar een paar uur te vervullen.' Hij hield op met ijsberen en keek Foley streng aan. 'Maar als ik hier door een of andere tragische samenloop van omstandigheden langere tijd moet zitten, gaan we eens een heel lang gesprek voeren over de status van deze officieuze Campus.'

'Ze doen geweldig werk, meneer de president,' zei Foley.

'Daar twijfel ik niet aan,' zei Dehart. 'Maar we moeten er toch over praten.' Hij deed zijn ogen dicht. 'Ja. Het is hier inderdaad heel eenzaam.'

67

Cathy Ryan lag op haar zij en werd wakker doordat er iets hard in het vlees boven haar enkel beet. Ze had geen gevoel in haar handen, maar de spieren in haar nek stonden in brand. Ze schudde haar hoofd en probeerde zich iets te herinneren boven de aanhoudende tinnitus die onafgebroken in haar oren piepte.

Ze werd overspoeld door een golf van misselijkheid door de nasleep van de drugs. Er waren spinnen geweest, grote, harige, springende spinnen, wat waarschijnlijk duidde op een ketamine-injectie. En misschien Midazolam, want ze had heel veel gaten in haar geheugen.

Ze was geblinddoekt, of eigenlijk had ze een kap op, iets zachts, niet hard zoals ze zich zo'n kap had voorgesteld als ze met Jack naar spionagefilms keek... Jack! Waar ben ik in verzeild geraakt?

Ze had lang geleden geleerd om haar gezichtsvermogen niet als iets vanzelfsprekends te zien, en was zelfs zover gegaan dat ze zichzelf tijdens haar coschappen bij oogheelkunde vierentwintig uur lang geblinddoekt had, zodat ze zelf kon ervaren wat haar patiënten voelden als ze een *tarsorrhaphy* uitvoerde, waarbij ze de oogleden aan elkaar naaide om het hoornvlies te beschermen na verbranding of in het geval van Bellse parese, waarbij patiënten niet in staat waren hun ogen dicht te doen of van vocht te voorzien. Ze had altijd geprobeerd zich in haar patiënten te verplaatsen, en dat zou haar nu zeker van pas komen zodra ze hier uit kwam... áls ze hier uit kwam.

Het materiaal van de kap was poreus genoeg om te zien dat het licht was in de kamer, maar ze had geen idee of dat afkomstig was van een lamp of van een raam. Ze hield haar adem in en spitste haar oren om iets anders te kunnen horen dan het gebonk van haar hart, zodat ze een idee zou krijgen van de situatie.

Ze probeerde rechtop te gaan zitten, hoorde een ketting rammelen en realiseerde zich dat haar rechterpols ergens aan vastgemaakt was.

Ze wist niet hoe lang ze al gevangenzat. Er was een rit in een busje geweest. Maar daarvoor... Ze herinnerde zich dat Karen Sato had geprobeerd haar in veiligheid te brengen. Dat de rest van de beveiligingseenheid neerviel onder een spervuur van kogels, in slow motion, zoals in die gewelddadige Sergio Leone-films, de guilty pleasure van Jack senior en Jack junior. Het was allemaal heel surrealistisch. Ondenkbaar.

Ze merkte dat ze begon te hyperventileren en de paniek overheerste elke flard van coherent denken die er nog over was in haar koortsachtige brein. Ze dwong zichzelf om langzamer te ademen. Ze leefde nog... Maar waarom? In elk geval niet om losgeld. Er waren rijkere mensen met veel minder beveiliging dan zij. Probeerden de terroristen een soort statement te maken? Als ze er alleen maar op uit waren om de krantenkoppen te halen, zouden ze nu al een kogel in haar hoofd gejaagd hebben. De enige reden om haar in leven te houden, was om haar als pressiemiddel te gebruiken, voor haar man.

Die ene in dat busje had iets gezegd nadat ze haar hadden ontvoerd... Wat was het ook alweer?

Ze moesten haar 'intact' houden.

Wat betekende dat, verdomme? Levend? Niet in stukken gehakt? Nog niet verkracht?

'O, Jack,' fluisterde ze. 'Ik weet niet wat ze van je willen, maar...'

Door een diepe stem viel ze achterover alsof ze een klap in haar gezicht had gekregen.

'Hebt u honger, mevrouw?' zei de stem ruw en rasperig, maar wel beleefd.

Ze hield haar adem in en wachtte tot iemand haar zou slaan of weer een drug zou toedienen. Toen dat niet gebeurde, snikte ze onwillekeurig en vocht ze tegen de angst die haar volledig dreigde te overspoelen.

'U mag die kap wel afdoen, hoor,' zei de stem zonder een spoortje boosaardigheid. 'Als u wilt.'

Cathy besefte dat haar linkerhand vrij was en ze rukte meteen de kap af, waarna ze knipperde tegen de plotselinge felheid van het kale peertje boven haar.

Ze zag dat ze gekleed was in een blauw operatiepak en dat ze in een slaapkamer van drie bij drie zat vastgeketend aan een smeedijzeren bed. Om haar linkerbeen zat een enkelboei die was bevestigd aan een bout in een grote emmer beton, waarschijnlijk zodat ze rond kon lopen, zij het langzaam, als ze tenminste haar pols losmaakten. Er lagen geen dekens of lakens op het bevlekte matras; niet dat ze die nodig had. Het was snikheet en bedompt in de kamer, en het stonk er naar schimmel en oude sokken. Door het stoffige glas van een raam zag ze buiten de stam van een kronkelige boom. Er zaten stalen tralies voor het raam, maar gek genoeg waren er geen gordijnen of luiken. Het licht van buiten en van het felle peertje maakten het verschoten gele behang er niet gezelliger op.

Het bed piepte en haar spieren protesteerden toen ze langzaam haar benen op de grond zwaaide en zich oriënteerde. Er ging een golf van misselijkheid door haar heen toen ze zich realiseerde dat iemand haar kleren had uitgetrokken en haar het ziekenhuispak had aangetrokken.

'Ik heet Burt,' zei de man. 'U ziet er niet zo goed uit.' Hij klonk niet echt gehandicapt, maar er was duidelijk iets aan de hand. Kidnappers praatten niet zo.

'Hoi, Burt,' zei Cathy, ontwapend door de onschuld in zijn stem. 'Waar ben ik?'

Hij grinnikte. 'Om eerlijk te zijn weet ik dat ook niet precies. Ze vertellen me niet zoveel.'

Hij was gekleed in een spijkerbroek en een westernoverhemd met parelmoeren drukknoopjes, en zo te zien was hij achter in de veertig, lang, gespierd, met een dikke bos zilverkleurig haar en een groot, roze litteken aan de rechterkant van zijn gezicht, van het midden van zijn voorhoofd tot zijn oor en halverwege zijn wang, alsof hij in de zon in slaap was gevallen. Hij hield met beide handen een papieren bord voor haar, zoals haar kinderen vroeger altijd deden als ze haar op Moederdag ontbijt op bed brachten.

'Ik heb eieren voor u gemaakt.'

Ze knikte, nog steeds met toegeknepen ogen, en smakte met haar lippen. 'Ik zou wel wat water willen.'

'O ja,' zei hij, en hij hield het bord in zijn linkerhand terwijl hij de rechter in zijn achterzak stak en een flesje water tevoorschijn haalde. 'Dat vergat ik bijna.'

Ze pakte het flesje aan en dronk gulzig maar voorzichtig, zonder een druppel te morsen. Ze wist niet wat er met Burt aan de hand was, maar niet iedereen hier was zo makkelijk in de omgang als hij.

Hij keek toe terwijl ze at. 'Ik heet Burt,' zei hij, en hij trok een grimas zodra de woorden over zijn lippen kwamen. 'O, shit, dat heb ik al verteld. Als mijn hoofd niet vastzat, zou ik dat ook nog vergeten.'

Cathy at de eieren en een stuk droge toast en vroeg zich af of dit haar laatste maaltijd was. Pervers genoeg dwaalden haar gedachten af naar de autopsies die ze had bijgewoond tijdens haar studie, waarbij ze had toegekeken terwijl de patholoog de maaginhoud van slachtoffers catalogiseerde. Zouden ze dit aantreffen als ze haar lichaam vonden? Ze schudde de gedachte van zich af en keek op naar haar cipier.

'Gaat het, Burt?' vroeg ze.

Hij knikte. 'Waarom zou het niet gaan?'

'Ik weet niet of ze het je verteld hebben, maar ik ben dokter.' Ze wees naar haar eigen oog, waardoor de ketting rammelde. 'Je hebt daar een kleine ptosis.'

Hij fronste. 'Wat is dat?'

'Een hangend ooglid,' zei ze, en ze hield haar oog open met haar duim en wijsvinger. 'Je moet je oog even voor me openhouden. Kun je dat?'

Hij deed het. 'Ik weet dat mijn oog beschadigd is.'

'Heb je last van hoofdpijn, als ik vragen mag?' vroeg Cathy.

Daar lachte hij vermoeid om. 'O god, ja,' zei hij. 'U hebt geen idee.'

'Ik kan niet met zekerheid een diagnose stellen,' zei ze. 'Maar aan die ptosis te zien, en de manier waarop je pupil een beetje verwijd en lui is, en zo naar beneden wijst, heb je iets wat verlamming van de derde hersenzenuw heet. Ik maak geen grapje. Dat is een teken van een mogelijk aneurysma.'

Hij deed een stap naar achteren. 'Een aneurysma? U bedoelt een beroerte?'

'Een zwakke plek in je bloedvaten,' zei ze, 'die op de zenuwen drukt. Je moet er echt even naar laten kijken.'

'Dat zal ik doen,' zei hij. 'Bedankt, Doc.' Hij pakte het lege bord. 'Hebt u verder nog iets nodig?'

‘Een toilet?’ Ze moest niet alleen nodig, maar Burt leek ook de juiste persoon om het aan te vragen.

‘Daar.’ Hij haalde een sleutel van zijn broekriem en maakte haar pols los, waarna hij naar een deur knikte waarvan ze had gedacht dat het een kast was. ‘Ik mag u alleen niet losmaken van de emmer. Ik weet niet waarom. U lijkt me heel aardig, maar blijkbaar hebt u iets heel ergs gedaan.’

‘Geeft niet, Burt,’ zei Cathy. Ze sleepte de emmer naar de wc. ‘Vergeet niet om naar dat oog te laten kijken.’

‘Neemt u me nou in de maling?’ vroeg Burt. ‘Ik heb geen plek in mijn hersenen om aan iets anders te denken. Maar ik denk niet dat de jongens het zo leuk zullen vinden.’

68

Burt maakte haar pols weer aan het bed vast en liet haar alleen. Er werd met een galmende *kloink* een grendel voor de deur geschoven zodra hij die achter zich had dichtgedaan.

Ze keek de kamer rond en probeerde haar gedachten voldoende op een rijtje te zetten om met een soort van plan te komen. Ze had zoveel verhalen over wonderbaarlijke ontsnappingen gelezen. Ontvoerde vrouwen die zichzelf hadden gered, die zichzelf in veiligheid hadden gebracht door een raam open te wrikken, het scharnier uit een deur te schroeven of zelfs hun eigen overvallers hadden uitgeschakeld met een steen of een stok of… Ze speurde de kamer af. Er was hier niks. Geen wapen. Alleen een emmer vol beton die ze nauwelijks voort kon slepen.

Ze doezelde weg en sliep onrustig, maar wel beter nu ze van die kap af was en haar lichaam de laatste drugs die ze haar hadden gegeven had gemetaboliseerd. Ze droomde dat Jack het leger had ingeschakeld om bommen te gooien op die hufters die haar hadden ontvoerd. En dat die lieve kleine Jack junior, die nu groot en sterk was, met zijn slordige baard en geheime baan, de deur intrapte en met knallende pistolen zijn moeder kwam redden…

Ze schrok wakker doordat er aan de deur werd gerammeld, en de malle fantasie vervaagde. Huiverend door een pijnlijke rekbeweging zwiepte ze haar benen van het bed en op datzelfde moment vloog de deur open. Cathy sperde haar ogen open en zag een gedrongen man op haar afstormen, die woest vloekend met zijn vuisten zwaaide. De kamer was klein en hij was in twee stappen bij haar, haalde uit en plantte zijn zware schoen recht op haar borstkas.

Ze schoot naar achteren en knalde hard tegen de muur, waarbij haar geboeide pols tegen de ketting werd gewrongen. Een verzengend wit licht explodeerde in haar hoofd. Ze probeerde te schreeuwen, maar door de brute trap was haar middenrif verlamd. De man zat in een mum van tijd boven op haar en duwde haar gezicht in het matras, terwijl hij zijn knie in haar nier drukte.

Op de een of andere manier wist ze genoeg adem te krijgen om te jammeren, maar daardoor leek hij alleen maar kwader te worden.

Toen hij zich schreeuwend over haar heen boog, vloog er spuug van zijn lippen dat haar wangen nat maakte. Zijn woorden vlogen eruit op een stroom van hete, stinkende adem. '... dom wijf! Je hebt geen idee wat je hebt aangericht! Je denkt zeker dat je slim bent om zo misbruik te maken van mijn maat!' Hij greep haar haar, boog haar nek naar achteren en ontblootte haar keel. 'Je denkt zeker dat Burt een aardige kerel is, hè?' Hij lachte maniakaal. 'Nou, laat me je iets vertellen, Doc. Hij is net zoals wij allemaal, misschien nog wel erger. Voor... Voor het ongeluk zou hij de eerste zijn die je over het bed had gebogen!'

Ze jammerde. 'Ik... Ik wilde niet...'

'Jaja, dat zal wel!' Hij duwde haar naar voren, diep in het matras, zodat ze onmogelijk kon ademhalen. Hij boog zich dicht naar de zijkant van haar gezicht. Ze probeerde te worstelen, maar kon zich amper bewegen met die geboeide hand en voet, gevangen onder de druk van zijn immense gewicht. 'Je moest hem zo nodig de stuipen op het lijf jagen...' De man huilde nu, gilde, vloekte in haar oor, overmand door snikken. 'Ik moet mijn maat vermoorden, omdat jij...'

Cathy werd snel zwakker door zuurstofgebrek. Ze was zich er vaag van bewust dat er anderen de kamer binnenstroomden. Het gewicht op haar rug nam af toen iemand de nog altijd vloekende belager van haar aftrok. Hij gaf haar nog een laatste schop tegen haar dij voordat ze hem wegsleurden.

Ze zoog trillend haar longen vol lucht en kromp ineen door de klap, waarna ze zich zo goed en zo kwaad als het ging om de kettingen heen oprolde tot een bal.

'Ze heeft hem vermoord!' snikte de man. 'Het is haar schuld. Dat weten jullie allemaal...'

'Haal hem hier weg,' zei een andere man. De Brit. Cathy herinnerde zich hem van het busje... De man die Karen had vermoord en daarna Cathy in de rivier had geduwd.

De Aussie rukte zich los en stormde weer op haar af, waarbij hij opnieuw haar haar greep en haar hoofd naar achteren trok alsof hij haar nek wilde breken.

Ze slaakte een angstige gil, een oerkreet die ergens vandaan kwam waar ze nog nooit geweest was, en barstte daarna in klaaglijk infantiel gejank uit.

De Brit sloeg de Aussie hard op de zijkant van zijn nek, waardoor hij losliet, maar niet buiten westen raakte of zelfs maar onderuitging.

'Taylor!' blafte hij. 'Nog niet!'

Twee andere mannen probeerden de armen van de Aussie beet te pakken, maar hij sloeg ze vloekend van zich af. 'Oké, oké!' Hij keek de Brit dreigend aan vanonder zijn borstelige wenkbrauwen. 'Maar ik mag het doen! Begrepen, maat?'

De Brit knikte. 'Dat is prima.' Hij knikte naar de deur en naar de andere mannen. 'Laat ons even alleen. Ik moet een paar dingen uitleggen aan onze gast.'

De Brit pakte een flesje water en gaf dat aan Cathy. 'Mijn verontschuldigingen,' zei hij. 'Hij heeft u flink te pakken genomen. Dat had ik nooit mogen laten gebeuren.'

Cathy huiverde en probeerde zich te herpakken. Ze bewoog haar kaak op en neer. 'Ik denk dat ik een gebroken rib heb en er een stukje van een van mijn tanden af is.'

'Dat verbaast me niets,' zei de Brit met een zucht, alsof hij een praatje over het weer maakte. 'Zo'n harde trap met maat zesenveertig kan je zomaar een paar gebroken ribben opleveren.'

'Wie zijn jullie?'

'Tja,' antwoordde de Brit. 'Het gaat er niet om wie wíj zijn. U bent hier om wie ú bent.'

Ze duwde haar hand op haar knie om te voorkomen dat haar been als een naaimachine op en neer bleef stuiteren. 'Om wie mijn man is, bedoelt u...'

'Juist, ja.'

'Waarom vermoorden jullie me niet gewoon?'

'O, maakt u zich niet al te druk om wat ik tegen Taylor zei...'

'U zei "nog niet"!' flapte Cathy eruit. 'Dat betekent dat...'

De Brit stak zijn hand op. 'Niet zo voorbarig, mevrouw Cathy. Ik moest hem tot bedaren brengen, anders had hij u inderdaad ter plekke vermoord. Die kerel is tot heel wat wreedheden in staat.'

'Dat gold kennelijk ook voor Burt,' zei Cathy.

De Brit glimlachte mild en er lichtte een herinnering op in zijn ogen. 'O, mevrouw, u hebt geen idee.'

'Heeft die man...' Cathy huiverde weer. 'Taylor... Hij zei dat hij Burt moest vermoorden.'

'Burt is nog steeds springlevend,' zei de Brit. 'Taylor is zichzelf niet, want Burt en hij zijn al jaren boezemvrienden. Ze hebben elkaar leren kennen in het Legioen. Ik was er niet bij, maar die twee waren voor een klus in Afrika nadat ze zich al bij ons hadden aangesloten... En die arme oude Burt kreeg de volle laag door een bermbom die eigenlijk Taylor had moeten raken. Hij heeft ontegenzeggelijk zijn leven gered.'

'Dus... Dus ik heb het verpest omdat ik zijn vriend wilde helpen?'

'U hebt het verpest omdat u in zijn hoofd hebt geprent dat hij ziek is. Nu heeft hij het er alleen nog maar over dat hij naar het ziekenhuis moet... We hebben die arme drommel tien minuten geleden betrapt toen hij naar de poort liep...' De Brit keek haar aan en schudde langzaam zijn hoofd. 'Dat mag niet gebeuren. Niet nu.'

Cathy liet zich tegen de muur vallen en raapte al haar zelfbeheersing bij elkaar om te voorkomen dat ze zou instorten waar deze man bij was.

'Ik heb jullie gezichten gezien,' zei ze. 'Jullie noemen elkaar bij naam waar ik bij ben... Jullie zijn niet van plan me te ruilen voor losgeld.'

Hij plofte naast haar op het matras, dichtbij, alsof ze oude vrienden waren. 'Niet te veel nadenken, Cathy.' Hij gaf haar een klopje op haar bovenbeen. 'Ik heb een masterplan.'

'Is dat zo?' Ze lachte. 'Want ik zie alleen een stelletje mannen die zo losgeslagen zijn dat ze een van hun eigen teamleden willen vermoorden omdat hij naar de dokter wil.'

De Brit zweeg lange tijd en zat daar alleen maar naar haar te kijken, bijna zonder te knipperen. Daarna legde hij zijn hand weer op haar bovenbeen en kneep er hard in. 'U hebt gelijk, hoor. U komt hier niet levend uit, hoewel ik vermoed dat u ergens diep vanbinnen gelooft dat uw man zijn macht wil aanwenden om zijn FBI Hostage

Rescue en zijn Navy SEALS in te schakelen, en elk wapen dat hij maar uit zijn presidentiële koker kan toveren zal inzetten om het vrouwtje te redden. Nou, lieve schat...'

'Hij is op dit moment niet eens meer president,' snauwde Cathy. 'Ik ken mijn man. Hij zal liever een stapje opzijzetten dan de integriteit van zijn functie bezoedelen.'

De Brit hield zijn hoofd scheef, gaf haar nog een klopje op haar knie en vertrok zonder nog een woord te zeggen.

Dus Jack had het echt gedaan, dacht Cathy. Ze had gelijk en dat had ze in de ogen van de Brit gezien.

Onder deze omstandigheden zou het extreem moeilijk geweest zijn om afstand te doen van het presidentschap, maar ze had er niet aan getwijfeld dat hij dat zou doen, zelfs als dat zou betekenen dat hij haar liet sterven.

'Goed zo, Jack Ryan,' fluisterde ze, en ze bonkte zachtjes met haar hoofd tegen de muur. 'Goed zo...'

69

'Ik kan niet geloven dat dat waardeloze onderkruipsel haar heeft laten leven,' mompelde Craig Taylor, die zijn iPad zo draaide dat Leo Debs en de anderen het artikel konden zien. De hele nieuwscyclus ging artikel na artikel over de bijna fatale aanslag op senator Michelle Chadwick. De Aussie sloeg zich voor zijn hoofd. 'Wat is dit nou? De derde keer? Gil wilde dat die trut van een Chadwick aan de schandpaal zou worden genageld als verrader, maar ik denk dat onze kleine Salvadoraanse vriend haar eigenhandig heeft veranderd in een martelaar.'

Rook zat op de bank, gekleed in een afgeknipte spijkerbroek en een T-shirt, met een dot pruimtabak in zijn onderlip. Hij spuwde in een leeg plastic Dr Pepper-flesje terwijl hij op zijn telefoon zat te pokeren.

Op de tafel tegenover Debs had Soulis een camera uit elkaar gehaald en soldeerde het binnenwerk.

Iedereen behalve Burt droeg een pistool en de meesten hadden hun geweer binnen handbereik: M-4's, want alle FN's lagen nu of op de bodem van de rivier de San Antonio, of in een FBI-kluisje met bewijsmateriaal. Het maakte niet uit. Ze waren allemaal schoongeveegd, niet traceerbaar voor de mensen die ertoe deden.

Burt stond in de keuken af te wassen en staarde naar zijn reflectie in het water van een schone pan. 'Ik heb op internet opgezocht hoe het zit met die ptosis en dat gedoe met die derde zenuw,' zei hij. 'Dokter Cathy heeft gelijk. Ik denk dat er iets ernstig mis met me is.'

Taylor keek woedend naar Debs. 'Er moet iets gedaan worden.'

'Weet ik.'

Iedereen in de kamer verstijfde toen Debs' telefoon op tafel rinkelde. Hij keek naar het aanrecht, waar het scherm van de beveiligingscamera stond, en zag een witte Impala door het hek rijden.

‘Pea is terug,’ zei hij. ‘Hij komt nu de oprit op.’

Rook spuwde in zijn Dr Pepper-flesje. ‘Die heeft wat uit te leggen.’

Toen Pea door de deur kwam, bewoog hij op de maat van de cumbiamuziek die hij altijd aan het neuriën of aan het fluiten was. Hij zweeg toen hij merkte dat iedereen naar hem keek.

Hij liet zijn sporttas op de grond vallen. ‘Wat is er?’

‘Flikker toch op, man,’ zei Taylor. ‘Dat wijf is niet dood.’

‘Meen je dat nou?’ Pea beende door de kamer om naar het nieuws te kijken, maar Taylor rukte de iPad weg. ‘Je hebt een telefoon. Googel het lekker zelf.’

‘Dat kan weleens een groot probleem worden, Fermin,’ zei Debs. ‘Heb je iets tegen haar gezegd?’

Pea, die met zijn duimen aan het typen was, keek op. ‘Heb ik wát? Jezus, nee! Gast! Ik zeg je, ik heb haar in haar gezicht geschoten.’

‘Ja klopt,’ zei Rook, die zijn telefoon omhooghield. ‘Er is een prachtige foto van haar in het ziekenhuis met een pleister onder haar oog.’

‘Wat is er gebeurd, Fermin?’ vroeg Debs. ‘Je zei van de week nog tegen me dat je het na die laatste twee blunders altijd checkt.’

‘Dat doe ik ook,’ zei Pea. ‘Maar toen kwam die brede vent binnenstormen, verraste me met zijn ATF en probeerde me in mijn reet te schieten, dus ik moest maken dat ik wegkwam.’

Soulis keek op van zijn camera. ‘Volgens het artikel hebben ze bewijsmateriaal.’

‘Ze hebben niks,’ zei Pea. ‘De papieren die ik achter moest laten. Maar die spreken voor zich. Haar naam staat op de documenten. Ze zijn legaal.’

‘Verder niks?’

Pea kreunde en gaf toe: ‘Mijn kleren.’

‘Heb je je kleren uitgetrokken?’ Taylor sloeg zich weer voor zijn hoofd. Rook spuwde.

‘Je had ons kunnen verlinken, eikel,’ zei Taylor.

‘Maar dat heb ik niet gedaan,’ zei Pea.

‘Hé, Fermin,’ zei Burt. ‘Heb je het al gehoord? Ik heb misschien een aneurysma in mijn derde zenuw…’

‘Waar heeft hij het over?’

‘Denk je dat je me straks naar de dokter kunt brengen?’

Pea keek naar Debs, die treurig zijn hoofd schudde.

'Heeft hij echt een aneurysma?'

'Al sla je me dood,' zei Taylor. 'Maar iemand moet hier iets aan doen.'

'Ik weet het,' zei Debs, die zijn stoel van tafel schoof en ging staan. Hij controleerde zijn Browning Hi-Power om te zien of er een patroon in de kamer zat en stak hem weer in zijn heupholster. 'Burt,' zei hij met een geforceerde glimlach. 'Kom, dan help ik je de vuilnis naar de verbrandingskuil te brengen.'

Burt, die maar al te graag wilde helpen, droogde zijn handen af aan de theedoek en pakte twee zakken uit de vuilnisbakken in de keuken. 'Met zoveel soldaten hebben we een hoop vuilnis, hè, Leo?'

'Nou, inderdaad, meneer,' zei Debs. 'Pea, pak je geweer en ga met ons mee.'

'Waarom ik?'

Taylor keek hem kwaad aan. 'Ik doe het niet. En jij hebt nog wat goed te maken.'

'Het zal wel,' zei Pea. 'Ik zei toch dat het niet mijn schuld was.'

'Je geweer,' zei Debs.

'Ik kan mijn geweer anders wel pakken als je wilt, Leo,' zei Burt. 'Ik vind het niet erg.'

'Nee joh,' zei Debs. 'Het is al goed. Pea gaat gewoon mee voor de veiligheid. Er zijn heel veel mensen die ons te pakken willen krijgen, nu we dokter Cathy hier hebben.'

'Ja,' zei Burt. 'Je hebt gelijk. Je kunt niet voorzichtig genoeg zijn.'

Alle anderen in de kamer bogen hun hoofd.

'Lekker thuiskomen, zo,' zei Pea.

Ze verbrandden nooit vuilnis in de verbrandingskuil. Dat zou veel te veel rook veroorzaken, en te veel rook zou de aandacht trekken. De buren wisten natuurlijk wel dat ze hier waren: de meesten dachten dat ze bezig waren met olie- of gasspeculaties of zoiets, en de Camarilla-mannen lieten ze in die waan.

Het was maar een klein stukje lopen, nog geen vijftig meter vanaf het ranchhuis naar de lange greppel die was uitgegraven met een graafmachine, zo'n tien meter lang en vijf meter diep in de rode aarde en de brokkelende lagen kalksteen. Er stonden twee scheppen rechtop in de klei, naast twee tweehonderdlitervaten ongebluste kalk om het vuilnis te laten oplossen zonder dat er vuur voor nodig was. Ze zouden alles verbranden voordat ze hier voorgoed weg zouden gaan; wat, als alles goed ging, nu elke dag kon gebeuren. En als alles niet goed ging, kon het elke minuut gebeuren.

Burt gooide de zakken er een voor een in en ging aan de rand van de greppel staan. Vanaf daar had je goed zicht op het waterreservoir in de kleine geul beneden, waar het water de heuvel afstroomde om een kleine cirkel van moerasachtig groen te vormen tegen de achtergrond van mesquite en ceders. Er stond een koele wind, die naar beneden waaide, dus hadden ze geen last van de stank van vuilnis.

Burt staarde in de verte. De wind stak op en maakte zijn lange, zilverkleurige haar in de war.

'Ik ben ziek,' zei hij, en hij verbaasde beide mannen met zijn openhartigheid, 'maar ik ben niet gek.'

Debs deed twee stappen naar achteren. Pea maakte zijn geweer los en keek over zijn schouder naar Debs. 'Weet je het zeker, *cabrón*?'

Burt knikte en staarde over het dal.

Fermin Pea haalde zijn schouders op. 'Dit is echt afschuwelijk,' zei hij, en hij tilde zijn geweer op, vlak voordat Leo Debs hem door zijn achterhoofd schoot.

Pea viel op zijn knieën en kukelde voorover, waarna hij in de greppel tuimelde.

Burt stond als versteend op zijn plek en keek naar beneden zonder zijn hoofd te bewegen. Toen er verder niks gebeurde, draaide hij zich langzaam om en keek met grote ogen naar Debs.

'Ik dacht dat je me ging afmaken,' fluisterde hij.

'Vandaag niet, broeder,' zei Debs. 'Vandaag niet.'

Debs wrikte met een schroevendraaier, die hij speciaal daarvoor had meegenomen, het deksel van een vat met ongebluste kalk.

Burt pakte de andere schep om hem te helpen.

'Hoezo, Leo?' vroeg de oudere man. 'Waarom Fermin en niet ik?'

Debs leunde op zijn schep. 'Je zei het zelf, maat. Je bent ziek. Je kunt niet verantwoordelijk worden gehouden voor de fouten die je maakt. Pea had geen excuus. Hij heeft het drie keer verkloot. We hadden allemaal wel dood kunnen gaan. We hebben erover gestemd.'

Ze stonden daar een hele tijd met zijn tweeën; Burt dacht wat hij ook maar kon denken en Debs kwam tot het besef dat Cathy Ryan gelijk had. Dit hele gedoe begon mis te lopen.

Ineens keek Burt op en begon te knikken, omdat hij blijkbaar op een grote waarheid was gestuit. 'Leo,' zei hij. 'Als er over mij wordt gestemd, wil je… Nou ja, wil jij er dan voor zorgen? Het zou heel zwaar voor Taylor zijn als die het moest doen.'

'Zeker weten,' zei Debs, en hij begon scheppen ongebluste kalk over het lichaam van zijn dode vriend in de verbrandingskuil te gooien…

70

Een uur ten oosten van Bengaluru, in India, stuurde Helen Reid, de gezagvoerder van de Hendley Associates Gulfstream 550, haar vliegtuig in noordelijke richting naar Haiderabad, een bruisende, welvarende stad met zo'n zeven miljoen inwoners, omringd door meren en glooiende groene heuvels. Reid informeerde Midas en Adara dat ze hun route aanpasten en dat directeur Foley een telefoontje van hen verwachtte.

De directeur van de Nationale Inlichtingendiensten klonk uitgeput toen ze de twee agenten op de hoogte bracht van wat ze wist.

'Malhotra staat op het punt een enorme som geld te verliezen als ons wetsvoorstel voor farmaceutische onafhankelijkheid zijn koper afschrikt,' zei Foley. 'We hebben bewijs dat hem in verband brengt met de corrupte kolonel van het Volksbevrijdingsleger in Afghanistan. In combinatie met jullie voormalige Japanse Special Forces-agent die onlangs een paar keer naar India is gereisd, is het niet zo vergezocht om te denken dat Malhotra iets te maken heeft met die ransomwareaanvallen.'

'En als hij zijn groepje huurmoordenaars heeft ingeschakeld om dat allemaal te doen,' zei Adara, 'zit hij ook achter de ontvoering van de first lady.'

'Precies,' zei Foley. 'De juridisch attaché van de FBI en het afdelingshoofd van de CIA in New Delhi zijn in staat van paraatheid gebracht, maar kennen de details niet. De juridisch attaché heeft contacten in de stad Haiderabad en bij de staatspolitie van Telangana.'

'Met alle respect, mevrouw,' zei Midas. 'Maar we hebben het hier over een miljardair.'

'Inderdaad,' zei Foley. 'Hij kan overal tentakels hebben. Daarom gaan jullie twee als eerste naar binnen om te weten waarnaar we kijken, voordat we de trekker overhalen of zoiets.'

‘Ik zeg dat we die vent overmeesteren,’ zei Adara. ‘Dan nemen we hem mee naar een afgelegen plek en schieten we stukjes van hem af, net zo lang tot hij ons vertelt waar ze de first lady vasthouden.’

‘Niets is uitgesloten,’ zei Foley. ‘Ik hoef jullie niet te vertellen dat tijd hier van essentieel belang is. Kijk wat jullie kunnen uitvissen en ga met hem aan de slag wanneer het jullie uitkomt.’

71

Cathy Ryan draaide zich om in bed en vervloekte Jack in stilte, omdat hij niet opstond om die irritante krekel dood te slaan. Ze zou het zelf wel willen doen, maar er was iets met haar arm. Dat zou een probleem worden. Ze had die arm nodig om vanochtend een *retinopexie* uit te voeren. Die verdomde krekel ging maar door... Ze deed één oog open en daar was Jack, die aan de andere kant van de kamer met Mary Pat zat te praten en haar een of ander geheim toevertrouwde...

Cathy draaide zich om, steeds kwader omdat hij haar dit aandeed, en toen werd haar pols met een ruk tegengehouden door de ketting. Slaapdronken rolde ze weer terug naar haar boeien, waardoor de spanning op haar schouder en elleboog verdween.

Op haar rug staarde ze naar het plafond. Dat was krankzinnig. Ze had nog nooit op die manier over Mary Pat gedroomd. Ze waren vriendinnen. Goede vriendinnen. Jack zou nooit... Toch? Ze was door de mangel gehaald met die man van haar: IRA-terroristen, spionnen, moordenaars, voormalig Sovjetlegerofficieren die hem belden om hem onder vier ogen te spreken in zijn werkkamer. Zijn tragische, pijlsnelle gang naar het Witte Huis. Ze hadden samen vier kinderen opgevoed.

Je kon niet zo lang getrouwd zijn als zij zonder dat je iemand door en door kende. Toch? Cathy begreep beter dan wie ook ter wereld wat de drijfveren van die man waren. Maar hij moest ook heel veel geheimen bewaren...

Voor Mary Pat was het anders. Zij zag Jack elke dag, zat bij hem met thee en toast of wat ze ook serveerden in de Navy Mess tegenover de Situation Room. Ze bespraken routinematig kleine dingetjes als het lot van de vrije wereld. Jezus, het lot van de hele wereld. Mary Pat was een spion, een geheimenbewaarder, en dat was ze al bijna haar hele leven. Ze begreep kanten van John Patrick Ryan die Cathy nooit te zien zou krijgen; de strijd tegen intriges en samenzweringen waar de pers nooit lucht van kreeg, tenzij er iets heel erg misging. Cathy wist meer dan de doorsneeburger. Ze ging per slot van rekening met die man naar bed. Maar hij hield dingen achter. Ze had natuurlijk niet de vereiste toestemming, oké, maar hij wilde haar bovenal beschermen tegen de lelijke dingen: de kant van hem die Air Force-bommenwerpers bevel gaf dood en verderf te zaaien in een land waar een heleboel slechte mensen, en ongetwijfeld ook een aantal niet zo slechte mensen, gedoemd waren om te sterven. De kant van hem die de familieleden van gesneuvelde militairen belde en luisterde als ze huilden, hem bedankten voor zijn vriendelijke woorden of hem vervloekten omdat hij hen daarnaartoe had gestuurd. Het deed er niet toe. Jack zat het allemaal uit. Mary Pat was er vaak bij, zittend op een stoel waar haar naam in gegraveerd zou moeten worden, naast de Resolute Desk. Ze bood hem morele steun op die verschrikkelijke momenten, de momenten waarvoor hij Cathy afschermde.

'Hij heeft geluk met jou, Mary Pat,' fluisterde ze. 'Hij zal je des te harder nodig hebben als ik er niet meer ben...'

Ze verschoof en draaide zich spartelend op haar zij, en toen ze haar armen en benen optrok in de foetushouding rammelden de kettingen.

Die mannen zouden haar vermoorden, en het zou niet lang meer duren. Ze had niks meer gegeten sinds de salamisandwich die een norse Griekse man haar uren geleden als lunch had gebracht. Het kale peertje aan het plafond brandde de hele dag, maar buiten werd het donker, dus het moest iets over achten zijn. De Griekse kerel had een plastic emmer bij haar bed gezet, zo dichtbij dat ze erbij kon zonder dat iemand haar pols los hoefde te maken.

Hij was een onderhoudende prater: hij gooide haar de sandwich en een flesje water toe, wees naar de emmer en zei 'Pis daar maar in', waarna hij de kamer uit beende.

Murw door het huilen begroef ze haar gezicht in het smerige matras; het kon haar niet meer schelen waardoor de vlekken veroorzaakt waren. De deur kon elk moment weer opengaan. Haar vermoorden stond op hun lijstje, maar ze wist door de blik in hun ogen zeker dat ze ook andere dingen voor haar in petto hadden voor ze de trekker zouden overhalen.

Bij het horen van een zachte fluistering verstijfde ze, nog steeds met haar gezicht omlaag op het bed.

'Hé...'

Ze rolde zich op tot een bal en kneep haar ogen stijf dicht.

'Mevrouw Cathy,' zei de stem. Het was Burt. Zijn witte onderhemd accentueerde zijn goed ontwikkelde schouders en talloze littekens. Zijn lijf was dat van een oude soldaat, maar zijn gezichtsuitdrukking was die van een onschuldig klein jochie.

Ze draaide zich om en knipperde tegen het felle licht boven haar.

Burt stond bij de rand van het bed en torende boven haar uit. 'Vertelde u de waarheid over mijn derde zenuw? Of probeerde u te ontsnappen?'

Cathy schoof naar een zittende positie en sleepte de verzwaarde emmer naar zich toe terwijl ze haar knieën optrok. Ze zorgde ervoor dat het bed niet piepte, want dan zou er misschien iemand anders binnenkomen om te checken. Burt was niet meer bij haar komen kijken sinds de gewelddadige uitbarsting van die grote Aussie, en ze wist zeker dat hij hier nu eigenlijk niet zou moeten zijn.

'Ik heb je de waarheid verteld,' zei ze. 'Je hebt echt een probleem en dat zou heel ernstig kunnen zijn. Maar ik moet toegeven dat ik hoopte dat je blij zou zijn dat ik je gewaarschuwd had en dat je me daarom geen pijn zou doen.'

'Ik doe mensen geen pijn,' zei hij. 'Vroeger wel. Ik heb heel veel mensen vermoord. En ook vrouwen pijn gedaan. Maar nu niet meer. Ze verdienden het niet...'

'Het is goed dat je ermee bent opgehouden,' zei Cathy huiverend.

'Ze hebben Pea vermoord,' flapte hij eruit. 'Die verdiende het wel.'

'Pea?'

'Ja.' Hij zuchtte. 'Ze gaan ons ook vermoorden. U en mij.' Hij staarde omlaag naar haar en bewoog zijn kaak op en neer, duidelijk ergens mee worstelend.

'Dat verdienen we niet,' zei Cathy.

'U niet,' zei Burt. Ze wilde nog iets zeggen, maar hij legde zijn vinger tegen zijn lippen. 'Ik zou willen dat u niet zoveel zou praten als ik na probeer te denken.'

Daarna draaide hij zich om, liep de kamer uit en trok de deur zachtjes achter zich dicht.

Cathy onderdrukte een snik. Ze had zich er al bij neergelegd dat ze zou sterven. Maar nu was die arme Burt met zijn traumatische hersenbeschadiging binnengekomen, en hij had een sprankje licht toegevoegd aan een donkere horizon. Hoop was verschrikkelijk, maar het was beter dan het alternatief.

Rene Tatum wilde niet elke dag een uur rijden tussen Eastland en Abilene, maar ze kon niet zomaar naar huis gaan. Ze moest hier blijven en uitvissen wie haar moeder had vermoord. Eerst had ze gedacht dat ze gewoon in de trailer zou slapen. De politie zei dat ze er klaar waren. Ze was een grote meid en wist zeker dat ze wel kon omgaan met de angst die gepaard ging met het slapen in een huis waarin haar moeder en haar broertje bruut waren doodgeschoten. Maar ze had niet op de rotzooi gerekend.

Er bleek geen plaats-delict-fee te bestaan die na een moordpartij het tapijt eruit trok, de bloedspetters van de muren schrobde of het bloed en de stukjes hersenweefsel van de tegels dweilde. De politieagenten trokken gewoon de deur achter zich dicht en vertrokken. Zij waren niet verantwoordelijk. Dus deed Rene wat ze altijd had gedaan met de rotzooi die achterbleef door haar moeders verkeerde beslissingen. Ze trok een paar keukenhandschoenen aan, vermande zich en maakte de boel zo goed mogelijk schoon.

Ze was nooit zo'n huilebalk geweest en liet haar tranen het liefst alleen aan haar hoofdkussen zien. Dus ze boende en dacht na en boende nog meer, terwijl ze alles overpeinsde wat ze zich maar kon herinneren van haar laatste gesprekken met haar moeder.

Tegen de tijd dat ze klaar was en de emmers en de vaatdoekjes naar de vuilnisbak bracht, had ze een hele waslijst opgesteld van mensen met wie ze moest praten en plekken die ze moest natrekken. Intussen had Rene net genoeg geld op haar creditcard staan om een paar nachten een motel te kunnen betalen. Het was niet te doen om op een plek te slapen waar ze stukjes van haar familie van de muur had geschrobd, nu niet en nooit niet.

Ze trok drie verschillende aanknopingspunten na, afkomstig van wat oud papierwerk van Royce dat ze in haar moeders keukenladen had gevonden. De man van de wapenwinkel deed zijn uiterste best om haar te helpen, maar het was duidelijk dat hij niks wist, behalve dan dat Royce Vetter een eikel was en zijn vrouw honds behandelde. De monteur van het garagebedrijf was al niet veel beter; hij zwoer dat hij Vetter de hersens zou hebben ingeslagen met een moersleutel als iemand anders hem niet voor was geweest. De chauffeur van de gepantserde wagen bleek zijn zwager te zijn en hij wist zeker dat Royce de informatie voor zijn verprutste overval had vergaard toen hij in de werkplaats rondhing en gratis koffie bietste.

Aan het eind van de dag vertelde eindelijk een oudere man, die amateurradio's verkocht in zijn garagebox, dat hij Royce met zijn vrienden had horen afspreken te gaan schieten bij de oude ranch van Spivey. Ze herinnerde dat haar moeder had gezegd dat Royce en zijn onnozele vrienden altijd graag oorlogsspelletjes speelden in de buurt van Buffalo Gap Road. Ze had op school gezeten met een van de dochters van Spivey, die inmiddels allang naar Dallas of Houston was vertrokken, en had wel een idee waar het was.

Het werd donker en het zou waarschijnlijk toch niks opleveren, maar ze besloot erheen te rijden en te kijken hoe het voelde op de plek waar Royce Vetter tijd had doorgebracht om zich voor te bereiden op het einde der tijden.

Ze was bijna bij de poort toen ze een oude kerel door de vijf strengen prikkeldraad van het hek zag klimmen. Hij was ouder, met vrij lang grijs haar dat door de war werd geblazen door het avondbriesje, en een onderhemd dat liet zien dat hij gewend was aan zwaar werk. Hij hield zijn hand boven zijn ogen tegen het licht van haar koplampen. Als hij een moordenaar was, zag hij er in elk geval niet zo uit. Hij had een soort wond op zijn gezicht... en een blik van pure verwarring, alsof hij niet precies wist waar hij was. Ze had die blik eerder gezien, bij stierenrijders die opstonden nadat ze in het zand waren gesmeten door een woest rund van zevenhonderd kilo. Deze kerel keek steeds maar over zijn schouder, alsof hij ergens voor wegliep. Of zich verstopte.

Tegen beter weten in reed Rene naar de kant van de weg om te kijken of hij hulp nodig had. Met haar telefoon in de hand belde ze tegelijkertijd Chilly Edwards.

Hij nam na de eerste keer overgaan op.

‘Waar ben je?’ vroeg ze.

‘Ik heb een afspraak bij de Olive Garden met mijn vader,’ zei hij. ‘Laat diner. Hoezo?’

De verdwaasde man liep naar de passagierskant en stapte in, waarbij hij op de stoel plofte alsof hij haar had verwacht. ‘Ik ben Burt,’ zei hij. ‘Ik heb misschien een aneurysma in mijn derde zenuw.’

Ze knikte glimlachend naar de man, bracht Edwards snel op de hoogte en zei dat ze zojuist een man had opgepikt die Burt heette. Hij onderbrak haar toen ze vermeldde waar Royce was gaan schieten.

‘Wacht even. Zei je Spivey?’

‘Ja,’ zei Rene. ‘Luister. Ik denk dat mijn nieuwe vriend Burt misschien van huis is afgedwaald. Ik heb besloten dat ik hier niet in mijn eentje moet gaan rondkijken. Kun je misschien mijn kant op komen? Dit begint nogal ongemakkelijk te worden.’

‘Rij terug richting de stad,’ zei Edwards. ‘Ik kom naar je toe.’

Burt klopte op het dashboard. ‘We moeten gaan. Ze hebben camera’s bij de poort.’

‘Wat zegt hij?’ vroeg Edwards. ‘Camera’s?’

‘Wacht even.’ Rene liet de telefoon op haar schoot zakken toen er uit de richting van het grote huis een witte Impala aan kwam rijden over de zandweg. Er stapte een streng uitziende man uit die het hek openmaakte. De bestuurder bleef achter het stuur zitten. Ze wierp een blik op Burt. ‘Ken je die mannen?’

Hij knikte. ‘Dat is mijn vriend Taylor.’

Ze had de motor uitgezet om brandstof te besparen, en er was geen garantie dat hij weer zou starten tot een derde of vierde poging. De Impala reed door het hek en draaide naar haar toe, de koplampen dreigend op haar voorruit gericht. Burts vriend, Taylor, was niet weer ingestapt, maar liep nu naar haar toe met zijn pistool in de hand, afgetekend in de koplampen. Hij gaf haar een knikje en waarschuwde dat hij niet zou aarzelen om haar neer te schieten als ze probeerde weg te rijden.

Rene hield de telefoon laag en uit het zicht, zodat de naderende mannen hem niet zouden zien. ‘Chilly,’ zei ze. ‘Je moet echt snel hierheen komen!’

Ze liet de lijn openstaan en klemde de telefoon tussen de stoelen in voordat Taylor bij haar raampje kwam staan. Hij gebaarde met zijn pistool dat ze uit moest stappen, stak zijn hand naar binnen en pakte de telefoon.

Hij hield hem omhoog zodat hij het schermpje kon zien. Vergrendeld. Ze vervloekte zichzelf. Blijkbaar had ze per ongeluk het gesprek beëindigd.

'Leuk geprobeerd,' zei Taylor. Zijn Australische accent zou een stuk interessanter geweest zijn als hij geen pistool op haar gezicht gericht had.

Achttien kilometer verderop gaf Chilly Andrews een flinke dot gas in zijn Ford Expedition en reed het parkeerterrein van de Olive Garden af, waarna hij door Clack Street reed tot hij de 84 op kon. Tijdens het rijden belde hij zijn SWAT-sergeant en stelde hem op de hoogte van het telefoontje van Rene Tatum en haar ritje naar de oude ranch van Spivey.

'Ja. Zo te horen had ze een oudere kerel bij zich die was weggelopen bij zijn familie. Wel heel raar. Ze vertelde me net over hem en zei ineens dat ik heel snel daarheen moest komen... En daarna viel ze weg.'

'En ze heeft je niet teruggebeld?'

'Nog niet,' zei Chilly. 'Ik rij er wel even langs om te kijken wat er aan de hand is. Ik dacht dat ik dat maar beter even aan iemand kon doorgeven.' Hij wachtte even en zei: 'Hé, weet u nog dat Vetter iets tegen zijn gijzelaar zei voordat hij doodging?'

'Ze kon het niet goed verstaan, maar dacht dat het iets van "spionnenmilitie" was.'

'Ja,' zei Chilly. 'Rene zei ook dat Royce Vetter dacht dat hij gevolgd werd door een of andere militiegroepering. En als hij nu eens "Spivey-militie" zei?'

'Ja,' zei sergeant Johnson. 'Dat bevalt me helemaal niet. Ik laat ook een eenheid uit Taylor County die kant op gaan, als back-up. Bel me terug zodra je contact hebt met Tatum.'

'Doe ik, serge,' zei Chilly. 'Ik weet dat ik dit misschien groter maak dan het is. Waarschijnlijk heeft ze gewoon geen bereik. Hier in de heuvels is het signaal nog weleens zwak.'

'Waarschijnlijk,' zei Johnson, al geloofden ze geen van beiden dat dat het geval was.

'Ik bel u,' zei Chilly, die aanstalten maakte om op te hangen.

Johnson hield hem tegen. 'Wacht even,' zei hij. 'Heb je je uitrusting bij je?'

Chilly keek over zijn schouder naar de berg SWAT-spullen. De anderen van het team namen hun tactische uitrusting en hun wapens altijd mee in hun dienstauto, maar aangezien zijn dienstvoertuig een Harley-Davidson was, bewaarde hij die van hem achter in zijn privéauto.

'Altijd,' zei hij.

72

Midas en Adara lieten alles, behalve hun rugzakken, achter in de Gulfstream en gingen met de paspoorten die op naam van hun dekmantel stonden door de Indiase douane.

Het was vroeg, nog geen zeven uur 's ochtends. Het spitsuur was in volle gang, al had Adara nog nooit meegemaakt dat het geen spitsuur leek in het Indiase verkeer. Een Uber was handiger en waarschijnlijk sneller geweest, maar Harjit Malhotra had al laten zien dat hij hackers op de loonlijst had staan. Het gebruik van een mobiele app om een ritje te regelen waarmee ze een digitaal spoor van hun reis achter zouden laten, leek geen goed idee voor hun missie. In plaats daarvan betaalden ze contant vijfhonderd roepie, zo'n zeven dollar, voor de drie kwartier durende taxirit naar de heuvels van Banjara.

Adara ging achteroverzitten. Ze wist niet precies in welke tijdzone haar lichaam zich bevond, maar ze voelde zich een stuk beter na haar lange dutje in de Gulfstream. Als je lekker languit achterin kon liggen zonder je druk te maken over een of andere vent op stoel 4C die naar je zat te lonken, kon je rustig slapen. Tegen de tijd dat de taxichauffeur in noordelijke richting de P.V. Narasimha Rao-snelweg op reed, voelde Adara zich bijna weer de oude; fysiek tenminste.

Blijkbaar zag ze er niet zo uit.

Midas liet zijn hoofd naar links vallen en staarde met opgetrokken wenkbrauwen naar haar. Hoewel hij zich er niet altijd naar gedroeg, was Bartosz 'Midas' Jankowski samen met Chavez en Clark de oudste van het team; tien jaar ouder dan Adara. Hij had al een carrière bij het leger achter de rug: Ranger, Special Forces ODA en de Unit, zoals hij de 1ste SFOD-Delta noemde, waar hij als luitenant-kolonel met pensioen was gegaan. Hij had al heel wat meegemaakt en had behoorlijk geschifte dingen gezien, wat hem naar Adara's maatstaven het recht gaf om een beetje lacherig te doen over de grillen van het leven die iemand met minder ervaring tot tranen toe bewogen. Ze vermoedde dat hij daardoor relatief normaal kon blijven. Soms leek hij zelfs nog jonger dan Jack, en dat wilde wat zeggen. Midas was recht voor zijn raap, een beetje gek en vaak grof in de mond, en Adara hield van hem als van een oudere broer.

Nu deed hij weer eens alsof hij met zijn ogen een CT-scan uitvoerde. 'Moet ik me zorgen om je maken?'

Adara lachte spottend, keek de andere kant op om aan zijn blik te ontsnappen en concentreerde zich op de zee van motoren en dure auto's op de snelweg. 'Hoe bedoel je?'

'Ik bedoel dat we op het punt staan om rond te snuffelen in de kantoren van een miljardair die heel goed de middelen én de ballen zou kunnen hebben om...' Hij keek naar de chauffeur en liet de rest in het midden.

'Ik ben gewoon moe,' zei ze. 'Hoezo? Zie ik er soms beroerd uit nadat ik iets van vijftigduizend kilometer in vijf dagen heb gereisd?'

'Helemaal niet,' zei Midas bloedserieus. 'Maar normaal gesproken zou je me nu aan het bestoken zijn met allerlei weetjes en feitjes over de couleur locale en de geschiedenis. "Haiderabad was tot enkele decennia geleden de thuisbasis van de rijkste man ter wereld. Het staat bekend als de stad van de parels en de bloemen. Zowel de *Hope Diamond* als de koh-i-noordiamant in de Britse kroon is afkomstig uit mijnen in de buurt van Haiderabad... Google en Microsoft bouwen hier enorme campussen, evenals veel farmaceutische bedrijven..."'

Ze ging iets meer rechtop zitten. 'Is dat allemaal waar?'

'Yep,' zei Midas. 'En meestal vertel je ons ook nog waar de ijssalons met de hoogste waardering te vinden zijn. Ik weet niet of we de operatie wel kunnen uitvoeren zonder die informatie.' Hij glimlachte terwijl de taxi vaart minderde. Ze openden hun portier en werden overspoeld door het getoeter en het lawaai van het ochtendverkeer, een straat bij hun doelwit vandaan. De geur van sterke tabak, afval en uitlaatgassen wervelde door de vochtige stadslucht, maar kon het aroma van gekruid vlees en gefrituurd deeg niet verdrijven. Adara slikte haar misselijkheid weg en probeerde geen acht te slaan op het gedrang van mensen op de stoep, mannen en vrouwen die praatten, theedronken en met hun telefoons in de weer waren; zoals in elke andere grote stad ter wereld.

'Hé, meid,' zei Midas nadat hij de chauffeur had betaald en naast Adara op de stoep stond. 'Ik ben niet voor niks single. Ik weet niet of ik je nu moet proberen te helpen en daarmee je grote, verschrikkelijke toorn wek, of mijn mond moet houden en je gewoon mijn schoenen moet laten onderkotsen.'

'Het gaat prima,' zei ze en ze wachtte tot de taxi in het verkeer was opgegaan, voordat ze zich in het gedrang begaf en zich richting het adres van hun doelwit liet meevoeren. 'Het gaat echt prima. Een baby, een galsteen... Hoe moet ik het weten? Ik heb ze allebei nog nooit gehad.'

Zodra hij de papieren had getekend, stond Herr Roth snel op en ging hij in de houding staan, met een kleine buiging die volgens Malhotra typisch Duits was. Geflankeerd door vier advocaten draaide hij zich snel om naar de deur, bijna zonder uit de kamerhoge ramen te kijken die de hele wand van de vergaderruimte besloegen. Tot een paar seconden daarvoor had het uitzicht vanaf de veertiende verdieping op de groene bossen van KBR Park aan Malhotra toebehoord, en het stak hem een beetje om te zien dat het verspild werd aan de nieuwe eigenaar.

Roth nam de tijd om Malhotra's hand te schudden, bedankte hem voor het 'zakendoen' en verdween door de gepolitoerde teakhouten deur alsof hij een blikje frisdrank had gekocht in plaats van een miljardenbedrijf. Miljardairs konden vreemde snuiters zijn, dacht Malhotra, die ervan genoot.

Kashvi zat nog steeds op de stoel rechts van Malhotra en fluisterde iets tegen een van de drie advocaten die bij MalhotraMed op de loonlijst stonden. Het waren alle drie jonge mannen, jaren jonger dan Roths advocaten, die grijs haar of helemaal geen haar hadden. Maar ze waren slim en toegewijd en hadden een waterdicht contract opgesteld. En als klap op de vuurpijl had Kashvi die ochtend nog met hen gewerkt om de provisie voor een afkoelingsperiode te schrappen. Als het contract eenmaal was getekend en bekrachtigd, was de zaak beklonken. *Fini.*

Roth, wispelturig als hij was, zou nu niet meer terug kunnen.

De lucht rook ineens zoeter dan nog maar enkele ogenblikken geleden.

Met een gebaar van enorme grootsheid bedankte hij de aanwezigen voor hun diensten. Kashvi verzamelde de contractpapieren in een grote leren map en hield hem tegen haar borst.

'Zal ik dit archiveren, H.M., of wilt u het aan uw beste vriend laten zien?'

De jongste advocaat, die afgestudeerd was aan de prestigieuze National Law School in Bengaluru, boog zijn hoofd en hoestte, wat verdacht veel leek op het onderdrukken van een gniffellachje.

Kashvi keek onschuldig, knipperde met haar grote bruine ogen en zei: 'Ik leg ze op uw bureau.'

'Ja,' zei Malhotra. 'Ja… Mijn bureau.'

Hij liep als een puppy achter haar aan naar zijn kantoor en probeerde nog steeds te achterhalen wat daar gaande was. De vloer leek opeens een beetje ongelijk onder zijn voeten. Er klopte iets niet. Hij schudde zijn hoofd en schreef het toe aan de enorme emoties die vrijkwamen als je met één pennenstreek meer dan tien miljard dollar rijker werd.

73

Chilly probeerde Rene Tatums telefoon twee keer en kreeg alleen de voicemail.

Rechercheur Ian Lewis van de politie van Abilene had de gijzelaar van Royce Vetter ondervraagd. Hij zat op de politieacademie één klas hoger dan Chilly, dus ze waren zo'n beetje samen opgeklommen.

Chilly belde hem op weg naar Buffalo Gap om te weten te komen of de vrouw nog een betere verklaring had afgelegd.

'Ja,' zei Lewis, die zijn woorden afwoog. 'Maar ik kan je niks vertellen. Ze is getuige in het onderzoek naar jou als betrokken agent. En trouwens, ben jij niet met verlof?'

'Moss zei dat ik kon gaan,' zei Chilly. 'De camera's in het winkelcentrum hebben alles vastgelegd.'

'Inderdaad,' beaamde Lewis.

'Hoor eens,' zei Chilly, 'ik vraag niks over de schietpartij. Ik moet alleen weten wat Vetter voor die tijd uitkraamde.'

'Je weet wel,' zei Lewis. 'Zijn eeuwige apocalyptische onzin over het einde der tijden. En iets over militie, iets met een 's'. De getuige kon het niet goed verstaan.'

'Spivey-militie,' zei Chilly, half bij zichzelf.

'Ja,' zei Lewis. 'Dat zou kunnen.'

'Ik moet de centrale bellen en vragen of die met spoed de locatie van een telefoon kunnen achterhalen.'

'Ik ben nu op het bureau,' zei Lewis. 'Het is beter als ik het vraag, want zo te horen maakt het deel uit van een moordonderzoek. Ik bel je zo terug.'

Chilly reed net langs de Walgreens op Buffalo Gap Road toen zijn telefoon ging.

'Geen geluk met de telefoon,' zei Lewis. 'Geen enkel signaal van een zendmast.'

Chilly minderde vaart toen hij een paar honderd meter van het oude huis van Spivey was. Het was donker, maar hij verwachtte Rene's truck aan de kant van de weg te zien staan. De man die ze had opgepikt – Burt heette hij, toch? – had iets over camera's bij het hek gezegd, dus Chilly besloot een verkenningsrondje te doen om dat te checken. En jawel hoor, hij zag er twee vanuit zijn ooghoeken toen hij langsreed. Hij ving een glimp van bandensporen op in zijn koplampen, maar hij reed veel te snel om daar de details van te kunnen zien.

Het kostte hem tien minuten om het hele rondje te maken, en hij reed bijna een kilometer verder, sloeg een paar keer links af en kwam uiteindelijk weer uit op de plek waar hij oorspronkelijk het huis van Spivey was genaderd, zonder dat hij weer langs de camera's kwam.

Deze keer had hij zijn lichten een paar honderd meter van tevoren gedoofd. Hij zette de auto aan de kant van de weg, een heel eind voor het toegangshek en uit het zicht van de camera's, en stapte uit om te voet rond te kijken. Het was al lang aan het schemeren; het tijdstip waarop hij als kind altijd binnen moest komen van zijn ouders. Dan leek het nog best licht, maar als hij thuiskwam en uit het raam keek, was het donker.

In het zuiden kwamen er lichten aan en een snel telefoontje bevestigde dat het de deputy van het sheriffkantoor van Taylor County was. Chilly gaf hem een snelle update van de situatie, stelde hem op de hoogte van de camera's en vroeg of de deputy een paar honderd meter verderop wilde wachten tot hij een kijkje had genomen.

Hij deed een borstharnas met een stel keramische beschermingsplaten om en pakte de M4-karabijn uit de houder op de achterbank. Deze situatie werd met de minuut gekker. Met pistolen vocht je terug tegen een geweer, en dat scenario wilde hij liever vermijden.

Hij hing het geweer om zijn schouder, schermde met zijn hand de gloed van zijn kleine Streamlight af om hopelijk op die manier weerkaatsing in de camera's te voorkomen en scheen ermee over de vertrapte kalkstenen weg. Toen hij haar voor het eerst zag, had hij gezien dat Rene Tatum in een dubbele pick-up het parkeerterrein van Rockin Rollerz was op gereden. Zoals hij al had verwacht, liepen er sporen van een stel dubbele wielen van de weg af naar het grind, waarna ze naar het hek van Spivey liepen, dat was afgesloten met een hangslot.

Hij wilde net een stap zetten toen zijn zaklamp over een stel voetafdrukken in het zand gleed, op de plek waar hij zich voorstelde dat Rene's portier zou hebben gezeten, als hij zo naar de bandensporen keek. En daar zag hij hem, de onmiskenbare schoenafdruk die hij in het bloed had gezien, zowel op de plek waar de Vetters vermoord waren als op het parkeerterrein van het winkelcentrum naast het lijk van Zip. Chilly maakte snel een foto van de afdruk, terwijl hij behoedzaam het hek in de gaten hield, en rende terug naar zijn SUV.

Hij maakte de achterklep open en toetste de code in op de afgesloten kist waarin hij zijn geweer en richtkijkers bewaarde. Het Accuracy International .308-geweer, de Suppressed Armament Systems Arbiter-geluiddemper en zijn Nightforce-kijker waren bij elkaar bijna acht ruggen waard; niet echt iets wat je op de achterbank liet liggen. Chilly was het gewend om snel te moeten schakelen en bewaarde al zijn sluipschuttersspullen in een tas, en tijdens de wintermaanden in twee tassen. Hij had die avond met zijn vader afgesproken voor een laat etentje toen Rene had gebeld, en hij was gekleed in een Wranglerbroek en een westernoverhemd. Dat was geen probleem, maar zijn Tony Lama-laarzen waren niet ideaal om met een geweer en bepakking door de bosjes te struinen. Hij schopte ze snel uit, en omdat hij niet op blote voeten gezien wilde worden als iemand over de weg zou komen aanrijden, stapte hij snel in een paar Salomon GTX-hardloopschoenen met elastische veters. Makkelijker aan te trekken dan laarzen.

Hij deed zijn oortjes in, belde sergeant Johnson en checkte intussen snel zijn uitrusting.

Radio, EHBO-tasje, geweer en richtkijker (in een foedraal), borstharnas, drie tienschotsmagazijnen voor de .308 (een ervan subsonisch), vier zeventienschotsmagazijnen voor zijn Glock, Broco 'Jimmy'-minibreekijzer, plastic kabelbinders, twee zaklampen, nachtkijker, Leatherman, water en een paar chocoladerepen. Dat klonk als heel veel, maar het grootste gedeelte van zijn uitrusting zat onder zijn riem of zijn borstharnas, vrij plat, zodat hij vanuit een liggende positie te werk kon gaan. In zijn zak had hij een Zero Tolerance-zakmes. Hij weerstond de neiging om flitsgranaten en andere leuke hebbedingetjes mee te nemen. Hij wilde niet te zwaar bepakt zijn, maar ook niet in het struikgewas worden overvallen zonder de benodigde uitrusting. Hij trok niet een heel camouflagepak aan, maar pakte alleen een camouflagenet en een kleinere, losse camouflagecapuchon; eigenlijk een camouflagejasje waarop hij zelf ongelijke repen jute had genaaid. Voordat hij de achterklep dichtdeed, haalde hij nog één laatste item uit zijn tas en stopte het in het enige lege zakje van zijn vest.

Sergeant Johnson nam bij de vierde keer overgaan op.

'Zeg het maar.'

Chilly bracht hem snel op de hoogte van de locatie, de bandensporen, de camera's bij het toegangshek en de schoenafdruk. 'Luitenant Moss zou die andere twee door SoleMate halen,' zei Chilly. 'Daarna raakte ik in andere dingen verzeild en ik heb nooit gehoord of er iets uit is gekomen.'

'Ze hadden een treffer,' zei Johnson. 'De afdruk was van een Altberg Aqua. Een Brits merk.'

'Engeland?'

'Yep,' antwoordde Johnson. 'Ik heb het team opgetrommeld. Over twintig minuten zijn we onderweg naar jouw locatie. Barth en Fujimoto rijden met de BearCat daarheen.'

'Begrepen,' zei Chilly, die de sergeant nogmaals herinnerde aan de camera's bij de toegangspoort. 'Ik zou ze een meter of honderd uit de buurt laten blijven. Je kunt het ranchhuis niet zien vanaf de weg, maar misschien kunnen zij wel lichten zien.'

'Is die deputy van de sheriff nog komen opdagen?'

'Hij staat een paar honderd meter naar het zuiden,' zei Chilly. 'Als u het goedvindt, probeer ik nu dichter bij het huis te komen om de boel eens goed te bekijken.' Voordat de sergeant antwoord kon geven, pleitte Chilly: 'Rene Tatum is daar, baas. Haar telefoon is uitgevallen, en de kerel die haar truck heeft verplaatst was op de plek van een dubbele moord, om nog maar te zwijgen over de schietpartij in het winkelcentrum. Als dit geen gijzelingssituatie is...'

'Ik snap het,' zei Johnson. 'Maar wees voorzichtig. Normaal gesproken gaan we bij het redden van een gijzelaar met veel machtsvertoon te werk. Maar we behandelen dit als een zeer risicovolle operatie. Met andere woorden: rustig aan. Ze weten nog niet dat we er zijn. Dus zorg ervoor dat je er dichtbij komt, maar niet te dichtbij. Overspeel onze hand niet voordat de rest er is.'

'Begrepen,' zei Chilly. 'Ik meld me zodra ik me in een goede positie bevind.'

'Oké,' zei Johnson waarschuwend, 'maar vergeet niet waar je die Altberg-afdrukken hebt gevonden. Die kerel lijkt me een prof.'

Chilly klom door het prikkeldraad van de omheining, hing zijn geweer en zijn foedraal over zijn schouder en rende naar het oude huis van Spivey. In eerste instantie liep hij snel en gebruikte hij zijn nachtkijker om zich een weg te banen tussen de vijgencactussen en de doornachtige mesquitebomen. Hij kon nu nog snel over de half beschutte heuvels rennen, maar als dit het soort mensen waren die hij dacht dat ze waren, zouden ze niet alleen camera's aan het hek hebben.

74

Kashvi legde de map op Malhotra's bureau en deed een stap naar achteren, terwijl ze met haar ogen knipperde. 'We hebben nog niet besproken wat u nu gaat doen.'

'Daar heb ik nog niet echt over nagedacht.' Malhotra bladerde door de papieren en keek vergenoegd naar de handtekening van Herr Roth; de handtekening die hem een extreem rijk man had gemaakt. 'Wat ik maar wil, denk ik.'

'Ah,' zei ze. 'Dat moet veel voldoening geven.'

Hij wist niet of ze nou onder de indruk was van zijn nieuwe rijkdom of dat ze de draak met hem stak.

'Vertel eens, meneer,' zei ze, en eindelijk toonde ze een beetje eerbied. 'Nu die afkoelingsperiode uit het contract is geschrapt...'

Malhotra schoot overeind en ging abrupt weer zitten, waarna hij zijn stoel dichterbij trok om zo goed mogelijk naar het contract te kunnen kijken. 'Lees ik dit nu verkeerd? Hier staat één komma één miljard...' Hij bladerde door de documenten. 'De betalingen mogen niet in termijnen worden gedaan...'

Ze zette een stap dichterbij, legde één hand op het bureau en de andere op zijn schouder, en duwde haar dijbeen tegen hem aan.

Ze bestudeerde het contract en tikte met een perfect gemanicuurde nagel op de regel waar de aankoopprijs van MalhotraMed stond. 'De cijfers kloppen.'

'Maar dit is een fractie... Slechts een tiende van het afgesproken bedrag!' De schrik sloeg Malhotra om het hart en vulde zijn hele lijf, zodat hij amper kon ademhalen. Hij bladerde snel door de pagina's, op zoek naar een verklaring voor deze klucht. Zijn stem sloeg over als een te strak gespannen gitaarsnaar. 'Dit kan niet waar zijn! Deze papieren zijn door tientallen handen gegaan. Alles is grondig nagekeken. Ik heb het papierwerk zelf gecontroleerd...'

'Ik ook,' zei Kashvi.

Hij keek op en zag dat ze glimlachend op hem neerkeek. Zich verkneukelde.

Hij hapte naar adem. 'Jij! Jij hebt die wijzigingen aangebracht. Maar dit is onmogelijk.' Hij sloeg met zijn vuist op tafel. 'Dit houdt geen stand! Jij... Jij werkt voor Roth. Dat is walgelijk. Hij kon je vader zijn... je opa. Mijn advocaten regelen dit wel. Ik maak me geen zorgen...'

'O, H.M. toch,' zei ze met een zucht. 'Jij arme, blinde, domme man. Ik weet zeker dat je vriend de tijger dit aan zag komen. Eerlijk gezegd verbaast het me dat hij je niet heeft gewaarschuwd voor al dit verraad en die messteken in je rug. Weet je, je advocaten zijn in werkelijkheid de advocaten van Herr Roth. Zij en ik zullen bij het bedrijf blijven als jij en dat opgezette beest van je allang weg zijn.'

Hij sloeg op het contract. 'Er is geen rechtbank die...'

Er drukte iets hards op zijn ribben en hij keek omlaag, waar hij het howdah-pistool in Kashvi's hand zag. De haan was gespannen, haar gemanicuurde vinger kromde zich om de trekker. Haar lichaam, dat nog maar zo kortgeleden soepel en teder was geweest, was nu zo koud en hard als steen.

'Er is geen rechtbank die er ooit iets over te weten komt,' zei ze. Ze boog zich dicht naar hem toe, haar adem heet tegen zijn huid terwijl ze in zijn oor fluisterde. Het howdah-pistool leek zijn ribben te breken toen ze het met brute kracht tegen hem aan drukte. 'En die privésoldaten van je... Dat zijn de privésoldaten van Herr Roth. Hij bedankt je voor het betalen van de rekening voor hun diensten...'

Met zijn ogen strak op die van Kashvi gericht zochten Malhotra's vingers naar de katardolk op zijn bureau, vonden hem en krulden zich om het gevest.

Er klonk een pinggeluid toen de liftdeuren opengingen op de veertiende verdieping. Midas en Adara stapten een verlaten receptieruimte binnen. Op het bordje bij de balie stond MALHOTRAMED PHARMACEUTICALS. Ze waren op het juiste adres.

Volkomen zakelijk concentreerde Adara zich nu op de missie en niet op al haar kwaaltjes. Het sprak in Midas' voordeel dat hij er niet meer over begonnen was.

‘Denk je dat ze gesloten zijn?’ fluisterde Midas.

‘Ik ruik parfum,’ zei Adara. ‘En aftershave. Er is hier vanochtend iemand geweest.’

‘Een van je vele superkrachten,’ zei Midas. ‘Laten we gaan kij...’

Er klonk een oorverdovende klap verderop in de gang, gevolgd door boos geschreeuw en een korte gil.

Verstijfd keken Adara en Midas naar de gang en daarna naar elkaar.

Nog een gil. Deze keer van een man. Misschien. Gillen konden niet goed worden toegeschreven aan een bepaald geslacht.

Ongewapend renden de agenten snel maar voorzichtig op het kabaal af en hoorden nog meer gefrustreerd geschreeuw toen ze de houten deur bereikten. Die was hoog en rijkelijk versierd en leidde naar een hoekkantoor, dat zonder enige twijfel toebehoorde aan de eigenaar van het bedrijf. Het bureau van de secretaresse dat in de ruimte ervoor stond was leeg, afgezien van een kleine sporttas op de zitting van de draaistoel. Midas vond een metalen beeldje van een dansende vrouw en pakte het om het te kunnen gebruiken als provisorisch wapen.

Adara legde haar hand op de deurklink, klaar om hem open te trekken.

Binnen vloekte een vrouw, duidelijk in nood.

Midas knikte grimmig en ze stormden naar binnen.

Adara had lang geleden geleerd dat ze nooit met vooropgezette ideeën een onbekende kamer binnen moest gaan. Maar ze was oprecht verbaasd door wat ze hier zag.

Een Indiase vrouw worstelde met een gewonde Harjit Malhotra tegen een enorme, levensechte tijger die vlak achter de deur stond. Het kostte haar een fractie van een seconde om te beseffen dat ze vochten om iets wat Adara eerst aanzag voor een afgezaagd jachtgeweer, maar dat nu een grootkaliberpistool bleek te zijn. Geschrokken door de komst van de twee nieuwelingen rukte de Indiase vrouw zich los, waardoor Malhotra kans zag om het wapen te pakken te krijgen terwijl zij naar de openstaande deur spurtte.

‘Ik pak het wel,’ zei Midas, die een uitval deed naar het pistool.

Adara greep een handvol haar toen de vrouw langs haar heen rende en trok haar opzij. De vrouw struikelde vloekend en zwaaide woest met haar armen terwijl ze haar evenwicht probeerde te hervinden. Er zoefde een breed lemmet langs Adara’s gezicht.

Shit! Een pistool en een mes...

De vrouw haalde weer uit, zwaaiend met de dolk. Adara deed een stap opzij en draaide om haar as, waarbij ze op een haar na een jaap in haar onderarm vermeed, die al in het verband zat door haar aanvaring in Japan.

De vrouw stormde weer zwiepend en vloekend op haar af. Adara pakte het eerste het beste wat ze tegenkwam, een boek dat opengeslagen op een standaard bij de deur stond. Het was zo groot als een oude encyclopedie en had een stug leren omslag. Ze sloeg het boek dicht, greep het met beide handen vast, ontweek het lemmet en beukte de vrouw in het voorbijgaan tegen de zijkant van haar hoofd. Het was maar een schampslag. Adara wist dat ze er geen einde aan dit gevecht mee zou maken, maar ze maakte wel gebruik van de fractie van een seconde die ze ermee won en sprong naar voren. Ze drukte het omslag van het dikke boek tegen de punt van het lemmet en dreef de vrouw naar achteren, recht op Midas af, die op haar achterhoofd sloeg met de zware loop van het pistool.

Het mes viel op de grond. De vrouw wankelde, klampte zich aan de opgezette tijger vast in een vergeefse poging om overeind te blijven en viel als een zielig hoopje ineen op het tapijt.

Adara schopte de dolk weg en duwde de vrouw met haar gezicht omlaag op het tapijt. Ze had geen zin in nog meer pistolen of messen die uit het niets opdoken. De vrouw greep kreunend naar haar achterhoofd.

Adara wierp een blik op Midas, die nog steeds het pistool vasthield dat nu op de vrouw gericht was.

'Ik praat wel met haar als jij even naar deze vent wil kijken,' zei hij. 'Grootkaliberpistoolschot in zijn ribben.'

Er was geen twijfel over mogelijk dat dit Harjit Malhotra was. Ze herkende hem zo van de internetfoto's die ze had bestudeerd nadat Foley hen op de hoogte had gesteld van de telefoontjes van de Chinese kolonel. Zoals altijd had ze iemand verwacht die groter was, indrukwekkender, een man van de wereld. Maar de man die hier voor haar lag was klein en onbeduidend... En hij was aan het doodbloeden. Zijn hoofd viel opzij. Er hing een bloedgordijn voor zijn tanden. Zijn woorden ontsnapten hortend en stotend. 'Ziekenhuis... dokter nodig...'

Adara tilde de zoom van zijn overhemd op en beoordeelde de schade. Zijn ingangswond was zeker twee centimeter breed en de huid eromheen was getatoeëerd met het niet-verbrande kruit van een contactschot. Er stroomden zwart bloed en weefselklonters uit een rafelig gat dat zo groot was dat ze de afgrijselijke inwendige schade duidelijk kon zien. De grootkaliberkogel had de onderkant van een long afgescheurd en had zich in een hoek omlaaggeboord om zijn ingewanden te vermalen tot een hamburger. Gassen onder druk, die geïnjecteerd waren door het schot met de loop stevig tegen zijn huid gedrukt, hadden de organen een heel eind buiten de kogelbaan uit elkaar getrokken en doorboord.

Ze kon niet veel voor hem doen, niemand kon veel voor hem doen, maar dat zei ze niet. In plaats daarvan trok ze een pak stollingsmiddel uit haar tas en propte het voorzichtig maar stevig in de wond.

Hij keek haar aan met een van pijn vertrokken gezicht. 'Bent u... arts?'

'Hospik,' zei ze. 'We bellen een ambulance voor u, maar u moet ons helpen.'

'Ik heb een dokter nodig...'

Ze waagde een gok en kwam ter zake.

'De first lady. Waar is ze?'

'Ik... Wie bent u?'

Adara sprak langzaam maar vastberaden, met haar gezicht slechts een paar centimeter van dat van de man. 'Waar is Cathy Ryan?'

Malhotra's ogen trilden. Hij likte langs zijn lippen, waardoor hij ze met bloed besmeurde. 'Ze hebben... alles afgepakt...'

'Ik ga u helpen,' zei Adara. 'Maar u moet me vertellen waar de first lady is.'

'Dat weet ik niet,' zei hij. 'En dat is de waarheid.' Hij worstelde om meer rechtop te gaan zitten en stak trillend zijn hand uit naar de vrouw. 'Zij... Zij weet het.'

Midas legde zijn hand op Adara's schouder en boog zich naar haar toe om in haar oor te fluisteren dat de ambulance onderweg was. Het laatste wat ze wilden was dat deze twee zouden sterven met stukjes bewijsmateriaal in hun hoofd.

'Wie heeft haar ontvoerd?' vroeg Adara, die van de tijd gebruikmaakte tot de ambulancemedewerkers zouden komen.

'Gil...' zei hij. 'Señor Gil... De Camarilla...' Hij lachte en kromp ineen door de inspanning. 'Reinhardt Roth... zit hierachter... heeft de vrouw van jullie president ontvoerd...'

Adara stopte meer gaasjes in de wond en drukte hard op een verbrijzelde rib om Malhotra bij de les te houden.

'Waar is ze?'

'Weet... Weet ik niet,' zei hij met opeengeklemde kiezen. 'Dat is de waarheid... Niet ver.'

'Niet ver waarvandaan?'

'Alstublieft...' fluisterde hij. 'Ik heb een dokter nodig...'

'Ik kan niks voor u doen zolang u niet eerlijk tegen me bent.'

Zijn lijf schokte en daarna bleef hij stilliggen. Ze legde een hand in zijn hals. Geen hartslag.

'Kom, we gaan!' zei Midas dringend. Adara draaide zich om en zag nog net dat hij overeind kwam van de plek waar hij was neergeknield naast de vrouw, wier polsen nu achter haar rug waren gebonden met een stuk elektriciteitssnoer.

'We kunnen niet weg voordat...'

'Ik heb iets,' zei Midas, en hij gebaarde naar de deur. Hij boog zich naar Adara toe en fluisterde: 'Ze weet niet veel, maar ik denk dat ze me alles heeft verteld wat ze wel weet. De FBI-attaché zal nog wel een babbeltje met haar maken, maar we moeten hier nu weg voordat de politie ons straks vasthoudt. Pak jij zijn laptop en zijn telefoon. Ik pak die van haar.'

'Nou?' vroeg Adara terwijl ze naar het trappenhuis renden. De ambulancemedewerkers zouden de lift nemen. Het eerste wat ze hadden gedaan toen ze het gebouw binnenkwamen, was kijken waar het trappenhuis uitkwam in de receptieruimte.

'De *gap*,' zei Midas, die de treden afrende. Ze waren halverwege de eerste trap toen de deur boven dichtklapte. 'Blijkbaar heeft de Camarilla een bezoek gebracht aan Malhotra met hun baas.'

'Gil,' zei Adara. Het geluid van hun stampende schoenen op het beton echode door het trappenhuis.

'Yep,' zei Midas. 'Ze hoorde een van de mannen, van wie ze denkt dat die dokter Ryan ontvoerd heeft, iets zeggen over een plek die hij de 'gap' noemde, of zoiets.'

'En dat is het enige wat ze tegen je gezegd heeft?'

‘Ik dreigde dat je haar dood zou schieten.’

‘Je meent het.’

Midas keek haar zijdelings aan terwijl hij een bocht maakte om aan de volgende trap te beginnen. ‘Yep. Kennelijk heb je een bepaalde uitstraling.’

‘De gap…’ herhaalde Adara. ‘Dat is niet veel.’

‘Beter dan niks,’ merkte Midas op.

‘We zullen zien,’ zei Adara.

‘Hadden we maar met die opgezette tijger kunnen praten,’ zei Midas. ‘Ik durf te wedden dat die vlooienbaal heel wat te vertellen heeft…’

75

'Je wachtwoord!' blafte Debs, die zo ver vooroverboog dat hij neus aan neus zat met het blonde meisje dat ze hadden zien rondsnuffelen bij het toegangshek. Ze had een oudere telefoon zonder gezichtsherkenning. Hij had wel een biometrisch wachtwoord met een vingerafdruk, maar de handen van het meisje waren zo ruw van het werken in de buitenlucht dat dat niet werkte. Hij moest echt een cijfercode hebben om erin te komen.

Ze hadden haar polsen met ducttape vastgemaakt en haar aan een van de hoge rugleuningen van de keukenstoelen vastgebonden, waarna ze haar midden in de kamer hadden gezet. Rook had haar uitgekleed tot op haar beha en slipje, zogenaamd om haar op wapens te controleren. Debs wist dat die vent gewoon een geile bok was, maar kleding wegnemen was Ondervraging 101. Daardoor voelde ze zich kwetsbaar en werd ze nerveus, en dat was precies wat ze op dit moment nodig hadden. Nu ze omringd werd door keiharde mannen die onder de littekens zaten en al in geen maanden alleen waren geweest met een vrouw, trilde haar kin als drilpudding tijdens een aardbeving. Ze was doodsbang, maar ze was ook stoer, en dat zou een probleem worden – voor haar.

'Het wachtwoord,' zei hij nogmaals.

'Ik weet het niet meer,' zei ze, en ze klemde haar lippen op elkaar om op te houden met klappertanden. Het hielp niet.

Craig Taylor liep naar haar toe en sloeg haar hard op de zijkant van haar hoofd, waardoor de stoel omviel. Op haar zij, niet in staat om zelf overeind te komen, spuwde ze bloed en keek hem aan terwijl ze met haar ogen knipperde. De klap had haar hooguit vastberadener gemaakt.

Debs en Soulis zetten de stoel weer overeind. Daarbij snuffelde de Griek openlijk aan haar haar, waarna hij zijn hoofd achterovergooide en naar het plafond huilde. Er liep een rilling over Debs rug, en dan was hij niet eens degene die halfnaakt op een stoel was vastgebonden.

Hij kreunde. 'Ik kan jou niet helpen als je mij niet helpt.'

Burt zakte onderuit aan tafel, met zijn hoofd omlaag als een jongetje dat een standje had gekregen. Hij keek op, nog steeds met zijn armen over elkaar. 'Ik vind niet dat je haar had moeten slaan, Craig. Zij kan er niks aan doen.'

Taylor liep paarsrood aan, de pezen in zijn nek puilden uit en zijn aderen klopten alsof ze elk moment spontaan uit elkaar konden knallen.

'Uit mijn ogen, jij, maat!' zei hij. 'Wegwezen. Ga naar je kamer. Nu. Ik kom met je praten als we hier klaar zijn.'

Burt keek Debs aan, die hem toeknikte. De oudere man stond op en schuifelde naar zijn slaapkamer, waarbij de andere mannen hem in het voorbijgaan afkeurend aankeken, alsof ze van hem walgden. Er moest iets aan hem gedaan worden. Snel. Bij die gedachte schoot er een golf van withete woede door Debs' lijf. Hij greep de hand van de blonde vrouw vast en probeerde haar pink van de stoelleuning te wrikken.

'Nee!' riep ze met opeengeklemde kiezen. Het was meer een grom dan een schreeuw. Taylor pakte een handvol haar, rukte haar hoofd naar achteren en leidde haar aandacht heel even van haar hand af, waardoor Debs de kans kreeg om haar pink naar achteren te buigen tot hij knapte, of eigenlijk uit de kom schoot. Nu kwam er wel een schreeuw.

'Vuile k...k...klootzak!' zei ze hijgend, hyperventilerend, en ze blies bellen van speeksel in een poging om de pijn aan te kunnen. Ze keek met grote ogen naar haar pink, die nu haaks op de rug van haar hand stond.

'Het wachtwoord van je telefoon,' zei Debs weer.

Haar stem klonk als het geluid van een gewond dier dat in de hoek was gedreven en gevaarlijk was. Haar blauwe ogen troffen hem als ijspriemen. 'Ik... Ik zei toch dat ik dat niet meer weet.'

Debs zuchtte. Dit zou langer gaan duren dan hij gedacht had, en hij had nou niet bepaald ontzettend veel tijd. 'Burt zei dat je iemand had gebeld. Wie was dat?'

‘Mijn vriendje!’ Ze boog zich iets naar haar rechtopstaande pink toe, als een vogel die haar gewonde vleugel beschermde, en rekte haar nek om naar hem te kijken. ‘Waarom doe je dit? Ik heb je nooit iets aangedaan.’

Debs hurkte bij haar neer, zodat hij haar gezicht kon bestuderen. ‘Ik heb jou al eens eerder gezien, hè?’

Ze schudde verwoed haar hoofd. ‘Ik zou me die lelijke kop van jou wel herinneren.’

‘Nee,’ zei hij. ‘Ik heb je echt wel eens ergens gezien...’ Er kwam een vage herinnering bovendrijven. ‘Wacht even... Hoe heet je?’

‘Rene,’ zei ze. ‘Rene Tatum.’

Er kroop een glimlach over Leo Debs’ gezicht toen hij zich realiseerde waar hij haar gezien had, maar die verdween weer net zo snel toen de consequenties daarvan tot hem doordrongen. ‘Heette je moeder Margaret Vetter?’

Het meisje barstte onbeheerst in huilen uit, rukte aan haar vastgebonden polsen en rukte zo hard aan haar boeien dat ze haar eigen stoel omvergooide. Debs haalde diep adem en bedacht wat hij nu moest doen. Het meisje wist wie hij was. Op de een of andere manier had ze uitgevogeld dat hij haar moeder had vermoord, wat betekende dat degene die ze gebeld had ongetwijfeld de politie was geweest.

‘Heren,’ zei hij, en hij moest moeite doen om zijn zelfbeheersing te bewaren. ‘Het zit erop.’

Hij hoefde verder niks uit te leggen. Iedereen in de kamer wist het. Ze moesten beide vrouwen vermoorden en maken dat ze hier wegkwamen. Onmiddellijk.

76

Analisten van de FBI en de U.S. Secret Service Protective Intelligence gaven de teams van de multilaterale taskforce in de uren vlak na de ontvoering van Cathy Ryan duizenden aanknopingspunten. Daarvan waren er ruim negenduizend afkomstig van social media, persbureaus en telefooncentrales. Sommige meldingen kwamen van goedbedoelende burgers die 'iets' hadden gezien en zich genoodzaakt voelden om 'iets' te zeggen. Maar de overgrote meerderheid kwam van mafkezen. De FBI vermoedde dat er ook een aantal van buitenlandse actoren waren, die het rookgordijn waarmee de politie al te maken had alleen nog maar groter maakten. Geavanceerde computerprogramma's doorzochten jaren van Secret Service-onderzoeken naar dreigingen en zochten namen, gezichten, locaties en redenen voor ongenoegen die maar enigszins in verband konden worden gebracht met onlangs gemelde tips of met het gebied rondom San Antonio. Honderden manifesten die naar politici waren gestuurd of bij rechtbanken in het hele land waren ingediend werden gescand op sleutelwoorden. Sommige waren getypt, maar een overweldigend aantal was met de hand geschreven in pietepeuterige blokletters die zo klein waren dat je een vergrootglas nodig had om ze te lezen. Ze waren allemaal al eerder onderzocht, maar dat was voordat iemand echt de daad bij het woord had gevoegd.

Eén agent vergeleek het onderzoek met het lezen van socialmedia-commentaren onder een politiek of religieus nieuwsartikel. De gekkies golfden naar buiten alsof er een riool overstroomde.

Vanwege de hoogstaande technische aard van de kidnapping kreeg iedereen die in beeld kwam en een achtergrond bij het leger of de politie had een signalering. Inlichtingendiensten kamden oude dossiers uit en ondervroegen informanten, op zoek naar enig verband met buitenlandse actoren, statelijk of anderszins. Maar iedere ervaren agent wist dat degenen die nooit iets zeiden het verontrustendst waren.

Mary Pat Foley had dokter Marci Troxell, Cathy Ryans vaste arts in het Witte Huis, naar Dom, Chavez en Callahan verwezen, die achter een rij beveiligde computers aan de rand van de commandopost in het congrescentrum van San Antonio zaten.

Haar muisbruine haar zat in de war, haar ogen stonden verwilderd, en ze zag eruit alsof ze zou omvallen als ze niet heel snel ging zitten. Ze stonden allemaal op en boden haar een stoel aan. Ze was de laatste van de entourage van de first lady die haar had gezien. Haar gericht zag er zonverbrand uit, waarschijnlijk verbrand door de explosie, en ze had nog steeds hetzelfde grijze pak aan. De knieën waren kapot, het was besmeurd met bloed, en de schouder van haar jasje was afgescheurd. Het meest veelzeggend van alles waren de manchetten van de lange mouwen van haar witte blouse, die allebei tot aan de polsen doordrenkt waren van het bloed van de vele mensen die ze had verzorgd toen ze de first lady nergens kon vinden.

Troxell had weinig nieuwe informatie te bieden, maar bevestigde wel dat Cathy Ryan rechtop stond en zelfstandig kon lopen toen de onbekende man haar had vastgegrepen en in het water had geduwd. Ze was amper honderd meter verderop geweest toen de grootste klap kwam en iedereen binnen een straal van twintig meter op de River Walk werd omvergeblazen. Troxell was op de grond beland door de explosie, maar was overeind gekrabbeld en had nog net gezien dat dezelfde man die de first lady in het water had geduwd haar mee de trap op nam naar straatniveau.

'Ze had een pruik op,' zei Troxell. 'Maar ik ken dokter Ryan. Ik herken haar manier van lopen...' Ze schudde haar hoofd en haar ogen stonden wazig, met haar blik op oneindig.

Dings telefoon zoemde. Het waren Midas en Adara. Hij zette ze op de speaker.

'... we dragen hun computers en telefoons over aan de contactpersoon van de CIA hier,' zei Midas. 'Hopelijk kunnen zij er wat informatie uit halen waarmee we aan de slag kunnen. Hé, zegt het woord "gap" jullie iets? Malhotra's secretaresse hoorde dat een van die gasten van de Camarilla zeggen in verband met de plek waar ze zich zouden schuilhouden.'

'Gap...' Caruso keek naar Callahan. 'Jij woont in Texas,' zei hij. 'Komt dat je bekend voor?'

'De Gap,' herhaalde ze. 'De winkel, misschien?'

'Dat lijkt me niet,' zei Midas. 'Het zou kunnen, dat wel, maar het zou waardeloos zijn. Daar zijn er waarschijnlijk wel honderden van.'

'Weet je,' zei Callahan nadenkend, met toegeknepen ogen. 'Er zijn in Texas heel veel plaatsnamen met "gap" erin. Zo'n beetje elk dal tussen de heuvels waar de eerste kolonisten een wagen doorheen konden krijgen, werd door hen een "gap" genoemd. Indian Gap, Buffalo Gap, Cranfills Gap...'

Dokter Troxells hoofd schoot omhoog. 'Ik heb iets over Buffalo Gap gelezen op de vlucht hierheen...' Ze wreef met beide handen over haar gezicht en klopte op haar jaszakken. 'Ik kan me niet herinneren wat het ook alweer was en ik heb mijn telefoon niet meer.'

Caruso was al 'Buffalo Gap' aan het intypen op het Panasonic Toughbook op de klaptafel voor hem. Hij scande het artikel en las hardop: 'Een plattelandsgemeenschap ten zuiden van Abilene gevestigd in...'

'Dat is het!' zei dokter Troxell. 'Abilene. Daar hebben ze net een grote schietpartij in een winkelcentrum gehad. Iets van vijf doden, plus de schutters. Het stond in de omgevingsinfo van de Secret Service. Het was een paar honderd kilometer verderop, maar wel zo dichtbij dat de verkenningsagenten het wilden doorgeven.'

'Dat klopt,' zei Callahan. 'Een mislukte overval op een geldtransport. De FBI heeft er een team naartoe gestuurd.'

'Dat moet het zijn!' Caruso sloeg met zijn vuist op tafel. 'Ontvoeringen gebeuren niet in een vacuüm. We moeten het Hostage Rescue Team zo snel mogelijk in Abilene zien te krijgen.'

Kelsey Callahan sprong overeind. 'Ik laat ze weten wat we hebben.'

'Doe dat,' zei Chavez, met zijn telefoon al in de hand. 'Ik licht de DNI in. Zij zorgt ervoor dat directeur Wilson de HRT-commandant laat weten dat de informatie betrouwbaar is.'

'Goeie deal,' zei Caruso. 'En dan bel ik met de politie van Abilene en vraag ik door om te kijken wat zij nog meer weten. Ze moeten toch een idee hebben, met zoveel slechteriken die in hun district opereren.'

Hij pakte zijn telefoon en ineens schoot hem iets te binnen; hij riep

Callahan, die al door de enorme congreszaal naar de commandobureaus liep. Ze bleef abrupt staan en draaide zich om, wrevelig omdat ze werd teruggeroepen van haar missie.

'Wij moeten ook naar Abilene,' zei hij. 'En het is, hoe lang, drie uur rijden?'

'Eerder vier,' zei ze, 'als we levend willen aankomen.'

'Denk je dat je een DPS-helikopter voor ons kunt regelen?'

'Ik kan het proberen,' zei ze.

'Ik meen me te herinneren dat je ex-man een Texas Ranger is. Ik wed dat hij wel iets voor ons kan ritselen.'

'Yep,' zei ze kreunend. 'Dat is hij. Ik krijg het wel voor elkaar.'

Agenten van het Hostage Rescue Team van de FBI, in volledige uitrusting en helemaal klaar, stegen vijftien minuten nadat het bevel was gegeven in twee UH-60 Black Hawks van het Bureau op vanaf luchtmachtbasis Lackland en gingen op weg naar Abilene. Ze hadden nog geen specifiek adres, maar directeur Wilson verzekerde hun dat de informatie eraan kwam.

77

Met de rafelige juten camouflagecapuchon over zijn hoofd en het donkere camouflagenet over zijn geweer en bovenlijf gedrapeerd lag Chilly Edwards op zijn buik in het gras, verscholen achter de oren van een vijgencactus. De geur van aarde en zongedroogd gras zweefde in onzichtbare straaltjes en stroompjes lucht over de rotsachtige grond, terwijl de temperatuur daalde nu de zon onder was. Chilly rook nu ook iets anders, de stank van rottend afval, misschien een dode koe… Of iets onheilspellenders.

Hij had redelijk zicht op de achterkant van het huis. Er stond een klein gereedschapsschuurtje zo'n vijftien meter van de zuidoosthoek. Tussen het huis en het schuurtje stond een stenen barbecue, omringd door verschillende tuinstoelen die gehavend en rafelig waren, alsof ze al in geen jaren meer gebruikt waren. Er zaten vier ramen in de achtermuur van het huis, waarvan er twee groot genoeg waren om enig uitzicht te hebben. Voor een ervan, zo te zien in de eetkamer of de keuken, hing een elektrische insectenlamp. Er waren mensen binnen, maar het dak van een overdekte patio belemmerde het bovenste derde deel van Chilly's zicht. Hij zag drie verschillende paar benen; van mannen, dacht hij, maar het was moeilijk te zien door het kleine glazen rondje.

Hij had gehoopt dichterbij te kunnen komen, maar redeneerde dat een moordenaar met camera's op het toegangshek misschien ook wel camera's op het terrein had. Aangezien de oude ranch van Spivey het grootste deel van een 'sectie' besloeg, oftewel tweeënhalve vierkante kilometer, leek het ook logisch dat de camera's draadloos waren. Een van de jongens van het SWAT-team had wat met TSCM gespeeld en die had geopperd dat het, aangezien vrijwel iedere drugsdealer wel een camera of surveillancesysteem had, goed zou zijn om een simpele wifi- en telefoonsignaaldetector aan iedereens uitrusting toe te voegen. De officiële aanschaf ervan was niet goedgekeurd door de top, maar ze waren relatief goedkoop, dus veel jongens kochten er zelf een.

Hoewel zijn scanner niet geavanceerd genoeg was om individuele camera's op te sporen, was Chilly in staat de sterkste signalen te omzeilen, dus kroop hij verder tot hij iets meer dan honderdvijftig meter van het oude ranchhuis was, waar hij op een muur van statische ruis stuitte, zodat het hem beter leek om niet verder te gaan tot het team er was.

Het was zijn taak om te observeren, de informatie door te geven aan zijn meerderen en, als de badguy het initiatief zou nemen, een leven te nemen om er een te redden. Het laatste wat hij wilde was naar binnen banjeren en het doelwit alarmeren, waarmee hij een reeks gewelddadige handelingen in gang zou zetten omdat hij zichzelf had laten zien.

In tegenstelling tot militaire sluipschutters die hij had bestudeerd en die doelwitten moesten uitschakelen van extreem verre afstanden, had Chilly geen reden om zijn vizier aan te passen aan het corioliseffect vanwege de draaiing van de aarde. Maar zelfs op een relatief korte afstand van honderdvijftig meter kwam er bij precisieschoten rekenwerk aan te pas.

Zijn geweer was ingesteld op honderd meter. Jagers grapten vaak dat hun geweer goed genoeg was om 'een deel van het hert' te raken. Sluipschutters, die op menselijke doelen richtten, spraken in preciezere termen, vooral als onschuldige gijzelaars de helft van het beeld in beslag namen. *Minute of angle*, MOA, betekende in feite één inch per honderd yards. Een geweer dat in staat was om één MOA te schieten, kon kogels in een kistje van één inch schieten vanaf honderd yards, een kistje van twee inch vanaf tweehonderd yards, enzovoorts, dus had hij tien inches speling vanaf duizend yards, nog steeds geen geringe prestatie op bijna een kilometer afstand, waarbij het dradenkruis van het vizier het doelwit versluierde.

Om dit niveau van accuratesse te behouden, hielden schutters nauwkeurig aantekeningen bij, de zogenoemde DOPE, of *data on previous engagements* – gegevens van eerdere prestaties – waarbij ze bijhielden waar hun kogels insloegen vanaf bepaalde afstanden, zodat ze ofwel aanpassingen konden doen via de draaiknoppen op hun vizier, ofwel de streepjes van het dradenkruis konden gebruiken om de kogelbaan en de kogelval te bepalen.

Chilly's Nightforce-vizier gaf hem .25 MOA-aanpassingen. Door zijn DOPE kon hij .75 MOA corrigeren op honderdvijftig yards, en 1.5 MOA op tweehonderd yards. Op vlakke grond zou hij het verschil hebben gedeeld en één MOA aanpassen, maar aangezien zijn nest ongeveer dertig graden omlaagkeek, moest hij een beetje rekenwerk verrichten. Hij had op de middelbare school een bloedhekel aan trigonometrie gehad en had gezworen dat hij nooit, maar dan ook nooit zoiets belachelijks zou gaan gebruiken, welk beroep hij ook zou kiezen. En toen was hij ineens op de schietbaan en deed hij dingen als het vermenigvuldigen van de werkelijke afstand tot het doelwit met de cosinus van de hoek, om de aangepaste afstand te berekenen. In dit geval honderdachtendertig yards.

Al met al was het een kleine aanpassing; het verschil tussen een schot in het voorhoofd en een kogel tussen de ogen, maar nog altijd een schot in het hoofd. Hoewel het .308-projectiel de afstand in nog geen kwart seconde af zou leggen, was dat niet onmiddellijk. Mensen bewogen, er waren windvlagen, gijzelaars struikelden. Er kon heel wat gebeuren in de tijd van een ademteug.

Chilly wilde zijn ogen niet van het vizier halen, speurde de achterkant van het huis af en verschoof zijn lichaam net voldoende om een breder blikveld te krijgen. Een van de mensen binnen verplaatste zich en hij ving een glimp op van Rene, of in elk geval van de helft van haar, vastgebonden op een stoel, in leven maar toegetakeld.

Chilly haalde diep adem en stond op het punt om in de telefoon te klimmen en verslag uit te brengen, toen er in de verste hoek van het huis voorzichtig een deur opengìng en er een hoofd naar buiten piepte. Het was een man, grijs haar, ouder. Het litteken op zijn gezicht werd verlicht door het licht dat door de ramen scheen. De man keek rond om te zien of er geen dreigingen waren en wenkte toen iemand achter hem.

Even later kroop er een blonde vrouw achter hem aan, die gehurkt de riem van de man vasthield.

Chilly checkte de focus op zijn vizier en haalde diep en rustig adem voordat hij de zendknop op zijn radio indrukte en vurig hoopte dat de verbinding inderdaad versleuteld was.

'Johnson, Johnson, Chilly hier.'
'Johnson hier, zeg het maar.'
'Serge,' zei Chilly, die zichzelf dwong om kalm te blijven. 'Ik heb de first lady in het vizier.'

Dankzij Kelsey Callahans ex-man konden Caruso en de anderen een lift naar Abilene krijgen in de DPS AS350-helikopter. Caruso hing aan de telefoon met de assistent-commissaris van de politie van Abilene toen het nieuws binnenkwam via hun SWAT-team. Hij lichtte Chavez in, die Mary Pat belde om haar te informeren, en op hetzelfde moment bracht het SWAT-team het Hostage Rescue Team op de hoogte van de situatie op de grond.

Iedereen, ook de waarnemend president van de Verenigde Staten, was het erover eens dat het plaatselijke SWAT-team allemaal leuk en aardig was, maar dat het HRT er binnen twintig minuten zou zijn. De politie van Abilene moest wachten en de agenten laten doen waar ze het best in waren.

'Begrepen,' zei Chilly Edwards, en zijn stem trilde tegen zijn hand op het geweer. 'Ik blijf zitten waar ik zit.'

Het SWAT-team zat in positie, met agenten aan weerszijden van het terrein, terwijl Chilly de achterkant in de gaten hield. De gepantserde BearCat stond net buiten het zicht van de camera's op de weg achter het toegangshek geparkeerd. De HRT-commandant had duidelijk gemaakt dat de politie zich koest moest houden tot zij er waren. Niks initiëren.

De first lady en haar oude metgezel waren achter de stenen barbecue blijven zitten, blijkbaar om een plan te bedenken. Chilly hield ze door zijn vizier in de gaten en probeerde ze met zijn wilskracht zover te krijgen dat ze daar bleven zitten. Het HRT zou er zo aan komen en zich ontfermen over de mensen binnen, zodat Rene hopelijk gered werd, maar dan zou mevrouw Ryan in elk geval veilig zijn. Als ze zich verplaatste, zouden ze haar waarschijnlijk op de camera's zien...

Opeens gingen de lampen op de veranda aan en er kwam een gedrongen man door de keukendeur, die iets schreeuwde wat Chilly niet kon verstaan. De man hield zijn hand achter zijn been verborgen, maar Chilly ving een glimp van een pistool op. De deur aan de andere kant van het huis, waar de first lady uit was gekomen, ging open en een tweede man stak zijn hoofd naar buiten. Hij was langer en jonger. Chilly doopte de twee mannen respectievelijk de Dikke en de Dunne. De Dunne had een geweer, dus hij was de gevaarlijkste van de twee.

Chilly werkte volgens een principe dat HIPA werd genoemd: Hostile Intent and Present Ability. Deze kerels hadden allebei wapens en ze waren allebei verwoed schreeuwend op zoek naar de first lady. Zodra Chilly de trekker zou overhalen, zou hij een kettingreactie op gang brengen die zou kunnen leiden tot de dood van een gijzelaar. Hij had geen idee hoeveel schutters er in het huis waren die bereid waren om Rene te doden of naar buiten te stormen met zware wapens waarmee ze de first lady zouden kunnen aanvallen.

Politiesluipschutters vermeden het om zelf acties te initiëren. Hun primaire missie was levens redden, heel vaak doordat ze het langer volhielden dan hun doelwit.

Als iemand actief wilde doden, veranderde de dynamiek: dat vroeg om een onmiddellijke respons.

De Dunne keek met een ruk op, omdat hij iets bij de stenen barbecue hoorde. Hij hief zijn geweer…

Chilly schoot hem in zijn oor voordat hij een stap kon zetten,

Mechanisch schoof hij de grendel naar achteren, liet het gebruikte patroon eruit vallen en schoof een ander in de kamer, waarna hij zijn vizier aanpaste om de Dikke in zijn dradenkruis te krijgen. Chilly verwachtte een lichte duikbeweging op het moment dat de man op het vorige schot reageerde, dus nam hij heel even de tijd, richtte op de kin van de man en schoot. De kogel trof hem in zijn onderkaak en boorde zich in zijn hersenstam.

Een andere man, met donker, naar achteren gekamd haar, stak zijn hoofd uit de keukendeur met zijn pistool in zijn hand, en werd geconfronteerd met een derde kogel uit Chilly's geweer. Deze man viel achterover en belandde in het huis.

Het huis werd zwart en het enige wat achterbleef was de griezelige gloed van de elektrische insectenlamp.

'We zijn in gevaar,' zei Chilly, die voor het eerst iets zei sinds hij de trekker had overgehaald.

De troostende hartslag van de geblindeerde Black Hawks van het

Hostage Rescue Team dreunde door de lucht. Chilly bracht ze snel op de hoogte van de dode doelwitten en de locatie van de first lady en haar metgezel, en herinnerde iedereen eraan dat Rene binnen was. Als laatste vermeldde hij ook zijn eigen locatie, zodat een of andere HRT-schutter met een nachtkijker hem straks niet voor de vijand zou aanzien.

Er klonk een stem die Chilly niet herkende over de radio en in zijn oor, bars en niet bepaald blij. 'We zijn bij je, Sierra Unit van de politie Abilene. Blijf daar. Je hebt al genoeg gedaan.'

Berispt of niet, Chilly bleef naar de deur kijken om de first lady in de gaten te houden voor het geval er nog meer schutters naar buiten zouden komen.

Dat was niet het geval.

78

De HRT-agenten lieten zich snel aan touwen uit de twee Black Hawks zakken en overweldigden de overgebleven Camarilla-soldaten met snelheid en gewelddadige actie. Door Chilly's eerdere schoten was er geen sprake meer van een verrassingsaanval. Ze doodden er zes en namen er drie gevangen, die allemaal gewond waren omdat ze probeerden strijdend ten onder te gaan. Rene Tatum had de tegenwoordigheid van geest om haar stoel om te gooien, zodat ze uit de vuurlinie bleef. Ze overleefde het met een wond van negen millimeter in haar heup en botbreuken in haar pols en kaak.

Een zeskoppig team van agenten ging direct vanuit de helikopter naar de first lady, sloegen Burt Pennington tegen de grond en boeiden hem, terwijl ze haar in een deken hulden en mee terugnamen naar de helikopter, die inmiddels zo'n vijftig meter van het huis stond.

Tegen de tijd dat die helikopter opsteeg, had Jack Ryan al een vooraf geschreven brief aan de voorzitter van het Huis en de tijdelijke voorzitter van de Senaat overhandigd, waarin hij meedeelde dat hij de plichten van zijn functie weer op zich nam. Gary Montgomery en Maureen Richardson vlogen met hem en al zijn kinderen via Marine One naar Andrews, waar ze aan boord van Air Force One stapten voor de drie uur durende vlucht naar San Antonio.

Kashvi Chada, Malhotra's secretaresse, had nauwgezet aantekeningen bijgehouden op haar laptop, blijkbaar om zichzelf te beschermen als de boel zo zou lopen als nu het geval was. Toen ze werd geconfronteerd met haar eigen bewijsmateriaal, wees ze snel naar Herr Reinhardt Roth.

Het leek erop dat Malhotra een marionet was geweest die de rekeningen had betaald terwijl Roth aan de touwtjes trok. Het idee om de first lady te ontvoeren was wel van Malhotra geweest, maar Roth was degene die hem in contact had gebracht met señor Gil en de Camarilla.

Drie dagen na de redding van Cathy Ryan werd Reinhardt Roth gearresteerd door de Bundespolizei. Maar hij was een heel rijk man en zijn leger van advocaten zorgde ervoor dat hij op borgtocht vrijkwam, terwijl hij een 'krachtige verdediging tegen deze onterechte aantijgingen' voorbereidde. Helaas voor hem was er een leger van echte moordenaars dat veel te verliezen had als hij ooit besloot mee te werken. Twee dagen na zijn vrijlating maakte hij een tragische val vanaf het balkon van zijn chique penthouse in Bogenhausen.

Onder de doden op het terrein in Buffalo Gap bevonden zich negen oud-soldaten uit verschillende legers van over de hele wereld, onder wie een Australisch staatsburger die werd geïdentificeerd als Craig Taylor, voorheen van het Franse Vreemdelingenlegioen, en een Britse burger met de naam Leo Darby Debs van de London Metropolitan Police.

In tegenspraak met de aantekeningen van Malhotra's secretaresse had het Spaanse leger geen dossier van een special agent met de naam Gil. Niemand bij Liberty Crossing of de zeventien inlichtingendiensten onder leiding van Mary Pat Foley kon een spoor van de man vinden. Een grondige bestudering van beveiligingsbeelden van MalhotraMed Pharma Corp toonde materiaal van Craig Taylor, Leo Debs en de Japanse soldaat die Wada heette, maar de man die bij hen was, bevond zich steeds net buiten beeld.

Voorlopig verwees Foleys team nog steeds naar hem als señor Gil en beeldden ze hem af als een zwart silhouet.

Mary Pat Foley bleef doorgaans weg bij meetings van de medewerkers van De Campus. Ze maakte een uitzondering voor een kleine bijeenkomst in het kantoor op de bovenverdieping van Hendley Associates, waar ze, voor zover iedereen van haar beveiligingseenheid wist, een bezoek aan de zoon van de president bracht om de veilige terugkeer van de first lady te vieren. Ze zorgde ervoor dat ze een momentje alleen had met Adara Sherman, de getalenteerde jonge agent over wie Clark maar niet kon ophouden.

'Gaat het goed met je?' vroeg ze, terwijl ze in de hoek van de vergaderruimte stond met een glas bruisend water in haar gemanicuurde hand.

'Ja, mevrouw,' zei Sherman. 'Bedankt dat u het vraagt.'

Foley knikte, nam het antwoord in overweging en bedacht waar ze nu naartoe wilde. 'Ik hoorde dat het een pittige reis was,' zei ze.

Sherman keek haar met opgetrokken wenkbrauwen op. 'U hebt misschien gehoord dat ik...' Ze zweeg.

Foley keek naar Caruso, die aan de andere kant van de tafel stond, buiten gehoorsafstand, maar duidelijk geïnteresseerd in hun gesprek. 'Dat je... wat?'

'U bent... U bent verdikkeme de directeur van de Nationale Inlichtingendiensten, mevrouw,' zei Sherman. 'Gezien het werk dat ik doe, is het niet moeilijk voor me om aan te nemen dat u weleens gehoord zou kunnen hebben dat ik misschien zwanger ben.'

Foley knikte begrijpend. 'Gaat me niks aan.'

'Nou, ik ben het niet,' zei Sherman. 'Ik bedoel, ik was het wel, denk ik, maar nu ben ik het niet meer.'

Foley had kunnen zeggen dat ze het zelf ook had meegemaakt, maar dan leek het alsof het zo nodig over haar moest gaan. Ze kon deze jonge vrouw maar beter laten praten... of niet.

'Het zit zo,' zei Adara. 'Eerst was ik als de dood, bang om het tegen Dom te zeggen, doodsbang om het tegen Clark te zeggen, maar toen... toen ik het niet meer was...' Ze zuchtte. 'Ik was er kapot van.' Ze keek Foley recht aan. 'U hebt de rapporten gelezen. Denkt u dat het dat gevecht in Japan kan zijn geweest? Of in India?'

'Misschien,' zei Foley. 'Maar waarschijnlijk niet. Vrouwen krijgen al baby's sinds... Nou ja. Ed en ik hebben twee zoons opgevoed toen we achter het IJzeren Gordijn werkten.' Ze wilde nog iets zeggen, maar legde haar hand op Adara's arm. 'Luister, je doet het hier goed, absoluut geweldig als ik je bazen mag geloven. Maar je wordt overspoeld door een zee van testosteron. Jij en ik zouden aantekeningen moeten vergelijken, uit eten moeten gaan, van vrouw tot vrouw... van spion tot spion.'

'Ik neem aan dat je het geheim van het ambt hebt ontdekt,' zei Jack Ryan vanachter de Resolute Desk.

Dehart keek uit het raam dat uitkeek over de Rose Garden, waarna hij zich omdraaide en Ryan aankeek.

'En dat is, meneer de president?'

'Dat het ambt van de machtigste persoon op aarde over sommige dingen nog steeds net zoveel autoriteit heeft als de oude koning Knoet over de golven. Soms is het ambt zelf een zwakte.'

'Dat klopt inderdaad,' zei Dehart. 'Je moet iets voor me doen: ga niet dood.'

Ryan glimlachte wrang. 'Dat is het plan.' Hij gebaarde naar de open haard, liep ernaartoe en ging naast Dehart staan.

'Ik zie dat je iets dwarszit, Mark.'

'Meneer de president,' zei Dehart. 'Als de details over die... die Campus ooit aan het licht komen... en dat gaat gebeuren, dan trekt het Congres natuurlijk parallellen tussen hen en die Camarilla-groep.'

'Natuurlijk doen ze dat,' zei Ryan. 'Dat doen congressen nu eenmaal. En oppervlakkig bezien zouden ze daar gelijk in hebben. Een klein groepje goedgetrainde en ervaren individuen die zich bezighouden met complexe inlichtingen en tactische operaties. Maar je hoeft niet al te diep te graven om te zien dat De Campus een kernkwaliteit heeft die de Camarilla niet heeft.'

Dehart keek weer uit het raam en probeerde dit alles nog steeds te bevatten. 'Een nobel doel,' zei hij.

'Precies,' zei Ryan. 'Dat zwaartepunt waarover Von Clausewitz het had. Deze mannen en vrouwen zijn ronduit exceptioneel. Als zij onderuitgaan, ga ik ook. Dat is een gok die ik wel wil wagen.'

Dehart wilde iets zeggen, hield zijn mond, haalde diep adem en keek Ryan aan. 'Als er iets is wat ik de afgelopen weken en maanden heb geleerd, is het dat ik op u moet vertrouwen, meneer. En dat doe ik, dus ik hou mijn mond hierover; en, zoals u zegt, als u onderuitgaat, ga ik ook.' Hij stak zijn vinger op om een punt te maken. 'Maar ik voel me er nog steeds niet prettig bij. Dus als u liever iemand anders hebt als vicepresident, begrijp ik dat en doe ik, als er voldoende tijd verstreken is om het politiek opportuun te maken, met alle plezier een stap opzij om "meer tijd met mijn familie door te brengen".'

Ryan leunde achterover in zijn stoel, met zijn handen gevouwen, voor het eerst in dagen tevreden en rustig.

‘Meneer de vicepresident, u bent mijn keuze.’ Hij grinnikte. ‘En trouwens, wanneer heb jij ooit meegemaakt dat ik iets deed wat politiek opportuun was?’ Hij stond op. ‘Goed, als je me wilt excuseren, heb ik nu de onplezierige taak om senator Chadwick op te zoeken in het ziekenhuis.’

‘Nou, dat is pas politiek opportuun,’ zei Dehart. En hij voegde eraan toe: ‘En het is ook goed om het te doen.’

Zes dagen na de redding van de first lady deed Chilly Edwards op zijn Harley-Davidson Electra Glide een radarcontrole op Interstate 20. Iemand in D.C. had een goed woordje voor hem gedaan, zodat het onderzoek naar de schietpartij snel was afgerond en hij groen licht had gekregen om, zodra hij toestemming had van de psycholoog van de afdeling, weer volop aan de slag te gaan.

De HRT-commandant had de avond van het incident het bewijsmateriaal bekeken van wat er gebeurd was, zei dat hij het begreep, maar was duidelijk pissig. Hij verzekerde Chilly dat de gebeurtenissen rondom de reddingsoperatie geen gevolgen zouden hebben voor zijn lopende aanmelding bij de FBI, maar meldde wel terloops dat er een hoop gaande was en dat sommige aanmeldingen tijd kostten. Chilly’s broer zei dat hij moest ‘chillen’ en dat alles gauw genoeg zou betijen, maar hij had zich er al bij neergelegd dat hij nog vele gelukkige jaren bij de politie van Abilene voor de boeg had. Al was dat ook niet slecht.

En toen scheurde er een GMC Denali met honderdvijfenveertig kilometer per uur voorbij.

Hij ging meteen aan de kant staan, dus blijkbaar had de bestuurder de politiemotor pas gezien toen het al te laat was.

Chilly zette zijn zwaailicht aan, ook al was de auto al gestopt, en reed een paar honderd meter verder om in de berm te parkeren. Hij liep naar de passagierskant, met zijn handen vrij, en gleed een beetje uit voordat hij het portier bereikte. Er zaten twee mannen in de auto: een kleinere, gedrongen latinokerel achter het stuur en een oudere man met dunner wordend grijs haar die eruitzag alsof hij een rol prikkeldraad had gegeten als lunch.

Het waren twee koele kikkers, beleefd, meewerkend, bijna op het onderdanige af. Chilly dacht meteen dat ze van het leger waren. Hij gaf de bestuurder, die Chavez heette, een bekeuring voor te hard rijden en vroeg: 'Gaan jullie naar Dyess?'

De oudere kerel schudde zijn hoofd. 'Nee, meneer,' zei hij. 'Eigenlijk zijn we hier om je een baan aan te bieden.'

'Ik heb al een baan,' zei Chilly. Mafkezen...

'Ik snap het,' zei de oudere kerel. Beide mannen hielden hun handen de hele tijd in het zicht en bleven rustig, nonchalant. 'Het valt je rauw op het dak. Je krijgt over ongeveer zestig seconden een telefoontje waarmee wordt bevestigd dat we bonafide zijn. Wij gaan zo naar Lytle Land & Cattle en eten vanavond om een uur of zes een steak. Trek iets anders aan dan dat gele overhemd en kom naar ons toe als je geïnteresseerd bent.'

'Oké...'

De bestuurder, meneer Chavez, boog zich grijnzend naar hem toe. 'Mogen we gaan?'

'We zijn hier klaar,' zei Chilly hoofdschuddend.

Chavez startte de truck en boog zich nog een keer naar hem toe. 'Kleine tip. Je wilt niet op je motor zitten als je dat telefoontje krijgt. Het kan nogal overdonderend zijn.'

Chilly stak zijn duim op. 'Prima. Bedankt, heel attent.'

Yep. De gekkies waren op pad vandaag.

Hij liep terug naar zijn motor en keek hoe de zwarte GMC in het verkeer opging. Zijn telefoon zoemde in zijn zak.

'Agent Edwards,' zei hij.

'Agent Steven Edwards,' zei de stem. 'Met de telefoniste van het Witte Huis. Blijft u alstublieft aan de lijn voor de president van de Verenigde Staten.'